Troublante machination

Une innocente en fuite

Protection inattendue

PAULA GRAVES

Troublante machination

Traduction française de
ISABEL ROVAREY

BLACK ROSE

HARLEQUIN

Collection : BLACK ROSE

Titre original :
THE SMOKY MOUNTAIN MIST

Ce roman a déjà été publié en 2015

HARPERCOLLINS FRANCE
83-85, boulevard Vincent-Auriol, 75646 PARIS CEDEX 13
Service Lectrices — Tél. : 01 45 82 47 47 - www.harlequin.fr
ISBN 978-2-2804-7475-7 — ISSN 1950-2753

Composé et édité par HarperCollins France.
Imprimé en avril 2022 par CPI Black Print (Barcelone)
en utilisant 100% d'électricité renouvelable.
Dépôt légal : mai 2022.

FSC
www.fsc.org
MIXTE
Papier issu de sources responsables
FSC® C159065

Pour limiter l'empreinte environnementale de ses livres, HarperCollins France s'engage à n'utiliser que du papier fabriqué à partir de bois provenant de forêts gérées durablement et de manière responsable.

1

Rachel Davenport se savait observée et elle détestait cette sensation, même si les regards tournés vers elle en cette fraîche matinée d'octobre semblaient tous bienveillants et remplis de compassion. Seules quelques rares personnes venues assister aux funérailles connaissaient la vérité, savaient pourquoi, quinze ans plus tôt, après la mort soudaine de sa mère, elle avait disparu pendant près d'une année… Mais cela ne l'empêchait pas de se sentir atrocement mal à l'aise.

Elle se redressa et releva la tête, refusant de donner à quiconque un motif de douter de sa force. Elle avait survécu jusque-là et n'avait nullement l'intention de s'effondrer maintenant. Pas question de se donner en spectacle.

— C'est une belle cérémonie, n'est-ce pas ? dit Diane, l'épouse de son père depuis huit ans, tout en se tamponnant délicatement les yeux avec un mouchoir bordé de dentelle. Il y a tellement de monde…

— Oui, acquiesça Rachel, un peu honteuse.

Elle n'était pas la seule à avoir perdu un être cher. Diane était peut-être frivole et un tantinet égocentrique, mais elle avait rendu George Davenport heureux. Il l'avait tendrement aimée, s'était fait un plaisir de satisfaire ses moindres désirs, et elle, de son côté, s'était montrée une épouse aimante, enjouée et dévouée à lui jusqu'à son dernier soupir. Même si Rachel avait vu d'un mauvais œil l'arrivée de cette nouvelle femme dans la vie de son père, elle ne pouvait que lui être reconnaissante d'avoir ensoleillé les huit dernières années de sa vie.

— J'ai tendance à oublier parfois ce qu'il représente pour tous ces gens. Pour moi, il était tout simplement Georgie. Je ne voyais pas l'homme d'affaires, tu comprends ? Seulement un mari adorable qui aimait jardiner et chanter, le soir, pour moi.

De nouvelles larmes inondèrent son visage. Diane tamponna avec son mouchoir ses joues qui, sans un mascara waterproof d'excellente tenue, auraient immanquablement été marbrées d'horribles traces noires. Puis elle leva ses yeux rougis vers Rachel.

— Il va terriblement me manquer.

Rachel lui pressa brièvement l'épaule.

— A moi aussi.

Le prêtre prit place devant le cercueil et lut le psaume que son père avait choisi, des mots d'espoir tirés de l'Epître aux Ephésiens, celui que préférait son père. Rachel essaya de trouver du réconfort dans ces paroles d'apaisement, mais elle était tout entière dominée par le sentiment de perte.

Jamais elle ne s'était sentie aussi seule. D'aussi loin qu'elle s'en souvienne, son père avait été son roc, son pilier, et maintenant… Il était parti. Il y avait son oncle, Rafe, bien sûr, mais il vivait à deux heures de là et passait beaucoup de temps à voyager, à la recherche de nouveaux talents pour son cabaret.

Et, même si elle appréciait Diane, toutes les deux avaient trop peu en commun pour devenir de vraies amies. Quant à Paul, le fils de Diane, elle ne le considérait pas non plus comme autre chose qu'un simple ami. Pourtant, ils s'étaient rapprochés depuis qu'elle avait démissionné de son poste à la bibliothèque municipale de Maryville pour prendre la suite de son père, à la tête de l'entreprise de transports routiers.

Il lui arrivait parfois de se demander pourquoi son père n'avait pas cédé les rênes de l'entreprise à Paul plutôt qu'à elle. Il travaillait depuis plus de dix ans pour les Transports Davenport. C'était d'ailleurs par le biais de Paul qu'il avait fait la connaissance de Diane, et non l'inverse. Il était directeur administratif depuis plusieurs années désormais et connaissait bien le fonctionnement de la société.

Mieux qu'elle, en tout cas, même si elle en avait appris beaucoup au cours de l'année qui venait de s'écouler.

Tandis qu'elle regardait son frère par alliance s'avancer vers le cercueil, les lèvres remuant comme s'il parlait à l'homme qui reposait sous le chêne poli, une autre silhouette vêtue de sombre, quelques mètres derrière lui, retint l'attention de Rachel. L'homme était grand, mince, vêtu d'un costume seyant, en total décalage avec sa crinière sombre un peu ébouriffée et son allure sauvage. Une paire de lunettes noires masquait ses yeux, mais pas sa mâchoire carrée, belliqueuse, ni ses hautes pommettes saillantes.

C'était Seth Hammond, l'un des mécaniciens de l'entreprise. D'autres employés étaient venus assister aux obsèques, bien entendu, et il n'y avait pas de raison d'être surpris par sa présence. A ceci près qu'il n'avait jamais été proche de son père ni, d'ailleurs, de qui que ce soit dans l'entreprise. Elle l'avait toujours considéré comme un loup solitaire.

Au moment où elle s'apprêtait à balayer des yeux le reste de l'assistance, il releva ses lunettes sur le sommet de son crâne et croisa son regard.

Un courant électrique la traversa, la figeant. Il la dévisagea longuement, comme pour la mettre au défi de soutenir son regard. L'air se bloqua dans ses poumons, qui se mirent à la brûler jusqu'à ce qu'elle s'oblige à expirer lentement, à fond.

Alors, il détourna les yeux, et elle eut l'impression que quelqu'un avait soudain coupé les ficelles qui la maintenaient en position verticale. Ses genoux faiblirent, et elle agrippa le bras de Diane.

— Qu'y a-t-il ? demanda doucement celle-ci.

Rachel ferma les yeux l'espace d'un instant pour recouvrer son équilibre, puis risqua un nouveau coup d'œil dans la direction de l'homme.

Mais il était parti.

— Je ne sais pas. Elle a l'air de tenir bon.

De l'endroit où il était garé, près du cimetière, Seth Hammond gardait un œil sur Rachel Davenport. Les fossoyeurs avaient descendu le cercueil dans la tombe béante une vingtaine de minutes plus tôt, et la plupart des gens s'étaient dispersés, laissant la famille proche faire ses adieux à George Davenport dans l'intimité.

— Le fait que tout le monde soit parti, autour d'elle, n'est pas une coïncidence.

La voix profonde qui bourdonnait à son oreille dans le téléphone portable était celle d'Adam Brand, agent spécial du FBI. Seth ne savait pas pourquoi l'agent fédéral basé à Washington s'intéressait tellement à l'héritière d'une entreprise de transports routiers, à Smoky Mountains, au fin fond du Tennessee, mais Brand le payait bien, et Seth n'était pas en position de refuser un travail honnête et bien rémunéré.

L'autre option aurait été un travail malhonnête, et s'il avait autrefois été sacrément doué en matière d'escroquerie, il n'y avait trouvé que peu de satisfaction. C'était une vraie malédiction, se disait-il, que d'exceller à quelque chose qui vous vidait de votre substance et vous volait votre âme.

— Je suis d'accord, dit-il. Ce n'est pas une coïncidence.

L'emplacement qu'avait choisi Seth n'était pas idéal, mais, sa réputation étant ce qu'elle était, mieux valait qu'on ne l'aperçoive pas en train d'épier une femme, depuis sa voiture avec des jumelles. Il l'observait donc de loin et comptait sur le langage corporel plutôt que sur les expressions faciales pour deviner ce que Rachel Davenport ressentait. Du chagrin, évidemment. Il l'enveloppait comme un linceul. Comme la brume matinale qui s'enroulait autour des Smokies, faussement éphémère. Elle se tenait droite, le menton haut, et ses gestes étaient mesurés. Mais quelque chose lui disait qu'un seul coup de coude suffirait à la faire s'effondrer.

Elle n'avait plus personne maintenant. Tout le monde était parti. Sa mère, de sa propre main, quinze ans plus tôt, son père, du cancer, voilà trois jours. Pas de frères ni de sœurs, exception faite de Paul, et ce n'était pas comme s'ils étaient liés par les liens du sang et qu'ils avaient grandi ensemble, comme sa sœur et lui-même.

— Est-ce que vous avez vu Delilah récemment ? demanda Brand, qui semblait avoir le don singulier de toujours deviner les chemins qu'empruntaient les pensées de Seth.

— Je l'ai rencontrée au Ledbetter Café ce week-end, répondit-il sans autre commentaire.

Il n'avait pas l'intention de colporter des informations concernant sa sœur.

Brand ne lui avait jamais dit pourquoi il n'appelait pas directement Delilah s'il voulait avoir de ses nouvelles — et Seth n'avait jamais posé la question. Il supposait que Brand et elle avaient pris leurs distances à un moment donné. Sans doute était-ce ce qui avait poussé Dee à quitter le FBI et à venir travailler pour Cooper Security. Ce choix professionnel, à l'époque, avait grandement soulagé Seth, qui était bien conscient que le métier de sa sœur et sa propre activité, nettement moins recommandable, risquaient tôt ou tard d'interférer.

Evidemment, bien qu'il soit aujourd'hui sur la voie de la rédemption, il ne fallait pas s'étonner qu'elle ait du mal à croire au nouveau Seth Hammond.

— Je pense que j'ai quelques bons clichés des personnes qui sont venues aux obsèques. Je les examinerai en détail dès que je pourrai.

Un coup frappé à la vitre de la portière passager le fit sursauter. Il leva les yeux et vit le regard brun de Delilah, fixé sur lui.

— Je dois raccrocher, annonça-t-il à Brand avant de ranger le téléphone portable dans sa poche.

Vérifiant discrètement qu'il n'avait pas laissé les jumelles sur la banquette arrière, il poussa un soupir et abaissa la vitre de la portière.

— Salut, Dee.

— Qu'est-ce que tu fais là ? Une raison particulière à ta présence ici ?

Sa sœur était revenue dans le Tennessee depuis à peine deux

semaines et, déjà, le rude accent des Appalaches reprenait le dessus sur l'intonation neutre qu'elle avait adoptée, à la ville.

Le ton soupçonneux de Delilah le mit sur la défensive.

— La même que tout le monde, j'imagine. Je suis simplement venu assister aux funérailles de mon patron.

— La cérémonie est terminée, et tu es toujours là, rétorqua Delilah en contemplant les Davenport par-dessus le toit de la voiture. Tu n'aurais pas l'intention de dépouiller une pauvre héritière éplorée de l'argent de son père, par hasard ?

— Très drôle.

— Je suis tout à fait sérieuse. Aussi sérieuse qu'un infarctus peut l'être, répliqua Delilah d'un ton cinglant.

— Tu ne vas pas me faire une scène ici, Delilah.

— Tu sais bien que les Hammond sont doués pour ça, Seth, dit sa sœur en ouvrant la portière et en s'asseyant sur le siège passager. Voilà, c'est mieux comme ça ?

— Tu as vu maman, c'est ça ? demanda-t-il d'un ton sec, remarquant l'expression triste dans ses yeux sombres.

— La police de Bitterwood m'a appelée pour que je vienne la récupérer avant qu'ils ne la placent en cellule de dégrisement, grimaça Delilah. Qui diable a bien pu leur dire que j'étais de retour ?

— Ma chérie, il est impossible de passer inaperçu à Bitterwood. C'est une toute petite ville ; tout le monde met son nez dans les affaires de tout le monde.

Contrairement à sa sœur, il n'avait jamais vraiment quitté les montagnes, même s'il s'était tenu à distance de Bitterwood pendant quelques années, le temps de se faire oublier. Sans l'accident vasculaire cérébral de Cleve Calhoun cinq ans plus tôt, il ne serait peut-être jamais revenu. Mais Cleve avait besoin de lui, et Seth avait trouvé une satisfaction douce-amère à essayer de vivre honnêtement dans l'endroit même où il avait pris goût aux activités illégales.

Il coula un regard en direction de la tombe de George Davenport. La famille s'était dispersée. Paul Bailey et sa mère, Diane, marchaient bras dessus, bras dessous vers la voiture de

Paul tandis que Rachel se dirigeait lentement vers une autre tombe, un peu plus loin dans le cimetière. Celle de Marjorie Kenner, s'il ne se trompait pas. La dernière victime de Mark Bramlett.

— Je connais ta prédilection pour les proies faciles, proféra Delilah de son accent traînant. Mais tu ne peux pas lui laisser quelques jours pour faire son deuil en paix avant de la déposséder de sa fortune ?

— Quelle haute opinion tu as de moi, murmura-t-il en quittant des yeux le visage sévère de Rachel.

— Tu l'as bien cherché, mon cher frère, répondit-elle sur le même ton.

— Je suppose que ça ne servirait à rien de te redire que je ne pratique plus ce genre de choses aujourd'hui.

— C'est ça, comme maman qui m'a juré que c'était son dernier verre quand je l'ai mise au lit, complètement soûle.

L'amertume et la résignation s'entendaient dans sa voix.

Oh ! Dee, songea-t-il. *Pas un membre de la famille pour se montrer digne de toi. Pour être à la hauteur.*

— Dis-moi que tu n'es pas en train de mijoter quelque chose.

— Je me tue à te répéter que j'en ai fini avec cette vie, Dee. Depuis plusieurs années, maintenant.

L'espoir et la suspicion qu'il lut dans son regard lui serrèrent le cœur.

— J'ai laissé la camionnette de l'autre côté du cimetière. Tu peux m'y conduire ?

Il jeta un dernier coup d'œil à la frêle silhouette de Rachel Davenport, se demandant combien de temps elle parviendrait encore à tenir debout. Depuis quelques semaines, quelqu'un faisait son possible pour la faire craquer.

La question était : pourquoi ?

— Je n'ai pas pu te parler à l'enterrement.

Rachel sursauta au son de la voix, si proche. Elle se retourna et croisa un regard sombre rempli d'inquiétude.

Davis Rogers n'avait pas changé depuis leur rupture, cinq ans plus tôt. Avec sa prestance et ses vêtements élégants, il donnait déjà de lui, à l'époque où il n'était encore qu'étudiant à l'université de Virginie, l'image de ce qu'il était en passe de devenir — un brillant avocat plein d'assurance.

Cette aisance naturelle l'avait conquise, elle qui manquait tellement d'assurance. Ça avait été si facile de savourer ses succès par procuration.

Pendant un certain temps, du moins.

Puis elle avait trouvé ses marques et s'était rendu compte que l'influence qu'il exerçait sur l'ensemble de sa vie constituait non plus un soutien mais un poids.

Il n'en aurait pas fallu beaucoup pour qu'elle oublie cette leçon, surtout un jour comme aujourd'hui, songea-t-elle, tentée par l'envie familière de se blottir dans ses bras et de ne plus penser à rien.

— Je ne savais pas que tu avais appris, pour mon père.

— J'ai vu la nouvelle dans le journal, à Raleigh. J'ai voulu venir lui rendre un dernier hommage et voir comment tu allais.

Il repoussa doucement une mèche de cheveux du visage de Rachel.

— Tu tiens le coup ?

— Ça va.

Le contact de ses doigts ne lui procura rien d'autre qu'un piètre réconfort.

— Je suis triste, bien sûr, ajouta-t-elle devant son air sceptique. Et je le serai longtemps encore. Mais ça va.

Et c'était vrai. Ça irait. Elle avait beau être broyée par le chagrin, elle savait qu'elle tiendrait bon.

— Peut-être que ça te ferait du bien de sortir et de te changer les idées. Le réceptionniste de l'hôtel où je suis descendu m'a parlé d'un bar très sympa, près de l'université, à Knoxville, où on pourra écouter des groupes d'étudiants et revivre nos jeunes années, qu'est-ce que tu en dis, Rachel ? Ce sera comme à l'époque de Charlottesville.

Elle fit la grimace.

— Tu sais, je n'ai jamais tellement aimé ce genre d'endroits. Je les fréquentais parce qu'ils te plaisaient, à toi.

Une expression de franche surprise se peignit sur ses traits.

— Ah bon ?

— Je suis une fille du Tennessee. Moi, ce que j'aimais, c'était la musique *country* et le *bluegrass*.

Il parut horrifié, mais réussit malgré tout à sourire.

— Je suis sûr qu'on devrait trouver un bar western quelque part par ici.

— Il y a bien un endroit, ici, à Bitterwood où nous pourrions aller. Il y a un groupe de *bluegrass*, et ils font les meilleures frites du coin.

Après les derniers mois passés à regarder l'état de son père se détériorer jour après jour, peut-être avait-elle effectivement besoin de s'autoriser un moment de détente. De penser à autre chose qu'à la perte qu'elle venait de subir, et qui s'ajoutait à celle de sa mère, ancienne, et aux autres, plus récentes.

Et pourquoi pas en compagnie de Davis ? Elle ne l'aimait plus, mais elle avait confiance en lui et l'appréciait toujours. L'homme qui avait tué quatre de ses amies était peut-être mort, mais le monde était toujours plein de dangers. Surtout pour une femme seule.

Et, seule, elle l'était, songea-t-elle, le spleen reprenant le pas sur son éphémère moment d'optimisme.

Tellement seule.

Pour la première fois depuis des années, Seth Hammond avait un endroit rien qu'à lui. Oh ! Ce n'était pas un château, juste un bungalow un peu branlant en bordure de la route qui montait à Smoky Ridge, mais, pendant quelques semaines encore, il n'aurait pas à le partager avec qui que ce soit. Le propriétaire des lieux, Cleve Calhoun, était en cure de soins, à Knoxville, pour tenter de surmonter les séquelles de son AVC.

A sept heures du soir, Seth avait changé d'avis sur la situation. Malgré sa perspective alléchante, ce moment de solitude n'était pas aussi paradisiaque qu'il se l'était imaginé. Même si la réception satellite n'était pas trop mauvaise, il n'y avait pas grand-chose à la télévision. Le match des Vols ne se jouerait pas avant le samedi et, avec l'élimination des Braves, suivre le championnat de base-ball ne présentait pas non plus grand intérêt.

Il avait déjà passé en revue les clichés qu'il avait pris à l'enterrement grâce à ses lunettes spéciales équipées d'un appareil photo, mais ceux-ci n'avaient rien révélé de probant. Personne n'avait paru épier Rachel Davenport — à l'exception de lui-même. Il pouvait toujours y jeter un nouveau coup d'œil, mais ce serait peine perdue. Et il avait assez vu le chagrin de Rachel pour une journée. Il avait transféré les images sur le serveur qu'Adam Brand lui avait indiqué. Peut-être celui-ci aurait-il plus de chance… Après tout, au moins Brand savait-il ce qu'il cherchait, lui.

Mais il n'avait apparemment pas jugé utile de mettre Seth dans la confidence.

Tu es devenu un vieux pantouflard, se dit Seth en regardant sans envie le dîner surgelé qu'il venait de sortir du congélateur de Cleve. *Avant, tu serais allé faire un tour dans n'importe quel bar de Maryville et tu aurais ramené une belle fille à la maison. Que diable t'est-il arrivé ?*

J'ai repris le droit chemin, se dit-il. A croire qu'en l'empruntant, il avait renoncé à bien plus qu'à sa vie d'escroc.

— Oh ! Et puis au diable tout ça, grommela-t-il en replaçant le dîner dans le compartiment de congélation.

Il avait trente-deux ans, pas soixante. Ironiquement, jouer les auxiliaires de vie auprès d'un vieil handicapé l'avait maintenu en bonne condition physique puisqu'il avait dû, un temps, s'occuper de Cleve comme si c'était un bébé. Et, sans être un parangon de beauté classique, il n'avait jamais eu de difficultés à susciter l'intérêt des femmes.

L'image des yeux bleu clair de Rachel croisant les siens ce matin, aux obsèques, s'imposa soudainement à son esprit.

L'avait-elle déjà regardé dans les yeux avant cet instant-là ? se demanda-t-il.

Probablement pas. Au sein de l'entreprise, il faisait partie des meubles, au même titre qu'un siège, un bureau — ou l'un des camions qu'il était chargé de réparer. Il avait appris à se fondre dans le décor. Cela avait été son principal atout à l'époque où l'arnaque était son fonds de commerce, un atout qui lui permettait de déceler les faiblesses d'une proie sans attirer l'attention sur lui. Cleve l'avait d'ailleurs surnommé le Caméléon, eu égard à ce don particulier.

Ce même don lui avait également sauvé la mise lors des missions en sous-marin qu'il avait menées pour le compte du FBI, encore qu'il y ait eu une ou deux fois — dont une, récemment, dans un dangereux repaire de trafiquants de méthamphétamine, en pleine forêt — où il avait été à deux doigts d'être découvert.

Mais, en regardant Rachel Davenport dans les yeux ce matin, il avait éprouvé durement le poids de cette invisibilité qui avait si souvent servi ses desseins. Puis, l'espace d'une seconde, elle l'avait vu. Ses yeux bleus s'étaient écarquillés, et ses lèvres roses entrouvertes sous l'effet de la surprise, comme si elle avait ressenti la même décharge électrique que lui lorsque leurs regards s'étaient rencontrés.

Peut-être était-ce là ce qui guidait ses pas en ce moment même, ce qui le poussait à sortir de la cabane et à grimper dans le vieux Charger rouge de Cleve. L'espoir d'une nouvelle rencontre. Ce soir, son but ne serait pas de passer inaperçu dans la foule, mais au contraire de se distinguer, de sortir du lot. Et il savait exactement dans quel bar aller pour cela.

La route qui menait à Bitterwood depuis les montagnes, et qui alternait des virages en épingles à cheveux et de courtes lignes droites, s'appelait la vieille route de Purgatoire. A l'époque où ils n'étaient que des gamins, Delilah, qui était à peine plus âgée que lui mais infiniment plus avisée, lui avait dit qu'elle portait ce nom parce que l'enfer se nichait au fond d'une caverne obscure au cœur de Smoky Ridge, la montagne locale, et que la seule façon d'y entrer ou d'en sortir était d'emprunter la route du purgatoire.

Bien sûr, plus tard, il avait appris que Purgatoire était en réalité une bourgade voisine, située à une quinzaine de kilomètres au nord-est, et que cette route avait autrefois été la seule la reliant à Bitterwood, mais l'histoire de Delilah n'en avait pas moins marqué son esprit. Aujourd'hui encore, il lui arrivait de se dire qu'elle avait eu raison. Que l'enfer résidait bel et bien dans les profondeurs ténébreuses de Smoky Ridge et que rien n'était plus facile que de s'y laisser entraîner en allant tout droit.

La route de Purgatoire s'aplanissait au croisement de Vesper Road et serpentait doucement à travers la vallée jusqu'au centre de Bitterwood, qui n'était constitué que de quatre malheureux pâtés de maisons. Il n'y avait rien là de remarquable — un bâtiment de brique à un étage qui abritait les services municipaux dont le poste de police et les services connexes, un minuscule bureau de poste et quelques vieilles échoppes qui résistaient obstinément au passage du temps.

Les magasins, à Bitterwood, fermaient à 17 heures. Les devantures étaient plongées dans l'obscurité et les rideaux baissés lorsque Seth remonta la rue. Toute l'activité nocturne se trouvait excentrée autour de la ville. Bitterwood, des années plus tôt, avait voté en faveur de la vente libre de spiritueux, au verre ou à la bouteille, dans l'espoir de faire concurrence aux villages touristiques de la région. L'afflux escompté de touristes ne s'était pas produit en dépit de l'effort consenti par la petite commune, mais le démon, assoiffé d'alcool, était entré dans la place, et les quelques tentatives initiées par des citoyens soucieux du bien public pour faire annuler la décision municipale n'avaient jamais recueilli suffisamment de suffrages pour aboutir.

Seth n'avait jamais été un buveur. L'exemple de Cleve lui avait au moins servi à ça. Quand on vivait de son instinct, on ne pouvait pas se permettre qu'un excitant, quel qu'il soit, vienne le troubler. Sans compter qu'il avait passé sa jeunesse à éviter les coups que son père, mauvais comme la gale et toxicomane invétéré, faisait pleuvoir sur lui. Quant à l'alcool dont sa mère avait usé et abusé pour anesthésier la douleur des violences conjugales, tout ce qu'il avait fait, c'était la détruire aussi lentement que sûrement. Elle n'avait jamais réussi à remonter la pente, même après que son père avait péri dans l'explosion du laboratoire où il fabriquait de la méthamphétamine.

De toute façon, s'il avait eu un penchant pour la boisson, ce n'est pas au Smoky Joe's Saloon qu'il serait allé. Ils coupaient beaucoup trop l'alcool, tant pour réduire le risque de bagarres que pour gonfler leurs recettes. Non… Leur point fort, c'était qu'ils avaient un bon groupe de *bluegrass* du Tennessee et des tas de jolies filles qui venaient écouter la musique.

Il vit les néons du Smoky Joe's de l'autre côté du pont de Purgatoire, l'ancienne structure en treillis enjambant la Bitterwood Creek qui serpentait au fond d'une gorge étroite, dix mètres plus bas. L'éclat des lumières ne détourna son attention qu'une seconde, mais il n'en fallut presque pas davantage. Il enfonça la pédale de frein en voyant apparaître dans ses phares la forme sombre d'un véhicule, droit devant lui.

Les freins du Charger crissèrent, mais tinrent bon, et il s'arrêta à quelques centimètres du véhicule qui obstruait la chaussée.

— Quel abruti ! gronda-t-il avant de prendre une grande inspiration.

Il avait eu chaud. Qui diable avait bien pu laisser son véhicule en plein milieu du pont sans même prendre la peine d'allumer ses feux de détresse ?

Tout à coup, il reconnut la voiture, une Honda Accord gris argent. Tout au long de l'année, il avait vu Rachel Davenport entrer et sortir du parking des employés des Transports Davenport, au volant de ce véhicule.

Son cœur se serra. Il actionna ses feux de détresse, mit pied à terre et s'approcha lentement de la Honda.

Du coin de l'œil, il discerna un mouvement dans l'obscurité. Il tourna vivement la tête.

Elle était là, debout sur l'étroit garde-corps en acier, se tenant à l'entrelacs de métal qui décorait le vieux pont. Elle vacilla, telle une branche d'arbre sous l'effet d'une légère brise. L'air agita sa jupe et ses longs cheveux.

— Mademoiselle Davenport ?

Son cœur se serra comme un des pieds de Rachel glissait sur le support métallique. Elle s'inclina dangereusement vers le vide.

— Mademoiselle Davenport est morte, répondit-elle d'une voix émouvante, recouvrant Dieu sait comment son équilibre à la dernière seconde.

Seth continua à avancer prudemment, veillant à éviter tout geste brusque pour ne pas l'effrayer.

— Rachel, ces poutrelles ne sont pas très solides. Vous ne voulez pas redescendre sur la bonne vieille terre ferme ?

Elle gloussa.

— La terre ferme, la terre ferme ! chantonna-t-elle, comme si ces mots étaient d'une drôlerie irrésistible. Ferme… Etre ferme. Ça donne l'impression de quelqu'un de guindé, d'empesé, vous ne trouvez pas ?

O.K. Elle n'a pas l'intention de se suicider, conclut-il en se rapprochant encore de quelques pas. *Est-ce qu'elle est ivre ?*

— Vous croyez que je suis maudite ?

Son intonation n'était plus si légère, tout à coup.

— Je ne crois pas, non, répondit calmement Seth.

Il pouvait presque la toucher, mais il devait être très prudent car, s'il la manquait en cherchant à l'attraper, elle pourrait basculer par-dessus bord en un clin d'œil.

— Eh bien, moi, je crois que si.

Son élocution était laborieuse, mais il lui sembla cependant qu'elle était droguée, et non pas ivre. Quelqu'un lui avait-il administré un sédatif après l'enterrement ? Si elle n'avait pas l'habitude d'en prendre, cela pouvait avoir décuplé son effet.

— Je ne crois pas que vous soyez maudite, répéta-t-il en tendant lentement la main vers elle. Je pense que vous êtes fatiguée et triste. Et, vous savez, c'est normal. C'est la réaction normale de tout être humain après le décès d'un être cher.

Ses yeux scintillèrent dans la lumière des phares.

— J'aimerais être un oiseau, reprit-elle de son ton plaintif.

Je pourrais voler au-dessus des montagnes et ne plus jamais atterrir.

Elle se tourna subitement, titubant sur le parapet, comme si elle s'apprêtait à prendre son envol.

— Elle a dit que je devrais voler.

Et, tout à coup, dans un effroyable ralenti, il la vit glisser vers l'abîme.

2

C'est un véritable cauchemar qui se déroula dans son esprit tandis qu'il se jetait en avant. Ses mains battaient l'air pour la saisir, mais ne rencontraient que le vide à l'endroit où elle se trouvait un instant plus tôt. Son propre corps était retenu par la rambarde métallique qui l'empêchait de tomber. Il se représenta sa chute, son corps mince qui flotterait un moment comme une plume dans le vent frais d'octobre avant de venir s'écraser sur les rochers, en contrebas.

Puis ses doigts touchèrent sa peau ; ses bras s'enroulèrent autour de sa taille, l'arrimant à lui. En dépit de sa minceur, le poids de Rachel donna à Seth la peur de sa vie tandis qu'il luttait pour l'empêcher de tomber dans la gorge rocheuse en l'entraînant avec elle.

Il réussit finalement à la faire remonter sur le pont et la tint serrée contre lui pendant quelques instants, le cœur battant à tout rompre. Elle se blottit dans le creux de ses bras, enfouissant son visage dans son cou.

— Je suis bien, là, dit-elle, ses doigts courant sur l'étendue de son torse. Vous sentez bon.

La réaction physique de Seth ne se fit pas attendre. Il batailla pour se maîtriser, mais le comportement de Rachel ne l'aidait pas. Ses mains vinrent se poser sur ses hanches. Il sentit son cœur s'emballer lorsque la bouche de Rachel entreprit de suivre le tendon, sur le côté de son cou, traçant du bout de sa langue un sillon brûlant sur sa peau.

— Mmm... J'aime le contact de votre peau.

Incapable d'en supporter davantage, il l'écarta de lui et la tint fermement à bout de bras.

— Il faut que je vous ramène chez vous.

Elle lui sourit, mais il vit, dans la pénombre, que ses yeux étaient vitreux. Il était clair qu'elle n'avait aucune idée de l'endroit où elle se trouvait, ni même — peut-être — de qui elle était. Quelle que soit la drogue qui l'avait conduite à grimper sur le parapet, ses effets ne s'étaient pas dissipés.

— Rachel, vous avez les clés de votre voiture ?

Il ne pouvait pas laisser ce véhicule, là, en plein milieu du pont.

Elle secoua mollement la tête.

La tenant par le bras, il s'avança vers la voiture et se pencha à la portière. Dieu merci, la clé était restée sur le contact. Mais il ne pouvait pas laisser Rachel livrée à elle-même le temps qu'il la déplace.

— Montez, Rachel. On va faire un tour, d'accord ?

— Mmm…

Avec son aide, elle s'assit sans faire d'histoire sur le siège passager. Elle tripotait les réglages de l'autoradio lorsqu'il se glissa derrière le volant.

— Il n'y a pas de musique, geignit-elle d'une voix toujours aussi confuse.

— Attendez une seconde, mon chou.

Il démarra et, une seconde plus tard, les accords du *bluegrass* décapant de Kasey Chambers et Shane Nicholson envahirent l'habitacle de la voiture.

Elle se mit à chanter sans retenue, d'un alto un peu rauque, et protesta confusément lorsqu'il se rangea sur le bas-côté et coupa le contact un instant plus tard.

— Ne vous en faites pas, la musique va revenir dans une seconde, promit-il sur le ton qu'il aurait adopté pour parler à un enfant, sans cesser de garder l'œil sur la route.

Par chance, il n'y avait eu aucune circulation jusque-là, mais ça n'allait pas durer éternellement. Il devait l'évacuer avant que quelqu'un ne la voie dans cet état.

Il faillit rire de lui-même lorsqu'il prit conscience de ce qu'il était en train de penser. Depuis son plus jeune âge, le mensonge avait été sa seconde nature. A force de tenter de cacher à tout le monde la sordide réalité de sa vie familiale, il était devenu un as de la dissimulation.

Et par la suite, un as de l'arnaque.

Pour autant, il lui semblait judicieux de mettre Rachel Davenport à l'abri des regards indiscrets le temps qu'elle soit capable de se défendre. Il ne savait pas ce qui lui était arrivé au cours de la soirée ni si elle était en partie responsable de l'état dans lequel elle se trouvait, mais peu importait. Tout le monde commettait des erreurs, et elle avait subi plus de pression ces derniers temps que la plupart des gens, en une vie entière.

Elle ferait le point et tirerait les leçons de cette expérience lorsque son esprit serait de nouveau clair.

Il l'attacha soigneusement sur le siège passager du Charger, s'installa au volant et glissa dans le lecteur le CD de *bluegrass* qu'il avait pris dans sa voiture. Il avança jusqu'au morceau qu'ils avaient commencé à écouter et enclencha la lecture. Elle se remit aussitôt à chanter joyeusement tandis qu'il réfléchissait à la conduite à tenir.

La ramener dans sa famille était la solution la plus évidente, mais l'idée ne plaisait guère à Seth. Au cours des dernières semaines, quelqu'un avait tout fait pour la déstabiliser et saper ses fondements psychologiques et émotionnels, et Seth n'en savait pas suffisamment sur sa relation avec sa belle-mère et le fils de cette dernière pour courir le risque de la ramener chez elle dans cet état. Elle semblait en bons termes avec eux, mais pas particulièrement proche. En fait, à l'entreprise, certains se demandaient si Paul Bailey n'était pas mécontent de ne pas avoir été choisi comme nouveau P.-D.G. Il n'était donc peut-être pas le mieux placé pour se soucier des intérêts de Rachel.

La teneur du testament de George Davenport était un secret de Polichinelle au sein de la société, depuis que celui-ci l'avait modifié après le diagnostic de son cancer du foie, un an plus tôt. Tout le monde savait qu'il avait désigné sa fille, Rachel, comme future dirigeante de l'entreprise. Cela avait fait beaucoup jaser étant donné que Rachel Davenport était à l'époque bibliothécaire à Maryville. Que savait-elle de la gestion d'une entreprise de transports ?

Elle s'en était bien sortie et avait progressivement pris les rênes jusqu'à la mort de son père. Mais comment Paul Bailey voyait-il les choses ?

La chanson s'acheva, et le morceau suivant commença, une ballade aux accents plaintifs que Rachel ne semblait pas connaître. Elle fredonna, oscillant en cadence sur son siège malgré la contrainte de la ceinture de sécurité. Elle semblait se relaxer, nota-t-il en glissant un regard vers elle. Ses paupières s'alourdissaient… Elle n'allait pas tarder à s'assoupir.

Peut-être aurait-il dû l'emmener directement à l'hôpital de Maryville pour la faire examiner. Après tout, elle avait peut-être absorbé une drogue quelconque en trop grande quantité. Elle avait peut-être besoin de soins.

Il passa devant le croisement qui conduisait au secteur d'Edgewood, le quartier chic de Bitterwood où vivait la classe aisée, et se dirigea vers Vesper Road, où Delilah jouait les gardiennes de maison pour Ivy Hawkins, une camarade d'enfance mutuelle.

Inspectrice au commissariat de police de Bitterwood, Ivy était en congé administratif après une fusillade au cours de laquelle un tueur à gages avait été abattu — fusillade qui laissait beaucoup de questions sans réponse. Ivy avait profité de ce temps libre forcé pour rendre visite à sa mère qui avait récemment déménagé à Birmingham et proposé à Delilah de loger chez elle en son absence.

— Rachel, vous êtes toujours avec moi ? demanda-t-il avec un soupçon d'inquiétude en voyant sa tête ballotter sur le côté.

Elle ne répondit pas.

Il accéléra sur la sinueuse Vesper Road, en espérant qu'aucun chevreuil, coyote ou ours noir ne choisirait ce moment pour quitter les bois. Il faillit manquer le chemin qui conduisait à la maison d'Ivy et remonta l'allée dans un grand crissement de gravier qui fit sortir Delilah sur le pas de la porte avant même qu'il n'ait coupé le contact.

— Que diable se passe-t-il ? s'enquit-elle en s'avançant vers la portière passager.

— Tu as suivi une formation de secouriste dans la boîte où tu travailles, non ?

Delilah arqua les sourcils à la vue de Rachel Davenport.

— Qu'est-ce qu'elle a ?

— C'est ce que j'aimerais savoir.

Posant la main sur son épaule, il secoua doucement Rachel, qui ne broncha pas.

— Comment se fait-il que tu sois avec elle ?

— C'est une longue histoire. Je te raconterai à l'intérieur, dit-il en indiquant la porte d'entrée qu'elle avait laissée ouverte.

Une fois dans la maison, il déposa Rachel sur le sofa et pressa deux doigts sur la face interne de son poignet mince. Son pouls était lent, mais régulier, tout comme sa respiration.

Elle dormait.

Il se redressa et se retourna pour faire face à sa sœur. Elle le contemplait, les mains sur les hanches, affichant un air suspicieux, largement teinté d'appréhension.

— Dis-moi ce qui s'est passé. Tu lui as fait quelque chose ?

La colère bouillonna en lui, seulement tempérée par le fait que Delilah avait toutes les raisons de le soupçonner d'avoir mal agi. Dieu sait qu'elle l'avait sorti d'innombrables guêpiers dans lesquels il s'était fourré — par sa faute — au fil des années jusqu'à ce qu'elle finisse par se lasser de venir toujours à sa rescousse.

— Je l'ai trouvée dans cet état sur le pont de Purgatoire, expliqua-t-il en couvrant Rachel avec le plaid en crochet qui était sur le canapé. Elle était debout sur le parapet, sur le point de faire le grand plongeon.

— Mon Dieu. Elle voulait se tuer ?

— Non. Elle est droguée. J'ai pensé que tu pourrais peut-être l'examiner… Déterminer quelle substance a pu la mettre dans cet état.

— Je ne vois pas comment je peux faire ça sans examen toxicologique.

Delilah s'approcha du sofa et s'accroupit à côté de Rachel.

— Comment se comportait-elle quand tu l'as découverte ?

— Comme si elle était complètement ivre, mais je ne pense pas qu'elle ait bu. Elle ne sentait pas du tout l'alcool.

Le souvenir de son corps, chaud et doux contre le sien, lui revint d'un coup, masquant tout le reste. *Elle sentait bon*, se rappela-t-il. *Comme si elle venait de sortir de son bain…*

— En tout cas, elle était totalement à côté de la plaque.

— Elle avait des hallucinations ? demanda Delilah en soulevant les paupières de Rachel.

— Pas exactement, dit-il en se penchant par-dessus l'épaule de sa sœur.

Se retournant à demi, elle lui jeta un regard noir. Il recula.

— Comment était-elle exactement, alors ?

— Eh bien… Elle semblait tout heureuse. Comme si elle ne s'était jamais autant amusée de sa vie.

— Debout sur la rambarde du pont ?

— Oui. Elle chancelait. Elle m'a vraiment fait une peur bleue.

— Tu aurais dû la conduire aux urgences.

Le remords l'envahit.

— Tu crois qu'il faut appeler le 911 ?

Delilah se redressa, en appui sur ses talons, fronçant les sourcils.

— Ses constantes vitales sont bonnes. Je pourrais appeler un ami médecin, en Alabama, pour avoir son avis.

— Tu as ta petite idée, souligna Seth en observant attentivement sa sœur.

— Ce pourrait être du gamma-hydroxybutyrate — du GHB.

L'anxiété enserra la poitrine de Seth.

— La drogue des violeurs ?

— Oui… Enfin, c'est aussi un psychotrope répandu chez les noctambules. A faible dose, il induit un sentiment d'euphorie proche de l'ivresse alcoolique. Tu l'as trouvée près du Smoky Joe's Saloon… Elle en a peut-être pris délibérément.

Il secoua la tête.

— Non, non, elle ne ferait pas ça.

Delilah le dévisagea.

— Qu'est-ce que tu en sais ?

— Nous travaillons dans la même entreprise. Si elle consommait de la drogue, j'en aurais entendu parler.

— Vraiment. Tu penses tout savoir de Rachel Davenport ?

Il comprit, au ton de sa sœur, qu'il avait de nouveau éveillé son côté soupçonneux. Qu'est-ce que ce serait si elle apprenait qu'il travaillait pour son ancien chef, Adam Brand !

Bien qu'il soit tenté de connaître la réponse, il s'abstint de lui donner du grain à moudre et se tourna vers Rachel.

— Le GHB aurait-il pu la conduire à monter sur le garde-corps d'un pont et à vouloir s'envoler ?

— Possible, pour peu qu'elle soit d'un naturel un peu fantasque. Le GHB a un effet désinhibiteur.

Ce qui pouvait expliquer les avances qu'elle lui avait faites sur le pont de Purgatoire.

— Comment savoir de façon certaine ce qu'elle a ingéré ?

— Une analyse d'urine nous en dirait plus, répondit Delilah en se redressant et en sortant son téléphone portable de la poche de son jean. Mais l'examen est coûteux, et la drogue devient presque indécelable au-delà de vingt-quatre heures.

Elle jeta un regard éloquent à son frère.

— Si elle est sous GHB, veux-tu vraiment qu'il en existe une trace écrite ?

Delilah avait peut-être l'apparence d'une jolie fille douce, mais il n'y avait pas esprit plus aiguisé.

— Non, bien sûr, concéda-t-il.

— On ne peut pas partir de l'hypothèse que quelqu'un lui a sciemment administré cette drogue, dit-elle en composant un numéro sur le clavier de son appareil. Après tout, elle vient juste d'enterrer son père. Qu'elle ait voulu tout oublier le temps d'une soirée pourrait se comprendre.

Tandis qu'elle s'adressait à la personne qui se trouvait à l'autre bout de la ligne, Seth retourna vers le sofa et s'assit par terre, à côté de Rachel. Elle donnait l'impression de dormir paisiblement, les lèvres légèrement entrouvertes, les traits parfaitement détendus, comme si elle n'avait pas le moindre souci au monde. Elle avait vécu l'enfer au cours de cette dernière année, son père s'éteignant à petit feu sous ses yeux tandis qu'elle s'efforçait d'apprendre à marche forcée toutes les ficelles de la gestion de son entreprise.

Doucement, il repoussa les mèches de ses cheveux, emmêlées sur son front. La plupart du temps, lorsqu'il la côtoyait au bureau, affairée, le port altier, l'air hautain, elle donnait l'impression d'être aussi solide qu'un roc. Mais de temps en temps, quand elle ne savait pas qu'on l'observait, elle laissait tomber sa façade assurée et révélait sa vulnérabilité. Dans ces moments-là, elle lui avait paru immensément fragile, comme si une simple pichenette aurait suffi à la faire trébucher.

La mort de son père lui avait-elle porté le coup ultime ?

Derrière lui, il entendit Delilah raccrocher.

— D'après Eric, il nous suffit de surveiller ses constantes et de nous assurer toutes les deux heures qu'elle ne tombe pas en état de choc et ne souffre d'aucune insuffisance organique, déclara-t-elle d'une voix neutre.

— Rien de plus simple, murmura-t-il.

— On pourrait se relayer, suggéra-t-elle.

Il secoua la tête.

— Va te coucher. Je vais la surveiller.

Il ne parviendrait certainement pas à dormir tant que Rachel ne serait pas redevenue elle-même.

Il y eut un long silence puis Delilah reprit la parole.

— Que viens-tu faire dans tout ça, Seth ? Pourquoi t'inquiètes-tu tellement de ce qui peut lui arriver ?

— C'est ma patronne, répondit-il d'un ton dégagé.

— Dis-moi que tu n'es pas en train de te préparer à l'arnaquer.

Il lui jeta un regard en biais.

— Je te l'ai déjà dit. Je ne prépare rien du tout.

Une fois de plus, il vit des émotions paradoxales passer sur le visage expressif de sa sœur. De l'espoir, mais de la crainte aussi. Il refoula la colère et la frustration qui le submergeaient. Il avait passé des années à entamer la confiance de ceux qui l'aimaient, jusqu'à la perdre tout à fait. Il ne pouvait pas s'attendre qu'ils la lui accordent de nouveau du jour au lendemain sans se poser de questions.

Même s'il l'aurait bien voulu.

Le noir total se mua peu à peu en grisaille uniforme. Puis ce fut le gris lui-même qui se changea en taches floues et couleurs pâles avant que, finalement, sa vision ne s'éclaircisse et que les contours des vagues formes qu'elle discernait ne se précisent. Des fenêtres voilées de rideaux en mousseline verte diffusaient une faible lumière. Une haute commode était placée contre le mur le plus proche ; un lampadaire à vasque dans un coin, éteint pour l'instant. Et, en face d'elle, affalé dans un fauteuil bas, jambes étendues, se trouvait Seth Hammond, ses yeux verts braqués sur elle.

Elle l'avait vu aux obsèques de son père, se souvint-elle, ravivant brutalement la douleur de la perte. Elle avait levé les yeux, l'avait repéré qui l'observait, et une vraie décharge électrique l'avait traversée, la prenant totalement par surprise.

Et ensuite ? Pourquoi ne parvenait-elle pas à se rappeler ce qui s'était passé ensuite ?

La tête lourde et douloureuse, elle essaya de se redresser. Dans sa cage thoracique, son cœur se mit à battre frénétiquement au rythme de sa panique grandissante.

Où était-elle ? Comment était-elle arrivée ici ? Pourquoi ne se rappelait-elle rien hormis les funérailles ?

Il s'était passé pas mal de temps, elle s'en rendait compte à la faible lumière rosée qui filtrait dans la petite pièce et qui pouvait être celle de l'aube ou du crépuscule. Les obsèques s'étaient tenues en fin de matinée.

Bon sang, comment avait-elle atterri ici ?

Et lui… Pourquoi était-il là, avec elle ?

— Que se passe-t-il ? réussit-elle à articuler d'une voix chevrotante qui acheva de l'effrayer.

Pourquoi n'avait-elle pas l'énergie de bouger ?

Il fallait qu'elle s'en aille, qu'elle rentre chez elle, qu'elle retrouve ses repères familiers, qu'elle se libère de cette peur qui montait irrépressiblement en elle comme le flot d'une rivière en crue.

— Chut…, dit doucement Seth. Tout va bien, mademoiselle Davenport. Tout va bien.

Elle parvint à surmonter l'étrange léthargie qui la clouait au canapé et s'assit, luttant contre le vertige.

— Que m'avez-vous fait ?

L'expression de Seth Hammond s'altéra, comme si un masque dur s'était subitement mis en place.

— De quoi vous rappelez-vous ?

Elle repoussa le plaid enroulé autour de ses jambes.

— Ce n'est pas à moi de répondre à vos questions ! gronda-t-elle, son trouble s'amplifiant tandis que la couverture s'entortillait autour de ses membres inférieurs, entravant sa liberté de mouvement.

Dépliant lentement sa haute silhouette, Seth se leva de son fauteuil. Sans être l'homme le plus grand qu'elle ait jamais vu, il était plus grand que la moyenne et naturellement imposant. Cela tenait en partie à son regard, songea-t-elle. Acéré et pénétrant, comme si rien ne pouvait lui échapper. Mystérieux, aussi, comme s'il savait des choses que personne d'autre ne pouvait connaître.

Sa peur se changea en quelque chose d'autre, mais de tout aussi dangereux…

De la fascination.

Le serpent et l'oiseau, songea-t-elle comme il s'approchait, sans hâte, l'air inoffensif — en apparence.

— Quelle est la dernière chose dont vous vous souvenez ? répéta-t-il en dégageant ses jambes, toujours empêtrées dans le plaid.

Il ne l'avait absolument pas touchée, mais, étrangement, ce

fut comme si elle avait senti ses mains sur elle, fortes et tièdes. Une onde de chaleur la submergea, l'embrasant de l'intérieur à tel point qu'elle se demanda si elle n'allait pas être victime d'un phénomène de combustion spontanée.

Mais que diable lui arrivait-il donc ?

Il t'a posé une question, lui rappela la part rationnelle de son cerveau. *Réponds-lui. Peut-être sait-il des choses que tu dois connaître.*

Au lieu de quoi, elle se leva et essaya de se diriger vers la porte, qu'elle apercevait derrière sa large carrure. Elle réussit à faire quelques pas avant que ses jambes flageolantes ne se dérobent.

Instantanément, une solide paire de bras la ceintura, l'empêchant de s'affaisser, et il la plaqua contre son corps robuste. Le léger parfum de son après-rasage lui évoqua un vague souvenir — des bras puissants, le doux murmure d'une voix grave à son oreille, le goût sucré-salé de la chair sur ses lèvres…

Horrifiée, elle s'arracha du cercle de ses bras et s'écarta vivement, vacillant. Elle tomba contre le mur, et ses cheveux se répandirent devant ses yeux, l'aveuglant. Elle secoua la tête pour les chasser.

— Mais qu'est-ce que vous m'avez fait ?

La question s'était voulue offensive mais, à ses oreilles, elle sonna faiblarde et plaintive, comme celle d'un enfant inconsolable confronté à un monde qu'il ne comprenait pas, un monde devenu fou.

Ou peut-être n'est-ce pas le monde qui est devenu fou, souffla une petite voix insidieuse dans sa tête. *Peut-être que c'est toi.*

3

Seth croisa le regard terrifié de Rachel Davenport et se sentit mal. Il avait beau savoir qu'il n'avait rien fait, il était clair qu'elle était persuadée du contraire. Et il aurait du mal à trouver des gens pour prendre sa défense si elle rendait son accusation publique.

Cleve Calhoun lui avait toujours dit qu'aider les gens n'attirait que des ennuis.

Et s'il avait raison ?

— Ah ! vous êtes réveillée !

La voix de Delilah, derrière lui, calme et dépourvue d'émotion, le tira de sa stupeur.

Rachel tourna la tête vers elle, visiblement troublée.

— Qui êtes-vous ?

— Delilah Hammond, répondit sa sœur en lui prenant le plaid des mains pour le plier et le ranger. Comment vous sentez-vous ?

— Je ne sais pas, répondit Rachel, son regard suspicieux allant de Delilah à Seth. Je ne me rappelle pas ce qui s'est passé.

Delilah lança un regard à Seth.

— C'est l'un des symptômes typiques.

— Des symptômes de quoi ? demanda Rachel, de plus en plus anxieuse.

— De l'ingestion de GHB, lui apprit Delilah. Apparemment, vous êtes sortie hier soir…

— Quoi ? Qu'est-ce que vous insinuez ? s'écria Rachel, la

panique se muant tout à coup en indignation. Que j'ai pris de la drogue ?

— Etant donné que mon frère vous a trouvée sur le point d'exécuter un saut périlleux avant depuis le parapet du pont de Purgatoire…

— En fait, je ne crois pas que vous ayez eu l'intention de sauter, intervint rapidement Seth, jetant un regard dur à sa sœur. Mais, de toute évidence, vous n'étiez pas vous-même.

Les sourcils de Delilah s'arquèrent délicatement. Rachel se contenta de le regarder comme si une deuxième tête venait de lui pousser.

— Je n'étais pas sur le pont de Purgatoire hier soir, réfuta-t-elle tout net. Jamais, au grand jamais, je n'aurais…

Cette simple évocation paraissait lui donner la nausée.

— Vous y étiez, pourtant, insista-t-il calmement. Mais, apparemment, ce que vous avez pris hier soir a affecté votre mémoire.

— Je ne… Je ne me drogue pas.

De nouveau, la colère reflua et la peur reparut au fond de ses yeux bleus.

— Peut-être que quelqu'un vous en a donné à votre insu.

La suggestion de Seth, loin de la rassurer, parut l'effrayer plus encore.

— Je ne me rappelle pas être allée où que ce soit. Je ne…

Elle s'arrêta net et pressa sa main sur sa bouche.

— Oh ! Mon Dieu. Je ne me souviens de rien.

— Si vous avez pris du GHB…

Seth jeta un regard réprobateur à sa sœur.

Elle grimaça et reformula sa phrase.

— Si quelqu'un a mis du GHB ou une autre substance similaire dans votre verre, c'est normal que vous n'ayez aucun souvenir. Ce genre de produit provoque souvent une amnésie qui efface de votre mémoire les heures qui précèdent et suivent la prise du psychotrope.

— Quel est votre dernier souvenir de la journée d'hier ? demanda Seth, revenant à la charge.

Elle tourna la tête vers lui.

— Je veux rentrer chez moi, assena Rachel.

— O.K. Je peux vous reconduire.

Mais elle secoua aussitôt la tête.

— Non. Elle. Je préfère que ce soit elle.

Bon sang. Cela l'ébranla plus qu'il ne l'aurait pensé.

— D'accord, si vous voulez. Mais avez-vous l'intention d'en parler à votre famille ?

Ses yeux bleus se rétrécirent.

— Pourquoi ?

— Je me disais que vous préféreriez peut-être éviter les questions gênantes.

L'expression de Rachel changea de nouveau, et elle leva les yeux vers lui.

— Mon père aurait su quelle attitude adopter.

Il hocha la tête.

— Je suis désolé qu'il ne soit plus là pour vous soutenir.

Le chagrin assombrit le regard de Rachel.

— Savez-vous que mon père m'avait demandé si je pensais qu'il devait vous embaucher ? déclara-t-elle lentement. Il m'a parlé de votre passé, a reconnu que c'était prendre un risque. Je ne sais pas pourquoi il m'a consultée — à l'époque, je ne connaissais pas bien l'entreprise. Mais, maintenant, je crois que je comprends.

— Il avait confiance en votre instinct, dit Seth.

Elle baissa les yeux et contempla ses mains.

— Eh bien, il n'aurait peut-être pas dû.

— Que lui avez-vous répondu ? demanda Delilah avec curiosité. Concernant Seth ?

Le regard de Rachel se planta dans le sien.

— Je lui ai dit de lui accorder une deuxième chance.

— Merci, souligna Seth.

— Il m'arrive de me tromper.

Et vlan !

Ses yeux se plissèrent un instant puis elle détourna la tête, lui montrant son profil, froid et distant. A Delilah, elle déclara :

— J'aimerais que vous me rameniez. Pensez-vous que je doive aller voir le médecin ? Pour faire un test et vérifier que…

Elle n'acheva pas sa phrase.

— Ce serait plus sage, en effet, déclara posément Delilah. Je peux vous emmener à Knoxville si vous ne voulez pas consulter un praticien d'ici.

Rachel jeta à Delilah un regard rempli de gratitude, la première expression positive que Seth lui ait vue depuis qu'elle s'était réveillée.

— Oui, je vous remercie.

Comme Delilah se dirigeait vers la porte, Rachel sur ses talons, elle lança un coup d'œil à son frère par-dessus son épaule.

— Je m'occupe d'elle.

Les deux femmes sortirent dans le matin brumeux, sous la pluie fine.

Il les regarda partir depuis le seuil de la maison jusqu'à ce que la camionnette ait disparu dans le virage, avalée par le brouillard. Puis il saisit ses clés et se dirigea vers le Charger, faisant taire son envie de rentrer dans la maison et de s'allonger pour récupérer un peu.

Il avait besoin d'avoir une conversation d'homme à homme à propos d'une femme.

Aucun signe de relation sexuelle récente. Le verdict du médecin résonna encore à ses oreilles longtemps après qu'il lui eut indiqué qu'elle pouvait se rhabiller. Il avait dit d'autres choses, également — que l'examen toxicologique préliminaire était négatif, mais que le GHB n'était pas toujours décelable lors d'un test standard. Il existait un examen plus spécifique, mais qui ne pouvait détecter la présence du produit dans le sang que durant un laps de temps limité après son administration. Lorsqu'elle avait déclaré ne pas souhaiter pousser plus avant les recherches toxicologiques, cela avait paru ne lui faire ni chaud ni froid.

Sans doute avait-il d'autres patients qui avaient plus besoin de lui qu'elle.

— Alors ? s'enquit Delilah en levant les yeux, le visage totalement vierge de toute expression, lorsqu'elle entra dans la salle d'attente. Ça va ?

L'impassibilité absolue de cette femme et sa capacité à rester calme et concentrée alors même qu'elle se retrouvait avec, sur les bras, une inconnue droguée et amnésique avaient quelque chose de déroutant. Rachel fouilla dans sa mémoire, et il lui sembla vaguement se souvenir qu'il y avait eu une fille Hammond, dans le secteur de Bitterwood, qui était devenue agent spécial du FBI.

— Ça va, prétendit-elle. Vous êtes agent du FBI ?

Les sourcils de Delilah s'arquèrent.

— Euh, non, enfin, je ne le suis plus. J'ai quitté le FBI voilà des années. Je travaille maintenant pour une société de sécurité privée.

— Oh !

— Que vous a dit le médecin ? reprit-elle doucement.

— Qu'il n'y avait pas trace de relation sexuelle et qu'il était impossible en l'état de fournir une explication toxicologique à ma perte de mémoire parce que l'examen que j'ai passé n'est pas assez spécifique. Il faudrait que j'en passe un autre, mais, comme le GHB n'est apparemment plus décelable au-delà d'un certain temps, j'ai refusé.

— Et vous n'avez toujours aucune idée de l'endroit où vous êtes allée hier soir ?

— Non. Je me revois au cimetière et, ensuite… Plus rien.

— Ecoutez, je vais être franche avec vous parce que, si j'étais à votre place, j'aimerais qu'on le soit avec moi. Je suis au courant pour Mark Bramlett et les meurtres. Je sais qu'ils semblaient tous avoir un lien avec l'entreprise Davenport. Ou, plus précisément, avec vous.

Rachel massa ses tempes douloureuses du bout des doigts.

— Pourquoi ai-je l'impression que tout le monde est mieux renseigné que moi sur ce qui se passe dans ma propre vie ?

— Si quelqu'un vous a prise pour cible, jusque-là, c'était de façon plutôt détournée. Mais vous droguer et vous abandonner à votre sort, sous l'emprise de GHB, par une froide nuit d'octobre…

Delilah secoua la tête.

— Ça, c'est terriblement direct, si vous voulez mon avis. Il faut vraiment que vous réfléchissiez à la raison pour laquelle quelqu'un cherche à vous nuire.

— Vous croyez que je devrais aller voir la police ?

L'ancien agent spécial fronça les sourcils.

— En temps normal, je dirais oui…

— Mais ?

— Mais… y a-t-il une quelconque raison de penser que ce pourrait être contraire à vos intérêts d'alerter les autorités ?

La tête de Rachel l'élançait de plus en plus.

— Je ne sais pas… J'ai du mal à réfléchir.

— D'accord, d'accord, s'empressa d'acquiescer Delilah en posant une main apaisante sur son épaule. Nous verrons ça plus tard. Je vais vous ramener chez vous. Quelqu'un peut-il rester avec vous le temps que vous ayez complètement repris vos esprits ?

— Non, répondit Rachel, se souvenant que sa belle-mère avait prévu de partir pour Wilmington après l'enterrement.

La sœur de Diane l'avait invitée à venir passer quelques jours chez elle. Quant à Paul, si elle s'entendait plutôt bien avec lui, elle ne se voyait pas lui demander de venir jouer les gardes-malade. Elle le soupçonnait déjà de penser qu'elle était dépassée par les événements au sein de l'entreprise — peut-être à juste titre. Elle ne voulait pas apporter de l'eau à son moulin et lui donner un motif supplémentaire de douter d'elle.

— Je vous aurais bien proposé de rester moi-même, reprit Delilah. Mais je dois partir pour l'Alabama dès que possible. J'ai une réunion prévue de longue date avec mon patron, et c'est un long voyage. Mais vous pouvez rester à la maison pendant que je serai partie, si vous voulez.

Rachel se demanda si Seth Hammond y vivait également, mais elle s'interdit de poser la question.

— Ça ira. Je peux très bien rentrer chez moi.

— Vous êtes sûre ?

Elle acquiesça... même si elle n'était plus sûre de grand-chose.

« Smoky Joe » Breslin ne fut pas exactement ravi lorsque Seth le tira du lit par ce matin pluvieux pour lui poser des questions. En conséquence, ses réponses furent copieusement émaillées de jurons et arrosées de plusieurs doses de bon whisky du Tennessee. Seth étant moins porté sur la boisson, il sirota un verre pendant que Breslin en descendait trois doubles sans ciller.

— Ouais, elle était là hier soir. On aurait dit une fleur de culture au milieu d'un champ de mauvaises herbes, mais elle a eu l'air d'apprécier la musique. Et pas mal de gars ont eu l'air de bien l'apprécier, elle. Alors, ma foi, je n'avais pas à m'en mêler, hein ?

— Etait-elle seule ? demanda Seth.

— Non, elle est venue avec un type qui avait tout d'un de ces jeunes loups sortis tout droit d'une grande école. Un snob ! Il s'est sûrement montré un peu trop entreprenant parce qu'elle l'a giflé... Alors, des gars d'ici l'ont mis dehors. Elle est partie peu après ça.

— Dans quel état était-elle ?

— Je ne sais pas. Je n'ai pas vraiment fait attention. Ce que je sais, c'est qu'elle ne semblait pas totalement ivre.

— Tu ne t'es pas assuré qu'elle ne prenait pas le volant ?

— Bon sang ! tu sais bien comment c'est ici, quand c'est bondé ! Je peux pas avoir chaque client à l'œil ! Je savais qu'elle n'avait pas bu grand-chose donc a priori je n'avais pas de souci à me faire.

Ce qui signifiait qu'à moins d'être allée ailleurs après avoir quitté le Smoky Joe's Saloon, ce n'était pas l'alcool qui l'avait conduite sur ce pont.

— Que peux-tu me dire de ce « snob » qui l'accompagnait ? demanda-t-il à Joe.

Le patron de bar grimaça.

— Un type de la ville… Un de ces yuppies sophistiqués. Tu vois le genre, il arrive là comme en terrain conquis, l'air arrogant, en regardant tout le monde de haut. Je peux te dire que j'ai été content quand elle l'a giflé. Il n'a eu que ce qu'il méritait, si tu veux mon avis.

Joe se versa une nouvelle rasade de whisky et tendit le bras pour remplir le verre de Seth, qui refusa d'un geste.

— C'est lui qui a payé l'addition ?

— Ouais.

— En liquide ou par carte ?

— Par carte. Une de ces cartes Gold que possèdent les gens friqués. Il l'a exhibée comme si c'était une Rolex !

— Tu as le reçu ?

Joe braqua sur lui un regard pénétrant.

— Tu prépares encore un coup tordu ? Je veux pas de ça chez moi, tu le sais.

— Non, non, répondit Seth sans se formaliser. La femme qui était avec lui est une amie, tu comprends. J'aimerais juste dire un mot à ce type à propos du comportement qu'il a eu, c'est tout.

— Je vois, dit Joe d'un air approbateur. Pour tout dire, je trouve qu'elle a très bien géré le problème toute seule. Mais je vais essayer de te retrouver le ticket de caisse… à condition que tu me promettes de ne pas lui mettre une raclée ni de lui coller le canon d'un pistolet sur la tempe, hein ?

— Je veux juste lui parler, lui assura Seth tout en songeant qu'il aurait bien du mal à garder ses poings dans ses poches s'il s'avérait que c'était ce type qui avait drogué Rachel Davenport.

Elle avait bien failli tomber de ce pont la veille. Et la chute aurait vraisemblablement été mortelle.

Peut-être ce type avait-il mis quelque chose dans son verre sans autre intention que de l'inciter à se coucher dans son lit, mais ce geste n'en était pas moins répréhensible et parfaitement abject.

Et puis, demeurait la question de ces meurtres. Au cours des deux derniers mois, quatre femmes, qui avaient toutes un lien direct avec Rachel Davenport, avaient été tuées. Dans un premier temps, ces crimes avaient paru avoir été commis au hasard… jusqu'à ce que les investigateurs appréhendent le tueur et découvrent que celui-ci avait été engagé pour abattre ces femmes et donner justement l'impression de meurtres sans lien les uns avec les autres. Avant de mourir, il avait reconnu que « tout était à cause de la fille ».

A cause de Rachel Davenport.

Joe émergea de la petite pièce encombrée qui lui servait de bureau, un papier à la main.

— C'est signé « Davis Rogers », annonça-t-il en lui tendant le reçu.

Le nom ne disait rien à Seth. Ce pouvait être quelqu'un que Rachel avait connu à Maryville ou même un vieil ami venu assister aux funérailles de son père. Il lui poserait la question lorsqu'elle rentrerait de l'hôpital.

La pensée qu'elle ait dû se rendre à Knoxville lui serra le cœur comme il quittait le Smoky Joe's Saloon et prenait la route de Maryville. Il avait été en congé ces deux derniers jours, mais il était censé travailler les quatre prochains. Comme il avait des congés à prendre, il songea que c'était peut-être le moment de les poser.

Il eut la surprise de trouver Paul Bailey assis dans le bureau lorsqu'il demanda à voir la personne qui assurait l'intérim de la direction en l'absence de Rachel. Bailey leva à contrecœur les yeux des registres comptables qui étaient ouverts devant lui lorsque Seth franchit la porte.

— Monsieur Bailey, j'ai un problème familial. Je sais que c'est un peu tard, mais j'ai deux semaines de congés à prendre et j'aimerais pouvoir en disposer maintenant… si c'est possible.

Le regard de Bailey se posa sur lui, un peu égaré, comme

si son esprit était encore tout entier tourné vers ce qu'il faisait avant l'arrivée de Seth.

— Oui, oui, bien sûr. Personne d'autre n'a de congés prévus. Et certains seront heureux de pouvoir faire des heures supplémentaires à cette période de l'année. Vous n'avez qu'à indiquer à Sharon les jours que vous voulez prendre, et elle intégrera votre absence au planning.

— Merci.

Seth amorça un mouvement pour se détourner, puis il s'arrêta.

— Je suis vraiment désolé pour M. Davenport.

— Merci, répondit Bailey avec un demi-sourire empli de regret.

Sur une impulsion, Seth ajouta :

— A propos, connaîtriez-vous un certain Davis Rogers ?

Le regard de Bailey s'éclaira.

— Pourquoi cette question ?

— J'ai rencontré ce type par hasard dans un bar hier soir, prétendit Seth. Il m'a dit qu'il connaissait la famille. Nous avons porté un toast à la mémoire de M. Davenport.

— Hier soir ?

Seth demeura impassible.

— Oui. Il a mentionné qu'il cherchait à vendre sa voiture, et comme je connais quelqu'un qui pourrait être intéressé... J'aurais dû prendre son numéro de téléphone, mais je n'y ai pensé qu'après coup.

— Il n'est pas d'ici, déclara Bailey, écartant le sujet d'un geste de la main. Il n'aurait de toute façon sûrement pas eu le temps de conclure une vente avant de rentrer en Virginie.

Seth se souvenait vaguement que Rachel avait fait ses études quelque part en Virginie. Donc, peut-être s'agissait-il d'un ancien camarade d'université.

Peut-être même d'un ancien petit ami.

Une pointe de contrariété surgit en lui, qu'il s'efforça de réprimer.

— Merci quand même.

Il tourna les talons et s'en alla avant que Paul Bailey ne

commence à se demander pourquoi l'un des mécaniciens de son parc de véhicules se mettait tout à coup à poser toutes sortes de questions indiscrètes. Il fit halte au garage de l'entreprise où lui et ses collègues disposaient d'une petite pièce pour prendre leurs pauses. Les trois mécaniciens qui travaillaient aujourd'hui étant occupés à l'atelier, il avait l'endroit pour lui tout seul.

Attrapant l'annuaire, il chercha la liste des hôtels du secteur, éliminant d'emblée les établissements bas de gamme. Joe Breslin avait décrit Davis Rogers comme étant un yuppie sophistiqué, ce qui laissait supposer qu'il était descendu dans un bel hôtel.

Etait-ce là le type d'homme qu'affectionnait Rachel ? Des jeunes loups issus de grandes écoles, avec leurs portefeuilles d'actions et leurs parties de golf au country-club ?

Laisse tomber, Hammond. Ça ne te regarde pas.

Elle n'était pas à proprement parler son type de femme non plus. Elle était attirante, sans conteste, mais posée, réservée. Et, s'il ne s'était pas mis à rechercher les indices suggérant que les récents meurtres de Bitterwood étaient liés aux Transports Davenport, sans doute n'en serait-il jamais venu à considérer Rachel Davenport autrement que comme la figure de proue de l'entreprise.

Seulement voilà, depuis qu'il avait renoncé à sa vie d'escroc pour rentrer dans le rang, il avait une fâcheuse tendance à prendre systématiquement à cœur les ennuis de ses semblables. Et Rachel Davenport croulait sous les ennuis.

Un type de sa connaissance, ancien alcoolique, lui avait dit que c'était une réaction courante chez les gens qui éprouvaient le besoin de s'absoudre de leurs fautes passées. Ils avaient tendance à en faire trop, à vouloir sauver le monde entier au lieu de rectifier les deux ou trois choses sur lesquelles ils avaient réellement prise.

Son cas en était l'illustration parfaite.

Prenant son téléphone, il appela les hôtels de Maryville qui correspondaient, sans succès. Il allait s'attaquer à ceux de Knoxville lorsqu'il se souvint qu'il y avait une pension, à

Bitterwood, qui offrait les prestations qu'un homme comme Davis Rogers devait attendre d'un hébergement.

Lorsqu'il demanda à parler à Davis Rogers, le propriétaire de Sequoyah House le mit aussitôt en relation avec la chambre de l'intéressé.

Bingo !

Personne ne répondit, mais Seth avait l'information qu'il cherchait.

Il avait quelques questions à poser à M. Davis Rogers et, maintenant, il savait où le trouver.

4

Pendant le trajet de retour à Bitterwood, Rachel se rendit compte qu'elle n'avait aucune idée de l'endroit où était sa voiture. Puisque Seth l'avait trouvée sur le pont de Purgatoire, elle devait être garée quelque part, non loin du pont. Delilah accepta de faire le détour pour jeter un coup d'œil.

Effectivement, sitôt qu'elles furent en vue du pont, Delilah repéra la Honda Accord rangée sur le bas-côté de la route.

— Vous avez vos clés ? demanda-t-elle en s'arrêtant près du véhicule de Rachel.

— Oui, elles sont dans ma poche.

Bon sang ! si seulement elle avait pu remonter le temps et reprendre le cours de sa vie vingt-quatre heures avant ! Mais alors, il lui aurait fallu revivre les funérailles de son père. Eprouver de nouveau la douleur des adieux. Cette affreuse tension… Tenir bon, ne surtout pas craquer. Ne permettre à personne de voir comme le chagrin l'avait brisée.

Qu'auraient pensé les personnes venues rendre un dernier hommage à George Davenport si elles l'avaient vue se livrer à ses périlleuses acrobaties sur le pont de Purgatoire, la veille au soir ?

Elle frémit à cette idée — pas seulement à la pensée de se donner en spectacle devant tous ces gens, mais aussi à l'évocation du pont en lui-même. Rien que de s'imaginer engageant sa voiture sur ce pont à treillis, elle avait déjà la chair de poule. Alors, se tenir en équilibre précaire sur le garde-corps… Inimaginable !

La pluie matinale, d'abord une fine bruine continue, s'était changée en averses sporadiques. Pour l'instant, il ne pleuvait plus, mais d'épaisses nappes de brouillard les enveloppaient de leurs volutes comme de lourds nuages bas. Comme Rachel se dirigeait vers sa voiture, ses pas crissant sur le gravier mouillé, Delilah abaissa la vitre du côté passager.

— Vous êtes sûre que vous vous sentez en état de conduire ?

— Oui, ça va, répondit-elle machinalement.

— Soyez prudente, d'accord ? lui dit Delilah avant de lui sourire et de remonter sa vitre.

Rachel regarda la camionnette s'éloigner puis monta dans la Honda.

Le silence qui régnait dans l'habitacle de la voiture l'oppressa, exacerbant son sentiment d'isolement. A l'extérieur, le monde semblait de plus en plus gris et hostile, elle reporta donc son attention sur la voiture elle-même, espérant que quelque chose allait stimuler sa mémoire.

Qu'avait-elle fait la dernière fois qu'elle était dans sa voiture ? Pourquoi ne se souvenait-elle de rien entre le moment où elle s'était recueillie devant la tombe de son père et celui où elle s'était réveillée dans une maison inconnue, avec Seth Hammond qui la regardait de son intense regard vert ?

Un son aigu déchira l'air, la faisant sursauter. Ce n'était que son téléphone portable, posé sur le tableau de bord. Avec un sourire penaud, elle le saisit et jeta un coup d'œil à l'écran. Un numéro qu'elle ne connaissait pas.

— Allô ?

— Rachel, Dieu soit loué ! Voilà des heures que j'essaie de te joindre.

— Davis ?

C'était la voix de son ancien petit ami d'université. Davis Rogers. Elle n'avait pas eu de nouvelles de lui depuis des années.

— J'avais peur que tu regrettes de m'avoir donné ton numéro et que tu ne filtres mes appels. Tu es rentrée sans encombre hier soir ?

Avant qu'elle n'ait eu le temps de répondre, il enchaîna :

— Suis-je bête… Evidemment, puisque tu me réponds ! Ecoute, je voulais te dire que j'étais désolé, pour hier soir…

Tout à coup, il y eut un bruit sourd dans le téléphone, et la communication fut brutalement coupée.

Rachel écarta l'appareil de son oreille, surprise. Elle regarda de nouveau l'écran. C'était un numéro de Virginie, mais la façon dont Davis s'était exprimé donnait l'impression qu'il était ici, dans le Tennessee.

Elle rappela, mais tomba sur la messagerie vocale.

Il avait dit avoir tenté de l'appeler à plusieurs reprises… Ouvrant sa messagerie, elle découvrit trois appels, émanant tous de Davis. Le premier l'informait de l'endroit où il était descendu — Sequoyah House, une pension de la région, située non loin de Cutter Horse Farm. Elle enregistra les coordonnées dans les contacts de son portable et écouta les messages suivants.

Dans le dernier, Davis semblait bouleversé : « Rachel, c'est encore Davis. Ecoute, je suis désolé pour hier soir, mais il avait l'air tellement sûr que tu n'attendais qu'un geste de ma part… Tu m'as vraiment manqué, tu sais. Ça m'a ennuyé de te laisser seule dans cet endroit. S'il te plaît, rappelle-moi pour que je puisse te présenter mes excuses et m'expliquer de vive voix. »

Elle contempla le téléphone, perplexe. Quel endroit ? Sûrement pas le Smoky Joe's. Et d'abord, pourquoi son ex se trouvait-il ici — aux funérailles de son père ? L'avait-elle vu hier ?

Et pourquoi avaient-ils été coupés ?

Sequoyah House se composait d'un corps d'habitation principal avec un seul étage et était nichée dans une clairière au pied de Copperhead Ridge. Derrière la maison, la montagne se dressait, comme une sentinelle face à la vallée baignée de pluie, en contrebas. C'était le genre d'endroit qui se prêtait davantage à une escapade romantique qu'à une nuitée pour un homme seul en voyage d'affaires.

Mais peut-être Davis Rogers n'avait-il pas prévu de rester seul longtemps.

Les meubles de l'entrée avaient l'air de véritables antiquités rustiques, et cet assortiment varié reflétait bien l'artisanat traditionnel de Smoky Mountains. Mais, en dépit de sa chaleureuse authenticité, Sequoyah House sentait l'argent et le luxe à plein nez.

La femme qui se tenait derrière le bureau d'accueil en acajou lui sourit poliment, ses yeux gris parcourant rapidement son polo de golf, son jean élimé et sa coupe de cheveux sans apprêt. Sans doute se demandait-elle s'il pouvait s'offrir une chambre dans cet hôtel.

— Puis-je vous aider ? demanda-t-elle d'un ton neutre.

— Je voudrais voir l'un de vos clients, Davis Rogers.

— M. Rogers n'est pas dans sa chambre. Puis-je lui laisser un message ?

— Oui. Pouvez-vous lui dire que Seth Hammond est passé le voir à propos d'une affaire concernant Rachel Davenport ?

Il vit à l'éclair qui brilla dans ses yeux qu'elle connaissait son nom. Sa réputation l'avait précédé.

— Où peut-il vous joindre ?

Seth tendit la main vers le présentoir argenté qui contenait les cartes de l'établissement.

— Puis-je ?

Comme elle inclinait la tête, il en prit une et inscrivit au dos son numéro de téléphone portable.

La femme s'en saisit.

— Je transmettrai le message.

Il redescendit lentement les marches du porche et se dirigea vers sa voiture, garée dans la partie de la clairière qui avait été aplanie et recouverte de pavés autobloquants pour servir de parking. Parmi les autres voitures stationnées là, il avisa une Mercedes bleue, rutilante, avec des plaques de Virginie.

Seth jeta un coup d'œil par la vitre conducteur. L'intérieur était vide — il n'y avait rien qui permette d'identifier le propriétaire. Si Ivy Hawkins n'avait pas été provisoirement suspendue, Seth aurait peut-être tenté de l'appeler pour voir si elle pouvait regarder dans le fichier des immatriculations. Elle avait mené l'enquête sur les meurtres par lesquels cet invraisemblable imbroglio avait commencé et avait elle-même failli être victime du tueur... Il aurait peut-être réussi à la convaincre de lui rendre ce service.

Mais son équipier, Antoine Parsons, n'avait aucune raison d'écouter ce que Seth avait à dire. Et à quoi cela aurait-il servi de toute façon ? Seth savait déjà que Rogers séjournait à Sequoyah House. Cela étant, si la Mercedes était bien à lui, une question se posait : s'il n'était pas dans sa chambre et qu'il n'avait pas pris sa voiture, où diable était-il ?

Tandis qu'il revenait vers le Charger au pas de course, sous la pluie, une sonnerie de téléphone le stoppa net. Elle était faible, comme si elle venait d'une certaine distance, mais il ne voyait personne alentour.

Il se dirigea vers les buissons d'hortensias, près de la haie, d'où semblait provenir le son. Les fleurs commençaient à faner avec le rafraîchissement du temps, mais le feuillage était encore si dense que Seth dut s'accroupir pour pouvoir localiser le téléphone. Celui-ci sonnait toujours et était posé sur le sol, face vers le haut.

Seth le ramassa et appuya sur le bouton pour prendre l'appel.

— Allô ? dit-il, s'attendant à entendre la voix du propriétaire de l'appareil appelant pour retrouver son téléphone perdu.

Mais rien ne l'avait préparé à entendre la voix de Rachel Davenport.

— Davis ?

Le regard de Seth se porta sur la Mercedes, dans le parking, en même temps que sa poitrine se serrait.

— Davis ? répéta Rachel.

— Ce n'est pas Davis, répondit-il lentement. C'est Seth Hammond.

Elle demeura silencieuse pendant quelques instants.

— C'est le numéro que Davis Rogers a laissé sur ma messagerie vocale. Où est-il ? Que se passe-t-il ?

— Je serais bien en peine de vous le dire. J'ai entendu ce téléphone sonner et j'ai répondu en pensant que c'était son propriétaire qui le cherchait.

— Où êtes-vous ?

— Devant Sequoyah House.

Il se releva et se mit à avancer lentement le long de la rangée d'hortensias, cherchant, à travers le dense feuillage, ce qu'il redoutait de plus en plus de découvrir.

— Que faites-vous là-bas ?

Elle ne parvenait pas tout à fait à réprimer la suspicion dans sa voix, nota-t-il. Il ne pouvait pas l'en blâmer.

— Je suis allé voir Joe Breslin au Smoky Joe's Saloon. Il s'est souvenu vous avoir vue en compagnie d'un homme hier soir. Il a consulté le reçu du règlement que l'homme a effectué par carte et a pu me fournir son nom.

— Quoi ? J'étais au Smoky Joe's avec Davis ? rétorqua-t-elle, l'air incrédule. Ce n'est vraiment pas le genre d'endroit qu'il fréquente.

— Mais peut-être est-ce le vôtre, suggéra-t-il, se souvenant qu'elle avait chanté du *bluegrass* la veille dans la voiture.

— Avez-vous parlé à Davis ?

— La réceptionniste m'a dit qu'il n'était pas dans sa chambre, donc je lui ai laissé un message lui demandant de me rappeler.

Il marqua une pause en apercevant quelque chose de sombre derrière l'un des buissons fleuris.

— J'ai mentionné votre nom… J'espère que vous ne m'en tiendrez pas rigueur.

Il se baissa et écarta les branches pour voir ce que c'était.

Son cœur manqua un battement.

Couché en position fœtale, couvert de sang et de contusions, un homme gisait là, à même la terre. Seth aurait été incapable de dire s'il était vivant ou mort.

— Rachel, il faut que je vous laisse. Je vous rappelle dès que possible.

Il coupa la communication et rangea le portable dans la poche de sa veste. La végétation touffue l'obligea à se frayer un chemin dans les étroits espaces qui séparaient les taillis pour atteindre l'endroit où se trouvait l'homme, affalé contre un tronc d'arbre. Il avait été sauvagement agressé. Son visage était déformé par plusieurs fractures, ses yeux au beurre noir étaient gonflés et fermés. Du sang maculait tout l'avant de sa chemise, en si grande quantité qu'il était difficile de savoir quelle avait été la couleur initiale du vêtement. L'une de ses jambes était repliée selon un angle bizarre, suggérant une fracture ou une luxation.

Seth posa deux doigts sur la gorge de l'homme et décela un pouls très faible. Il ne savait pas à quoi ressemblait Davis Rogers, mais la proximité de cet homme et du téléphone égaré donnait à penser qu'il s'agissait peut-être de lui. Il ressortit des buissons, porta la main à sa poche pour en tirer son propre téléphone et composer le 911.

Mais, avant que ses doigts n'aient quitté sa poche, quelque chose de dur le frappa à l'arrière de la tête, l'envoyant rouler dans les hortensias. Son front heurta le tronc de l'arbre, et le choc brouilla sa vision d'une myriade de points lumineux et multicolores.

Un deuxième coup l'atteignit au creux du dos, juste au-dessus du rein gauche. Une vive douleur irradia dans tout son flanc. Un coup de pied, eut-il le temps d'analyser dans un dernier lambeau de conscience.

Puis un choc violent sur l'arrière de sa tête éteignit les lumières.

Après avoir attendu pendant une dizaine de minutes que Seth la rappelle, le degré d'inquiétude de Rachel atteignit des sommets. Quelque chose, dans le ton de sa voix au moment où il avait raccroché, lui avait noué l'estomac.

Il avait eu l'air… lugubre. Comme s'il venait de faire une découverte macabre.

Etant donné qu'il avait répondu sur le téléphone de Davis, Rachel n'osait même pas imaginer ce que c'était.

Et si quelque chose était arrivé à Davis ? Il avait été son premier vrai petit ami, le premier homme avec qui elle avait couché. Le premier qu'elle avait aimé, même s'il s'était avéré par la suite que leur relation était vouée à l'échec.

Elle n'était plus amoureuse de lui aujourd'hui, mais cela ne signifiait pas qu'il lui était devenu totalement indifférent. Et le ton de Seth lui avait paru vraiment alarmant…

Plus question d'attendre davantage. Seth avait dit qu'il se trouvait à Sequoyah House. La pension était à cinq minutes d'ici.

Elle attrapa ses clés et se dirigea vers la porte. Le meilleur moyen de savoir ce qui se passait, c'était d'aller voir par elle-même.

Tout le corps de Seth lui faisait mal, mais pas suffisamment pour suggérer qu'il était à l'article de la mort. Il ouvrit prudemment les yeux et se retrouva face à un ciel gris et bas. Il était trempé, il avait froid, et sa tête l'élançait comme s'il avait passé une heure à la taper contre un mur.

Il remua une jambe, puis l'autre et conclut qu'elles étaient à peu près en état de marche, malgré la douleur qui fusait au moindre de ses mouvements dans son côté gauche. Ses bras semblaient intacts, même si l'un d'eux était taché de sang. Pas de signe de coupure, cependant, sous les gouttes rouges ; le sang devait donc provenir d'une autre partie de son corps.

Il n'arrivait pas à respirer par le nez. Lorsqu'il porta la main à son visage, il comprit pourquoi. Il avait du sang plein les doigts et, au toucher, son nez était douloureux. Retenant un grognement, il se força à s'asseoir et regarda autour de lui.

Il était dans les bois, mais une brèche dans la végétation, sur sa droite, laissait entrevoir l'angle d'une grande bâtisse recouverte d'un bardage de bois. Sequoyah House, observa-t-il en dépit de la douleur qui parasitait le fonctionnement de son esprit.

Certains souvenirs lui faisaient défaut. Il savait qui il était, quel jour on était — à moins qu'il ne soit resté là, inconscient, plus longtemps qu'il ne le pensait. Il savait ce qu'il avait fait plus tôt dans la journée — il avait espéré rencontrer l'ancien ami de Rachel Davenport, Davis Rogers. Mais Rogers n'était pas dans sa chambre, et Seth avait donc quitté la pension.

Il se souvenait être retourné au parking.

Et ensuite ?

Son portable sonna, à peine audible. Il le trouva dans la poche arrière de son jean détrempé et vit le nom d'Adam Brand s'afficher sur l'écran. Parfait. Absolument parfait.

Puis une image se présenta à son esprit confus. Un portable — mais pas le sien. Un autre. Il l'avait entendu sonner et s'était avancé dans les bois pour le localiser.

Mais où était cet appareil maintenant ?

Il répondit à l'appel pour mettre fin au vacarme qui lui vrillait les tympans.

— Oui…

La formule de salutation était peu accueillante, voire franchement maussade, mais Seth n'en avait cure. Cela reflétait très exactement son état d'esprit.

— Vous étiez censé m'appeler ce matin, lui rappela Brand.

— Oui, eh bien… J'ai eu comme qui dirait un empêchement.

Il grimaça comme il tentait de se relever.

— Les choses ont tourné au vinaigre en un rien de temps.

— Que s'est-il passé ?

— Trop de choses pour que je puisse vous raconter ça par téléphone. Je vous rédige un rapport, d'accord ?

— Ça ne va pas ? Vous avez une voix d'outre-tombe.

Seth avisa quelque chose de rouge foncé sur le tapis de feuilles. Son front se plissa, ce qui provoqua un nouvel élancement dans son crâne.

— Ça aussi, ce sera dans le rapport, répondit-il succinctement.

Il raccrocha et s'avança en direction de la tache sombre. La pluie en avait dilué la majeure partie, mais des traces rouges subsistaient. Seth ramassa du bout des doigts une des feuilles maculées et l'examina de près.

Du sang. Etait-ce là qu'il avait été agressé ?

Non. Pas lui. Il y avait eu quelqu'un d'autre. Une image passa devant ses yeux endoloris, si furtive que son cerveau engourdi eut à peine le temps de l'enregistrer.

Mais il en avait vu assez. Il avait vu le corps d'un homme, roulé en boule, comme s'il avait perdu conscience en cherchant à parer les coups qui pleuvaient sur lui. Et inconscient, l'homme l'était bel et bien car Seth se revit soudain en train de prendre son pouls.

Mais où était passé cet homme ? Son assaillant avait-il déplacé le corps ?

Si tel était le cas, il s'était aussi emparé du téléphone qu'il avait ramassé car l'appareil n'était plus dans sa poche.

Péniblement, il se dirigea à travers le bois détrempé vers la clairière. Sa vision ne cessait de se brouiller, ce qui lui donnait des vertiges, et ce fut avec un immense soulagement qu'il vit enfin se profiler le Charger au bout de ce qui lui avait semblé être les cinquante mètres les plus longs de sa vie. Il se laissa aller contre la portière et posa la joue contre le métal froid de la carrosserie. Cela parut atténuer un peu son mal de tête lancinant si bien qu'il demeura immobile pendant un moment.

Ce fut un bruit de moteur qui le fit se redresser. Il s'apprêtait à déverrouiller la portière lorsqu'il remarqua que sa voiture semblait pencher d'un côté. Il baissa les yeux. Les deux pneus du côté conducteur étaient crevés.

Un grognement de dépit lui échappa.

Un véhicule entra dans le parking. Seth se força à lever les yeux et eut la surprise de voir Rachel Davenport qui le dévisageait à travers le pare-brise balayé par les essuie-glaces. Elle se gara derrière lui et sorti, l'air horrifié.

— Bon sang ! mais que vous est-il arrivé ?

Il entrevit son reflet dans la vitre du Charger et fit la grimace. Son nez était gonflé, en sang. Une plaie barrait son front au-dessus de son œil gauche.

— Ce n'est rien. Si vous aviez vu l'état de l'autre type…, dit-il avec un sourire bravache, espérant gommer cet air préoccupé de son visage.

Il n'aurait plus manqué que Rachel Davenport le prenne en pitié ! Faible comme il l'était, il aurait été incapable de résister à ça. Il préférait encore lui hérisser le poil par une stupide fanfaronnade.

Mais sa démonstration de bravoure n'obtint pas l'effet escompté. Elle s'avança, la main tendue.

Ne me touchez pas, pensa-t-il, s'efforçant de l'esquiver.

Mais sa main saisit son menton et le força à la regarder. Ses yeux bleus sondèrent les siens, et il se retrouva pris au piège, incapable de lui échapper.

Ses doigts le brûlaient comme un fer rouge. Il eut tout à coup du mal à respirer comme elle promenait son regard sur lui, examinant ses blessures avec un calme surprenant de la part d'une femme qui, la veille encore, jouait les équilibristes sur le parapet du pont de Purgatoire.

— Avez-vous perdu connaissance ?

— Quelques secondes.

Ou quelques minutes, mais comment être sûr ?

Elle le considéra d'un œil sceptique.

— Vous rappelez-vous ce qui s'est passé ?

— Je suis venu ici pour voir votre ami. Il n'était pas là…

— Oui, et vous avez trouvé son téléphone. Je l'ai appelé, et c'est vous qui avez décroché. Nous avons parlé un instant, mais soudain vous avez coupé la communication en disant que vous deviez raccrocher.

Sa mémoire ne l'avait donc pas trompé, songea-t-il, soulagé.

— Exact.

Attrapant sa main, il l'ôta de son menton et l'emprisonna entre ses doigts.

— Rachel, tout est un peu confus dans ma tête, et il se pourrait que ma mémoire me joue des tours, mais…

— Quoi ? Parlez, je vous en prie, le supplia-t-elle.

Il resserra son emprise autour de sa main.

— Je crois que votre ami Davis a été assassiné.

5

La désagréable sensation de froid qui s'était logée dans sa poitrine dès l'instant où l'appel de Davis avait été coupé s'étendit à tous ses membres.

— Qu'est-ce qui vous fait penser ça ?

Seth Hammond lui raconta tout ce dont il se souvenait.

Rachel dégagea sa main et se dirigea vers la lisière des arbres noyés dans le brouillard. Il lui emboîta le pas d'une démarche mal assurée.

— Je n'ai pas de preuve, dit-il comme s'il voulait la mettre en garde. Si vous prévenez la police de Bitterwood, ils ne croiront pas un mot de tout ça. Je ne suis pas exactement le genre de témoin qu'ils considèrent comme fiable.

— Mais il faut que je sache. Où avez-vous vu ce sang ?

Ses pieds dérapèrent sur les feuilles mouillées comme elle pénétrait dans le bois.

La main de Seth Hammond se referma autour de son coude, pour l'aider à recouvrer son équilibre, en dépit du fait que lui-même tenait à peine debout.

— Par ici, lui dit-il, tout la guidant en direction des hortensias. Au sol, il lui montra une tache d'un rouge sombre que l'eau de pluie dissolvait peu à peu.

Rachel se baissa pour ramasser l'une des feuilles maculées et l'approcha de son nez. Une légère odeur métallique monta à ses narines.

— Oui, c'est du bien du sang.

— Mais je n'ai pas vu ce qui s'est passé.

Elle se tourna pour lui faire face. Il avait vraiment l'air mal en point, avec son nez contusionné, couvert de sang séché, et la plaie de son front d'où le sang continuait à couler. Malgré son teint mat, elle voyait bien qu'il était pâle. Comme il vacillait, elle le retint avant qu'il ne tombe sur elle.

— Et vous ne savez pas non plus qui vous a fait ça ?

— Non, tout est flou.

— Vous n'êtes pas en état de conduire.

Il lui décocha un sourire désabusé.

— Ma voiture non plus n'est pas en état de rouler.

Elle comprit ce qu'il voulait dire lorsqu'ils furent revenus au parking et qu'elle vit les deux pneus à plat. Avaient-ils été crevés ou étaient-ils simplement dégonflés ?

— Montez dans ma voiture, ordonna-t-elle, ignorant le tremblement de ses membres inférieurs.

Ce n'était pas le moment de flancher. Il y avait trop à faire. Elle penserait à Davis plus tard.

— Quelle autorité ! Ça me plaît.

Seth Hammond lui jeta un regard aussi torride que l'été du Tennessee. Un tressaillement naquit au plus profond de son être, qu'elle s'empressa de réprimer. Il était dans le cirage et ne savait probablement pas ce qu'il disait. Et même si c'était le cas…

— Il faut que j'appelle la police et que je signale la disparition de Davis, annonça-t-elle en s'installant au volant. Je vais devoir parler de vous dans ma déclaration.

Il secoua la tête, puis s'immobilisa subitement en faisant la grimace.

— Aïe !

Elle tourna la tête pour le regarder. Il essaya d'en faire autant, mais elle vit que le mouvement lui était douloureux.

— Je suis obligée… Ils remonteront forcément jusqu'à vous. Vous vous êtes présenté au bureau d'accueil en donnant votre nom. Votre voiture est garée là avec les pneus crevés, et si nous appelons une dépanneuse, ce sera une preuve de plus de votre passage ici.

Il se rembrunit.

— Vous ne savez pas ce que c'est que d'être étiqueté suspect n° 1 aux yeux de tout le monde.

— C'est vrai. Mais je dirai à la police ce que je sais. Que je parlais à Davis lorsque la ligne a soudain été coupée. Puis que je l'ai rappelé et que c'est vous qui avez répondu…

Elle s'arrêta net, se rendant compte que cela paraîtrait d'autant plus louche du point de vue des policiers.

Seth Hammond croisa son regard.

— Je vois que vous comprenez la situation.

— Si Davis est mort, je ne peux tout de même pas rester sans rien faire.

— Non, mais, au moins, ne leur dites pas que c'est moi qui ai répondu au téléphone.

Il voulait qu'elle mente à la police ?

— C'est impossible. Je ne peux pas passer ça sous silence.

Il parut sur le point de répliquer, mais se laissa finalement retomber contre le siège.

— Faites ce que bon vous semble.

Elle s'appuya elle aussi contre le dossier, soupirant de frustration. Qu'était-elle censée faire ? Ignorer les craintes de Seth Hammond ? Lui dire qu'elles n'étaient pas fondées, qu'il noircissait le tableau ?

Non. Parce qu'elle n'avait effectivement pas l'intention de tout révéler à la police. Elle ne leur avouerait certainement pas que, la veille au soir, apparemment complètement droguée, elle dansait, telle une funambule, sur le garde-corps du pont de Purgatoire.

— Vous savez, je sais ce que c'est que d'être jugée au moindre faux pas, reprit-elle posément.

Evitant de bouger, il coula un regard curieux dans sa direction.

— Je ne tiens pas à ce que la police soit au courant de mes excentricités d'hier soir, continua-t-elle. Et d'ailleurs, vous ne m'avez pas poussée à en parler à qui que ce soit.

— Je me suis dit que c'était à vous d'en décider.

Elle hocha la tête.

— Donc, c'est d'accord. Je ne leur dirai pas que vous avez décroché quand j'ai rappelé Davis.

Il lâcha un long soupir.

— Rachel, vous savez que je ne lui ai rien fait, n'est-ce pas ?

Elle se demanda si elle n'était pas folle de le croire. Que savait-elle de lui, au fond ? Il était discret au travail et ne semblait lié d'amitié avec personne. Elle avait entendu parler des années où il avait trempé dans toutes sortes d'escroqueries, mais son père et elle avaient choisi de le juger sur son travail actuel, pas sur son passé trouble. Et ils n'avaient jamais eu à le regretter. Seth Hammond s'était toujours montré ponctuel, avait accompli sans jamais rechigner les tâches qu'on lui demandait et n'avait jamais causé le moindre problème.

Mais était-ce suffisant pour croire ce qu'il affirmait ?

Sans même le vouloir, elle posa sa main sur son bras.

— Oui, je suppose que oui…

Il se tourna avec précaution vers elle, regarda d'abord l'endroit où ses doigts serraient son avant-bras luisant de pluie, puis il la fixa dans les yeux. Dans la faible lumière, ses prunelles vertes scintillèrent, aussi profondes et mystérieuses que les bois alentour.

— Vous m'avez sauvé la vie hier soir sans rien me demander en retour, reprit-elle. Vous n'avez même pas tenté d'user de cet argument pour me convaincre, à l'instant. N'importe quel escroc qui se respecte l'aurait fait.

Il grimaça.

— Je ne suis pas un saint.

— Je n'ai pas dit que vous l'étiez. Mais je vous crois sur ce coup-là.

L'habitacle de la voiture parut se rétrécir d'un seul coup, l'espace qui les séparait devenant subitement infinitésimal. Elle sentit la chaleur qui irradiait de son corps, se mêler à la sienne. En dépit du piteux état dans lequel il se trouvait, en dépit des mille et une raisons pour lesquelles elle n'aurait pas dû ressentir cet irrésistible magnétisme qui l'attirait vers lui, il était impossible de nier qu'elle le trouvait séduisant.

Il n'avait pas la beauté d'un acteur de cinéma, surtout avec son nez ensanglanté et les hématomes qui commençaient à se former sous ses yeux, mais il était incroyablement masculin — d'une virilité animale qui transpirait par tous les pores de sa peau, se lisait dans chacun de ses muscles noueux, dans sa large carrure.

Et ces grandes mains puissantes… Malgré le tourbillon de pensées contradictoires qui s'entrechoquaient dans sa tête, elle imaginait sans peine ce que ce serait de les sentir se promener sans hâte sur son corps en une longue exploration exhaustive. Cette sensation, primitive et intensément sexuelle, était plus forte que tout ce qu'elle avait pu connaître.

— Quoi encore ? demanda-t-il, rompant le lourd silence qui s'était établi entre eux.

Emmenez-moi chez vous, fut la réponse qui lui vint spontanément à l'esprit. Mais elle déclara :

— Je crois que je vais appeler la police afin qu'ils se mettent à rechercher Davis.

Elle sortit son téléphone de sa poche, s'apprêtant à composer le 911.

— Il faut que je fasse un brin de toilette, murmura Seth Hammond.

— Tenez, dit-elle en ouvrant la boîte à gants et en en sortant un paquet de lingettes. C'est tout ce que j'ai.

Il considéra la boîte puis reporta son regard sur elle, un sourcil arqué.

— L'habitude… J'étais bibliothécaire, expliqua-t-elle dans un sourire. Les livres qui passent continuellement de main en main, vous comprenez…

Il prit une lingette et entreprit de nettoyer le sang en regardant ce qu'il faisait dans le miroir de courtoisie. Lorsqu'il referma le paquet, il avait repris figure presque humaine. Son nez n'était pas aussi enflé qu'il y paraissait, et la plaie de son front, une fois nettoyée, se révéla moins profonde qu'il ne l'avait craint. Seules les ecchymoses autour de ses yeux et les taches rougeâtres qu'avaient laissées les gouttes de sang sur le devant de sa chemise bleue attestaient qu'il avait été passé à tabac.

— C'est mieux ? demanda-t-il.

Elle hocha la tête.

— Mais vous allez quand même devoir répondre à des questions.

— Je sais, convint-il en lui décochant un nouveau sourire en coin qui la fit chavirer. Mais je préfère être présentable pour parler à la police.

Ce furent des officiers en uniforme qui arrivèrent les premiers sur les lieux pour prendre leurs dépositions mais, une demi-heure plus tard, un inspecteur les rejoignit. Grand et mince, la peau noire, il avait des yeux bruns perçants et l'air débonnaire. Elle l'avait déjà vu un mois plus tôt lorsqu'il s'était présenté à l'entreprise dans le cadre de l'enquête portant sur les meurtres de deux de leurs employées, se souvint Rachel. Antoine Parsons. Un type plutôt sympathique et amical.

Mais il n'y avait rien d'amical chez lui lorsqu'il balaya la scène des yeux et arrêta finalement son regard sur le visage meurtri de Seth Hammond.

— Seth Hammond. Décidément, tu as le chic pour te trouver présent sur toutes mes scènes de crime, ces derniers temps.

Le sourire que lui retourna celui-ci était presque railleur, et Rachel dut lutter contre l'envie de le rappeler à l'ordre d'un coup de coude et de lui souffler de ne pas envenimer les choses. Mais, apparemment, c'était plus fort que lui.

— Antoine, Antoine, Antoine... toujours à la botte du grand chef, je vois. Ça se passe bien ?

Antoine leva les yeux au ciel.

— Il paraît qu'une personne est portée disparue ?

Rachel s'avança devant Seth Hammond pour s'adresser à l'inspecteur.

— Il s'appelle Davis Rogers. Je parlais avec lui au téléphone quand j'ai entendu un bruit sourd et puis... la communication a été coupée.

— Vous êtes venue ici pour le chercher ?

— Il m'avait laissé un message sur ma boîte vocale, m'indiquant où il logeait. En arrivant, j'ai vu sa voiture garée dans le parking. Mais il n'est pas dans sa chambre. Et j'ai trouvé des traces de sang dans les feuilles, là-bas, expliqua-t-elle en désignant du bras le petit bois.

— Et toi, Hammond ? Qu'est-ce que tu fais là ? Tu es avec Mlle Davenport ? Et qui t'a frappé ?

— Ça, je n'en sais rien. J'étais venu voir Rogers. Comme il n'était pas dans sa chambre, je m'apprêtais à repartir quand il m'a semblé voir quelque chose dans le bois.

— Tiens donc, il t'a semblé voir quelque chose ? répéta Antoine sans cacher son scepticisme.

Rachel commençait à comprendre pourquoi Seth Hammond n'avait pas voulu qu'elle parle de lui. Peut-être méritait-il la méfiance qu'il suscitait, mais la police de Bitterwood semblait bel et bien décidée à ne pas lui accorder le bénéfice du doute.

— Entendu, plutôt, corrigea Seth Hammond en jetant un coup d'œil dans sa direction.

Elle lut l'appréhension dans ses yeux, mais aussi une farouche détermination.

— J'ai entendu une sonnerie de téléphone. Alors, je me suis approché. J'ai vu l'appareil par terre et je l'ai ramassé. Il était là-bas, indiqua-t-il en montrant les hortensias.

Il avait choisi de dire la vérité, songea-t-elle avec un frisson de surprise et d'excitation.

— C'était Mlle Davenport qui cherchait à joindre Rogers.

Antoine haussa les sourcils.

— Pourquoi voulais-tu voir Rogers ?

Elle vit Seth Hammond hésiter un quart de seconde. La vérité était parfois difficile à avouer, pensa-t-elle. Pas seulement pour lui… Pour elle aussi.

Mais elle valait toujours mieux que le mensonge.

Prenant une profonde inspiration, elle répondit à sa place :

— Il essayait de découvrir ce qui m'est arrivé hier.

Il leur fallut deux heures pour répondre à l'avalanche de questions d'Antoine. Son attitude vis-à-vis de Seth était moins hostile désormais. Il demeurait sur la réserve, mais il écoutait attentivement, même si Seth savait bien qu'il suffirait d'un rien pour que les choses tournent de nouveau en sa défaveur.

Au moins Antoine avait-il posé les bonnes questions… Ce qui était une maigre consolation étant donné que, malheureusement, ni lui ni Rachel n'avaient de réponses satisfaisantes à lui fournir.

Il avait refusé d'aller à l'hôpital pour y être examiné en dépit de l'avis des secouristes. Ses idées se remettaient peu à peu en place, et la plupart des diverses douleurs qu'il éprouvait s'étaient atténuées jusqu'à devenir supportables. Sans doute souffrait-il d'un léger traumatisme crânien, mais rien de grave, selon lui. Il s'était dit qu'il passerait la nuit chez Delilah et la laisserait jouer les infirmières.

A ceci près que Delilah n'était apparemment pas en ville ce soir.

— Elle m'a dit qu'elle devait se rendre en Alabama pour une réunion professionnelle, lui apprit Rachel lorsqu'il eut assuré aux secouristes que sa sœur veillerait sur lui.

Bon sang! Eh bien, tant pis. Il se surveillerait tout seul.

— Vous pourriez venir dormir chez moi.

Les yeux bleus de Rachel soutinrent son regard, mais son expression était indéchiffrable.

— C'est très gentil à vous…

— Je ne suis pas sûre que ce soit si gentil, dit-elle, les commissures de ses lèvres s'étirant imperceptiblement. J'avoue que je serais plus tranquille si j'avais de la compagnie à la maison. Après tout ce qui s'est passé, je n'ai guère envie de rester seule.

Lorsque Antoine les laissa enfin libres de s'en aller, Seth appela une dépanneuse pour transporter le Charger chez le garagiste et grimpa dans la voiture de Rachel.

— Vous savez, ne vous sentez pas obligée de m'héberger, dit-il tandis qu'elle bouclait sa ceinture. Ça ira très bien.

— J'étais sérieuse quand je vous ai dit que je n'avais pas

envie de me retrouver seule chez moi. Je ne suis pas sûre d'être en sécurité.

Elle avait probablement raison, songea-t-il.

— Je suis désolé pour Davis. J'espère vraiment me tromper quant à ce qu'il lui est arrivé.

Elle pinça les lèvres.

— J'aimerais vraiment le croire.

— Savez-vous pourquoi il était ici ?

— Il a dû venir assister aux funérailles.

Elle paraissait sur le point de défaillir, nota-t-il. Aussi s'abstint-il de poser d'autres questions jusqu'à ce qu'ils soient arrivés en vue de la grande bâtisse à un étage située à la lisière est de Bitterwood, à quelques kilomètres au sud de Copperhead Ridge et à des années-lumière de la vie étriquée qu'avait connue Seth à Smoky Ridge, dans son enfance.

Avant la maladie de son père, Rachel habitait dans son propre appartement à Maryville, vivant de son salaire de bibliothécaire. Mais tout avait changé quand le diagnostic, confirmé par une armée de médecins, était tombé — cancer du foie en phase terminale, inopérable. La tumeur avait été décelée trop tard pour envisager une greffe. Toutes sortes de traitements palliatifs avaient aidé à prolonger sa vie de quelques mois supplémentaires, mais, peu avant sa mort, George avait dit « stop ». Il avait décidé de consacrer le temps qui lui restait sur cette terre à préparer sa fille à la gestion de l'entreprise qu'il avait fondée.

Seth connaissait tous les détails intimes de la vie de Rachel parce que les Transports Davenport n'étaient pas différents des autres entreprises familiales : tout le monde était au courant de tout.

Mais il ne savait pas ce que Rachel pensait du changement radical survenu dans sa vie. Regrettait-elle d'avoir quitté la bibliothèque ? D'après ce qu'il avait pu constater à Davenport, elle montrait une habileté certaine en matière de gestion du personnel et semblait posséder un don inné pour l'administration financière de l'entreprise. Les grincheux qui avaient critiqué le fait que George Davenport ait choisi sa fille pour lui succéder à la tête de l'entreprise avaient cessé de récriminer lorsqu'il était devenu évident que la société ne pâtirait pas de sa tutelle.

Mais personne ne semblait savoir ce que la principale intéressée pensait de la situation et de ses nouvelles fonctions. Le fait d'avoir exaucé les dernières volontés de son père l'emportait-il sur l'abandon de la voie qu'elle s'était choisie ?

— Cette maison est trop vaste pour une seule personne, déclara Rachel en ouvrant la porte. Je ne pense pas que Diane ait l'intention de revenir vivre ici. L'empreinte de ma mère est trop présente… Les goûts de Diane sont différents.

La porte s'ouvrait sur un étroit couloir avec une porte, au fond. De part et d'autre du corridor, des arches ou des portes donnaient accès à différentes pièces. Tout de suite à droite, un escalier muni d'une superbe rambarde de chêne patinée par les ans s'envolait vers l'étage.

— Je suppose que vous avez dû faire plus d'une fois du toboggan sur cette balustrade quand vous étiez enfant.

— Peut-être bien, dit-elle, l'ombre d'un sourire effleurant ses lèvres. Pourrez-vous monter ces marches ? Les chambres sont en haut.

Il lui emboîta le pas, se hissant tant bien que mal jusqu'à l'étage à sa suite, heureux de sentir son esprit plus clair qu'à Sequoyah House, après son agression. Rachel ouvrit la porte de la première chambre sur la gauche, en haut de l'escalier, découvrant une pièce sans prétention et accueillante.

— Si vous voulez aller prendre une douche pendant que je fais le lit…, suggéra-t-elle. La salle de bains, c'est la porte suivante, sur la droite. Dans le placard, il y a un peignoir qui devrait vous aller. Je vais voir si Paul a laissé des vêtements que je peux vous donner pour cette nuit.

Lorsqu'il revint dans la chambre quinze minutes plus tard, il trouva le lit soigneusement fait et, posés dessus, un pantalon de jogging et un T-shirt dont les couleurs ne s'accordaient franchement pas. Rachel avait griffonné un mot disant : « Désolée, je n'ai pas trouvé de sous-vêtements ni d'ensemble coordonné. Je prends ma douche et, ensuite, nous grignoterons quelque chose. »

Elle s'affairait déjà dans la grande cuisine rustique et conviviale, à l'arrière de la maison, lorsqu'il descendit. Apparemment, elle avait prévu de la soupe de tomate et des sandwichs au fromage grillés.

Rachel avait enfin pu troquer la robe qu'elle portait la veille au Smoky Joe's contre un pantalon de yoga et un T-shirt à manches longues qui révélaient de longues jambes et des bras graciles. Elle était filiforme, bien plus svelte que les femmes qui lui plaisaient habituellement, mais il ne trouvait strictement rien à redire au renflement de ses hanches ni à la courbe de ses petits seins.

— Vous aimez la soupe de tomate ? J'aurais dû vous demander…

— C'est parfait. Je peux me charger de griller les sandwichs, si vous voulez.

Elle se tourna pour le regarder, ses lèvres s'incurvant irrépressiblement à la vue de sa tenue aux tons discordants. Paul était nettement moins charpenté que lui si bien que les vêtements moulaient étroitement ses jambes et ses épaules.

— Vous êtes sûr d'être suffisamment en forme ?

— La douche m'a requinqué, lui assura-t-il en s'avançant jusqu'au plan de travail, à côté de la cuisinière, là où les sandwichs attendaient.

Notant avec soulagement la présence d'une plaque de cuisson entièrement électrique, sans brûleurs à gaz, il posa une poêle à chauffer sur le feu le plus proche avant de sortir une plaquette de beurre du réfrigérateur.

Elle lui jeta un coup d'œil en coulisse comme il se rapprochait de l'endroit où elle se tenait, remuant la soupe.

— Je n'ai pas l'habitude de faire la cuisine avec de la compagnie.

— Moi non plus.

Il déposa dans la poêle un morceau de beurre qui se mit

instantanément à grésiller. Tous deux s'écartèrent d'un bond de la plaque de cuisson pour éviter les projections brûlantes.

Rachel éclata de rire.

— Je comprends pourquoi, lança-t-elle, malicieuse. Vous êtes un vrai danger public lorsque vous êtes aux fourneaux !

— On peut échanger les rôles, suggéra-t-il. Je devrais pouvoir remuer la soupe sans causer de désastre.

Ils se frôlèrent en se déplaçant. Seth sentit son corps se raidir instantanément et il s'aperçut avec consternation que le jogging qu'il portait n'était pas assez ample pour camoufler sa réaction. Il avait intérêt à reprendre le contrôle de sa libido, et vite.

Remue cette soupe. Dans le même sens, toujours dans le même sens... Le sens des aiguilles d'une montre.

— Pourquoi voulez-vous tellement savoir ce qui m'est arrivé hier soir ? demanda Rachel, rompant le silence.

Il la regarda et vit que, malgré son air concentré sur la poêle devant elle où elle venait de déposer les deux sandwichs, elle était faussement sereine. Seul le pouls qu'il voyait battre rapidement sur le côté de son cou trahissait sa tension.

— Vous savez ce qu'on dit... Sauvez la vie d'une personne, et elle vous sera éternellement redevable. Peut-être que je cherche simplement à ce que vous me renvoyiez l'ascenseur.

Elle planta son regard dans le sien comme pour s'assurer qu'il plaisantait.

Il sourit.

— Ou peut-être que je fais simplement le lèche-bottes pour la nouvelle patronne.

Le petit sourire de Rachel s'effaça immédiatement. Aïe ! Avait-il gaffé ?

— La patronne. Je n'avais encore jamais considéré les choses sous cet angle-là.

— Est-ce que ça vous... pose un problème ? Je veux dire, le fait que je sois votre employé et que je sois ici, chez vous ? Parce que, vous savez, je me sens beaucoup mieux maintenant. Vous n'êtes pas obligée de...

— Non, ce n'est pas ça. Je pensais simplement au fait que

c'est désormais moi la P.-D.G. de l'entreprise. Tous ces gens qui dépendent de ce que je fais et de ce que je dis…

Sans s'en apercevoir, il avait cessé de tourner la soupe pendant qu'il l'écoutait, et une fine pellicule s'était formée à la surface. Il se remit à remuer en toute hâte.

— Voilà quelque temps que vous avez pris vos fonctions…

Elle garda le silence pendant quelques instants.

— Oui mais ça ne me paraissait pas réel tant que mon père était de ce monde et qu'il me servait de filet de secours.

Ennuyé, il vit naître des larmes dans ses yeux et il dut se faire violence pour résister à l'envie de la prendre dans ses bras pour la consoler. Il choisit de poser une main réconfortante sur son épaule.

Elle sécha ses yeux d'un revers de main et retourna les sandwichs dans la poêle.

— J'ai eu du temps pour me préparer à sa mort. A la fin, ça a été un soulagement de le voir enfin délivré de la souffrance. Mais maintenant que j'ai passé ce stade où mon esprit était comme anesthésié…

— Votre père était un homme bien. Peu de gens auraient donné leur chance à quelqu'un comme moi. C'est une grande perte pour nous tous.

A ces mots, les larmes scintillèrent de nouveau dans ses yeux, mais le sourire qu'elle braqua sur lui illumina la pièce aussi vivement qu'un rayon de soleil, alors même que la pluie, au-dehors, continuait à tomber d'un ciel uniformément gris.

Il lui retourna un bref sourire, puis se força à reporter son attention sur la soupe avant que la situation ne devienne véritablement ingérable pour lui.

6

Après le déjeuner, Rachel prépara du café, et ils emportèrent leurs tasses dans le salon, du côté est de la maison, où, par une grande baie vitrée, on pouvait admirer Copperhead Ridge encapuchonné de brouillard. Après une courte interruption, la pluie avait repris, enveloppant les arbres d'un halo gris bleuté. Lorsqu'elle alluma les lampadaires de part et d'autre du canapé, le panorama se fondit dans le reflet du salon confortable et des deux personnes en tenue d'intérieur passablement négligée qui l'occupaient.

Seth trouva l'image de lui que lui renvoyait la vitre plutôt déprimante. Avec ses yeux au beurre noir, il avait l'air d'une petite frappe qui serait sortie perdante d'une rixe de bar. En revanche, Rachel, elle, était belle comme le jour, avec ses cheveux châtain doré qui tombaient en cascades, en vagues humides de chaque côté de son visage. Propre et fraîche, les joues encore rosies par la chaleur de la douche, elle paraissait dix ans de moins que son âge.

— Et votre tête, comment va-t-elle ? demanda-t-elle.

Vous me la faites tourner, songea-t-il.

— Mieux. Je n'ai presque plus mal.

Elle lui décocha un sourire qui s'effaça rapidement pour laisser place à une expression soucieuse. Elle s'installa sur le sofa et l'invita d'un geste à s'asseoir dans le fauteuil, en face.

— Je ne sais que penser concernant Davis, dit-elle dans un soupir. Je veux dire, s'il est mort. Que suis-je censée ressentir ?

— Vous n'êtes pas *censée* ressentir telle ou telle chose, répondit Seth. On ressent ce qu'on ressent, voilà tout.

— Je l'ai aimé autrefois. Il a été le premier…

Elle s'interrompit net, le rose lui montant aux joues.

— Mais ça n'a pas duré, reprit-elle. Nous avions des visions de la vie trop différentes.

Quoi que Davis Rogers ait attendu de la vie, c'était sûrement plus proche des aspirations de Rachel que tout ce que Seth avait pu, ou voulu, faire de la sienne. Si Davis et elle étaient en décalage, alors c'était un espace intersidéral qui les séparait, Rachel et lui.

Mais peu importe. Ce n'est pas pour ça que tu es ici.

— Je ne l'ai pas vu depuis des années. Nous nous sommes croisés lors d'un match de football à Charlottesville. Nous avons bavardé quelques instants en nous promettant de nous rappeler, mais nous ne l'avons pas fait…

Elle ferma les yeux.

— Pourquoi est-il venu ici ?

— Sûrement pour l'enterrement de votre père et pour s'assurer que vous teniez le coup.

— Et maintenant, il est probablement mort. Par ma faute.

Seth se pencha en avant et posa sa main sur la sienne.

— S'il est mort, c'est parce que quelqu'un l'a sauvagement agressé.

— A cause de moi.

Il s'accroupit face à elle, et referma ses doigts autour de ses poignets.

— Regardez-moi.

Ses yeux bleus troublés s'arrêtèrent sur les siens.

— Je sais que quelqu'un a méthodiquement éliminé les personnes de votre entourage pour vous isoler. Je sais que celui qui tire les ficelles a engagé Mark Bramlett pour tuer quatre femmes qui étaient proches de vous. Et maintenant, il a peut-être aussi tué votre ancien petit ami venu vous soutenir dans l'épreuve que vous traversez. Je pense que c'est aussi cette même personne qui vous a droguée hier soir.

Les yeux de Rachel s'assombrirent, suspicieux.

— Qu'en savez-vous ?

— J'ai commencé à avoir des soupçons quand je me suis aperçu que trois des quatre femmes assassinées à Bitterwood travaillaient pour les Transports Davenport. Cela en soi constituait déjà une étrange coïncidence. Ensuite, j'ai mené ma petite enquête et découvert que Marjorie Kenner avait été votre amie et votre mentor — elle était bibliothécaire, elle aussi, n'est-ce pas ?

— Oui, acquiesça-t-elle, visiblement émue, comme si ses propos venaient subitement lui rappeler tout ce qu'elle avait perdu en si peu de temps.

Il aurait bien voulu trouver une façon plus nuancée de présenter les choses, mais rien, probablement, de ce qu'il aurait pu dire n'aurait eu le pouvoir d'atténuer sa douleur.

— Ce que je ne sais pas, c'est pourquoi, ajouta-t-il doucement. Si quelqu'un voulait se débarrasser de vous, pourquoi ne pas simplement vous tuer ?

Elle blêmit.

— Je ne sais pas.

— Voulez-vous que je vous dise ? Je pense que si, mais que, pour une raison qui m'échappe, vous refusez de parler.

Elle lui jeta un regard en biais.

— Comment savez-vous tant de choses sur moi ?

Il promena son pouce sur ses phalanges pour la rassurer et la mettre en confiance. Elle commença à se détendre un peu, apaisée par le mouvement répétitif de son pouce.

— Je suis observateur. N'oubliez pas que j'ai été escroc dans une autre vie. C'est le b.a.-ba pour un escroc. Observer, mémoriser, élaborer un plan pour exploiter au mieux les informations recueillies.

Elle eut une mimique de dégoût.

— Vous avez la même approche, s'agissant de mes ennuis, que vous auriez vis-à-vis d'une cible potentielle ?

— J'ai certains dons, autant les utiliser à bon escient, non ?

Elle plissa les yeux, mais finit par hocher la tête.

— Et donc, qu'avez-vous observé ?

— Que vous avez peur de quelque chose. Oh ! Vous le cachez bien. Mais ça ne m'a pas échappé, à moi, puisque c'était la base même de mon activité. Découvrir les points faibles d'une personne et concevoir le moyen de les utiliser.

— Mais vous n'avez pas trouvé ce que c'était.

— Pas encore.

Les lèvres de Rachel s'étirèrent en un sourire sans joie.

— Et vous voudriez que je vous révèle tout ? Que je vous mâche le travail ?

— Ne vous trompez pas d'ennemi. Ce n'est pas moi qui vous en veux.

— Non ? Et comment puis-je en être sûre ?

Libérant ses mains, elle se leva et alla se poster, dos à lui, devant la baie. Dans la vitre, elle croisa le reflet de son regard.

— Je ne sais pas grand-chose de vous. Et le peu que je sais me fait peur.

Comment aurait-il pu lui en vouloir ? Ce qu'il savait de lui-même aurait alarmé n'importe qui.

— Ecoutez, je ne veux pas qu'il vous arrive quelque chose. Que mes compétences vous plaisent ou non, elles peuvent me servir à vous aider. Donc, quoi que vous vous décidiez à me confier, sachez que je ne trahirai pas votre confiance et que cela restera entre nous.

Elle se retourna pour lui faire face.

— Je prends déjà un énorme risque simplement en vous hébergeant chez moi, vous en avez conscience ?

Elle n'allait pas lui dire ce qui l'effrayait tant. C'était décevant. Frustrant. Mais il ne pouvait pas lui en vouloir.

— O.K. Je peux m'en aller, si vous voulez.

Elle se passa la langue sur les lèvres et soutint son regard, sondant son expression comme pour tenter de le percer à jour.

— Non. Vous vous sentez peut-être mieux, mais les blessures à la tête doivent être surveillées de près. Je préfère que vous restiez ici pour que je puisse aller jeter un coup d'œil de temps en temps et m'assurer que vous n'êtes pas tombé dans le coma.

— Quoi ? Vous allez venir me taper sur l'épaule toutes les heures ? protesta-t-il en veillant à mettre une touche d'humour dans l'inflexion de sa voix, histoire d'alléger l'atmosphère.

Cela fonctionna. Elle lui retourna un petit sourire, une lueur d'amusement dans le regard.

— Oui, c'est exactement ce que je compte faire.

Mais, derrière l'humour, il eut la surprise d'entendre une détermination d'acier. Apparemment, elle prenait sa mission très au sérieux. Pour lui, bien sûr, mais sans doute aussi pour elle. Parce que cela constituait un dérivatif bienvenu à la peine et à l'angoisse qui faisaient son quotidien depuis quelque temps...

Du menton, il désigna la grande baie vitrée.

— Vous n'avez pas de rideaux devant ces vitres ?

— Il y a des persiennes, mais je ne les ferme pratiquement jamais. La vue est tellement belle...

— C'est vrai, reconnut-il. Mais ça permet aussi à tout le monde de vous voir.

Son regard bleu s'assombrit, et elle referma les bras autour d'elle comme si elle avait subitement froid.

— Je n'avais jamais pensé à ça.

Evidemment. Elle n'avait pas l'habitude d'être traquée, et Seth aurait bien voulu qu'elle puisse continuer à vivre sans s'entourer de précautions particulières. Mais la menace qui la visait désormais personnellement était trop omniprésente.

— Dès la nuit tombée, il faudra les fermer désormais.

Elle pinça les lèvres comme si cela l'ennuyait de consentir ce petit effort, comme si elle prenait soudain conscience de la dangerosité soudaine du monde, autour d'elle. Le signe qu'elle avait vécu une vie préservée, songea-t-il, se souvenant qu'il avait, lui, appris beaucoup trop tôt à se prémunir contre les périls qui le guettaient, aussi bien sous son toit qu'à l'extérieur.

Encore une preuve que Rachel Davenport et lui ne vivaient pas dans la même galaxie.

Il s'approcha et l'aida à fermer les persiennes jusqu'à ce qu'ils se rejoignent au milieu de la baie vitrée. Elle marqua une pause avant d'obturer la dernière vitre.

— Vous pensez que je suis une enfant gâtée, déclara-t-elle posément.

Il ne répondit pas. C'était à peu près ce qu'il s'était dit même s'il ne portait aucun jugement. Pour être honnête, il l'enviait même.

— Il y a beaucoup de choses que vous ne savez pas de ma vie, nota-t-elle en actionnant la manivelle pour fermer la dernière persienne sur l'après-midi pluvieux.

Elle se tourna vers lui, radoucie.

— Votre nez est vraiment gonflé… Je me demande s'il n'est pas cassé.

Certes, il lui faisait sacrément mal, mais il l'avait palpé pendant qu'il était sous la douche, là où il pouvait proférer un chapelet de jurons sans que personne n'en prenne ombrage. Cassés ou pas, les os et les cartilages étaient tous à leur place.

— Ça guérira tout seul.

— Dit du ton d'un homme qui a déjà fait l'expérience d'un ou deux os fracturés…

— Si ce n'est plus, confirma-t-il en grimaçant. Ça va, je vous assure.

Elle ne parut pas convaincue mais n'insista pas. Retournant vers le fauteuil, elle s'y assit en ramenant ses genoux sous son menton.

N'ayant pas envie de se rasseoir, Seth déambula dans le salon, admirant le beau mobilier et l'éclectique collection de bibelots qui parsemaient les surfaces planes de la pièce spacieuse et aérée. De petits animaux sculptés dans du quartz composaient une ménagerie miniature sur un guéridon, à côté du sofa. Sur le manteau de la cheminée, trônait une jolie collection de poupées russes peintes dans des couleurs vives.

Aucun feu ne brûlait dans l'âtre, heureusement, même si une petite flambée aurait contribué à chasser la fraîcheur de l'après-midi. Mais Seth s'en passerait volontiers, merci bien.

Le feu et lui ne faisaient pas bon ménage.

Cette pièce était si vaste que la maison dans laquelle il avait grandi y aurait tenu tout entière. La maison dans laquelle lui,

Dee et ses parents avaient vécu dans l'indigence pendant près de quatorze ans, jusqu'à ce que son père fasse tout sauter — et lui avec.

Il se demanda ce que Rachel Davenport pouvait bien faire à l'époque de l'explosion. Sans doute planchait-elle sur les devoirs qu'elle ramenait de Brandywine Academy, l'onéreuse école privée où on l'avait envoyée faire ses études pour la tenir éloignée des ploucs des Appalaches qui constituaient le gros des troupes dans les écoles de Bitterwood.

L'envie est un vilain défaut. La voix de Cleve Calhoun, goguenarde, résonna dans sa tête. Maxime cocasse, s'il en était, venant d'un homme qui avait manipulé toutes ses infortunées victimes en jouant justement avec maestria de l'envie, de la cupidité et de la vanité !

Mais même si Cleve lui avait inculqué certaines leçons de vie pour les plus mauvais motifs, ce dernier n'en avait pas moins eu souvent raison. L'envie était effectivement un vilain défaut. Et, en l'occurrence, une injustice faite à la personne qui en était l'objet — à savoir, Rachel.

Ce n'était pas sa faute si elle avait été aimée et protégée. Tous les enfants devraient l'être.

— Vous ne devriez pas aller vous reposer ?

Il la regarda.

— Pourquoi ? Je ne suis pas fatigué.

Ses yeux bleus se rétrécirent.

— Ce n'est pas la première fois qu'on vous inflige une correction, n'est-ce pas ?

Il hésita entre sourire et mimique de dépit. Il réussit finalement à produire quelque chose qui était à mi-chemin entre les deux.

— Non, m'dame. En effet, ce n'est pas la première fois.

— Et est-ce que c'était mérité, les autres fois ?

Cette fois, il rit franchement.

— Dans certains cas.

— Pourquoi avez-vous choisi cette vie ?

Il revint vers le sofa, se demandant comment répondre. Plus jeune, il aurait certainement rétorqué qu'il n'avait rien choisi du tout, que la vie s'en était chargée pour lui. Longtemps, il avait tenu la terre entière responsable de ses problèmes. C'était la faute de tout le monde, mais pas la sienne.

Mais chacun faisait des choix dans la vie, même ceux qui croyaient n'en avoir aucun. L'enfance de Delilah avait été identique à la sienne, mais elle avait décidé d'emprunter un chemin différent, un chemin qui avait fait d'elle une héroïne, pas une criminelle. Lui aussi aurait pu en faire autant s'il n'avait pas laissé la haine et la colère prendre le pas sur sa volonté.

C'était donc un choix dont il portait, au moins en partie, la responsabilité. Son enfance n'était pas une excuse.

— Quand j'étais jeune, dit-il enfin en se perchant sur le bras du sofa en face d'elle. J'ai eu le choix entre deux voies : l'une semblait difficile et semée d'embûches ; l'autre, facile. J'ai opté pour la facilité.

Elle fronça les sourcils, méditant ses paroles.

— C'est aussi simple que ça ?

— Oui. J'étais en colère, fatigué de me battre en permanence. J'étais dévoré par la jalousie et j'en voulais au monde entier. Alors, lorsqu'un homme, un jour, m'a offert la possibilité d'obtenir tout ce que je désirais en abusant de la crédulité les gens, j'ai foncé bille en tête. On pourrait même dire que j'y ai pris plaisir. J'étais doué et, d'une façon assez malsaine, je pense que cela m'a même donné le sentiment de ma propre valeur, chose qui m'était totalement étrangère.

— Alors, pourquoi n'avez-vous pas continué ?

— Parce que rien de bon, rien de concret ne peut se construire sur des mensonges.

Son regard bleu s'arrêta sur lui, pensif, solennel.

— Mais qui me dit que vous n'êtes pas en train de me mentir en ce moment même ? Peut-être que votre autocritique en forme d'acte de contrition n'est que de la poudre aux yeux.

— A vous d'en juger.

Elle enfouit son visage dans ses mains et se frotta les yeux.

— Je suis tellement épuisée.

Il comprit, sans qu'elle ait besoin de le préciser, qu'elle ne parlait pas de fatigue physique. Les derniers mois avaient dû être affreusement éprouvants pour elle sur le plan émotionnel. La perte de tous ces êtres chers, dont son propre père...

— Pourquoi ne pas aller vous étendre un moment ?

— Je suis censée vous surveiller, vous vous rappelez ?

— Mais puisque je vous dis que ça va... C'est à peine si j'ai encore mal.

Ce qui n'était pas tout à fait vrai. L'arrière de la tête, où il avait reçu le coup qui l'avait assommé, l'élançait toujours douloureusement.

Au bout d'un moment, elle se leva avec grâce. Il se demanda en passant si elle avait suivi des cours de danse classique quand elle était enfant. Elle avait le port élégant et délié d'une ballerine.

Delilah avait toujours rêvé de faire de la danse, se souvint-il. Il se demanda si sa sœur avait rattrapé le temps perdu, une fois partie de Smoky Ridge. Il faudrait qu'il pense à lui poser la question.

— Il y a de quoi manger dans le réfrigérateur si vous avez faim, déclara-t-elle avant de désigner d'un geste les étagères qui couvraient les murs. Et des tas de livres, si vous vous sentez le courage de lire. Sinon, il y a un téléviseur et une chaîne stéréo dans le bureau, si vous préférez regarder un film ou écouter de la musique.

— En d'autres termes, « faites comme chez vous » ?

Il vit les commissures de ses lèvres frémir.

— Je ne suis pas sûre qu'il soit sage de vous donner tant de latitude.

Il répondit par un large sourire, nullement froissé.

— Très avisé de votre part.

Avant qu'elle ne se détourne pour se diriger vers l'escalier, Seth eut le temps de voir un sourire s'épanouir sur son visage.

Rachel n'avait pas eu l'intention de dormir. Elle s'était sentie lasse sans pour autant avoir particulièrement sommeil lorsqu'elle était montée dans sa chambre, mais le murmure régulier de la pluie sur la fenêtre combiné à la longue et stressante journée qu'elle venait de vivre s'allièrent pour la faire sombrer quelques minutes à peine après qu'elle se fut allongée sur la chaise longue, dans le coin de sa chambre.

Lorsqu'elle ouvrit les yeux, le ciel chagrin était passé du gris au noir d'encre. Elle se redressa et étira ses muscles raidis. Elle se dirigeait vers la salle de bains lorsqu'elle l'entendit.

De la musique.

Seth Hammond avait dû la prendre au mot et mettre un CD dans la chaîne hi-fi, se dit-elle, surprise de son choix. Elle ne l'aurait pas imaginé écoutant du Chopin.

Le Nocturne, opus 9, n° 2. Le favori de sa mère.

Celui qui tournait sur la platine le soir de sa mort.

Connaissait-il les circonstances de sa mort ? Oh ! Bien sûr, il devait savoir qu'elle s'était suicidée — cela avait fait la une des journaux à l'époque —, mais les détails scabreux n'étaient jamais parvenus aux oreilles du grand public. La police et le coroner avaient fait preuve d'une discrétion exemplaire, lui avait dit son père.

Alors, comment Seth Hammond pouvait-il savoir, pour la musique ?

Poussant la porte, elle s'avança dans le couloir, puis s'arrêta net en s'apercevant que la musique ne venait pas d'en bas, mais du grenier, au-dessus de sa tête.

Instantanément, la peur l'assaillit, asséchant sa gorge, l'obligeant à déglutir convulsivement, plusieurs fois. Etait-ce une hallucination ? Les accords plaintifs du piano n'existaient-ils que dans son imagination ?

Revivait-elle la nuit où sa mère était morte, comme cela lui était arrivé des centaines de fois dans ses cauchemars ?

Cette nuit-là aussi, elle avait entendu ces notes retentir dans la maison par ailleurs silencieuse. Suffisamment fort pour la tirer du profond sommeil où elle était plongée et l'arracher à ses rêves moroses.

Elle n'avait d'abord ressenti que de la colère en l'entendant. Une colère dirigée contre les paroles dures de sa mère, contre son refus obstiné de comprendre son point de vue. Elle avait quinze ans, alors, et luttait pour se libérer des interdits de l'enfance. De ses deux parents, son père avait été le plus raisonnable — du moins, à ses yeux. Il avait compris le besoin qu'elle avait de déployer ses ailes, d'expérimenter un avant-goût de la liberté.

Mais sa mère n'avait qu'une idée en tête : la garder bien à l'abri, dans le cocon familial, le nid qu'elle avait construit pour son unique enfant.

Un nid dans lequel Rachel se sentait étouffer.

Elle avait détesté cette musique, les envolées aiguës et le rythme de valse. Elle résonnait si fort dans la maison qu'elle faisait trembler les murs et ébranlait les cellules de son cerveau.

A moins que ce ne soit l'impression qu'elle en ait conservée après coup…

Après qu'elle avait gravi l'échelle conduisant au grenier et qu'elle avait vu sa mère osciller au son de la musique, le regard tourné vers le ciel invisible, une main suivant la cadence, l'autre refermée sur la crosse du Colt 45 de son mari.

Terrifiée, le souffle coupé, Rachel contempla la trappe qui dissimulait l'échelle rétractable comme si c'était la bouche de l'enfer. A la seule idée de monter au grenier, la sueur perla à son front et se mit à couler le long de sa nuque, manifestation physique d'une frayeur absolument incontrôlable.

Pourtant, elle devait savoir. L'incertitude était pire que tout.

Se mordant la lèvre si fort qu'elle craignit de la faire saigner, Rachel tendit le bras et tira sur la corde qui commandait l'ouverture de la trappe. En même temps que l'échelle se dépliait, le volume de la musique s'accrut d'un coup, sans pour autant atteindre le déluge de décibels qu'elle avait gardé à la mémoire.

Un à un, elle se mit à gravir les échelons, s'accrochant aux barreaux de bois comme si sa vie en dépendait.

Rien ne l'avait préparée à la scène qu'elle avait découverte, cette nuit-là. Elle s'était accoutumée aux bizarreries de sa mère — son obsession de la propreté, ses sautes d'humeur, ses accès de colère imprévisibles — mais, la force de l'habitude aidant, elle avait pris tout cela pour les à-coups normaux de la vie.

Peut-être son père l'avait-il protégée des pires épisodes. Ou peut-être étaient-ils moins aigus quand son père était présent. Mais, cette fois-là, il était en voyage d'affaires, celui-là même qui lui avait permis de réunir les fonds pour lancer sa propre entreprise après avoir travaillé la majeure partie de sa vie dans la vente de camions. Il devait rentrer ce soir-là, justement, mais son absence avait duré près d'une semaine.

Une semaine… Peut-être n'en avait-il pas fallu davantage pour réduire à néant l'influence bénéfique de son père.

Rachel essaya de chasser ces souvenirs tandis qu'elle gravissait les derniers échelons et posait le pied sur le plancher du grenier.

Une bâche en plastique était étalée sur le sol — comme quinze ans plus tôt. Couverte de taches et d'éclaboussures rouge vif.

Du sang. Du sang frais.

Seth s'était confortablement installé avec un vieux roman de Dick Francis qu'il avait déniché sur l'une des étagères, mais, avec la lassitude et le bruit monotone de la pluie sur les carreaux, il avait du mal à garder les yeux ouverts. Il avait baissé les paupières un court instant… et, subitement, il s'était retrouvé projeté en arrière, au moment où il roulait en direction du Smoky Joe's, les poutrelles du pont de Purgatoire luisant devant lui, dans la lumière de ses phares.

Il se gara derrière la Honda de Rachel et sortit, contre le vent vif et froid qui fouettait ses cheveux et ses vêtements. Il soufflait fort. Beaucoup trop fort. Il risquait à tout instant de déstabiliser Rachel s'il n'allait pas la chercher.

Mais il avait beau marcher, marcher, elle lui échappait, dansant toujours avec légèreté, en équilibre précaire, sur le parapet. Les bras écartés, le visage levé vers le ciel, elle fredonnait un air lent, familier, comme l'un des morceaux classiques que sa sœur avait appris à jouer en cours de musique, à l'école, et qu'elle s'exerçait à reproduire sur le vieux piano droit désaccordé qui avait appartenu à sa grand-mère.

Tout à coup, Rachel se retourna pour lui faire face, les yeux grands ouverts, scintillant dans la faible lueur du bar, de l'autre côté du pont.

— Vous ne pouvez pas sauver tout le monde, lança-t-elle.

Une violente bourrasque le poussa en avant, plaquant sa veste contre son dos et faisant claquer les vêtements de Rachel autour d'elle comme les voiles d'un bateau. Il la vit perdre l'équilibre lentement — gracieusement, presque. Il s'élança, mais ne put stopper sa chute.

Il se cogna contre la balustrade et l'entendit crier. Le hurlement se fit de plus en plus fort, semblant s'intensifier au fil de sa chute jusqu'à devenir assourdissant. La gorge, profonde de dix mètres, se transforma en un abîme sans fond, le son se répercutant à l'infini contre ses parois.

Il s'éveilla en sursaut, juste à temps pour entendre l'horrible cri s'interrompre d'un seul coup, remplacé par un silence plus effrayant encore.

7

Gravissant les marches quatre à quatre, Seth déboula comme un fou sur le palier. Au bout du couloir, Rachel était effondrée à même le sol, au pied d'une échelle qui descendait d'une ouverture dans le plafond.

— Rachel !

Ignorant les douleurs de ses multiples contusions, il se précipita vers elle, manquant s'évanouir de soulagement lorsqu'il la vit se redresser et le contempler avec de grands yeux épouvantés.

— Ça va ? Vous n'êtes pas blessée ?

— Je… Je ne sais pas, répondit-elle, l'air égaré, hors d'haleine. Je ne sais pas si ça va.

Elle n'aurait pas eu l'air plus terrorisée si un monstre l'avait prise en chasse et poussée à dévaler cette échelle. Son corps mince était agité de tremblements, telle l'onde de choc d'un mini-tremblement de terre qui se serait produit sous la surface. Elle claquait des dents.

Il referma ses bras autour d'elle et la berça doucement. Elle se blottit au creux de son épaule, cramponnée à lui comme une enfant.

Que diable avait-elle vu ?

— Il faut que je descende, murmura-t-elle d'une voix blanche. Je ne peux pas rester ici, à l'étage.

Il l'aida à gagner le salon, la fit asseoir sur le sofa et chercha désespérément l'endroit où étaient rangés les alcools.

— Vous avez du brandy quelque part ?

Elle secoua la tête.

— Papa avait un cancer du foie. Quand le diagnostic est tombé, nous avons tous cessé de consommer de l'alcool.

Evidemment.

— D'accord. Alors, je vais vous préparer un thé.

Comme il faisait mine de se lever, elle l'attrapa par la main.

— Non ! Ne partez pas.

— O.K., dit-il en se rasseyant, frictionnant ses doigts glacés entre les siens. Pouvez-vous au moins me dire ce qui s'est passé ?

— Je ne sais pas.

Bien sûr que si, elle le savait. Mais elle ne voulait pas le lui dire.

Une mèche de cheveux tomba devant ses yeux, masquant la moitié de son visage. Il la repoussa doucement derrière son oreille.

— Vous avez peut-être fait une crise de somnambulisme après un mauvais rêve ?

De nouveau, elle secoua la tête.

— Je ne pense pas. Je n'ai jamais été somnambule.

— Bon, mais pouvez-vous me dire pourquoi vous avez grimpé à cette échelle ? Elle conduit au grenier ?

— Oui. Je m'étais assoupie dans mon lit et, tout à coup, j'ai entendu la musique.

Une bribe de souvenir fusa dans sa tête. Rachel, tanguant dangereusement sur le garde-corps du pont, fredonnant un air.

— Etait-ce cette chanson-là ? demanda-t-il, en chantant quelques notes.

Elle redressa vivement la tête, l'épinglant du regard.

— Comment le savez-vous ?

Son ton brusquement coléreux le prit au dépourvu, et il se rattrapa au dossier du sofa pour ne pas basculer.

— Je viens juste de l'entendre en rêve.

Elle le regarda, les paupières plissées.

— C'est du Chopin, dit-elle d'une voix tendue. Un nocturne. C'est la musique que j'ai entendue. Elle venait du grenier.

— Alors, vous êtes montée pour voir d'où elle venait ?

Ses lèvres tremblèrent, et la colère qu'il avait vue flamber dans ses yeux bleus se changea en terreur.

— Je suis montée parce que je savais déjà d'où elle venait.

— Et qu'avez-vous trouvé ?

— Tout était là, répondit-elle de façon toujours aussi sibylline, le regard lointain. Tout sauf le corps.

Il la considéra avec inquiétude.

— Quel corps ?

— Celui de ma mère.

Il laissa passer quelques instants, le temps de rassembler ses souvenirs. Il était adolescent quand l'événement s'était produit. Sur le point d'embrasser une excitante, quoique malhonnête, carrière d'escroc, sous la houlette de Cleve Calhoun. La mort d'une femme riche dans les beaux quartiers de la ville n'avait pas retenu son attention.

Tout ce qu'il savait, c'est qu'elle s'était suicidée. Peut-être cela s'était-il produit dans le grenier.

— Quand vous dites que tout était là…

— Tout, répéta-t-elle d'une voix plus ferme. Il y avait la bâche en plastique, comme cette nuit-là. Elle détestait le désordre. Alors, elle a fait attention à ne rien salir, même lorsque…

Rachel s'interrompit brusquement et avala sa salive.

— La même musique — ce nocturne de Chopin. Et ensuite… le sang.

Oh ! Bon sang, songea-t-il. *Elle a tout vu.*

— C'est vous qui l'avez trouvée ? demanda-t-il doucement.

Elle leva vers lui un regard hanté.

— Je l'ai vue se tuer.

Il la contempla pendant quelques instants, comprenant enfin sa réaction à ce qu'elle avait vu dans le grenier et dont il n'avait pas la moindre idéc.

— Oh ! Rachel.

Elle détourna les yeux.

— J'ai tout revu. Tout était en place. Je sais que je n'ai pas rêvé.

Mais elle n'en était pas si sûre, nota-t-il. Elle doutait d'elle. Pourquoi ?

— Vous voulez que j'aille jeter un coup d'œil ? proposa-t-il.

Elle le regarda en face.

— Vous pensez que j'ai perdu la tête.

Non, ce n'était pas ce qu'il pensait mais, compte tenu de l'expérience qu'elle avait vécue dans ce grenier des années plus tôt, il n'était pas impossible qu'elle ait vu quelque chose qui lui ait rappelé cet atroce souvenir.

— Je pense simplement qu'il vaut mieux que j'aille faire un tour là-haut. Peut-être que quelqu'un s'est introduit dans la maison…

L'idée qu'un intrus puisse se trouver chez elle ne lui avait apparemment pas traversé l'esprit, ce qui poussa Seth à se demander si elle ne s'imaginait pas que c'était lui qui lui jouait un mauvais tour. Les regards méfiants qu'elle lui lançait n'étaient pas de bon augure.

— Je vais avec vous.

Il fronça les sourcils.

— Vous êtes sûre ?

Elle hocha rapidement la tête, lèvres serrées.

C'était un test. Il ne l'avait pas quittée depuis qu'elle était tombée de l'échelle. Donc, dans l'esprit de Rachel, si c'était lui le coupable, tout serait dans l'état où elle l'avait laissé.

Il devait courir ce risque. La personne qui essayait de la mystifier — s'il s'agissait bien d'une mystification — pouvait être encore là. Ils étaient peut-être en danger.

Il grimpa le premier, et elle attendit qu'il soit en haut de l'échelle pour monter à son tour.

L'endroit était petit, rectangulaire, avec un plafond aux pans fortement inclinés et de grosses poutres apparentes. Le sol était recouvert d'un plancher brut mais maculé, en son centre, de plusieurs taches rouge sombre.

Il s'approcha pour les examiner. Dans la faible lueur de l'unique ampoule nue, cela ressemblait à du sang. Mais quid de la bâche ? C'était un détail significatif qu'elle avait peu de chances d'avoir inventé.

A ceci près que la bâche avait bel et bien existé. Dans le passé, la nuit où sa mère s'était suicidée.

— Oh ! Non, l'entendit-il gémir derrière lui.

Il se retourna et la vit contemplant le bois taché, secouant la tête de droite à gauche.

— J'ai vu la bâche, lui assura-t-elle. Je l'ai vue. Et il y avait du sang dessus. Du sang frais !

Seth reporta son regard sur la tache brune. Elle était sèche, indubitablement. Donc, soit Rachel avait tout imaginé…

Soit il y avait eu quelqu'un ici… Quelqu'un qui s'était caché et avait tout enlevé quand elle avait fui l'effrayant spectacle.

— Vous ne me croyez pas, l'accusa-t-elle, s'empourprant. Vous pensez que je suis folle.

— Non, pas du tout, dit-il fermement, dissimulant ses doutes.

Exception faite de l'épisode du pont où il sautait aux yeux qu'elle avait été sous l'influence d'une drogue, Rachel lui avait toujours paru parfaitement saine d'esprit et lucide. Sans compter qu'étant salarié dans son entreprise depuis plus d'un an maintenant, il avait souvent eu l'occasion de la voir au bureau, assimilant, avec ténacité et détermination, tout ce qu'il y avait à savoir sur l'entreprise que son père avait édifiée.

Elle méritait donc bien le bénéfice du doute.

— Où se trouvait la bâche ? lui demanda-t-il.

Elle indiqua du menton la zone tachée.

— Juste là. Elle était étalée à plat sur le sol et couverte de sang. De grosses taches, encore humides.

Elle s'avança précautionneusement jusqu'au centre du grenier, se penchant pour étudier les marques sombres.

— C'est incroyable, murmura-t-elle. Je n'ai pas rêvé, je le sais.

O.K., Hammond, réfléchis. Si tu voulais lui faire croire qu'elle perd la tête, comment t'y prendrais-tu ?

— Qui a accès à la maison ?

Cette question pragmatique la détendit un peu.

— Moi, bien sûr. Ma belle-mère, mais elle est en Caroline

du Nord, à Wilmington, en visite chez sa sœur pour deux semaines. Paul doit aussi avoir une clé. Et mon père en avait une qu'il gardait dans son bureau, à l'entreprise, au cas où l'un de nous oublierait ou perdrait la sienne.

— Savez-vous si elle y est toujours ?

— Aucune idée. J'avais l'intention de faire l'inventaire du bureau de mon père la semaine prochaine. Il faut que je m'assure que certains dossiers ne sont pas restés en souffrance…

Le chagrin voila son regard.

Mû par une impulsion, il l'enlaça.

Elle se laissa aller sans résistance contre lui, enfouissant son visage dans son cou. Lorsqu'elle s'écarta, elle semblait plus solide sur ses jambes.

— Vous croyez que quelqu'un essaie de me piéger ?

— J'étais en train de me demander ce que je ferais si je voulais vous convaincre que vous devenez folle.

— Vous pensez que c'est ce qui se passe ?

— Ça me paraît très possible. Songez à l'état dans lequel vous étiez il y a quelques minutes. Vous trembliez comme une feuille, vous n'étiez même pas sûre de ce que vous aviez vu…

Elle le contempla, visiblement perturbée. Sa réaction piqua sa curiosité, mais il se garda de la pousser dans ses retranchements. S'il s'agissait de quelque chose qu'il devait savoir, elle finirait par lui en parler.

— Vous vous rappelez ce que je vous ai dit à propos des meurtres ? Qu'à travers eux, c'était vous qui étiez visée ?

Elle hocha la tête, sur ses gardes.

— Et si la finalité de tout ça était de vous faire passer pour folle ?

Elle ne répondit pas mais, à l'étincelle dans son regard, il vit qu'elle suivait son raisonnement. Ça lui semblait plausible. Peut-être même inévitable.

— Votre mère était morte voilà longtemps, et votre père vivait ses derniers instants. Si j'étais une personne sans scrupule — ce que je ne suis plus —, je m'arrangerais pour vous isoler davantage encore. J'éliminerais les proches qui vous restent. Amelia Sanderson était votre amie depuis l'université, n'est-ce pas ?

Il avait découvert cette information en fouinant un peu partout en ville dans l'espoir d'élucider les meurtres.

Elle hocha la tête, une lueur accablée au fond de son regard bleu glacier.

— April Billings a été la première employée que vous avez personnellement embauchée. Vous vous retrouviez en elle, n'est-ce pas ?

Il vit à sa réaction qu'il avait tapé dans le mille.

C'était souvent le cas, songea-t-il, un peu honteux. Ça avait même été l'un de ses dons les plus utiles — son intuition et sa capacité à lire dans l'esprit des gens, à analyser les comportements et les relations.

— Quant à Coral Vines, vous avez fait de son cas une affaire quasi personnelle… Vous lui avez trouvé un psychothérapeute pour l'aider à surmonter le décès de son mari. Je crois même que vous l'avez orientée vers un programme pour venir à bout de son addiction à l'alcool.

— Comment savez-vous tout ça ? demanda-t-elle, la voix étranglée par l'émotion.

— Je vous l'ai dit, c'était mon gagne-pain. Comprendre les gens, percer à jour leurs secrets, tout savoir de leurs relations afin de pouvoir tirer parti de ces renseignements.

Elle ne put s'empêcher de faire la grimace, mais elle se reprit bien vite. Peu importait. Il avait suffisamment honte de tout ce qu'il avait fait sans qu'il soit nécessaire d'en rajouter.

— Et Marjorie a été une vraie mère pour moi, ajouta-t-elle, achevant la liste à sa place. Mon mentor.

— Mais vous ne vous êtes pas laissé abattre malgré leurs disparitions, n'est-ce pas ? Vous avez tenu bon ?

Il effleura son visage avant même que l'idée de ce geste n'ait atteint le centre de commande de son cerveau. Vivement, il laissa retomber sa main, se préparant aux représailles.

Mais elle se borna à lui adresser un petit sourire désenchanté.

— Oui, j'ai tenu bon.

— Vous avez été droguée le soir des funérailles de votre père, et je ne pense pas qu'il s'agisse d'une coïncidence. Vous étiez particulièrement vulnérable ce jour-là. Votre ennemi ne pouvait pas laisser passer cette occasion.

— Mais ça n'a pas de sens. Votre sœur aussi pense que ces meurtres avaient tous un lien avec moi, mais… pourquoi ? Qu'est-ce qui vous fait penser ça ? Le fait que je les connaissais ?

Elle secoua la tête, refusant manifestement d'y croire.

— J'ai lu les comptes rendus dans les journaux, argua-t-elle. Mark Bramlett a aussi assassiné des gens à Nashville. Pourquoi serait-il autre chose qu'un malade mental qui tue des femmes pour son plaisir ? Pourquoi quelqu'un l'aurait-il payé pour commettre ces meurtres-ci ?

Elle ne savait pas ce qu'il avait dit avant de mourir, s'aperçut Seth. La police ne l'avait pas mise au courant.

— J'étais là quand Mark Bramlett est mort, commença-t-il.

— Quoi ? Mais… pourquoi ?

— J'avais suivi le camion que Bramlett utilisait pour commettre ses meurtres afin d'aider Sutton Calhoun à retrouver Ivy Hawkins. Vous vous souvenez de Sutton, n'est-ce pas ? Le type qui a enquêté sur l'assassinat d'April Billings ?

Elle hocha la tête.

— Eh bien, Ivy et lui étaient venus me voir pour obtenir la liste des camions que nous avions loués. C'est ce qui a permis de coincer Bramlett…

Il marqua une pause avant de poursuivre :

— Je voulais savoir pourquoi Bramlett avait tué ces femmes. Je les connaissais toutes, vous savez. Amelia a toujours été gentille avec moi alors que rien ne l'y obligeait. April Billings était pleine de vie… Un grand potentiel. J'ai grandi avec Coral Vines à Smoky Ridge. C'était une gamine adorable et, après la mort de son mari, j'ai essayé de lui donner un coup de main… en accomplissant les travaux qu'elle ne pouvait pas faire toute seule, ce genre de choses…

— Je ne savais pas.

— Quant à Marjorie Kenner, elle a tenté de me remettre

sur les rails quand j'étais au lycée. Je ne l'ai pas écoutée, mais je n'ai jamais oublié qu'elle avait voulu m'aider.

Il eut une pensée pour la bibliothécaire au grand cœur qui s'était battue pour sauver son âme — son âme de damné — et avait perdu la bataille.

— Je voulais que justice soit faite pour elles toutes. Je voulais que Bramlett paie.

Il la regarda en face.

— Et il a payé. Mais il a dit quelque chose avant de mourir.

Elle referma les doigts autour de son poignet, ses ongles s'enfonçant dans sa chair.

— Quoi donc ?

— J'avais signalé à Ivy Hawkins que je pensais que c'était vous qu'il visait. Et ses derniers mots m'ont donné raison. Dans son dernier souffle, il a dit à Ivy que « tout était à cause de la fille ».

Rachel le contempla, effarée.

— Il a dit ça ? Et pourquoi ne m'a-t-on pas mise au courant ?

— Je ne sais pas, répondit-il en haussant les épaules. Mais je peux tenter de joindre Ivy Hawkins si vous voulez qu'elle vous le confirme.

Rachel se détourna et promena son regard à la ronde un instant avant de le fixer finalement sur un coin sombre de la pièce.

— Je me demande…

Elle marcha dans cette direction.

— Vous avez une lampe de poche ? lui demanda-t-elle.

Il tira les clés de sa poche et alluma la petite lampe qui était accrochée au trousseau. Le pinceau de lumière balaya l'ombre, révélant une deuxième trappe dans le sol.

Et, coincé dans la rainure, un bout de plastique déchiré.

Poussant une exclamation, Rachel tendit la main mais Seth la retint.

— Les empreintes, expliqua-t-il, laconique.

— C'est un morceau de bâche ! Vous voyez qu'elle était bien là, souligna-t-elle avec excitation.

Seth sortit son couteau suisse de sa poche et se servit d'une mini-pince pour saisir le bout de plastique. C'était un coin de la bâche, en forme de triangle. Deux de ses côtés étaient lisses, le troisième présentait des dentelures irrégulières, là où il avait été déchiré. Dans l'un des angles, une goutte de liquide rouge avait presque séché.

— Du sang, nota Seth. Du sang encore frais.

Elle plaqua une main sur sa bouche.

— Rachel, celui qui a monté cette mise en scène macabre est peut-être encore dans la maison.

Ses yeux s'agrandirent.

— Oh ! Seigneur…

— Sur quoi donne cette trappe ?

— Sur un cellier, derrière la cuisine, je pense. Je ne suis jamais passée par là, mais il y a une trappe au plafond dans cette pièce.

— Y a-t-il des armes dans la maison ?

Elle déglutit avec peine.

— Mon père avait un Glock dans sa chambre, dans le tiroir de sa table de chevet. Je suppose qu'il y est toujours.

— Vous savez vous en servir ?

De nouveau, elle avala sa salive. Avec difficulté.

— Oui.

— Redescendons. Vous allez vous enfermer dans cette pièce avec le pistolet pendant que je ferai le tour de la maison.

— Vous ne prenez pas l'arme ?

Il secoua la tête.

— Non. Mes états de service étant ce qu'ils sont, avoir une arme serait avant tout une source d'ennuis pour moi.

Il avait son couteau suisse et saurait se défendre avec tout ce qui lui tomberait sous la main. Sauf, bien sûr, si l'intrus avait lui-même une arme à feu — mais quelque chose lui disait que ce n'était pas le cas.

Il vit une lueur d'affolement briller dans le regard de Rachel au moment de redescendre l'échelle. Elle ne recouvra un peu de son calme que lorsqu'elle eut posé le pied sur le palier.

Une fois dans la chambre de son père, elle sortit l'arme de

sa boîte, puis elle prit des munitions et la chargea, les mains un peu tremblantes, sous l'œil attentif de Seth.

— Voilà, dit-elle, relevant les yeux.

— Bon, enfermez-vous à double tour et attendez mon retour.

Les marches craquèrent sous ses pas lorsqu'il redescendit au rez-de-chaussée. Il marqua une pause au pied de l'escalier, tendant l'oreille. Il entendit la pluie cinglant les fenêtres. Le bourdonnement ténu de l'électricité dans les murs. Sa propre respiration.

Mais rien d'autre.

Il traversa le couloir et fouilla méthodiquement chaque pièce. En arrivant dans la cuisine, il marcha jusqu'au centre de la pièce chaleureuse et se rappela tout à coup le moment où son corps avait effleuré celui de Rachel, un peu plus tôt dans l'après-midi. Son seul souci, alors, avait été de se demander si son pantalon de survêtement trop ajusté trahissait sa réaction physique inopinée.

Il aurait bien voulu remonter le temps et se retrouver à ce moment-là.

Le cellier, derrière la cuisine, avait-elle dit. Il se dirigea à pas de loup vers la porte qui se trouvait de l'autre côté du réfrigérateur et posa l'oreille contre le battant. Silence.

Revenant vers le comptoir, il prit un couteau dans le présentoir de bois et retourna jusqu'à la porte du cellier, le manche du couteau bien serré dans la main.

Personne ne lui sauta dessus lorsqu'il poussa le battant. La pièce était vide.

Il chercha des signes de passage récent. Au premier abord, la pièce semblait en ordre. Pas d'empreintes de pas, pas de gouttes de sang tombées de la bâche que l'intrus avait dû emporter avec lui.

Mais c'était normal. L'intérêt de la bâche, c'était justement qu'elle pouvait être repliée et enlevée en un clin d'œil, avec toutes les preuves matérielles à l'intérieur. Le persécuteur de Rachel voulait la faire douter de sa santé mentale, il fallait donc qu'il ne laisse aucun indice derrière lui.

Peut-être avait-il entendu la voix de Seth. Cela avait pu l'inciter à prendre le large à la première occasion — qui s'était présentée lorsqu'il avait conduit Rachel dans le salon.

Oui, ce devait être ça. L'intrus avait profité de ce moment pour prendre la fuite. Seulement, dans sa hâte à quitter les lieux, il n'avait pas vu qu'un coin de la bâche s'était pris dans la trappe.

Seth tourna la poignée de la porte de service. Fermée. Mais toute personne en possédant la clé avait pu la verrouiller en partant. Se servant du bas de son T-shirt d'emprunt, Seth poussa le verrou de la porte donnant sur la cour arrière. Il découvrit un petit patio dont le sol était dallé, et non constitué de terre boueuse comme il l'avait espéré. Mais de toute façon, avec cette pluie diluvienne, les empreintes de pas qu'aurait pu laisser leur homme auraient de toute façon déjà disparu.

Il referma la porte sur la pluie battante et se tourna, examinant le cellier sous ce nouvel angle de vue. La pièce était dépourvue de meubles à l'exception d'une banquette munie d'un espace de rangement au-dessous.

Il leva les yeux et considéra la trappe, au plafond. Le grenier se trouvait deux étages au-dessus. Qu'y avait-il entre les deux ?

Un seul moyen de le savoir.

Il saisit la poignée et tira. La trappe s'ouvrit, et une échelle de bois se déplia.

Affermissant sa prise sur le manche du couteau, il se mit à grimper.

8

Il lui semblait que Seth Hammond était parti depuis des heures. Rachel consulta sa montre et constata que quelques minutes seulement avaient passé.

Le temps s'écoule si lentement quand on est mort de peur.

Assise sur la commode en cèdre, au pied du lit de son père, elle essaya de ne pas penser aux derniers instants qu'il avait vécus ici.

Quelqu'un s'était occupé de changer les draps et de nettoyer la pièce après la venue du coroner. Diane et elle étant beaucoup trop bouleversées pour penser à ce genre de choses, ce devait être Paul qui s'en était chargé. Il avait été un roc pour toutes les deux, un vrai soutien, tant ici, à la maison, qu'à l'entreprise.

Il n'avait pas toujours été très enthousiaste à la perspective du second mariage de sa mère — il avait craint que leur relation ne complique les choses entre lui et George Davenport au travail — mais, ces derniers mois, alors que son père luttait contre la maladie, Paul n'avait pas hésité à accumuler les heures supplémentaires, au bureau, pour rattraper le retard.

Elle ne savait pas comment elle aurait fait sans lui. Alors, pourquoi ne s'était-elle pas tournée vers lui, ce matin, au lieu de s'en remettre à des étrangers ? Pourquoi était-elle tellement persuadée qu'un homme aussi énigmatique et imprévisible que Seth Hammond était le mieux placé pour l'aider ?

Un bruit venant de l'autre côté de la pièce interrompit brutalement ses réflexions. Elle empoigna le pistolet et se tourna vers l'endroit d'où il provenait.

Un nouveau choc, assourdi. On aurait dit des pas venant du dressing de son père.

Et, tout à coup, elle vit la poignée tourner lentement.

Cessant de respirer, Rachel leva le petit pistolet, essayant de se remémorer ce qu'elle savait des règles de tir. Elle n'avait pas tiré assez souvent pour que cela devienne un automatisme… Bon sang, pourquoi ne s'était-elle pas exercée davantage ? A quoi bon apprendre à tirer si c'était pour ne rien se rappeler au moment où vous en aviez besoin ?

La posture du combattant, souffla son cerveau, à la peine. *Le pied d'appui en arrière, pour la stabilité.*

La porte du dressing s'ouvrit lentement, et Rachel crut que son cœur allait s'arrêter pour de bon.

Ce fut Seth Hammond qui en émergea. Apercevant le canon du pistolet pointé droit sur lui, il plongea immédiatement en roulade sur le sol.

Caché derrière le lit, il proféra un juron bien senti.

— Vous venez de raccourcir de dix ans mon espérance de vie !

Elle reposa l'arme sur la commode et se hâta de le rejoindre. Il était accroupi, la tête penchée en avant, la poitrine se soulevant rapidement.

— On n'a pas idée, aussi, de jaillir comme ça sans prévenir… Comment avez-vous atterri là ?

— C'est là que conduit la trappe du cellier, dit-il en relevant la tête pour la regarder. Au plafond du dressing, il y a un accès au grenier. Mais la trappe est bloquée par un loquet ; c'est pour ça qu'on ne peut pas l'ouvrir du grenier.

Bien sûr, songea-t-elle. La trappe du cellier et celle du grenier étaient séparées par un étage entier… Comment n'y avait-elle pas pensé ?

Il se remit sur ses pieds.

— Je n'ai rien trouvé dans le cellier. Mais je n'ai pas pu fouiller le dressing parce que je n'ai pas trouvé de lumière.

— Il y en a une, mais l'interrupteur est bizarrement placé, répondit-elle en ouvrant la porte et en se penchant à l'intérieur pour atteindre le commutateur positionné au fond du compartiment à chaussures. Un petit plafonnier s'alluma, révélant la penderie que Diane et son père s'étaient partagée.

Les affaires de Diane occupaient presque tout l'espace, celles de son père ne remplissant qu'un quart des rangements. Le dressing était net et bien organisé, ce qui ne fut pas pour la surprendre car si Diane avait un côté irréfléchi, elle ne plaisantait pas avec sa garde-robe et ses accessoires, qu'elle voulait pouvoir localiser en un coup d'œil.

Au milieu des casiers bien ordonnés et des piles alignées au cordeau, une boîte à chaussures jaune dépassait d'une étagère, son couvercle légèrement de guingois, détonnant avec l'ordre qui régnait partout ailleurs. S'apprêtant à la remettre en place, Rachel aperçut une tache rouge encore luisante sur l'un de ses angles.

— Il y a du sang ici aussi, murmura-t-elle.

Seth Hammond s'avança derrière elle — telle une solide muraille à la chaleur rassurante. Elle réprima l'envie de prendre appui contre lui, consciente qu'elle se reposait déjà sur lui plus qu'il n'était raisonnable.

Cet homme était d'une robustesse confondante. Pour quelqu'un qui avait reçu un violent choc à la tête à peine quelques heures plus tôt, il était étonnamment stable sur ses jambes. Et il n'avait presque plus montré de signes de douleur ou de désorientation depuis qu'il était ici, avec elle. Au contraire, il avait fait preuve d'un sang-froid exemplaire lorsqu'elle avait perdu les pédales. Un vrai roc.

Et si ce n'était pas une coïncidence ?

Elle chassa cette pensée. Seth Hammond avait gagné un peu de sa confiance, non ? Il méritait qu'elle lui accorde le bénéfice du doute.

— Il y avait vraiment beaucoup de sang sur cette bâche, nota-t-elle. Un peu trop.

— Rien ne prouve que ce soit du sang humain. Il peut très bien s'agir de sang animal. Et ça n'aurait rien d'illégal.

Elle tourna la tête pour le regarder.

— Parce que vous croyez qu'il se soucie de la légalité ?

— Ne pas transgresser la loi quand on peut l'éviter. Règle n° 1 de l'arnaque.

— Je croyais que la règle n° 1, c'était qu'on ne pouvait pas abuser un honnête homme.

Elle ne savait plus où elle avait entendu cette maxime, mais elle la trouvait assez pertinente. Les honnêtes gens y réfléchissaient à deux fois avant de se laisser appâter par des projets qui semblaient trop beaux pour être vrais.

Seth Hammond secoua la tête.

— Les honnêtes gens peuvent se faire berner comme les autres, assena-t-il en faisant la grimace. Quoi qu'il en soit, ne pas enfreindre la loi si ce n'est pas nécessaire n'est peut-être pas la règle n° 1, mais c'est le premier principe que m'a inculqué Cleve Calhoun.

La note bienveillante qui perçait dans sa voix à l'évocation de son mentor n'échappa pas à Rachel. Peut-être avait-il abandonné le style de vie dans lequel Calhoun l'avait entraîné, mais il vouait toujours une sincère affection au vieil homme.

— Celui qui a fait ça n'a pas l'habitude de contourner la loi, ajouta-t-il.

— Comment pouvez-vous dire ça ? Il a payé un tueur pour éliminer quatre femmes. Il m'a droguée, a sans doute assassiné Davis Rogers — oh ! mon Dieu, Davis…

Sa voix se brisa.

— Je me demande si la police l'a retrouvé.

— Je pense que nous le saurions si c'était le cas.

Elle ferma les yeux, luttant contre le désespoir. Il fallait être forte. Tenir bon. Ne pas perdre pied…

Une nouvelle fois.

— Ce que je voulais dire, c'est qu'il a fait appel à des tiers pour se charger du sale travail, expliqua posément Seth Hammond.

— Qui vous dit que ce n'est pas lui qui a agressé Davis ?

— Si c'était un tueur aguerri, il aurait éliminé ces femmes lui-même. Il ne l'a pas fait. Il a engagé quelqu'un d'autre. Il ne veut pas se salir les mains s'il peut l'éviter.

Quelque chose, dans l'intonation de sa voix, piqua la curiosité de Rachel, mais, avant qu'elle ait pu préciser sa pensée, il demanda :

— Bien … Que faisons-nous, maintenant ?

— Je crois qu'il faut que nous appelions la police.

Il hocha la tête bien que visiblement peu enthousiasmé par cette idée.

— O.K., mais appelez directement Antoine Parsons. Pas le 911.

C'était logique. Antoine connaissait déjà les tenants et les aboutissants de l'affaire. Et il semblait juste et impartial.

— Vous n'êtes pas obligé de rester, reprit-elle, consciente de son malaise.

Il lui retourna un sourire un peu piteux.

— Si. Je suis un témoin oculaire.

Elle esquissa un pas en direction du téléphone, puis s'arrêta et se retourna.

— Mais qui peut bien être derrière tout ça ?

— Qui, je n'en sais rien, répondit-il en secouant la tête. Mais, pourquoi il le fait, j'ai ma petite idée.

A la décharge d'Antoine Parsons, Seth dut reconnaître que celui-ci ne le mettait pas d'entrée de jeu sur la sellette en lui demandant ce qu'il faisait chez Rachel au moment des faits. Il commença par les informer de l'avancée des recherches concernant Davis Rogers.

— Nous avons ratissé les bois derrière Sequoyah House, mais il y a une vaste étendue de forêt dans ce secteur. Et, de toute façon, si l'agresseur s'en est pris à M. Hammond pour l'empêcher de prévenir les secours, il y a peu de chances qu'il ait caché le corps à proximité.

Le corps. Rachel se raidit, comme frappée par l'emploi de ce mot, même si elle ne devait plus espérer que Davis soit retrouvé vivant. Seth compatit en silence, mais il s'abstint de passer un bras réconfortant autour de ses épaules.

— Nous avons pris contact avec la police de Virginie pour leur faire savoir que Davis Rogers était porté disparu, ajouta Antoine. S'il entre en contact avec sa famille ou l'un de ses amis là-bas, nous serons immédiatement avertis.

Antoine chargea son collègue de prendre la déposition de Rachel pendant que lui, naturellement, s'occupait de Seth.

Mais, non sans soulagement, Seth constata qu'il posait ses questions sans détour et semblait croire ce qu'il lui disait.

— Bigrement culotté de s'introduire comme ça chez elle et d'installer pareille mise en scène. Surtout avec deux personnes présentes dans la maison, souligna-t-il.

— A mon avis, il ne savait pas que j'étais là, répondit Seth. Ma voiture est chez le garagiste. Il n'y avait que celle de Rachel dans l'allée. Il devait la croire seule.

Antoine hocha la tête.

— Et tu n'as pas vu ce que Mlle Davenport a vu dans le grenier ?

— Seulement le morceau de plastique que je t'ai donné et une autre tache qui ressemblait à du sang dans le dressing. Mais je crois que j'ai entendu la musique dont elle a parlé.

Il raconta son rêve à Antoine en omettant la partie où Rachel caracolait sur le parapet.

— Ce n'était qu'un rêve, je le sais, mais c'est tout de même étrange que j'aie entendu justement cette musique-là moment précis, tu ne trouves pas ?

— Ce serait une sacrée coïncidence, convint Antoine. Tu crois que cet incident a un rapport avec les meurtres ?

— Evidemment.

— Evidemment, répéta Antoine, songeur. Dis-moi, Hammond, quel est ton rôle dans toute cette affaire, au juste ?

Nous y voilà, songea Seth. *On entre dans le vif du sujet.*

— Je connaissais les victimes des meurtres. Je les aimais bien et j'aime bien Rachel Davenport aussi. Son père m'a donné ma chance en m'embauchant quand la plupart des gens, ici, n'auraient même pas daigné me jeter leur eau de vaisselle dessus si j'avais pris feu !

Antoine réprima un sourire.

— Je voudrais bien pouvoir te plaindre mais…

— Ecoute, ce n'est pas moi le méchant dans cette affaire.

— Non, je ne pense pas, en effet, convint Antoine.

L'autre policier, Gavin McElroy, fit signe à Antoine, et ils se rejoignirent sur le pas de la porte pour tenir un conciliabule, laissant Seth et Rachel livrés à eux-mêmes, chacun à un bout de la pièce.

Seth combla la distance qui les séparait. Elle se frictionnait les bras comme si elle avait froid.

— Ça va ? demanda-t-il.

— Oui, répondit-elle, avec un sourire forcé. Je suis sûre que ce pauvre officier McElroy a dû me prendre pour une folle.

Il entendit l'angoisse qui pointait derrière l'apparente banalité de ses propos. Elle attachait beaucoup d'importance à paraître saine d'esprit, normale. Ce qui était compréhensible… Après tout, sa mère s'était suicidée.

— Vous ne l'êtes pas, assena-t-il avec force.

La gratitude qu'il lut dans son regard lui noua l'estomac.

Redoutait-elle que le déséquilibre de sa mère ne soit héréditaire ? Cela devait forcément lui trotter dans la tête de temps à autre.

Voire un peu plus souvent que ça.

La personne qui la tourmentait était-elle au courant de cette crainte ? Les deux attaques qui l'avaient directement ciblée semblaient destinées moins à lui faire du mal qu'à la fragiliser mentalement — d'abord, l'épisode du GHB, qui avait induit un état proche de la psychose, puis la mise en scène dans le grenier, conçue pour lui faire croire qu'elle avait des hallucinations.

En remontant plus loin, les meurtres de personnes qui lui étaient proches prenaient une sinistre signification à la lumière des derniers développements. S'il avait voulu conduire Rachel à l'instabilité mentale, il n'aurait pas pu trouver stratagème plus efficace pour préparer le terrain que d'éliminer brutalement, les uns après les autres, tous ses points d'appui, toutes ses attaches émotionnelles. Chacun de ces meurtres avait porté un coup terrible à Rachel Davenport. Etait-ce cela le but visé ?

— Vous disiez que vous pensiez savoir pourquoi quelqu'un cherche à me nuire, murmura Rachel, parlant à voix basse pour qu'Antoine et McElroy ne l'entendent pas. L'avez-vous dit à l'inspecteur Parsons ?

— Pas encore. Je voulais d'abord vous en parler.

— Vous auriez pu le faire avant leur arrivée, releva-t-elle, l'air un peu irrité.

Il avait gardé ses soupçons pour lui pour y réfléchir à tête reposée afin de ne pas, s'il faisait fausse route, orienter l'enquête dans une mauvaise direction et porter préjudice à Rachel.

Mais, maintenant qu'il avait parlé avec Antoine et qu'il se rendait compte que la police n'avait pas le moindre indice quant à ce qui pouvait motiver cette salve d'attaques à répétition contre Rachel, il était de plus en plus sûr d'avoir raison.

Quelqu'un voulait se débarrasser de Rachel, et il était à peu près sûr que c'était en lien avec les Transports Davenport.

— Si vous deviez démissionner de vos fonctions de P.-D.G., qui vous remplacerait ? demanda-t-il posément.

Elle le contempla, décontenancée.

— Mon père avait pris la précaution de désigner des administrateurs avant sa mort. Si quelque chose m'arrivait, je suppose que ce serait à eux de prendre une décision. Je ne sais pas trop. Mon père savait que je m'étais engagée à diriger la société. Je lui avais donné ma parole.

— Mais un accident est si vite arrivé. Les gens prennent de la drogue, montent sur les rambardes des ponts et… tombent.

Elle planta son regard droit dans le sien.

— Vous pensez que tout ça est une machination destinée à m'écarter de la direction de Davenport ?

— Imaginons que vous soyez diagnostiquée mentalement instable… Vous seriez évincée de l'entreprise, non ?

Elle parut horrifiée.

— Oui… Certainement.

Antoine et McElroy revinrent vers eux, mettant provisoirement un terme à leur conversation.

— Nous allons faire venir aussi vite que possible une équipe du labo pour examiner toutes les issues du grenier, leur annonça Antoine. L'officier McElroy va rester sur place pour préserver la scène jusqu'à leur arrivée.

— Est-ce qu'il faut qu'on reste ici, nous aussi ? demanda Rachel à brûle-pourpoint.

Antoine parut surpris.

— Non, je suppose que non… Mais ce n'est pas très prudent de prendre la route par ce temps.

— Je n'ai pas l'intention d'aller bien loin, répliqua-t-elle en décochant à Seth un regard impérieux, qui s'il avait encore nourri des doutes sur son état mental, les aurait définitivement apaisés.

On aurait dit une princesse guerrière furieuse. Une princesse qu'il aurait probablement suivie jusqu'aux confins de l'univers si elle en avait exprimé le désir.

Aïe aïe aïe ! Tu es dans de beaux draps…

La cabane située au pied de Copperhead Ridge appartenait à la famille de son père depuis que son grand-père l'avait construite de ses propres mains dans les années vingt. Telle était du moins la légende familiale. Rachel regarda la façade un peu défraîchie avec un sourire nostalgique tandis qu'elle garait la Honda dans l'allée de gravier, près de la porte.

Seth, qui s'était tu pendant le court trajet, rompit le silence de sa voix grave et traînante.

— Où sommes-nous ?

— L'histoire veut que ce soit mon arrière-grand-père qui ait bâti cette cabane pour en faire une distillerie clandestine à l'époque de la Prohibition.

Elle coula un regard dans sa direction.

— Je ne suis pas sûre que ce soit entièrement vrai.

Il tourna la tête, un petit sourire aux lèvres.

— Les histoires les plus captivantes le sont rarement.

— Je pense qu'elle a été embellie afin de rehausser le prestige des Davenport. Aux yeux des gens d'ici, nous étions des fichus Yankees, vous comprenez. Mon arrière-grand-père était le troisième fils d'une modeste famille de constructeurs de bateaux du Maryland. Ils ne pouvaient subvenir aux besoins que de deux enfants... Il a donc dû partir et tracer son chemin seul dans le monde hostile.

— Et c'est à Bitterwood, au fin fond du Tennessee, qu'il a choisi de s'implanter ? souligna Seth d'un air sceptique.

— C'est un pays rude mais d'une grande beauté, vous savez.

— J'imagine que ça dépend du quartier de Bitterwood d'où l'on vient.

Elle inclina la tête.

— D'après mon grand-père, son père a su, à l'instant où il a posé les yeux sur Bitterwood, que c'était chez lui.

L'expression de Seth s'adoucit.

— Ça, je peux le comprendre. Où que je sois allé rouler ma bosse, j'ai toujours fini par revenir ici.

— J'adore cet endroit, déclara-t-elle en désignant la cabane du menton. Ma grand-mère était originaire d'ici. Ses racines remontent aux premiers colons. Mon grand-père et elle m'y amenaient en vacances, l'été. On vivait comme en camping, à la dure.

Elle se mit à rire.

— Enfin, moi, je trouvais que c'était à la dure.

En fait, pour une cabane en rondins, l'endroit était relativement luxueux. Il y avait l'air conditionné pour tempérer la chaleur estivale et un poêle à bois pour réchauffer les froides nuits d'hiver. L'électricité y avait été installée dix ans plus tôt lorsque l'extension urbaine avait rapproché les limites de la ville du secteur où elle était construite. Et, comme il y avait une antenne-relais à proximité, Rachel ne rencontrait généralement pas de problème pour capter du réseau.

Seth gravit les marches du porche à sa suite, portant leurs sacs. Elle avait emballé à la hâte quelques affaires avant de partir de chez elle, et ils avaient fait halte au bungalow de Smoky Ridge où vivait Seth pour qu'il prenne lui aussi quelques effets personnels.

La bicoque délabrée appartenait à Cleve Calhoun, le vieux filou qui avait été son professeur d'arnaque, s'était justifié Seth, sur la défensive. Il avait emménagé avec Cleve quelques années plus tôt, quand celui-ci avait eu un AVC qui l'avait beaucoup amoindri. Cleve était actuellement en cure de rééducation à Knoxville pour plusieurs semaines, avait-il dit, et Seth songeait désormais à chercher un endroit à lui.

Se demandant quelle sorte de logement un homme comme lui pouvait aimer, Rachel l'observa tandis qu'il promenait son regard vert perçant à l'intérieur de la cabane. Elle l'avait décorée elle-même un bon nombre d'années auparavant, quand son grand-père la lui avait léguée dans ses dispositions testamentaires. Elle avait vingt-deux ans alors, était fraîche émoulue de l'université et partagée entre la tristesse de voir se clore un chapitre de sa vie et l'excitant éventail d'opportunités qui s'ouvrait à elle.

La cabane posait trop de problèmes pratiques pour être utilisée comme résidence principale, mais elle l'avait toujours considérée comme son lieu de retraite favori quand les turbulences de la vie devenaient trop insupportables.

Etait-ce pour cette raison qu'elle y était venue aujourd'hui ?

— C'est joli, déclara-t-il.

— Oui. J'adore cet endroit, acquiesça-t-elle.

— Je comprends qu'il vous plaise, dit-il, tournant sur lui-même. Vous y venez souvent ?

— Dès que j'en éprouve le besoin.

Il hocha la tête comme s'il comprenait.

— Pourquoi m'avez-vous amené ici ? Vous n'y amenez jamais personne, je me trompe ?

Elle l'étudia, les yeux plissés, un peu troublée par la facilité avec laquelle il lisait en elle.

— Non, c'est vrai.

— Parce que c'est votre refuge ?

— Oui, reconnut-elle.

Elle se sentit complètement mise à nu.

Tout à coup, il eut l'air vulnérable, lui aussi.

— Merci. De m'avoir fait suffisamment confiance pour me le montrer.

Son brusque changement d'attitude la surprit. Elle n'avait même pas imaginé pouvoir exercer une quelconque influence sur lui. Il semblait si plein d'assurance, si solide…

C'était un sentiment inattendu et, pour tout dire, grisant. Un sentiment qui, tout à coup, lui donnait des ailes, la faisait se sentir subitement intrépide.

Et vivante.

Il était si beau, là, debout au milieu de son havre de paix. Beau et sauvage, avec son air d'être constamment sur le qui-vive, prêt à se sauver. En dépit du vernis civilisé, en dépit de ses évidents efforts pour lutter contre sa nature profonde, il ne serait jamais totalement domestiqué. Jamais policé. Il demeurerait tel qu'en lui-même — indomptable.

Et jamais elle n'avait désiré un homme comme elle le désirait, lui, malgré ce côté imprévisible — ou peut-être à cause de lui.

— Je voulais vous avoir ici, avec moi, répondit-elle enfin, pas certaine qu'il saisirait le sens de ses paroles.

Pas certaine, d'ailleurs, de le souhaiter vraiment.

Mais elle l'avait sous-estimé. Il avait un instinct d'animal sauvage lorsqu'il s'agissait de percer à jour les motivations de ses semblables.

Allait-il rester ou se sauver ? songea-t-elle, suspendant sa respiration. Qu'allait-il choisir ? La fuite ?

Ou l'engagement ?

Sa réaction fut rapide et brusque, le mouvement décisif d'un prédateur axé sur une unique proie. Il se posta juste devant elle, le regard tellement intense qu'un tressaillement la parcourut.

— Savez-vous dans quoi vous mettez les pieds ?

Sans doute pas, mais elle n'avait pas l'intention de reculer.

— Et vous ? répliqua-t-elle.

Sa bouche s'incurva. Elle ne put s'empêcher d'imaginer le

contact de ces lèvres sur elle, et le frisson qui s'était emparé d'elle se changea en une lame de fond qui la submergea tout entière.

Puis il la toucha — un simple frôlement du doigt sur sa mâchoire, mais qui suffit à transformer le sang dans ses veines en lave brûlante.

Elle se dressa sur la pointe des pieds, comblant l'espace qui les séparait, jusqu'à ce que ses seins viennent se presser contre son torse. Les bras noueux de Seth se refermèrent autour d'elle, la serrant davantage encore. Elle sentit son souffle chaud sur sa joue.

— Je suis dangereux, murmura-t-il.

Elle soutint son regard.

— Je sais.

Enfonçant ses doigts dans ses cheveux sombres, elle l'embrassa.

9

La bouche de Rachel était chaude et douce, sa langue à la recherche de la sienne attisait — comme s'il en était besoin — le feu qui le consumait. Il la désirait plus qu'il n'avait jamais désiré quoi que ce soit dans sa vie, ce qui l'effraya et l'incita dans le même temps à avancer d'un pas, puis de deux, la faisant reculer jusqu'à ce qu'elle soit adossée au mur de la cabane.

Elle laissa échapper un petit bruit sourd lorsque son dos s'aplatit contre la paroi de rondins polis. Fiévreusement, elle positionna ses jambes de façon qu'il puisse venir se plaquer contre elle. A cet instant, tout espoir de dissimuler l'effet qu'elle lui faisait abandonna Seth, et ses hanches se mirent à remuer, venant buter en rythme et sans relâche, contre les siennes. Et ce n'était pas la mince barrière du survêtement qu'il portait ni du fin pantalon de yoga de Rachel entre leurs deux corps qui allait les décourager de poursuivre ce dont tous deux semblaient avoir désespérément envie.

Stop, s'intima-t-il mentalement. *Réfléchis.*

S'il était resté célibataire jusqu'à aujourd'hui, s'il n'avait pas tenté sa chance auprès d'une jolie fille des montagnes du Tennessee, ce n'était pas le fruit du hasard. Même s'il faisait aujourd'hui amende honorable, il n'était pas un bon parti. Il était brut de décoffrage, insoumis — un rebelle dans l'âme. Même une fille résignée à s'accommoder d'un homme imparfait pouvait trouver mieux.

Et, son statut social étant ce qu'il était, Rachel Davenport n'avait pas à s'accommoder de quoi que ce soit. Si elle n'avait cherché qu'un homme de passage, une aventure sans lendemain avec un solide gaillard du Tennessee, peut-être se serait-il laissé aller… Mais pas dans ces conditions. Pas le lendemain des obsèques de son père. Pas le jour où elle avait perdu l'homme qui était peut-être le plus important pour elle.

Le jour où, pour tout couronner, elle avait eu la frayeur de sa vie dans ce grenier et n'aspirait probablement qu'à une chose : la chasser par tous les moyens de son esprit.

Comme il esquissait un mouvement de recul, les mains de Rachel se déplacèrent sur son corps, assurées, glissant droit le long de son dos, toujours plus bas, pour s'arrêter sur son postérieur et le souder plus étroitement encore à elle. L'espace d'une seconde, il faillit baisser sa garde. Toute pensée lucide reflua d'un coup de son cerveau, remplacée par une envie masculine purement animale. D'un coup de reins, il se pressa contre elle, lui tirant un gémissement. Ce son à lui seul le rendit fou, propulsant son désir vers les cimes, jusqu'au point de non-retour.

Elle tira sur sa chemise et dénuda son ventre qu'elle couvrit de caresses. Ses lèvres abandonnèrent sa bouche, et elle se mit à l'embrasser sur le torse, sa langue courant avec légèreté le long de la courbe d'un de ses pectoraux.

Elle leva le regard vers son visage, ses yeux bleus ivres de désir.

— Est-ce que tu aimes ça ? demanda-t-elle, traçant du pouce un cercle autour de son téton.

— Oui, souffla-t-il.

Elle courba la tête et laissa glisser ses lèvres sur le pourtour de sa cage thoracique, le couvrant de mille baisers.

— Ça aussi, ça te plaît ?

S'il ne l'arrêtait pas tout de suite, il ne serait plus en état de discerner ce qui était bien de ce qui ne l'était pas.

Il y avait eu une période de sa vie où la question du bien et du mal ne l'effleurait même pas.

Voulait-il vraiment redevenir cet homme-là ?

Avec un grognement, il enfonça ses doigts dans ses cheveux

et obligea Rachel à s'immobiliser. Elle le contempla, l'air égaré mais le regard brûlant d'excitation, les joues en feu, les lèvres gonflées de leurs baisers.

Refermant ses lèvres sur les siennes, il l'embrassa longuement, ce qui, paradoxalement, eut pour effet de renforcer sa détermination. Rachel Davenport méritait d'être courtisée, elle méritait des baisers qui traduisaient bien plus que la seule frénésie sexuelle.

Même s'il n'était pas celui qui pouvait le lui offrir.

Lorsqu'il la relâcha, elle retomba contre le mur, le contemplant les yeux mi-clos. Son souffle était court, saccadé ; ses cheveux, emmêlés autour de son visage.

— Seth ?

— Ce n'est pas vraiment ce que tu veux, dit-il, veillant à garder ses distances.

Elle fronça les sourcils.

— Ce n'est pas à toi d'en décider.

— O.K. Ce n'est pas non plus ce que je veux.

Elle abaissa délibérément les yeux jusqu'à l'endroit de son pantalon où son corps trahissait sans erreur possible ce qu'il désirait. Ses yeux bleus remontèrent jusqu'aux siens.

— Tu es sûr ?

— Rachel, s'il te plaît.

Il lui tourna le dos et se dirigea vers la fenêtre. La nuit était tombée tôt, à cause du ciel maussade. Il observa son reflet — l'œil hagard d'un homme poussé dans ses retranchements.

— Si tu crois jouer les nobles cœurs…

— Je ne pense pas en être capable. Je veux juste me montrer… correct. Et respectueux.

Elle poussa un soupir excédé.

— Traduction : tu penses que je ne suis pas dans mon état normal.

Il secoua la tête, même si elle n'avait pas totalement tort.

— Je pense que nous voudrions tous les deux oublier ces deux derniers jours. Et que ce qui nous semble être une bonne idée maintenant ne le sera peut-être pas une fois que nous aurons sauté le pas et qu'il sera impossible de revenir en arrière.

Il attendit qu'elle réponde, mais elle garda le silence. Finalement, il risqua un coup d'œil dans sa direction. Elle était toujours calée contre le mur, le regard rivé sur lui. La flamme qui brillait dans ses yeux s'était en partie éteinte, comme si elle commençait à assimiler ses paroles et que cela l'avait ramenée à la raison.

— Les aventures d'un soir, ce n'est pas mon truc, admit-elle au bout d'un long silence. Mais je crois que ce n'est pas ainsi que je voyais les choses.

Il se demanda si sa confession le faisait se sentir mieux ou plus mal encore. Quelque part entre les deux, décida-t-il, bien que le fait qu'elle le considérât autrement que comme un corps avec lequel satisfaire le désir qui la tenaillait compliquait à coup sûr la situation.

— Je ne suis pas celui qu'il te faut, dit-il simplement.

— Pourquoi ? Tu n'es pas le plus mal placé non plus.

Il partit d'un petit rire.

— Il y a des tas de gens qui ne seraient pas du même avis.

— Tu t'es mal comporté par le passé. Mais tu n'es pas mauvais. Les gens qui le sont n'essaient pas de changer. Ils n'en voient pas la nécessité.

Il avait suffisamment repris le contrôle de lui-même pour pouvoir lui faire face. Se retournant, il se cala contre la fenêtre.

— Il y a une différence entre *vouloir* être quelqu'un de bien et *être* quelqu'un de bien.

— Une différence de degré, simplement.

Elle était entêtée. Et naïve aussi.

— Dans quelques jours, quand nous aurons obtenu les réponses que nous cherchons, tu verras les choses autrement et tu me remercieras d'avoir su garder mon sang-froid.

Elle leva les yeux au ciel.

— Continue à me parler sur ce ton paternaliste, et ça ne prendra même pas quelques jours.

C'est de bonne guerre, songea-t-il.

— Moi non plus, je ne veux pas avoir de regrets.

Elle lui jeta un regard chargé de sous-entendus.

— Tu ne l'aurais pas regretté.

Il rit.

— Peut-être pas.

Elle releva le menton, son expression redevenant neutre.

— O.K., je comprends. La situation est délicate et le timing, le plus mauvais possible. Et je sais que nous ne formons pas ce qu'on appelle un couple bien assorti. Donc, tu as gagné. Nous allons veiller à ce que ça ne se reproduise pas tant que nous ne saurons pas ce qui m'arrive et pourquoi.

Il ne put s'empêcher de se dire qu'elle avait baissé pavillon un peu trop facilement à son goût, mais il rejeta cette pensée stérile.

— Cela dit, je persiste à penser que tu ne dois plus rester seule. Il faut que quelqu'un reste en permanence avec toi.

— Tu crois que je devrais engager un garde du corps ? lui demanda-t-elle d'un ton peu enthousiaste.

Seth pensa aux ordres qu'il avait reçus d'Adam Brand… Brand qui l'avait engagé pour surveiller Rachel. Jusqu'ici, il n'avait pas mis Rachel dans la confidence parce que Brand ne l'y avait pas autorisé.

Mais peut-être était-il temps d'en parler avec lui. De toute façon, il aurait déjà dû l'appeler pour lui faire son rapport. Il essaierait de convaincre l'agent du FBI que Rachel méritait d'être mise au courant.

— Je peux m'en charger, moi, déclara-t-il en réponse à sa question. Je peux te protéger.

Elle l'épingla du regard, arquant ses sourcils sombres.

— Je croyais que nous devions garder nos distances.

— Nous sommes tombés d'accord pour ne pas… fricoter ensemble. C'est différent.

— C'est tout de même tenter le diable…

Ce n'était pas faux, mais il ne pouvait pas se résoudre à l'idée de ne pas veiller — en personne — à la sécurité de Rachel Davenport. C'était trop dangereux. Pas question de courir le risque qu'elle fasse les frais du jeu auquel jouait celui qui la tourmentait.

Surtout maintenant qu'il avait une idée assez précise de la raison pour laquelle on l'avait prise pour cible.

Mais, avant de lui dévoiler sa théorie, il fallait qu'il s'entretienne avec Brand. Il suffirait à l'agent du FBI d'un ou deux coups de fil pour savoir si la police locale avait progressé. Antoine s'était montré coopératif, mais Seth ne se faisait pas d'illusions... Les flics ne lui feraient jamais vraiment confiance, et rien ne garantissait qu'Antoine le tiendrait au courant de l'avancée de l'enquête.

Quelque chose lui disait que ce qui était arrivé à Rogers n'était pas juste un dommage collatéral du stratagème mis en place pour déstabiliser Rachel. Rogers l'avait rencontrée la veille, au Smoky Joe's... Qui sait s'il n'avait pas vu ou entendu quelque chose qui pouvait incriminer le coupable ?

— Rachel, ce matin, à Sequoyah House, tu as dit que tu avais parlé avec Davis Rogers avant que la communication ne soit coupée... Que t'a-t-il dit, exactement ?

Déroutée par le brusque changement de sujet, elle réfléchit quelques instants.

— Je n'ai pas bien compris de quoi il parlait, mais il en ressortait que nous nous étions vus la veille, apparemment. Il m'a dit qu'il était désolé de ce qui s'était passé.

Selon Joe Breslin, l'homme qui accompagnait Rachel lui avait fait des avances. Etait-ce pour cette raison que Rogers lui avait présenté ses excuses ?

— Oh ! Et il a dit aussi qu'il avait cherché à me joindre pendant des heures, reprit-elle. J'ai fait écouter les messages à la police, mais pas à toi... Attends une seconde.

Elle attrapa sa veste sur le dossier du sofa et en sortit son portable. Elle pianota sur le clavier, et une voix masculine s'éleva du petit haut-parleur : « Rachel, c'est encore Davis. Ecoute, je suis désolé pour hier soir, mais il avait l'air tellement sûr que tu n'attendais qu'un geste de ma part... Tu m'as vraiment manqué, tu sais. Ça m'a ennuyé de te laisser seule dans cet endroit. S'il te plaît, rappelle-moi pour que je puisse te présenter mes excuses et m'expliquer de vive voix. »

— Il avait l'air sûr que tu n'attendais qu'un geste de ma part, répéta lentement Seth.

Cela concordait avec l'hypothèse de Joe. Mais qui était ce mystérieux « il » auquel Rogers faisait allusion ?

— Davis a dû tenter de m'embrasser ou quelque chose comme ça.

— Et tu ne l'as pas laissé faire.

Elle lui jeta un regard acéré.

— J'ai rompu avec Davis voilà des années. Je l'aime toujours beaucoup et j'espère du fond du cœur que tu t'es trompé et qu'on va le retrouver vivant. Mais je ne suis plus amoureuse de lui.

— Et lui ? Il est amoureux de toi ?

— Je ne crois pas qu'il l'ait jamais été, déclara-t-elle posément. Je ne suis pas sûre que Davis soit capable de porter un amour véritable à quelqu'un d'autre qu'à lui-même.

Elle pressa ses doigts sur ses lèvres avant de poursuivre :

— Seigneur, c'est affreux de dire une chose pareille alors qu'il est peut-être mort parce qu'il est venu me voir ici.

— Tu te souviens que je t'ai dit être allé au Smoky Joe's ce matin ? Eh bien, Joe m'a confié que l'homme qui était avec toi avait essayé de te faire du charme et que tu l'avais repoussé. Ce devait donc être Davis.

— Et tu n'as pas jugé utile de me mettre au courant ?

— J'ai pensé que tu préférerais te souvenir de cet épisode particulier toute seule.

Elle le toisa d'un air légèrement dédaigneux, ce qui lui rappela que, même s'il la trouvait irrésistible et qu'elle était plus que consentante, un gouffre d'une insondable profondeur existait entre eux en termes de vécu, d'éducation, de culture et de position sociale,

— Tu n'avais pas à en décider à ma place.

— Ça ne se reproduira pas, répliqua-t-il d'un ton sec.

Elle ferma les yeux.

— Pardon. Je n'aurais pas dû m'énerver contre toi.

L'irritation de Seth s'estompa aussi vite qu'elle était venue. Et dire qu'elle montait sur ses grands chevaux alors qu'il ne lui avait rien dit d'Adam Brand !

— Ce n'est pas grave.

— Il avait l'air sûr que je n'attendais qu'un geste de sa part… Qui est ce « il » dont parlait Davis ? murmura Rachel.

— C'est bien ce que je me demande.

— Pour autant que je sache, Davis n'avait aucune relation à Bitterwood, à part moi. Il connaissait mon père, bien sûr, et il a peut-être rencontré Diane une fois — mon père et elle se sont mariés à peu près à l'époque de ma séparation d'avec Davis…

— Et le fils de Diane ?

— Paul ? Non, je ne crois pas. Comme nous avons conjugué nos efforts ces derniers mois pour gérer la société et veiller au respect des dernières volontés de mon père, nous nous sommes rapprochés, Paul et moi, mais…

Elle secoua la tête.

— Nous étions tous deux adultes quand nos parents se sont rencontrés et nous n'avons jamais tissé de véritable lien familial. Je ne l'imagine pas du tout donnant des conseils à Davis à propos de ma vie privée.

Moi non plus, je ne vois pas Bailey se mêlant des affaires des autres, convint mentalement Seth. Pas plus qu'il ne le voyait dans la peau d'un criminel. Bailey avait la réputation d'un responsable efficace, bien que perpétuellement distrait, qui avait contribué à maintenir l'entreprise à flot malgré la santé déclinante de son fondateur. Mais, bruits de couloir mis à part, jamais rien n'avait conduit Seth à penser que Paul semblait vouloir accéder à la direction de l'entreprise.

Et, pourtant, *quelqu'un* le voulait.

— Comment pouvons-nous savoir qui assurerait la direction de l'entreprise en cas d'incapacité de ta part ? demanda-t-il.

Rachel haussa les épaules.

— La seule chose dont je suis sûre, c'est que, tant que la succession de mon père n'est pas réglée et que je ne suis pas officiellement nommée P.-D.G., l'entreprise est sous le contrôle d'un conseil d'administration. Mais, même après ma nomination, ce serait aux personnes siégeant au conseil qu'il reviendrait de procéder à un changement si je venais à disparaître au cours de la première année. En d'autres termes, il m'est impossible de prendre des dispositions testamentaires pour désigner un successeur au poste de P.-D.G. tant que je n'aurai pas dirigé l'entreprise pendant au moins une année.

— Qu'arriverait-il si tu ne pouvais pas assurer tes fonctions sitôt la succession réglée ?

— Je ne sais pas. La question ne s'est pas posée puisque j'avais déjà accepté d'assumer cette responsabilité.

— Tu le regrettes ? demanda-t-il par pure curiosité.

Elle fronça les sourcils.

— Je ne regrette pas de continuer à faire vivre la société de mon père. Je ne regrette pas les heures que j'ai passées à apprendre tout ce qu'il y avait à apprendre, ni la tranquillité d'esprit que cela lui a apporté de savoir que l'entreprise resterait dans le giron familial.

— Ce n'était pas tout à fait ma question.

Elle soupira.

— Pour le reste, mon travail de bibliothécaire me manque, admit-elle avec un petit sourire. Mais rien ne m'empêche de travailler comme bénévole à la bibliothèque le week-end. Ou de prendre le temps d'aller faire des lectures aux enfants à l'école.

— Et ça te suffit ?

— Ça me suffira, assena-t-elle fermement. Il le faut.

Un son perçant déchira le silence tendu qui était brièvement tombé entre eux. Ils portèrent tous les deux la main vers leur téléphone. C'était celui de Rachel.

— Allô ?

Elle écouta, attentive, les traits tellement crispés que Seth en eut le cœur serré.

— Je comprends.

Elle marqua une pause puis ajouta :

— Oui… Oui, bien sûr. Entendu. Merci.

Elle raccrocha, un masque impassible sur le visage, et leva

les yeux vers lui. Ce que la rigidité de ses traits n'exprimait pas, ses yeux le proclamaient sans ambiguïté : la douleur et l'horreur.

— C'était Antoine Parsons, annonça-t-elle d'une voix affectée. Un motard a trouvé le corps d'un homme en contrebas du parking des Great Smoky Mountains, non loin de Sevierville. Le bureau du shérif de Sevier County a aussitôt prévenu le commissariat de Bitterwood puisqu'un avis de recherche national avait été lancé concernant Davis. Ils veulent que je vienne identifier le corps.

— Non.

Elle haussa les sourcils.

— Comment ça, non ?

— Ils ne peuvent pas t'obliger à venir voir un corps, comme ça, protesta-t-il avec force, se souvenant de l'état dans lequel était l'homme qu'il avait vu gisant sur le sol.

La mémoire des faits lui était revenue peu à peu, doucement mais sûrement.

— L'homme que j'ai vu dans le bois avait été roué de coups. Tu ne serais peut-être même pas en mesure de le reconnaître — son visage était tellement tuméfié que…

— Je ne crois pas qu'ils veuillent que je voie son visage, l'interrompit-elle calmement. Il avait des marques de naissance et des cicatrices corporelles que je dois être à même d'identifier.

La soudaine, et totalement inappropriée, bouffée de jalousie qui s'empara de Seth ne fit qu'accentuer sa colère — contre lui, contre la police qui la mettait dans cette horrible position et, par-dessus tout, contre le monstre qui saccageait sa vie pour la motivation la plus absurdement sordide qui soit à ses yeux : la prise de contrôle d'une entreprise de transports familiale.

Comment le poste de P.-D.G. des Transports Davenport pouvait-il valoir, aux yeux de qui que ce soit, cinq meurtres et la destruction méthodique de la vie de Rachel ? Ça n'avait pas de sens, mais c'était la seule raison logique que Seth ait pu trouver après des semaines passées à réfléchir à la question.

Quelque chose devait lui échapper, mais quoi ?

— Si tu as l'intention d'y aller, je t'accompagne, assena-t-il d'un ton sans appel.

Elle lui jeta un regard reconnaissant.

— Merci.

Il baissa les yeux, contemplant son pantalon de survêtement.

— Il faut que je me change.

Elle désigna d'un geste une porte sur la droite.

— Il y a une chambre par là. Tu pourras y dormir cette nuit.

Il prit son sac, poussa la porte et la referma derrière lui. Tout en s'habillant, il composa le numéro d'Adam Brand.

L'agent du FBI avait l'air énervé lorsqu'il décrocha.

— Seth, vous tombez mal…

— Beaucoup de choses se sont passées, annonça-t-il sans préambule avant de relater de manière aussi concise que possible les derniers événements. Je m'apprête à aller voir le corps à la morgue avec Rachel.

— C'est un sale coup, répondit Brand.

Il n'avait pas l'air très étonné, nota Seth.

— Mais vous n'êtes pas surpris…

Il y eut une brève pause à l'autre bout de la ligne.

— Pas vraiment.

— Vous n'êtes toujours pas décidé à me dire ce que vous savez ?

— Pas encore. Continuez à avoir Mlle Davenport à l'œil et prévenez-moi s'il arrive quelque chose. Je vous promets de vous dire ce que je sais dès que j'aurai moi-même tiré certaines choses au clair.

— Je vais l'avertir que je travaille pour le FBI.

— Non.

— Continuer à lui mentir me met mal à l'aise.

— Seth, l'une des raisons pour lesquelles votre aide nous est si précieuse, c'est justement que vous êtes un sacré bon menteur. Alors, ne jouez pas tout à coup les parangons de vertu.

Continuez à faire ce que vous faites le mieux et n'essayez pas d'accomplir mon travail à ma place.

— Il est hors de question que je continue à lui mentir, insista fermement Seth. Je n'ai pas besoin de votre aval. Je voulais simplement vous en informer.

— Vous pourriez tout faire capoter.

Et je pourrais faire capoter plus encore si je me tais.

— Je lui dirai qu'elle ne doit rien ébruiter. Elle comprendra. On peut lui faire confiance.

— S'il vient à se savoir que le FBI s'intéresse au cas d'un petit harceleur qui sévit à Bitterwood, au fin fond du Tennessee, ça mettra en péril une enquête de très grande envergure.

— Une enquête qui porte sur quoi ?

— Je ne peux pas vous le dire.

Brand eut la décence d'en paraître désolé, mais Seth commençait à se lasser de tous ces mystères.

— Bonne soirée, Adam.

Il employa à dessein son prénom. Même s'il réglait les factures, Adam Brand n'était pas son patron, et Seth n'avait nullement l'intention de s'abaisser à lui faire des courbettes.

Il raccrocha et rangea le téléphone dans sa poche arrière puis retourna dans la pièce principale. Rachel était debout devant la fenêtre, le front appuyé contre la vitre. Au son de ses pas, elle se retourna. Ses yeux étaient secs, mais elle avait pleuré, il le voyait.

Oubliant sa promesse de garder ses distances, il s'avança vers elle et la serra très fort contre lui. Elle se raidit un instant, puis se détendit, la joue posée sur son épaule. Elle enroula les bras autour de sa taille, l'attirant plus près.

— Dis-moi que je vais y arriver, murmura-t-elle.

Il eut envie de lui répéter que rien ne l'obligeait à subir cette épreuve. Mais il avait vu le désespoir dans ses yeux, le besoin impérieux qu'elle avait de dominer ses émotions.

D'être forte.

Il poussa un long soupir.

— Tu vas y arriver.

Elle hocha la tête et son expression s'affermit, se changeant en une détermination de fer.
— Allons-y.
Elle s'écarta de lui et se dirigea lentement vers la porte.

10

Elle avait été confrontée à la mort deux fois dans sa vie. D'abord, à l'âge de quinze ans, quand la folie de sa mère l'avait conduite au suicide. Même si certains détails étaient flous, elle ne se rappelait que trop bien le moment terrible où elle avait compris que sa mère était partie pour toujours.

Tout récemment, elle avait assisté à la mort de son père, une paisible dérive du sommeil vers le repos éternel, protégée des cruautés de sa fin de vie par les analgésiques que le médecin lui avait prescrits pour l'aider à lâcher prise. Ils avaient tenu la douleur à distance et lui avaient procuré, au moment de mourir, la paix que la maladie lui avait refusée de son vivant.

Mais jamais encore, jusqu'au moment où l'employé de la morgue de Sevier County retira le drap qui recouvrait le corps de Davis, elle n'avait vu la mort résultant d'un crime.

Son visage était presque méconnaissable, mais la marque sur son biceps gauche et la longue cicatrice qui barrait son genou droit parlaient d'eux-mêmes. Cinq années s'étaient écoulées depuis qu'elle avait rompu toute relation avec lui, mais il avait visiblement veillé à s'entretenir car le temps passé n'avait pas modifié le corps qu'elle avait autrefois intimement connu.

Le chagrin la submergea, et elle se détourna après avoir confirmé d'un signe de tête au shérif-adjoint qu'il s'agissait bien de Davis Rogers.

Seth se tenait juste derrière elle et, tout naturellement, elle se blottit contre lui lorsqu'il lui ouvrit les bras. Il la garda serrée contre lui pendant un moment avant de l'entraîner à l'extérieur, dans le couloir, où l'atmosphère lui parut aussitôt plus respirable.

— Je suis désolé, murmura-t-il dans ses cheveux.

Elle sentit une irrésistible envie de pleurer monter en elle, lui étreindre la poitrine, mais elle se retint, la stoppant avant qu'elle n'ait atteint ses yeux. Elle n'allait pas fondre en larmes devant des étrangers comme ce shérif-adjoint qui les contemplait, les yeux plissés.

Un peu plus bas dans le couloir, Antoine Parsons, qui attendait, l'épaule calée contre le mur, se redressa en les voyant et se dirigea vers eux.

— C'est bien l'homme que tu as vu à Sequoyah House ? demanda-t-il à Seth.

— Oui.

Seth promenait une main réconfortante sur son dos, mais elle sentait la tension croître en lui comme un nuage d'orage montant à l'assaut d'une montagne.

— Nous essayons de déterminer la cause de la mort.

L'adjoint qui s'était présenté comme étant John Mallory était tellement occupé à dévisager Seth qu'il ne regarda même pas Antoine Parsons tandis qu'il parlait. De toute évidence, Seth, de son côté, semblait pleinement conscient de l'insistance de ce regard scrutateur posé sur lui, même s'il s'efforçait de n'en rien montrer.

Il l'avait prévenue, songea-t-elle. Les préjugés contre lui avaient la vie dure. Et qui sait ? Peut-être aurait-elle eu la même réaction si elle n'avait pas vu une autre facette de sa personnalité — l'homme bienveillant, le courageux protecteur.

Pas plus tard que quelques heures auparavant, elle l'avait considéré avec circonspection, pour ne pas dire avec méfiance.

Mais cela, c'était avant qu'il ne l'ait embrassée.

Un baiser… Cela ne tenait donc qu'à ça ? Etait-ce là tout ce qu'il fallait pour gagner sa confiance ?

Instinctivement, elle s'écarta de lui. Il desserra son étreinte et la laissa s'éloigner sans tourner la tête. Son regard était fixé sur John Mallory, le menton relevé, les lèvres serrées en une moue fière et butée.

Mais elle n'avait pas besoin qu'il la regarde pour comprendre que sa posture de défi s'adressait tout autant à elle qu'à Mallory. Elle signifiait : « Voilà ce que je suis. Voilà ce que je vis chaque jour. Si tu ne peux pas le supporter… »

— Je vais déposer une demande officielle de transfert du corps au commissariat de Bitterwood, annonça Antoine Parsons. D'après les témoignages que nous avons recueillis, tout porte à croire que l'agression ayant conduit au meurtre de Davis Rogers a eu lieu dans notre juridiction.

— Pas si vite, objecta Mallory. Tant que la cause de la mort n'a pas été établie, le lieu de la mort reste sujet à caution.

Antoine Parsons se campa solidement sur ses jambes face à l'adjoint.

— Tu veux vraiment écoper de cette affaire ? argua-t-il. Devoir gérer la douleur et l'incompréhension de la famille qui va te bombarder de questions ? Entre la pluie et le fait que le corps a été déplacé, il n'y a pratiquement pas d'indices sur lesquels se baser. Tu vas te retrouver avec une affaire insoluble sur les bras, John.

— Et, toi, pourquoi veux-tu la récupérer dans ta juridiction ?

— Parce que je pense qu'elle a peut-être un lien avec une autre affaire en cours à Bitterwood, répondit Antoine en jetant un bref coup d'œil à Seth.

Celui-ci se borna à cligner des yeux pour toute réponse.

— Voilà ce qu'on va faire, reprit Mallory au bout de quelques instants de réflexion. Je vais expliquer la situation au shérif et voir si je peux obtenir son accord pour que nous menions une enquête conjointe. Ensuite, une fois la cause de la mort déterminée, s'il s'avère que le crime a eu lieu dans la juridiction de Bitterwood, nous vous transférerons tous les éléments dont nous disposerons pour que vous repreniez l'enquête entièrement à votre compte… Ça te va ?

Antoine ne parut pas ravi, mais il hocha la tête.

— Ça ira.

— Mlle Davenport nous a fourni des informations qui devraient nous permettre de localiser la famille de M. Rogers afin que nous puissions les prévenir de son décès.

Mallory s'interrompit pour lancer un regard en dessous à Antoine.

— A moins que tu ne veuilles te charger de cette partie-là de l'enquête ?

Antoine sourit.

— C'est vous qui avez trouvé le corps. C'est vous qui vous chargez des notifications.

Lorsque l'adjoint du shérif se fut éloigné, Antoine se tourna vers Seth.

— Il ne te porte vraiment pas dans son cœur.

— Je produis cet effet-là sur beaucoup de gens, répondit Seth d'un ton acide. Mais, dans le cas présent, je pense que son animosité vise davantage Cleve Calhoun que moi. Il lui en veut encore d'avoir persuadé son cousin d'investir dans des placements immobiliers douteux. C'est compréhensible... Celui-ci a failli y laisser sa chemise.

— Ce ne serait pas arrivé s'il n'avait pas été aussi cupide, souligna Parsons. C'est bien ce qui se dit dans votre milieu, non ? Impossible de tromper un honnête homme.

Seth jeta un coup d'œil à Rachel, l'ombre d'un sourire jouant sur ses lèvres, mais son regard vert était plus dur que jamais.

— Quelque chose comme ça. Mais ce n'est pas une excuse.

Trouvant que la confrontation entre les deux hommes avait assez duré, Rachel demanda :

— Alors, que va-t-il se passer, maintenant ?

— Le shérif-adjoint Mallory va prendre contact avec la famille de votre ami. Il y aura une nouvelle identification. De notre côté, nous allons requérir un mandat pour perquisitionner sa chambre et son véhicule, à Sequoyah House. J'ai déjà fait poser des scellés et posté deux policiers pour surveiller les abords de la pension.

— Y a-t-il autre chose que nous puissions faire pour accélérer les choses ?

— Si tu pouvais en dire plus sur ce que tu as vu avant d'être assommé, ce serait bien. Peut-être que tu as vu le coupable et que tu n'en as pas gardé le souvenir…

Seth secoua la tête.

— Je ne serais plus de ce monde si c'était le cas, dit-il lançant un coup d'œil à la porte de la morgue. Celui qui a fait ça ne laisse pas de témoins derrière lui.

— Oui… Mais des témoins de quoi ? demanda Antoine.

Rachel se posait la même question. Qu'avait bien pu voir Davis pour être ainsi battu à mort ? Il n'était apparemment venu à Bitterwood que pour assister aux obsèques. Donc, il y avait peu de chances qu'il soit arrivé avant la veille du jour où il avait été tué.

Conclusion : il n'y avait qu'un endroit où il avait pu être témoin de quelque chose : le Smoky Joe's Saloon.

C'était donc de ce côté-là qu'il fallait chercher, raisonna-t-elle.

— Il était avec moi au Smoky Joe's hier soir, dit-elle.

— J'ai parlé à Joe Breslin ce matin, expliqua Seth comme Antoine lançait un regard empreint de curiosité à Rachel. Il dit avoir vu un homme correspondant à la description de Davis Rogers avec Rachel, hier soir, dans son bar. D'après lui, l'homme aurait fait des avances à Rachel, elle l'aurait repoussé, et il aurait quitté l'établissement.

— C'est ce dont parlait M. Rogers dans le message vocal que vous m'avez fait écouter ? demanda Antoine.

Seth regarda Rachel.

— S'il est parti avant toi, qu'aurait-il bien pu voir ?

Cette fois, ce fut sur Seth qu'Antoine posa un regard songeur. *Le tutoiement*, pensa Rachel.

— Vous pensez avoir été droguée, souligna le policier. Croyez-vous que ce puisse être l'œuvre de Rogers ?

Elle secoua la tête sans hésitation.

— En aucun cas. Il ne m'aurait jamais fait ça.

— Vous n'êtes plus ensemble depuis longtemps, nota Seth. Si quelqu'un lui a fait miroiter une forte somme d'argent…

— Il était avocat à la cour de Richmond, très à l'aise sur le plan financier. Tu as vu où il est descendu. Sequoyah House n'est pas réputée pour ses tarifs bon marché.

— Peut-être vous en voulait-il encore de votre séparation ?

— C'est lui qui a rompu, répondit-elle avec franchise. Enfin, la décision était mutuelle — nous avions tous deux compris que nous n'attendions pas les mêmes choses de la vie. Mais c'est lui qui a pris l'initiative de mettre un terme à notre relation. Il n'a jamais cherché à me blesser. Vous avez entendu son message.

Son estomac se serra à l'idée que cet appel téléphonique avait été son tout dernier. Les larmes lui vinrent, lui piquant les yeux. Elle essaya de les refouler, mais elles continuèrent à couler irrépressiblement le long de ses joues.

Les mains de Seth se refermèrent aussitôt sur ses épaules. Il aurait été si facile de s'appuyer contre lui, de se fondre dans sa chaleur rassurante.

Mais si elle commençait à se reposer sur lui, ce serait difficile de s'arrêter. Et il avait été clair : il n'était nullement disposé à une quelconque forme d'engagement.

— J'aimerais vous emprunter de nouveau votre téléphone, reprit Antoine. Je voudrais enregistrer les derniers messages qu'il vous a laissés. Normalement, il faudrait que je demande un mandat, mais…

— Pas de problème, l'interrompit-elle en lui tendant l'appareil.

— Je n'en ai pas pour longtemps. Rejoignez-moi au poste… Je pourrai vous le rendre dès que j'aurai fini.

— O.K. On va en profiter pour aller manger quelque chose, intervint Seth. Le Ledbetter's Café est juste au coin.

Il regarda Antoine.

— Tu veux qu'on te rapporte quelque chose ?

Antoine parut surpris par la proposition.

— Ma foi, oui, merci. Un sandwich à l'émincé de porc et une barquette de frites de patates douces, répondit-il en sortant son porte-monnaie de sa poche.

Il tendit à Seth un billet de dix dollars, une lueur amusée dans le regard.

— Tu sais y faire quand il s'agit d'inciter les gens à te donner l'argent qu'ils ont durement gagné, hein, Hammond ?

Seth lui retourna un large sourire.

— Mais au moins, cette fois-ci, tu y gagnes un sandwich et des frites.

Après leur passage à la morgue, Rachel n'avait pas le moindre appétit, mais Seth la convainquit de prendre une omelette. Elle réussit à en manger la moitié même si chaque bouchée semblait se bloquer dans sa gorge. Finalement, elle se renfonça contre le dossier de son siège et regarda Seth terminer son assiette de côtes de porc accompagnées d'une salade maison.

Il mangeait avec appétit, nota-t-elle, comme un homme qui savait apprécier un bon repas chaud quand on lui en présentait un. Encore aujourd'hui, Seth avait face à la nourriture cette expression vorace qui donnait à penser qu'il avait dû se demander plus d'une fois s'il mangerait le lendemain.

Seth passa la commande d'Antoine au moment de partir et y ajouta une part de tarte au citron meringuée qu'il paya de sa poche. Devant le regard interrogateur de Rachel, il expliqua avec un sourire contrit :

— Je lui ai piqué sa part de tarte au citron une fois, à l'école. Il n'a jamais su qui était le coupable mais, étant donné que je suis en veine de repentance ces temps-ci…

— C'est gentil de ta part.

— Oui, enfin… Ne pas lui voler sa portion de gâteau l'aurait été davantage.

Antoine arqua les sourcils en voyant la tarte au citron mais il les remercia. Troquant le téléphone contre son repas, il les informa des nouvelles que lui avait communiquées l'équipe d'analyse de scène de crime qui s'était rendue chez Rachel.

— Ils ont passé la maison au peigne fin, mais ils n'ont pas trouvé de nouveaux indices.

— Et le sang ?

— Ce n'est pas du sang humain. Il est d'origine animale, ce

qui n'est pas difficile à trouver dans une région rurale comme la nôtre.

Le soulagement envahit Rachel.

— Merci.

— Vous allez pouvoir rentrer chez vous mais, à votre place, je changerais les serrures au plus vite. Et j'installerais un système d'alarme.

— Je vais m'en occuper, acquiesça-t-elle en inclinant la tête.

— J'aimerais pouvoir envoyer des voitures patrouiller devant chez vous, mais nous sommes déjà en sous-effectif…

— Je comprends, dit-elle vivement, consciente d'avoir de la chance dans son malheur.

Contrairement à bien des gens confrontés à une telle situation, elle, au moins, pouvait se permettre d'engager un garde du corps. Elle était privilégiée.

— Cela étant, je n'oublie pas que c'est le cinquième meurtre qui touche des personnes de votre entourage, poursuivit Antoine. Et j'ai la ferme intention de découvrir qui vous en veut à ce point.

— Nous avons bien quelques petites idées sur la question, intervint Seth en consultant Rachel du regard comme s'il attendait son feu vert.

Lorsqu'elle donna son assentiment d'un hochement de tête, il continua :

— Tout a commencé voilà neuf semaines, c'est bien ça, n'est-ce pas ?

Seth s'interrompit et jeta un coup d'œil autour de lui.

— On ne pourrait pas s'installer dans un endroit un peu plus discret ?

Antoine acquiesça d'un signe de tête et les précéda jusqu'à une petite salle équipée d'une table, de trois chaises et d'une caméra accrochée près du plafond, dans un angle. Il désigna du menton le bouton qui commandait la mise en route de l'appareil.

— Elle n'est pas allumée.

Seth examina l'objet attentivement, puis s'assit sur le siège le plus isolé, au bout de la table.

— Désolé si j'ai l'air complètement paranoïaque, mais je préfère ne plus faire confiance à personne en ce moment.

Antoine le contempla, imperturbable.

— Explique-toi, je t'écoute.

— Penses-tu qu'un membre des forces de l'ordre puisse être mêlé à tout ce qui arrive à Mlle Davenport ?

— Je ne sais pas. Je n'ai pas de raison particulière de le penser, mais j'ai des réserves quant à la façon dont se passent certaines choses, ici. Donc, je prends des précautions.

Le regard de Rachel alla de l'un à l'autre.

— Qu'est-ce que ça signifie ?

— Je me méfie de tout ce qui porte un badge, proféra Seth d'un ton dur. Même si c'est en grande partie ma faute.

— Dommage. Avec toutes les fraudes que nous rencontrons aujourd'hui, la situation économique étant ce qu'elle est, nous aurions bien besoin du concours de quelqu'un comme toi. Il y a tant de façons de soulager les honnêtes gens de leur argent !

— A propos d'argent, je me demande si ce n'est pas le cœur de toute l'affaire, déclara Seth.

Rachel le contempla, étonnée.

— L'entreprise marche plutôt bien, je te l'accorde, mais de là à pousser quelqu'un à commettre cinq meurtres…

— Certaines personnes sont prêtes à tuer pour tellement peu que vous n'en reviendriez pas, grommela Antoine.

Seth croisa les mains sur la table, ses muscles et ses tendons se pliant et se dépliant sous les yeux de Rachel. Ces mêmes mains qui, quelques heures auparavant seulement, l'avaient touchée. Caressée.

Elle avala sa salive.

— Tu disais que tout avait commencé il y a neuf semaines ? rappela Antoinc.

— Oui, avec le premier meurtre. Celui d'April Billings. Elle avait décroché un emploi d'été aux Transports Davenport. Son pot de départ s'était tenu le jour où elle a été tuée, tu te rappelles ?

Rachel hocha la tête.

— Elle était si contente de retourner à l'université. Elle était aux anges parce qu'elle avait réussi à intégrer un cours extrêmement demandé.

Elle cligna les paupières, luttant contre l'envie de pleurer.

— Vous étiez proche d'elle ? demanda Antoine.

— Oui. Elle s'était intéressée à moi, je suppose, parce qu'elle voulait devenir bibliothécaire et que c'est mon métier. Enfin, c'était mon métier.

Rachel chassa une larme qui lui avait échappé.

— Qui savait que vous et April étiez amies ?

— Tout le monde, répondit Seth à sa place. L'arrivée de Rachel dans l'entreprise n'est pas passée inaperçue. Elle a donné lieu à beaucoup d'interrogations parmi le personnel. Même à l'atelier, tout le monde parlait du fait que M. Davenport l'avait clairement désignée comme son futur successeur.

— C'est vrai ? dit Rachel, tombant des nues.

— Evidemment. Tu allais devenir la patronne. Nous ne savions pas si tu allais marcher dans les pas de ton père ou donner une nouvelle orientation à l'entreprise.

Outre une lueur d'amusement, Rachel discerna l'ombre d'un secret au fond de ses yeux verts. Il avait d'autres choses à lui dire — des choses qu'il lui révélerait lorsqu'ils seraient seuls.

Cette pensée — et la notion d'intimité qui lui était associée — lui réchauffa le cœur.

— Certains étaient-ils hostiles à cette idée ? voulut savoir Antoine.

— Inquiets, peut-être, mais pas hostiles, non, répondit Seth. Il est difficile de trouver du travail de nos jours. Les gens s'estiment heureux d'avoir un emploi et, à la moindre perspective de changement…

— Mais ils devaient savoir que les affaires marchaient bien, en dépit de la maladie de mon père, protesta Rachel. Il a fait tout son possible pour que chacun ait l'esprit tranquille.

— C'est plus facile d'avoir l'esprit tranquille quand ta survie ne dépend pas uniquement du salaire que tu touches en fin de mois.

Même si elle savait que les propos de Seth n'étaient pas une pique dirigée contre elle, ils ne l'en affectèrent pas moins. Il avait raison. Elle n'avait jamais eu à se soucier de ce qu'elle aurait dans son assiette le lendemain ni à se demander si elle pourrait honorer la prochaine échéance du loyer ou la prochaine facture d'électricité.

— Je ne vois toujours pas en quoi ces soucis peuvent constituer un motif de meurtre, souligna-t-elle plus vivement qu'elle n'en avait eu l'intention.

— Non, en effet, convint Seth. Ce qui se passe est trop personnel.

— Tu veux dire que tout cela viserait exclusivement à faire du tort à Mlle Davenport ? souligna Antoine, l'air sceptique.

— Pas tout à fait, tempéra Seth. Mais je pense que le coupable en sait assez sur sa vie et sur son passé pour l'atteindre là où ça fait le plus mal.

Il sait, se dit Rachel, discernant un soupçon de pitié dans ses yeux. *Il est au courant, pour l'année où j'ai disparu.*

Mais comment ? Comment était-ce possible ?

Personne, hormis le personnel de la clinique qui l'avait accueillie en Caroline du Nord, ne savait où elle était passée pendant l'année qui avait suivi la mort de sa mère. Son père avait raconté à tout le monde qu'elle était partie étudier à l'étranger pour se changer les idées, et personne n'avait douté de ses dires parce que personne d'autre que son père n'avait vu l'état dans lequel elle était cette nuit-là. Il avait pris des dispositions immédiates pour la protéger.

Mais comment diable ce qui arrivait aujourd'hui pouvait-il être lié à cette histoire vieille de quinze ans ?

— Mais dans quel but ? demanda Antoine. En quoi le fait de faire du mal à Mlle Davenport peut-il présenter un intérêt pour quelqu'un ?

— Cela pourrait l'obliger à renoncer au poste de P.-D.G. de l'entreprise, suggéra Seth.

Rachel secoua la tête.

— Les bénéfices que nous dégageons ne sont pas de nature

à pousser qui que ce soit à en arriver à de telles extrémités. L'entreprise tourne bien, certes, les salaires sont versés en temps et heure, et nous engrangeons une marge bénéficiaire confortable. Je ne manque pas d'argent. Mais il est impossible que tous ces meurtres aient été perpétrés dans l'intention de prendre le contrôle des Transports Davenport. Ça n'a pas de sens.

Pour la première fois, Seth parut douter.

— C'est pourtant la seule explication qui constitue un début de réponse à toutes les questions, souligna-t-il.

— Pourquoi ne pas me tuer plutôt ? Quel intérêt y a-t-il à me tourmenter sans répit ?

— Si vous mouriez maintenant, demanda Antoine, qu'arriverait-il à l'entreprise ? A qui reviendraient vos parts ?

— Au frère de ma mère, Rafe. Il possède déjà 20 % de la société parce qu'il a participé à la constitution du capital au moment de la création de l'entreprise. Mon père lui a même proposé le poste de P.-D.G. avant de se tourner vers moi, mais mon oncle Rafe a refusé. Il est musicien et organisateur de concerts.

— Ce qu'il nous faut découvrir, c'est ce qui se passerait si tu étais en vie, mais dans l'incapacité de diriger la société, établit calmement Seth. Il semble que ce soit ce que l'on cherche à faire en essayant de te faire perdre la raison.

— Je n'en sais rien, je te l'ai déjà dit. Je n'ai jamais soulevé cette question.

Mais peut-être aurait-elle dû y penser, réfléchit-elle. Compte tenu de son passé...

— Qui peut le savoir ? demanda Antoine, l'air subitement intéressé.

— L'avocat personnel de mon père, bien sûr. Peut-être ma belle-mère, Diane — mais elle n'est pas ici en ce moment. Il est possible que mon père ait aussi mis Garrett MacKenzie dans la confidence...

Antoine siffla entre ses dents.

— L'ancien maire ?

— C'est un vieil ami de la famille.

Les relations de sa famille ne lui avaient jamais posé de problème jusque-là, mais les réactions d'Antoine et de Seth lui donnaient l'impression d'avoir été choyée et gâtée comme une petite princesse.

Ce n'était pas juste. Aurait-elle dû avoir honte du fait que son père avait travaillé dur afin de subvenir confortablement aux besoins des siens ?

Elle risqua un coup d'œil en direction de Seth, mais il semblait tout à coup à des années-lumière, le visage fermé et indéchiffrable.

Juste au moment où elle avait le plus besoin de savoir ce qu'il pensait.

11

La maison était plongée dans le calme et le silence nocturnes bien que toutes les lampes soient allumées. Rachel avait tenu à dormir dans la maison de son père plutôt qu'à la cabane. Elle avait l'air si résolu qu'il n'avait même pas cherché à discuter. Ils étaient passés récupérer leurs affaires à la cabane et étaient arrivés juste au moment où l'horloge du grand-père, dans le salon, sonnait minuit.

Rachel le regarda porter leurs sacs à l'intérieur, la mine contrite.

— Je sais que tu penses que je suis folle de revenir ici. Mais je refuse de céder à la pression et de me laisser chasser de chez moi par le salaud qui me persécute.

Il admira sa force d'âme même s'il aurait de loin préféré qu'elle soit quelque part ailleurs, bien à l'abri.

— O.K., c'est noté.

— Je dois commencer à te taper sur le système, avec mes lubies.

— Ça va… il y a encore un peu de marge.

Sa repartie lui valut un sourire las de Rachel.

— Bravo… Tu assures comme un chef.

— Toi aussi.

Pour toute réponse, elle secoua la tête et lui adressa un nouveau petit sourire en se déchaussant d'un coup de talon.

— Il faut que tu te reposes, lui dit-il. Va te coucher. Je vais tout verrouiller.

Elle l'attrapa par le bras comme il se tournait vers la porte.

— Comment as-tu appris, pour mon internement à Westminster ?

Un instant, il songea à feindre de ne pas savoir de quoi elle parlait, mais elle méritait mieux que d'être traitée comme une gamine.

— Oh ! c'est ça ? Tu étais en hôpital psychiatrique ?

Elle laissa retomber sa main, recula d'un pas.

— Tu ne savais pas ?

Bravo ! Maintenant, elle croit que tu l'as manipulée.

— Disons que je ne connaissais pas les détails. J'ai simplement deviné la situation dans ses grandes lignes.

Les lèvres de Rachel se pressèrent jusqu'à former une mince ligne.

— Je comprends que tu aies été tellement doué dans ce que tu faisais. Il y a quelque chose d'un peu effrayant chez toi.

— J'ai deviné pour Westminster parce que c'était la seule chose qui pouvait expliquer la ruse élaborée du grenier.

Elle haussa les sourcils.

— Le fait de me faire revivre le moment où j'ai craqué ?

— Tu étais vraiment secouée quand je t'ai trouvée par terre, au pied de l'échelle. Et j'ai vu que tu commençais à douter de toi quand nous cherchions des traces que nous ne trouvions pas, au début.

Elle ferma les yeux, comme pour effacer le souvenir de ces instants.

— Je revivais continuellement cette nuit dans mes rêves. J'essayais d'inverser le cours des choses. De l'atteindre avant qu'elle n'ait pressé la détente. J'ai passé trois mois à ne dormir qu'une ou deux heures par nuit. J'ai bien failli y rester. Je n'arrivais plus à manger. J'avais beaucoup maigri. Je ne raisonnais plus logiquement. La seule chose que je faisais, c'était me repasser en boucle une scène à laquelle je ne pouvais rien changer.

Il caressa doucement son visage, incapable de se retenir. Elle se laissa aller contre lui, le visage levé, les yeux clos. De ses lèvres, il gomma le pli soucieux de son front.

— Je suis désolé.

Elle posa la tête contre son torse.

— Elle voulait que je meure avec elle.

Le cœur de Seth se contracta.

— Elle a essayé de te tuer ?

Elle secoua vivement la tête.

— Tu te souviens de cette fenêtre, dans le grenier, près de la trappe ? Quand je suis montée cette nuit-là, il était ouvert. Le vent agitait les rideaux. Elle a dit l'avoir ouvert pour moi. Parce qu'elle savait à quel point j'avais envie de voler.

Dans un flash, Seth se souvint des paroles qu'avait eues Rachel alors qu'elle était sous l'emprise de la drogue, sur le pont : « Elle a dit que je devrais voler. »

— J'avais quinze ans, mais je rêvais d'en avoir trente. D'être adulte et autonome. Dans ses moments de lucidité, cette idée semblait terrifier ma mère. Mais lorsqu'elle sombrait dans la folie, elle me disait de voler.

Il la serra très fort contre lui.

— Je suis désolé, Rachel.

— Pendant longtemps, je n'ai pas pu me rappeler grand-chose. J'avais peur que les gens ne me cachent des choses sur sa mort, peur d'en être responsable.

— Oh ! mon Dieu !

— Les souvenirs sont revenus tout seuls. Et c'est alors que j'ai compris ce que je cherchais à effacer de ma mémoire.

Elle leva vers lui un regard brillant de larmes contenues au prix d'un rude effort.

— Quand elle a appuyé sur la détente et que je l'ai vue s'écrouler sur le sol, avec tout ce sang sur la bâche en plastique, il y a eu un moment où l'envie de voler m'a paru séduisante. Je me rappelle, je suis passée à côté d'elle pour me diriger vers la fenêtre, j'ai regardé le patio, en bas. Les pavés semblaient effroyablement durs. Implacables. Mais ce serait fini en une seconde, et je ne souffrirais plus.

Il pressa de nouveau ses lèvres sur son front, saisi d'horreur à l'évocation du drame qui s'était joué dans ce grenier.

— Maintenant, l'altitude me terrifie. Le simple fait de gravir cette échelle… J'étais littéralement tétanisée. Je crois que ça vient de là, de ce moment où j'étais debout devant cette fenêtre, à contempler le vide — et ma propre mort.

Il caressa ses cheveux, submergé par un sentiment de haine pour cette mère qui lui avait fait tant de mal.

— Combien de personnes sont au courant, pour Westminster ?

— Presque personne. Mon père a raconté que j'étais allée vivre chez une grand-tante, en Angleterre, et que je poursuivais mes études là-bas. Comme aucun de mes anciens amis ne savait quoi dire à une fille dont la mère venait de se tuer, les dissuader d'essayer de me joindre n'a pas été très difficile.

— Donc, personne, absolument personne, ne savait ?

— Si. Ma grand-tante, en Angleterre, était dans la confidence puisqu'elle me servait d'alibi. Oncle Rafe et tante Janeane — ils vivent à Bryson City, près de Winchester. Le personnel médical de la clinique. Et mon père, bien sûr.

Elle se frictionna les bras comme si elle avait subitement froid.

Seth ôta sa veste en jean et lui en recouvrit les épaules.

— Ça va mieux comme ça ?

Le regard incandescent qu'elle leva vers lui faillit le mettre à genoux.

— Merci.

Pense à son persécuteur. Au châtiment que tu aimerais lui faire subir.

La multitude d'idées de vengeance qui affluèrent à son cerveau l'aida à calmer ses ardeurs. Il s'écarta légèrement d'elle pour atténuer l'impact de son délicat parfum et de la vulnérabilité que trahissait son regard — un puits sans fond d'incommensurable tristesse.

— Est-ce que l'une des personnes siégeant au conseil d'administration de l'entreprise pourrait être au courant ?

— Pas à ma connaissance. A moins… Peut-être ma belle-mère. Elle m'a toujours traitée comme si j'étais un peu fragile.

Un pli creusa de nouveau son front.

— Mais c'est le cas de beaucoup de gens, quand ils apprennent que ma mère s'est suicidée.

— C'est un drame que bien des gens ont du mal à se représenter.

— Eh bien, je leur souhaite de ne jamais savoir ce que c'est, murmura-t-elle en frissonnant. Dis-moi, tu ne soupçonnes tout de même pas Diane, n'est-ce pas ?

C'était un homme qui avait recruté Mark Bramlett pour commettre les quatre premiers homicides, il le tenait de la bouche même de Bramlett. Mais il n'était pas impossible que Diane Davenport ait engagé un intermédiaire supplémentaire pour gérer l'ensemble de la sale besogne.

— Si tu étais écartée de la présidence de l'entreprise, qu'y gagnerait-elle ?

— Pour autant que je sache, rien de plus que si je conserve le poste. Il faudra que je pose la question à l'avocat de mon père demain matin.

Seth se demanda s'il parviendrait à déconnecter son cerveau suffisamment longtemps pour trouver le sommeil ce soir — un sommeil dont il avait le plus grand besoin. La logique avait beau lui souffler qu'il était peu probable que l'intrus revienne sur les lieux de son crime, si peu de temps après que la police eut passé l'endroit au crible, sa petite voix intérieure l'exhortait à la vigilance.

— Je vais peut-être dormir ici, sur le sofa, déclara-t-il.

Les joues de Rachel rosirent, et elle sourit.

— Je suis bien trop fatiguée pour tenter quoi que ce soit ce soir, rassure-toi. Ta vertu n'est pas en péril.

Il sourit, lui aussi, espérant alléger un peu l'atmosphère.

— Et je t'en remercie. Mais, en fait, je réfléchissais au meilleur moyen d'assurer ta sécurité.

Le sourire s'effaça de ses lèvres.

— Contre une nouvelle intrusion ?

— Je ne crois pas que nous ayons grand-chose à craindre ce soir. Mais mon instinct me dit qu'il vaut mieux vaut prévenir que guérir.

— Tu te fies beaucoup à ton instinct, n'est-ce pas ?

— Oui.

Lentement, elle s'avança vers lui, comblant la distance qui les séparait. Il demeura immobile, incapable de bouger. Elle posa la main à plat sur sa poitrine et la laissa glisser jusqu'à son abdomen.

— Et que te dit ton instinct, me concernant ?

Il ne put retenir un bref éclat de rire.

— Dans ce cas précis, je ne sais pas si c'est mon instinct qui parle, chérie.

Ses yeux s'agrandirent brièvement, puis elle se mit à rire, elle aussi. Un vrai rire, sincère et spontané, qui venait du cœur. Réjouissant à entendre et tout ce qu'il y avait de normal, songea-t-il. S'il avait encore nourri le moindre doute quant à sa stabilité mentale, ce son l'aurait définitivement réduit à néant.

— Je t'aime bien, Seth Hammond. J'espère vraiment que tu ne vas pas disparaître dès que tout ceci sera terminé.

Elle se dressa sur la pointe des pieds et déposa un petit baiser sur ses lèvres. Un baiser sans conséquence…

Il s'en fallut pourtant de peu qu'il ne perde son sang-froid. Son corps tout entier vibrait encore lorsqu'il la regarda s'éloigner en direction de l'escalier et disparaître de sa vue.

Seth n'avait pas l'air très reposé lorsqu'il accueillit Rachel, le lendemain matin, avec une tasse de café bien chaud et une omelette tout à fait honorable.

— Je pense que tu devrais appeler l'avocat de l'entreprise dès l'ouverture des bureaux. Pour voir s'il peut nous recevoir ce matin.

Elle alla poser l'omelette et le café sur la table du petit déjeuner.

— Tu as déjà établi notre planning pour la journée, je vois.

— Plus vite tout ceci sera réglé, mieux ce sera.

Plus vite tu pourras reprendre ta liberté, tu veux dire, songea-t-elle avec l'humeur un peu chagrine des lendemains qui déchantent. Sa belle assurance de la veille s'était muée en doutes avant même qu'elle ne tombe dans les bras de Morphée. Heureusement, son subconscient, lui au moins, avait eu confiance en la capacité de Seth à veiller sur sa sécurité, car elle avait dormi d'un sommeil lourd qu'aucun rêve n'était venu perturber.

Elle appela l'avocat à l'heure d'ouverture du cabinet, et il accepta de la rencontrer sur-le-champ si elle pouvait arriver avant 9 heures. Le cabinet se trouvait à Maryville, à environ une vingtaine de minutes, mais, par chance, elle s'était douchée et habillée avant de téléphoner. Ils arrivèrent donc largement dans les temps.

— Est-ce que je vais devoir te renvoyer pour cause d'absentéisme ? demanda-t-elle légèrement en désignant du menton la grande pancarte portant le sigle des Transports Davenport comme ils passaient devant l'entreprise, sur West Sperry Road.

— Ce ne sera pas nécessaire. J'ai pris des congés. J'ai réglé la question avec ton beau-frère avant d'aller voir Davis Rogers.

— Très consciencieux de ta part.

— Dis-moi... Et ton beau-frère ? demanda-t-il en lui jetant un regard en coulisse. Si tu étais dans l'impossibilité de rester en poste, pourrait-il te remplacer ?

— Je ne crois pas qu'il veuille être P.-D.G. Sa passion, c'est le domaine du tourisme. Il travaillait dans une grande station balnéaire du golfe du Mexique avant que les choses ne tournent mal là-bas et que beaucoup de gens perdent leur travail. Je pense qu'il espère toujours revenir à ses premières amours un jour ou l'autre. A mon avis, s'il est resté dans l'entreprise aussi longtemps, c'est parce que sa mère a épousé mon père. Je ne serais pas surprise qu'il me remette sa démission un de ces jours.

Ils arrivèrent en vue de la vieille maison recouverte de bardage de bois qui abritait le cabinet d'Ed Blount, dans le centre de Maryville. Le bureau de l'avocat était situé au rez-de-chaussée, et ce dernier accueillit Rachel d'un affectueux baiser sur la joue.

— Je ne m'attendais pas à te voir si tôt, lui déclara Ed. Si c'est à propos du testament...

— Non, ce n'est pas ça, l'interrompit-elle rapidement. Mais j'ai une question à te poser au sujet de mon père.

Ed regarda Seth, arquant ses sourcils blond clair.

— Ed, je te présente Seth Hammond. Seth, Ed Blount.

L'expression fermée de Seth ne s'éclaira pas.

— Nous nous sommes déjà rencontrés.

A en juger par l'expression de l'avocat, les circonstances dans lesquelles ils avaient fait connaissance n'avaient pas dû être des plus agréables.

— Je peux attendre dehors, suggéra Seth.

— Non, dit Rachel vivement en le retenant par le poignet.

Elle se tourna vers Ed.

— Parlons franchement : Seth s'est comporté comme un imbécile par le passé, et je comprends que tu aies des raisons de te montrer méfiant si tu as eu maille à partir avec lui, mais…

— Ce n'était pas lui, c'était sa fille, intervint Seth.

Elle lui lança un coup d'œil. Il soutint son regard quelques instants avant de détourner les yeux.

— Elle croyait que vous l'aimiez, gronda Ed.

— Je sais.

— C'est tout ? Vous *savez* ?

Seth releva lentement les yeux.

— Je pourrais vous dire que je regrette, mais je sais que vous ne me croiriez pas, et ça ne serait d'aucun réconfort pour elle.

— Et que faites-vous de l'argent économisé pour ses études ? Vous pouvez le lui rendre ?

Le cœur de Rachel se contracta douloureusement lorsqu'elle vit la honte se peindre sur les traits de Seth. Mais il continua à regarder l'avocat dans les yeux.

— J'ai essayé de le faire. Il y a environ un an. Mais elle me l'a jeté à la figure en disant qu'elle ne voulait pas de mon sale argent.

— Et où est-il maintenant ?

— Je l'ai donné à la soupe populaire de Knoxville. Je savais que Lauren y avait travaillé comme bénévole.

— Evidemment puisque c'est là que vous l'avez rencontrée. Vous avez joué sur sa corde sensible pour la convaincre que vous traversiez une mauvaise passe et que tout ce qui vous manquait pour vous remettre à flot, c'était une personne qui croie en vous.

Le visage de Seth se transforma en masque de pierre. Lorsqu'il parla, ce fut d'une voix sèche, dépourvue d'inflexion.

— C'est vrai.

— Vous lui avez brisé le cœur.

— Je sais.

— J'en ai assez de vous entendre répéter ça ! explosa l'avocat en s'avançant vers Seth, l'air menaçant.

— Ed.

Rachel l'attrapa par le bras et se plaça entre les deux hommes, les jambes tremblantes.

— Ton planning est chargé. Tu t'es arrangé pour me recevoir entre deux rendez-vous, et je ne veux pas perdre de temps à cause d'une histoire qui ne me concerne pas.

— Je vais attendre dehors.

Seth tourna les talons et sortit, tirant la porte derrière lui.

L'avocat jeta un regard haineux à la porte fermée, le souffle court, haché.

— Que diable fais-tu avec ce type ?

— C'est une longue histoire. Qui n'a rien à voir avec ce pour quoi je suis venue te voir.

Ed la dévisagea d'un air consterné, faisant visiblement un effort sur lui-même pour se ressaisir. Finalement, d'une voix redevenue plus calme, il demanda :

— De quoi s'agit-il ?

— J'ai besoin de savoir quelles seraient les conséquences pour la société si je n'étais plus en position d'en assurer la direction.

Seth se laissa tomber sur les marches du porche et regarda, de l'autre côté de la rue bordée d'arbres, le parking d'un centre médical. Pédiatrie, se dit-il en observant le ballet de voitures d'où émergeaient des mères débordées et des enfants qui toussaient et reniflaient.

Il hésita à laisser un mot à Rachel sur le pare-brise et à se rendre à pied jusqu'à l'entreprise pour attendre la pause de midi et voir si l'un de ses collègues du garage pouvait le conduire jusqu'à l'agence de location de voitures, à Alcoa, en échange d'une invitation à déjeuner.

Mais, avant qu'il n'ait eu le temps de se lever, la porte s'ouvrit derrière lui et Rachel apparut. Elle s'arrêta net en le voyant assis sous le porche.

— Oh ! Je m'étais à moitié convaincue que tu serais parti.

— J'étais à moitié décidé à le faire.

— Tu m'avais prévenue, déclara-t-elle en s'avançant en direction de la Honda.

Il lui emboîta le pas.

— Tu ne savais pas qui nous allions voir ?

— Je n'ai pas fait le rapprochement, répondit-il avec un sourire sombre. Les Blount sont légion dans le Tennessee.

— Est-il vrai que tu as voulu la rembourser et que, devant son refus, tu as fait don de l'argent à une œuvre de charité ?

Il lui jeta un regard en coin, s'efforçant de ne pas se formaliser.

— La soupe populaire. En ville. Demande David Pelletier.

Elle marqua une pause, puis inséra la clé dans le contact.

— Tu donnes toujours l'impression de dire la vérité.

— Mais tu hésites à me croire.

Ce n'était pas une question. Le doute se lisait dans les yeux de Rachel.

— J'ai *envie* de te croire.

— Ça ne suffit pas. Il faut que tu sois sûre. Tu ne peux pas te permettre d'attendre que le temps et les faits t'apportent la preuve de ma sincérité.

— J'avoue que je ne sais plus à qui faire confiance.

Elle avait l'air tellement effrayée… Il s'en voulut d'ajouter — même involontairement — à sa détresse.

— Parfois, il faut juste suivre son instinct, déclara-t-il calmement. Que te dit ton instinct ?

Elle leva les yeux vers lui.

— Que tu ne cherches qu'à me protéger.

Une étrange sensation, à mi-chemin entre accablement et jubilation, lui étreignit le cœur.

— Tu es complètement folle.

Malgré les larmes qui brillaient dans ses yeux, elle partit d'un éclat de rire.

— Ce n'est pas gentil de dire ça à quelqu'un qui a un passif comme le mien en matière de santé mentale.

Il joignit son rire au sien, même s'il avait plutôt envie de pleurer, lui aussi.

— Jamais je ne te ferai de mal. Et si, pour une raison quelconque, tu te mets à douter de moi, tu n'auras qu'un mot à dire et je m'en irai.

— Marché conclu.

Elle tendit la main. Il la prit et éprouva un curieux fourmillement lorsque ses doigts entrèrent en contact avec ceux de Rachel. Résistant à l'envie dévorante de l'attirer à lui et de la serrer dans ses bras, il se tourna de l'autre côté et boucla sa ceinture.

— Alors ? Qu'as-tu appris ?

— Beaucoup de choses. Mais je ne suis pas certaine qu'elles nous soient d'un grand secours.

12

— Donc, le choix du P.-D.G. reviendrait aux administrateurs ? résuma Seth, quelques minutes plus tard, lorsqu'elle lui eut relaté la teneur de son entretien avec Blount. C'est bien ça ?

Rachel acquiesça d'un signe de tête tout en naviguant dans la circulation de Lamar Alexander Parkway, en direction des montagnes.

— Différents paramètres entrent en ligne de compte, bien sûr. En gros, mon père a apparemment laissé une liste de noms qu'il a validés par anticipation, liste à partir de laquelle les administrateurs devront faire leur sélection. Dans le cas où aucun des candidats pressentis n'accepterait le poste, il leur faudrait procéder à un appel à candidature, mais selon des critères rigoureusement préétablis par mon père.

— Blount a refusé d'entrer dans les détails ?

— Il ne peut pas m'en dire plus avant la lecture du testament, mardi prochain…

— Mais ? souffla-t-il, sentant apparemment son hésitation.

— Il m'a dit que mon oncle avait aidé mon père à rédiger cette liste. Je pense qu'oncle Rafe acceptera peut-être de me la révéler avant l'heure.

— Alors, il faut qu'on aille lui poser la question.

Elle lui décocha un bref sourire.

— Où crois-tu que nous allons ?

Son oncle vivait juste de l'autre côté de la frontière de l'Etat, à Bryson City, où lui et sa femme, Janeane, tenaient un bar musical destiné principalement aux touristes de Smoky

Mountains. L'endroit était à plus de deux heures de route, mais ils ne pouvaient pas se plaindre, songea Rachel. La route serpentait à travers les Smokies, entre des falaises rocheuses et des panoramas époustouflants sur les montagnes qui s'étendaient à perte de vue, au nord et à l'est. Leurs cimes disparaissaient dans des rubans de brume que même le chaud soleil ne parvenait pas à dissiper complètement.

Ils arrivèrent au Song Valley Bar à temps pour le déjeuner. Les vacances d'automne commençaient juste, si bien que la salle à manger était déjà bien remplie lorsqu'ils entrèrent.

Ce fut oncle Rafe en personne qui vint les accueillir, les menus à la main et le sourire aux lèvres. Ses yeux s'arrondirent de surprise lorsqu'il reconnut sa nièce.

— Rachel, ma poupée ! Pourquoi ne m'as-tu pas appelé pour me prévenir de ta venue ? Je viens juste de donner la table la mieux placée pour assister au spectacle !

— Ce n'est pas grave — nous en profiterons quand même.

Elle embrassa chaleureusement son oncle et se tourna vers Seth. Il avait l'air mal à l'aise, ce qu'elle trouva curieux compte tenu de son ancienne profession. Un arnaqueur n'était-il pas par nature une sorte de caméléon, capable de s'adapter en toutes circonstances ?

— Oncle Rafe, je te présente Seth Hammond, un ami à moi. Seth, voici mon oncle, Rafe Hunter.

Les yeux bleus et aiguisés de Rafe se plissèrent tandis qu'il l'étudiait attentivement.

— Hammond, hein ?

— Oui, monsieur.

— Un lien de parenté avec Delbert Hammond ?

L'expression de Seth se figea complètement.

— C'était mon père.

Oncle Rafe hocha lentement la tête.

— Il y a un air de famille.

Le masque de Seth se fissura un peu, laissant transparaître une pointe d'amertume dans ses yeux verts.

— Il paraît, oui.

Rafe pencha la tête sur le côté.

— C'est vous qui avez été brûlé, n'est-ce pas ?

Le regard de Rachel alla de Rafe à Seth. Elle le vit porter machinalement la main gauche à son épaule droite.

— Exact. C'était il y a longtemps.

— J'ai entendu dire que vous jouiez les gardes-malades auprès de Cleve Calhoun depuis quelque temps… C'est vrai ?

— Oui, monsieur.

La main de Seth quitta son épaule.

— Il est en cure de physiothérapie, actuellement. C'est son fils qui a réussi à le convaincre d'essayer.

— Vous n'y étiez pas parvenu, vous ?

— J'avoue que je n'ai même pas essayé. Je n'ai jamais pu persuader Cleve de quoi que ce soit.

Oncle Rafe eut un petit sourire entendu.

— Ça, je veux bien le croire. Dites-moi, vous êtes toujours… dans les affaires ?

— Oncle Rafe…, commença Rachel, visiblement ennuyée par la tournure que prenait cette conversation.

— Non, c'est du passé, répondit Seth.

— Sûr et certain ? insista son oncle, son regard allant du visage de marbre de Seth à celui de Rachel.

— Oui. Je me suis rendu compte qu'il n'était pas satisfaisant à long terme de vivre du mensonge.

Oncle Rafe reporta son regard sur celui de Seth.

— Je ne sais pas, mon garçon. Je suis un homme de spectacle, vous savez, et que fait un artiste sinon vivre des fictions qu'il invente ? Jouer la comédie, les embarquer avec moi dans une narration de mon choix ?

— Mais les spectateurs ne sont pas dupes, répondit Seth. Ce que vous leur donnez à voir n'est pas la réalité, et ils le savent. Ils sont vos complices consentants. Il n'y a pas de tromperie.

Le visage ridé de Rafe se creusa d'un sourire.

— Bonne réponse, fiston.

Il passa son bras sous celui de Rachel et les conduisit à une table du deuxième rang, face à la grande scène.

— Il faut que je vous abandonne. Je dois aller en coulisse pour me préparer à tromper tous les complices consentants réunis ici, plaisanta-t-il avec un clin d'œil à l'adresse de Seth. Vous ne partez pas tout de suite après le show, j'espère.

Rachel le rassura, précisant :

— J'ai quelques questions à te poser à propos de la société. Si tu as un peu de temps à me consacrer entre le déjeuner et le dîner…

— Mais, bien sûr, ma belle ! Je le trouverai, le temps, déclara-t-il en plantant un rapide baiser sur sa joue avant de se diriger vers le fond du restaurant.

Ils se régalèrent de la cuisine simple et familiale que préparait Janeane. En attendant qu'on les serve, Rachel expliqua à Seth que son oncle, quant à lui, s'occupait de trouver de nouveaux artistes pour ses représentations quotidiennes. Il s'efforçait de renouveler l'affiche toutes les deux ou trois semaines afin de proposer des spectacles toujours inédits pour les clients susceptibles de revenir.

— 60 ou 70% de la clientèle est composée de touristes, ajouta-t-elle. Mais il y a aussi des gens du coin. Il fait régulièrement venir de jeunes talents prometteurs du *bluegrass* et de la musique *country*. Il a vraiment l'œil pour repérer les célébrités de demain.

— Tu es très fière de lui, observa Seth dans un sourire.

— Oui, c'est vrai.

Le sourire de Seth se ternit quelque peu.

— Ce doit être agréable d'être fier d'un membre de sa famille.

— Ce n'est pas ton cas ?

— Il y a Dee. C'est elle la star de la famille.

Elle vit à son expression qu'il mettait sa sœur sur un piédestal.

— J'ai toujours su qu'elle serait quelqu'un de formidable. Rien ne l'a jamais détournée de son but. Elle s'était fixé un objectif et elle a fait ce qu'il fallait pour l'atteindre. Mais toujours honnêtement. Sans jamais emprunter de raccourcis. Sans jamais marcher sur les pieds de qui que ce soit pour obtenir de l'avancement. C'est simple, je me demandais même parfois si mes parents ne l'avaient pas volée à une bonne famille tant elle était différente de nous.

— Vous êtes proches, tous les deux ?

La douleur qu'elle avait parfois discernée au fond de ses prunelles vertes resurgit.

— Non et c'est entièrement ma faute. Elle a fini par se lasser de mes frasques, et je suis devenu *persona non grata* à ses yeux.

— Elle t'a aidé, pour moi.

Il tendit le bras au-dessus de la table et tapota le dessus de sa main.

— Elle l'a fait pour toi, chérie. Pas pour moi.

— Elle ne croit pas que tu aies changé ?

— Personne ne le croit, assena-t-il avec une indifférence étudiée.

— Moi, si, répondit-elle du tac au tac, sans réfléchir.

Le regard vert de Seth plongea dans le sien, lançant des étincelles.

— Tu ne me connais pas, Rachel. Et ce que tu as pu entendre et voir devrait t'inciter à fuir à toutes jambes. Ne va pas t'imaginer que je suis un incompris qui a juste besoin que quelqu'un porte sur lui un regard bienveillant. Je ne suis pas un incompris. Les gens m'ont parfaitement percé à jour. Je me suis attiré leurs foudres et leur mépris, et je l'ai bien cherché.

— Mais tu as cessé d'abuser de la crédulité des gens…

— Et alors ? Ça n'efface pas ce que j'ai fait. Si j'ai arrêté, c'est parce que je n'en pouvais plus… Je me dégoûtais ! Je ne suis pas sûr que tu mesures bien ce dont je me suis rendu coupable.

Elle hésita, cherchant comment lui répondre.

— Tu mentais aux gens pour les dépouiller de leur argent…

— Et je leur ai fait du mal. Oh ! pas avec des armes ! Avec mes mensonges. Tu connais Lauren Blount, Rachel ?

— Pas vraiment, non.

— Elle avait dix-neuf ans quand je l'ai rencontrée. Jolie comme un cœur et douce comme le miel. Je lui ai fait croire que je voulais vivre avec elle mais que, à cause de mon dealer de père et de la façon dont il avait fait exploser la maison, je n'avais pas un sou en poche. Je lui ai montré mes cicatrices de brûlures, lui ai expliqué que je les avais eues en sauvant ma mère de la maison en feu après que mon père avait failli tous nous tuer.

— Mais c'est vrai, n'est-ce pas ? C'est ce à quoi oncle Rafe a fait allusion tout à l'heure ?

— Tu ne comprends donc pas ? C'est exactement comme ça que procèdent les escrocs. Ils se servent d'un pan de vérité pour mieux vendre leurs mensonges. J'ai été brûlé en tirant ma mère des flammes parce qu'elle était trop soûle pour sortir seule. Et, oui, c'est une histoire vraiment affligeante. Les femmes voient vos cicatrices, vous prennent en pitié et vous considèrent comme un héros sans même se rendre compte que vous les avez manipulées du début à la fin.

Elle détourna les yeux, écœurée.

— Après ça, Lauren me mangeait dans la main. Je lui ai raconté que j'avais dans l'idée de monter une affaire et qu'il ne manquait que l'argent pour la lancer, car les banques refusaient de faire confiance à un gars de la campagne comme moi. Je lui ai brossé un tableau convaincant de mon projet en donnant l'impression que c'était notre avenir qui était en jeu. Et elle a tout gobé. Elle a vu en moi le pauvre garçon qui n'attendait que l'amour d'une fille bien pour que tout rentre dans l'ordre et elle a mordu à l'hameçon sans méfiance. Exactement comme je l'avais prévu. Et elle m'a donné l'argent qu'elle avait mis de côté pour ses deux prochains semestres d'université.

Rachel essaya de se projeter à la place de Lauren Blount. Jeune, follement amoureuse et cherchant tellement à aider Seth… Aurait-elle agi de même ?

La réponse ne fut pas pour lui plaire.

— Une fois l'argent empoché, je suis parti. Je lui ai laissé un mot lui conseillant de faire plus attention à l'avenir et de pas accorder sa confiance au premier venu.

Il sourit, mais c'était un sourire sinistre, un sourire chargé d'autodérision.

— Elle m'a pris au mot. Je crois bien qu'elle n'a plus jamais fait confiance à quelqu'un depuis.

Le silence retomba entre eux. Finalement, Rachel trouva le courage de parler.

— Est-ce qu'elle a porté plainte ?

Il secoua la tête.

— Elle m'avait donné l'argent de son plein gré, et j'avais été suffisamment vague quant à l'utilisation que je comptais en faire. Elle aurait été bien en peine de fournir des preuves devant un tribunal. Et puis elle ne tenait pas à voir la légèreté de son comportement pointée du doigt.

Il grimaça un nouveau sourire qui disait tout le mépris que ses actes passés lui inspiraient.

— Quelle chance pour moi, hein ?

— Mon Dieu.

Ses yeux verts la transpercèrent.

— Ah ! je vois que tu saisis mieux, maintenant !

— Qu'est-ce qui t'a fait changer de vie ?

— L'AVC de Cleve.

Elle plissa les yeux.

— Vraiment ?

— Il s'est retrouvé complètement dépendant pendant un bon moment. Son propre fils ne voulait pas entendre parler de lui. Il n'avait personne au monde vers qui se tourner, à part moi. Je n'avais pas envie de lui apporter le secours qu'il attendait — qu'avait-il fait pour moi sinon me transformer en criminel ?

— Alors, pourquoi l'as-tu aidé, finalement ?

— Parce qu'il était totalement seul. Qu'il fallait bien que quelqu'un s'occupe de lui.

Il déroula la serviette en papier qui enveloppait ses couverts et se mit à la triturer comme s'il avait besoin de temps pour organiser ses pensées. Au bout d'une minute, il la roula en boule et releva les yeux.

— Il m'a fallu un jour ou deux, puis je me suis dit que Cleve m'avait recueilli quand je n'avais personne d'autre. Tout le monde considérait que je finirais comme mon père.

— Et ta mère ? Elle n'aurait pas pu t'aider ?

— Ma mère est une alcoolique invétérée. Je l'ai toujours vue boire parce que c'était le seul moyen pour elle de supporter de vivre avec un homme qui la battait.

Rachel se couvrit la bouche d'une main.

— Sordide, n'est-ce pas ?

Son accent rocailleux de la montagne avait refait surface, plus prononcé maintenant qu'il évoquait ces douloureux souvenirs.

— Voilà le portrait peu reluisant de la famille Hammond, de Smoky Ridge.

— Que se serait-il passé, selon toi, si Cleve ne t'avait pas pris sous son aile ?

— Je serais en prison. Ou accro à la méthamphétamine. Ou, peut-être, mort.

— Cleve t'a au moins épargné ça.

— Oui… Pour m'entraîner dans une vie qui me semblait facile, à l'époque. J'arrivais à tromper tout le monde. Même les plus perspicaces n'y voyaient que du feu. Pardi ! J'avais menti toute ma vie pour dissimuler ce qui se passait à la maison.

Ses lèvres s'incurvèrent imperceptiblement, mais son regard était ailleurs, tourné vers le passé.

— C'était tellement simple…

Elle le contempla, ne sachant que dire, ne sachant même plus que penser.

— Voilà qui j'étais, conclut-il en se renfonçant contre le dossier de sa chaise. Je ne sais pas comment on peut se trouver des excuses, ni vivre avec ça, même si on a tout arrêté.

Elle ne pouvait pas lui apporter la réponse à cette question. Les choses qu'il lui avait dites et la description précise qu'il lui avait faite de ses agissements passés la répugnaient. Pourtant, la culpabilité et les remords manifestes qu'elle lisait dans son regard la touchaient. Il était jeune et désespéré, alors — ce qui, ainsi qu'il l'avait souligné, n'était pas une excuse, mais constituait au moins des circonstances atténuantes.

A trente ans passés, Seth Hammond était-il le même homme qu'à vingt ans ? Non, certainement pas. Mais était-elle complètement folle de miser sur un homme qui avait vécu ce genre de vie ?

Leurs plats arrivèrent, mais elle n'avait plus faim. Seth picora dans son assiette, avalant quelques bouchées, visiblement sans appétit non plus. Il semblait décidé à ne plus la regarder en face, et ce fut un soulagement lorsque la musique commença, leur procurant à tous deux un point sur lequel arrimer leurs regards fuyants.

Le concert terminé, Rafe s'approcha de leurs tables et contempla avec consternation leurs assiettes à peine entamées.

— Vous n'avez pas aimé vos plats ?

— C'est ma faute, dit posément Seth. J'ai abordé un sujet à vous retourner l'estomac juste avant qu'on nous serve.

Les yeux d'oncle Rafe se rétrécirent tandis qu'il faisait signe à une serveuse et lui demandait de mettre la nourriture dans des boîtes à emporter.

— Comme ça, vous les mangerez plus tard. Bien… Alors, Rachel, que voulais-tu savoir à propos de la société ?

— Ma question va te paraître étrange, mais c'est important. Quand papa est venu te voir pour discuter du testament, il t'a demandé de l'aider à établir une liste de candidats susceptibles d'occuper le poste de P.-D.G. de l'entreprise si je venais à ne pas pouvoir assurer mes fonctions. Je me suis mise en rapport avec Ed Blount, mais il ne peut pas me fournir les noms qui figurent sur cette liste avant la lecture du testament. Or, j'ai absolument besoin de les connaître.

— Seigneur, ma fille, mais pourquoi ? C'est toi qui es à la tête des Transports Davenport, il n'y a pas à revenir là-dessus. Alors, cette liste n'a pas d'importance maintenant.

— Quelqu'un s'efforce de modifier la donne, déclara-t-elle.

Oncle Rafe se pencha en avant.

— Modifier la donne ? Qu'est-ce que ça veut dire ?

Rachel jeta un coup d'œil à Seth. Il la regardait — enfin ! —, l'air concentré. D'un signe de tête, il l'encouragea à poursuivre. Levant le menton, elle croisa le regard inquisiteur de son oncle.

— Quelqu'un cherche à me rendre folle.

13

Le bureau du Song Valley était une petite pièce nichée entre la grande cuisine et les toilettes. Il était meublé à l'image du restaurant, dans un style typiquement *country*, mais Seth constata avec soulagement que Rafe Hunter, en dépit de ses excentricités, prenait la gestion de son établissement au sérieux. Un ordinateur récent, à écran plat, et une imprimante-photocopieuse étaient installés dans un angle. Des classeurs métalliques occupaient tout un mur et une grande étagère de rangement bien organisée, le mur d'en face.

Rafe se dirigea droit vers l'ordinateur et ouvrit un fichier. Seth n'eut que le temps d'entrevoir six noms s'afficher. L'instant suivant, Rafe avait lancé l'impression et refermé le document.

— Ces personnes savaient-elles que M. Davenport les considérait comme des candidats potentiels à la direction de la société ? demanda-t-il.

— Je pense que George les en avait informées, oui. C'est normal, il ne voulait pas soumettre au conseil d'administration une liste de personnes ne souhaitant pas occuper ce poste.

L'imprimante cracha un feuillet, que Rafe prit et tendit à Rachel.

— Voilà ta liste. J'espère vraiment que tes soupçons ne sont pas fondés, ma chérie. Peut-être devrais-tu venir séjourner ici, avec Janeane et moi, pendant quelque temps.

— Ce n'est pas une mauvaise idée, souligna Seth, faisant taire la petite voix intérieure qui implorait en silence Rachel de décliner l'offre.

C'était pourtant une solution pleine de bon sens. Il se serait occupé de cette liste pendant qu'elle était en sécurité, loin de Bitterwood.

En sécurité, loin de lui, également.

— Non, répondit-elle. Il s'agit de *ma* vie. J'en ai assez de laisser tout le monde décider pour moi. Je tiens à collaborer à l'enquête et à aider à mettre fin à tout ça.

— Envisages-tu de revenir sur ta décision d'être P.-D.G. de l'entreprise ? demanda Rafe en observant de près la réaction de sa nièce.

— Je ne sais pas, dit-elle finalement. Je ne pensais pas avoir un jour envie d'occuper ce poste de façon permanente, mais j'aime les gens qui y travaillent et je veux contribuer au succès de l'entreprise. Papa pensait que j'étais celle qui pouvait y arriver et… j'avoue que, maintenant que j'y ai passé une année, je commence à croire qu'il avait raison. Je suis capable de mener à bien la mission qu'il m'a confiée. D'être la dirigeante efficace qu'il voyait en moi et de veiller à la satisfaction de nos clients comme à celle de nos employés. Et je me rends compte maintenant que ça me plaît vraiment. Je verrai plus tard si je veux redevenir bibliothécaire.

Rafe posa sa grande main sur la joue de Rachel.

— Bien… Très bien. Et maintenant, si tu me disais un peu ce qui se passe à Bitterwood et qui te tracasse tant ?

Tandis que Rachel lui relatait ce qui se passait depuis deux mois, Seth surveilla attentivement Rafe. Pouvait-il avoir une raison de vouloir prendre le contrôle de la société ? Le bar musical semblait être une affaire prospère, mais les apparences pouvaient être trompeuses — il était bien placé pour le savoir. Rafe était peut-être endetté jusqu'au cou. Peut-être était-il un joueur compulsif ou un toxicomane.

En tuant Rachel avant la mort de son père, il se serait désigné comme suspect n° 1 puisqu'il figurait en tête de la liste de candidats potentiels à la direction de l'entreprise. De la même façon, si la mort de Rachel semblait suspecte, là aussi les soupçons se seraient orientés vers lui.

Mais si des troubles mentaux l'empêchaient de continuer à occuper ses fonctions, Rafe se retrouverait en position idéale… Libre d'exercer son influence sans que personne ne le soupçonne d'avoir tout manigancé.

Il avait participé à l'élaboration de cette liste. Il pourrait sans doute jouer un rôle plus important encore, en tant que parent le plus proche, si elle était déclarée incompétente.

Si Rafe nourrissait ce genre de pensées, son expression horrifiée à l'écoute des faits énoncés par Rachel ne le laissait en rien deviner.

— Seigneur, mais pourquoi ne nous as-tu pas appelés, tante Janeane et moi ?

— C'est *a posteriori* que j'ai compris que tout ce qui se passait était lié. Si Seth ne m'avait pas trouvée sur le pont, je serais peut-être morte à l'heure qu'il est.

Rafe blêmit. Il éleva de nouveau une main, un peu tremblante cette fois, vers la joue de sa nièce.

— Tu as une idée de l'identité de celui qui te veut du mal ?

— Nous pensons que c'est en rapport avec l'entreprise, l'informa Seth. C'est pourquoi nous avions absolument besoin de cette liste.

Les yeux de Rafe se posèrent sur lui.

— Quel est votre rôle, dans toute cette affaire ?

Le plus simple, bien sûr, aurait été de répondre qu'il était mandaté par un agent spécial du FBI, mais il n'avait toujours rien dit à Rachel.

— Je travaille pour les Transports Davenport. La famille s'est montrée très généreuse envers moi. Et comme je m'y connais un petit peu en matière de mystification, j'imagine que, d'une certaine façon, cela fait de moi la personne la mieux placée pour démêler ce complot contre Rachel.

— Dans ce cas, merci pour votre aide. Mais je peux m'occuper d'elle maintenant. Mon chou, il faut absolument que tu viennes t'installer chez nous pendant quelque temps.

— Non. C'est gentil à toi mais, comme je te l'ai dit, je suis adulte et parfaitement capable de me prendre en charge.

— Rachel..., commença Seth.

Elle braqua son regard bleu sur lui.

— Oui ?

Ne voulant pas polémiquer devant son oncle, il désigna la liste du menton.

— Quelque chose de particulier dans cette liste ?

Elle jeta un coup d'œil au feuillet, plissant le front.

— Pas vraiment. La plupart des noms cités sont ceux d'employés de l'entreprise — Stan Davis, le directeur financier, Drayton Lewis, notre contrôleur de gestion, ton superviseur direct au garage, Gary Adams...

Elle s'interrompit une seconde, les sourcils froncés.

— Oui ? souffla Seth, suspendu à ses lèvres.

— Paul figure sur la liste.

Elle releva les yeux pour regarder son oncle.

— S'il était partant pour être P.-D.G, pourquoi mon père ne lui a-t-il pas directement confié le poste ?

Rafe haussa les épaules.

— Il voulait que ce soit toi. En fait, c'est moi qui ai suggéré Paul. Je me suis dit que Diane serait peut-être froissée qu'il n'ait pas été retenu. Et, après tout, il travaille depuis près de dix ans pour la société, et ça a toujours été un employé loyal.

Seth réfléchit à ce qu'il savait du frère par alliance de Rachel. Paul Bailey était un responsable sûr de lui et plutôt fédérateur. Pourtant, même s'il faisait partie de la société depuis dix ans, il ne s'investissait pas autant qu'un George Davenport ou même que d'autres personnes figurant sur la liste. A commencer par le chef de Seth, Gary, qui n'hésitait pas à faire des heures supplémentaires et mettait un point d'honneur à ce que le travail soit toujours bien fait. C'était peut-être un col bleu et un indécrottable *redneck*[1], mais il était intelligent. Ce qui lui manquait en éducation, il le rattrapait par un esprit curieux et une éthique professionnelle rigoureuse.

1. N.d.T. : terme populaire désignant un stéréotype d'Américain vivant à la campagne.

Si Seth avait dû choisir entre les deux, sa préférence serait sans hésitation allée à Gary Adams.

Mais il n'était pas à la recherche d'un P.-D.G.

Il était à la recherche d'un assassin. Laquelle des personnes mentionnées sur cette liste pouvait bien vouloir le poste au point de tuer pour l'obtenir ?

Et pourquoi ?

Delilah Hammond avait passé la moitié de sa vie loin de Bitterwood et s'en portait plutôt bien. Ses premières dix-huit années à Smoky Ridge n'avaient été qu'un long et épuisant exercice d'autoprotection. Elle avait esquivé les coups de son père et l'égoïsme étouffant d'une mère toujours en demande. Elle s'était tenue à distance de la colère suicidaire de Seth et des sollicitations constantes de la drogue, de l'alcool et du sexe, farouchement déterminée à étudier afin de s'évader enfin de ces montagnes et de se construire un avenir.

Grâce à de bons résultats et à un travail acharné, elle s'était vue octroyer une bourse pour entrer à l'université. Là encore, elle avait travaillé d'arrache-pied et avait été reçue à l'examen de la FBI Academy, puis assignée à une unité de sûreté intérieure antiterroriste. Elle avait alors quitté le Bureau pour le secteur privé et s'était mise à travailler pour l'ancien marine Jesse Cooper et l'agence de sécurité de sa famille, poste qu'elle occupait toujours. Elle avait une vie. Un objectif. Bitterwood, dans le Tennessee, aurait dû être un point de fuite dans son rétroviseur, pas de l'autre côté du pare-brise, devant elle.

Mais tandis qu'elle suivait les méandres de Vesper Road pour se rendre chez Ivy Hawkins, se rapprochant de plus en plus du sommet velouté de Smoky Ridge, elle éprouva un étrange tiraillement dans la poitrine.

Je suis à la maison, songea-t-elle avant de se mordre la langue tant l'image la troublait. Pas moyen de s'extirper de cet endroit, décidément.

En bifurquant dans l'allée, elle aperçut une Jeep Wrangler noire stationnée devant la maison. Ivy Hawkins était rentrée.

Sutton Calhoun, le petit ami d'Ivy, qui était également l'un des plus vieux amis de Delilah et son collègue à Cooper Security, était présent. Il sortit sous le porche avant même que Delilah ait mis pied à terre, la mine sombre.

L'estomac de Delilah se contracta. Etait-il arrivé quelque chose lors de son déplacement dans le nord de l'Irak ? A Cooper Security, personne n'avait évoqué de problèmes lors de la réunion à laquelle elle avait assisté la veille.

— Te voilà de retour, déclara-t-elle.

Ivy Hawkins s'avança derrière lui, ses yeux marron flambant de colère.

— Est-ce que tu as vu ton frère dernièrement ?

Oh non ! songea-t-elle.

— Pas depuis hier matin, répondit-elle en montant lentement les marches. Pourquoi ?

Sutton lui fit signe de les suivre à l'intérieur. Il la conduisit jusqu'au bureau, où se trouvait l'ordinateur portable d'Ivy. Il était ouvert, et une photo de Rachel Davenport s'affichait en grand format sur l'écran.

Delilah s'approcha, étudiant la photo, les sourcils froncés. Le cliché datait des obsèques. D'autres personnes venues accompagner le défunt jusqu'à sa dernière demeure apparaissaient sur l'image, mais c'était clairement elle qu'on avait voulu photographier.

— D'où sort cette photo ? demanda-t-elle, redoutant la réponse.

Sutton passa la main derrière l'ordinateur et en tira une paire de lunettes de soleil munies d'un cordon pour les suspendre autour du cou. A y regarder de plus près, elle s'aperçut que le cordon était muni d'un connecteur. Elle comprit ce que c'était quand elle vit Sutton prendre un petit boîtier rectangulaire en plastique et le raccorder au cordon.

— Un appareil photo espion, murmura-t-elle. Où l'avez-vous trouvé ?

— Chez mon père, répondit Sutton en reposant le dispositif. Posé à côté de l'ordinateur.

— Et tu penses qu'il est à Seth.

— Pas toi ?

Delilah regarda la photo de Rachel Davenport sur l'écran. Lorsqu'elle avait demandé à son frère ce qu'il faisait aux obsèques, l'accusant à demi-mot de préparer un coup contre Rachel, il avait répondu qu'il était venu faire ses adieux à son employeur. Mais, apparemment, il ne lui avait pas tout dit.

— Il y a combien de photos ? demanda-t-elle.

— Une centaine, toutes prises au cours des deux dernières semaines. Il s'intéressait en priorité à Rachel Davenport, de toute évidence, mais il y a aussi des clichés d'autres membres du personnel de la société. Je ne sais pas ce que ton frère mijote, mais ça sent le roussi.

Elle se força à poser la question qui lui brûlait les lèvres, même si le seul fait qu'elle lui ait traversé l'esprit lui donnait la nausée :

— Tu crois que ça a un rapport avec les meurtres ?

Le regard compatissant que Sutton lui décocha lui fit l'effet d'un coup de poing dans l'estomac.

— Franchement, je n'en sais rien.

— Où est Seth ? demanda Ivy en fixant son badge sur la ceinture de son jean.

— Tu as repris le travail ? demanda-t-elle, sachant qu'Ivy était suspendue depuis la mort de Mark Bramlett.

— Aujourd'hui même, répondit Ivy avec un sourire en coin. Il a fallu cette interruption forcée pour que je me rende compte à quel point mon travail me manquait.

— Et toi, Sutton ? Tu envisages toujours de donner ta démission pour revenir habiter ici, au paradis des bouseux ?

Sutton posa la main sur l'épaule d'Ivy.

— C'est déjà fait. La mission en Irak était ma dernière. Je reviens à Bitterwood pour de bon, oui.

Bizarre, songea Delilah, comme un endroit aussi chargé de mauvais souvenirs avait le don de vous poursuivre et de ne jamais vous lâcher. Jamais elle n'aurait cru Sutton plus disposé qu'elle à rentrer au bercail.

— Ivy, as-tu l'intention d'arrêter Seth ?

— Pas pour l'instant, mais j'ai certainement quelques questions à lui poser.

— Tu aurais dû accepter l'offre de ton oncle de séjourner chez eux.

Depuis près de deux heures qu'ils roulaient, c'étaient les premiers mots que prononçait Seth. Elle baissa le volume de la radio et croisa son regard soucieux.

— Pas question que je me terre à Bryson City pendant que quelqu'un essaie de me gâcher la vie.

— D'accord, mais ce n'est pas une raison pour rester au cœur de la mêlée.

— Si c'est ta façon de me dire que tu veux te retirer de l'enquête…

— Je n'ai pas dit ça, répondit-il vivement.

Elle emprunta la petite route étroite qui conduisait à sa maison de famille, l'estomac noué à la pensée de ce qui l'attendait peut-être au bout du chemin. Elle n'avait pas encore appelé le serrurier pour changer les serrures ni fait établir un devis par un installateur d'alarmes. Peut-être se reposait-elle trop sur Seth Hammond… Il fallait absolument qu'elle soit plus autonome, qu'elle montre qu'elle était sur un pied d'égalité avec lui, qu'elle n'était pas une victime. Ce n'était pas, mais alors pas du tout ainsi qu'elle avait envie qu'il la voie.

— Si tu veux tout arrêter, je comprends. Je ne veux pas être une obligation pour toi.

Il se mura dans le silence jusqu'à ce qu'elle se soit arrêtée au bout de l'allée, devant le garage. Alors, il se tourna vers elle et, de but en blanc, révéla :

— Je travaille pour le FBI.

Elle tira sur le frein à main et le regarda, abasourdie.

— Pardon ?

— J'ai effectué plusieurs missions en tant qu'informateur pour un agent fédéral avec lequel ma sœur travaillait autrefois. La plupart du temps, en infiltration dans des endroits auxquels le FBI n'a pas accès. Il y a quelques semaines, juste après la mort de Mark Bramlett, mon contact m'a appelé pour me demander d'avoir un œil sur toi.

Rachel prit une profonde inspiration, le temps d'assimiler la nouvelle, puis elle se tourna vers lui.

— Pourquoi ?

— Il ne l'a pas précisé. Tout ce qu'il m'a dit, c'était que, cette fois-ci, ça ne concernait pas le FBI mais que c'était personnel.

— *Personnel* ?

C'était encore plus incompréhensible.

— Comment s'appelle-t-il ?

Seth hésita, puis finit par répondre :

— Adam Brand. C'est un agent spécial du bureau de Washington D.C.

— Jamais entendu parler.

— Je ne crois pas que ce soit personnel dans ce sens-là.

— Dans lequel, alors ? Il y en a plusieurs ?

Il laissa échapper un petit rire.

— Il y en a de toutes sortes, ma belle. Mais ce que je veux dire, c'est que j'ai eu l'impression que ta *situation* l'intéressait pour une raison qui, elle, était personnelle.

— Et tu n'as pas essayé d'en savoir plus ?

Il lui lança un regard éloquent.

— C'est un agent du FBI, Rachel. Il me dit ce que j'ai besoin de savoir. S'il ne dit rien, c'est que ce n'est pas nécessaire.

— Et donc, que t'a-t-il demandé, exactement, me concernant ?

— Simplement de garder un œil sur toi.

— C'est pour ça que tu étais là, quand je faisais de l'équilibrisme sur le pont de Purgatoire ?

Il secoua la tête.

— Ça, c'était un simple concours de circonstances. J'allais juste me détendre un moment au Smoky Joe's.

— Et, au final, tu as perdu ta soirée à essayer d'empêcher

une pauvre droguée de tomber d'un pont ! souligna-t-elle, l'air désolé.

— Je me félicite d'avoir été là.

La chaleur que contenait sa voix se propagea à tout son être.

— Moi aussi, dit-elle.

Le silence retomba entre eux, tendu, crépitant de non-dits. Il la désirait — elle le voyait à la flamme qui brûlait dans ses yeux, embrasant ses sens —, mais il ne fit pas un geste pour s'emparer de ce qu'il convoitait.

Ce que *tous deux* convoitaient.

Elle non plus ne bougea pas, paralysée par la prudence. Le désir était une alchimie qui n'était pas toujours compatible avec la réalité. Ce n'était pas parce qu'elle le désirait qu'elle devait oublier toute prudence…

Si ?

— Rentrons, reprit-il, détournant le regard. Allons voir si quelqu'un t'a laissé de nouvelles surprises.

Elle réprima un soupir. Même si elle était partante pour tenter l'aventure, il était clair que Seth voyait les choses différemment.

Peut-être était-ce mieux ainsi.

L'inspection de la maison leur confirma qu'il n'y avait pas eu de nouvelle intrusion. Par mesure de précaution, Seth fit une deuxième fois le tour de toutes les pièces pendant que Rachel appelait le serrurier et l'installateur d'alarmes qui gérait la sécurité de l'entreprise. Il la rejoignit au rez-de-chaussée au moment où elle notait l'heure des rendez-vous, le lendemain.

— Delilah a-t-elle dit quand elle rentrerait d'Alabama ? demanda-t-il en se laissant tomber sur le sofa, en face d'elle.

— Non. Pourquoi ?

— Il faut que j'aille voir Cleve à l'hôpital, à Knoxville. Je lui ai promis de lui rendre visite au moins une fois par semaine et j'ai déjà laissé passer la date.

Elle le considéra longuement.

— Décidément… Tu laisses passer beaucoup de choses, on dirait.

Il releva brusquement les yeux et la dévisagea.

— Qu'est-ce que ça signifie ?

— Que ce n'est pas en faisant comme s'il ne se passait rien entre nous que la question va se régler toute seule.

Il fronça les sourcils.

— Rachel, nous étions d'accord pour…

— Pourquoi cela t'effraie-t-il tant ? le coupa-t-elle.

— Tu veux le savoir ? Ce qui m'effraie, c'est que, toi, tu n'aies pas peur, maugréa-t-il. Tu es une femme intelligente. Tu dois bien te rendre compte que parier sur un type comme moi ne va pas sans risque.

— Quelle relation ne représente pas un risque ?

— Tu as déjà beaucoup perdu. Tu es seule, vulnérable…

— Et, donc, incapable de faire la part des choses et de savoir ce que je veux vraiment ? C'est ça ?

Il ferma les yeux un moment, la frustration se lisant dans chacun de ses traits. Lorsqu'il les rouvrit, ils brûlaient d'une passion désespérée.

— Tu es une belle femme. Tu as l'air tellement réservée, réfléchie… Mais je sens la passion qui bouillonne en toi, sous la façade. Et je n'ai qu'une envie : me noyer dedans.

Sa voix était chargée d'un désir brut, animal.

— Je n'ai pas le droit de te désirer à ce point, mais c'est pourtant le cas. Et si tu ne m'arrêtes pas, je ne sais pas comment j'arriverai à me dominer.

Le fil ténu de la prudence auquel elle s'évertuait à se raccrocher céda d'un coup, la plongeant dans l'éther exaltant et effrayant d'une confiance sans mélange. Elle se leva et s'approcha de lui, sur le sofa.

— Je n'ai aucune envie de t'arrêter, dit-elle en laissant glisser ses doigts le long de la ligne nette de sa mâchoire. Aucune…

Il renversa la tête en arrière, livrant voluptueusement son visage à sa caresse, paupières mi-closes.

— Rachel…

S'inclinant en avant, elle referma sa bouche sur ses lèvres et tressaillit lorsqu'elle les sentit s'entrouvrir sous sa pression. La langue de Seth se promena lascivement sur sa lèvre inférieure et s'insinua entre ses dents pour rejoindre la sienne. Il avait le goût du thé et du fruit défendu.

Il enroula ses bras autour de sa taille et l'attira à lui jusqu'à ce qu'elle soit assise sur ses genoux, les jambes de part et d'autre des siennes. Elle sentit avec un frisson l'arête rigide de son sexe contre le sien. Un son rauque monta dans sa gorge tandis qu'elle se pressait contre lui, moulant étroitement son corps autour de ses muscles durs.

Les mains de Seth descendirent le long de son dos et arrêtèrent leur course sur son postérieur. Ses doigts s'enfoncèrent dans sa chair, l'attirant plus près encore.

— Mais qu'est-ce que je vais faire de toi ? gronda-t-il tout contre sa gorge, ses lèvres traçant un chemin de feu le long des tendons de son cou.

Elle murmura sa réponse à son oreille et se remit lentement debout. Puis elle planta son regard dans le sien et attendit, la main tendue.

Elle vit passer dans ses yeux toutes sortes d'interrogations, mais aussi le désir dévorant d'exaucer ses vœux, de lui donner ce qu'elle réclamait. Doucement, il leva la main et mêla ses doigts aux siens.

Leurs corps se télescopèrent, s'entrelacèrent, puis se fondirent l'un dans l'autre. Dans un même mouvement, il encercla sa taille d'un bras tandis que sa main libre plongeait dans ses cheveux, lui renversait la tête en arrière. Il prit possession de sa bouche en un lent baiser incandescent, porteur de séduction et de promesses.

— Tu as l'air si sage, si convenable, vue de l'extérieur, mais tu as en toi le démon du danger.

Elle rit, amusée par l'expression.

— Le démon du danger ?

Il ne répondit pas tout de suite. Ils avaient atteint la porte de sa chambre. Il s'arrêta devant, baissa les yeux vers elle. Comme toujours, l'intensité de son regard vert lui fit courir un délicieux frisson le long de l'échine. Les jambes soudain amollies, elle se serra contre lui.

— Etre avec moi, c'est courir un risque, Rachel. Les gens te regarderont différemment. Ils te diront que tu as perdu la tête. Dis-moi que tu en as conscience.

Le souffle court, elle murmura :

— Je le sais, oui. Mais je m'en moque.

Perdant patience, elle tira sur le bas du T-shirt de Seth et dénuda son abdomen plat et musclé. Elle posa les mains sur son estomac lisse et dur, remonta jusqu'à la toison sombre qui ombrait son torse, où ses doigts s'attardèrent langoureusement, lui arrachant un grognement de plaisir.

Puis ils effleurèrent la peau boursouflée de sa cicatrice, et il se raidit.

Elle leva les yeux pour le regarder.

— C'est là que tu as été brûlé ?

Il hocha la tête.

— Entre autres, oui.

— Montre-moi les autres endroits.

Il retira son T-shirt, dévoilant les cicatrices de sa poitrine et de son épaule. Elle les contempla sans rien dire puis les frôla d'un doigt aussi léger qu'une plume.

— Tu as dû beaucoup souffrir.

— On peut dire ça, oui. A l'hôpital, ils m'ont dit que j'avais eu de la chance parce qu'il s'agissait pour la plupart de brûlures au second degré. Il paraît qu'elles cicatrisent mieux. Le revers de la médaille, c'est qu'elles sont plus douloureuses.

— Ta mère a dû te considérer comme un héros.

Sa remarque parut le blesser.

— Ma mère est restée ivre morte pendant des jours après l'incendie. Tout ce qu'elle a trouvé à dire, c'est que j'aurais dû sauver aussi mon père.

Rachel posa doucement la joue sur son épaule blessée.

— Je suis désolée. Ça a dû être terrible pour toi.

Il glissa ses doigts dans ses cheveux soyeux.

— Ne le sois pas. Ce n'est pas ce que je veux de toi.

La pitié qu'elle avait ressentie reflua, remplacée par un raz-de-marée de désir.

— Et… que veux-tu de moi, exactement ?

Il plongea la tête vers elle et l'embrassa de nouveau. Elle l'entendit tâtonner pour trouver la poignée de la porte, puis, tout à coup, ils se retrouvèrent dans la chambre.

Elle sentit l'arrière de ses genoux entrer en contact avec le lit et elle bascula à la renverse sur le matelas, entraînant Seth avec elle. Niché entre ses jambes, il écarta imperceptiblement ses lèvres des siennes.

— Jamais je n'ai désiré une femme comme je te désire, chuchota-t-il.

Une grisante sensation de pouvoir la submergea soudain, faisant battre son cœur, lui donnant le vertige. Elle roula sur le côté et se positionna au-dessus de lui, le clouant au matelas de ses mains jointes aux siennes. Lentement, elle s'inclina vers lui, l'embrassant de la clavicule jusqu'à l'arête aiguisée de sa mâchoire. Finalement, sa bouche arrêta sa course sur le lobe de son oreille, qu'elle entreprit de mordiller délicieusement.

— Prouve-le, souffla-t-elle.

Avec une grâce féline, il la fit de nouveau basculer au-dessous lui, le regard embrasé par un désir sauvage.

Et alors, sans hâte, il s'exécuta.

14

— Quand tu étais petit, que voulais-tu faire plus tard ?

La voix endormie de Rachel perça le petit nuage sur lequel flottait béatement Seth. Il parvint à reprendre suffisamment pied dans la réalité pour réfléchir à sa question.

— Je crois que, globalement, j'aspirais surtout à être grand.

Les doigts de Rachel coururent légèrement sur son torse.

— Je suppose qu'il n'y avait pas beaucoup de place pour le rêve dans cette vie, hein ?

— Je pense que mes rêves étaient tous inaccessibles — à dessein, répondit-il après avoir médité quelques instants. Si je m'étais autorisé des rêves de portée modeste, il y aurait eu une possibilité qu'ils se réalisent. Et la déception aurait été d'autant plus grande si ça ne s'était pas produit. Alors qu'en rêvant grand, j'étais sûr dès le départ que c'était impossible. Donc, ça ne pouvait pas vraiment m'atteindre.

Elle garda le silence un long moment.

— Moi, je voulais devenir écrivain.

— C'est vrai ?

Bien sûr, c'était logique. Rachel avait été bibliothécaire, sa maison était remplie de livres… La tentation de créer plutôt que de seulement consommer avait dû être forte. Le travail de mécanicien de Seth lui en donnait une petite idée, car il lui avait inculqué le plaisir de contribuer à faire fonctionner quelque chose. Il avait toujours aimé les voitures, mais il aimait plus encore voir ce qu'elles avaient dans le ventre, ce qui leur permettait de tourner rond ou les empêchait de donner leur maximum.

— Mais mon père était un pragmatique, reprit Rachel. Il mettait un point d'honneur à peser le pour et le contre de toute entreprise. Je crois que je n'ai compris que bien plus tard qu'il n'avait pas voulu me décourager, mais simplement s'assurer que j'avais toutes les cartes en main pour faire un choix avisé.

— Et le fait d'avoir toutes les cartes t'a dissuadée.

— J'ai trouvé un moyen plus facile de travailler dans l'univers du livre.

— Ce qui est plus facile n'est pas toujours le mieux.

Rachel se dressa sur un coude, la tête calée sur une main, et baissa les yeux vers lui, le rideau de ses cheveux aux reflets de miel venant balayer l'épaule de Seth.

— Sage observation.

Il rit et secoua la tête.

— Rien de sage là-dedans. C'est simplement l'expérience qui parle, chérie.

Elle se pencha pour embrasser la cicatrice de son épaule.

— J'ai vu la façon dont tu regardais la cheminée, l'autre jour, nota-t-elle.

Il grimaça.

— Le feu et moi, on n'est pas très copains.

Elle tapota légèrement son torse.

— Comme l'altitude et moi.

— On fuit ce qui n'est pas bon pour soi, souligna-t-il avec un regard appuyé. En général.

Elle se laissa retomber à plat sur le dos.

— Arrête, Seth.

Il se tourna sur le côté pour plonger son regard dans le sien, se dressant à son tour sur un coude. Les draps froissés ne couvraient que la moitié inférieure de son corps. Dans la lumière rasante et dorée de la fin d'après-midi, elle avait l'air d'une déesse nimbée d'or, tout en courbes subtiles et en sillons mystérieux, obscurs. Elle n'avait rien à faire ici, songea-t-il. Elle méritait d'être vénérée, adulée par un homme digne d'elle.

Et s'il n'arrivait jamais à être cet homme-là, en dépit de tous ses efforts ?

— Quand je suis avec toi, j'ai envie d'être parfait.

Elle le regarda en souriant.

— Personne n'est parfait.

— Mauvaise réponse, ma belle. Tu étais censée rétorquer : « Mais tu *es* parfait, Seth ! Tu es absolument, parfaitement parfait. Il n'y a jamais eu plus parfait que toi sur cette terre. »

Elle pouffa.

— Aucune personne sensée ne dirait une chose pareille.

— Je te remercie.

— Je ne recherche pas la perfection, poursuivit-elle, se redressant elle aussi sur son coude pour lui faire face. Je veux quelqu'un qui fasse l'effort jour après jour de se comporter honnêtement, et pour les bonnes raisons. D'être droit. Et, quand je te regarde, c'est cela que je vois. Un homme qui a commis de terribles erreurs, des erreurs dont il paie le prix encore aujourd'hui, mais qui fait son possible pour se racheter, pour devenir quelqu'un de meilleur.

Ses paroles angoissèrent Seth.

— Et si je n'étais pas cet homme-là ?

— Tu l'es, assena-t-elle d'un ton définitif en posant sa main à plat sur son torse dur. C'est juste que tu n'oses pas le croire.

Ce n'était pas l'envie qui lui en manquait. Il avait passé les quinze premières années de sa vie à tenter d'échapper à la réalité et les cinq dernières à faire exactement la même chose, mais pour des raisons radicalement différentes.

A rêver à l'impossible pour s'épargner le cruel choc de la déception.

Mais… Si ces rêves n'étaient pas inaccessibles ? S'il pouvait réellement envisager une vie agréable, entouré de gens intègres et droits qui se soucieraient de lui, ne voudraient que son bien ? D'autres vivaient ainsi — pourquoi pas lui, après tout ? Etait-ce vraiment trop inaccessible pour être vrai ?

Un frappement lointain l'interrompit dans sa réflexion. Au bout de quelques secondes, le bruit se répéta.

Rachel tourna la tête vers la porte.

— On a frappé.

Elle se redressa, sauta du lit et ramassa ses vêtements qu'elle enfila à la hâte en se dirigeant vers la porte. Seth l'imita et la rejoignit comme elle atteignait le hall d'entrée.

— Attends, dit-il au moment où elle s'apprêtait à ouvrir la porte. Laisse-moi d'abord voir de qui il s'agit.

Il colla son œil au judas et, non sans surprise, aperçut Sutton Calhoun.

— Qui est-ce ? demanda Rachel, derrière lui.

— Un vieil ami.

Devenu ennemi, ajouta-t-il à part soi.

Il déverrouilla la porte et ouvrit.

Sutton était flanqué de Delilah et de l'inspectrice Ivy Hawkins. Seth se demanda, des trois visages sévères qui le contemplaient ou du badge fixé à la ceinture d'Ivy, ce qui était le plus alarmant.

— Il est arrivé quelque chose ? demanda-t-il.

— Seth Hammond, la police de Bitterwood aurait quelques questions à te poser, déclara Ivy d'un ton solennel.

Son sentiment de danger imminent s'intensifia.

— A quel propos ?

Les yeux sombres d'Ivy se posèrent sur Rachel.

— Ton implication dans le harcèlement dont Rachel Davenport fait l'objet.

— C'est ridicule, s'exclama Rachel en s'avançant. Seth ne me harcèle pas.

— Nous avons trouvé une quantité de clichés qui suggèrent le contraire, répliqua sèchement Sutton, le regard braqué sur Seth.

Le dégoût, teinté de déception, de celui qui avait été son ami n'échappa pas à Seth.

— Vous pensez que c'est moi qui suis responsable de tout ce qui arrive à Rachel ?

— J'ai vu les photos, intervint Delilah, l'air plus peinée qu'en colère. J'ai vu les lunettes de soleil avec appareil photo intégré — c'est un équipement très onéreux. Où as-tu trouvé l'argent pour te les procurer ?

— Des lunettes munies d'un appareil photo ? répéta Rachel, visiblement déstabilisée.

— Tu les portais aux obsèques, souligna Delilah, le suppliant du regard de fournir une explication plausible.

— Il a pris des photos de vous pendant l'enterrement, renchérit Sutton.

Seth sentait le regard de Rachel posé sur lui. Il se tourna vers elle et croisa son regard bleu, rempli d'interrogations.

— C'est vrai, convint-il. Tu te souviens de ce que je t'ai dit ? Du fait que je travaillais pour le FBI ?

— Pour le FBI ? intervint Delilah. Comment ça ? Il y a des critères de sélection très stricts. Il t'aurait fallu franchir avec succès le barrage des vérifications sur tes antécédents…

Elle s'interrompit, secoua la tête.

— Seth, s'il te plaît…

Il se rendit compte non sans surprise qu'elle voulait réellement croire à son innocence.

— Appelle Adam Brand, dit-il d'un ton pressant. Il te le confirmera.

Delilah pâlit en entendant le nom de Brand. Et ce n'était pas la première fois, songea Seth. Il soupçonnait depuis longtemps que quelque chose s'était mal passé entre sa sœur et l'agent du FBI, huit ans plus tôt, à l'époque où elle travaillait encore pour le Bureau.

Ivy tira son téléphone de sa poche.

— Je vais l'appeler moi-même.

Pendant que Delilah lui récitait de tête le numéro du bureau de Washington, Seth jeta un coup d'œil à Rachel. Elle s'efforçait de faire bonne figure, mais les doutes obscurcissaient son regard clair, tel un vol de corbeaux masquant le soleil.

— Je ne te mens pas, lui assura-t-il.

Mais, en entendant le ton de sa propre voix, il comprit pourquoi le voile ne se levait pas immédiatement dans ses yeux. Il donnait l'impression d'être désespéré — aux abois.

Ce qu'il était.

— Il n'est pas au bureau, leur apprit Ivy un moment plus

tard. La personne qui a répondu m'a dit qu'il avait pris quelques jours de congé et n'était pas joignable.

Seth fronça les sourcils. Brand ne l'en avait pas informé. D'ailleurs, depuis le temps qu'ils collaboraient, l'homme ne s'était jamais absenté plus d'un ou deux jours d'affilée.

— Il ne part jamais en vacances, murmura Delilah, faisant écho à ses pensées.

— Pourquoi ne pas aller discuter tranquillement de tout ceci au poste ? suggéra Ivy d'un ton calme mais sans appel.

Seth la considéra pensivement, revoyant la gamine pleurnicharde qui les suivait partout dans Smoky Ridge, Sutton et lui, pendue à leurs basques du matin au soir. Elle avait pris de l'assurance depuis.

Il regarda de nouveau Rachel, qui contemplait Delilah, songeuse. Seth suivit son regard et vit sa sœur qui le dévisageait, une expression remplie d'espoir sur le visage.

Elle le croyait, se dit-il avec étonnement.

— On le rappellera, décréta-t-elle posément.

Sutton, lui, ne l'entendait pas de cette oreille.

— Pourquoi ? Tu penses vraiment que le FBI aurait engagé un voleur pour avoir l'œil sur une héritière éplorée ? Ce serait comme affecter un alligator à la surveillance d'une basse-cour.

Seth jeta un nouveau regard à Rachel. Ses yeux avaient pris un air absent qui ne lui disait rien qui vaille. Il aurait été incapable de deviner ce qu'elle pensait, et cela lui faisait terriblement peur.

— Rachel…

— Vous allez l'emmener au poste ? demanda-t-elle en posant son regard limpide sur Ivy.

— Oui.

Le regard de Seth alla de Sutton à Ivy.

— Tu vas me menotter ?

Ivy arqua un sourcil.

— Est-ce que c'est nécessaire ?

Il fut un instant tenté de faire en sorte que ça le soit. Après tout, tout le monde ne semblait-il pas s'attendre qu'il se montre sous ce jour-là ?

Mais il se borna à secouer la tête.

— Allez, finissons-en.

Il lança un coup d'œil par-dessus son épaule pour tenter une dernière fois de convaincre Rachel qu'il disait la vérité.

Mais elle lui tournait le dos, le téléphone collé à l'oreille.

Il descendit les marches du porche d'un pas lourd, se sentant tout à coup comme mort de l'intérieur.

Debout sous le jet brûlant de la douche, Rachel réfléchissait à toute allure. Elle n'avait jamais été du genre à agir par impulsion, sans tenir compte d'éléments objectifs. Même enfant, elle avait toujours respecté les règles grâce à l'éducation que son père lui avait donnée. Il lui avait toujours expliqué le pourquoi des interdictions dont il la frappait.

Logiquement, elle aurait dû se trouver au commissariat en ce moment, et exiger de Seth qu'il explique ses mensonges et ses machinations. Mais elle ne parvenait tout bonnement pas à croire les accusations portées contre lui.

Elle ne doutait pas que les photos existent, même si elle ne les avait pas vues. Mais ça ne signifiait pas que Seth soit coupable. Il lui avait dit qu'il travaillait pour le FBI. S'il la suivait pour le compte du mystérieux Adam Brand, qu'il ait utilisé un matériel sophistiqué pour ce faire n'avait rien d'aberrant.

Elle avait appelé l'entreprise dès que Seth avait été embarqué au poste pour voir s'il existait un fonds spécial dédié à l'assistance des employés confrontés à un problème juridique. Mais leur juriste s'était montrée dubitative.

— D'après la situation que vous me décrivez, il semble que ce ne soit pas en rapport avec le travail de l'employé dans l'entreprise, avait répondu Alice Barton. Il ne remplit donc pas les conditions requises pour être éligible au versement de cette aide.

Elle s'était bien doutée qu'il y avait peu de chances pour que ça marche, mais quelque chose lui disait que Seth accepterait plus facilement un soutien venant de la société que de ses deniers personnels. Mais tant pis. Elle allait trouver un moyen de venir à son secours, que cela lui plaise ou non.

Une fois sortie de la cabine, elle s'habilla rapidement et laissa sécher ses cheveux à l'air libre en réfléchissant à la marche à suivre. Il fallait qu'elle voie ces photos, décida-t-elle. Les prétendues preuves contre Seth. Elle y trouverait peut-être un indice concernant l'identité de celui qui cherchait à détruire sa vie.

Delilah avait donné sa carte à Rachel après l'incident du pont de Purgatoire… Où l'avait-elle rangée ?

Elle fouillait dans les tiroirs de son bureau lorsqu'on frappa de nouveau à la porte. La tête ailleurs, elle faillit ouvrir sans regarder dans le judas qui était son visiteur.

C'était Paul.

Rassurée, elle ouvrit la porte.

— Oh ! Bonjour.

Il passa devant elle sans attendre d'y avoir été invité, regarda autour de lui, comme s'il s'attendait à trouver quelqu'un d'autre dans la maison.

— Tu vas bien ?

— Que se passe-t-il ? lui demanda-t-elle, refermant la porte d'entrée derrière eux.

— Je viens juste d'avoir un appel de Jim Hallifax. Il m'a dit que tu voulais changer les serrures parce que quelqu'un s'était introduit chez toi.

Elle le contempla, désarçonnée.

— Pourquoi diable Jim Hallifax t'a-t-il appelé pour te dire ça ?

Paul la regarda un moment, l'air penaud.

— Eh bien, je… J'avais mentionné en passant que la mort de ton père t'avait profondément bouleversée et que je m'inquiétais de te savoir toute seule ici. Je suppose qu'il a pensé que j'aimerais savoir que tu avais eu un problème.

— Il n'avait pas à se mêler de ça.

— Tu es fâchée que je sois au courant ?

Elle prit une profonde inspiration et expira lentement.

— Non. Mais ça va. Je t'assure.

Encore que... elle se retrouvait seule et vulnérable maintenant.

— Il ne faut pas que tu restes seule ici. Je peux venir emménager avec toi pendant quelque temps, au moins jusqu'à ce que les serrures soient remplacées.

— Je fais aussi poser une alarme, déclara-t-elle.

Ils furent interrompus par la sonnerie du téléphone. L'espace d'une seconde, Rachel songea que c'était peut-être Seth, mais il l'aurait appelée sur son portable.

N'étant pas d'humeur à répondre à qui que ce soit pour le moment, elle laissa donc le répondeur prendre le message.

Une voix masculine s'éleva dans le hall, où se trouvait le téléphone.

— Monsieur Hammond, c'est Wally, du garage Brantley. Votre voiture est prête...

Les pneus de la voiture de Seth...

Elle se précipita vers l'appareil et décrocha.

— Wally, M. Hammond n'est pas ici, mais je lui transmettrai le message. Merci.

Se préparant à ce qui allait suivre, elle prit une profonde inspiration et se retourna.

— Pourquoi le garage appelle-t-il ici pour joindre Seth Hammond ? demanda Paul.

— Parce qu'il séjournait ici, avec moi.

Paul la contempla comme si elle avait perdu l'esprit.

— Pourquoi ?

Elle soupira, comprenant qu'elle allait devoir tôt ou tard lui raconter ce qui s'était passé. Vouloir cacher plus longtemps la situation qu'elle avait choisie ne l'avancerait à rien. Elle avait pris une décision et, si cela s'avérait être une erreur, eh bien, il ne lui resterait plus qu'à l'assumer. En tout cas, elle n'avait nullement l'intention de s'en excuser.

— C'est une longue histoire. Une histoire qui a commencé sur le pont de Purgatoire, il y a deux jours.

15

— Est-ce que vous m'inculpez ? demanda Seth sans détour avant même qu'Ivy Hawkins et Antoine Parsons n'aient posé une seule question.

— On devrait ? rétorqua Ivy.

— Soit vous m'inculpez soit vous me laissez partir.

— Nous pouvons te garder vingt-quatre heures sans t'inculper, établit posément Antoine. Pour être franc, je préférerais ne pas avoir à le faire. Je veux bien croire que tu t'es amendé parce que je me souviens que tu étais un garçon bien avant qu'il ne se passe toutes ces choses avec ton père et que tu te laisses entraîner sur la mauvaise pente par Cleve Calhoun.

Donc, le gentil flic, c'est Parsons. Seth regarda Ivy, qui l'étudiait d'un air songeur.

— Je t'ai dit tout ce que je savais. En attendant, Rachel Davenport est seule dans une maison où quelqu'un s'est introduit tout récemment. Et je ne parle pas de la série d'incidents qui l'ont ciblée, elle et les personnes de son entourage. Je te rappelle qu'il y a eu cinq meurtres.

— Pourquoi le FBI t'a-t-il demandé de surveiller Rachel Davenport ?

— Adam Brand ne me l'a pas dit. Tout ce que je sais, c'est qu'il ne s'agissait pas d'une enquête officielle du Bureau.

— Et tu n'as pas demandé à en savoir plus ?

— Ecoute, Adam Brand est agent spécial et donc, par définition, il est du genre secret.

Il coula un regard entendu en direction d'Ivy.

— Et, comme tu le sais, j'avais déjà un œil sur Rachel avant qu'il m'appelle, de toute façon.

Il vit Antoine jeter un bref regard à Ivy et comprit que la jolie petite inspectrice n'avait apparemment pas fait part à son collègue de la participation de Seth à l'arrestation du tueur en série Mark Bramlett.

— Mais je ne savais certainement pas que tu harcelais Rachel, contra Ivy.

— Je ne la harcelais pas, combien de fois faudra-t-il que je vous le répète ? protesta-t-il.

— Tu l'as suivie. Tu l'as prise en photo à son insu. Tu t'es immiscé dans sa vie. Faut-il vraiment que je te dise à quoi cela me fait penser ?

— A un arnaqueur qui se prépare à piéger une nouvelle proie, répondit Seth.

Ivy parut surprise de l'entendre formuler tout haut ce qu'elle avait en tête.

— Alors, tu imagines la conclusion à laquelle me conduit ton histoire.

— Et veux-tu savoir la conclusion que je tire, moi, de la façon dont la police a mené cette investigation ? répliqua-t-il sèchement. Il a fallu quatre homicides pour que vous admettiez en public que vous étiez aux trousses d'un tueur en série. Et plus longtemps encore pour établir le lien entre ces quatre personnes et Rachel Davenport.

— Tu l'avais découvert avant ? demanda Antoine en haussant un sourcil.

— Vous ne mettez jamais les pieds dans les bars du coin, n'est-ce pas ?

Il secoua la tête.

— Vous restez assis, là, bien à l'abri dans votre joli petit poste de police, à vous féliciter de n'avoir jamais à traiter d'affaires de meurtres comme dans les grandes villes ! Mais ces collines sont pleines de gens pauvres, désespérés. C'est pour ça que quelqu'un peut offrir 20 000 dollars pour commettre un assassinat sans que vous en entendiez seulement parler.

Parce que vous avez bien trop peur d'aller remuer la fange dans laquelle vivent ces gens-là !

Antoine parut étonné, mais pas Ivy. Parce qu'elle sortait avec Sutton, bien sûr — ils en étaient même à parler mariage, bébés et tout le tintouin, d'après ce que Seth avait entendu dire. Sutton avait dû lui répéter les propos de Seth au sujet de ce contrat à 20 000 dollars dont il avait entendu parler.

— Sutton m'en a parlé, confirma-t-elle en jetant un regard d'excuse à Antoine. J'aurais dû te le dire, désolée. Mais ce n'étaient que des ouï-dire, et Sutton ne savait pas de qui Seth tenait ces informations.

— Cela aurait pu nous aider dans notre enquête, souligna Antoine. Tu peux nous dire par qui tu as appris ça ?

— Par un type qui n'est plus dans le secteur. Il a quitté la ville peu après. Je ne connais même pas son vrai nom, simplement celui sous lequel il était connu par ici. Il se fait appeler Luke, mais il s'empresse de préciser dans la foulée que c'est le diminutif de Lucifer — parce qu'il est un ange déchu.

Seth fit la grimace.

— D'après moi, ce doit être un fils de pasteur dévoyé — la brebis galeuse de la famille. Je suis sûr que sa mère doit pleurer et prier pour lui matin, midi et soir.

— Et que t'a dit ce Luke ?

— Qu'on lui avait proposé un contrat pour tuer quelqu'un.

— Et tu n'as pas pensé à nous le signaler plus tôt ?

— Il n'a pas accepté ce travail et si vous l'aviez coincé, il aurait su que c'était moi qui avais vendu la mèche. Je pouvais avoir de nouveau besoin de faire appel à lui pour obtenir des informations.

Ivy fronça les sourcils.

— Quel genre d'informations ?

— Je ne sais pas… N'importe quoi.

Seth se pencha en avant.

— Tu ne sais pas ce que c'est que de vivre à la marge de la société, hein ? Oh ! Bien sûr, ta mère avait le chic pour ramener à la maison des bons à rien, mais les gens se disaient qu'elle cherchait seulement quelqu'un qui l'aime. Ils n'approuvaient pas, certains la jugeaient même sûrement stupide, mais elle n'a jamais été considérée comme quelqu'un de mauvais, d'infréquentable.

Ivy inclina légèrement la tête.

— En ce qui me concerne, je n'ai aucune indulgence à attendre de la société. Et ce n'est pas pour me faire plaindre que je dis cela — je sais que je n'ai à m'en prendre qu'à moi. Mais ça ne change rien à ma situation. Il y a des moments où je dois compter sur des personnages pas très recommandables — des gens en compagnie de qui personne ne voudrait être vu. Bon sang ! je préférerais moi aussi ne plus rien avoir à faire avec eux ! Parce que cela ne me facilite pas la tâche maintenant que j'essaie de me faire ma place parmi les gens bien.

Il secoua la tête.

— Mais, bien sûr, ma conception de ce qu'est quelqu'un de bien ou pas est forcément un peu flottante.

Il vit une étincelle de sympathie dans le regard sombre d'Ivy.

— As-tu essayé de savoir qui avait voulu engager Luke ?

— Non… Je n'avais pas encore fait le rapprochement avec les Davenport. Et puis, je m'évertuais à marcher droit, à me tenir à distance des ennuis à ce moment-là.

La culpabilité l'assaillit.

— Si j'avais insisté un peu, j'aurais peut-être appris quelque chose de décisif. Mais je n'avais qu'une obsession : éviter les ennuis. Il y a quelques semaines, j'ai essayé de le retrouver, mais des connaissances communes m'ont dit qu'il était parti pour tenter de trouver un job à Atlanta.

— Dans quelle branche travaille ce Luke ? demanda Antoine.

Seth lui adressa un regard éloquent.

— Le même genre de travail que toi, c'est ça ?

— Oui. Une arnaque par-ci par-là, quand l'occasion se présente. Si vous arrivez à mettre la main sur des photos anthropométriques des types arrêtés pour ce genre de faits dans le secteur d'Atlanta, au cours des trois dernières semaines, je pourrais peut-être le reconnaître.

— On va essayer de voir de ce côté-là, dit Ivy. En attendant, il reste les photos que tu as prises…

— Je t'ai dit ce qu'il en était.

— Et, de façon très opportune, ton prétendu contact au FBI est justement injoignable.

— C'est tout sauf opportun pour moi, objecta Seth. Combien de fois va-t-on encore revenir là-dessus ? Vous vous rendez compte que vous avez laissé Rachel Davenport sans protection pour mener cet interrogatoire qui tourne en rond et ne mènera nulle part ?

Ivy et Antoine échangèrent un regard. Comme s'ils avaient conclu un accord silencieux, Antoine se leva et quitta la salle d'interrogatoire.

— Où va-t-il ?

— Envoyer quelqu'un vérifier que tout va bien chez Mlle Davenport.

— Ecoute, Ivy…

En prononçant son prénom, il ne put s'empêcher de revoir la môme de dix ans aux cheveux tout ébouriffés, avec ses genoux écorchés et son sourire espiègle. C'était difficile de la prendre au sérieux en tant qu'officier de police quand elle était encore pour lui la « petite » qui voulait toujours faire comme les grands, Sutton et Seth.

— Je comprends que tu aies dû m'amener au poste et m'interroger. J'essaie de me montrer patient et coopératif. Mais Sutton et toi, vous avez brossé devant Rachel un tableau de moi qui n'est vraiment pas reluisant. Je me suis efforcé de l'aider, pas de lui faire du mal. Et ce doit être vraiment dur pour elle de ne plus savoir à qui se fier…

— Oh ! Mon Dieu, l'interrompit Ivy en ouvrant de grands yeux. Tu sors avec elle ?

Il se laissa retomber contre le dossier de sa chaise, la mine déconfite.

— Oh ! Bon sang ! dit-elle, se renfonçant elle aussi contre son siège. Que faisiez-vous quand nous sommes arrivés ?

Il prit son air le plus impénétrable et ne souffla mot.

— Oh ! Bon sang !

— S'il te plaît, tu peux arrêter de répéter ça en boucle ?

A cet instant, on frappa à la porte et Ivy se leva pour ouvrir. Un policier en uniforme lui glissa un mot à l'oreille, et elle se tourna vers Seth.

— Reste là. Je reviens dans une minute.

Seth se prit la tête entre les mains, irrité par ce contretemps supplémentaire. Rachel devait probablement penser pis que pendre de lui désormais. Et comment le lui reprocher ? Il aurait dû lui dire l'entière vérité, sans rien omettre. Il avait fait des pieds et des mains pour gagner sa confiance, mais lui n'avait pas eu suffisamment foi en elle pour être totalement transparent.

Et maintenant, il en payait le prix. Il espéra de toutes ses forces que Rachel n'en subirait pas les conséquences, elle aussi. Parce qu'elle était restée seule dans cette maison beaucoup trop longtemps déjà… Sans plus personne pour faire obstacle à celui qui lui voulait du mal.

— Tu aurais dû me parler de tout ça, dit Paul d'un ton grondeur, adouci par la compassion qui se lisait dans ses yeux bruns. Accorder ta confiance à quelqu'un comme Seth Hammond…

— Il a été très gentil avec moi. Il a pris des risques pour m'aider.

Elle prenait la défense de Seth, mais elle savait que c'était en pure perte. Au vu des faits, Paul supposerait le pire, comme tout le monde. Seth l'avait avertie. Vu de l'extérieur, tout donnait à penser que Seth essayait de la rouler dans la farine. D'ailleurs, si elle n'avait pas passé les derniers jours avec lui, si elle n'avait pas appris à mieux le connaître, elle-même serait peut-être bien venue grossir les rangs de ses détracteurs.

Objectivement, elle comprenait leurs raisons, mais elles ne cadraient pas avec le Seth Hammond qu'elle connaissait. Il l'avait beaucoup aidée, même en soulignant quelques vérités dures à entendre. Et elle avait bien vu qu'il regrettait sincèrement d'avoir blessé des gens par le passé. Il lui avait dit la vérité alors que mentir aurait été plus simple.

— Qui peut bien t'en vouloir à ce point ? demanda Paul.

— C'est lié à l'entreprise, je suppose. Ou, plus exactement, au poste que j'occupe.

Paul fronça les sourcils.

— De quelle façon ?

— Paul, que sais-tu du testament qu'a rédigé mon père ?

— Que ton père voulait que tu sois P.-D.G. de la société…

— As-tu jamais entendu quelqu'un se demander ce qui arriverait si jamais je ne pouvais pas assumer mes fonctions ?

— Non, pas exactement, mais… Les gens n'ont pas compris pourquoi tu avais accepté. Tu adorais ton métier. Je pense que beaucoup se sont dit que George se montrait injuste envers toi en te forçant la main.

Oui, c'était un peu ce qu'elle avait pensé, au début.

— Il faudra qu'ils comprennent que je fais ce travail parce qu'il me plaît, pas parce que je suis obligée de le faire.

— C'est vrai ?

— Oui. Du moins, pour les quelques prochaines années.

— Et ensuite ?

— Ensuite, nous verrons.

Elle retournerait un jour ou l'autre à ses anciennes amours. Mais pas avant d'être sûre de laisser l'entreprise que lui avait léguée son père entre les meilleures mains possibles.

Il garda le silence pendant un long moment.

— Ce serait plus simple de laisser tomber.

— Je ne vais pas me laisser intimider par quelqu'un qui cherche à me chasser du poste qui me revient.

— Tu penses vraiment que ces meurtres ont un rapport avec toi ?

— Ça a l'air fou, je le sais, mais…

— Ça a surtout l'air très narcissique.

— Ce n'est ni l'un ni l'autre. Tu crois que ça me fait plaisir de penser qu'on a assassiné des gens à cause de moi ? Crois-moi, ce n'est pas le cas.

— Mais tu as écouté les élucubrations de Seth Hammond. Ce n'est pas la personne la plus fiable qui soit. Tu connais son passé, n'est-ce pas ?

La sonnerie de son téléphone portable lui sauva la mise. Elle plongea la main dans sa poche et vit un numéro qu'elle ne connaissait pas. Seth était retenu au poste… Peut-être utilisait-il l'unique appel dont il disposait pour la joindre. Elle appuya sur le bouton.

Ce n'était pas Seth, mais un officier de police.

— Mademoiselle Davenport, c'est Jerry Polito du commissariat de Bitterwood. L'inspecteur Parsons m'a demandé de voir si tout allait bien, comme vous étiez seule chez vous.

— Merci, mais je ne suis pas seule, répondit-elle en jetant un regard à Paul. Mon frère par alliance est avec moi.

— Bien, dit le policier, soulagé. L'inspecteur a pensé que vous aimeriez peut-être que quelqu'un reste avec vous, compte tenu de tout ce qui s'est passé. Au revoir, mademoiselle.

— Au revoir.

Elle raccrocha et se tourna vers Paul.

— C'était la police. Ils s'inquiétaient de m'avoir laissée seule ici.

— Mais tu ne l'es pas. Je vais rester dormir ici, d'accord ?

Il était arrivé souvent à Paul de passer la nuit ici, mais elle ne put pas s'empêcher de penser qu'elle aurait préféré être seule. Peut-être simplement pour ne plus avoir à subir les regards interrogateurs ou remplis de pitié qui se posaient sur elle, pour changer.

Ou, pour être tout à fait franche, parce qu'elle espérait que Seth serait bientôt relâché et qu'il pourrait la rejoindre.

Seigneur, elle avait tellement envie de lui parler. D'entendre sa voix, de s'assurer qu'il allait bien.

— Et si j'allais faire du thé ? proposa Paul. Est-ce que tu as encore celui à la vanille que ma mère et toi aimez tant ?

— Oui, je crois.

Elle le suivit avec un peu d'appréhension jusque dans la

cuisine, essayant de chasser de son esprit les moments qu'elle y avait passés ce matin même avec Seth.

Mais ce n'était pas pis que le salon, où elle avait entrepris de séduire l'homme le plus dangereux qu'elle connaisse. Ou que le hall, où ils s'étaient embrassés longuement avant de trouver, haletants, le chemin de sa chambre.

Même après sa douche, il lui avait semblé sentir encore son odeur sur elle, ce parfum riche et musqué, tellement masculin, qui faisait battre son cœur et lui donnait le vertige. Elle avait tellement envie qu'il soit ici, avec elle. C'était là qu'était sa place. S'il avait franchi cette porte à cet instant, elle aurait sur-le-champ demandé à Paul de s'en aller et de la laisser seule avec Seth. Au diable ce qu'il aurait pu en penser.

Au diable ce que tout le monde pouvait en penser.

— C'est le dossier de Paul Bailey, annonça Ivy à Antoine à l'autre bout de la salle d'interrogatoire. Il a un casier.

Elle parlait trop bas pour que Seth puisse entendre ce qu'elle disait de son siège, mais il avait appris à lire sur les lèvres voilà bien longtemps. Cleve lui avait inculqué qu'il était essentiel d'avoir autant de cordes à son arc que possible quand on exerçait dans le domaine qui était le leur.

Il avait scrupuleusement suivi son conseil et n'avait donc négligé aucune technique.

Etre capable de savoir de quoi parlaient les gens à distance était donc l'un des talents qu'il avait développés. Il savait aussi interpréter le langage corporel d'une personne. Et, présentement, le langage corporel d'Ivy Hawkins trahissait une vive anxiété.

Antoine Parsons se pencha sur le document que lui montrait Ivy, les sourcils froncés. L'inquiétude d'Ivy se communiqua aussi à lui, installant une atmosphère délétère dans la pièce.

N'y tenant plus, Seth demanda :

— Quel est le problème avec le dossier de Paul Bailey ?

Les deux inspecteurs se retournèrent vers lui comme s'ils avaient oublié sa présence.

— On a effectué des recherches sur tous les employés des Transports Davenport, répondit Antoine d'un ton distrait. On vient juste de recevoir le dossier de Bailey du Mississippi. Il a eu des problèmes dans les casinos où il a travaillé. A cause du jeu. C'est ce qui lui a valu de perdre son emploi — détournement de fonds et tricherie.

Seth se renfonça dans son siège, surpris. Il n'avait jamais vraiment considéré Paul Bailey comme un suspect potentiel. Il ne semblait pas suffisamment intéressant pour attirer les soupçons sur lui.

— S'il a contracté d'importantes dettes de jeu, je ne suis pas sûr que prendre le contrôle de la société puisse l'aider, répondit Ivy. Je me suis penchée sur les statuts de l'entreprise pendant que j'enquêtais sur les meurtres. La rémunération du P.-D.G. n'est pas si considérable que ça… La plupart des bénéfices sont réinvestis dans la société. Si Paul accédait au poste de P.-D.G., son salaire annuel s'élèverait au mieux à 100 000 dollars.

— C'est beaucoup d'argent, murmura Antoine.

— Mais l'argent ne peut pas être le seul motif, intervint Seth d'un ton pressant. Si c'est Bailey qui est derrière tout ça, il a proposé à Luke une forte somme. S'il est tellement pris à la gorge, comment peut-il payer une somme pareille ?

Ivy et Antoine échangèrent un regard.

— Si ce n'est pas l'argent, alors qu'est-ce que c'est ?

— Je n'ai jamais dit que l'argent n'était pas en cause. J'ai dit que ce ne pouvait pas être le *seul* motif.

Seth se leva, s'attendant à entendre l'un ou l'autre des inspecteurs lui demander de se rasseoir. Mais, comme rien ne venait, il poursuivit :

— Je me suis demandé pourquoi on s'en prenait à Rachel Davenport de cette façon, disons, détournée. Et je suis arrivé à la conclusion que c'était forcément lié à l'entreprise. Tout semble pointer dans cette direction.

Ivy hocha lentement la tête.

— Je suis d'accord.

— Celui qui en veut à Rachel ne l'a pas tuée, parce que

la tuer créerait une situation différente que le simple fait de l'écarter de la présidence de l'entreprise.

— C'est-à-dire ? demanda Antoine.

Seth leur décrivit les rouages qui se mettraient en route si le poste de P.-D.G. venait à être vacant.

— Si elle meurt, le contrôle de la société va à son oncle, Rafe, et c'est à lui qu'incombe la prise de décisions, sans l'intervention d'aucune des personnes siégeant au conseil d'administration. En revanche, si elle est déclarée inapte à assurer ses fonctions, ce sont les administrateurs qui sont amenés à choisir un nouveau P.-D.G. en fonction de recommandations préétablies par George Davenport. Il existe une liste de candidats présélectionnés. Paul Bailey en fait partie.

— Est-il au courant ?

— Probablement. Sa mère siège au conseil, et ils semblent être proches l'un de l'autre.

— Mais si la rémunération n'est pas suffisamment attractive…, commença Antoine.

— C'est là que le bât blesse, reconnut Seth. Mais, pendant que j'étais assis là, à attendre votre retour, je me suis demandé quel intérêt le poste pouvait présenter — au-delà de l'aspect financier. C'est beaucoup de travail, beaucoup de stress parce que vous avez une importante flotte de camions à gérer et que vous êtes responsable de leur destination, des marchandises qu'ils transportent, des amendes éventuelles à payer en cas de problème, des réparations et de l'entretien régulier des véhicules… Et, tout à coup, je me suis dit qu'il ne fallait pas considérer les choses du point de vue d'un chef d'entreprise, mais de celui de quelqu'un qui nourrirait des intentions criminelles.

Ivy lui jeta un regard railleur.

— Ça a dû être dur pour toi. Un vrai rôle de composition !

Seth lui fit une grimace.

— Je disais donc… Si j'avais la mentalité d'un criminel aujourd'hui, je verrais quantité de choses à faire avec une flotte de camions. Du trafic de drogue, du trafic d'armes. D'êtres humains, même. Esclavage sexuel, immigrants clandestins, tout et n'importe quoi... Avec un parc de camions à ma disposition, je pourrais transporter une bombe depuis l'Amérique centrale jusqu'à Washington D.C. si ça me chantait.

— Eh bien ! Je me félicite que tu n'aies plus cette mentalité-là, murmura Antoine.

— Ce que je veux dire, c'est que posséder des camions, c'est détenir une excellente source de revenus. Si quelqu'un utilisait ne serait-ce que le dixième de la flotte à des fins illicites...

— Il pourrait amasser une vraie fortune, acheva Ivy à sa place, tournant la tête comme on frappait à la porte.

Antoine se leva pour aller répondre.

— Si Bailey a une addiction au jeu, il doit peut-être des sommes colossales à quelqu'un, poursuivit sombrement Ivy.

— A la pègre, à la mafia locale, aux blanchisseurs des cartels de drogue sud-américains... A n'importe qui ayant intérêt à oublier la dette de Bailey en contrepartie du contrôle d'une société de transports, assena Seth.

— Bon Dieu, grommela Ivy.

Antoine revint vers eux.

— Jerry vient juste d'avoir Rachel au téléphone. Elle lui a dit qu'elle n'était pas seule, que Paul était là et qu'il allait rester dormir chez elle.

— Bon sang ! explosa Seth en se ruant vers la porte, prêt à les repousser s'ils se mettaient en travers de son chemin.

Ni l'un ni l'autre ne s'interposèrent.

16

Le thé à la vanille était un peu trop sucré à son goût, mais Rachel s'abstint de tout commentaire. Après la journée qu'elle avait passée, elle n'allait pas chipoter alors que quelqu'un la dorlotait.

— J'ai condamné la deuxième trappe d'accès au grenier pendant que le thé infusait, annonça Paul, installé dans le fauteuil en face d'elle.

— Je sais, j'ai entendu les coups de marteau.

— A propos du grenier, j'avais justement l'intention de passer aujourd'hui avant que Jim Hallifax ne m'appelle. Tu te sens d'attaque pour une petite chasse au trésor ?

Elle haussa les sourcils par-dessus sa tasse de thé.

— Une chasse au trésor ?

— Oui... Maman m'a téléphoné de Wilmington. Elle voulait emporter son album de photos de mariage chez sa sœur, mais elle l'a oublié. Comme je dois aller la voir en fin de semaine, je pourrai le lui apporter. Mais je n'ai aucune idée de l'endroit où il est. Elle m'a dit qu'il devait être au grenier.

Rachel grimaça à la perspective de remonter là-haut.

— Je suis sûre que tu le trouveras facilement.

Paul lui décocha un sourire contrit.

— Oh ! c'est vrai ! Tu as le vertige. Ça n'est toujours pas passé ?

— Ce n'est pas exactement ça. Je...

Elle s'arrêta juste à temps avant de révéler ce que masquait sa phobie. *Bizarre*, songea-t-elle. *J'ai dévoilé mon plus lourd secret à Seth, mais je répugne à en parler avec quelqu'un qui est presque de la famille.*

— Oh ! Et puis tu as raison, reprit-elle. J'aurais dû dépasser ça depuis longtemps. Diane t'a-t-elle dit où il était rangé ?

Paul haussa les épaules avec un sourire dépité.

— Tout en haut d'une bibliothèque, paraît-il.

Super. Un endroit en hauteur à l'intérieur d'un autre endroit en hauteur !

Mais soit. Ce serait un bon test pour se prouver qu'elle était capable de faire table rase du passé, de ne plus laisser celui-ci lui dicter sa conduite.

Posant résolument sa tasse, elle se leva.

— O.K. On y va, mais tu me promets de bien tenir cette échelle, hein ?

— J'étais sûre que tu n'avais rien à voir avec tout ça, dit Delilah à Seth tout en négociant les virages serrés de Copperhead Road.

La mission de sauvetage se composait de trois véhicules : la Jeep d'Ivy roulait en tête, Antoine suivait et Delilah et lui fermaient le convoi, forcés d'adapter leur vitesse à celle des véhicules qui les précédaient.

— Sûre et certaine ? souligna Seth, sceptique.

— O.K… Disons que je l'espérais de toutes mes forces.

— Tout ce qui m'intéresse dans cette histoire, c'est d'aider Rachel, observa Seth.

Pour la énième fois, il tira son téléphone de sa poche et tenta de joindre Rachel. Mais, comme les fois précédentes, il tomba sur la messagerie vocale. Il essaya le téléphone fixe, mais la ligne sonnait toujours occupée.

Delilah lui lança un coup d'œil inquiet.

— Toujours rien ?

— Non.

Il poussa un profond soupir.

— Je crois que je l'aime, s'entendit-il articuler à voix basse alors que ce n'était pas du tout ce qu'il avait eu l'intention de dire. Je crois que j'aime Rachel.

— Oh ! Mon Dieu.

— J'en ai assez d'entendre tout le monde dire ça ! Tu penses que je ne suis pas capable d'aimer quelqu'un ?

— Pas du tout. C'est juste que c'est… étonnant.

Il tapa du plat de la main sur le tableau de bord.

— Nom d'un chien… On ne peut pas aller plus vite ?

— Ces chemins de montagne sont traîtres… Nous n'aiderons pas Rachel en terminant notre course dans le fossé.

— Je n'aurais jamais dû vous laisser m'emmener sans elle ! explosa-t-il. J'aurais dû la protéger. Bon sang !

— Quand est-ce arrivé ? Je veux dire… avec Rachel ?

Il la contempla.

— On ne va tout de même pas parler de ma vie privée maintenant ?

— C'est toi qui as abordé le sujet.

— Je n'en sais rien, maugréa-t-il. Je l'ai toujours trouvée jolie, évidemment. Et je suppose que je me suis intéressé davantage à elle quand j'ai commencé à soupçonner le lien entre les meurtres et les transports Davenport.

— C'est insensé, quand j'y pense… Son frère par alliance.

— S'il doit de l'argent à la mafia, sa vie est en jeu. Il a déjà démontré qu'il était capable de tuer pour rester en vie. Il ne va pas s'arrêter parce que sa sœur par alliance est la prochaine sur la liste.

Il s'efforçait de rester calme, mais il bouillait de rage intérieurement.

Pourvu qu'ils n'arrivent pas trop tard…

— Oh non ! murmura Delilah.

Il tourna la tête et la vit penchée en avant, les yeux braqués droit devant elle. Suivant son regard, il vit ce qui avait capté son attention.

De la fumée, qui s'élevait en une colonne noire au-dessus des arbres.

Quelque chose, droit devant, était en feu.

Et, droit devant, il n'y avait rien d'autre que la maison de Rachel.

Le claquement de la trappe du grenier prit Rachel de court. Déjà nerveuse, elle sursauta et fit volte-face, près de rabrouer Paul pour lui avoir fait peur.

Mais Paul n'était pas là.

— Paul ?

Elle l'avait cru derrière elle, sur l'échelle. Elle avait senti son poids lorsqu'il avait mis le pied sur le premier échelon, et elle s'était agrippée aux montants.

Entendant du bruit de l'autre côté de la trappe, elle se baissa pour la soulever, mais elle ne bougea pas.

— Paul, bon sang ! Ce n'est pas drôle !

D'autres bruits, mais pas de réponse.

Puis, tout à coup, elle la sentit.

Cette odeur caractéristique… De l'essence.

— Paul ?

Elle entendit un faible chuintement, suivi d'un crépitement, au-dessous d'elle, de l'autre côté de la trappe. Et, soudain, l'odeur du feu, mêlée aux vapeurs d'essence. La panique la submergea.

Un incendie. La maison est en feu.

Elle aurait été incapable de dire combien de temps elle était restée pétrifiée, après cela, s'efforçant de réfléchir. Suffisamment longtemps, en tout cas, pour se rendre compte qu'il n'y avait pas que la panique… Son cerveau paraissait curieusement ralenti, comme s'il lui fallait plus de temps pour passer du stade de l'idée à celui de l'action.

Avait-elle été droguée ? Avait-il mis quelque chose dans son thé ? Quelque chose qui allongeait son temps de réaction et brouillait sa faculté de raisonnement pour qu'elle ne puisse pas échapper à son piège ?

Elle avait besoin d'aide. Elle avait besoin de…

Son téléphone !

Fouillant dans la poche de son jean, elle poussa un soupir

de soulagement en sentant le petit boîtier rectangulaire. Mais, lorsqu'elle tenta de passer un appel, elle découvrit qu'il n'y avait pas de signal.

C'est insensé, se dit-elle, s'efforçant de refouler sa terreur grandissante assez longtemps pour réfléchir en dépit du brouillard cotonneux qui enveloppait son esprit. La maison était l'une des seules maisons de Bitterwood où on n'avait pour ainsi dire jamais de problème de réseau.

Sauf si quelqu'un avait un brouilleur, conclut-elle dans un éclair de lucidité.

Paul. Oh ! Non… Seigneur, ce n'était pas possible.

O.K., O.K., réfléchis. Elle ne pourrait de toute évidence pas sortir par là. La fumée s'infiltrait déjà dans le grenier par les contours de la trappe.

Mais il existait une autre trappe, près de la fenêtre. Elle s'avançait vers elle lorsqu'elle se souvint que Paul l'avait condamnée. Le désespoir reprenant le dessus, elle se cala contre la fenêtre.

Il avait tout planifié. Il était venu ici aujourd'hui non pour la protéger mais pour la tuer.

Mais pourquoi ? Pourquoi était-il prêt à la tuer pour prendre le contrôle des Transports Davenport ? Il ne s'était jamais investi personnellement dans la société… Il touchait son chèque de fin de mois en contrepartie de son travail, point final. Il ne participait même pas aux fêtes de Noël ni aux pots organisés pour permettre au personnel des différents services de mieux se connaître.

Cependant, il avait montré un regain d'intérêt au cours de ces dernières semaines.

Pourquoi ?

La réponse était à portée de main, elle le savait. Juste là, derrière les brumes qui lui engluaient le cerveau, toute proche…

Elle abattit la main contre le mur de frustration.

— Paul ! cria-t-elle encore, se demandant s'il l'entendait malgré le ronflement et le crépitement des flammes. Paul, si tu veux le poste de P.-D.G., je te le laisserai. Quand tu veux. Et par écrit. Paul !

Mon Dieu, il était probablement déjà loin, en train de se fabriquer un alibi. Et la police qui la croyait en sécurité chez elle, avec lui…

Elle se retourna et, luttant contre le vertige, s'obligea à regarder par la fenêtre. Huit mètres plus bas, le patio dallé dansa devant ses yeux.

Paul était parti, et elle se retrouvait piégée dans son pire cauchemar.

Une berline sombre les croisa à vive allure sur Copperhead Road, roulant dans la direction opposée.

Concentré sur le nuage de fumée qui allait s'épaississant devant eux, Seth faillit ne pas lui prêter attention.

Mais, juste au moment où la voiture passait à leur hauteur, il la reconnut.

— C'est la voiture de Paul Bailey !

Delilah se retourna à demi. Puis, rapidement, elle tendit son téléphone à Seth.

— Appuie sur la touche « S ». C'est le numéro abrégé de Sutton.

Sutton répondit à la première sonnerie.

— Oui ?

— La Toyota Camry bleu foncé que nous venons juste de croiser appartient à Paul Bailey. Prends-le en chasse.

Quelques instants plus tard, la Jeep d'Ivy faisait demi-tour sur les chapeaux de roue et s'élançait à la poursuite de la berline. Antoine freina, lui aussi, et en fit autant. Il leur fit signe de la main au moment où ils allaient se croiser. Delilah enfonça la pédale de frein et abaissa sa vitre.

— J'ai appelé les pompiers, mais ils sont de l'autre côté de la ville. Je crois que c'est vous qui allez devoir intervenir pour la tirer de là…

Puis, dans un ronflement de moteur, la voiture d'Antoine

bondit en avant, à la poursuite de la Jeep d'Ivy et de la Toyota de Bailey.

Delilah appuya sur l'accélérateur, obligeant Seth à se cramponner au tableau de bord.

De prime abord, tout semblait normal à la maison, à ceci près que de la fumée s'échappait de l'étage, formant au-dessus des arbres une grosse volute noire qui s'enroulait, tel un reptile, dans le ciel du crépuscule. Seth sauta à bas de la camionnette avant même qu'elle ne soit à l'arrêt et se mit à courir vers la porte d'entrée.

Les pas de Delilah résonnèrent sur l'allée pavée, derrière lui.

— Attends ! Tu n'as aucun équipement de protection !

Il l'ignora, refusant de penser à ce qu'il allait trouver de l'autre côté de cette porte. Il essaya de ne pas penser à l'odeur âcre de la fumée, de ne pas entendre les craquements et sifflements du feu. Plus il approchait, plus la chaleur était intense mais, là encore, il bloqua toute sensation, faisant comme s'il ne sentait rien. Parce que sinon… S'il s'autorisait à imaginer les flammes léchant sa peau, brûlant sa chair…

— Rachel ! cria-t-il en gravissant deux par deux les marches du porche.

Il tendit la main vers la poignée.

— Non !

La masse compacte de Delilah le percuta, l'envoyant rouler par terre. Il se débattit, mais elle était plus forte que dans son souvenir. Elle finit par réussir à le clouer sur le sol de bois.

— Stop. Tu vas créer un retour de flammes si tu ouvres cette porte maintenant ! Faisons les choses correctement.

Il la contempla, éperdu, le cœur cognant à tout va contre son sternum, le désespoir grandissant en lui à chaque battement.

— Mais elle est peut-être déjà…

Le regard de Delilah s'adoucit.

— On va trouver le moyen d'entrer, c'est promis.

Elle le relâcha et tendit la main pour l'aider à se relever. Il posa la main sur la poignée — elle était brûlante. La peur lui noua les entrailles. Il voyait les flammes qui commençaient déjà à dévorer les rideaux des fenêtres et il s'efforça de ne pas céder à la panique.

— Peut-être que le feu n'a pas encore pris sur l'arrière, lança Delilah, sa main se refermant autour de son bras.

L'arrière. Bien sûr…

Il s'obligea à mettre en mouvement ses jambes flageolantes, dévala les marches du porche et contourna la maison.

Le feu n'avait pas encore atteint cette partie-là de l'habitation. Si Rachel avait pu se mettre à l'abri, quelque part où le feu n'avait pas encore pris, il pourrait peut-être la faire sortir par la trappe du cellier et le placard.

Mais, pour cela, il fallait d'abord entrer.

Dans le brasier.

— Seth ! Regarde ! cria Delilah en lui saisissant de nouveau le bras et en pointant le doigt vers le haut.

Suivant son regard, il vit le visage blême de Rachel qui le regardait depuis la fenêtre ouverte du grenier. La fumée s'enroulait autour d'elle, l'emprisonnant dans ses sinistres volutes.

— Rachel, souffla-t-il.

Elle était en vie !

— La… La trappe est bloquée…

Elle tituba, se rattrapa au rebord de la fenêtre.

— Je… crois… que j'ai été droguée.

— Il nous faut une échelle, dit Delilah d'un ton pressant. Une longue échelle.

— Rachel, est-ce que tu as une échelle quelque part ? Une grande ?

— Non, non… Je vous en supplie… Pas d'échelle !

Elle secoua la tête, se laissant aller contre le cadre de la fenêtre, avant de disparaître à leur vue.

— Elle a peur du vide, expliqua Seth. Mais je crains qu'il n'y ait pas d'autre moyen de la sortir de là. Va voir dans la remise, là-bas, si tu en trouves une. Pendant ce temps-là, je vais essayer d'ouvrir les trappes que Paul a coincées.

Par là aussi, il y aurait des échelles, mais plus courtes, moins impressionnantes.

S'il pouvait lui épargner l'angoisse de devoir descendre le long d'une grande échelle métallique brinquebalante pour échapper aux flammes, il le ferait… Même s'il devait pour cela affronter son propre cauchemar.

— Tu vas vraiment entrer dans cette fournaise ? demanda Delilah en le dévisageant comme si elle le voyait pour la première fois.

— Il le faut, répondit-il. Dépêchons-nous…

Il posa la main sur la poignée de la porte de derrière. Elle était à peine tiède au toucher. Il la tourna, puis, lentement, poussa la porte. Un tourbillon d'air chaud lui sauta au visage. Chaud, mais supportable. Et l'ouverture de la porte n'avait provoqué aucune combustion soudaine. Il se retourna vers sa sœur.

— Va vite chercher cette échelle, au cas où je n'y arriverais pas.

Elle lui jeta un dernier regard inquisiteur avant de s'élancer vers la remise.

Une fois dans le cellier, Seth tira sur la trappe et eut la surprise de la voir s'ouvrir sans difficulté. Il grimpa jusqu'au placard du premier étage et se mit à tousser. La fumée passait sous la porte, irritant ses poumons. Il se mit à tousser.

Il faisait beaucoup plus chaud dans le placard, mais il n'y fit pas attention. Il alluma la lumière, ce qui eut pour résultat immédiat de rendre le nuage de fumée beaucoup plus visible. Se couvrant la bouche de sa manche, il tendit le bras vers la trappe du grenier et suspendit son geste. Elle n'était pas simplement bloquée ; elle était condamnée par au moins une vingtaine de gros clous. Même avec les outils adéquats, il aurait perdu de précieuses minutes à arracher tous ces clous. Et la police lui avait confisqué son couteau suisse.

Terriblement conscient du temps qui passait, il fit demi-tour et redescendit jusque dans le cellier. La chaleur y était plus forte, maintenant, et chargée d'une forte odeur d'essence. Il regarda autour de lui et avisa un bidon ouvert à demi plein, près de la porte.

Il se hâta de le sortir et vit Delilah en train de fouiller dans la remise, portes grandes ouvertes.

— Est-ce que tu vois un marteau ? cria-t-il. Il m'en faut un pour retirer les clous qui bloquent la trappe !

— Oui ! Je te l'apporte, lança-t-elle, revenant vers lui en courant. J'ai vu l'échelle, mais elle est au fond... Il faut que j'arrive à l'extraire de tout le bric-à-brac qui se trouve devant.

— Le feu s'étend, déclara-t-il, haletant, en s'emparant du marteau. Même si j'arrive à la rejoindre, on aura sûrement besoin de l'échelle. Plus vite on l'aura tirée de là, mieux ce sera. Je ne pense pas qu'on puisse attendre l'arrivée des pompiers.

— Je m'occupe de sortir l'échelle, dit-elle. Toi, sois prudent...

Elle lui pressa brièvement le bras, une lueur d'encouragement brillant au fond de ses yeux sombres, et, instantanément, une bouffée de chaleur — bienvenue, celle-là — se propagea dans tout le corps de Seth.

— A tout à l'heure, de l'autre côté de cette fenêtre, lança-t-il avant de tourner les talons.

Il rentra en courant dans la maison et découvrit avec effroi que le feu avait presque gagné le cellier. Par la porte ouverte, il voyait les flammes danser dans la cuisine, se rapprochant dangereusement.

Lorsqu'il eut enfin réussi à atteindre le placard, l'accès au cellier n'était plus praticable.

Ce serait l'échelle ou rien.

La chaleur, dans la chambre, était suffocante, désormais, même si le feu n'avait pas encore consumé le bois de la porte. Il voyait une effrayante lueur, orangée et mouvante, par les interstices, autour du battant.

Il déploya l'échelle aussi loin que possible et se mit au travail en priant pour que le bois résiste le temps qu'il finisse sa besogne. Heureusement, l'électricité fonctionnait encore dans la maison et lui permettait de voir ce qu'il faisait.

— Rachel ? appela-t-il.

— Seth !

Le son de sa voix, si faible soit-il, sonnait tout proche, comme si elle était juste de l'autre côté de la trappe.

— Je suis là, chérie. J'enlève les clous… Eloigne-toi de la trappe.

Il entendit de vagues bruits au-dessus de lui, puis le silence.

— Rachel ? Tu n'es plus sur la trappe ?

Sa voix lui parvint, lointaine, lorsqu'elle répondit.

— Mais… Seth… Le feu… Il faut que tu sortes !

— Tu crois que je vais te laisser toute seule dans ce grenier ?

— C'était Paul. C'est lui qui m'a enfermée ici !

— C'est vrai, nous le savons maintenant, et tout va rentrer dans l'ordre. On va l'arrêter, et tu n'auras plus rien à craindre.

— Mon Dieu… Tu dois me détester.

Il sourit en entendant son ton désolé.

— Ne t'inquiète pas pour ça.

— Je ne t'ai pas écouté.

— Si, protesta-t-il d'une voix un peu altérée par l'effort qu'il produisait pour retirer un clou particulièrement récalcitrant. Je t'avais dit que mon nom était synonyme de problèmes et tu m'as écouté. Tu as bien fait.

— Je ne t'ai pas cru…

— Je sais, la coupa-t-il. Ce n'est pas grave.

— Non ! protesta-t-elle, je ne t'ai jamais cru capable d'avoir voulu me harceler.

Elle avait haussé le ton, sa peur, palpable, se teintant de frustration.

Seth faillit lâcher son marteau.

— C'est vrai ?

— Je te connais. Je sais quel homme tu es quand tu ne te comportes pas comme un idiot.

Un sourire penaud incurva les lèvres de Seth.

— Ah oui ?

Elle ne répondit pas.

L'estomac noué, il s'attaqua aux derniers clous avec une farouche détermination. La trappe finit par céder. Il sentit les flammes lécher le bas de son pantalon et il gravit à toute allure les échelons pour déboucher dans le grenier.

Rachel était couchée sur le côté, à quelques mètres de lui, respirant avec difficulté. Son visage était noirci par la fumée qui emplissait le grenier. Il s'agenouilla près d'elle, le cœur battant.

Ses yeux pâles s'ouvrirent et, de sa bouche maculée de suie, elle lui offrit un faible sourire.

— Je savais que tu étais un héros.

Il prit son visage en coupe entre ses mains.

— Oui, eh bien, nous débattrons de cela plus tard. Pour l'instant, on va te sortir d'ici, d'accord ?

Il l'aida à se remettre sur ses jambes et l'entraîna vers la fenêtre, priant pour que Delilah ait réussi à installer l'échelle.

Elle était au-dessous, dans le patio, en train de positionner l'échelle coulissante sous la fenêtre du grenier. Pourtant, même dépliée à son maximum, celle-ci n'atteignait pas le rebord de la fenêtre ; il manquait environ un mètre cinquante.

Bon sang! Seth contempla l'espace qui le séparait de la liberté.

— Allez, Seth ! cria Delilah. Ça va être un peu acrobatique, mais je t'ai déjà vu grimper comme un singe dans un peuplier... Tu peux le faire !

Lui, oui, mais Rachel ? Elle allait devoir enjamber cette fenêtre alors qu'il n'y avait rien au-dessous, rien d'autre à quoi s'accrocher que la confiance qu'elle avait en lui et la certitude qu'il l'empêcherait de tomber.

Y parviendrait-elle ? Parviendrait-elle à surmonter sa phobie ?

— Rachel, je passe le premier pour atteindre l'échelle.

Elle commença à secouer frénétiquement la tête.

— Pas d'échelle.

— Nous n'avons pas le choix. Le placard est déjà en feu.

Elle releva le menton.

— Alors, descends sans moi.

— Non, dit-il fermement. On vit tous les deux ou on meurt tous les deux. A toi de choisir. Mais je ne sortirai pas d'ici sans toi.

17

— Seth, s'il te plaît, je ne peux pas.

La panique supplantait tout le reste, aussi mortelle que la fumée qui emplissait la pièce derrière elle.

— Vas-y, toi !

Les mains de Seth se plaquèrent sur ses joues, la forçant à le regarder. Il avait le visage sali par la fumée, luisant de sueur mais, au fond de ses yeux verts, elle vit briller une émotion si intense qu'elle en eut le souffle coupé.

— Je ne pars pas sans toi.

Chacun de ses mots résonnait d'une résolution infaillible. Ses mains la maintenaient toujours comme s'il avait l'intention de la tirer hors de la maison, qu'elle le veuille ou non.

— O.K., dit-elle, enlevant ses mains de son visage. Fais attention !

Pétrifiée par la peur, elle le vit enjamber la fenêtre puis disparaître de l'autre côté. Seuls ses doigts accrochés au rebord demeuraient visibles. Au bout de quelques instants qui lui parurent durer une heure, son visage reparut.

— O.K., chérie. A toi, maintenant… Tu peux y arriver. J'ai bravé le feu pour toi. Tu peux braver ta peur du vide.

Vole, bébé. Tu peux voler. L'écho lointain de la voix de sa mère retentit dans sa tête. Le murmure insensé, malveillant, d'une femme sous l'empire de la folie.

Non, je ne volerai pas.

Je vais descendre, comme une personne normale.

Elle ferma les yeux un instant, anticipant ce qui allait suivre.

Elle allait s'asseoir sur le rebord de la fenêtre, trouver son équilibre. Seth serait juste au-dessous. Il ne la laisserait pas tomber.

Il ne la laisserait *jamais* tomber.

Elle passa une jambe par-dessus le rebord, cramponnée à l'huisserie de la fenêtre, mais elle demeura immobile, une jambe à l'extérieur, une jambe toujours dans le grenier, incapable de passer la deuxième jambe sans basculer dans le vide.

— Prends mes mains, Rachel.

Sa voix assurée lui fit reprendre pied avec la réalité, empêchant son esprit de s'égarer.

— Prends mes mains et enjambe le rebord… Je te tiens.

Elle obéit et saisit ses mains. Ce fut comme si elles lui communiquaient leur force — une force incroyable, surhumaine. Elle passa la jambe par-dessus le rebord et se maintint assise là, en équilibre précaire.

— Bien. Maintenant, ça va être le plus délicat. Fais exactement ce que je te dis, et on est libres.

Il dégagea l'une de ses mains et prit appui contre le mur.

— Je veux que tu te laisses glisser du rebord jusqu'à mon bras en te tournant pour faire face au mur, d'accord ?

Elle le contempla, interdite.

— C'est ça, ton plan ?

Tête levée vers elle, il lui décocha un large sourire.

— C'est à prendre ou à laisser.

Elle se rendit compte, à cet instant, dans ce moment de folie et de frayeur, qu'elle était follement amoureuse de Seth Hammond. Un homme qui, malgré sa phobie du feu, parvenait à faire sortir du grenier d'une maison en flammes une acrophobe droguée et un peu fêlée, valait de l'or. Quoi qui ait pu le conduire à dévier du droit chemin par le passé, une chose était certaine : aujourd'hui, peu d'hommes lui arrivaient à la cheville.

Et s'il pensait encore la détourner des sentiments qu'elle éprouvait pour lui, eh bien, il allait avoir la surprise de sa vie.

— Tu te rappelles ce que nous avons fait cet après-midi ? demanda-t-elle en se laissant glisser, ainsi qu'il le lui avait demandé, de la fenêtre jusqu'à son bras incurvé.

Ses yeux verts cherchèrent les siens.

— Oui, répondit-il, sur la réserve.

Elle continua à se laisser glisser jusqu'à l'échelle, guidée par son bras solide comme le long d'un rail, jusqu'à ce que ses mains agrippent les montants et que ses pieds s'ancrent sur le premier échelon. Mais la chaleur du corps de Seth, derrière elle, était tellement rassurante que ce fut presque comme si elle avait déjà les pieds sur la terre ferme.

— Dès que j'aurai éliminé cette saleté de drogue, on recommencera. Compris ?

Un frémissement parcourut le corps de Seth tandis qu'il riait à son oreille.

— Compris.

Barreau après barreau, ils descendirent l'échelle jusqu'au sol dallé du patio, où ils posèrent le pied juste au moment où le camion de pompiers faisait son entrée dans l'allée, sirènes hurlantes.

— Il n'y a pas grand-chose à sauver, j'en ai peur, observa Delilah à voix basse tout en s'avançant vers Seth, assis au chevet de Rachel, étendue sur son lit d'hôpital.

Le médecin des urgences avait insisté pour la garder en observation pour la nuit, compte tenu de la quantité de fumée qu'elle avait inhalée. Mais il pensait qu'elle serait remise dans un jour ou deux.

— Elle sera consternée d'avoir perdu tous ses souvenirs de famille, murmura-t-il en effleurant tendrement du pouce le dos de sa main qui reposait dans sa paume. Mais je crois que ce fichu grenier ne lui manquera pas.

— Ça, c'est sûr, confirma la voix ensommeillée de Rachel.

Ses yeux s'entrouvrirent.

— Alors, on a survécu, hein ?

Il pressa sa main.

— Oui, on a survécu.

Elle frotta ses yeux irrités et rougis.

— J'ai l'impression d'avoir avalé le contenu d'un aspirateur à cendres de cheminée.

— C'est presque le cas.

La porte s'ouvrit et Rafe Hunter fit son entrée, suivi de sa femme, Janeane. Il avait une personnalité si affirmée que la pièce parut aussitôt rétrécir. Rafe poussa Seth sur le côté et saisit les mains de sa nièce.

— Rachel, ma petite, ça va ?

Rachel lança un coup d'œil à Seth par-dessus l'épaule de son oncle.

— Je reviens bientôt, murmura-t-il en se dirigeant vers la porte pour laisser sa famille passer un moment avec elle.

Delilah, qui l'avait accompagné, posa une main sur son bras comme il se laissait aller contre le mur du couloir.

— Viens, il y a une salle d'attente là-bas, suggéra-t-elle. Ivy et Sutton veulent te parler.

L'air solennel de sa sœur ne lui dit rien qui vaille.

— Que se passe-t-il ? s'enquit-il comme ils entraient dans la petite salle, où étaient assis plusieurs visiteurs. Tout au fond, près de la grande baie vitrée qui offrait une vue imprenable sur l'est de Maryville, Sutton et Ivy, la mine sombre, étaient en plein conciliabule avec un Antoine Parsons à l'air tout aussi grave.

Tous trois se retournèrent à leur approche.

— Paul Bailey est mort.

Seth regarda Antoine.

— Je croyais que vous l'aviez coincé et mis sous les verrous.

— C'est ce qu'on a fait. Il attendait l'arrivée de son avocat, dans sa cellule. Le gardien qui était le plus proche s'est absenté un moment pour mettre fin à une rixe entre deux ivrognes un peu plus loin dans le couloir et quand il est revenu, Bailey était mort.

— Assassiné ?

— On n'a pas encore de certitude, répondit Antoine, visiblement ennuyé. On ne sait pas s'il a avalé quelque chose… Le corps a déjà été transféré à la morgue. On aura les résultats de l'autopsie dans quelques jours.

— Il n'a pas fait tout ça tout seul, déclara Seth avec conviction. Il y avait quelqu'un en coulisse… Quelqu'un qui tirait les ficelles.

— C'est aussi ce que nous pensons, déclara Ivy. Cette affaire n'est pas terminée.

Seth se frotta le menton, sa barbe d'un jour râpant la paume de sa main.

— Rachel est-elle encore en danger ?

— Probablement pas, le rassura Sutton. C'était clairement Paul Bailey le lien. S'il prenait la tête de la société, son donneur d'ordres avait accès aux camions. Sans Bailey, fini, terminé : il n'y a plus de point d'entrée. La tête pensante, en coulisse, va devoir trouver un autre gogo à manipuler.

— Et, donc, après avoir commandité cinq meurtres et tourmenté Rachel pendant des semaines, il s'en tire impuni ? rétorqua Seth.

La rage l'assaillit, aussi dévorante et destructrice que le feu qui l'avait talonné dans la maison de Rachel.

— On ne va pas permettre ça, dit Delilah. J'ai réfléchi à ce que tu nous as dit… A propos d'Adam Brand.

La voix de sa sœur avait une inflexion étrange, une inflexion qu'il ne lui avait jamais entendue. Une vulnérabilité qu'elle n'avait jamais montrée, même enfant. Il la regarda et vit l'anxiété qui brillait dans ses yeux.

— Eh bien ?

— J'ai essayé de le joindre en passant par les canaux internes. J'ai appelé des connaissances communes de l'époque où nous travaillions ensemble. Et cette histoire de départ en vacances… C'est du pipeau. Ce n'est que la version officielle.

— Et quelle est la vraie version ? demanda Sutton, intrigué.

Le visage fermé, Delilah répondit :

— La vraie version, c'est qu'il est porté disparu. Et que le FBI enquête sur lui pour espionnage.

Seth secoua la tête.

— Non, je ne marche pas. Impossible. Pas Brand.

Les yeux de sa sœur se braquèrent sur lui.

— Il se passe quelque chose d'inquiétant, Seth. Je suis sûre, moi aussi, qu'Adam Brand ne se retournerait jamais contre son pays. Du coup, j'en suis à me demander si sa disparition n'est pas liée au motif pour lequel il t'a demandé de suivre Rachel… Je ne vois pas quel pourrait être le rapport, mais j'ai bien l'intention de le découvrir, acheva-t-elle en relevant le menton d'un air de défi.

Elle sortit son téléphone de sa poche et se dirigea vers un coin plus tranquille de la pièce.

Sutton la suivit brièvement du regard puis se tourna vers Seth.

— On te doit des excuses.

Seth secoua la tête.

— Pas encore. Laissez-moi engranger encore quelques années d'expérience du bon côté de la barrière et, alors, vous pourrez me présenter vos excuses.

— Alors, c'est vrai ? Tu t'es rangé des voitures pour de bon ? souligna Ivy, plus curieuse qu'incrédule.

— Je ne supportais plus la culpabilité, dit-il simplement. Ce n'est pas une vie si on a ne serait-ce que l'ombre d'une conscience. Et, apparemment, en faisant tout sauter, mon père n'a pas tout à fait réussi à anéantir la mienne.

Sutton l'observa, l'air songeur, et hocha la tête.

— Tant mieux, Hammond. Prouve à tout le monde que tu vaux bien mieux que ça.

— A propos de père… as-tu parlé au tien, récemment ? demanda Seth.

— Je suis passé le voir quand je suis rentré au pays, répondit Sutton. Il a récupéré beaucoup mieux qu'il ne le croyait possible.

— J'aurais dû insister pour qu'il poursuive la rééducation, nota Seth, une nuance de regret dans la voix.

— Il n'était pas prêt, à ce moment-là. Tu n'aurais pas pu l'y obliger, répondit Sutton en haussant les épaules. Tu as déjà tant fait pour lui… Il te doit une fière chandelle. Et moi aussi. Merci.

— Pas encore, lui rappela Seth dans un bref sourire.

Il patienta encore quelques instants pour laisser à Rachel

un peu de temps en compagnie de sa famille puis, n'y tenant plus, il quitta la salle d'attente et retourna dans la chambre.

Son oncle et sa tante n'étaient plus là, mais Rachel était toujours éveillée.

— Où sont-ils passés ? demanda-t-il comme elle lui adressait un petit sourire ensommeillé.

— Je leur ai demandé d'appeler Diane…

Son sourire mourut sur ses lèvres.

— Pour l'informer de ce qui se passe, pour Paul.

Il s'avisa qu'elle ne savait pas qu'il était mort. Il hésita à attendre qu'elle soit remise pour lui annoncer la nouvelle.

Mais ce n'aurait pas été juste. Lui cacher des choses était le meilleur moyen de la convaincre qu'elle ne devait pas lui faire confiance. Les mensonges et les secrets dont il avait fait son quotidien avaient bien failli le consumer — au sens propre comme au sens figuré. S'il voulait vraiment être l'homme qui méritait une femme comme Rachel Davenport, il était temps de se montrer à la hauteur. Et cela commençait par dire la vérité — en toutes circonstances et même si elle n'était pas plaisante à entendre. Même si elle était douloureuse. Il prit sa main dans la sienne.

— Je viens juste de m'entretenir avec Ivy et Antoine à propos de Paul… Ecoute, je ne sais pas comment t'annoncer ça, mais voilà… Paul est mort.

Les doigts de Rachel se crispèrent subitement sous les siens.

— Mort ? Mais… comment ?

Il lui dit ce qu'il savait.

— Peut-être qu'il a réussi à faire entrer une arme dans la prison. Si, comme nous le pensons, il était manipulé par quelqu'un, peut-être a-t-il préféré cette échappatoire-là aux représailles que lui réservait le cerveau qui est derrière tout ça.

— Je me souviens qu'il jouait à l'université — Diane venait toujours à sa rescousse —, mais il a suivi une psychothérapie pour se débarrasser de cette addiction.

— Parfois, les bonnes intentions ne suffisent pas.

Un long silence s'ensuivit, tandis qu'ils méditaient tous les deux sur le double sens de ses paroles. Ce fut Rachel qui le rompit la première.

— C'est quelqu'un d'autre qui l'a poussé. Je ne pense pas qu'il en serait venu à de telles extrémités s'il n'avait pas subi une énorme pression.

Seth était moins enclin qu'elle à accorder le bénéfice du doute à Paul Bailey, mais il ne pouvait nier ses arguments.

— La police est en train de fouiller son passé pour voir à qui il devait de l'argent. Si nous parvenons à identifier son créancier, nous serons plus à même de te protéger efficacement.

— Donc, tu penses que je suis toujours en danger ? souligna-t-elle, clairement démoralisée.

— Pas de la façon dont tu l'étais jusqu'à présent, non. Paul était l'intermédiaire par qui notre homme mettait un pied dans l'entreprise. Maintenant qu'il n'est plus là, notre mystérieux commanditaire ne peut plus prendre le contrôle des camions, et nous sommes à peu près certains que c'était son objectif.

— Mais vous ne savez pas dans quel but ?

— De toute évidence, pour se livrer à de la contrebande. Mais de quoi ? Ça, nous ne le savons pas.

— Mais n'aurait-il pas été plus simple pour eux d'acheter leurs propres véhicules ?

— Pas sans que les autorités n'y regardent de très près, probablement.

— Donc… Il fait peut-être déjà l'objet d'une surveillance policière ?

Seth songea à Adam Brand. Qu'avait-il donc bien pu lui arriver ? L'agent du FBI avait-il cherché des noises à la mauvaise personne ?

— Probablement. Il ne nous reste plus qu'à enquêter dans ce sens-là.

— *Nous* ? releva Rachel en arquant un sourcil. Tu fais partie de la police de Bitterwood, maintenant, *inspecteur Hammond* ?

L'idée lui tira d'abord un sourire, mais celui-ci ne tarda pas à s'effacer. A bien y réfléchir, l'idée était tentante, en définitive.

Et, s'il ne s'était pas complètement grillé, peut-être aurait-il eu une chance de passer du bon côté de la barrière.

— Non, mais je m'intéresse à l'issue de cette affaire.

Les lèvres de Rachel s'incurvèrent.

— A cause de moi ?

Incapable de nier, il hocha la tête.

— A cause de toi, oui.

Son sourire s'élargit avant de disparaître subitement. Elle chassa d'un revers de main rageur les larmes qui lui montaient aux yeux.

— Pauvre Diane… Elle a tout perdu, maintenant.

— Pas tout, non. Elle t'a, toi.

Rachel pressa ses doigts autour des siens.

— Et c'est grâce à toi.

Il porta sa main à ses lèvres et embrassa ses phalanges.

— Il y a eu un moment, dans ce grenier, où j'ai bien cru que j'allais devoir rester là, avec toi, à attendre que le feu nous dévore.

— Je n'aurais jamais laissé ça se produire.

Son ton plein d'assurance lui tira un sourire.

— Oui, oui… Tu dis ça maintenant.

— Tu te rappelles ce que je t'ai dit là-haut ? J'étais on ne peut plus sérieuse.

Une bouffée de chaleur le traversa comme il se remémorait ses paroles, mais il n'allait pas se contenter de *supposer* qu'ils parlaient bien de la même chose. Après tout, Rachel était sous l'emprise de la drogue.

— Tu as dit beaucoup de choses. De quelle partie parles-tu exactement ?

Le demi-sourire malicieux qu'elle lui retourna le rassura. Ils étaient bien sur la même longueur d'onde.

Il secoua la tête.

— Mais qu'est-ce que je vais faire de toi ?

L'expression goguenarde se mua en un vrai grand sourire.

— Faut-il vraiment que je te le rappelle ?

— Je maintiens que tu prends un pari risqué en misant

sur moi, Rachel. Tout le monde pensera que tu es folle de te fourvoyer avec quelqu'un comme moi.

Elle se redressa dans son lit et se pencha pour poser la main sur sa joue.

— Qu'ils pensent ce qu'ils veulent. Je suis une grande fille. Je m'en accommoderai. Ce dont je ne m'accommoderai pas, en revanche, c'est de vivre ma vie sans toi à mon côté.

Plongeant son regard dans l'eau miroitante de ses yeux bleus, il vit qu'elle pensait très exactement ce qu'elle disait.

Il vint couvrir sa main de la sienne.

— Je ferai tout, absolument tout, pour que jamais tu ne regrettes ta décision. Je te le promets.

Elle s'inclina vers lui, effleura ses lèvres.

— Eh bien, c'est un très bon début, je trouve. Pas toi ?

Il l'enlaça avec mille précautions, prenant soin de ne pas arracher le tuyau de sa perfusion.

— Si, murmura-t-il à son oreille, s'enivrant de son parfum, où se devinait encore l'odeur de la fumée, le cœur rempli d'espoir. C'est un excellent début.

ANGI MORGAN

Une innocente en fuite

Traduction française de
CATHERINE VALLEROY

BLACK ROSE

HARLEQUIN

Titre original :
THE MARINE'S LAST DEFENSE

Ce roman a déjà été publié en 2015.

Prologue

Six mois plus tôt

— Laisse vivre la fille, ça sera moins compliqué, déclara soudain Griffin Tyler. Ça nous fera plus de fric, aussi.

— Tu ne nous as pas tout dit, Tyler.

Sabrina Watkins se plaqua contre les lambris du couloir. *Ils voulaient la tuer ?*

Quelques années auparavant, elle avait fréquenté le même lycée et la même université que Griffin avant de devenir son associée. Jusque-là, elle le considérait comme un ami proche. Leurs mères allaient à la même église, le dimanche matin.

— Elle connaît trop de gens, continua la même voix. Des personnes qui la croiront quand elle dira qu'elle est innocente. Si on la laisse parler, tout le monde va prendre son parti. Mieux vaut la buter. Ça aura l'air d'un suicide, et les indices prouveront sa culpabilité. En lui mettant ça sur le dos, on perdra un peu de fric mais, au total, le business survivra. Tu ouvriras boutique ailleurs. L'assurance marchera, et ils n'y verront que du feu.

Elle ne connaissait pas cette voix. Une tonalité moyenne, ni aiguë ni grave. Elle ne pensait pas que son propriétaire lui ait déjà amené un animal. Elle n'avait vu que l'arrière de son crâne en tournant le coin du couloir, et elle ne pourrait pas le décrire à la police. Elle ne savait même pas de quelle couleur étaient ses cheveux, car ils étaient recouverts d'une casquette de base-ball.

— Très bien, répliqua Griffin sans prendre la peine de convaincre son partenaire. Le suicide fera l'affaire. Depuis deux ans, elle ne fait que travailler. Tout ce qu'elle possède est investi dans ce cabinet. Si ça part en flammes, cette bonne petite ville pensera qu'elle était trop désespérée pour tout recommencer à zéro.

Il posa les mains sur les hanches, un geste qu'elle lui avait vu faire un millier de fois, et qui signifiait qu'il était prêt à passer à autre chose.

— Quand est-ce que vous allez le faire ?

Seigneur, ils vont vraiment me tuer, pensa-t-elle, prise de panique. *Pourquoi ? Qu'est-ce que j'ai fait ?*

— Ecoute, Tyler, c'est toi qui as fait des conneries. Ils veulent tous leur part du gâteau, maintenant. Tu n'aurais jamais dû impliquer ce flic, il est devenu trop gourmand. Les chefs veulent se débarrasser de la fille et lui, et faire disparaître toute trace de lien avec nous. T'as du pot qu'ils te comptent pas dans le lot.

A qui t'es-tu frotté, Griffin ?

Le cœur de Sabrina battait plus vite que celui du chihuahua qu'elle avait toiletté au relais routier, cet après-midi, et ses mains tremblaient. Elle avait envie de fermer les yeux et de supplier pour qu'on lui explique ce qui se passait. Quelqu'un pouvait-il la réveiller de ce cauchemar ?

Elle se remémora sa dernière conversation avec Griffin. Elle n'avait pas eu l'impression qu'il lui en voulait. Comment votre meilleur ami pouvait-il évoquer négligemment votre mort quelques heures seulement après vous avoir parlé ?

Attendez. Des *flammes* ? Il avait dit des *flammes* ?

Etait-ce une métaphore, ou bien allaient-ils vraiment réduire la clinique en cendres ?

... se débarrasser... toute trace

Il fallait qu'elle aille trouver la police. Non. L'inconnu avait parlé d'un policier corrompu. Lequel ? Ils n'avaient pas prononcé de nom. A qui pouvait-elle faire confiance ?

Griffin poursuivait sa discussion avec l'inconnu, mais elle n'arrivait plus à distinguer leurs paroles, car ils s'étaient rapprochés de la porte de service. Se laissant tomber à quatre pattes, elle se faufila dans la salle d'opération.

Griffin avait raison sur un point : elle n'avait pas de vie en dehors de la clinique. Et son moindre centime était investi dans sa part de l'affaire.

Ce qu'il lui fallait, c'était de l'aide, et tout de suite.

Le dimanche, il n'y avait personne ici. Sabrina faisait une tournée spéciale avec le fourgon une fois par mois pour toiletter les chiens des chauffeurs routiers. Elle avait passé l'après-midi au relais de l'I-40. Il était cinq heures, et son assistante avait emprunté sa voiture pour aller à un baptême. Si elle n'avait pas fini une heure plus tôt que prévu et décidé de réapprovisionner le fourgon en attendant le retour d'Amber, elle n'aurait rien su des intentions de ces hommes de la tuer et d'incendier la clinique.

Elle avait été tellement stupide ! Bon, plus maintenant. Il était temps de se rapprocher pour découvrir ce qu'ils faisaient.

Toujours à quatre pattes, elle traversa la pièce en restant entre les comptoirs et la table d'examen en Inox. Elle prit garde à ne pas heurter un des chariots roulants chargés d'instruments chirurgicaux. Elle ne s'était jamais sentie à l'aise dans cette pièce mal organisée, qui ne fonctionnait pas à plein rendement selon ce qu'elle avait observé ces deux dernières années.

Nombre de fois, elle s'était demandé comment Griffin arrivait à faire de l'argent. A présent, elle le savait : grâce à des activités illégales.

Prenant son courage à deux mains, elle tendit le cou pour jeter un regard derrière la table. Cette partie de la salle n'était pas assez éclairée pour qu'on la voie, mais elle faisait tout de même très attention.

— Donc, on est d'accord : ce soir, dit l'inconnu. Fais en sorte que ton copain le flic patrouille par ici. Je descendrai la fille avant de mettre le feu, et je veillerai à ce que ça ait l'air vrai.

— Il faut vraiment mettre le feu avec les animaux dedans ?

— Faut que ça ait l'air authentique, non ?

L'inconnu était près de la porte. Quand Griffin changea de place, elle eut un aperçu de son visage et son estomac se noua.

Qui que soit cet homme, il aimait tuer et son sourire indiquait qu'il avait hâte de s'y mettre.

Elle ravala la bile qui lui montait à la gorge et se dissimula de nouveau derrière l'îlot. *Oh mon Dieu, mon Dieu, ils vont me tuer !*

Que faire ?

Rappelle-toi cette voix. Rappelle-toi ces lèvres minces et ce sourire mortel.

Elle n'aurait aucune preuve du fait que quelqu'un voulait la tuer. Et d'après ce qu'elle venait d'entendre, Griffin et son acolyte voulaient faire croire que c'était elle la responsable. Seigneur, elle ne savait par où commencer ! Elle ne connaissait rien aux procédures policières, excepté qu'on avait besoin de plus d'informations qu'elle n'en possédait pour démarrer une enquête.

La lumière mourante illumina brièvement la pièce quand la porte s'ouvrit et se referma. Le claquement du verrou résonna dans la salle froide. Oh non ! Le fourgon était garé dehors ! Allaient-ils le remarquer ? Allaient-ils revenir ?

Silence.

Elle s'effondra par terre. Elle n'avait nulle part où se cacher. Que ferait-elle s'ils revenaient ?

Le faible gémissement d'un chiot abandonné la remit en mouvement. Personne n'allait tuer les animaux qu'on lui avait confiés. Elle tira à elle un des chariots roulants et ouvrit une boîte pour y prendre un scalpel qu'elle brandit. Elle pourrait se défendre, peut-être même les retenir assez longtemps pour courir vers la sortie.

Informations ou non, elle pensait aller trouver la police pour lui demander de la protéger.

Panda et Pogo se mirent à aboyer. Les animaux. Il fallait qu'elle les fasse sortir du bâtiment.

Elle jeta un coup d'œil par la fenêtre et ne vit aucune voiture. Traversant la clinique en courant, elle alla déverrouiller la pension, et laissa la porte entrouverte pour pouvoir s'enfuir plus rapidement. Puis elle revint en arrière, toujours au pas de course, et sortit par l'entrée principale, avant de déplacer le fourgon devant la porte de service.

Dieu merci, elle n'avait pas beaucoup d'animaux en pension ce week-end-là. Les trois chiens et le chaton seraient en sécurité dans le fourgon. Elle referma la portière du véhicule avec un soupir de soulagement et posa le front sur le métal froid. Elle pourrait rejoindre Amber chez elle et lui demander de ramener les animaux à leurs propriétaires.

Ensuite, elle irait directement au commissariat en voiture et tenterait sa chance. Folle ou non, il fallait qu'elle signale Griffin aux autorités.

— Déjà de retour ?

Elle glapit comme un chiot.

— *Griffin !* Tu m'as fait une de ces peurs !

D'une main de fer, son associé l'éloigna du fourgon.

— Tu me fais mal !

— Ne joue pas les idiotes, Sabrina. Je t'ai vue charger les animaux. Tu nous as entendus et tu les as fait sortir avant qu'on mette le feu.

Elle se débattit, et il resserra son emprise.

— Je ne comprends rien, Griffin. Que se passe-t-il ?

— Rentre !

Il lui fourra un revolver entre les côtes.

— Tout de suite.

— Ne fais pas ça ! Ne me tue pas, je t'en supplie ! Quel que soit le problème, nous pouvons le résoudre.

Elle tituba tandis qu'il la propulsait vers la porte.

— Je suis sûre que la police peut tout résoudre.

— Non, elle ne peut pas. Ce n'est pas moi qui donne les ordres, je me contente de les suivre. Entre dans mon bureau.

Il tenait fermement l'arme. Elle se mit en marche à reculons, peu désireuse de lui tourner le dos. Et s'il affichait le même sourire maniaque que l'inconnu ?

Griffin avait-il déjà tué quelqu'un ? Non, ce n'était pas possible. Ce n'était pas le genre d'homme à noyer les chatons, il était là pour les sauver. C'était un vétérinaire, n'est-ce pas ?

Comment vais-je faire pour t'échapper ? se demanda-t-elle.

— C'est une histoire de drogue ? De blanchiment d'argent ? Pour qui travailles-tu ? demanda-t-elle en faisant du surplace.

Réfléchis, réfléchis, réfléchis. Elle ne voulait pas se retrouver piégée dans son bureau, car il n'y avait aucune issue, à part un fenestron placé en hauteur.

— Peu importent les pourquoi et les comment, Sabrina. Tu ne peux rien faire.

— Ne rien faire, c'est exactement ce que j'ai fait ces deux ans, pendant que tu planifiais mon soi-disant suicide.

Elle s'arrêta à la porte de son bureau, tout proche de celui de Griffin. Malheureusement, cette pièce ne lui apportait rien de plus. La fenêtre était également placée en hauteur, et elle n'avait pas d'arme dedans. La bombe au poivre qu'elle emportait partout sur l'insistance de son père était sur son porte-clés, dans le fourgon. Sa seule voie d'évasion était bloquée.

— Je ne pensais pas qu'ils iraient jusqu'à tuer quelqu'un. Tu étais censée porter le chapeau, mais ils n'avaient jamais parlé de te descendre. Mais c'est toi ou moi, et je n'ai pas envie que ce soit moi. J'ai de la chance d'être revenu chercher mon assurance avant qu'ils ne mettent le feu. Autrement, nous serions morts tous les deux avant demain matin.

La lumière de son bureau était allumée. Par la porte entrouverte, elle aperçut une mallette bourrée de documents. Son assurance ?

— Je n'arrive pas à croire que tu vas me tuer.

Mais elle savait qu'il pensait ce qu'il disait. Et si c'était elle qui prenait son « assurance » ?

Des larmes de peur se mirent à couler sur ses joues. Le visage dans les mains, elle se raccrocha à l'image des chiots qu'ils avaient sauvés ensemble, l'année dernière. Il n'était pas question qu'elle fasse un centimètre de plus en direction de sa propre mort. Elle écarta les pieds pour raffermir sa posture.

Appuyé paresseusement au chambranle de l'autre bureau, Griffin attendait. Si elle pouvait le retarder assez pour s'emparer de sa mallette et courir au fourgon… Elle aurait peut-être une chance de s'en tirer.

— C'est inutile, dit-il. Tu ferais mieux de t'y faire.

Sabrina leva les yeux et sortit le scalpel de sa poche.

— Tu t'y ferais, toi ? cria-t-elle en le frappant de toutes ses forces à la jambe.

Il poussa un hurlement et tomba à terre. Se ruant dans le bureau, Sabrina se saisit de la mallette d'« assurance » et s'enfuit à toutes jambes.

1

Aujourd'hui

Je ne me plaignais pas quand j'étais détective privé, je ne me plaignais pas pendant les campagnes en Afghanistan. Ce ne sont pas des trottoirs glissants et des patrouilles de nuit qui vont me décourager. Ces types ne savent pas comment démoraliser les gens comme moi.

Jake Craig dérapa sur le ciment recouvert de neige fondue. Plantant la pointe de ses bottes dans la glace, il reprit son équilibre avant de se ridiculiser en s'étalant par terre. Son coéquipier, à l'abri dans la voiture, avait sans doute dégainé son Smartphone pour l'immortaliser dans cette posture humiliante.

La froideur de l'aube était agréable en comparaison du désert brûlant qu'il avait affronté durant six années de guerre. Et le froid du nord du Texas était loin de rivaliser avec le froid polaire des montagnes afghanes, où il avait cru laisser ses orteils. Oui, il pouvait supporter le froid, surtout quand il n'avait pas trente-cinq kilos de matériel sur le dos.

Entré depuis environ un an dans la police de Dallas, il avait été récemment muté aux Homicides. Plus d'un sourcil s'était haussé devant cette promotion qui l'avait propulsé du statut de bleu à celui d'inspecteur, contrairement à toute règle d'avancement. Ce n'était pas inhabituel pour un ancien militaire. Ses collègues connaissaient la politique du service : les ex-militaires étaient en tête de liste pour les promotions. Ça ne les empêchait pas de lui en vouloir, et quant à lui, ça ne lui rendait pas la vie plus facile quand il s'agissait d'encaisser leurs plaisanteries.

Comme à cet instant, où il devait rechercher un cadavre. Un appel anonyme au 911 avait prétendu qu'une femme morte bougeait dans les buissons bordant le lac. Il avait demandé au dispatcheur de répéter, et il avait de nouveau entendu la même ineptie.

— Va voir si tu trouves le fantôme, lui avait ordonné son coéquipier quand ils étaient arrivés sur place.

Il avait posé la tête contre l'appui-tête et fermé les yeux.

— Moi, je vais garder mes vieux os au chaud, *coéquipier*. T'as l'habitude du froid, pas vrai, *coéquipier* ?

— Bien sûr, Owens. Je pourrais passer toute la sainte journée dehors.

Bon, il avait peut-être un peu exagéré. Mais il n'avait fait que marmonner en quittant la voiture. Ça ne l'empêcherait pas de continuer à accepter les patrouilles de nuit, les mauvaises blagues et les canulars téléphoniques, comme il le faisait depuis le matin.

Je suis une fichue machine. Personne ne pouvait arrêter le travail d'une machine.

Le fantôme en question était sans doute un ivrogne s'abritant de la neige, mais il fallait vérifier. Et si l'appel n'était qu'une mise en scène ? Owens pouvait-il s'être arrangé pour qu'un « fantôme » se trouve près du déversoir ?

C'était le piège parfait. Quelqu'un pouvait surgir des buissons et le surprendre pour lui faire perdre l'équilibre.

Hors de question que je m'étale, pour qu'ils puissent diffuser mon humiliation sur internet. Ça n'en finirait plus.

Ses collègues savaient que ce serait lui qu'on enverrait vérifier si les fantômes existaient ou non. Chacun d'eux était parfaitement capable d'avoir monté toute l'histoire.

Peu importait combien de temps ils le harcèleraient, il le supporterait. Le froid, la chasse aux fantômes : rien n'y ferait. Il voulait ce boulot et il continuerait. Il ne possédait rien d'autre que ce travail et il n'allait pas le laisser filer comme le reste de sa vie.

Le battage des buissons autour de White Rock Lake tôt le matin valait bien le ramassage des ivrognes sur Deep Ellum n'importe quel soir de la semaine. Mais les inspecteurs des Homicides étaient en civil, une amélioration nette par rapport aux flics de rue. Seigneur, qu'est-ce qu'il était content d'avoir quitté l'uniforme ! N'importe quel uniforme.

Ses années de Marine ne semblaient pas impressionner ses collègues. Peut-être pensaient-ils qu'il était plus qualifié pour s'occuper de poivrots que d'homicides. Si seulement ils avaient une idée de ce qu'il préférait oublier !

Le faisceau de sa torche fit miroiter une paire d'yeux rouges. L'animal ne s'enfuit pas. Jake fit un pas vers la clôture et entendit le gémissement bas d'un chien.

Un labrador noir était couché sous les arbres, de l'autre côté de la clôture de sécurité haute d'un mètre quatre-vingts, sous un grand panneau jaune et orange annonçant la proximité du déversoir.

Sa laisse devait s'être enroulée autour d'une branche, le clouant au sol. Le chien glapit plus fort, visiblement tremblant de froid, puis retomba sur le sol, fatigué de se débattre.

— Tiens bon, mon vieux. Comment es-tu arrivé là ?

Sur sa droite, une portion de la clôture avait été remontée, laissant une ouverture assez grande pour laisser passer un chien ou une personne.

Jake éteignit sa lampe et la fourra dans sa poche. Escalader la clôture gelée serait bien plus pratique que de ramper par en dessous, comme le chien l'avait fait. Il secoua le grillage, vérifiant sa solidité, et la franchit en quelques secondes avant d'atterrir de l'autre côté, dans la neige fondue.

— Alors, c'est toi le fantôme qu'on a signalé ?

Il s'agenouilla et donna sa main à renifler au labrador. Celui-ci lui lécha rapidement les doigts.

— T'es plutôt sympa. Qu'est-ce qui te retient ?

Jake tira gentiment sur le collier de l'animal en l'encourageant, mais celui-ci refusait avec entêtement de bouger. Ses petits aboiements firent leur effet sur le soldat blasé qui esquissa un sourire.

Convaincu que la seule manière de libérer le chien était de se mouiller aussi, Jake pénétra plus avant dans les fourrés. Le pauvre animal frissonnait au point de faire tinter ses médailles. Jake compatissait, s'étant trouvé dans la même situation une ou deux fois.

S'avançant à quatre pattes, il sentit la neige tremper le tissu de son pantalon. Les flocons qui lui tombaient sur la nuque fondaient en lui mouillant la peau. Il passa la main sous le collier du chien et tira encore, ce qui lui valut des gémissements plus forts.

— Tu es blessé, petit ? C'est pour ça que tu ne bouges pas ? Bon, d'accord. Autant envoyer aussi mon manteau au nettoyage à sec.

Se mettant à plat ventre, il tendit le bras pour palper l'arrière-train du chien, qui ne bougeait plus.

— Bon, t'es une fille, apparemment. Mais qu'est-ce qui t'arrive ?

La chienne ne semblait avoir ni fracture ni os déboîté. Mais ses plaintes étaient continues, et plus Jake la tirait, plus elle reculait.

Ou bien l'animal était blessé, ou bien la laisse était coincée dans quelque chose. Jake tira plus fort, en vain. Il suivit à tâtons la lanière en cuir et sentit soudain des doigts glacés. Il sursauta.

Sa réaction effraya la chienne, qui se débattit avec plus de vigueur dans l'obscurité.

— Ça va, ma belle. Calme-toi, je vais te sortir de là.

Tout en maintenant sa prise sur le collier, Jake sortit la torche de sa poche et l'alluma pour examiner le corps de plus près.

Les yeux vitreux du cadavre le ramenèrent à l'Afghanistan. Il en avait vu plus d'un durant sa carrière militaire. Féminins ou masculins, ils lui nouaient toujours l'estomac.

Puis il la sentit. L'odeur de la mort. Atténuée par le froid, mais suffisamment tenace pour se glisser dans son cerveau et réveiller des souvenirs qu'il voulait oublier.

Ce signalement n'était pas une mauvaise blague, après tout. Le manteau de la femme était recouvert de neige. Elle était restée là toute la nuit. Il avait piétiné la scène de crime en essayant d'attraper l'animal, qui ne voulait ou ne pouvait pas quitter sa maîtresse.

— Tiens-toi tranquille, petite. Je ne vais pas te faire de mal. Laisse-moi une seconde.

Il n'arrivait pas à dégager la laisse des doigts de la morte, il fallait donc qu'il détache la chienne. C'était une laisse luxueuse, avec un mot gravé dans le cuir humide.

— Dallas ? C'est ton nom ou juste un souvenir ?

Tenant toujours le labrador de la main gauche, il détacha la laisse de la main droite. Puis il se débarrassa de sa veste en se contorsionnant, en chantonnant pour calmer la petite boule de fourrure tremblante. Des brindilles brisées par son passage le piquèrent à travers son pull. Il enveloppa Dallas dans le vêtement qu'il fit passer sous ses pattes. Enfin, il jeta un dernier regard au visage gelé. Quelque chose l'intriguait dans le cadavre, dans sa posture.

Quelque chose sur laquelle il n'arrivait pas à mettre le doigt. Peut-être était-ce simplement l'habitude qu'il avait prise depuis sa première affaire militaire. Il n'avait pas envie de faire de promesses, car il avait effacé son ardoise. Mais il ne put réprimer les mots :

— Celui qui vous a fait ça ne s'en sortira pas. Et je m'occuperai de votre chienne, madame, je vous le promets.

Couverte de sa veste, Dallas ne se débattait plus. Jake la libéra et se faufila sous le grillage en la traînant après lui. Puis il s'assit sur un arbre couché et prit l'animal sur ses genoux. Il commençait à avoir froid. Le vent soufflait sur le sentier isolé qui menait au déversoir et refroidissait ses vêtements humides.

Dallas laissa échapper un bruit à mi-chemin entre l'aboiement et le gémissement.

— Tout va bien, ma belle. On va te trouver un autre maître.

Il caressa la tête de la chienne, et elle se calma un peu. Ses médailles indiquaient qu'elle était vaccinée contre la rage et qu'on lui avait posé une puce électronique, mais il faudrait s'adresser à la fourrière animale pour avoir l'information.

Jake essaya sa radio. Rien. Il prit son portable dans l'étui sur sa hanche. Aucun réseau. Il escalada la colline jusqu'au moment où la connexion se rétablit et composa le numéro.

— Dallas 911. Quelle est votre demande ?

— Inspecteur Jake Craig, matricule 5942. Sujet décédé. Véhicule demandé sur le parking de Garland et Winstead, allée 114.

— Une ambulance part sur les lieux. Vous voulez que je vous mette en ligne avec les Homicides ? demanda le dispatcheur.

— Merci, mais nous sommes déjà là.

— Compris, Inspecteur Craig.

Le protocole l'obligeait à demander une ambulance, mais il savait que c'était inutile. A quelques mètres de là, la femme gelée était bien morte, et depuis longtemps.

La chienne tourna sa tête trempée vers lui et se coucha sur sa cuisse. Jake contempla la scène de crime dévastée, en composant le numéro du portable de son coéquipier.

— Je ne sais pas pour toi, Dallas, mais pour moi la journée va être sacrément longue.

2

Ce meurtre aurait dû être attribué à Jake. Il avait découvert le corps — et ravagé la scène de crime, même si personne ne lui avait reproché sa stupidité.

Tous les hommes trouvaient le chien génial, mais c'était à lui de le contrôler, une tâche difficile sans laisse. Il avait trouvé une couverture de survie dans le coffre et en avait fait une sorte de corde en en découpant le bout.

Aucune allusion au fait qu'il aurait dû laisser le chien sur place. Rien sauf : « Quatre cafés noirs, Craig », à lui, le garçon de courses idéal. Bien sûr, il ne devait pas oublier que c'était son rôle en tant que bleu. Il retourna à la voiture, suivi de quelques ricanements. Son coéquipier ne lui avait pas donné les clés. Il n'était pas question qu'il s'abaisse à les demander, mais il voulait mettre la jeune chienne au chaud, pendant qu'il irait chercher les boissons.

De l'autre côté du carrefour, il y avait un petit restaurant. Il pouvait bien jouer les garçons de courses, il était impatient d'entamer l'enquête. Il détestait devoir accomplir des choses sans importance. Cela lui donnait trop de temps pour penser à la vie à laquelle il rêvait quand il était en Afghanistan, et qui lui paraissait maintenant hors d'atteinte.

Un tremblement secoua sa main. Il serra le poing et le fourra dans sa poche. Loin de ses yeux, loin de ses pensées. Avec les rêves d'une autre époque.

— Bon sang, ce qu'il fait froid !

Un homme attendait au carrefour, sautillant sur place pour se réchauffer.

— Vous êtes flic ?

Jake se contenta d'un signe de tête, peu enclin à engager la conversation avec des curieux. Même ceux munis de grosses chaussures et de luxueux gants de cuir. Pourquoi ce type était-il sorti par ce temps ? *Tout le monde n'est pas suspect*, se dit-il pour calmer les soupçons qui montaient en lui.

Ce n'était pas le Moyen-Orient, là où on ne pouvait pas faire confiance à un gosse ou un vieillard qui traversait la rue. Le feu se mit au rouge, le voyant piéton clignota, et ils traversèrent tous deux. L'homme continua vers la supérette située à côté du restaurant, sans doute pour acheter des cigarettes, à en juger par l'odeur de nicotine qu'il dégageait.

Jake entra dans le petit restaurant à l'ancienne et fourra ses gants dans sa poche. L'endroit était pratiquement vide, en dehors d'une femme aux cheveux aile de corbeau, dans un box au fond. Le voyant regarder dans sa direction, elle porta une tasse à ses lèvres, souffla un peu et évita son regard.

Rien d'étonnant à ce qu'une jolie jeune femme préfère garder ses distances avec un homme couvert de boue.

Une espèce de géant vêtu d'une chemise rouge et blanc sortit en hâte de la cuisine.

— Asseyez-vous où vous voulez, dit-il en s'essuyant les mains sur un pan de sa chemise en flanelle.

— Je veux seulement cinq cafés à emporter, Carl.

L'homme parut surpris de s'entendre appeler par son prénom, jusqu'à ce que Jake désigne le badge à moitié décousu sur sa manche.

— Ne perdez pas ça dans le petit déjeuner d'un client.

La femme du coin rit, un doux bruit comparé au silence désapprobateur qu'il avait essuyé pour avoir dévasté la scène de crime. Cela amena un sourire sur son visage gelé.

— J'me demandais comment vous saviez.

Carl prit la cafetière et des gobelets en carton.

— Vous voulez de la crème ou du sucre ?

— Tous noirs. Merci.

— Hé, vous êtes avec les flics au lac ? Un type m'a dit qu'on a trouvé un cadavre près du barrage.

— Inspecteur Jake Craig, Police de Dallas, se présenta Jake, espérant le dissuader de poser d'autres questions.

En vain.

— Alors c'est une femme, à ce qu'on dit ? Elle était vraiment dans la neige ? Assassinée ou morte de froid ?

Tout le monde se posait des questions, lui y compris.

— Vous êtes là depuis longtemps ? questionna Jake.

Si l'homme voulait bavarder, autant en profiter.

— Depuis environ minuit, j'crois. Ça m'a pris un bout de temps pour arriver, avec les routes dans l'état où elles sont. J'ai brûlé deux feux rouges en venant. Heureusement que vous étiez pas là.

— Et elle ? insista Jake en désignant la femme au fond.

— Bree ? Elle est là depuis que j'ai pris mon service.

— Ça fait long pour une tasse de café.

— Naan, ça arrive tout le temps. Et je crois que c'est son quatrième ou cinquième chocolat.

Il y avait une valise à roulettes contre le mur, près d'elle.

— C'est une SDF ?

— Non, pas du tout. Sa voiture est tombée en panne, il y a quelques mois, et elle se déplace à pied. Elle travaille pour les gens de Lakewood, et de temps en temps, elle vient par ici. Ça ennuie pas le patron qu'elle reste là quand on n'a personne.

— Vous dites qu'elle est là depuis minuit ?

Sa victime avait déjà été tuée à cette heure-là.

— Ouais. Laissez-moi aller chercher un plateau pour les cafés, on vient d'en recevoir un carton, dit Carl en posant le dernier couvercle sur un grand gobelet.

— Je vous dois combien ?

— Offert par la maison pour les flics.

Laissant un billet de cinq dollars, Jake rangea son portefeuille et s'accouda au comptoir pour regarder le carrefour par la vitrine. Des joggers matinaux, des promeneurs avec leurs chiens, des conducteurs se rendant au travail. La rue était animée, mais il n'y avait pas un seul témoin. Il retira le couvercle d'un des gobelets et versa une bonne dose de sucre dedans. Il avait besoin d'un apport de calories.

Tout en sirotant, il prit mentalement des notes. En fait, il passait le temps, tous les sens en alerte, comme il le faisait depuis tant d'années.

La femme que Carl avait appelée Bree remua sur son siège, l'air nerveux. Elle avait manifestement entendu leur conversation. La plupart des gens étaient curieux de ce genre de choses. Et quand quelqu'un se détournait, se couvrait le visage ou s'efforçait de prendre un air naturel, ça voulait généralement dire qu'il ou elle avait quelque chose à cacher.

Ou bien se montait-il de nouveau la tête en voulant enquêter au lieu de se contenter de rapporter les cafés, comme on le lui avait demandé ?

Prends ton mal en patience, ils finiront par t'accepter.

Carl rangea les cafés dans le plateau en carton.

— Merci, mon vieux.

— Pas de problème. Revenez quand vous n'aurez pas de meurtre sur les bras. Là, faut que je prépare les petits déj des clients.

Carl fit un signe de la main et rentra dans la cuisine.

— J'y penserai.

Jake entrouvrit la porte de l'épaule. Une bourrasque d'air glacial fit vaciller le plateau. Il lâcha la porte et réussit à rattraper les gobelets avant qu'ils ne se renversent sur sa veste déjà dégoûtante. Un petit rire s'éleva au fond du café. Il leva les yeux et croisa le regard de Bree. Cette femme avait un rire adorable, peu importe qu'il soit bref et suscité par sa maladresse.

Elle cacha rapidement ses yeux en les abritant de la main. Sa réaction le rendit plus qu'un peu curieux. Il posa le plateau sur la table du premier box et s'approcha d'un air dégagé.

Parle-lui.

Il s'immobilisa, en attente. En attente de quoi, il l'ignorait. L'excitation s'était emparée de ses cordes vocales, les empêchant de fonctionner. Il ne voulait pas faire d'elle une suspecte ou un témoin, seulement obtenir son numéro de téléphone.

Non, il ne pouvait pas faire ça. Pas en tant que policier, en tout cas. Il n'avait pas demandé de numéro de téléphone depuis son divorce, un an auparavant. Bon sang ! C'était un témoin potentiel, puisqu'elle était restée là toute la nuit. Il devait lui demander ses coordonnées.

Quel fichu prétexte, mon vieux. Dis quelque chose.

Il prit son calepin dans la poche de sa veste, avant de se rendre compte qu'il n'avait pas de stylo.

La femme se redressa, laissa tomber les mains sur ses genoux et leva le visage vers lui. Des yeux améthyste, absolument magnifiques. Il n'en avait jamais vu de cette couleur auparavant.

— Vous voulez quelque chose, Inspecteur ?

— Je cherchais…

Son stylo se trouvait avec son carnet, un peu plus tôt. Il tapota les poches de sa veste.

— Je peux vous emprunter un stylo ?

Elle se contenta d'ouvrir un grand cahier à spirale devant elle, et lui tendit le stylo coincé entre les pages.

— Merci.

— Si vous en avez besoin pour le crime, je suis sûre que Carl en a un. Celui-ci est rose.

L'expression « un sourire qui illumine la pièce » lui traversa l'esprit. Il aurait pu jurer que toute la salle s'était éclairée quand elle avait retroussé les lèvres, s'amusant en silence de l'idée qu'il écrive avec un stylo d'adolescente. Il se secoua et écrivit Carl, puis Bree.

— Désolé de vous déranger, mademoiselle. Carl a mentionné le fait que vous êtes venue à pied. Vous avez traversé le parc ?

— Non, pas hier soir. Est-ce que quelqu'un a vraiment été assassiné ?

Elle s'était visiblement détendue en répondant.

— C'est triste.

— Oui. Vous avez vu quelque chose d'inhabituel ? Quelqu'un qui courait dans le parc, ou une voiture qui filait à toute allure ?

— Non. Mais j'ai dormi un peu, après minuit.

— J'aimerais noter votre nom et votre numéro de téléphone, au cas où nous voudrions vous interroger sur de nouveaux éléments. On ne sait jamais quand un détail pourra se révéler utile.

— C'est vraiment difficile de voir à travers les vitres la nuit, Inspecteur. Je ne crois pas qu'il soit utile de me mentionner dans votre rapport.

Jake leva les yeux et saisit le reflet d'un homme couvert de boue. Même son visage était maculé. On aurait dit un figurant dans un film-catastrophe. Il constata que, depuis le box, on ne voyait pas grand-chose dehors.

— Il ne s'agit pas du rapport. Seulement au cas où j'aurais besoin de vous contacter. Je préférerais un numéro de portable. Carl m'a dit que vous vous appeliez Bree ?

Il se concentra sur la pointe du stylo posée sur le papier et ne vit pas la lueur déconcertée qui venait d'apparaître dans les yeux de la femme.

— Oui. Bree Bowman. Et je n'ai pas de téléphone, mais on peut me joindre au 214 964 79… Ah zut ! Je mélange toujours les derniers numéros.

Elle ouvrit le cahier à spirale et en tira un feuillet jaune.

— Voilà.

— Jerome's Pet Sitters. C'est là que vous travaillez ?

Il fourra le papier dans sa poche.

— Je fais des vacations quand j'ai le temps. Jerome prend les messages.

— Est-ce que Bree est un diminutif ?

— Non.

Elle remua sur son siège, l'air aussi gêné que lui.

Il savait que les flics n'hésitaient pas à relever l'adresse des jolies filles pour s'en servir plus tard, mais ce n'était pas son style. Il ne pouvait décemment pas insister.

— Ça devrait suffire pour le moment.

Il posa le stylo sur la table et le regarda rouler vers le cahier.

— Merci pour votre coopération.

— Pas de problème, dit-elle en imitant Carl.

— Bon. Merci encore.

Il reprit les cafés et se dirigea vers la porte.

— Attendez, laissez-moi vous aider.

La voix de Bree s'éleva derrière lui.

— Je vais vous tenir la porte, pour que vous ne renversiez pas tout.

Elle le contourna, poussa la porte et la maintint ouverte tandis qu'il la franchissait.

— Merci de votre aide.

— Tout le plaisir est pour moi.

Comme un idiot, il s'arrêta et la regarda. Et, comme quelqu'un qui n'a pas flirté depuis une éternité, ce qui était son cas, il dit :

— Vous savez que vous avez les plus beaux yeux que j'aie jamais vus ?

Elle prit une brusque inspiration et se pinça les lèvres. Gênée peut-être. Ou flattée. A moins qu'on ne lui fasse souvent ce compliment.

— Merci, Inspecteur, mais il fait vraiment froid.

— Oui, désolé. Bonne journée.

— A vous aussi.

Juste avant que la porte ne se referme, il entendit un autre petit rire.

Espèce de crétin !

L'aube vint et repartit avec l'ambulance emportant le cadavre. La femme n'avait ni papiers ni clés sur elle et, à leur connaissance, personne n'avait signalé sa disparation. Dallas poussa des hurlements interminables quand sa maîtresse disparut avec le légiste.

L'hypothèse la plus évidente était que la victime avait été agressée pendant qu'elle promenait son chien. En localisant la résidence de l'animal, ils découvriraient l'identité de la maîtresse. C'était aussi simple que ça.

Mais personne ne s'en souciait. Ils attendaient que la fourrière appelle pour leur transmettre l'adresse enregistrée sur la puce.

On avait fait comprendre à Jake qu'après avoir contaminé la scène de crime, il valait mieux qu'il s'en tienne à la garde du chien. Une fois les cafés distribués, il s'était replié dans la voiture, où il avait réchauffé et rassuré le chien, lui avait donné son casse-croûte et l'avait fait boire. A présent que presque tous les uniformes avaient quitté les lieux, il avait sorti l'animal pour lui faire faire ses besoins près d'un arbre.

— Hé, Craig ! lui cria son coéquipier depuis l'autre bout du parking, en riant et en tapant dans le dos d'un collègue. Faut que t'attendes que la fourrière vienne chercher le clébard ! Promène-le en cercles jusqu'à ce qu'ils arrivent !

Il rit encore et lui lança les clés de la voiture.

— On me ramène au commissariat.

Jake rattrapa les clés et n'eut pas le temps de lui demander ce qui était tellement hilarant. La laisse improvisée du chiot à la main, il se demanda si c'était de lui que l'autre riait. Oui, il venait d'être promu de la position de bleu à celle de promeneur de chien, il en était presque certain.

Une fois les autres partis, il pensa à sa nouvelle vie. Les Marines faisaient partie du passé et il était seul, dans une ville où il ne connaissait personne. C'était ce qu'il avait voulu après son divorce. Personne pour lui rappeler ces six années d'humiliation.

Jake s'assit dans la voiture et mit le moteur en marche, songeant aux yeux améthyste. Un bien meilleur souvenir que le temps qu'il avait perdu avec son ex. Devait-il appeler Bree Bowman ?

Et puis quoi ? Qu'allait-il lui dire ? Lui proposer de prendre un café ? Il pouvait retourner au restaurant, pour essayer de la revoir. Ça lui servirait de prétexte. Ce ne serait pas un trop gros détour et il pourrait même lui offrir de la conduire quelque part à l'occasion. C'était un plan tout à fait viable. Sans engagement, sans précipitation.

Vingt minutes passèrent, et des enfants à vélo se rassemblèrent sur le parking. Visiblement, il les gênait.

Il alla se garer au fond du parking pour leur faire de la place. Certains de leurs tours étaient stupéfiants. Il ne fallut pas longtemps pour que Dallas recommence à gémir, puis se mette à hurler assez fort pour attirer l'attention.

Elle griffait les vitres quand l'un des garçons s'approcha. Vêtu d'un énorme anorak et d'un bonnet de ski, il était juché sur un vélo davantage destiné à faire des acrobaties qu'à rouler. L'adolescent lui fit signe de baisser la vitre.

— Hé, Dallas ! T'es perdue, ma vieille ? déclara le garçon en passant une main gantée à travers la vitre pour caresser les oreilles soyeuses du chien. Qu'est-ce que tu fais si loin de chez toi ?

— Tu connais ce chien ? demanda Jake.

— Bien sûr. C'est Dallas. Elle appartient à Mme Richardson. Je passe devant chez elle tous les jours. C'est bizarre qu'elle se soit enfuie. Elle reste toujours près de la maison, même quand on la lâche.

L'adolescent continuait à caresser le chien.

— Vous êtes flic ? Un de mes potes dit qu'un ivrogne est mort de froid. Il a vu la housse.

— Tu connaîtrais l'adresse de sa maîtresse, par hasard ?

— C'est la cinquième ou la sixième maison dans Loving Street. Celle qui grimpe sur la colline. Je peux la ramener, si vous voulez. Elle a déjà couru près de ma bicyclette.

— Merci, mais il vaut mieux que je le fasse moi-même. A quoi ressemble la maison ?

Le gosse haussa les épaules.

— On peut vous montrer. Y a plus rien à faire ici, de toute façon. La neige est trop molle.

— Merci. Mais n'allez pas trop vite. Prenez les passages piétons.

— C'est la deuxième à droite, monsieur.

L'adolescent se retourna et tapa sur le capot avant de se mettre à pédaler dans la neige.

Jake releva sa vitre électrique et démarra. Sur le siège passager, Dallas tournait sur elle-même. Elle finit par se coucher et posa la tête au creux du bras de Jake, en le regardant de ses grands yeux tristes.

— Ça va aller, ma belle.

Il gratta le museau de la chienne avant de saisir la radio.

— Tout ira bien. Tu auras bientôt un grand jardin et quelqu'un pour s'occuper de toi.

Un par un, les enfants se mirent en route, dérapant dans la neige fondue avec un plaisir sans mélange. L'enfance avait ses avantages parfois. Pas de souci, pas de passé.

— Dispatcheur, Craig en route pour Loving et Winstead. Annuler la saisie de la fourrière à White Rock Lake. Rappellerai plus tard si nécessaire.

A la suite de l'adolescent, il tourna dans la deuxième rue, tandis que les autres enfants continuaient tout droit.

— Inspecteur Craig, aucune trace d'un appel à la fourrière. Votre situation est enregistrée.

Les autres inspecteurs devaient bien se marrer devant leur petit déjeuner, songea Jake. Pendant deux heures, on l'avait laissé attendre la laisse à la main une fourrière qui n'avait jamais été prévenue. Quelle blague !

Encore un bizutage à encaisser. Mais, cette fois, les choses allaient peut-être tourner en sa faveur. Quand il avait déclaré qu'à son avis, le chien était lié à la victime, son coéquipier l'avait simplement chargé de garder l'animal.

Soit il allait rendre Dallas à sa maîtresse, soit il allait découvrir l'identité de la morte. C'était peut-être bien lui qui rirait le dernier, après tout.

3

Deux semaines d'affilée dans le même lit. Incroyable combien c'était bon d'avoir le même oreiller sous sa tête, songeait Sabrina. Vivre au milieu des valises, passer de maison en maison et dormir à l'hôtel avait cessé d'avoir du charme. Six mois s'étaient écoulés, et elle n'était pas plus près de découvrir quel était le lien entre Griffin et les commanditaires de son meurtre.

Elle était sur le point de renoncer à sa quête et à son existence nomade. Griffin avait déclaré qu'elle n'avait pas de vraie vie, eh bien il avait tort. Sa vie d'avant était remplie de gens, d'animaux, de choses intéressantes à faire. C'était vivre ainsi qui n'avait pas de sens. Une vie solitaire, dépourvue d'amis et de distractions. Zut, elle n'avait même pas de voiture !

Et pour couronner le tout, la première trace d'attirance qu'elle ressentait, c'était envers un flic. Un inspecteur auquel elle avait failli donner son numéro de portable. Oui, elle lui avait menti en disant qu'elle n'en avait pas. Et s'il l'avait appelée ? Quelle erreur à ne pas commettre ! Mais le policier lui avait semblé si… timide.

Elle tira la valise dans la neige fondue et traversa la dernière rue.

Marcher dans la neige n'était pas difficile pour une fille née et élevée au Texas. Non, un peu de neige et de glace ne la ralentissaient pas du tout. Elle avait parcouru quatre pâtés de maisons depuis le café. Il n'y avait pratiquement pas de circulation. Elle avait fait un détour pour éviter le parking, au cas où l'inspecteur aurait été encore été dans les parages. Depuis le restaurant, l'endroit semblait vide, en dehors d'un véhicule et d'une bande de gosses à vélos.

Sous la neige, la ville de Dallas était très différente d'Amarillo dans les mêmes conditions. Un samedi matin, tous les enfants auraient été sur la colline, en train de glisser sur des luges en plastique ou en carton jusqu'à en avoir les doigts gelés.

Il ne fallait pas qu'elle pense à sa ville natale. Songer aux gens qui souffraient de sa disparition ne l'aiderait pas à rentrer chez elle. Au début, elle n'avait pas contacté ses parents, car elle ne voulait pas qu'ils soient mis en danger par les hommes qui travaillaient avec Griffin. Puis elle avait pris conscience que passer pour morte lui donnait une grande marge de manœuvre. La police ne la recherchait pas.

Mais même si les autorités ne s'inquiétaient pas d'elle, ça ne signifiait pas qu'elle pouvait fréquenter le bel inspecteur. Cela aurait été tenter le sort. La chance dont elle avait bénéficié ces six derniers mois la quitterait tôt ou tard.

Elle priait tous les jours pour que sa famille lui pardonne quand elle pourrait enfin prouver son innocence et rentrer chez elle. Encore trois noms à vérifier sur sa liste, puis elle se rendrait à la police. Ou bien elle se servirait de l'argent volé pour embaucher un détective privé, qui l'aiderait à blanchir son nom.

Mais elle ne pouvait pas faire ça. L'argent était une preuve. Bien sûr, elle aurait pu aller n'importe où avec, engager un détective et dormir dans un hôtel au lieu des refuges qu'elle avait fréquentés les premières semaines. En dehors des trois cents dollars qu'elle avait dû prendre, quatre-vingt-dix mille dollars en grosses coupures étaient cachés dans la doublure de sa trousse de toilette. Elle avait remis le reste à son oncle, qui l'avait aidée à quitter Amarillo.

Sabrina retira ses gants et repêcha ses clés dans la poche de son manteau. Elle replia la poignée de sa valise. L'énorme bagage s'usait bien plus vite que le premier, qu'elle avait pourtant acheté d'occasion. S'en procurer un autre faisait partie de sa liste de choses à faire très vite.

Repenses-y dans deux semaines. Peut-être que tu n'en auras plus besoin.

Elle enleva ses tennis sur le paillasson, en souhaitant de nouveau avoir ses bottes de neige, avant d'entrer dans le domaine immaculé de Brenda Ellen en remettant les clés dans sa poche.

Puis, à reculons, elle tira sa valise à l'intérieur, se raidissant pour se prémunir contre l'accueil de Dallas. Le chien turbulent pouvait la renverser quand elle n'était pas sur ses gardes.

Mais pas de Dallas.

Elle siffla en se débarrassant de son manteau et en le laissant tomber sur la valise. Puis elle tapa dans ses mains. Aucun bruit de griffes cliquetant sur le parquet.

— Dallas ? cria-t-elle. Mme Richardson ? Brenda Ellen ?

Son voyage avait-il de nouveau été retardé à cause de la neige ? Des assiettes sales étaient posées sur le comptoir de la cuisine. C'était bizarre, car Brenda Ellen Richardson mangeait pratiquement au-dessus de l'évier, quand elle se donnait la peine de manger chez elle. Un sac de pain de mie était resté ouvert. De la graisse dans une poêle où on avait fait cuire des œufs. Du sang près d'un morceau de fromage sur le comptoir.

— Oh mon Dieu !

Etait-ce le sang de Brenda Ellen ? Ou bien quelqu'un s'était-il introduit dans la maison ?

Brenda Ellen ne mangeait pas d'œufs et ne faisait jamais rien frire. L'avaient-ils retrouvée ?

Non, non ! Ne panique pas.

Peut-être Brenda Ellen avait-elle omis de l'informer par SMS que son vol était retardé. Peut-être avait-elle eu de la compagnie la veille au soir. Cette hypothèse était gênante mais pas aussi effrayante.

Mais où était Dallas ?

Quelque chose n'allait pas. Brenda Ellen était une femme organisée et n'aurait jamais oublié d'annuler la garde de son chien. Devait-elle s'en aller ?

Oui, tourne les talons et pars tout de suite !

Reprendre sa valise et fuir à toutes jambes étaient la meilleure chose à faire.

Et puis quoi ? Où pouvait-elle aller ?

Les méchants l'auraient entendue entrer et siffler Dallas. L'auraient suivie dans la rue. Et s'ils attendaient son arrivée pour fouiller la maison ? Et si Brenda Ellen était ligotée quelque part… ou pire ?

Je suis lasse d'avoir peur, se dit-elle.

Il était temps de faire face et d'agir au lieu de fuir tout simplement. Elle allait appeler le 911 avant de partir.

Son portable était dans sa valise. Heureusement, sinon l'inspecteur Jake Craig n'aurait pas manqué de le voir.

Alors sers-toi du téléphone fixe pour appeler les secours et ensuite va-t'en.

Un bon plan d'action. Elle avait pris des cours d'autodéfense. Elle pouvait arriver jusqu'au téléphone, posé sur le bureau de Brenda Ellen.

Aussi silencieusement que possible, elle ouvrit le tiroir contenant le marteau à viande. Les couteaux avaient l'air tentant, mais trop gros par rapport au scalpel avec lequel elle avait poignardé Griffin.

Se risquer jusqu'au téléphone était dangereux. Mais elle ne pouvait partir sans avoir essayé, sans savoir si son employeuse avait besoin d'aide. Si Brenda Ellen était en danger, c'était sa faute à elle et elle devait faire tout son possible pour la sauver.

Maillet en main, elle s'agenouilla sur le seuil, s'efforçant de voir si quelqu'un se trouvait dans le salon. S'il y avait eu quelqu'un, il serait sûrement venu voir qui avait sifflé et claqué des mains. Il était inutile d'avoir peur. Malheureusement, elle ne pouvait s'empêcher de trembler et de penser à toutes sortes de possibilités. Les réactions excessives étaient devenues sa manière d'être habituelle.

Il n'y a personne ici.

Sabrina s'immobilisa et secoua les bras pour détendre ses muscles, en gardant malgré tout le marteau en main.

Puis elle tourna le coin du couloir, préparée à abattre son

arme sur la tête d'intrus potentiels. Rien. Mais les coussins étaient dérangés et le plateau de verre de la table de salon fêlé.

On aurait pu croire qu'il s'agissait d'un accident, mais elle connaissait Brenda Ellen. Celle-ci lui avait fait un sermon de cinq minutes quand elle avait oublié une fois d'aspirer.

Sabrina se figea. Etait-ce un craquement du parquet, qu'elle venait d'entendre ? Un bruit provenant de l'escalier recouvert de moquette. Elle l'avait souvent entendu quand le chien descendait, au cours des nuits qu'elle avait passées dans la maison, et elle le reconnut. Elle déglutit péniblement, et ce simple bruit résonna dans sa tête comme un cri. Elle retint son souffle.

Etait-ce l'homme qu'elle avait vu à la clinique ? Celui qui avait l'air d'aimer tuer ? Son sourire affreux hantait ses cauchemars.

L'homme qui descendait l'escalier savait qu'elle se trouvait dans la maison. Elle ne pouvait traverser la pièce pour arriver jusqu'au téléphone. Elle ne pouvait pas non plus rouvrir la porte d'entrée, car ses clés étaient dans la poche de son manteau. Sortir par la porte de la cuisine était la seule option qui lui restait.

Elle se mit donc à courir. L'idée de tourner le dos à l'intrus était terrifiante. Le type au sourire fou pouvait lui tirer dans le dos. Ce n'était pas comme dans ses rêves, où elle courait toujours hors de sa portée.

Il l'entendit. Elle perçut ses pas lourds et rapides. La lampe de la table du salon tomba sur le sol, derrière elle, au moment où elle tournait le coin de la cuisine.

Ne regarde pas, ne regarde pas, ne regarde pas.

Elle s'arrêta, ouvrit la porte aussi largement que le permettait sa valise et dévala les deux marches du perron.

— Salut Bree, tu cherches Dallas ?

Il lui fallut quelques secondes pour ralentir le rythme de son cœur. Ce n'était qu'un gosse du voisinage, qu'elle rencontrait souvent en promenant le chien.

— Va-t'en, Joey.

— Ça va. Le flic l'a trouvée au lac. Je suppose qu'elle s'est échappée après le départ de Mme Richardson.

— Un flic ? Où ça ?

Elle agrippa les poignées du vélo de l'adolescent pour le faire pivoter.

— Allez, Joey. Je t'ai dit de partir.

— Qu'est-ce qui se passe ? demanda-t-il en traînant les pieds dans la neige.

La porte s'ouvrit. Du coin de l'œil, elle aperçut le canon d'une arme et un homme masqué.

— Baisse-toi !

Sabrina renversa le vélo, plaqua Joey à terre et se jeta sur lui. Une masse floue tira sur son pull et lui écrasa le visage dans la neige.

— Ne bougez pas, tonna une voix au-dessus d'elle.

— Il est… Il est dans la maison, avec une arme, balbutia-t-elle, en recrachant de la neige.

— Ça va, fiston ? demanda la voix.

Elle ne ressemblait à rien à celle de la clinique. Les tonalités qui lui parvenaient aux oreilles étaient riches et profondes, avec un accent nasillard du Texas qu'elle reconnut immédiatement.

Jake Craig.

Elle vit Joey hocher la tête de haut en bas, et une lueur d'excitation traverser ses yeux à la pensée du danger.

— Ne t'en mêle pas. Ça ne ressemble pas du tout à ce que tu crois.

— Restez ici, ordonna Jake, et il courut vers la porte.

Pas question de lui obéir. Il fallait éloigner Joey autant que possible de la maison.

— Va te cacher derrière cette voiture, dit-elle à l'adolescent qui paraissait hypnotisé.

— Mais il a dit…

— Je m'en fiche. Lève-toi et vas-y.

Plus vite qu'elle ne l'aurait cru possible, ils se retrouvèrent derrière la voiture, adossés aux roues. Elle s'attendait à ce que des coups de feu éclatent à tout moment. Plus les secondes passaient, plus elle était soulagée et plus elle se rendait compte qu'elle devait filer avant que le flic ne revienne.

Ses pieds étaient gelés. Pouvait-elle aller où que ce soit sans chaussures ?

Elle entendit un bruit de griffes contre le verre, puis un aboiement familier et des gémissements. Dallas.

Le chien était entre de bonnes mains. Le flic allait s'occuper de tout. Elle pouvait partir avant qu'il ne voie son visage. Elle frissonna dans le froid et épousseta la neige collée sur sa figure. Elle achèterait un autre manteau, en même temps qu'une nouvelle valise.

— Oh non ! L'argent !

Que ce fut son cri d'exaspération ou son état émotif, Joey réagit en lui tapotant maladroitement l'épaule.

— Il y avait vraiment quelqu'un avec une arme ? demanda l'adolescent, incapable de dissimuler l'excitation de sa voix. On était en train de la cambrioler, ou un truc du genre ?

Il fit mine de se lever mais Sabrina le retint par le bras.

— Que fait Dallas avec ce policier ? Que se passe-t-il ?

— On est allé faire des tours dans le parking, vous voyez, et y avait plein de voitures de police. Y z'ont embarqué un corps, dans une vraie housse mortuaire et tout. Ensuite on a remarqué ce type, qui avait Dallas. Alors j'suis allé le voir, et je lui ai demandé pourquoi.

Durant ces explications, le cœur de Sabrina fit de nouvelles embardées.

— Sais-tu qui est mort ?

Dallas aboya, griffant la vitre.

— Vous êtes Mme Richardson ? interrogea l'inspecteur qui venait de contourner sa voiture. C'est votre chien ?

— Non, c'est Bree. C'est la baby-sitter du chien, expliqua Joey.

Jake avait une expression étrange. Il écoutait avec intensité, sans détacher ses yeux d'elle. Sabrina comprit qu'il était très grand. Déjà, au restaurant, il la dominait de toute sa taille, mais vu depuis sa position sur le sol, il paraissait gigantesque. Ses manières méfiantes ne faisaient qu'ajouter à son apparence menaçante. Elle savait qu'il était du côté de la loi et qu'il ne faisait pas partie des méchants, mais elle ne pouvait s'arrêter de trembler.

— Je peux y aller, maintenant ? dit Joey en lui touchant la main.

Elle ne s'était pas rendu compte qu'elle tenait toujours le bras de l'adolescent. Elle le relâcha et le flic s'approcha d'elle, sans glisser dans la neige. Cependant, à en juger par l'état de ses vêtements, il avait l'air de s'être traîné par terre. Elle avait eu l'occasion de l'observer en détail au restaurant.

— Merci pour l'adresse, petit.

— Faut que je raconte ça à tout le monde, dit Joey.

Le temps que Sabrina se tourne vers Jake, l'enfant était déjà au bas de la colline.

Jake ? Plutôt Inspecteur Craig ! L'inspecteur qui n'a pas eu besoin de ton numéro de téléphone, songea-t-elle. Oh mon Dieu ! Voilà qu'elle se mettait à radoter.

— Attendez une seconde, ma belle.

— Quoi ?

Il la contourna et posa son arme dans la voiture, avant d'ouvrir la portière pour laisser sortir Dallas. La chienne sauta sur Sabrina et lui fourra son museau froid sur la figure. Elle fit courir automatiquement ses doigts sur les flancs de l'animal. Tandis qu'il lui léchait le menton, Bree détacha son regard du sol pour croiser celui de l'inspecteur, plein de curiosité.

Les images d'une arme, d'une housse mortuaire, de la prison assiégèrent son esprit, lui faisant tourner la tête.

Brenda Ellen avait dû aller promener le chien la veille au soir.

Elle se sentit sur le point de vomir et enfouit le visage dans la fourrure du chien.

— Vous ne l'avez pas attrapé ? demanda-t-elle.

— Non, je n'ai trouvé personne.

— Elle est… ? C'est pour ça que vous rameniez Dallas ?

Oh ! mon Dieu, elle est morte.

Le maladroit soupir de sympathie de l'inspecteur lui confirma qu'elle ne s'était pas trompée.

— Il faut que je vous pose quelques questions, mademoiselle Bowman.

Il tendit la main pour l'aider à se remettre debout.

Sabrina n'avait plus le choix. Brenda Ellen était morte à cause d'elle. Elle allait sans doute être arrêtée, et elle devrait laisser l'enquête à des professionnels. Elle posa ses doigts froids dans la paume tiède de l'inspecteur et se leva. Elle ne voulait pas aller en prison.

— Je m'appelle Bree.

— Oui, je m'en souviens.

Il garda sa main, pour la stabiliser. Sa timidité, ainsi que sa maladroite tentative de flirt, s'étaient évanouies. Ils restèrent debout face à face plusieurs secondes, avant que Dallas ne gémisse et lui griffe les jambes.

— Nous devrions peut-être entrer ? dit-il.

— On peut ? Après l'intrusion de ce type ? Je veux dire, vous ne devez pas relever les empreintes ou quelque chose comme ça ? Il a tué Brenda Ellen.

— Vous avez vu quelque chose ?

Il lui fourra dans la main une sorte de matériau argenté dont il se servait comme laisse, puis la poussa derrière un énorme sycomore en guise de protection. Elle tressaillit quand la neige lui recouvrit les pieds.

— Il pointait un revolver sur Joey. La cuisine est en désordre et vous avez dit que quelqu'un l'a tuée.

— Je n'ai rien dit.

— Non ?

— Non.

— Mais vous avez trouvé un cadavre et Dallas était au lac. Et il y a des œufs et de la graisse, et tout est en désordre.

Ce qu'elle disait n'avait ni queue ni tête et, devant l'expression curieuse, elle comprit qu'il était perdu.

— Avez-vous vraiment vu quelqu'un dans la maison ?

— Oui. Il m'a suivie dehors, et il allait nous tirer dessus, mais vous êtes arrivé.

— Qu'est-ce qui vous fait penser ça ? De quoi avait-il l'air ?

— Je ne sais pas. Il portait un masque et une arme. J'ai vu le revolver.

Ses mains tremblaient. Elle n'avait pas eu aussi peur depuis qu'elle avait poignardé Griffin à la clinique.

— Elle ne mange jamais, jamais de friture.

— Bree, j'ai du mal à vous suivre. Vous n'êtes pas très logique. Je n'ai trouvé personne à l'intérieur, mais je peux vérifier de nouveau, si vous voulez attendre dans la voiture.

— Il l'a tuée, n'est-ce pas ?

Bree Bowman était en train de craquer, de perdre les pédales. Elle n'allait sans doute pas s'évanouir, mais c'était tout juste. Jake fit la seule chose qui lui venait à l'esprit…

Il donna la laisse à Bree et la souleva dans ses bras. Elle était menue, et ne pesait pas plus lourd qu'une plume. De grosses larmes roulaient sur ses joues, et elle était à moitié gelée, sans manteau et sans chaussures. Scène de crime ou pas, il n'avait pas d'autre choix que de la faire rentrer dans la maison.

La porte s'ouvrit à moitié. Il lui fallut une seconde pour comprendre pourquoi et reconnaître la valise qu'il avait vue au restaurant. Donc Bree s'occupait du chien et logeait aussi dans la maison. Le fond de la valise était encore humide. Elle n'était pas là depuis longtemps.

Le chien les entraîna en avant et Jake se cogna la hanche à un tiroir ouvert.

— Je suis désolée. J'avais besoin du marteau à viande, au cas où quelqu'un m'aurait agressée.

— Lâchez la laisse, Bree.

— Ce n'est pas possible.

Elle lui passa les bras autour du cou et se serra contre lui.

— Elle va courir dans la maison et faire disparaître les traces. Elle va fouiller partout. Quelqu'un était ici : il s'est lancé à ma poursuite.

— J'ai compris. Vous pouvez la lâcher.

Elle chercha ses yeux et fit ce qu'il lui demandait. La tenant par la taille pour la stabiliser, il la reposa sur ses pieds. Dallas continuait à tirer sur la laisse, avide de retrouver sa liberté.

— Qu'est-ce qui vous fait penser que votre patronne n'a pas simplement eu un invité cette nuit, qui n'a pas nettoyé et a cru que c'était *vous* l'intruse ?

— Brenda Ellen devait quitter Seattle hier. Son vol a été annulé, et elle était censée en prendre un autre à onze heures, ce matin, murmura Bree. Elle n'aurait jamais laissé tout en désordre. Ce n'est pas son style.

Jake survola la cuisine du regard. Elle était immaculée, comparée à son propre appartement.

— Ecoutez, même s'il y avait quelqu'un, il est parti maintenant.

— Comment savez-vous qu'il ne se cache pas quelque part ? Et où serait-il allé ? Toutes les portes sont fermées. Et s'il y avait quelqu'un d'autre avec lui ?

— J'ai vérifié toutes les pièces et le jardin.

Il valait mieux suivre la procédure et commencer par le début. Mais, envoyant bouler les règles, il posa les mains sur les épaules de Bree, en une tentative pour la rassurer.

Génial, il n'avait même pas signalé sa position à son coéquipier ou son capitaine ! Mais si un intrus s'était trouvé là, il était parti depuis longtemps, et il y avait peu d'espoir de trouver des signes identifiables.

Bree inspira profondément et ouvrit la bouche. Il lui posa un doigt sur les lèvres et sentit son haleine tiède. Mais elle ne prononça pas un mot.

— Je vais appeler des renforts. Vous allez rester ici avec Dallas. Essayez de la faire se tenir tranquille. Faites oui si vous avez compris.

Elle remua à peine la tête. Il avait envie de sécher ses cils humides et de la serrer contre lui. Pourquoi ? Sans doute par sympathie pour le chien qui se frottait à cette petite femme aimante. Ou bien à cause de la manière dont elle avait ri au restaurant. Il l'ignorait et repoussa cette impulsion.

— Une chose avant tout. De quoi avait l'air Brenda Ellen Richardson ?

— Des cheveux bruns, de la même longueur que les miens, mince, de taille moyenne…

— De quelle couleur étaient ses yeux ?

— Etaient ? Alors… c'est *elle* que vous avez trouvée au lac. Ils étaient marron.

Bree était en train de décrire la victime. Avec sa chance habituelle, Jake allait détruire d'autres indices en fouillant la maison, mais il fallait qu'il s'assure de l'absence de danger. Il tira son portable de son étui à sa ceinture.

— Attendez ici.

Tout en demandant des renforts, Jake parcourut méthodiquement la maison. Arrivé dans le salon, il aperçut une photo de la victime, accompagnée d'un couple âgé. Très certainement ses parents. Une autre photo la montrait en compagnie d'un golden retriever. Puis il appela son coéquipier, lui donna le nom et l'adresse de la victime et raccrocha avant que le vieux ronchon ne commence à rouspéter.

Il y avait de beaux meubles et un assortiment de livres dans le couloir. Aucune poussière nulle part. De son point de vue, il n'y avait quasiment pas de désordre : la vaisselle du petit déjeuner, une goutte de sang, et une petite table fêlée, certainement par le chien. Rien n'indiquait la présence d'un intrus.

Mais il entra dans chaque pièce comme si un AK-47 l'attendait de l'autre côté de la porte. Il ne pouvait s'en empêcher, les vieilles habitudes avaient la vie dure. Son précédent coéquipier en avait ri plus d'une fois, mais c'était devenu la routine pour eux. Mieux valait prévenir que guérir.

Une robe gisait sur le couvre-lit, portée la veille ou préparée pour le jour même, il n'aurait su le dire. Deux valises élégantes étaient posées près de la porte de la salle de bains, donnant crédit à l'histoire de Bree.

Rien à signaler dans la maison. Les renforts allaient arriver d'une minute à l'autre. Il était temps d'interroger son témoin et de s'attaquer à l'affaire. Il s'engagea dans l'escalier et fut accueilli à mi-chemin par Dallas.

— Alors on t'a lâchée ? Tu t'inquiètes ?

Il saisit la laisse et passa quelques minutes à persuader l'animal de venir avec lui.

— Il faut que je vous pose quelques questions.

Il entra dans la cuisine, mais la pièce était vide. Bree avait disparu, de même que son manteau et sa valise.

Trompé par les apparences, il avait non seulement avalé l'hameçon, mais aussi le plomb et la ligne.

4

— Cheveux bruns, yeux améthyste, un mètre soixante ou soixante-cinq. Elle ressemble à la victime de dos, mais pas de face. Environ vingt-cinq ans.

Si Jake décrivait le visage en forme de cœur, le nez en trompette, les taches de rousseur et le squelette menu de Bree, son coéquipier allait le croire fou. Ou s'imaginer qu'il l'avait délibérément laissée s'enfuir.

En l'état actuel des choses, depuis que l'inspecteur Elton Owens avait fait son apparition pour prendre l'enquête en charge, le harcèlement ne cessait pas. Tout en vérifiant ses notes, Owens le traitait comme un suspect ou, pire, comme un bleu.

— Tu dis que tu l'as vue au restaurant ce matin ? Et tu n'as pas pensé à le signaler en rapportant les cafés ?

— Allons, Owens, je ne pouvais pas savoir qu'elle gardait la maison de la victime. Vous seriez toujours en train d'attendre les informations de la fourrière ou du fichier des personnes disparues si je n'avais pas suivi le gosse jusqu'ici.

Jake était conscient d'être sur la défensive, et il était assez las pour s'en ficher. Owens l'ignora et posa quelques questions à l'enquêteur de scène de crime.

Jake savait qu'il avait fait du bon boulot durant la dernière année. Il avait accepté de jouer les subalternes tout au bas de l'échelle, se chargeant du sale boulot sans se soucier des heures supplémentaires non payées. Son travail était toute sa vie, et il n'en voulait pas d'autre. Etre de service à Noël lui avait permis d'éviter ses parents, ses frères et sœurs et les autres membres de la famille.

Les réunions de famille le mettaient mal à l'aise. Et être mis sur le gril par son coéquipier était tout aussi pénible.

Ses parents ne lui avaient jamais demandé si les accusations proférées par son ex étaient vraies, mais ils n'avaient jamais laissé entendre non plus qu'elle mentait. Peut-être interprétaient-ils comme de la culpabilité sa gêne de ne pas s'être aperçu qu'elle le trompait. Après quelque temps, tout ça avait cessé d'avoir de l'importance. Il était plus simple de ne pas faire de vagues et d'éviter les confrontations à propos de son mariage désastreux. Il essayait d'oublier à la fois sa première femme et la guerre.

Il avait effectivement oublié son ex, c'était sans doute le plus difficile à comprendre pour ses parents. C'était triste, mais ce qu'il y avait eu entre sa femme et lui au début de leur mariage s'était tout simplement évanoui, après six ans de séparation à des milliers de kilomètres l'un de l'autre.

Quand ce poste s'était libéré à Dallas — à trois heures de route de sa ville natale — il avait sauté sur l'occasion. Il avait besoin de prendre un nouveau départ et c'était plus facile ainsi. Une année de plus, et il travaillait aux Homicides. Exactement ce qu'il avait espéré.

A présent son coéquipier le soupçonnait d'avoir commis des erreurs plutôt que d'avoir pris des décisions. Il aurait aimé que quelqu'un, n'importe qui, lui fasse confiance. Mais depuis qu'il avait quitté l'armée, personne ne semblait le considérer comme fiable. Bon, il ne pouvait pas le leur reprocher : il avait laissé un témoin s'échapper. Bree avait pris la poudre d'escampette et il s'était fait avoir comme un débutant.

— Tu t'es fait embobiner, reconnais-le, Craig, le taquina le diablotin assis sur son épaule.

Owens retirait la photo du cadre.

— C'est incontestablement elle. Va falloir trouver ses parents pour leur annoncer la nouvelle. La promeneuse de chien, cette Bree, tu dis qu'elle avait l'air plus effrayée par la présence d'un intrus dans la maison que par l'assassinat de Mme Richardson ?

— Je n'ai pas dit ça, Owens. Les deux choses l'ont bouleversée. *Je crois.*

— Quand tu retourneras au commissariat, faudra que tu passes en revue les photos signalétiques. On va éplucher les finances de Richardson et essayer de trouver un règlement pour cette mystérieuse promeneuse de chien. Pour l'instant, elle est notre seule piste.

Il referma son calepin et le fourra dans la poche de sa veste.

— T'es sûr qu'elle s'occupait du chien ?

— Joey la connaissait et semblait lui faire confiance.

— Pas de nom de famille pour lui ou les gosses qui étaient avec lui ? jeta Owens sans même attendre de réponse. Je vais envoyer un portraitiste au restaurant et un agent dans le quartier. Ça ne devrait pas être trop difficile de localiser cette nana. Oh… et le capitaine veut te voir dès ton retour.

— Je m'en doute.

Owens franchit la porte et échangea quelques mots en riant avec l'agent qui avait répondu à l'appel de Jake. La chance voulait que ce fût le même type qui lui avait conseillé de donner l'exemple aux enfants dans le parc.

— Ça va s'arranger, vous savez.

Shirley, l'analyste de scène de crime, interrompit le fil des pensées de Jake.

Il s'interdit de lui demander de quoi elle parlait. Il connaissait la réponse et ne voulait pas s'engager dans cette conversation.

— Ils vont arrêter de vous titiller. C'est comme ça qu'ils traitent tous les nouveaux.

— Vous avez trouvé quelque chose ?

Mieux valait s'enquérir de l'affaire, même s'il ne faisait pas officiellement partie de l'enquête.

— Tout sera dans mon rapport. Je préfère ne pas faire de suppositions.

— Hé, je suis Jake Craig, l'inspecteur qui ne fait pas partie de l'enquête. Vous ne pouvez pas me donner une version officieuse ? Ça ne sortira pas d'ici, promis.

Il lui adressa un sourire éclatant, espérant faire mouche. Flirter outrageusement n'avait jamais fait de mal à personne.

— D'accord. Apparemment, elle a été tuée au parc. Il n'y a qu'une goutte de sang dans la cuisine et pas de traces de lutte, en dehors du salon.

— Des empreintes ? La promeneuse de chien a dit que la victime faisait le ménage tous les jours et vivait seule.

— La table a l'air d'avoir été fêlée aujourd'hui. Peu d'éclats se sont enfoncés dans le tapis. Les empreintes sont fraîches et faciles à trouver. On écartera facilement celles de la victime.

— Donc elles ont été effacées ?

— Je ne pense pas. Je suis d'accord avec la demoiselle. Je pense que la victime aimait l'ordre, et prenait soin de sa maison quotidiennement.

La confusion dut se remarquer sur le visage de Jake car Shirley poursuivit :

— Regardez autour de vous. La propriétaire de cette maison avait un chien noir et une moquette blanche. Ou bien le chien ne rentrait jamais, ou bien quelqu'un nettoyait avec soin.

— J'ai compris. Et dans le jardin ? demanda-t-il, tandis que l'analyste rassemblait son équipement. Il y a quelque chose ?

Jake fourra les mains dans ses poches et aperçut son reflet piteux dans un miroir. Il rejeta les épaules en arrière pour se grandir. Sa mère lui avait dit qu'il avait l'air vaincu quand il avait les épaules voûtées. Pas question de se laisser abattre.

Les Marines l'avaient guéri de sa gêne de faire vingt centimètres de plus que tout le monde au lycée. Mais après son retour de l'armée, durant la semaine qu'il avait passée chez ses parents, sa mère lui avait rappelé plus d'une fois de se tenir droit. Il était sur le point de divorcer et n'avait encore aucun avenir.

— Avec cette couche de neige et de glace, il est impossible de collecter quoi que ce soit. Disons que le peu d'éléments que j'ai réussi à repérer ne sera pas la meilleure piste pour résoudre cet homicide.

Elle enfila son manteau.

— Le médecin légiste vous a fait part de ses hypothèses concernant la cause de la mort ?

Incontestablement une strangulation, selon lui. Il avait vu les mêmes yeux rouges sur un Marine tué par un combattant local.

— Ce n'est pas officiel, mais le légiste a noté des hémorragies sous-conjonctivales avant qu'on n'emporte le corps.

Ayant ajusté le dernier pan de sa tenue hivernale, elle empoigna ses mallettes et lui adressa un grand sourire.

— En langage profane, elle a été étranglée.

Il la suivit jusqu'à la porte, la lui tint ouverte et dit à mi-voix :

— On dirait qu'il y a eu préméditation : le meurtre a l'apparence d'une agression, mais l'homme est revenu se préparer un petit déjeuner.

— Ils sont revenus, c'est sûr. L'heure de la mort a été estimée entre vingt et vingt-trois heures hier.

Préméditation certes, car ce n'était pas une mort violente, comme dans une querelle d'amoureux. Le type avait sans doute étranglé sa victime alors qu'elle promenait le chien.

Sans cœur ? Avait-il laissé le chien geler exprès, ou bien ne l'avait-il pas tué parce qu'il aimait les animaux ? Quelque chose ne collait pas, et ça dérangeait Jake. Le meurtrier semblait avoir attendu quelque chose ou quelqu'un après le meurtre. Bree l'avait-elle surpris, ou bien s'était-il posté là pour l'attendre ?

Qui fuyait-elle quand il était arrivé, et pourquoi avait-elle disparu alors qu'il était en haut ?

— Shirley ?

Il la rattrapa dans l'allée.

— Rendez-moi un service.

Jake lui tendit sa carte de visite.

— Vous pouvez m'envoyer les résultats de la recherche d'empreintes ? Surtout celles que vous avez relevées sur le tiroir de cuisine. Voici mon numéro de portable.

— Bien sûr, mais je croyais qu'Owens avait dit…

— Oui, le service c'est de ne pas lui dire que je suis au courant.

— Oh ! pas de problème. Donc… vous pensez qu'on va trouver une correspondance.

Shirley empocha la carte.

— Elle avait tellement peur que ses genoux en tremblaient. Et puis il y a le fait qu'elle est partie sans ses chaussures.

Comme l'indiquaient les traces de pieds nus qui menaient dans la rue.

— On dirait bien.

Shirley sourit et reprit ses mallettes.

— Je voulais vous demander… qu'est-il arrivé au chien que j'ai vu ce matin ?

— La fourrière est venue, cette fois.

Ça aidait quand on les appelait, ce qu'il avait fait personnellement.

— Un gosse a vu Dallas avec moi au parking, et m'a guidé jusqu'ici.

— Tant mieux. J'espère que quelqu'un l'adoptera. Les gros chiens noirs ne sont pas faciles à placer, surtout quand ils sont borgnes. A plus.

Elle lui fit un signe de la main et monta en voiture.

Jake alla s'asseoir dans sa propre voiture.

Borgne ? Il n'avait pas remarqué. Dallas était une bonne chienne et quelqu'un allait l'adopter.

Elle méritait de trouver des maîtres avec un grand jardin, ou quelqu'un habitant près du parc, qui l'entraînerait à rattraper des frisbees et des balles de tennis. Du peu qu'il avait vu de ses interactions avec Bree, il avait compris que la petite chienne avait un cœur fidèle. La loyauté qu'elle avait démontrée en restant avec sa maîtresse lui rappelait la solidarité des Marines.

Serait-elle adoptée ? Ou bien fallait-il s'étonner qu'elle ait été adoptée une première fois ? Il avait détecté un authentique soulagement sur le visage de la femme-mystère quand il avait ramené Dallas. Intuition ou réflexe professionnel, Jake était prêt à parier sa prochaine paie que Bree ne laisserait pas la chienne passer la nuit à la fourrière.

Owens et le reste des agents discutaient près de leurs véhicules. Si son intuition se révélait juste, il pourrait obtenir la réponse à de nombreuses questions. Le fait qu'on ne lui ait pas attribué l'enquête ne l'empêcherait pas de retrouver le meurtrier.

En croisant le regard mort de Brenda Ellen Richardson, il avait établi un contact avec elle. Et il avait tenu dans ses bras la promeneuse de chien à moitié gelée. Il espérait se tromper sur les raisons de sa terreur — ainsi que sur celles de sa fuite.

Une série d'appels lui procura l'information dont il avait besoin, de même que l'adresse de la fourrière. Cela fait, il s'arrêta dans un fast-food pour calmer les appels insistants de son estomac. Deux hamburgers et vingt minutes plus tard, il se gara au fond du parking de la fourrière, et attendit.

En cette fin de samedi après-midi, il y avait peu de passage. La plupart des visiteurs avaient un enfant ou deux avec eux. Quand une belle voiture conduite par une femme ralentit pour entrer dans le parking, l'intérêt de Jake s'éveilla.

Moins de quinze minutes plus tard, comme il s'y attendait, la femme sortit avec la chienne en laisse et la fit monter sur le siège arrière. Jake n'eut pas à la filer de trop près. Elle reprit le chemin qu'il avait suivi jusque-là… Retour à White Rock Lake, retour à Bree.

5

— C'est qui ce géant ? Jolie voiture, mais on dirait qu'il s'est roulé dans la neige.

Tout en tendant la laisse de Dallas à Sabrina, Julie lorgna effrontément l'inspecteur.

L'inspecteur Craig ? Ici ?

Sabrina ne se retourna pas : peut-être ne l'avait-il pas vue.

Mais de longs doigts solides atterrirent sur ses épaules, à quelques centimètres de sa poitrine, la clouant sur place.

— Te voilà, Bree ! Désolé, je suis un peu en retard.

Jurant intérieurement, Sabrina dissimula sa surprise. Le policier s'avança à son niveau et entremêla des doigts chauds et fermes aux siens. La proximité de son corps fit monter un peu sa température corporelle.

Au moins, il ne lui plaquait pas le visage sur une table de pique-nique pour lui passer les menottes. Il avait la courtoisie de lui épargner l'embarras de se faire arrêter devant une amie.

Même si Julie n'était qu'un de ses employeurs. Sabrina l'avait contactée car elle était la seule à pouvoir recueillir Dallas chez elle. Et encore, parce qu'elle lui avait promis de s'occuper de ses chiens gratuitement.

— Bonjour, je m'appelle Julie Butler. Je ne m'étonne plus que vous n'ayez pas froid, Bree, avec un homme aussi séduisant pour vous réchauffer.

— Désolé de vous presser, mais nous devons y aller, répondit Jake. Il faut que je passe chez moi changer de vêtements.

Du coin de l'œil, Sabrina le vit pointer son pantalon maculé de boue.

— Vous sortez ce soir, c'est bien. Bree ne doit pas rester toute seule. Elle vous a dit que Brenda Ellen a été assassinée ?

— Oui, je suis le premier à qui elle en a parlé.

Il lui tapota la main.

— Tu es gelée, Bree. Viens te réchauffer dans la voiture.

Elle lui ferait savoir combien son comportement était déplacé. Plus tard. Pour le moment, elle était soulagée de ne pas avoir à ouvrir la bouche.

— Je vais la raccompagner.

Jake ne lui lâchait pas la main.

— C'est terrible. Je ne me sentirai plus jamais en sécurité dans cette ville, s'exclama Julie en posant une main sur sa poitrine abondante pour souligner sa terreur. Mais Bree m'a promis de me donner tous les détails si j'allais chercher Dallas.

— Une autre fois, dit l'inspecteur.

— On se voit dans quinze jours alors. Nous nous absenterons quatre jours. Vous pourrez amener Dallas à la maison si nécessaire, bien sûr.

— Merci d'être allée la chercher, Julie.

— Ciao !

Sabrina comprit que c'était sans doute la dernière fois qu'elle voyait Julie. Encore un job évanoui. Si elle parvenait à s'en tirer avec la police, il faudrait de toute façon qu'elle abandonne les chiens dont elle s'occupait.

— Dois-je vous remercier, Inspecteur ? Ou bien réclamer un avocat ? Très malin de votre part de me retrouver grâce à Dallas. Comment saviez-vous que je ne la laisserais pas à la fourrière ?

— Je dois admettre qu'au début j'étais perplexe et que je me demandais ce qui vous avait fait fuir. Mais l'analyste criminelle m'a fait remarquer que les chiens noirs sont moins souvent adoptés que les autres, et qu'en plus, celui-ci est borgne. Je ne m'en étais pas aperçu. Il a l'air normal.

— Il l'est, protesta Sabrina pour défendre l'animal.

— Je me suis dit que vous ne prendriez pas le risque de la donner à adopter. Acceptez-vous de répondre à quelques questions avant d'appeler un avocat ?

— Eh bien, comme vous le voyez, je suis très occupée.

Elle désignait Dallas, qui bondissait en lui frappant la poitrine de ses pattes, sans doute pour échapper au sol verglacé.

— Occupée à partir ? reprit l'inspecteur en montrant du doigt sa valise dissimulée derrière une haie.

— Non, c'est simplement que je ne suis pas repassée chez moi. Il fallait que j'attende Julie.

— Et c'est loin, chez vous ? Vous avez l'air de faire des kilomètres à pied. Ça fait cinq heures que vous vous êtes enfuie, et vous n'êtes allée ni chez vous ni au restaurant. Vous devez être frigorifiée. Je serai ravi de vous reconduire, pour que nous parlions au chaud. A moins que je ne vous emmène directement au commissariat.

— Je suis sûre que nous pouvons éclaircir ça tout de suite.

Sabrina s'assit à la table de pique-nique, où elle avait attendu Julie après lui avoir envoyé un SMS.

— Je voudrais d'abord que vous me montriez une carte d'identité, dit l'inspecteur en joignant le geste à la parole.

— Je… Euh, je l'ai perdue il y a trois semaines, hasarda Sabrina, avec l'impression de braver un géant.

— Et vous n'avez pas de permis de conduire ? Très pratique. Vous vous rappelez peut-être le numéro ? Essayons une question simple, qui ne sollicitera pas trop votre mémoire défaillante. Quel est votre vrai nom ?

Il croisa les bras, dans l'attitude de celui qui n'attend pas de réponse cohérente.

— Vous croyez pouvoir y arriver ?

Bien qu'elle ne l'ait rencontré que quelques heures auparavant, Sabrina savait déjà que la moue de l'inspecteur présageait des ennuis.

— Je vous demande pardon ?

— Demandez tout ce que vous voulez, mais jusqu'à ce que je sache qui vous êtes…

Il s'interrompit, fouilla dans sa poche et en sortit une paire de menottes qu'il agita en l'air.

— … vous êtes en état d'arrestation.

— Pour quel motif ?

Mais elle le savait, bien sûr : elle était soupçonnée de meurtre, accusée de compliquer l'enquête et d'avoir fui une scène de crime. Les charges ne manquaient pas et on allait la mettre en détention. Puis la police découvrirait que tous ses proches la croyaient morte. Dès qu'ils auraient fait le rapprochement entre la femme retrouvée dans l'incendie de la clinique et elle, elle serait accusée d'un deuxième meurtre. Sans oublier les accusations d'escroquerie et d'usurpation d'identité qui suivraient.

Oui, elle connaissait la réponse à sa question… Même si ce bel inspecteur l'ignorait.

— Commençons par votre fuite de ce matin. Je suis certain qu'on vous recherche, étant donné que vous refusez de me donner votre vrai nom.

Il lui fit signe de tendre les poignets.

— Vous savez qu'on découvrira qui vous êtes grâce à vos empreintes, n'est-ce pas ?

Sabrina s'exécuta, en priant pour que les menottes ne la serrent pas trop par-dessus ses gants épais. Pas de chance, il repoussa la fourrure, en effleurant son pouls au passage.

Avait-il senti les battements de son cœur ?

Après lui avoir pris la laisse de Dallas, il la fit monter à l'arrière de sa voiture en lui posant une main sur la tête. Il lui passa la ceinture de sécurité, puis appela Dallas d'un petit claquement de lèvres. Le gros labrador sauta par-dessus Sabrina, tourna sur lui-même et se coucha la tête en travers de ses genoux.

— Désolée de vous demander ça, mais pourriez-vous prendre ma valise ? Elle est dans les buissons.

— Oui, j'ai vu.

La portière se referma, le verrouillage automatique se fit entendre et Sabrina se retrouva seule. Dès que l'inspecteur eut tourné le dos pour aller chercher son bagage, elle essaya la poignée.

Sécurité enfants. Elle était piégée. Bonne pour la prison. Elle caressa la fourrure soyeuse de Dallas, un peu réconfortée par la présence aimante de l'animal.

— Eh bien, ma belle, j'ignore ce qui va se passer. Ça me fend le cœur de te renvoyer à la fourrière.

Dallas émit un petit gémissement, comme si elle comprenait et compatissait. Brenda Ellen l'avait adoptée quatre mois auparavant, mais c'était une mauvaise idée, car elle se déplaçait au moins deux fois par mois pour ses affaires, et restait absente plus d'une semaine chaque fois.

— J'ai passé plus de temps qu'elle avec toi, pas vrai, trésor ?

Sabrina posa la joue sur la tête de l'animal. C'était vraiment un amour de chien.

Le coffre s'ouvrit et se referma. Mieux valait tout expliquer à l'inspecteur Jake Craig. Il constituait son dernier espoir.

— Vous n'auriez pas aussi faim que moi, par hasard ? demanda-t-elle quand il fut monté en voiture et eut ajusté le rétroviseur intérieur pour la voir.

— J'ai mangé un hamburger avant de me rendre à la fourrière.

— Ah.

L'expression qui traversa les yeux de l'inspecteur indiquait clairement la pitié. Sabrina avait appris à reconnaître cette expression, qui l'exaspérait quand elle la déchiffrait sur le visage des gens. Mais dans le cas présent, c'était peut-être le signe que son histoire ne tomberait pas dans les oreilles d'un sourd.

— J'ai quelques frites refroidies.

Il les lui tendit par-dessus la tête de Dallas.

— Merci. Ça empêchera peut-être mon estomac de gargouiller, dit-elle en allongeant le bras pour attraper l'emballage.

— Vous devriez vous réjouir que je vous mette en garde à vue.

— Vous croyez que je devrais me réjouir d'aller en prison ?

La perspective d'être mise en accusation et de n'avoir personne pour la défendre la glaçait.

— Qui a parlé de prison ? Pour le moment, tout ce que je veux, ce sont des réponses.

Quand les membres de sa famille apprendraient qu'elle

était en vie, ils la bombarderaient eux aussi de questions. Leur bonheur ne durerait qu'un instant, et ils ne tarderaient pas à la soupçonner de meurtre autant que de mensonge.

Ses empreintes avaient été enregistrées quand elle avait ouvert sa société. Il ne faudrait pas longtemps à la police pour découvrir qu'elle était censée être morte. Sauf que c'était Brenda Ellen qui était morte à sa place. Comment les choses avaient-elles pu tourner si mal ?

— Je ne pourrais pas répondre à vos questions maintenant ? demanda-t-elle, pleine d'espoir, mais en déglutissant avec difficulté, car les frites froides avaient du mal à passer.

— Je ne crois pas que ce soit une bonne idée.

Se retournant à demi, l'inspecteur la dévisagea. Ses prunelles marron aux profondeurs hypnotiques soutinrent son regard sans ciller.

— Vous voyez, je connais votre secret, Bree.

Cet homme lui faisait quelque chose. Il éveillait en elle des sentiments jamais éprouvés, qu'elle n'arrivait pas à identifier. Cela ressemblait à une confiance innée, comme s'il la connaissait intimement. Qu'allait-il découvrir en la fouillant du regard de la sorte ? Une femme innocente était morte à cause d'elle. Cela ne faisait-il pas d'elle une coupable ?

Elle avala sa salive, avide d'interrompre cet interrogatoire silencieux.

— Alors vous savez que je promène des chiens le jour et que je commets des crimes en série la nuit ?

— Vous êtes une petite marrante.

Il mit le contact et lui fit de nouveau face après avoir passé une vitesse.

— Je sais que ce n'était pas Brenda Ellen Richardson qui était visée. C'était vous.

6

Le silence à l'arrière le surprit. Jake s'attendait à des flots de larmes dans ces magnifiques yeux violets. De même qu'à une bonne dose de déni et de persuasion.

Dallas gémit et poussa du museau le carton de frites, pour pouvoir poser sa tête sur les genoux de Bree.

La jeune femme enfouit le visage dans la fourrure de l'animal, et Jake l'entendit respirer à fond pour réprimer ses larmes.

— Je n'aurais pas dû vous le jeter à la figure comme ça, admit-il.

Jauger sa réaction lui avait semblé important, mais il ne se sentait pas fier.

Elle s'essuya les yeux avec sa manche.

— Oh Seigneur, cessez d'être aussi gentil et venez-en au fait. Mettez-moi en prison pour que je puisse tout leur raconter.

Une autre réaction inattendue.

— Pourquoi ne commencez-vous pas par me dire votre vrai nom ?

— C'est Bree.

— Savez-vous qui en a après vous ?

— On ne pourrait pas aller directement au commissariat, Inspecteur ? Je ne pense pas que l'assassin de Brenda Ellen va renoncer aussi facilement que la police.

— Vous êtes avec moi et à dix minutes d'une cellule. Croyez-moi, vous êtes en sécurité.

Jake démarra et s'engagea sur la chaussée.

— J'ai l'intuition que vous fuyez quelqu'un. Je peux vous aider, Bree.

— Je sais que vous croyez ce que vous dites, Inspecteur, mais je doute sérieusement que vous le ferez. Je ne pense pas que quiconque me croira.

Jake se sentit tressaillir. Combien de fois s'était-il dit la même chose ? Pourquoi se donner la peine de s'expliquer, quand personne ne vous croyait ? Il avait été condamné par sa famille sans même un procès. Mais il ne s'était pas défendu non plus.

— Pourquoi n'essayez-vous pas de m'expliquer ?

Dans le rétroviseur, il lut l'indécision dans les yeux de Bree et résolut de l'écouter. Quittant la route principale, il s'arrêta sur un parking qui donnait sur les rampes de mise à l'eau. La surface du lac était calme, après la chute de neige de la nuit précédente.

— Je ne sais pas par où commencer.

— Commencez par le début. Résumez-moi les choses et dites-moi qui essaie de vous tuer.

Elle secoua la tête.

— C'est bien la question. Je n'en sais rien. Ils ont essayé de me tuer à Amarillo, mais je leur ai pris quelque chose qu'ils veulent récupérer.

— De la drogue ?

— Non. Du moins, je ne crois pas. J'ai volé une liste de noms et de l'argent.

— Où est cet argent, maintenant ?

— Vous voyez, ils voulaient me faire porter le chapeau pour leurs escroqueries. J'ignore pourquoi. L'homme qui allait me tuer m'a dit qu'il n'avait pas le choix, que c'était un ordre des chefs. J'ai attrapé la mallette et je me suis enfuie.

Elle gardait toujours son quant-à-soi. C'était à dessein qu'elle ne disait pas tout. Il avait entendu l'hésitation dans sa voix et comprit qu'elle choisissait ses mots avec soin.

— C'était il y a combien de temps ?

— Six très longs mois.

Elle soupira et regarda par la vitre.

— Et comment se fait-il qu'ils ne vous aient pas retrouvée avant ? Pourquoi maintenant ?

— Je faisais des gardes de maisons et d'animaux. Uniquement sur recommandation personnelle, je ne travaillais pas pour une agence.

— Au noir, donc. Alors comment vous ont-ils retrouvée ?

— J'essayais de découvrir qui étaient ces « chefs », et j'ai passé beaucoup de temps sur l'ordinateur de Brenda Ellen.

Encore des larmes. Jake était soulagé qu'il y ait un dossier de siège entre eux. Dans le cas contraire, il l'aurait enlacée et lui aurait tapoté le dos pour la réconforter. Il la comprenait. Lui aussi était passé par là. Il s'était senti responsable, s'était fait des reproches, s'était demandé s'il n'aurait pas pu faire autrement.

— Je n'avais pas l'intention d'impliquer quelqu'un d'autre dans cette histoire. Je n'arrive pas à croire qu'elle soit morte.

— Mais c'est arrivé et on ne peut plus rien y faire. L'important, c'est que vous pouvez nous aider à capturer l'homme qui l'a étranglée.

— Comment ? En allant en prison ? Qui prouvera de mon innocence dans ce cas ?

— Il faut que vous nous disiez tout, Bree. Comment puis-je vous aider, alors que vous ne voulez même pas me dire votre no;m ?

Il mourait d'envie de résoudre cette affaire. L'impatience le tenaillait de pouvoir jeter son succès à la figure de son coéquipier, ne serait-ce qu'une seconde.

Par la lunette arrière, il vit une camionnette ralentir puis reculer. Par une journée d'été, cela n'aurait rien eu d'étrange. Mais en plein hiver, alors que les routes enneigées étaient pratiquement désertes, c'était inquiétant. Jake éprouva soudain un sursaut d'alarme. Le véhicule vira et accéléra dans la pente, venant droit sur eux.

— Cramponnez-vous !

Jake passa la marche arrière en hâte mais trop tard. Les pneus de sa voiture patinèrent. Dans son rétroviseur, la camionnette blanche avait pris des proportions monstrueuses. Il se prépara à la collision.

Le choc les projeta en avant. Jake enfonça la pédale de frein, tourna le volant, tira le frein à main, mais rien ne suffit à stopper leur élan.

— On va tomber à l'eau ! Déverrouillez les portières !

Bree avait raison. La camionnette avait assez de puissance pour les projeter dans le lac. Aucun obstacle ne se dressait entre eux et l'eau. Pressant la manette, il abaissa les vitres des fenêtres avant.

Dallas se mit à aboyer. Bree hurla. Détachant sa ceinture, Jake tira son arme ainsi que son portable. Il lança ce dernier à l'arrière.

— Appelez le 911.

Encore un mètre cinquante et ils seraient dans le lac. Jake lâcha le volant et empoigna son Beretta. Se retournant, il fit feu sur la camionnette, qu'il toucha du premier coup. Mais la voiture bascula lentement dans l'eau, et sa ligne de mire se brisa.

— Ils vont nous tuer !

— Restez calme. C'est ici que vous êtes le plus en sécurité. La voiture n'ira pas plus loin.

— Vous n'en savez rien. Sortez-moi d'ici.

— Faites-moi confiance, Bree. Restez ici. Je vais revenir. Il ne vous arrivera rien, je vous le promets.

Il retira sa veste, qui aurait pesé trop lourd dans l'eau.

— Vous ne pouvez pas…

Jake n'entendit pas la fin de sa phrase. L'avant de la voiture se remplissait rapidement d'eau. Il fallait qu'il se débarrasse de leurs agresseurs pour faire sortir Bree du véhicule. Il sortit par la fenêtre côté passager et entendit des coups de feu au moment où il donnait un coup de pied pour s'éloigner de la voiture.

Il prit pied dans l'eau et tira deux salves. La camionnette repartit en sens inverse et disparut en quelques secondes. Ça n'avait pas de sens : ils auraient pu les abattre ou noyer tout à fait la voiture. Leur véhicule n'avait pas de plaques d'immatriculation et serait sans doute abandonné dans un fossé à quelques kilomètres de là.

Jake se retourna. Bree était à l'avant, encourageant Dallas à la rejoindre. La chienne, terrifiée, avait rampé sur la plage arrière, et ne voulait plus en bouger.

— Venez vous mettre au sec, Bree. Allez.

Il tendit la main par la vitre et lui tira doucement le bras.

— Seigneur ! Elle est morte de peur, elle ne veut pas venir.

Sabrina croisa son regard d'un air suppliant.

— Je vais aller la chercher.

La voiture s'ébranla, sombrant un peu plus dans le lac Bree lui abandonna ses mains menottées et se laissa hisser par la fenêtre. Jake la soutint sur les rochers glissants jusqu'à ce qu'elle reprenne son équilibre.

Puis il rengaina son arme et secoua la tête, n'ayant pas oublié qu'il devait secourir la chienne traumatisée.

— Ils pourraient revenir, alors ne vous éloignez pas de la voiture. Elle ne bougera plus.

— Ne vous inquiétez pas, je ne vais nulle part. Vous allez probablement devoir la porter.

Les portières étaient toujours condamnées et la clé sur le contact. Jake pressa la manette, en vain. L'électricité ne fonctionnait plus.

— Dallas, viens, ma belle.

Il s'efforça de la convaincre avec de petits claquements de langue, comme le matin même, près du cadavre de Mme Richardson.

— C'est son œil droit, Inspecteur. Je crois qu'elle ne vous voit pas.

Selon lui, l'animal était seulement terrifié. Tout comme la femme qu'il voyait escalader la rive ?

— Je vous ai dit de ne pas bouger, Bree. Je vais devoir aller vous chercher, au lieu de Dallas.

— Croyez-moi, Inspecteur, je n'ai nulle part où aller. Je gèlerai à mort dans la neige au lieu de me noyer.

Elle leva ses poignets menottés, soulignant son statut de captive.

Les liens n'avaient pas dissuadé certains des hommes qu'il avait arrêtés de tenter de s'échapper. Il espérait qu'elle disait la vérité car, Dieu lui en soit témoin, il ne pouvait abandonner le chien. Il retint son souffle et s'introduisit dans la voiture. C'était la première fois qu'il était content de conduire une grosse berline au lieu d'une petite compacte.

Il se débarrassa de sa veste de costume et respira à fond pour se préparer à une immersion glaciale. A peine ses pieds furent-ils passés par la fenêtre qu'il déplia son long corps en direction du siège arrière. Puis, plongeant dans l'eau, il attrapa la chienne avant de la perdre de nouveau. En effectuant un tour sur lui-même pour ressortir, il saisit du coin de l'œil un mouvement du côté conducteur. Les hommes qui les avaient emboutis s'avançaient à travers les buissons.

— Attention !

Jake frappa du poing le plafond de la voiture, effrayant la chienne qui essayait de regagner la plage arrière.

L'attrapant par son collier, il la força à revenir sous l'eau, et elle passa enfin par la vitre. Il la suivit aussi vite que ses jambes pouvaient le propulser, sans cesser d'entendre les cris de Bree. Quand il émergea, la jeune femme se débattait en hurlant sur l'épaule d'un homme, qui escaladait le petit talus menant à la route.

— Attention ! hurla-t-elle.

Détournant son attention du ravisseur de Bree, Jake sentit quelque chose le frapper sur les côtes. Toute la journée, il avait eu un temps de retard sur les événements, mais pas cette fois.

Les rochers étant très glissants, il se fraya un chemin entre les roseaux gelés pour rejoindre la rive. A cet instant, son agresseur le chargea avec son bâton. Jake para l'attaque en s'emparant de l'extrémité du gourdin et en déséquilibrant l'homme qui glissa à reculons sur la glace.

Il le suivit et lui envoya un direct au menton. Puis un autre et encore un autre. L'homme titubait en arrière à chaque coup. Jake repoussa son masque, découvrant un menton imberbe. Le gamin n'avait pas vingt ans. Son bâton toujours à la main, il rabattit son masque. Mais Jake avait vu son air éperdu et ses yeux agrandis par la peur.

Haletant, le jeune cilla et laissa tomber la branche. *Il va s'enfuir,* songea Jake. Il s'apprêtait à le plaquer au sol, quand l'autre dégaina une arme et se mit à tirer en tous sens. Jake entendit une balle frapper la carrosserie de la voiture, une autre ricocher sur les rochers. Quant à la troisième…

Des éclairs de lumière explosèrent dans sa tête, obscurcissant sa vision. Il s'écroula, tête la première dans l'eau glaciale, et lutta pour rester conscient. Le « non ! » de Bree résonna dans ses oreilles, accompagné des battements de son cœur. Un mouvement brusque près de sa tête. Etait-il en train de flotter, ou bien n'était-ce qu'une sensation ?

Touché par une balle. Conscient, mais incapable de réagir. Etait-ce la fin ? Avait-il survécu six ans en zone de guerre pour se noyer dans cinquante centimètres d'eau ?

Pas question !

7

Jake était mort.

Sabrina n'oublierait jamais l'éclat de ses yeux quand ils s'étaient rencontrés, la timidité qui l'avait empêché de lui demander son numéro de téléphone. La manière dont il s'était précipité dans la maison pour poursuivre l'assassin de Brenda Ellen. Ou la délicatesse dont il avait fait preuve en évitant de l'arrêter devant Julie, au parc.

Un homme bon était mort à cause d'elle. Combien d'autres allaient mourir ? Il fallait que ça cesse.

— Il faut que ça s'arrête ! hurla-t-elle dans l'obscurité qui l'environnait.

Elle renifla encore, s'essuya le nez sur son manteau trempé et malodorant et donna un coup de pied contre le capot du coffre.

La voiture de ses ravisseurs était arrêtée depuis plusieurs minutes. Sabrina était pétrifiée, mais déterminée à se montrer forte. Elle avait déjà affronté l'inconnu. Elle avait réussi à échapper à Griffin. Avec un peu de chance, elle pourrait encore s'en sortir.

Des pas. Le déclic de la serrure. Une lumière vive qu'on lui braquait dans les yeux.

— Sortez de là.

— Je… euh, je ne peux pas. J'ai des crampes aux jambes.

— Vous croyez que j'en ai quelque chose à faire ?

En dépit de ses efforts, l'homme qui avait tiré sur Jake ne parvenait pas à déguiser le timbre aigu de sa voix ni la nervosité de son regard qui sautait de gauche à droite. A le regarder, il était évident que ce n'était pas le chef.

Il empoigna Sabrina par le col et les menottes pour la faire sortir du coffre étroit. Ses jambes protestèrent et elle s'écroula sur le sol en béton. Cela n'y changea rien. L'homme la saisit par les vêtements et les cheveux et la traîna sur le sol crasseux, avant de la ligoter sur une chaise avec du ruban adhésif.

L'autre, celui qui l'avait transportée sur son épaule, fumait une cigarette, appuyé au coffre de la voiture. Sabrina se jura de ne pas pleurer. Pas de larmes, peu importe ce qu'ils lui feraient.

— Vous ne vous en tirerez pas comme ça. L'homme que vous avez laissé se noyer était un inspecteur des Homicides. Il y aura une chasse à l'homme dans toute la ville pour vous retrouver.

— Comme si on nous avait vus…

Le jeune rit en tranchant le bout du ruban adhésif à l'aide d'un couteau qu'il fourra ensuite dans sa botte.

— Attends, dit l'homme aux commandes. La petite chérie doit avoir froid dans ses fringues mouillées. Laisse-moi l'aider…

— Elle est menottée, Larry. On peut pas…

Le dénommé Larry attendit d'être tout près pour ouvrir un cran d'arrêt sous le nez du jeune toujours masqué.

— Qu'est-ce que j'ai dit sur les noms ?

Sabrina déglutit avec difficulté. Sa gorge était douloureuse des larmes de terreur qu'elle avait retenues dans le coffre. L'homme au couteau s'approcha d'elle et passa sa lame effilée sur sa clavicule, à un centimètre de sa gorge. Elle ne baissa pas les yeux, de crainte qu'il ne l'égorge et que tout soit fini.

Il fit descendre la lame le long de son bras, découpant son manteau comme du beurre, avant de revenir à son cou et de continuer son chemin sur l'autre manche. Elle sentit la pointe de la lame piquer une ou deux fois son bras droit, tandis qu'il déchiquetait son pull. Dans son état d'esprit, elle ne s'en serait pas rendu compte, s'il lui avait vraiment entaillé la peau.

Il repoussa les restes de son manteau. Ils seraient tombés d'eux-mêmes de toute façon, mais le truand poursuivit son œuvre, avide d'affirmer son pouvoir en la privant de ses vêtements, couche après couche.

Enfin les lambeaux de son manteau s'étalèrent tout autour de la chaise. Le jeune choisit ce moment pour s'approcher et enrouler le ruban adhésif autour de sa poitrine, lui interdisant tout mouvement. Sabrina pouvait à peine respirer. Ses veines étaient saturées d'adrénaline, et elle n'aurait su dire si elle tremblait de froid ou à cause du choc.

Après que les deux hommes se furent éloignés, il lui fallut une minute pour se reprendre, mais elle retrouva finalement sa voix.

— Qu'est-ce qu'on fait ici ? cria-t-elle aux deux hommes.

Le jeune se retourna à peine une fraction de seconde. Il était nerveux, inexpérimenté, tandis que l'autre, plus âgé, avait une expression qui disait « provoque-moi-un-peu-pour-voir ». Le même air mauvais que l'acolyte de Griffin, à la clinique vétérinaire.

— Qu'est-ce que vous me voulez ? reprit-elle.

Depuis qu'ils l'avaient ligotée, ils l'ignoraient. Cela la rendait folle de ne pas savoir pourquoi ils la gardaient en vie. Et, honnêtement, cela la surprenait, étant donné qu'ils avaient tué Brenda Ellen de si horrible manière.

Il ne s'était pas écoulé beaucoup de temps depuis l'épisode du lac et ses vêtements étaient encore mouillés. Les minutes se traînaient, dans cet entrepôt rempli de courants d'air glacials. Elle avait encore plus froid maintenant que ce sadique avait pris tant de plaisir à découper son manteau. Elle se souvint du contact de la lame sur sa peau et frissonna.

Des rayons lumineux filtraient par les fenêtres, bien au-dessus de sa tête. Trop haut pour qu'elle puisse passer par là, à supposer qu'elle se libère de ses liens. Mais cela prouvait qu'il faisait encore jour. Bien que l'heure ne change pas grand-chose à l'affaire. Pas vraiment.

Personne ne savait qu'elle était en danger. Après l'avoir retrouvée, Jake n'avait ni appelé le commissariat ni demandé des renforts.

Ces hommes allaient la tuer et abandonner son corps n'importe où. Ses parents la croyaient déjà morte. Absolument personne ne saurait. Il fallait qu'elle se libère et, faute de mieux, qu'elle se rende aux autorités pour empêcher la mort d'autres innocents.

Jake Craig était un héros, mort en essayant de la sauver. Il avait certainement une famille. Brenda Ellen avait aussi des parents. Ces gens méritaient de connaître la vérité. Les morts de leurs enfants ne resteraient pas vaines.

Les larmes lui montèrent aux yeux. Mais il fallait qu'elle se maîtrise. Elle pleurerait plus tard.

Les deux hommes étant masqués, elle ne pourrait les identifier si elle réussissait à s'échapper. Et ils avaient changé de voiture. Elle avait été secouée pendant tout leur trajet en ville.

S'échapper semblait impossible. Mais peut-être pouvait-elle les persuader de la relâcher ?

L'argent !

— Vous ne savez pas où est l'argent, pas vrai ? C'est pour ça que vous me gardez en vie.

— Ferme-la. Je te le dirai pas deux fois, dit le terrifiant Larry en brandissant un poing dans sa direction.

Affronter cet homme était bien pire que de faire face à Griffin, à la clinique. Six mois auparavant, elle avait trouvé le moyen de se défendre. A présent, ligotée et impuissante, elle avait encore bien plus peur de ces hommes qui discutaient à cinq mètres d'elle, toujours appuyés à la seconde voiture. Le meurtrier de Jake ne cessait de regarder sa montre et de vérifier son portable.

Ils attendent des instructions.

Elle se tortilla dans ses liens qui bougèrent à peine contre ses vêtements mouillés. Le cliquetis de ses menottes lui rappela le corps de Jake flottant dans l'eau. Elle avait envie de hurler et de faire mal à l'homme qui l'avait tué. Cette idée n'avait rien de rationnel, mais la mort de l'inspecteur n'avait rien de normal non plus.

Reprends-toi et trouve le moyen de sortir d'ici, pour que sa mort ne reste pas un simple numéro !

— Je peux vous donner l'argent. Les deux millions. Vous n'aurez pas besoin de le rendre à Griffin. Vous y avez pensé ?

Les deux hommes la dévisagèrent. Le plus jeune se mit à parler, mais l'autre le frappa à la tête.

Un simple appel téléphonique suffirait à lui procurer l'argent. Elle avait laissé la mallette à la seule personne de sa famille qui savait qu'elle était encore en vie, son oncle. Si elle prononçait le mot convenu, son oncle amènerait la police au rendez-vous. Les assassins de Jake passeraient le reste de leur vie en prison, même si elle devait y aller aussi.

— C'est l'heure, dit Larry.

Le jeune type composa un numéro sur son portable. Le méchant le lui arracha des mains, se rua vers Sabrina et lui fourra l'appareil sous le nez.

— Bonjour Sabrina.

La voix douce était celle de son ancien associé.

— Espèce d'ordure. Comment va ta jambe ? J'espère qu'elle est en train de pourrir.

— Je crains d'aller mieux que ton policier, répliqua-t-il sans se démonter.

Elle déglutit pour réprimer ses larmes. Deux personnes étaient mortes à cause d'elle. Elle ne donnerait pas à Tyler la satisfaction de savoir qu'elle avait peur de ces hommes.

Ce coup de fil confirmait ce que Jake avait supposé, à savoir que Brenda Ellen n'était pas la victime désignée. Mais de qui se moquait-elle ? Les confirmations étaient inutiles. C'était sa faute, et elle devrait payer pour ça. D'une manière ou d'une autre.

— Nous avons un petit problème, trésor, articula doucement Griffin.

— Et alors ?

Elle reconnaissait la persuasion hypocrite dont il usait avec ses clients. Six mois auparavant, elle levait les yeux au ciel en l'entendant. A présent, cela lui nouait l'estomac.

— Toujours la même petite maligne. Nous avons besoin de la mallette que tu m'as volée.

— Je ne l'ai pas.

— Ecoute, Sabrina. Ces hommes vont te faire du mal, et récupérer quand même l'argent. Alors tu ferais mieux de leur dire.

— Tu ne comprends pas. C'est la vérité, Griffin, je ne l'ai pas. Ces imbéciles ont laissé mes affaires dans le coffre de la voiture de Jake. Maintenant ce sont les flics qui ont l'argent, du moins en partie. Le reste est caché à Amarillo.

L'espoir revint à Sabrina en entendant Griffin hurler de grossières imprécations aux hommes masqués.

— Récupérez-le. Vous savez ce qui se passera si on n'y arrive pas. Je vais donner l'ordre aux autres de s'occuper de sa famille. Faites ce que vous avez à faire.

Griffin raccrocha et l'écran devint noir.

— De quoi parle-t-il ? Qu'est-ce que ça veut dire *s'occuper de ma famille* ? Ma famille n'a rien à voir avec ça. Ils ne peuvent pas vous aider, ils pensent que je suis morte.

— Trop tard. T'aurais dû y penser avant de partir avec le magot.

Larry se débarrassa de son mégot d'une chiquenaude et attira son complice dans un coin. Ils se mirent à parler, trop bas pour que Bree puisse distinguer leurs propos.

Les hommes qui lui en voulaient semblaient avoir aussi des types à leurs trousses. La voix de Griffin ne tremblait pas seulement de colère : elle avait perçu la frayeur chez lui.

— Attendez ! Je peux vous rendre l'argent.

Elle pouvait rassembler l'argent caché. Mais si quelque chose arrivait à sa famille… Elle avait le dos au mur. En échangeant l'argent contre sa famille, peut-être pourrait-elle obtenir que la police intervienne. Peut-être. Ce n'était pas certain, mais il fallait qu'elle coure le risque.

— Libérez-moi et je vous donnerai l'argent dès que je l'aurai récupéré.

— Vous avez dit que c'est les flics qui l'ont, gémit le jeune.

Le méchant le frappa de nouveau à la tête.

— L'écoute pas. Elle dirait n'importe quoi pour qu'on la relâche, dit-il.

— Alors vous préférez aller au commissariat essayer de le récupérer ? Vous croyez que ça marchera ?

— Ça serait plus facile si t'avais pas tué le flic.

Larry donna un nouveau coup au jeune homme.

— J'arrête pas de te l'dire, mec, je l'ai pas tué. Ce foutu chien l'a sauvé. J'ai vu le fils de pute se relever, avant d'monter en voiture.

Dieu merci ! Jake était vivant. Il serait furieux contre elle si elle réussissait à s'échapper, mais il était vivant.

— Je sais comment récupérer ma valise, leur dit-elle.

Les deux hommes la fixèrent. Le soleil se reflétait sinistrement dans leurs yeux noirs. Sabrina faillit déglutir, mais elle ne pouvait se permettre d'afficher sa peur.

— Vous pouvez m'échanger contre l'argent.

— Comment ? J'appellerai pas le commissariat, déclara le jeune en secouant la tête.

— Il y a un téléphone dans mes affaires, au commissariat. S'ils le donnent à l'inspecteur, vous pourrez organiser un échange.

— Et s'ils ne répondent pas ?

— Je ne sais pas. Peut-être que quelqu'un entendra le téléphone et fera passer le message à l'inspecteur Craig. On peut au moins essayer.

Elle était prête à supplier, persuader, insinuer n'importe quoi pour les convaincre de rentrer en contact avec Jake. Il allait l'aider. Il fallait qu'il l'aide.

Larry donna une chiquenaude à l'autre.

— C'est p'têt une ouverture. On a toujours le téléphone qu'elle avait à la main ?

— C'était le sien, dit-elle vivement. Il reconnaîtra tout de suite le numéro. Ce sera plus facile.

— On va tenter le coup. Sors ce téléphone de la voiture, ordonna le truand.

Le jeune se précipita à l'autre bout de l'entrepôt. Il faisait sombre, mais elle entendit le déclic de la portière et vit s'allumer la petite lampe du plafonnier.

Celui qui donnait les ordres revint vers elle et se pencha si près qu'elle sentit une bouffée de son eau de Cologne rance.

— Ecoute-moi... Je t'aurais étranglée comme l'autre garce si Tyler m'avait laissé faire. Et c'est ce que je ferai si tu essaies de nous doubler. Sans hésitation et sans regret.

— Pourquoi vous rendrais-je l'argent si vous allez me tuer ?

— Je sais que t'es une vraie p'tite maman pour les chiens que tu bichonnes. Je te jure que je les tuerai tous si je récupère pas le cash.

Sa voix tremblait de plaisir mauvais et une excitation malsaine emplissait son regard.

— Pis, y a ta famille. Ça me plairait d'entendre ta petite sœur me supplier. Sans parler de ce qu'elle ferait avant.

Sabrina comprit au fond d'elle-même que le tueur ne plaisantait pas. Il irait au bout de ses promesses. Il tuerait tout ce qui se mettrait en travers de son chemin, peu importait qui ou quoi. Toute sa personne proclamait qu'il aimait tuer.

— Je, euh... Je peux vous donner l'argent, mais j'ai besoin du téléphone qui se trouve au commissariat. J'en ai caché une partie à Amarillo. Si je n'appelle pas, l'argent sera remis à la police avec une lettre.

L'homme se retourna et débita une grande partie des mots hurlés par Griffin peu de temps auparavant. Puis, pivotant sur lui-même, il tendit le bras et lui écrasa le larynx dans une main de fer.

Malgré ses liens, Sabrina s'efforça de lever la main pour le frapper. Il allait la tuer si elle ne faisait rien. Il pressait juste assez pour l'empêcher de respirer normalement.

— Si tu me doubles, chérie, t'auras nulle part où te planquer. T'as compris ? Je sais où vit ta famille, Sabrina Watkins. J'travaille pas seulement pour ton copain le vétérinaire au cœur tendre. Ceux qui mènent le bal sont bien pires que ce que tu crois.

— Arrête, mec, arrête... On a besoin d'elle.

Le deuxième homme se mit en devoir de détacher la main de son partenaire crispée autour de la gorge de Sabrina. Juste à temps, car l'air n'entrait plus qu'avec peine dans ses poumons.

Le criminel la lâcha enfin et s'éloigna à grands pas. Sabrina absorba une bouffée d'air en toussant, sentant toujours un étau autour de sa gorge. Une bouteille s'approcha de ses lèvres et lui versa de l'eau dans la bouche. Elle s'étouffa et laissa la plus grande partie du liquide couler sur son menton.

Le jeune agita un doigt devant son visage et posa la bouteille sur son épaule.

— Faut que vous persuadiez le flic de coopérer, sinon vous allez mourir. Mon associé ne plaisante pas.

Ça, elle l'avait compris.

— Et des gens à nous surveillent votre maison vingt-quatre heures sur vingt-quatre, chuchota-t-il. Dès qu'ils auront le signal, votre famille se retrouvera dans un endroit comme celui-là, avec des armes braquées sur la tête. Alors cherchez pas à avertir la police ou un truc du genre. Parce qu'on le saura et vot'famille mourra.

Durant les six derniers mois, elle avait souvent été terrifiée. Le pire avait été le jour où elle les avait entendus discuter de sa mort. La situation actuelle était encore plus horrible. Mourir était une chose, mais elle ne supportait pas l'idée que le tueur prenne sa revanche sur ses parents et sa sœur et les torture avant de les tuer.

Elle s'était plusieurs fois inquiétée pour le bien-être de sa famille, mais elle n'avait jamais cru que Griffin les tuerait. Cambrioler leur maison, chercher des indices du lieu où elle se trouvait, oui. C'était la raison principale pour laquelle elle n'était pas entrée en contact avec eux. A présent, rendre l'argent à ces monstres était sa seule option. Il n'était pas question de mettre sa famille en danger.

Elle devait convaincre Jake de l'aider.

— On va pas te lâcher d'une semelle.

Le cinglé s'approchait de nouveau d'eux.

— Tu diras rien à ce flic. On prend le téléphone, on se débarrasse de lui, et on t'emmène à Amarillo.

— Ça… ça ne marchera pas.

Elle fouilla fébrilement son esprit en quête d'un prétexte, et ne put fournir qu'une partie de la vérité.

— La personne qui garde l'argent…

— Ouais ?

— Il… euh, je l'ai persuadé de m'aider, mais j'ai promis de rendre l'argent à la police. Il faudra que Jake le reprenne.

Les hommes jurèrent. Sabrina ferma les yeux en sentant un poing s'approcher de sa tête.

— Allez, vieux, murmura le jeune. On peut pas la démolir.

Elle rouvrit les yeux, et vit Larry gesticuler en retournant à la voiture.

— Vous faites pas d'idées, princesse, ajouta le jeune en lui tapotant la joue. Tout ce que je veux, c'est l'argent. Après, il pourra vous faire tout c'qu'il veut.

8

Jake attendait sur une chaise, dans le bureau du capitaine Kennedy. Il était prêt à lui expliquer les événements du jour sans passer pour un imbécile. Il n'avait pas été le seul à rater l'implication de la promeneuse de chien dans l'histoire, et pourtant, c'était lui qu'on avait convoqué pour l'interroger sur sa responsabilité dans le kidnapping.

Il s'était montré patient avec ses collègues et il prenait son travail au sérieux. Il allait le dire à son chef, tout en tenant une Dallas frémissante dans ses bras.

Cette chienne avait quelque chose de spécial. Des yeux tristes, une nature loyale. Il avait décidé de la garder, après qu'elle lui avait sauvé la vie. A son arrivée, un des agents avait offert de l'en débarrasser, mais il avait décliné, et son refus catégorique avait découragé les autres de s'y risquer.

Il s'était présenté au bureau du capitaine une demi-heure auparavant et patientait depuis ce moment-là. Il n'avait pas eu à s'occuper de grand-chose au lac. Owens avait pris les choses en main et ordonné à un patrouilleur de l'escorter au commissariat. Les autres agents étaient déjà revenus et faisaient une pause-café.

— Vous avez bousillé cette affaire et vous allez être convoqué par la commission d'examen, dit le capitaine en claquant la porte derrière lui, ce qui fit gronder Dallas. Ils vous contacteront quand ils seront prêts à statuer. Appelez votre représentant syndical, mais jusque-là vous êtes suspendu. On déterminera votre responsabilité au regard de l'évasion de la prisonnière et de la destruction d'un bien de la municipalité.

Jake se redressa et déplaça le chien qui pesait de plus en plus lourd sur ses genoux. Pour se calmer, il le caressa entre les oreilles. Il n'avait pas l'habitude de commettre des erreurs et certainement pas l'habitude de recevoir une réprimande se concluant par une suspension.

— Techniquement, ce n'était pas une prisonnière, à ce moment-là, seulement un témoin récalcitrant. La destruction d'un bien de la municipalité ? Si vous faites allusion à la voiture, nous avons été attaqués et poussés dans le lac. N'est-ce pas…

Dallas l'interrompit en aboyant, toutes griffes dehors.

— Ne posez pas le clébard dégoûtant par terre, il pue, jeta le capitaine en farfouillant dans ses papiers. Vous auriez dû vous en débarrasser à la fourrière avant de venir me voir.

— Je suis venu dès que possible, comme vous l'aviez demandé. Elle m'a sauvé la vie, monsieur. Je n'ai pas l'intention de l'abandonner à la fourrière.

Sans lever les yeux, le capitaine tapota du bout de son stylo sur son bureau, pressant et relâchant alternativement le bouton. Réfléchissant à sa suspension ou seulement irrité par cette digression ? Jake l'ignorait.

— J'aimerais vous expliquer pourquoi…

— Votre comportement d'aujourd'hui frôle l'insubordination. Vous avez négligé des ordres directs et si j'ai mon mot à dire, vous serez viré pour de bon. A votre place, je commencerais à me chercher un job ailleurs. Dans le patelin perdu d'où vous venez, par exemple.

Le capitaine s'adressait à lui sans le regarder. Il avait levé le stylo près de son oreille, mais il gardait les yeux rivés sur le dossier ouvert devant lui. Jake déglutit et se força à desserrer son étreinte, pour ne pas agiter davantage Dallas.

— J'ai suivi la piste qui m'avait été assignée.

Owens n'avait peut-être pas rapporté les faits tels qu'ils s'étaient déroulés ?

— Nous ne pouvions pas savoir qu'elle était suspecte ni que c'était elle qu'on visait.

— C'est vous qui le dites. Si vous aviez suivi la procédure, elle serait en détention.

Le capitaine fouilla dans son tiroir, sans cesser de presser son stylo de manière irritante.

— Pour ce qu'on en sait, cette femme était de mèche avec les meurtriers, et elle s'est échappée.

— Je les ai vus l'emmener. Je ne suis pas sûr qu'elle soit encore en vie.

Kennedy referma violemment le tiroir et regarda finalement Jake dans les yeux.

— Si elle est en vie, nous n'aurons pas besoin de votre incompétence pour la retrouver et l'inculper.

Il se leva et se pencha sur son bureau.

— Ses empreintes correspondent à celle d'une femme censément morte dans un incendie d'Amarillo, Sabrina Watkins. Maintenant que nous avons la preuve qu'elle est vivante, elle est recherchée pour meurtre. Mais ce ne sont pas vos affaires.

— Censément morte ?

— Amarillo a identifié ses restes dans l'incendie de sa société. Elle est rusée et a des ressources suffisantes pour avoir procédé à l'échange des empreintes dentaires. Son associé l'a accusée d'escroquerie et, le lendemain, le bâtiment était réduit en cendres.

Il se rassit et reporta son attention sur le dossier.

— Cette affaire a l'air plus compliquée qu'un simple cambriolage avec homicide. Vous êtes sûr que…

— Vous êtes suspendu et ce ne sont plus vos affaires. Laissez votre plaque.

Le capitaine ne se donna pas la peine de croiser son regard en lui signifiant sa suspension. Il se contenta de composer un numéro de téléphone et demander le service du personnel.

Les entretiens de ce genre n'étaient pas faciles à encaisser. Mais on regardait l'officier de commandement droit dans les yeux, et on l'assurait qu'on comprenait. On lui certifiait qu'on ne referait pas la même erreur et on le saluait. Mais que fallait-il faire quand l'homme en question refusait de vous regarder ?

Jake ouvrit la porte. *Je ne suis plus à l'armée, mais ce n'est pas une raison pour battre en retraite,* se dit-il.

— Si on m'en donnait la chance, je ferais un bon inspecteur des Homicides.

Un raclement de gorge désapprobateur s'éleva derrière lui. Jake pivota juste à temps pour saisir le regard noir du capitaine.

— Nous ne manquons pas d'officiers zélés qui attendent leur chance. Ils connaissent les procédures et ils ont davantage d'expérience que vous quand il s'agit de protéger les citoyens.

Le capitaine revint à sa paperasse et désigna vaguement la table placée près de la porte.

— Laissez votre plaque et votre arme.

— Désolé, elles sont dans la voiture, au fond du lac.

Les biceps de Jake lui brûlaient à force de tenir le chien dans ses bras, mais il était déterminé à ne pas se plaindre et à priver autant que possible le capitaine de la satisfaction de l'humilier.

— Espèce d'incapable !

La plaque était bien dans la voiture, rien à redire. Mais son arme était au creux de ses reins, sous sa veste. Garder son arme à feu confinait à l'insubordination, mais il considérait qu'elle lui appartenait. Et puis son instinct lui soufflait qu'il en aurait besoin pour sauver Sabrina Watkins.

A mi-chemin du commissariat, juste avant d'être poussé dans le lac, il avait pris la décision de l'aider. A présent qu'il était suspendu, plus rien ne l'en empêchait. Si elle était encore en vie, il la retrouverait et éclaircirait cette histoire.

Ne jamais abandonner personne.

— J'ai fait mon temps, Capitaine. Huit ans, pour être exact. Dont six à l'étranger, en zone de conflit. S'il n'y avait pas une dame avec nous…

Il excita Dallas, qui aboya au signal.

— … je vous aurais démontré ma capacité à protéger les citoyens.

Ses chances d'être réintégré étaient sans doute fichues à

présent. Le claquement de la porte fit rentrer les agents au galop dans leurs bureaux. Il se dirigea droit vers le sien, comme un enfant boudeur, et caressa le chien du menton avant de l'attacher à sa chaise.

Puis il fourra quelques objets personnels dans le carton où il les avait transportés la semaine précédente. Enveloppée dans les lambeaux de la couverture de survie, Dallas ferma les yeux. Jake la comprenait : ça avait été une longue journée.

Une sonnerie de portable s'éleva, un peu étouffée, comme si l'objet était enfermé dans un tiroir. Il l'ignora et finit de ranger ses affaires. Puis il s'assit sur son bureau, se frotta le visage et se demanda comment procéder pour retrouver Sabrina Watkins. Il ne pourrait pas passer par la voie officielle, ça c'était certain. Il ne s'était pas fait d'amis au commissariat, à l'exception de Shirley, des services du légiste. Il lui avait demandé de le tenir au courant pour les empreintes.

Zut ! Il n'avait plus de téléphone.

— C'est ça, Dallas !

Le chien leva la tête en entendant son nom.

— Je peux tracer mon portable. Sabrina ou ses ravisseurs doivent encore l'avoir !

L'irritante sonnerie se remit en marche. En survolant la salle du regard, il vit l'écran s'allumer sur un bureau, dans un sachet de pièces à conviction. Un sachet faisant partie du contenu de la valise de Sabrina.

En cette fin d'après-midi, il restait peu d'agents au commissariat. Jake fit un pas vers la salle de repos, dans l'intention d'avertir l'agent qui s'occupait des pièces à conviction. Et s'ils manquaient l'appel ? Et si c'était elle ?

La seule personne en vue était le capitaine qui, le téléphone plaqué sur l'oreille collée, tournait le dos à la porte. A première vue, il passait un savon à quelqu'un, sans doute parce que Jake avait osé remettre en question son autorité. A quoi servirait-il de lui dire que le téléphone de la suspecte sonnait ? Entendrait-il raison et enverrait-il quelqu'un la secourir ?

Jake saisit le sachet. Il pouvait s'agir de quelqu'un qui laisserait un message contenant un indice.

Bon sang, mais c'est mon numéro !

Sans hésiter, il brisa le sceau et répondit.

— Qui êtes-vous et comment avez-vous eu mon téléphone ?

— Jake ! Dieu merci, vous êtes sain et sauf. Je n'arrive pas à croire que c'est vous.

Sabrina semblait à la fois nerveuse et soulagée. Il avait rencontré bon nombre de témoins craignant pour leur vie et il connaissait leurs intonations. Mais ce n'était pas le cas de la jeune femme. Il pensait pourtant en avoir fini avec les surprises ce jour-là.

— Où êtes-vous ? Vous pouvez parler ? Savez-vous qui vous a enlevée ?

Baissant la voix et gardant un œil sur le couloir, il retourna à son bureau et fourra le sachet de pièces à conviction dans un classeur.

— Ils veulent l'argent qui est dans ma valise, Jake. Si vous l'apportez chez Brenda Ellen, ils promettent de me laisser partir.

Un rapide coup d'œil lui avait appris qu'il n'y avait pas assez d'argent pour justifier un assassinat. Quelque chose ne collait pas.

— Je ne comprends pas…

Sabrina poussa un cri. Manifestement, on venait de la gifler et le téléphone était tombé par terre.

— Amène la valise là où on s'est rencontrés c'matin, ou t'auras une autre promeneuse de chien morte sur les bras, hurla un homme dans le téléphone.

— Attendez, il n'y a rien…

La ligne fut coupée.

Personne n'avait été témoin de cet échange. Le capitaine était toujours engagé dans sa conversation.

Jake glissa le portable dans la poche de sa veste. La valise avait été vidée de ses affaires personnelles : des vêtements, une trousse de toilette et de la teinture noire. Il se demanda brièvement quelle était la véritable couleur de cheveux de Sabrina.

Sans cesser de surveiller un retour éventuel des agents, il fouilla rapidement la doublure de la valise. Rien.

Puis il vida le sac de toilette. Une poche avait été cousue à l'intérieur. Une petite secousse et l'ourlet céda. Une grosse liasse de billets de cent dollars était prise en sandwich entre deux morceaux de carton. Il fourra le tout dans sa poche et rangea les articles de toilette dans la trousse pour dissimuler sa découverte.

Pas le temps de compter. Il cueillit Dallas sous un bras, coinça la boîte sous l'autre et quitta le bâtiment.

Qu'est-ce que tu fiches, mon vieux ? Dépêche-toi de remettre l'argent avant qu'on ne remarque son absence. Tu viens de violer ton serment. C'est pour tenir ta promesse envers la morte ? Ou ces yeux améthyste ont-ils pris le contrôle de tes actes ?

Inutile de s'appesantir. Sabrina Watkins était innocente et elle avait besoin d'aide. Si son intuition se révélait fausse, il serait le premier à remettre la jeune femme aux mains du capitaine, de même que les deux acolytes qui avaient voulu le noyer.

Une fois dans sa voiture, la question de savoir comment il allait se débrouiller se présenta à son esprit. Il s'agissait d'organiser un sauvetage sans aide, sans renfort et sans plan.

— Allez, n'aie pas peur, ma belle. Viens ici, dit-il en tapotant sa cuisse.

Dallas rampa sur ses genoux en tournant la tête pour le voir de son œil gauche.

— Il y aura toujours les Marines, si je ne me retrouve pas en prison. De toute façon, je te trouverai un bon foyer.

Mais avant cela, il devait retrouver Sabrina. Il avait lu le désespoir dans ses yeux si particuliers. Le désespoir d'être crue.

Son instinct lui soufflait cependant que c'était trop facile. Il y avait un piège quelque part. L'air d'impuissance authentique de la jeune femme, quand cette brute l'avait jetée sur son épaule, renforçait sa résolution de la retrouver. S'ils avaient voulu la tuer, ils l'auraient tuée au lac.

Mais ils savaient qu'il était flic et la liasse de billets n'était pas assez importante pour justifier un kidnapping. Il y avait anguille sous roche. Il fallait qu'il obtienne des détails de Sabrina elle-même.

La compagnie de téléphone ne se montra pas très coopérative, mais il parvint à leur faire dire que son portable se trouvait dans la zone de Lakewood.

Il refit le trajet jusqu'à la maison de Brenda Ellen en un temps record. Les ravisseurs ne pouvaient pas connaître la voiture qu'il conduisait, aussi dépassa-t-il la maison et se gara en diagonale, pour avoir une bonne vue sur les abords. De lourds nuages de neige cachaient le soleil et le ciel s'était obscurci. Il attendit un bon quart d'heure. Aucune activité dans la rue.

Dallas gémit quand il la déposa sur le siège arrière. Elle avait sans doute faim et soif. Mais il faudrait qu'elle attende. Il avait un sauvetage à exécuter en solo.

9

Elle était désormais ligotée à une chaise de salle à manger. La maison était affreusement vide. Contre toute attente, Sabrina avait espéré que la police ou d'autres gens seraient là. Mais Brenda Ellen avait mentionné une fois que ses parents avaient pris leur retraite dans le Hill Country, près de Llano, et qu'ils n'aimaient pas faire de longues distances.

— Souviens-toi : on sera tout près. Si ton copain le flic essaie de te mettre en taule, il est mort. Et ensuite on s'occupera de ta famille. On te surveille.

L'homme était un fou dangereux, déterminé à récupérer l'argent. Il aurait tué n'importe qui pour y parvenir.

D'une manière ou d'une autre, il fallait qu'elle persuade Jake de l'emmener à Amarillo. Non, elle pouvait retrouver son oncle par ses propres moyens. Elle avait seulement besoin de son téléphone pour l'avertir qu'il pouvait lui remettre l'argent.

Faites que Jake ait le reste de l'argent, je vous en prie.

Les bandits lui avaient ordonné de partir avec le flic et de le convaincre de ne pas appeler ses collègues. Peut-être pourrait-elle s'échapper si les clés de la voiture étaient toujours dans la cuisine. Elle pourrait prendre la voiture de Brenda Ellen sans que la police s'en aperçoive.

De cette manière, Jake n'aurait pas à l'aider, cela valait mieux pour lui.

Maintenant qu'elle avait fait ses plans, l'attente lui paraissait interminable. Ses poignets étaient douloureux et ses jambes en coton. Depuis sa rencontre avec Jake au restaurant, elle n'avait mangé que deux frites. Et avant cela, elle s'était contentée d'un café et d'un toast, dans l'idée de se préparer un petit déjeuner chez Brenda Ellen.

La matinée lui paraissait si loin, à présent !

L'obscurité régnait dans la maison. Les volets et les rideaux étaient tirés. Tout était si différent, le matin, avec la lumière et la promesse d'un bon lit pendant deux semaines. Se souvenant que Brenda Ellen était morte assassinée, Sabrina se remit à pleurer.

Sa gorge lui faisait mal et son estomac grondait. Elle avait une soif affreuse. Mais, pour le moment, il n'y avait rien à faire d'autre que prier et espérer.

Soudain, elle entendit le déclic de la porte dans le silence de la maison vide.

— Inspecteur Craig ? chuchota-t-elle dans un murmure rauque.

Il franchit la porte de la salle à manger, un doigt sur les lèvres, puis posa la main sur la crosse de son revolver. Elle avait déjà vu des acteurs braquer une arme de cette façon. Ce grand gaillard qui venait à sa rescousse lui donna des picotements sur tout le corps.

— Ils sont partis après le coup de fil. Nous sommes seuls.

Etait-elle convaincante ? Elle ne voulait pas le mettre en danger. Deux morts sur sa conscience, c'était bien assez.

— Etes-vous blessée ? murmura-t-il en mettant un genou à terre à son côté, l'arme toujours dégainée.

Une posture naturelle pour un policier, qui ne signifiait rien en soi. *Ne l'oublie pas.* Elle avait si souvent rêvé qu'un homme vienne la secourir. C'était la réalisation de ce fantasme qui la plongeait dans le ravissement, non la réalité. Il ne faisait que son travail.

— Non.

Elle s'éclaircit la gorge.

— J'ai les jambes qui flageolent un peu. Et vous ? J'ai cru qu'il vous avait tué. Détachez-moi pour que nous sortions d'ici. Dallas est-elle avec vous ? Vous l'avez ramenée à la fourrière ?

Sans lui répondre, il se releva et alla se plaquer le dos au mur près de l'escalier. Il avait un pansement d'un blanc éblouissant au-dessus de l'oreille. Sans doute s'était-il blessé en s'écroulant dans le lac.

Pauvre Dallas. La pensée du chien errant dans la neige l'attrista.

Elle resta silencieuse tandis qu'il fouillait la maison. Elle n'était pas en mesure de prouver qu'ils étaient seuls. Le meurtrier avait pu revenir et se mettre à l'affût pour les tuer tous deux. Il en était bien capable.

Le seul espoir de Sabrina était que ces hommes voulaient l'argent et comprendraient qu'ils ne le récupéreraient jamais s'ils la tuaient.

— La maison a l'air sûr, déclara Jake en redescendant l'escalier.

Il rengaina son arme et sortit un canif, dont il se servit pour couper le ruban adhésif qui la retenait prisonnière.

— J'espère que vous avez la clé de ce truc.

Elle agita les menottes, les faisant tinter dans le noir.

— En général, les filles aiment les bijoux, mais là c'est un peu trop.

— Je vois que vous n'avez pas perdu le sens de l'humour. Vous allez garder les menottes jusqu'à ce que vous me donniez des réponses satisfaisantes. J'ai violé assez de lois, sans y ajouter la libération d'une fugitive recherchée.

— Une fugitive recherchée ?

— La police de Dallas veut vous interroger sur le meurtre de votre employeur. De même que sur cette histoire d'usurpation d'identité, d'escroquerie et d'incendie criminel. Et puis il y a le corps retrouvé dans l'incendie, que la police d'Amarillo supposait être le vôtre.

Ses yeux sombres ne cessaient de survoler la pièce et la porte donnant sur le jardin, en quête d'ennemis. S'il avait su de quoi étaient capables ces hommes, il serait parti aussi vite que possible.

— Vous n'êtes pas censé me lire mes droits, ou quelque chose comme ça ? Si c'est le cas, je vais me procurer un avocat.

Il fronça les sourcils, qui se rejoignirent au-dessus de son nez. La vision de Sabrina s'était ajustée à l'obscurité bien avant l'arrivée de Jake, et elle remarqua l'expression intense qui lui tirait les traits.

— J'aimerais que vous me racontiez ce qui s'est passé avant de prendre une décision. Mais là, tout de suite, je pense qu'on devrait se mettre à l'abri.

Il n'y aurait aucun refuge pour elle tant que l'argent ne serait pas de retour entre les doigts crochus de Griffin, songea-t-elle.

Jake l'aida à se lever et à gagner la cuisine en titubant.

— Attendez. Vous avez apporté le téléphone et l'argent qui était dans ma valise ?

Il secoua la tête et elle sentit l'air lui manquer. C'était pire que d'être étranglée. Ses genoux lâchèrent soudain et elle se retrouva à quatre pattes sur la moquette. Des larmes lui brouillèrent la vue et elle ne put s'empêcher de balbutier des paroles incohérentes. Tout se mélangeait dans sa tête.

— Personne ne va vous faire de mal, lui dit Jake, agenouillé à côté d'elle. Je peux appeler des renforts. Vous êtes en sécurité maintenant.

— On ne peut pas sortir.

Sabrina secoua la tête et lui prit la main.

— Ne sortez pas, je vous en supplie.

Elle baissa la voix dans un murmure.

— S'ils ne peuvent pas nous tuer, vous ou moi… ils tueront ma famille.

Il ne faisait aucun doute pour elle que tous ceux qu'elle aimait étaient en danger.

— Ils veulent récupérer l'argent.

Jake approcha sa bouche de son oreille.

— Je suppose qu'ils nous écoutent. Rappelez-vous que je suis de votre côté. Combien leur avez-vous volé ?

— Je n'ai pas… Ce monstre tuera tous ceux qui se mettent en travers de son chemin. Il aime tuer et torturer. Je dois rendre le reste de l'argent à Griffin, mais j'ai besoin de mon téléphone pour le récupérer. Il faut m'aider, Jake.

Jake voulait qu'ils entendent ces paroles, elle le comprit à l'expression de son regard et à son léger signe de tête.

— Je me fiche que vous soyez effrayée, Sabrina, dit-il à voix haute. Vous voulez avoir cette conversation ici ? D'accord. Qui sont ces hommes ? Où vous ont-ils emmenée ? Pourquoi la police d'Amarillo pense-t-elle que vous êtes morte ? Qu'y a-t-il de si important dans ce téléphone ? Il n'y a rien d'enregistré dessus, j'ai vérifié.

— Je dois me servir de ce numéro pour appeler la personne qui a l'argent. Si j'appelle d'un autre téléphone, il ne viendra pas. C'est *sine qua non.* Autrement, personne ne saura où se trouve l'argent.

Elle se couvrit le visage des mains. Le cliquetis des menottes lui rappela qu'elle ne devait pas tout dire.

Reste calme. Les hommes de Griffin en savent déjà trop. Mais que pouvaient-ils faire ? La forcer à passer un appel à son oncle sous peine de tuer tous ceux qu'elle aimait ? Si le froncement de sourcils de Jake signifiait qu'il était perplexe, c'était tant mieux. Elle avait failli lâcher le nom de son oncle.

— Laissez-moi vous mettre en sécurité et vous pourrez tout me raconter depuis le début. J'y comprendrais peut-être quelque chose.

Il la releva et la guida vers la porte.

— Vous croyez que vous pourrez récupérer ce téléphone, Jake ?

— C'est possible.

Il s'efforça de l'entraîner en tirant sur sa manche, mais Sabrina s'immobilisa.

— Il n'y avait que quelques billets de cent dollars dans votre valise. Pas de quoi justifier un meurtre.

— J'ai seulement pris une liasse en cas d'urgence. Je crois qu'il y avait environ deux millions dans la mallette. Je ne me suis pas arrêtée pour compter. J'étais pressée à ce moment-là.

— Pas étonnant qu'ils veuillent les récupérer. Allons-y.

Il se retourna et survola une dernière fois la pièce du regard.

— Vous devez bénéficier d'une protection policière pendant qu'on résout cette histoire.

— Il ne faut pas que j'aille en prison.

L'arme de Jake était à portée des doigts de Sabrina. Elle savait comment s'en servir. Il avait déjà fait beaucoup de sacrifices pour elle, et elle avait des scrupules à le trahir, mais elle ne pouvait pas non plus le laisser la remettre à la police. Ils ne croiraient pas son histoire. Qui l'aurait fait ? Tout ça était fou, et elle n'avait pas le choix.

— Il vaut mieux résoudre...

L'arme trembla dans ses mains. Elle avait plus peur de presser la détente par accident que de ce qui se passerait s'il la lui reprenait.

Mais Jake lui frappa le poignet du tranchant de la main et l'arme tomba à terre. Avant même que les sensations ne reviennent dans son bras, il l'avait déjà ramassée.

— On ne vous a jamais dit de ne pas jouer avec une arme chargée ? Ne faites pas l'idiote, mademoiselle Watkins.

Il fourra le revolver dans sa ceinture.

— Je crois que vous aussi, vous tenteriez de vous échapper si c'était votre famille qu'on menaçait, dit-elle pour ne pas s'éloigner de ses priorités.

— Je n'essaierais pas, je réussirais. Est-ce qu'on menace votre famille, Sabrina ?

Il tendit la main et elle y plaça les siennes. Puis il lui passa un bras autour de la taille pour la faire tenir debout et la pressa contre lui. Sabrina avait à présent les mains coincées entre leurs poitrines. Elle sentit les rapides battements de leurs cœurs et ne manqua pas de noter que Jake reprenait son souffle.

Le regard de l'homme tomba sur ses seins. Ses tétons durcis par le froid et l'humidité pointaient à travers son col roulé en coton. N'importe quel homme bien constitué n'aurait pas manqué de regarder, non ?

Mais pourquoi avait-elle une conscience si aiguë de ce qui passait entre eux, alors que le sort de sa famille était encore dans le flou ?

— Les bandits sont en route en ce moment même pour enlever mes parents et ma sœur à Amarillo. Si je ne leur donne pas l'argent d'ici trois jours, ils les tueront. Ils sont peut-être déjà en train de les torturer. Si vous me mettez en prison, mes proches sont perdus.

— Allons-y.

— Jake, je vous en supplie, balbutia-t-elle.

Elle n'avait plus qu'une seule solution.

— Donnez-moi le téléphone, je vous en prie, et laissez-moi partir.

Il la serra plus fort contre lui.

— Pourquoi ne dites-vous pas la vérité ?

Elle tirailla son col de chemise pour lui faire baisser la tête et lui murmura à l'oreille :

— Ils nous écoutent grâce à un téléphone scotché sous la table. Si je ne produis pas la preuve que j'ai le cash, nous sommes morts. Tout de suite. Ils m'ont dit de ne rien vous révéler, sous peine de vous abattre. Je vous le jure.

L'haleine tiède de Jake lui effleura l'oreille, déclenchant chez elle une réaction sans rapport avec la situation.

— Faites-moi confiance, murmura-t-il. Je peux vous sortir d'ici sans dommage. Mais ne me mentez plus.

Il s'immobilisa, lui laissant le temps d'assimiler ses paroles.

Cela faisait longtemps qu'un homme ne l'avait pas côtoyée de si près. Non, se reprit-elle : c'était la déshydratation, le manque de sommeil et le stress qui lui faisaient tourner la tête. Son métabolisme était bouleversé par les flots d'adrénaline déclenchés par son enlèvement et son sauvetage. Jake Craig n'avait rien à voir là-dedans.

L'inspecteur glissa un regard vigilant dans le jardin obscur, par l'entrebâillement de la porte.

— Ça va à l'encontre de tout bon sens, dit-il fermement, assez fort pour se faire entendre. Je suis déjà en mauvais termes avec le capitaine. J'ai pris une partie de l'argent, celle qui était avec le téléphone.

Jake posa un doigt sur ses lèvres et mit la main dans sa poche pour lui montrer l'argent pris dans sa trousse de toilette. Il en retira plusieurs billets et les fit claquer sur la table.

— Je n'ai pris que quelques milliers de dollars, sinon ils se seraient aperçus de quelque chose.

— Vous allez m'aider ?

— Rien ne me retient ici. Je peux vous protéger à la fois de la police et des hommes qui vous ont enlevée, mais je veux aussi ma part. Marché conclu ?

Si Jake ne lui avait pas fait comprendre qu'il s'agissait d'une comédie, elle y aurait cru. Ses sourcils haussés et sa moue l'auraient convaincue qu'il voulait sa part du gâteau.

Mais après la journée qu'ils venaient de passer ensemble, elle savait qu'il était trop honorable pour céder à la tentation de la corruption.

Dieu merci, les hommes qui les écoutaient n'en savaient rien.

10

Ils quittèrent la maison, Jake tenant fermement son bras. Le visage de Sabrina s'éclaira en voyant Dallas agiter la queue derrière la vitre de la camionnette.

Jake ouvrit la portière passager pour la faire monter, mais elle s'immobilisa en soufflant sur ses doigts. Ses yeux assombris sautèrent de droite à gauche, comme si elle réfléchissait à ses prochains mots.

— Il faut que j'appelle ma famille dès que possible, dit-elle enfin.

— J'ai besoin d'autres informations avant de vous autoriser à appeler qui que ce soit. Montez.

— Salut, Dallas.

D'une voix changée, Sabrina fit claquer ses lèvres et se pencha pour caresser le chien. Se dégageant de la couverture de survie, le chien s'étira et s'avança vers elle. Sabrina le prit dans ses bras pour l'embrasser entre les oreilles.

Jake avait agi de même quand le capitaine lui avait signifié sa suspension. Ces oreilles soyeuses adoucissaient les mauvaises nouvelles.

Jake prit le calepin qu'il avait mis à sécher sur le tableau de bord et écrivit « Avez-vous un micro sur vous ? » avant de le montrer à Sabrina.

— Non. Ils nous écoutaient seulement avec leur portable. Mais ils m'ont dit qu'ils nous surveilleraient à la jumelle.

Jake prit un téléphone et composa un numéro.

— Que faites-vous ?

— J'appelle la police pour qu'ils viennent cueillir ces types. Ils vont devoir rentrer dans la maison pour reprendre leur téléphone.

Sabrina fit tomber l'appareil de ses mains.

— Même si ceux-là sont arrêtés, il y en a d'autres à Amarillo, prêts à tuer.

— Dans quoi vous êtes-vous fourrée ? Trafic de drogue ? Quel est cet argent dont ils parlent ?

Ses mains tremblaient un peu. Il était fatigué. Ces tremblements s'étaient accentués la semaine passée, sans doute en raison du stress.

— C'est ce que j'essaie de comprendre depuis six mois. Ça va, Jake ? Vous avez l'air bizarre.

— Quoi ?

— Je pense qu'il s'agit de blanchiment d'argent sale, mais je n'en suis pas certaine.

Il fit jouer les muscles de son cou pour se détendre et repousser l'anxiété qui le parasitait.

— Vous avez vu leurs visages ? Une chance de les identifier ? Vous vous rappelez des voitures dont ils se sont servis ? Des détails sur l'endroit où ils vous retenaient ?

— Vous pourriez m'interroger sur la route, Jake ? On gèle ici.

Elle replia les doigts sous son menton en frissonnant.

— Et ils nous surveillent, vous vous souvenez ?

Déjà, dans la maison, il avait remarqué qu'elle avait froid mais n'avait pas donné suite, trop préoccupé par le fait qu'il allait de nouveau franchir la ligne jaune. Pourquoi lui faisait-il confiance ? Qu'est-ce qui le poussait à tromper des hommes qui étaient encore ses collègues quelques heures auparavant ? Etait-ce dû à l'attirance ressentie au restaurant ? Non, impossible, il n'était pas du genre à tout laisser tomber pour une femme.

— Désolé.

Il mit le moteur en route, poussa le chauffage à fond et enleva sa veste pour la lui passer autour des épaules.

— Qu'est-il arrivé à votre manteau et vos gants ?

— Ils étaient humides et… euh, le dénommé Larry a découpé mon manteau.

Sa voix venait de changer, comme si elle avait décidé de garder quelque chose pour elle.

— J'aurais plus chaud si je pouvais passer les bras dans les manches.

Elle secoua ses poignets attachés, puis les laissa retomber doucement sur le chien.

— La clé est chez moi.

Et dans ma poche.

— Je devrais au moins passer un appel anonyme au 911 pour signaler la présence d'intrus sur la scène de crime. Quelque chose du genre. Ils trouveront peut-être des empreintes, cette fois.

— Je vous en prie, Jake, ne faites pas ça. Ils vont s'assurer d'une manière ou d'une autre que nous allons bien à Amarillo. Si ce n'est pas le cas, ils tueront ma famille. Vous voulez bien m'y emmener ? Cela va vous causer d'autres ennuis ?

— J'ai été suspendu de mes fonctions et j'ai violé la loi à plusieurs reprises, ces dernières heures. Chercher les ennuis n'a pas l'air de m'inquiéter outre mesure.

— Vous avez été suspendu à cause de moi ? Mais c'est vous qui m'avez trouvée et… Pourquoi voudrait-on suspendre un bon inspecteur ?

— C'est compliqué, mais ce meurtre est ma première et ma dernière affaire au sein des Homicides. A votre tour de me donner des détails sur les événements.

— Je suis désolée de vous avoir gâché la vie.

— Vous ne pouvez pas prétendre à ce titre, Sabrina. Mon ex-femme le possède depuis un bon moment.

Elle se couvrit le visage des mains d'un air honteux.

— Est-ce que d'autres gens vont souffrir par ma faute ? Vous avez des enfants ?

Il secoua la tête, heureux pour la première fois que Jennifer et lui n'aient pas eu d'enfants. Il n'avait pas voulu faire figure de père absent. Et s'ils en avaient eu, aujourd'hui il se demanderait s'ils étaient bien les siens.

Le plus pressant était d'amener Sabrina Watkins à lui raconter toute l'histoire. Mais il était clair qu'elle ne lui faisait pas assez confiance pour se confier, car elle ne cessait d'éviter ses questions.

La route était longue jusqu'à Amarillo, il finirait bien par tout savoir. *Gagne sa confiance. Comme ça tu pourras te rendre utile et peut-être même retrouver ton boulot.*

— Donc, vous vous cachiez en gardant des maisons et des animaux. C'était une bonne idée, étant donné le genre de personnages qui vous recherchent. Mais vous allez avoir besoin de nouveaux vêtements avant que nous prenions la route.

La neige tombait de nouveau avec force. Il avait écouté la météo par bribes au cours de la journée. Il était prévu que la température remonte et que la plupart des routes soient dégagées le lendemain matin.

— Je vous suis très reconnaissante de ce que vous avez fait. Vous m'avez sauvé deux fois la vie aujourd'hui. Mais quand vous m'aurez enlevé ces menottes, vous ne croyez pas que je devrais m'en aller ? Il vaut mieux ne pas vous impliquer davantage. Cela vous a coûté votre travail et vous avez failli y perdre la vie. Vous pourriez dire à votre supérieur que je vous ai assommé, exagérer mes capacités d'évasion…

Il frotta sa bosse sous le pansement, là où il avait été « assommé ». Il n'avait pas l'intention d'attirer l'attention de Sabrina là-dessus, mais il comprit que c'était le cas à sa brusque inspiration et son contact immédiat.

— Que vous est-il arrivé à la tête ? Vous vous êtes cogné sur quelque chose ?

— Une balle m'a frôlé. Si Dallas ne m'avait pas griffé l'oreille, je me serais évanoui et je me serais noyé.

Il jeta un coup d'œil dans le rétroviseur pour voir si on les suivait. Si ces deux brutes leur filaient le train, il était résolu à ne pas perdre une seconde.

— On vous a tiré dessus, vous avez été suspendu. Tout est de ma faute.

Sabrina laissa tomber le front contre la vitre. Il ne voyait plus que son épaule et ses cheveux emmêlés.

— Je crois que nous avons besoin de nous laver avant d'entamer un trajet de cinq ou six heures. Même Dallas sent les égouts.

— Vous croyez que c'est une bonne idée ? Ils sont peut-être juste derrière nous.

— J'ai tourné en rond pour les semer. Mon appartement est tout près.

Si elle avait compris qu'il avait été sur le point de l'emmener au commissariat, elle lui aurait tout à fait retiré sa confiance. Dieu savait pourquoi il avait changé de direction.

— Parlez-moi de Dallas. Comment se fait-il que cette femme ait adopté une chienne borgne ?

— Vous la connaissez.

Elle souleva la tête de la chienne et l'embrassa.

— Elle est absolument adorable et son œil ne la ralentit pas du tout. Je faisais du bénévolat au refuge, et je l'ai présentée à Brenda Ellen quand elle a perdu son premier chien.

— Alors vous aimez vraiment les chiens.

Il ralentit en arrivant au feu rouge situé à proximité de son immeuble.

Sabrina caressait la fourrure de Dallas, pas le moins du monde gênée par ses menottes. Jake se souvint que son père disait toujours qu'on pouvait juger du caractère des gens à la manière dont ils traitaient les animaux. Si c'était vrai... Peut-être était-ce la raison qui l'avait fait se décider.

— Je suis heureuse que vous l'ayez gardée, dit doucement Sabrina.

Jake se gara au fond du parking, de manière à pouvoir repartir précipitamment si nécessaire. Il s'attendait à moitié à ce que ses collègues policiers aient cerné la zone. Après tout, il avait volé des pièces à conviction à seule fin de sauver cette femme.

— Ecoutez...

Il lui prit le bras et elle leva ses grands yeux violets d'un air interrogateur.

— Voler des pièces à conviction n'est pas ce que j'ai fait de mieux. Ce n'est pas non plus ce que j'ai fait de pire.

— C'est pour sauver ma famille. Qu'y a-t-il de mal à ça ?

Sa décision était prise, et il fallait qu'il soit honnête.

— Vous avez le choix : ou vous allez en prison tout de suite, ou vous me remettez l'argent et les pièces à conviction, et vous irez en prison à Amarillo.

Elle se redressa brusquement, l'air pétrifié.

— Je vois.

— Je fais partie de la police. A quoi vous attendiez-vous ?

Le petit rire de Sabrina, au restaurant, n'était plus qu'un lointain souvenir.

Sois honnête.

D'accord, son attirance envers elle avait influencé ses décisions de la journée. Mais il ne pouvait le lui avouer. Il pouvait à peine se l'avouer à lui-même.

— Je ne sais pas, murmura-t-elle. Il s'est passé tellement de choses aujourd'hui. Je suis si fatiguée que j'ai du mal à réfléchir. Je ne veux pas qu'on fasse du mal à qui que ce soit.

— Nous ferons en sorte de garder votre famille en sécurité. Ça marchera, Sabrina.

— Je sais que vous le pensez.

— Je serai là tout le temps. Rien ne vous arrivera. Mais je dois tout savoir.

— Je comprends. Tout de suite, ou on peut entrer d'abord ?

Ils sortirent de la camionnette, Dallas dans les bras de Sabrina. Jake arrangea la veste autour d'elle, mais elle se dégagea quand il fit mine de prendre la chienne pour la porter.

A l'intérieur de l'appartement, elle posa Dallas par terre, détacha la laisse improvisée et leva les mains pour que Jake lui enlève les menottes.

Il prit la clé dans sa poche et Sabrina fit claquer ses lèvres de dégoût.

— J'aurais pu vous mentir sur les raisons pour lesquelles je vous emmène à Amarillo, dit-il en rempochant les menottes.

— Merci de me rappeler que je suis une fugitive. Je sais à quoi m'en tenir maintenant.

Elle se frotta les poignets et désigna le couloir du doigt.

— La salle de bains, c'est par là ?

Il hocha la tête et elle parcourut vivement la courte distance.

Une main sur la poignée de la porte, elle hésita :

— Et vous devez absolument venir avec moi ?

— Il le faut, Sabrina. J'ai juré de respecter la loi.

Il avait fait plusieurs serments dans sa vie. Croyait-il pouvoir les tenir tous ?

Sabrina laissa retomber les bras, visiblement abattue. Jake se sentait mal à l'aise, ses obligations lui faisaient horreur, de même que ce qu'elle devait penser de lui.

— Je n'ai pas le choix, reconnut-il.

— Moi non plus. Personne ne m'a demandé si je voulais renoncer à tout ce que je connaissais et laisser ma famille penser que j'étais morte. Personne ne m'a demandé l'autorisation d'incendier ma société et de détruire tout ce pour quoi j'ai travaillé depuis le lycée. On veut me tuer parce que je suis le bouc émissaire idéal, et je dois me cacher. Je comprends tout à fait ce que c'est de ne pas avoir le choix.

Il aurait pu argumenter avec elle, mais pourquoi ? Parce qu'il avait souhaité avoir son numéro de téléphone ce matin-là ? Il n'en était plus question à présent. C'était la première femme à entrer dans son appartement depuis son divorce. Peut-être l'avait-il amenée là parce qu'il ne supportait pas de ne pas l'avoir sous les yeux.

Etait-ce surprenant ? C'était une femme attirante, et le hasard avait fait qu'il pouvait lui être utile.

Arrête de te mentir.

C'était une suspecte, tout aussi coupable, sans doute, que les hommes qui l'avaient enlevée. Pourquoi se mentait-il ? Etait-il victime des circonstances ou bien avait-il appris à se raconter des histoires ? Cela avait-il une importance quelconque ?

Il n'était plus temps pour les questions et les hypothèses :

ou bien il sauvait la famille Watkins ou bien il mettait Sabrina en prison.

Dans la pièce, Dallas tournait sur elle-même, comme pour se rouler en boule et s'endormir.

— Il faudrait te faire faire tes besoins avant que tu t'installes.

La chienne s'accroupit. Trop tard, une fois de plus. Lassé de toujours réagir avec un temps de retard, Jake se promit d'agir dorénavant comme il se le devait.

Comme un Marine.

11

— Si vous avez faim, je peux vous faire un sandwich à la dinde ou au gruyère, dit Jake, la tête dans le réfrigérateur.

Il n'y avait pas grand-chose d'autre. Une bière glacée ne convenait pas à une femme frigorifiée. Il n'avait même pas de plats à réchauffer. Depuis une semaine, il sifflait le café du commissariat, grignotait dans les restaurants et évitait les supermarchés.

Les chaussures trempées de Sabrina couinaient sur le lino usé.

— Vous êtes sûr que nous avons le temps de manger ? Ils ont dit qu'ils nous surveilleraient jusqu'à ce que nous ayons l'argent. Ils n'ont sûrement pas prévu de pause-repas ni de douche.

Jake regarda sa montre : huit heures. Il espérait que MacMahan pourrait rassembler le matériel en deux heures, car c'était tout ce dont ils disposaient. Il fallait qu'il prenne une minute pour faire la liste.

— Je dois passer un appel.

— Quand pourrais-je appeler ma famille ?

— Ecoutez, nous puons tous les deux après ce bain forcé. Je n'ai pas l'intention de passer cinq ou six heures dans la camionnette avec vous dans cet état. Bon, vous avez faim ? Moi, je suis affamé.

Tout en gardant sa prisonnière à l'œil, il sortit des aliments du réfrigérateur et prit une poêle dans l'égouttoir.

Sabrina lui lança un regard noir et, croisant les bras, se dirigea vers une chaise.

— L'odeur ne nous gêne pas, Dallas et moi.

Tout en beurrant le pain, il se dit qu'il ne pourrait plus l'empêcher très longtemps d'appeler sa famille. Il était conscient d'avoir poussé un soupir exaspéré devant sa requête, car sa famille pouvait aussi bien être en danger qu'être à l'origine de tout ça. Il n'avait aucun moyen de le savoir et il voulait du temps pour soupeser les possibilités. Du temps pour réfléchir au lieu de simplement réagir.

Il ignorerait donc sa demande jusqu'au moment où il serait prêt à prendre une décision. Il pointa le couteau à beurre dans la direction de Sabrina.

— Mais c'est moi qui commande et, moi, elle me gêne. C'est une voiture toute neuve que j'ai là, en bas. Maintenant, déshabillez-vous.

— Je vous demande pardon ?

Sous le choc, elle laissa échapper un petit rire nerveux.

Le même petit rire perlé qui l'avait tant séduit au restaurant.

Arrête, Marine.

Jake se demanda une nouvelle fois s'il devait lui expliquer l'importance d'attendre le matériel dont il avait besoin.

— Je veux seulement laver vos vêtements pendant que vous prenez une douche. Comment croyiez-vous pouvoir vous nettoyer ?

— Je… Ce n'est pas une bonne idée. Et s'ils arrivent et que je…

— Et que vous êtes toute savonneuse ?

Il ne put s'empêcher de rire, l'expression de Sabrina était impayable.

— Ils ne nous ont pas suivis. C'est promis. Si vous voulez que nous partions le plus vite possible, vous devriez y aller.

Dallas sauta du canapé et Sabrina la prit dans ses bras. Voyant cela Jake tendit les mains pour la lui prendre.

— Je parle sérieusement, en ce qui concerne l'odeur. Les ambulanciers m'ont averti du risque d'infection.

Il désigna son pansement.

— Faites-le pour moi. Après tout, je vous ai sauvé la vie.

— Je n'arrive pas à croire que vous essayez de me culpabiliser pour me faire obéir. Oh bon sang ! Je suis sûre que ce n'est pas une bonne idée de nous attarder.

Sa « prisonnière » parcourut le petit couloir en soufflant bruyamment. Suivi de Dallas, Jake lui emboîta le pas. Arrivé devant la porte de la salle de bains, il posa la main sur la poignée pour l'empêcher de se refermer. Conscience coupable ou non, cela parut fonctionner.

— Qu'est-ce qu'il y a encore ? lança-t-elle en lui faisant face. Vous n'entrez pas dans la salle de bains avec moi.

— J'ai besoin de vos vêtements, et je ne veux pas que vous vous enfermiez.

— Vous rêvez, Inspecteur. Je ne vais pas me déshabiller devant vous.

Elle avait parlé d'un ton catégorique, mais elle recula d'un pas quand il raffermit sa prise.

— Mettez-vous derrière le rideau de douche et donnez-les-moi avant d'ouvrir les robinets. Rien de lubrique là-dedans.

— Je… euh, je ne suis pas sûre de vous faire confiance à ce point.

Sans cesser de bloquer la porte du pied, il croisa les bras et s'adossa au chambranle, l'air innocent et sans arrière-pensée. Mais en réalité, ses pensées ressemblaient à celles de n'importe quel Marine au sang chaud confronté à la possibilité d'une femme nue. Pour empirer les choses, il désirait Sabrina depuis la première fois qu'il l'avait vue.

Celle-ci se débarrassa de ses chaussures mouillées. Curieusement, il n'avait pas remarqué qu'elle portait un pull moulant. Violet, presque de la couleur de ses yeux. Bien sûr, elle avait un gros manteau par-dessus la plupart du temps. Dans la lumière de la salle de bains, ses yeux brillaient de la couleur améthyste qu'il avait admirée dès le premier instant.

Dallas s'assit entre eux. Il la souleva et la renifla longuement.

— Tu sens atrocement mauvais. Nous sommes tous crasseux. Il faut te laver aussi, ma fille. Ne me regarde pas avec ces grands yeux tristes. Ça ne sera pas si terrible.

— C'est très gênant. Je vous connais depuis moins de vingt-quatre heures et c'est… Je n'ai jamais fait ça.

— Vous prenez une douche et nous ne faisons rien de mal. Je ferme les yeux. Vous voyez ?

Il pressa les paupières, se concentrant sur les bruits.

Les anneaux du rideau de douche cliquetèrent dans un sens, puis dans l'autre. Il l'entendit remuer. Même s'il ouvrait les yeux, il ne verrait que sa silhouette derrière le rideau en plastique bon marché. Il supposa qu'elle repoussait son jean trempé sur ses cuisses minces et ses petits pieds. Oui, elle avait des pieds parfaits pour sa petite taille. Le plastique bruissa de nouveau, et il entendit le son mat du jean tombant sur le tapis de bain. Le pull passa bientôt par-dessus la tringle.

Ça n'aurait pas été correct d'ouvrir les yeux pour regarder le reste.

C'étaient les images qui lui traversaient l'esprit qui n'étaient pas correctes.

Mais pas tant que ça, en fait. Après être resté fidèle à sa femme pendant six ans, son imagination était devenue très fertile. De longs membres minces, couverts de gouttelettes d'eau dans les creux…

Rouvrant les yeux, il se pencha pour poser le chien par terre et rassembler les vêtements en tas. L'odeur lui donna envie de les jeter plutôt que de gaspiller son temps à les mettre dans la machine. La douche se mit en marche. Son corps réagit : la femme qui l'attirait était de l'autre côté du rideau.

C'est ma prisonnière. En quelque sorte, car je ne suis plus flic.

Il ne pouvait plus se mentir. Il désirait Sabrina Watkins avec une force qu'il n'avait pas éprouvée depuis très longtemps.

Le rideau s'agita. La chienne l'avait repoussé. Il vit la silhouette de Sabrina se pencher pour aider l'animal à entrer dans la baignoire.

— Alors tu as décidé de prendre un bain aussi ? C'est bien ma belle.

— Il y a une serviette propre sur le porte-serviettes et mon peignoir est accroché à la porte, quand vous aurez fini.

— Je n'en ai que pour quelques minutes.

— Bien.

Il n'y avait pas de fenêtre dans la salle de bains. Sabrina ne pourrait pas s'échapper pendant qu'il avait le dos tourné (surtout toute nue), mais il ne voulait prendre aucun risque. Elle avait réussi à lui filer entre les doigts à deux reprises, sans compter l'enlèvement.

Il retourna dans la cuisine, laissa tomber les vêtements malodorants par terre et prit un tournevis sous l'évier, là où il rangeait une petite mallette à outils.

Démonter la poignée de la salle de bains ne lui prit que quelques minutes, et il veilla à le faire en silence. Malgré le désespoir que Sabrina devait ressentir, des éclats de rire s'échappaient de la douche. Jake se prit à souhaiter qu'elle fût la première femme à se servir de sa douche, et non sa première prisonnière.

Il mit la machine en route, non sans remarquer combien le pull était abîmé, contrairement au jean qui paraissait presque neuf. Cela n'avait aucun sens.

Bon sang ! Elle avait dit que l'affreux Larry avait découpé son manteau. Visiblement, il avait également tranché son pull, mais elle n'avait rien dit. Pas un mot.

Et lui qui la forçait à prendre une douche, sans songer au traumatisme qu'elle avait souffert lors de son enlèvement.

Repoussant ces pensées, il composa un numéro qu'il n'avait pas appelé depuis des mois.

Mac était un expert de la Marine et un bon copain, démobilisé trois mois avant lui. Jake ignorait s'il répondrait à son appel, car ils avaient seulement échangé leurs numéros au cours des deux années précédentes.

— Hé, Craig mon vieux ! Où te terrais-tu tout ce temps ?

— Ça fait une paye, Mac. Je voudrais t'envoyer une liste de courses par SMS.

— Pour des filles ? Je m'y attendais. J'ai entendu dire que tu avais divorcé.

Son ami éclata de rire.

— J'ai peur de te décevoir dans ce domaine. Tu travailles toujours dans la Sécurité ? Tu es toujours en mesure de fournir du matériel aux amis ?

Il revint à la salle de bains, pris de l'envie d'ouvrir la porte et de… Quoi ?

La douche coulait toujours. Il entendit Sabrina parler à la chienne.

— Tu me laisses combien de temps pour préparer la commande ? demanda Mac.

Jake pivota sur lui-même, s'éloignant de Sabrina.

— J'en ai besoin dès que possible. Il faut que je parte à 22 heures.

— Il faudra te contenter de ce que j'ai sous la main. Tu as besoin d'une voiture propre ?

— J'ai ce qu'il me faut de ce côté-là. Pour le reste, fais au mieux. Je t'envoie l'adresse par SMS.

— Je pensais que tu avais toute une brigade derrière toi, mec.

— Non, plus maintenant. Le plus vite sera le mieux.

Les vêtements de Sabrina étaient presque immettables. Son sang se mit à bouillir. Les déchirures dans le dos du pull étaient sans doute dues à ce cinglé. Et il avait vu de petites coupures sur son bras droit. Le salopard !

— Encore une chose, Mac. Il y a quelques articles destinés à une amie. Ne ris pas et ne me pose pas de questions. Achète-les dans un magasin quelconque.

— Tu veux un coup de main, Jake ?

— Pas cette fois, mon vieux. Je dois faire ça tout seul.

Il ignorait pourquoi il faisait confiance à cette femme et il ne voulait impliquer personne d'autre dans cette histoire.

— D'accord, mais tu me devras une faveur. Et tu ferais mieux de prévoir de partir à 22 h 30.

— Pas de problème. Merci, Mac.

Il raccrocha et tapa sur son portable la liste qu'il avait préparée mentalement. Puis il alluma la chaîne météo, espérant tomber sur un bulletin sur le Texas. Un front de neige venant du nord-ouest avait sévi toute la semaine, mais il n'avait pas écouté les prévisions.

— Jake, j'ai besoin de vous…

Comment fallait-il l'entendre ?

Pris de curiosité, il posa le téléphone et se précipita vers la salle de bains. Une odeur de chien mouillé l'accueillit quand il pénétra dans la pièce envahie de vapeur, et il comprit tout de suite pourquoi elle l'avait appelé.

Difficile, néanmoins, de se concentrer sur autre chose que sa peau crémeuse parsemée de taches de rousseur. Pour une femme, elle avait une musculature très tonique, qui prouvait qu'elle se dépensait physiquement.

Soi-disant aveugle au derrière parfait recouvert de tissu-éponge, Jake se concentra sur la chienne qui gigotait, les pattes posées sur le rebord de la baignoire.

— Elle ne veut plus jouer, mais je dois encore me rincer les cheveux. Vous avez oublié de laisser d'autres serviettes.

Sabrina était enroulée dans une des quatre serviettes qu'il possédait. Il tendit les bras, mais fut accueilli par les mouvements vigoureux de la chienne et un petit cri choqué de Sabrina. Il fallait faire vite, avant que le coin noué de la serviette ne se défasse et qu'il en voie plus qu'il ne voulait. Ou devait.

— Vous n'allez pas l'envelopper dans votre chemise sale ?

Les lèvres parfaites de Sabrina esquissèrent un sourire taquin.

— Vous ne voulez pas qu'elle pue de nouveau, n'est-ce pas ?

— Une seconde.

Les serviettes propres étaient toujours dans le séchoir. Il alla les chercher et revint dans la petite pièce juste au moment où Dallas sautait hors de la baignoire et s'ébrouait.

Il laissa tomber une serviette sur la chienne et se mit en devoir de la sécher.

— Que s'est-il passé ?

— J'ai dû la poser, parce que ma serviette était en train de tomber. Ensuite, elle a sauté. Faites attention, elle glisse quand elle est mouillée.

Le carrelage glissant était plus facile à gérer que la pente qu'il dévalerait s'il voyait davantage de chair nue. Dieu seul savait où cela pourrait les mener.

Au lit, était la conclusion la plus probable.

12

Sabrina contempla le lit en cent quatre-vingts de Jake. Il était gigantesque et lui paraissait très tentant. Comme Jake ne voulait pas la quitter des yeux, coincée dans le couloir, elle alternait les regards entre le lit et la salle de bains. Elle avait le choix entre imiter Dallas et se rouler en boule au milieu des oreillers moelleux, ou admirer le derrière de Jake, moulé dans un jean. A genoux, celui-ci épongeait en effet le carrelage avec une serpillière.

Ce spectacle lui fit momentanément oublier ses ennuis et les menaces de Jake concernant la police. Sans blague, c'était *lui* la police.

Il avait échangé son pantalon sale contre un vieux jean déchiré qui lui tombait sur les hanches. Et, bien sûr, il ne portait pas de chemise.

Sabrina resserra la ceinture de son peignoir et revint à sa contemplation du lit. Elle avait également enfilé des chaussettes en laine appartenant à Jake, et qui avaient l'apparence et le contact d'articles fournis par la Marine.

— Vous n'auriez pas un sweat-shirt à me prêter ? Si vous vous douchez, nous pourrions nous mettre en route dans un quart d'heure, au lieu d'attendre mes vêtements pendant des heures.

— Je vous ai dit…

— Je sais, vous avez pensé à tout. Patience…

Plus facile à dire qu'à faire.

— Dallas a l'air d'adorer votre lit.

Morte de fatigue, elle mourait d'envie de plonger sous la

couette et ne plus bouger pendant trois jours. Elle se serait volontiers passée de manger, rien que pour pouvoir dormir.

— Vous êtes prête ?

Elle avait dû s'endormir une seconde contre le chambranle, car Jake se tenait dans le couloir, un coussin à la main, désignant la salle de bains.

— Vous ne prenez pas de douche ?

— Si. Et si vous croyez que je vais vous laisser errer dans l'appartement… Vous vous trompez.

Il tira les menottes de sa poche arrière.

— Voyons, Jake. Où pourrais-je aller, habillée comme ça ?

— Je vous ai tourné le dos deux fois, et vous avez disparu. Ça n'arrivera plus. Asseyez-vous.

Il laissa tomber le coussin sur le seuil. Puis il lui prit gentiment le poignet, pressant malgré lui les coupures qu'elle s'était faites en se débattant dans l'entrepôt.

— Je préférerais ne pas les serrer, Sabrina, mais je crains que ça ne marche pas de cette façon.

Elle comprenait son dilemme. Il caressa son pouls du pouce, là où les menottes lui avaient mis la peau à vif. Le contact apaisant de ses doigts lui fit du bien, mais il ne tarda pas à lui mettre un bras autour des épaules pour la faire asseoir. Puis, se penchant derrière elle, il fixa la deuxième menotte au tuyau du lavabo.

Le chatouillis du souffle tiède de Jake sur son oreille donna envie à Sabrina de tendre le cou pour l'embrasser. Elle en avait envie. Quoi de plus naturel que de se pencher un peu plus… ?

Elle battit des paupières et obéit à son impulsion. Jake vint à sa rencontre et leurs lèvres entrèrent en contact. L'excitation se mêla au désir et à l'émerveillement, puis vint la minute « Oh non, qu'est-ce que je suis en train de faire… ».

Ce baiser avait répondu en tout point à la promesse de leur rencontre au café. Et même plus…

Le bruit des menottes se refermant autour de la canalisation du lavabo la fit reculer et elle se cogna la tête au mur. Que c'était donc gênant ! Elle l'avait embrassé et il l'avait menottée.

— Hum… Suis-je censé mettre la main sur les yeux pendant que vous vous déshabillez ? Ça ne vous met pas mal à l'aise ?

Il n'était pas clair si elle parlait de la douche à venir ou de l'excitation du baiser. Mais elle ne ferma pas les yeux et remarqua le chaume qui lui couvrait le menton.

Des rides se creusèrent sur le visage de Jake. Etait-ce d'amusement ou d'inquiétude ? La proximité du corps de Jake jointe à son désir de s'évader un peu lui donnaient envie de le savoir.

— Vous plaisantez ?

Il rit.

— J'ai pris des douches communes pendant huit ans. Dont six sous une tente dans le désert. Ça ne me pose pas le moindre problème.

Se relevant, il déboutonna son jean, comme si elle n'était rien de plus qu'un soldat. Elle plaqua sa main libre sur ses yeux d'un geste qui sonna comme une claque.

Sabrina aurait voulu être plus à l'aise. S'il n'avait pas été aussi sexy et s'il ne l'avait pas embrassée, il aurait été plus facile de le regarder se déshabiller. Elle entendit le jean tomber par terre, le couvercle du panier à linge se refermer et le rideau de la douche aller et venir. Elle était enchantée qu'au moins l'un d'entre eux n'ait pas peur de prendre sa douche devant l'autre, et elle aurait voulu être assez courageuse pour l'épier. Gardant les yeux fermés, elle laissa retomber sa main et posa la tête contre le mur.

Le son de son prénom la tira d'un cauchemar dans lequel elle fixait Larry avec son masque noir. Il était sur le point de faire d'autres découpes dans son pull avec son couteau.

— Vous faisiez un gros roupillon. Désolé de vous réveiller, Belle au Bois Dormant, mais vous pourriez me lancer la serviette qui est sur le lavabo ? Je pourrais y arriver, mais vous me verriez à poil.

De fait, Sabrina en voyait davantage derrière le rideau qu'elle ne l'aurait cru possible. La silhouette de son grand corps mince pour commencer. Elle leva la main au-dessus de sa tête pour attraper la serviette et la lança dans sa direction. Elle avait vu ses épaules quand il s'était baladé torse nu, exhibant une touffe de poils très mignonne là où il le fallait.

— Merci d'avoir fait vite, dit-elle en avalant sa salive.

— Pas le choix. Il n'y a plus d'eau chaude.

Derrière le rideau, Jake s'ébroua un peu comme Dallas.

Sabrina admira ses mouvements tandis qu'il tamponnait avec précaution sa blessure au-dessus de l'oreille. Encore heureux qu'il ne lui demande pas de répondre à des questions, car elle était certaine d'avoir perdu sa voix.

Oh mon Dieu !

Il enjamba le rebord de la baignoire, la serviette nouée autour de la taille. Sabrina eut l'impression que ses yeux allaient sortir de ses orbites. Elle n'arrivait pas à les fermer et sa main refusait de monter à son visage. Elle n'avait plus du tout sommeil.

— Autant économiser le temps, je ne vais pas me raser.

Il se gratta la mâchoire des ongles, produisant le son caractéristique d'une barbe naissante. Sabrina l'avait sentie sur sa joue, et elle aurait tout donné pour la sentir encore.

Des gouttelettes d'eau s'accrochaient encore à sa poitrine musclée et bronzée. Comment pouvait-on être aussi bronzé au milieu de l'hiver ? Sabrina voulait tout savoir de lui. Pourquoi avait-il quitté le corps des Marines, et comment se faisait-il qu'il soit aussi sûr de lui quand il s'agissait de l'aider ?

— Je reviens vous libérer dans une seconde.

Il n'y avait pas beaucoup d'espace sur le seuil. Aussi tentant que ce fût de regarder, Sabrina recula et pressa ses bras contre le tuyau. Jake passa derrière elle et elle put se détendre un peu.

Puis la serviette vola au-dessus de sa tête et atterrit dans la baignoire. Elle enfouit son visage dans ses mains et entendit un éclat de rire dans la chambre. Il ne ferma pas la porte.

Saperlipopette !

13

Sabrina s'attendait à tout moment à l'arrivée de la police ou de Larry et ses complices. Selon elle, ils étaient restés bien trop longtemps dans l'appartement. A quoi bon gaspiller du temps à faire la lessive quand ils avaient assez d'argent pour acheter tout ce qu'il leur fallait ?

Et voilà que toute propre, l'estomac garni d'un excellent sandwich et d'un chocolat chaud, elle attendait que son jean et ses chaussures sèchent. Une Dallas épuisée était blottie sur le canapé et son hôte rassemblait des affaires pour leur voyage.

Jake l'avait finalement laissé appeler sa famille. Elle avait fait plusieurs tentatives, sans succès. Son cœur tambourinait à chaque sonnerie. Que leur dire ?

Comment prendraient-ils l'annonce qu'elle était en vie ? Lui pardonneraient-ils ? Comprendraient-ils qu'elle avait cru indispensable de se cacher ?

Et par-dessus tout, étaient-ils sains et saufs, ou bien les hommes de Griffin leur avaient-ils fait du mal ?

Les mêmes questions qu'elle se posait depuis qu'elle avait fui. Il fallait qu'elle aille à Amarillo et mette un terme à cette histoire.

Pour la énième fois, elle recompta les voitures dans le parking et le tronçon de rue visible. Les véhicules récemment garés étaient faciles à repérer, car une nouvelle rafale de neige soufflait. Les flocons fondaient sur deux voitures au capot encore chaud. Mais elle était intriguée par des traces de pneus à proximité de l'utilitaire de Jake, là où un véhicule était passé et repassé.

Elle avait depuis longtemps pris l'habitude de surveiller son environnement et de vérifier qu'on ne la suivait pas. Cela n'avait pas empêché les événements de la journée, bien sûr. Mais elle avait dû voir ces hommes à un moment donné. Où ? Ils avaient dû découvrir son adresse et la suivre. Sinon, comment auraient-ils su qu'elle travaillait pour Brenda Ellen ?

Assise en peignoir dans le salon, elle se sentait vulnérable et démunie. Mais elle avait enfin chaud. Jake lui apporta un vieux plaid fait main avant de s'asseoir près de Dallas, sur le canapé.

Pauvre petite Dallas. A six mois, elle dormait beaucoup, mais elle avait aussi besoin de courir et de jouer. Peut-être valait-il mieux la laisser quelque part ? Ce serait toutefois très difficile de se séparer d'elle.

Comme tous les labradors, Dallas adorait l'eau et s'en était donné à cœur joie dans la douche. La remettre à Jake pour qu'il la sèche avait donné à Sabrina une étrange sensation d'intimité. Quelle était la situation la plus gênante, se demanda-elle : que Jake l'ait regardée sous sa douche, ou qu'elle-même l'ait regardé sous la sienne ?

En fait, cela n'avait pas été si intimidant que ça de se déshabiller devant lui. Elle l'avait cru quand il lui avait affirmé avoir fermé les yeux. Lui faire confiance était plutôt facile. C'était Jake qui avait été trempé quand Dallas s'était ébrouée. Un instant de légèreté avant qu'il ne retire sa chemise et ne la jette dans le panier à linge.

Mais elle n'avait pas ri quand il l'avait embrassée et menottée au tuyau. Non seulement, il n'avait pas voulu la laisser en liberté dans l'appartement, mais il n'avait même pas voulu l'attacher ailleurs, à quelque chose de plus confortable. Et depuis leur baiser, il évitait tout contact avec elle.

— Rester ici n'a pas de sens. Plus on attend, plus ce sera difficile de récupérer ma famille. Et je ne peux même pas appeler mon oncle tant que je n'ai pas un autre chargeur, étant donné que vous avez laissé le mien dans ma valise.

Elle avait pris une profonde inspiration avant de l'affronter. Elle était déterminée à tenir bon et à passer à l'action.

— Ne laissez pas la panique vous dominer. Faites-moi confiance. J'ai passé quelques appels pendant que vous preniez votre douche. Il ne s'agit pas de passer le temps pendant que vos vêtements sèchent. J'attends qu'un copain des Marines m'apporte du matériel. Nous devrions nous mettre en route dans une demi-heure environ. Vous avez écouté la météo ?

— Désolée, j'ai coupé le son, je regardais dehors.

Elle resserra la ceinture du peignoir et releva le col autour de son cou. Elle ne portait rien en dessous et s'était assise sur un tabouret pour ne pas s'endormir. Elle était épuisée, mais tant qu'elle n'arrivait pas à joindre sa famille, se détendre était hors de question. Tout ce qu'elle avait pu faire avait été de laisser des messages à son oncle.

Dallas s'étira, les pattes en l'air et la tête posée sur les genoux de Jake. Sabrina la regarda avec envie. Bien sûr, c'était sa position allongée qui lui faisait envie, pas les genoux de Jake.

— Quand croyez-vous qu'on va remarquer l'absence de l'argent au commissariat ? demanda Sabrina, avec le bruit du séchoir en arrière-plan.

— Ils s'apercevront sans doute de la disparition du téléphone lundi matin. Mais personne n'a remarqué l'argent. C'est une chance qu'on ne m'ait pas escorté à l'extérieur. Quelques minutes de plus et je n'aurais pas été en mesure de vous aider.

— Je me sens affreusement coupable de vous avoir fait perdre votre travail. Vous croyez que vous pourrez le récupérer ?

C'était bien de la culpabilité qu'elle ressentait. Mais s'il n'avait pas été suspendu, lui aurait-il accordé son aide ? Il fallait s'estimer heureux quand on le pouvait.

— Peut-être.

Il haussa les épaules et ses muscles roulèrent sous son T-shirt blanc.

— Je ne suis pas sûr de le vouloir. Je n'y ai pas encore réfléchi. Cette promotion est arrivée très vite, et j'ai compris dès le premier jour que j'allais avoir du mal à faire mon trou. Un autre policier a été victime de harcèlement pendant un an, apparemment. C'est mon expérience dans l'armée qui m'a valu cet avancement, et malheureusement il n'y avait qu'un poste de disponible. A long terme, ça aurait pu marcher, mais il aurait fallu que je prenne sur moi pendant un bon bout de temps. Suffit à propos de moi. J'ai besoin de faits, Sabrina Watkins. Vous êtes prête à me raconter votre histoire à présent ?

Venait-il d'exprimer des sentiments personnels ? Essayait-il de gagner sa confiance après l'avoir attachée dans la salle de bains ? *Quelle importance ? Tu n'as nulle part où aller et personne à qui demander de l'aide.*

— Vous connaissiez les types qui vous ont enlevée ?

Se penchant en avant, Jake fit jouer les muscles de son cou, avant de prendre une bouteille d'eau et gober deux comprimés d'aspirine.

— Je ne les ai pas vus. Ils ont gardé leurs masques tout le temps. Mais je reconnaîtrais le dénommé Larry. Impossible d'oublier ses yeux. Il avait le même regard que l'homme qui planifiait ma mort avec Griffin. J'espère de tout mon cœur que ce n'est pas lui qui a ma famille.

Que faire ? Sabrina se leva et, incapable de rester assise, fit les cent pas dans la pièce, où des piles d'objets déballés s'entassaient.

— Qui est ce Griffin ? demanda Jake. Vous l'avez déjà mentionné.

— Quand votre ami va-t-il arriver ?

Elle retourna à la porte-fenêtre, fouillant le parking du regard. Devait-elle parler de ces traces de pneus ou interroger Jake sur ses plans ? *La confiance, c'est réciproque, chéri.*

— Il s'occupe de rassembler le matériel que je lui ai demandé. Continuez.

— Nos familles se fréquentaient à Silverton. Griffin Tyler est un peu plus âgé que moi. Après ses études, il a ouvert un cabinet de vétérinaire à Amarillo. Moi, j'avais une entreprise de toilettage et de garde de chiens. Très modeste, mais il y a quatre ans Griffin m'a proposé de nous associer.

— C'est donc cette activité qu'on a réduit à néant ?

Elle hocha la tête.

— Ils ont mis le feu aux bâtiments après que j'ai poignardé Griffin avec un scalpel.

— Légitime défense ?

— Il voulait me tuer.

Jake sourit. Elle vit ses dents briller dans la faible lumière du couloir.

— Qu'est-ce qui vous fait penser qu'il voulait vous tuer ?

La conversation n'empêchait pas Sabrina de rester consciente de sa situation. Sa nudité, sous son peignoir, lui interdisait toute fuite. A supposer qu'elle s'empare des clés laissées sur la porte et gagne la rue en s'efforçant de garder son vêtement fermé, Jake n'aurait aucun mal à la rattraper. Malgré sa réticence à parler de la journée qui avait fait basculer son monde, il n'y avait rien à faire.

— Son arme, pour commencer. Je connais beaucoup de chauffeurs poids-lourds, amis de mon père, poursuivit-elle. Je toilettais leurs chiens quand ils s'arrêtaient à Amarillo. Je faisais ça deux dimanches par mois. Ce jour-là, j'ai fini plus tôt et j'ai décidé d'aller jeter un coup d'œil aux animaux que j'avais en pension. Mon assistante était invitée à un baptême et ne pouvait pas y passer. C'est à ce moment-là que je les ai entendus. Il y avait un homme avec Griffin, qui lui transmettait les ordres. Ses yeux brillaient en parlant de tuer.

— Et vous avez vu son visage ?

Elle frissonna.

— Je ne l'oublierai jamais, il hante mes cauchemars. Son expression avait quelque chose de vraiment sadique. Je déteste les cauchemars.

Jake prit un air compatissant. Faisait-il aussi des cauchemars sur ses années de guerre ?

— Donc…

Il l'encouragea à poursuivre, tout en caressant gentiment Dallas entre les oreilles. Au lieu de lui prêter attention, Sabrina se mit à déchiffrer les titres des livres empilés dans un coin. A quoi bon s'interroger sur la vie ou les rêves de Jake ? Elle avait bien d'autres chats à fouetter, en l'occurrence.

— J'ai compris qu'il fallait que je parte très vite. J'ai couru au fourgon, en priant pour qu'ils ne m'aient pas vue. Puis je me suis souvenue des animaux. S'ils incendiaient la clinique comme ils en avaient discuté, tous mes pensionnaires allaient mourir. Je ne pouvais pas les abandonner.

— Tout comme vous ne pouviez pas abandonner Dallas au refuge, sans être sûre qu'on l'adopterait ?

— Il m'a fallu trois mois pour convaincre Brenda Ellen de l'adopter. Si je n'avais pas été là, ils l'auraient…

Elle préférait ne pas penser au sort des animaux auxquels elle n'avait pas trouvé de foyer : il n'y en avait que trop.

— Qu'est-ce qui vous a fait comprendre que je reviendrais la chercher ?

— Je ne sais pas. Sans doute l'attachement que vous sembliez avoir l'une envers l'autre, dit-il d'une voix grave, comme s'il était surpris qu'on puisse s'attacher à ce point à un animal. Et où avez-vous pris l'argent ?

Retour à la réalité. Elle n'avait parlé à personne de ce soir-là, mais les détails étaient gravés dans sa mémoire. Pour ne pas les oublier, elle les avait notés dans son journal électronique. A présent, il fallait espérer que personne ne le trouve.

— Griffin a dû m'entendre déplacer les cages. Il m'a surprise au moment où je chargeais la dernière et m'a forcée à entrer dans son bureau. Nous nous sommes battus. Je me suis emparée d'une mallette et j'ai pris la fuite avec le fourgon, que j'ai laissé ensuite devant une autre clinique vétérinaire.

— Pourquoi ne pas être allée à la police pour leur expliquer ce que vous aviez entendu ? Vous auriez pu identifier l'homme et ils vous auraient protégée.

Son accent texan s'était fait plus prononcé, comme précédemment, quand il avait manifesté son irritation. Qu'est-ce qui le mettait en colère ? Qu'elle ne soit pas allée voir la police ? Ou qu'elle n'ait rien fait pour arrêter un tueur potentiel ?

— J'avais entendu Griffin dire qu'un policier les aiderait à maquiller le meurtre. L'autre n'était pas content de mêler un flic à l'histoire, mais il a fini par reconnaître que ce serait utile pour me faire porter le chapeau. J'étais complètement affolée. J'ai tourné en rond pendant des heures, avec les chiens et le chat dans le fourgon. J'étais trop effrayée pour m'adresser à qui que ce soit.

Il y avait fort à parier que ce Marine sûr de lui n'aurait pas été aussi effrayé qu'elle ce jour-là. De l'endroit où elle était assise, elle voyait ses citations militaires empilées sur une étagère. Peut-être un jour l'interrogerait-elle sur son passé. Mais ce qui comptait pour l'instant, c'était de mettre Griffin et ses complices en prison.

— L'incendie était énorme, il se voyait à des kilomètres à la ronde. Griffin a déclaré dans une interview à la radio que j'étais coupable d'escroquerie et que la police me recherchait. Le jour suivant... mes restes ont été officiellement identifiés. Ça signifiait non seulement qu'ils avaient tué une autre femme, mais qu'ils avaient réussi à intervertir nos empreintes dentaires. C'était la confirmation du fait qu'au moins un policier était à leur solde. Je ne savais plus à qui me fier.

— Je comprends. Mais c'est incroyable que vous ayez réussi à vous cacher si longtemps. Comment êtes-vous venue d'Amarillo à Dallas ? Et comment vous êtes-vous retrouvée à garder des chiens à domicile ?

Jake avait accompagné ces derniers mots d'un sourire un peu condescendant.

— Ne vous en déplaise, c'est comme ça que j'ai démarré mon entreprise. Tout le monde n'a pas assez d'argent pour aller à l'université ou faire carrière. Comme beaucoup d'autres, j'ai fait de mon mieux, à une époque très difficile.

Reposant soigneusement la tête de Dallas, Jake se planta devant elle et lui souleva le menton d'un doigt.

— Je n'avais pas l'intention de vous offenser. Nous ne nous connaissons que depuis ce matin, mais je sais combien vous aimez les animaux. Et ça vous va très bien.

Jusqu'à ce qu'elle plonge le regard dans ses yeux inquiets, elle était effectivement vexée. *Souviens-toi que tu es seule et vulnérable. Sois forte.*

Soudain prise d'inquiétude, elle fouilla le parking du regard. La neige tombait, fondant sur le goudron ou s'accumulant sur les congères des jours précédents.

— Il n'y avait pas que de l'argent dans la mallette. J'ai trouvé aussi une liste de noms, sur lesquels j'ai fait des recherches. Tous ces gens avaient des animaux et vivaient autour de Lakewood. J'ai cru entendre le truand dire que les chefs étaient de la région, mais je n'ai rien trouvé sur eux. Ça n'a servi qu'à faire tuer Brenda Ellen et vous faire perdre votre travail.

— Ne vous faites pas de reproches. On ne peut pas revenir sur le passé, dit Jake en fixant un point au-dessus de sa tête.

Sabrina crut qu'il avait vu quelque chose, mais comprit très vite qu'il pensait à sa propre vie et préférait se taire là-dessus.

— Laissez-moi réfléchir à ce que vous m'avez raconté, dit-il enfin. Nous pourrons continuer en voiture.

— Y a-t-il un supermarché ouvert la nuit par ici ? Il nous faut de la nourriture pour Dallas. Elle a besoin de quelque chose de plus consistant que de la viande froide.

En manque d'affection, elle s'assit près de la chienne pour le câliner. L'alarme du séchoir se mit en marche au même moment.

— C'est prêt.

Jake la rejoignit sur le canapé et caressa le crâne de Dallas.

— Vous savez, on pourrait demander à mon ami de la garder.

De longs doigts musclés et fuselés… Si près de son peignoir entrebâillé qu'elle se sentit obligée de le rajuster. Difficile de penser à autre chose. Si les circonstances avaient été différentes… Elle secoua la tête, répondant en même temps à sa tentation et à la question de Jake.

— Je suis peut-être égoïste, mais j'aimerais la garder avec moi. Elle en a tellement vu, je ne sais pas comment elle réagirait si je la laissais derrière moi.

— Je comprends.

Peut-être considérait-il maintenant le labrador comme le sien ? De toute façon, si elle allait en prison, elle ne pourrait le garder et Jake le traitait avec gentillesse.

L'Interphone sonna et Jake décrocha sans prononcer un mot. Puis il reposa l'appareil sur son berceau et s'adressa à Sabrina :

— Vous pourriez vous retirer dans la chambre une minute, avec Dallas ? Mac est arrivé.

Dégainant son arme, il se dirigea vers la porte.

— Maintenant que j'ai ce qu'il me faut, nous partirons dans cinq minutes.

Sabrina laissa la porte de la chambre entrouverte, pour essayer d'entendre les paroles des deux hommes, mais ils parlaient trop bas. Elle ne parvint même pas à apercevoir le Marine. Elle ne vit que le grand sac noir posé sur le sol, et les cinq ou six billets que Jake comptait dans la main de l'autre homme.

La chienne gémit.

— Chut, petite, tout ira bien.

Il le fallait.

Elle connaissait à peine Jake et il avait admis qu'il ne retournerait pas dans la police. Pouvait-elle se fier à son désintéressement ?

Mais quelles que soient ses motivations, elle n'avait pas le choix : il lui faudrait accepter son aide pour sauver sa famille et jongler avec l'attirance torride qui flambait entre eux à chaque regard.

14

Jake se reprocha de ne pas avoir écouté la météo avant de partir. Au nord de Fort Worth, la neige s'était mise à tomber dru. L'idée qu'une tempête de neige se préparait ne l'avait pas effleuré, à l'appartement.

Ce n'était pas la fin du monde. Ils avaient de quoi se nourrir et leur réservoir était plein.

Deux heures plus tard, il plafonnait à trente à l'heure sur l'autoroute, suivant les conducteurs assez courageux ou assez stupides pour continuer malgré tout.

Mais, à présent, même ces véhicules s'engageaient les uns après les autres sur la bretelle d'accès d'une station-service.

— Vous voulez boire un café ?

Sabrina s'éveilla en s'étirant du profond sommeil qui lui avait tant fait défaut.

— Oh ! ils n'ont pas l'air ouvert !

— Je crains qu'on ne soit coincé ici un bon bout de temps.

— Mais on ne peut pas s'arrêter. On n'a pas le temps !

— Je ne vois plus la route. Sans parler du fait que les ponts sont de vraies patinoires.

Il était fatigué de conduire dans les rafales de vent qui secouaient le véhicule. Et quand il était fatigué, il pouvait perdre le contrôle. Il ne voulait pas que ça arrive et savait comment l'éviter.

— Mais…

— Ecoutez, je veux autant que vous arriver le plus vite possible. L'idée de vous soustraire à la police de Dallas ne me plaît pas, mais je sais que c'est la meilleure solution pour votre famille, pour vous et pour moi. Mais j'aimerais aussi arriver vivant. Tout le monde vient de sortir de la 287.

Il enfila ses gants, en regrettant déjà sa rudesse.

— Je vais voir si le chauffeur du camion en sait davantage sur l'état des routes, ou s'il s'est juste arrêté pour se reposer.

Il retira la clé du contact. Dallas leva la tête quand le plafonnier s'alluma.

— Reste là.

— Vous croyez vraiment que j'ai envie de m'enfuir ?

— Je parlais à Dallas.

— Bien sûr. Vous voulez de nouveau me menotter ?

Il referma la portière sans la claquer. La tension était suffisante dans l'habitacle, il n'avait pas envie d'essuyer le courroux d'une femme.

La neige lui fouetta le visage. Il remonta la fermeture Eclair de son anorak et releva son col. Comparée à ce vent, sa promenade du matin dans la neige faisait figure de partie de plaisir.

Dans l'armée, il avait essuyé de nombreux blizzards, mais il n'en avait jamais vu au Texas. Un instinct viscéral lui disait qu'il ne s'agissait pas d'une simple tempête de neige. Il avait le pressentiment qu'ils seraient coincés jusqu'au matin. Si ce n'était ici, ce serait sur la route, loin de toute habitation ou zone de réception des portables.

Le vent soufflait assez fort pour le faire zigzaguer et il n'était pourtant pas un poids plume. Il abrita ses yeux de la main pour distinguer les véhicules devant lui. Les traces de pneus de la voiture précédente avaient déjà disparu sous la neige. En passant près du véhicule, il vit que le conducteur s'était mis à l'abri dans un sac de couchage, sur le siège arrière.

Jake trotta de son mieux jusqu'au camion et tapa contre la vitre. Le chauffeur lui fit signe de faire le tour du côté passager. La portière s'entrouvrit. Il pénétra dans la cabine et fut accueilli par un très gros homme armé d'une batte de base-ball.

— A.B. Mills. Vous avez besoin de quelque chose ?

— Jake Cra… Crain, se reprit-il. Je me demandais si vous étiez au courant de l'état des routes jusqu'à Amarillo ?

— Ça roule très lentement. Tous les ponts sont verglacés jusqu'à Wichita Falls. On ne peut pas circuler à l'ouest de la I-40. Les secours n'arrivent pas à affronter la tempête. Tout le monde s'est replié sur les aires de repos et on parle de fermer l'autoroute. Vous feriez mieux d'attendre le matin. C'est ce que j'ai l'intention de faire.

— C'est ce que je pensais.

— Vous êtes dans la voiture ou l'utilitaire ?

A.B. Mills ne cessait de tapoter et faire tourner sa batte dans sa main, faisant clairement comprendre qu'il valait mieux ne pas s'en prendre à lui.

— Dans l'utilitaire. Le conducteur de la voiture s'est installé pour la nuit.

— Z'êtes pressé d'arriver à Amarillo ?

— Pour tout dire, oui. Une urgence familiale.

— Vous avez des roues motrices ? Si oui, mettez du poids à l'arrière pour ne pas déraper. N'appuyez pas sur l'accélérateur ni le frein. Avec un peu de chance, vous rejoindrez la I-40 en cinq ou six heures.

— Merci. Je vais aller en parler à… ma femme.

— Ramassez des bûches ou quelque chose comme ça. Bonne chance.

— Merci encore.

Jake se raidit en prévision de la bourrasque glaciale et sortit du camion.

Passer la nuit sur l'aire de repos n'était pas complètement impossible. Sabrina et lui avaient des manteaux et des gants. Mais seule Dallas avait une couverture. Et ils n'avaient pas non plus assez d'essence pour laisser le moteur et le chauffage en marche. La crainte d'échouer le rendait nerveux

Il avait élaboré un plan et obtenu les gadgets électroniques dont il avait besoin, mais il n'était pas allé au bout de ses réflexions en s'informant de la météo.

Son court trajet lui parut si froid que l'intérieur de la voiture lui fit l'effet d'une serre chaude. Dallas était pelotonnée sur elle-même et sa prisonnière grelottait. Il mit tout de suite le contact et poussa le chauffage à fond.

— Désolé. J'aurai dû laisser tourner le moteur.

— Je ne vous le reproche pas. Si vous aviez laissé la clé, vous seriez peut-être en train de faire du stop.

— Etes-vous en train de me dire que je dois vous menotter au volant à partir de maintenant ?

— Pas vraiment. Quelle que soit mon envie, je sais que je ne peux pas le faire. Qu'a dit le chauffeur ?

Jake lui répéta les informations que lui avait données l'homme et Sabrina eut la même réaction que lui.

— On ne peut pas attendre toute la nuit. Jerry est chauffeur-routier et il reste à Amarillo le dimanche en général. On le manquera si on n'arrive pas avant demain.

— Holà, attendez une minute. Qui est Jerry, et pourquoi devons-nous le voir ? Votre plan était de récupérer l'argent auprès de votre oncle.

— Jerry est mon oncle et c'est lui qui a l'argent. C'est pourquoi j'ai besoin de mon téléphone. Il est le seul à savoir que je suis toujours en vie.

— Vous avez remis deux millions de dollars à un chauffeur-routier ? Bon sang !

Il jeta son bonnet et ses gants sur la banquette arrière.

— Vous croyez vraiment qu'il va vous les rendre ?

— C'est le frère de ma mère.

Sabrina plaqua ses mains contre la bouche d'aération.

— Il a mis l'argent en sécurité.

Devait-il lui faire un sermon sur la nature humaine et souligner la probabilité que l'argent se soit envolé ?

— Vous aviez une raison particulière pour ne pas m'en parler jusqu'à maintenant ?

— Peut-être à cause de votre réaction. On reste ici ou on repart ?

— On y va. Mais ça va être difficile.

— Comme si ça avait été facile jusqu'à maintenant…

— Là, vous marquez un point, remarqua-t-il.

Il passa une vitesse et les roues se mirent à patiner comme pour souligner son propos

— Le plus gros problème, c'est le verglas.

— Vous voulez que je conduise ? J'ai grandi ici, dans le Panhandle. J'y suis habituée.

Il lui lança un regard de stupéfaction. Elle regardait la route d'un air sérieux. Peut-être n'avait-elle pas l'intention de s'évader. Ça ne signifiait pas qu'il allait baisser sa garde. Cette femme lui glissait entre les doigts chaque fois qu'il avait le dos tourné.

— Je me débrouillerai. Y a-t-il autre chose que je devrais savoir avant que nous arrivions à Amarillo ?

Jake appuya prudemment sur l'accélérateur. Il ne pouvait dépasser trente kilomètres à l'heure sans se mettre à chasser de l'arrière.

— Je ne sais pas.

Sabrina mit la radio sur la bande AM. Une voix rapide et excitée s'éleva. Les nouvelles en espagnol.

Jake ne comprenait pas cette langue. Il ouvrit la bouche pour le lui dire, mais elle lui fit signe de se taire et monta le volume au point que c'en était irritant. Dallas se redressa d'un bond. Sabrina la prit dans ses bras par-dessus le siège, et la persuada très vite de se recoucher sur ses genoux.

Puis elle éteignit la radio et s'adossa à son siège. Visiblement elle réfléchissait à ce qu'elle venait d'entendre, sans se presser de lui en faire part.

— Vous comprenez l'espagnol ? demanda-t-il.

— Je comprends l'essentiel et je devine le reste.

La patience ne faisait pas partie de ses qualités, mais il attendit. Il devait tenir le volant à deux mains pour empêcher le vent de déporter la voiture dans le fossé. Il n'avait pas vu de lumière depuis plus d'un kilomètre. La visibilité était presque réduite à néant. Aucun phare, aucun feu arrière.

— Quel est le verdict ?

— D'après ce que j'ai compris, la tempête a atteint Amarillo.

La circulation est coupée sur l'Interstate 40, et on conseille aux gens de se mettre à l'abri.

Ils passèrent un autre pont verglacé en dérapant pendant plusieurs secondes.

— C'est sans doute le mieux à faire.

Sabrina ne paraissait pas incommodée par leurs dérapages incontrôlés. Cramponnée à l'accoudoir d'une main, elle tenait fermement Dallas de l'autre. Si elle avait peur, cela ne se voyait pas.

— Ne faites pas demi-tour, je vous en prie. Il faut continuer ou bien ils…

— Tueront votre famille, je sais. Mais si nous avons un accident, nous ne leur serons d'aucune utilité. La meilleure chose à faire est d'appeler la police d'Amarillo, pour qu'ils assurent leur protection.

— Ça ne marchera pas, vous le savez bien.

— Je sais que vous croyez qu'ils ont un policier à leur solde, mais tous les flics d'Amarillo ne sont pas des pourris. Les chances pour qu'un truc pareil se produise…

Lisant la peur dans les yeux de Sabrina, il tendit la main pour presser la sienne. Moins d'une seconde après, ils fonçaient en direction du terre-plein séparant les voies. Une plaque de verglas ou une rafale de vent les envoya heurter le talus, et le véhicule entama un tête-à-queue.

Jake s'empressa de manœuvrer le volant et de pomper sur le frein, mais rien n'y fit : il avait perdu le contrôle de la voiture. Il ne restait plus qu'à prier pour ne pas heurter la glissière en béton et tomber dans le fossé.

— Cramponnez-vous !

Passant un bras autour de Dallas, Sabrina agrippa sa ceinture de sécurité. Elle ferma les yeux en sentant la voiture déraper. Elle ne voulait pas assister à leur collision. Mais sa sensation de nausée s'estompa quand le véhicule ralentit et s'arrêta. Elle comprit qu'ils s'en étaient sortis indemnes.

Jake passa au point mort, lâcha le volant et se frotta la nuque en étirant les bras au plafond, comme s'il venait juste de décider de faire une pause.

— Ça va, vous et Dallas ? demanda-t-il.

— Je crois.

La chienne tremblait sur ses genoux.

— Mais j'ai encore l'impression de tourbillonner.

Le rire tendu de Jake lui mit un peu de baume au cœur.

— On va faire demi-tour, c'est trop dangereux, Sabrina, déclara-t-il d'un ton catégorique.

Rien ne vint à l'esprit de Sabrina pour le faire changer d'avis. Seule l'image des yeux horribles du meurtrier, et de ce qu'il ferait à sa famille hantait son cerveau.

Jake appuya doucement sur l'accélérateur et la camionnette se remit miraculeusement en marche. Ils n'étaient pas enlisés. Il reprit la route encore plus lentement qu'avant. La neige brouillait tout devant eux. Sabrina se demandait comment il se débrouillait pour suivre la chaussée dans tout ce blanc.

— On va retourner au parking et appeler les secours par téléphone ou avec la cibi du poids lourd. Dans le pire des cas, il faudra attendre que la tempête passe.

— Il n'y a peut-être pas autant de neige à l'ouest. On pourrait retourner à Decatur et contourner Lubbock par l'ouest avant de reprendre la direction d'Amarillo.

Jake poussa un long soupir irrité. C'était exactement ce que Sabrina ressentait, jusqu'au bout de ses orteils glacés.

C'est alors qu'une sonnerie de téléphone à l'ancienne les fit sursauter. Le son semblait provenir de sous les fesses de Sabrina, mais c'était impossible, les deux portables étaient sur le tableau de bord, là où Jake les avait laissés.

— Comment vous êtes-vous procuré ce téléphone ? demanda Jake d'un ton accusateur. Donnez-le-moi tout de suite.

— Je n'en ai pas. Ce doit être eux. Ils nous observent et ils nous ont vus faire demi-tour.

— C'est impossible. Il n'y a aucune voiture à des kilomètres à la ronde. Les routes sont désertes.

S'arrêtant sur le bas-côté, il coupa le moteur. Sabrina reposa Dallas sur sa couverture, défit sa ceinture et fouilla dans son sac qu'elle avait rangé sous son siège. La lueur de l'écran qui s'alluma quand l'appareil se remit à sonner lui permit de le trouver.

— Le voilà.

— Bon, fit Jake en le lui prenant des mains. Ecoutez, Sabrina, quoi que je dise, rappelez-vous que je suis de votre côté. Je vous ai donné ma parole. Si leur appel nous est parvenu, ça signifie que nous pouvons aussi nous servir de ce téléphone pour demander aux autorités de mettre votre famille sous protection.

Il lui avait pris le poignet pour mieux la convaincre, mais cela ne suffit pas à calmer son pouls. Sabrina savait qui était au bout du fil, et elle savait que Jake ne pourrait pas tenir sa promesse, malgré ses efforts.

Les hommes de Griffin détenaient déjà ses parents et sa sœur, autrement ils auraient déjà répondu à ses appels. Trois portables et un fixe n'avaient pas pu tomber tous en panne à cause de la neige. Elle était certaine qu'ils avaient été enlevés.

— Craig à l'appareil, répondit Jake.

— Faites demi-tour ou on zigouille ses parents, ordonna froidement la voix qui hantait ses cauchemars. Et laissez le téléphone allumé. On vous rappellera.

La communication fut interrompue.

Puis l'écran se ralluma. Jake marmonna des mots qu'elle aurait bien voulu pouvoir hurler au nez de son tortionnaire.

— Qui est-ce ? bredouilla-t-elle, la vue brouillée par des larmes de frayeur.

— Je suppose que c'est votre famille ?

Elle essuya ses larmes et se reprit. Lentement, la petite photo se précisa devant ses yeux. Elle hocha la tête, reconnaissant la petite véranda menant à la porte d'entrée que sa mère repeignait en rouge au début de chaque année. Rouge pour la prospérité et le bonheur.

Agenouillés dans la neige, sans manteau, ses parents et sa

sœur avaient les mains ligotées et trois revolvers braqués sur leurs têtes.

— Il n'y a pas de neige sur le sol. C'est seulement à trois heures qu'il s'est mis à neiger à Amarillo, selon la radio. Quand j'ai dit à Griffin que je n'avais pas l'argent… Il m'a dit que c'est ce qu'il ferait.

Jake toucha l'écran.

— Bon sang ! Le mot de passe est protégé. Je ne peux ni les appeler ni désactiver le GPS.

Il retourna l'appareil pour l'ouvrir.

— Ne faites pas ça, s'il vous plaît. Ils doivent savoir où nous sommes. Il faut y aller, tout de suite.

— Je continue à penser que nous devrions appeler la police d'Amarillo.

— Inspecteur Craig, qu'est-ce qui vous a poussé à m'aider ? Il n'y a pas très longtemps, vous disiez que vous ne saviez pas si vous vouliez récupérer votre travail ou non. Alors pourquoi m'aidez-vous ?

Jake tapota le volant des doigts, cherchant ses mots ou essayant de définir ses raisons.

Sabrina, elle, savait très bien pourquoi elle était restée avec Jake. Ses options étaient limitées : ou elle acceptait son aide ou elle allait en prison. Mais les motivations de Jake n'étaient pas si claires. Du moins pas pour elle.

— Est-ce si difficile de me répondre ? insista-t-elle.

— Je tiens à être honnête.

— Avec moi ou avec vous ?

Il se gratta la gorge et continua à scruter le pare-brise.

— Vous voulez mon anorak ?

— Non, seulement votre réponse.

Elle reconnaissait cette expression perplexe. Beaucoup de gens l'avaient regardée comme si elle était folle, quand elle avait décidé de se lancer dans les affaires au lieu d'aller à l'université, puis quand elle s'était associée à Griffin.

— Je ne suis pas folle, et j'ai de bonnes raisons de vous le demander. Je veux connaître vos motivations.

— Je ne vous suis pas. Qui a dit que vous étiez folle ?

— Vous voyez, Inspecteur…

— Jake.

— Non, en ce moment, vous êtes le policier qui se croit obligé de faire appel à ses compagnons d'arme. Une chose est certaine, *Inspecteur* : vous ne pensez pas sérieusement que c'est la chose à faire, sinon vous m'auriez déjà remise à la police de Dallas. Alors pouvons-nous cesser de réfléchir à une idée perdue d'avance et mettre au point un plan vraiment efficace ?

Même en les étouffant avec la main, Jake ne put empêcher Sabrina de distinguer des jurons sans doute habituels chez les Marines.

— D'habitude, mon instinct ne me trompe pas. Je prends une décision et je m'y tiens sans regrets.

Il se gratta le menton et le crâne, l'air confus.

— J'ai décidé de vous aider en sortant du bureau du capitaine. Quelques minutes avant que vous ne me le demandiez.

— Alors nous sommes d'accord pour dire qu'appeler la police n'est pas la meilleure conduite à tenir ?

— Même si ça me coûte de l'admettre, oui. Vous allez devoir me supporter.

— Merci, Jake. Et si nous ne faisons pas demi-tour…

— J'ai compris.

Il mit le contact et recula. Aucune voiture n'était passée durant tout le temps où ils étaient restés sur le bas-côté et il n'y avait aucune lumière en vue. Les conditions météo étaient sans doute pires qu'il ne le craignait. Mais il n'y avait pas d'autre solution.

— Je ne plaisantais pas en vous proposant de conduire, dit Sabrina avec plus de calme qu'elle n'en ressentait. Ce n'est pas mon premier blizzard et j'ai conduit des tas d'utilitaires.

— J'ai eu aussi ma part de tempêtes. Des températures épouvantables, des tempêtes de sable si violentes qu'elles nous arrachaient la peau du visage.

Sa voix avait pris une tonalité dure et lointaine, mais il s'engagea doucement sur l'autoroute.

Sabrina n'avait pas eu l'intention de lui remémorer le souvenir de ses batailles au Moyen-Orient.

— Vous pouvez compter sur moi jusqu'à la fin de cette histoire. Ne vous interrogez plus sur ma loyauté. Votre famille est en danger et nous devons coopérer pour la sauver.

Sans plus hésiter, sans souligner la dangerosité du verglas, il poussa la voiture en direction du nord, en contrôlant soigneusement sa vitesse.

— Merci, Jake.

— Ces salopards ont l'intention de nous tuer. Vous le savez, n'est-ce pas ?

— Oui, articula-t-elle avec difficulté.

— Vous avez raison au sujet de la police : ça ne servirait à rien d'aller la voir. Mais une fois que nous aurons récupéré l'argent, il nous faudra un meilleur plan.

15

— Celui-là ! C'est son camion, cria Sabrina en détachant sa ceinture, prête à sauter de voiture. Arrêtez-vous derrière lui.

Il ne s'était pas écoulé assez de temps pour que Jake ait oublié A. B. Mills et sa batte de base-ball.

— Attendez. Il faut s'assurer que personne ne le surveille ou ne nous surveille, nous.

— Mais personne ne sait qui est Jerry.

— Vous pensiez aussi que personne ne savait que vous travailliez pour Mme Richardson. Une chose à la fois. Vous lui avez dit que vous l'appelleriez. Nous allons prendre du carburant et vérifier si quelqu'un rôde autour d'un air suspect.

Les autres camions étaient couverts de neige, mais le semi-remorque de Jerry Riley avait l'air de stationner depuis peu de temps de l'autre côté de la rue.

Sabrina avait appelé son oncle à plusieurs reprises, sans succès, et ils avaient visité deux aires de repos avant de le trouver. Mais Jerry l'avait avertie que ce serait difficile de le joindre, en raison de la faiblesse du réseau et parce qu'il avait besoin de ses deux mains pour lutter contre les bourrasques de quatre-vingts kilomètres heure.

Avant le premier appel de Sabrina, Jerry se trouvait sur une aire de repos au sud, où il s'était arrêté de peur que le vent ne renverse son semi-remorque. En apprenant que sa famille était en danger, il avait accepté d'affronter la tempête et de les retrouver à Wichita Falls.

Le parking était bondé. En se dirigeant vers les pompes à

essence, Jake s'étonna du nombre de poids lourds garés pare-chocs contre pare-chocs.

Tandis qu'il faisait le plein, Sabrina composa une nouvelle fois le numéro de son oncle. Pas de réponse.

— Vous avez l'air épuisé, m'sieur-dame. Vous venez de loin ? fit une voix haut perchée derrière eux.

Le rugissement du vent et le fracas métallique de l'auvent avaient dû couvrir l'approche de l'homme. Jake fut instantanément renvoyé au souvenir de l'Afghanistan, de la traque des ennemis dans les tempêtes de sable. Il se reprit en constatant que sa main s'était abattue sur la crosse de son arme.

La combinaison orange au logo de la compagnie indiquait un préposé légitime.

— Je peux m'occuper de ça, si vous voulez attendre à l'intérieur.

— Non, merci. Où pouvons-nous garer quand nous aurons fini ? demanda Jake en gardant l'œil sur les véhicules et leurs conducteurs.

La visibilité était à peine suffisante pour voir à dix mètres. Tout était flou.

— Ben, si vous voulez vous arrêter quelque temps, il y a encore de la place pour quatre ou cinq voitures dans la rangée derrière. Tous les motels sont pleins. Y ont été les premiers à se remplir hier soir, quand on a su qu'y fermaient l'autoroute.

Stationner sur le parking ne leur servirait à rien. La simple idée de rester bloqués dans cette jungle de véhicules suffit à amener un air anxieux sur le visage de Sabrina.

— On veut seulement faire une pause. Le vent est vraiment mauvais.

— V'savez, l'autoroute est fermée jusqu'à Amarillo. La patrouille vous laissera pas passer, déclara le jeune homme en reposant la pompe sur son berceau.

— Nous n'allons pas très loin, mentit Jake, et il vit la confusion s'étaler sur le visage du jeune homme. Nous étions presque à sec et j'ai préféré faire le plein. Patty voulait s'assurer que sa mère était bien rentrée hier, mais je ne pouvais pas rester une minute de plus.

— D'accord.

Le préposé désigna la rue en amont du semi-remorque de Jerry.

— Si vous restez pas longtemps, faut vous garer un peu plus loin. On essaie de s'organiser, mais le parking est pas prévu pour tant de monde. Faudra que tout le monde parte en même temps, quand y donneront le feu vert.

— Nous comprenons tout à fait. Vous savez combien de temps va durer la tempête ? demanda Sabrina. Hum… le téléphone satellite de ma mère ne fonctionnait plus, et nous n'avons aucun réseau sur celui-là.

Elle montra le téléphone que Jake avait pris au commissariat.

— Ça peut durer toute la journée. Il est tombé cinquante centimètres de neige cet'nuit. Le soleil va la faire fondre, mais faut attendre que les ponts soient dégagés. La tempête s'déplace vers le nord, mais c'est pas encore conseillé d'aller vers le sud. Si c'est tout pour vot'service, je rentre me met'au chaud.

Le jeune homme agita ses gants et disparut de l'autre côté du véhicule.

Dallas poussa un hurlement en le voyant s'éloigner. Jake fixa la route un long moment. Il n'y avait aucun bruit, en dehors de l'auvent qui menaçait de s'envoler à tout instant. Si quelqu'un les épiait, il n'en saurait rien.

— Vous avez réussi à avoir votre oncle ? questionna Jake quand ils furent remontés en voiture.

Sabrina secoua le portable et le laissa tomber près d'elle.

— C'est un appareil bon marché, que j'ai acheté dans un relais comme celui-là. Jerry doit dormir.

Jake se gara, en faisant attention à laisser assez d'espace pour ne pas avoir à manœuvrer s'ils devaient partir précipitamment.

— Restez ici et verrouillez les portes.

— Mais…

— Mais rien. Il faut limiter les risques, nous nous sommes mis d'accord là-dessus. C'est moi qui commande.

Il coupa le moteur, récupéra les clés et sortit de voiture, évitant toute discussion.

— Je ne me souviens pas d'avoir dit que j'étais d'accord, dit Sabrina à la portière qui se refermait.

Le vent plaqua Jake contre le pare-chocs avant qu'il puisse traverser la rue.

A l'approche de Wichita Falls, les radios locales leur avaient donné des nouvelles de la météo. Le vent soufflait entre quatre-vingt-dix et cent dix kilomètres à l'heure et pourtant la tempête continuait à stationner au-dessus de la région. Jake n'avait aucune peine à le croire, la visibilité étant presque réduite à zéro.

Continuer vers Amarillo était une idée stupide, mais il savait que Sabrina n'hésiterait pas à voler sa voiture et à emprunter les routes secondaires plutôt que d'abandonner. Arrivé près du semi-remorque, il le contourna et se jucha sur le rail. Mais avant qu'il puisse jeter un coup d'œil à l'intérieur, une brusque poussée le fit tomber sur les fesses.

Levant les yeux, il vit un géant se dresser au-dessus de lui dans le tourbillon de flocons.

— Hé, petit… C'est la troisième fois que tu regardes mon semi-remorque. Qu'est-ce que tu veux ?

— Vous êtes Jerry Riley ?

— T'es Craig ?

Jake acquiesça fermement et un sourire lui confirma qu'il s'agissait bien de l'oncle de Sabrina. Le géant le remit sur pied et lui secoua le bras de sa main gantée au point de le décrocher.

— Je commençais à m'inquiéter. Où est ma nièce ? Elle va bien ? J'ai entendu le téléphone, mais je pouvais pas répondre dans ce vent. Après, j'ai dû aller acheter à bouffer. J'ai hâte de la voir. Vous avez déjà annoncé à ses parents qu'elle est en vie ?

Il était rare que Jake doive lever les yeux pour regarder les gens, mais l'oncle Jerry le forçait à renverser la tête pour croiser son regard. Et le vent était si fort qu'ils devaient presque crier pour se faire entendre. Quelqu'un aurait pu surprendre leur conversation à moins de trois mètres.

— Je préférerais rester le plus discret possible. Je ne suis pas sûr que vous devriez…

— Oncle Jerry !

Sabrina sauta dans les bras de son oncle. Pas le moins du monde gêné par le vent ou la neige, celui-ci la souleva de terre sans bouger d'un centimètre.

— Oorah ! C'est bon de te revoir, petite.

Jerry n'était pas seulement bâti comme un Marine, *c'était* un Marine, du moins un ancien Marine.

Jake les laissa à leurs retrouvailles et en profita pour inspecter les alentours.

Peut-être n'aurait-il pas dû les laisser bavarder sans surveillance, mais il ne pouvait l'empêcher. S'attendant à tout instant à une agression venue de nulle part, il gardait la main sur son arme.

S'il avait été à la place de leurs poursuivants, il aurait étudié la situation avant de passer à l'attaque. Mais pourquoi auraient-ils supposé que l'argent ne se trouvait pas à Amarillo, comme Sabrina le leur avait dit ? Le téléphone que Larry avait laissé dans la voiture pour les pister — le téléphone GPS, comme ils avaient commencé à l'appeler — était toujours sur le siège avant.

Comment savoir ce qui se passerait quand Larry et son complice s'apercevraient qu'ils stationnaient à Wichita Falls ? L'une des choses qu'il avait apprise chez les Marines, c'était qu'on ne savait jamais quand l'adversaire allait frapper.

— Allons-y, dit Jerry. Mes vieux os n'aiment pas beaucoup le froid. Faites ce que vous avez à faire, je serai prêt dans quinze minutes. Faut juste que je me gare sur le parking.

— Attendez.

Géant ou non, Jake lui prit le bras pour le stopper.

— Nous avons seulement besoin du paquet.

— Jerry peut nous aider, intervint Sabrina.

Jake s'adressa directement à elle :

— Nous nous sommes mis d'accord pour qu'il emmène le GPS à Amarillo quand les routes rouvriront. Nous, on prend par le sud et on arrive à Amarillo sans qu'ils le sachent. On garde l'avantage de la surprise, c'est le meilleur plan.

Il se tourna vers Jerry, dont l'expression était impassible.

— J'apprécie votre offre, mais vous savez que j'ai raison.

— Sabrina chérie, tu pourrais t'occuper de Charlie ? Il refuse de faire ses besoins dans le froid.

— Mais…

La suggestion d'oncle Jerry ne souleva pas autant d'opposition que celle de Jake. Un seul regard et Sabrina fit demi-tour pour se mettre au chaud dans le semi-remorque.

Jake saisit au passage une image de son derrière parfait, moulé dans un jean étroit et… oui, il aurait bien aimé se réchauffer lui aussi.

La portière se referma avec un déclic. Avant que Jake puisse se tourner vers Jerry, il reçut un direct dans la mâchoire. C'était la deuxième fois qu'il se retrouvait seul avec ce Marine et qu'il mordait la neige.

Faisant jouer sa mâchoire pour vérifier qu'elle n'était pas déboîtée, Jake réfléchit à la manière dont il allait rendre le coup. Mais Jerry lui tendit la main pour le remettre sur ses pieds.

— Je pourrais vous demander à quoi ça rime, mais je crois que je le sais.

S'il avait surpris quelqu'un en train de regarder Sabrina comme il venait de le faire, il l'aurait aussi assommé.

— Mais je parie que vous ne savez pas pourquoi. C'est pour souligner un point que je ne vous ai pas encore fourni.

— D'accord, allez-y.

Jake n'avait qu'une envie : échapper au blizzard qui les faisait valser contre le flanc du semi-remorque.

— C'est moi qui suis fatigué ou le vent a redoublé ?

— Je sais que Sabrina veut récupérer l'argent et partir. Mais si je vous ai pris au dépourvu, c'est parce que vous n'êtes pas seulement fatigué, vous êtes épuisé. Donc, soit vous m'emmenez et c'est moi qui conduis, soit vous restez ici jusqu'à ce que la tempête se calme, parce que ce n'est pas vous qui imaginez le vent.

— Je ne peux pas vous emmener, Jerry. Et malheureusement, — il se frotta la mâchoire — Sabrina ne supporte pas de s'arrêter.

— Je savais que vous alliez dire ça. Et je connais ma nièce. Elle s'est cachée pendant six mois pour ne pas mettre sa famille en danger. Le vent souffle à cent vingt kilomètres/heure et pousse les voitures en travers de la route. Il n'y a aucun moyen de rejoindre Amarillo sans traverser cette tempête, aucun. Vu les types auxquels vous aurez affaire, vous aurez besoin de toute votre énergie. Conduire dans une tempête comme celle-là n'est pas seulement épuisant, c'est stupide.

— Qu'est-ce que vous suggérez ? Ils nous pistent grâce à un GPS. S'il ne bouge plus, ils vont venir voir ce qui se passe.

— Laissez-les venir. Donnez-moi les clés de votre camionnette, grimpez dans ma couchette avec Sabrina, et donnez-moi Charlie.

Jake tira les clés de sa poche.

— Il faudrait que j'aille chercher Dallas.

— Si Dallas est un chien — et connaissant ma nièce, c'en est un — je m'en occuperai. Verrouillez les portes et dormez un peu.

— D'abord, il faudrait débusquer les loups.

Jerry se frotta les mains dans ses gants.

— Moi, ça fait six mois que je me prépare à une bonne chasse.

16

Le vent sifflait dans la cheminée, envoyant de petits nuages de fumée dans le salon de Griffin Tyler. Bien qu'il ait appelé à plusieurs reprises des professionnels pour réparer, rien n'y faisait, et il larmoyait toujours quand il allumait un feu. Il jeta une autre bûche pour alimenter les flammes. Le bourbon qu'il s'était servi ne suffisait pas à le réchauffer.

Ces cinq années de « faveurs » commençaient à lui peser. Et maintenant ces crétins avaient tué une autre femme. Si au moins, ils s'en étaient pris à la bonne, les choses auraient été moins compliquées.

— Je hais cette garce !

Personne ne l'entendit hurler sa colère. Il fallait qu'il en finisse avec ces « faveurs ». Ça n'allait plus tarder. Ses efforts pour blanchir chaque semaine des quantités de plus en plus importantes d'argent portaient de moins en moins leurs fruits.

Son deuxième téléphone, qu'il avait surnommé sa « ligne à faveurs », vibra sur le comptoir, derrière lui.

Au début, le blanchiment d'argent sale n'était qu'un moyen commode de rembourser une dette de jeu. Ce n'était pas difficile de facturer des opérations chirurgicales fictives. Les animaux arrivaient, il établissait une facture et était payé en cash. Il avait pu blanchir sans difficulté quelques milliers de dollars par semaine. Mais c'était devenu plus compliqué quand les sommes avaient augmenté, et que Sabrina avait commencé à poser des questions sur des hébergements inutiles ou des animaux qui n'étaient pas là. Puis elle était partie, et il avait ouvert une nouvelle clinique qui avait coûté bien moins que ne l'indiquait la comptabilité. Sauf qu'il était de nouveau sur le point de tout perdre.

— Je déteste cette fichue garce.

Si Sabrina n'avait pas volé la mallette, il aurait disparu six mois auparavant. A présent, il serait sous les tropiques, libéré de tout ce stress et des menaces des meurtriers. Mais s'il parvenait à mettre la main sur les deux millions avant son « associé », il pourrait s'échapper et disparaître dans la tempête.

Le téléphone vibra de nouveau sur le comptoir en granit. Le vent faisait trembler les vitres. Il était trois heures du matin et ça durait depuis plus de douze heures. Il faudrait qu'il appelle le couvreur pour lui demander de vérifier l'état des bardeaux.

Il craignait de répondre. Il n'y avait que deux personnes qui pouvaient être au bout du fil : Leroy ou son frère, Larry. C'était des pseudonymes et, bien sûr, il n'avait pas cherché à savoir leurs vrais noms. Larry et un autre voyou anonyme suivaient Sabrina et le flic. Il ne voulait pas entendre parler d'eux avant qu'ils aient récupéré l'argent, mais ce damné blizzard fichait tout en l'air. Surtout le délai pour la remise de l'argent.

Difficile de croire que toute cette histoire avait commencé par une série de mauvais paris sur des matchs de football.

Il s'arracha de son fauteuil et se versa le reste du bourbon. Le téléphone se remit à sonner.

Rien ne bougeait à Amarillo, pas même la police. Il ne pouvait s'agir que de Larry lui signalant qu'ils s'étaient arrêtés. Il fallait qu'il réponde.

— Oui ?

— Y se passe quelque chose, mec. Y sont à Wichita Falls, en train de parler à un vieux schnoque. On arrive pas à s'approcher pour écouter, murmura Larry dans l'appareil.

— Et qu'est-ce que je peux y faire ?

— Le boss m'a dit que tu t'en occuperais. J'peux lui demander des ordres, mais j'pense que tu préfères pas.

Griffin saisit la menace sous-entendue. Le moindre problème

et le truand l'éliminerait, en même temps que Sabrina et son nouveau copain.

— Où sont-ils ?

— Au même endroit que tous ceux qu'ont réussi à arriver jusque-là, mec, au relais routier.

C'était pourquoi il avait du mal à l'entendre. Des voix et des accents de musique à l'arrière-plan brouillaient la voix de Larry.

— Est-ce que le vieux a un chien ? C'est peut-être un de ses clients. Ou bien ils s'informent sur ce foutu blizzard. Ils sont toujours en train de lui parler ?

— On dirait qu'ils viennent ici, et que le vieux retourne à son camion. Attends…

Griffin mit le téléphone sur haut-parleur et s'accouda au bar. C'est pour gérer cette pagaille qu'il était resté éveillé.

— Le vieux cherche quelque chose.

— Reste derrière eux et ne t'approche pas. Rappelle-moi quand ils repartiront. Si quelqu'un leur donne un truc, vérifie que c'est l'argent avant de faire un geste. Je me fiche de savoir comment, il faut que l'argent soit ici dans vingt-quatre heures maximum.

— Tu veux toujours qu'on te ramène la femme ? demanda Larry.

— Non, laissez-la porter le chapeau pour la gonzesse que vous avez tuée hier. Enfin, si vous êtes pas obligés de la tuer avec son mec. Je m'en fous complètement ; rapportez-moi l'argent.

Il raccrocha et fit couler le reste du bourbon dans son gosier, en écoutant le feu crépiter. Il allait enfin pouvoir dormir. Il posa son verre dans l'évier, sentant le stress de ces six derniers mois quitter enfin ses épaules. C'était presque fini.

— Salut, Griffin.

La voix démente provenait de l'obscurité, du côté de la cuisine.

— Leroy ?

Il était en avance. Sans doute pour s'assurer que l'argent allait bien échouer entre ses mains.

— Je ne t'attendais pas avant lundi.

L'autre haussa les épaules.

— On a un problème et on avait besoin de ton avis.

Leroy s'approcha de la porte de derrière et l'ouvrit en grand.

Trois personnes ligotées et bâillonnées se tenaient sous la véranda, dans cinquante centimètres de neige. Il les reconnut immédiatement. La famille de Sabrina.

— Ils peuvent pas rester ici. T'es dingue ?

— On le dit.

Leroy tira Darlene par le bras. Elle franchit le seuil et ses parents suivirent.

Devant les regards noirs que lui lançait le couple, Griffin sentit la haine le ronger. La sœur était en pleurs, bouleversée. Il s'en fichait. Aucune raison de la réconforter ou la prendre en pitié. Maintenant que ces trois imbéciles savaient qu'il était impliqué, il faudrait les tuer dès que Larry arriverait avec l'argent. Watkins aurait dû tuer tout le monde plutôt que de les laisser prendre sa femme et sa fille en otages. L'homme qui les tenait en joue n'entra pas. Il détala comme le scorpion qu'il était, se dissimulant dans le noir jusqu'à ce qu'il puisse s'en prendre à ses victimes.

— Quel est le problème ?

— Le boss veut liquider cette branche des opérations.

Les yeux de Leroy, dissimulés par ses paupières lourdes, ressemblaient à des fentes noires.

Plus de faveurs ?

— Quand ?

— Je croyais que tu serais content, se moqua l'autre. Tu le sauras bien assez tôt. T'as de la place pour enfermer ceux-là ? Une pièce sécurisée, un cellier ?

— J'ai un abri anticyclonique, à l'arrière. Une fois bouclé, on ne peut pas en sortir. La clé est accrochée près de la porte.

Watkins émit une protestation étouffée. Les larmes de sa femme continuaient à couler. Ils savaient qu'ils allaient mourir et ils ignoraient pourquoi. Tout comme ils ignoraient que Sabrina était toujours en vie. Ses relations dans la police lui avaient bien servi.

Leroy siffla et son apprenti se faufila par la porte.

— Mets-les dans l'abri dans le jardin. La clé est près de la porte.

L'homme leur fit traverser la cuisine à la pointe du couteau. Griffin se surprit à ouvrir la bouche pour protester, mais il ne voulait pas paraître faible. D'ailleurs il ne s'en souciait pas. Pas pour les raisons qu'on aurait pu penser.

Le seul motif qui l'avait poussé à intervenir, c'était qu'il n'avait aucune envie qu'on laisse pourrir les cadavres des Watkins dans son abri. S'il obtenait l'argent avant Leroy, il prendrait ses jambes à son cou.

— Larry a appelé ? Il a l'argent ? demanda Leroy, en s'appuyant au bras d'un fauteuil.

— Il pense que Sabrina va le récupérer rapidement. Il appellera quand il l'aura.

— Bon.

Le feu pétilla à l'arrière-plan. Des rafales de vent secouaient toujours les fenêtres.

Griffin était à court de mots. Quel genre de conversation était-il censé entretenir avec un tueur à gages ? Il se tenait là comme un idiot. Il n'avait pas eu beaucoup de contacts avec Leroy depuis l'incendie, et il ne savait même pas qui était la femme morte à la place de Sabrina. Il ne voulait pas le savoir. Moins il en saurait, mieux ce serait.

Il obéirait aux ordres jusqu'à ce qu'on le renvoie ou qu'il puisse fuir la ville avec l'argent. Quelle que soit la situation, il prendrait l'avantage. Il l'avait toujours fait.

— Tu veux boire quelque chose ?

— T'as une bière ? demanda Leroy en se levant et en le suivant jusqu'au bar.

Griffin marcha jusqu'au petit réfrigérateur, derrière le comptoir, l'ouvrit et y prit une bière d'importation.

— Alors quand est-ce que tu crois qu'ils en auront fini avec moi ?

En se redressant, il vit le canon d'une arme sous son nez. Leroy haussa les épaules.

— Tout de suite ?

Il eut l'impulsion de fuir mais, pour une raison inconnue, il ne put bouger. La bouteille tomba à ses pieds et se brisa en mille morceaux. Leroy rejeta la tête en arrière et éclata de rire. Griffin fixa le doigt qui pressait la détente et…

17

— Vous êtes d'accord pour attendre ? demanda Jake une dernière fois.

— Jerry est un chauffeur professionnel. S'il dit qu'on ne peut pas conduire jusqu'à Amarillo, alors je le crois. Je ne suis pas ravie de dormir dans sa couchette, mais je dois admettre que nous n'avons pas pris de repos depuis deux jours. Il a raison de dire que nous ne serions d'aucune aide pour ma famille dans cet état, difficile d'argumenter avec lui. Mais ça ne veut pas dire que je cesse de m'inquiéter.

Jake avait passé un compromis avec Jerry. La logique lui soufflait que les types de Dallas n'étaient pas loin. Il voulait avoir une chance de les éliminer. Il était probable que Larry ou Griffin allaient appeler pour demander pourquoi ils étaient toujours à Wichita Falls.

Le portable au GPS était dans la poche de Jake, et Sabrina et lui se trouvaient dans le magasin de la station, là où le signal était le plus fort.

— Encore dix minutes, et nous pourrons aller nous coucher.

Jusque-là le téléphone n'avait pas sonné, et il n'avait repéré personne qui ait l'air de s'intéresser à eux. Mais il ne pouvait se débarrasser du sentiment qu'on les observait.

— Je dois avouer que votre oncle ne ressemble pas à ce que j'imaginais.

— A quoi vous attendiez-vous ? Un gros ronchon obèse au volant d'un fourgon ?

Elle rit exactement de la même manière que la veille, au restaurant.

— Il faudra que je le dise à oncle Jerry. Il prend son pied à démontrer aux gens qu'ils se trompent. Mais c'est vrai qu'il est en forme. Dès qu'il y a de la place, il fait de l'exercice. Ça ne le gêne pas de s'exercer en public sur les aires de repos et les endroits comme ça.

— Je ne m'attendais pas à ce que ce soit… un Marine.

— Si je vous l'avais dit, est-ce que ça aurait fait une différence ? murmura-t-elle en prenant un paquet poussiéreux de donuts sur un rayon presque vide.

La conversation était presque normale, aussi normale qu'elle pouvait l'être en tout cas. Sabrina était ravie de voir son oncle. Mais une sensation agaçante nouait les entrailles de Jake. Le sentiment d'être observé. Un sentiment assez fort pour lui donner envie de se mettre dos au mur et riposter.

Autrefois, il s'arrangeait de la tension éprouvée à braver les ordres. Mais violer la loi et transgresser ses principes pesaient lourd sur sa conscience. Pourtant, s'il avait suivi son instinct durant les quatre derniers mois passés dans les Marines, il aurait…

Jouer au jeu des « si » n'avait pas de sens. Autant suivre le conseil qu'il avait donné à Sabrina. C'était la seule manière de s'en sortir avec le temps.

— Jerry veut seulement nous aider, dit-elle à voix basse.

Il dut se pencher vers elle pour distinguer ses paroles. Le relais était bondé et terriblement bruyant. Des automobilistes en rade campaient dans tous les coins possibles du restaurant et du magasin. Et les rayons étaient vides, car cela faisait bientôt huit heures qu'on avait fermé l'autoroute. C'était pire qu'un jour de grève dans un aéroport.

— Nous allons nous en tenir à notre plan. Mais votre oncle a raison, autant prendre du repos puisque les routes sont fermées. Il fera en sorte de surveiller nos arrières.

— Il pourrait se reposer aussi, s'il confiait le téléphone à quelqu'un.

— A qui pourrait-il faire confiance ? Faisons ce que nous avons convenu : mettons votre famille en sûreté et reprenons le contrôle de la situation. Ensuite, nous irons voir la police. On ne peut pas lutter contre un adversaire inconnu, vous êtes d'accord ?

Elle hocha la tête avec brusquerie et prit des gants trois fois trop grands pour elle.

— Vous êtes un Marine fier, Jake Craig. Trop fier, si vous voulez mon avis.

Le sentiment d'être observé le reprit. Tête basse, Jake fit semblant de lire les détails techniques d'un radiateur portatif, tout en décochant des regards à droite et à gauche. Il n'aurait eu aucun mal à reconnaître le jeune qui lui avait tiré dessus.

Il y avait beaucoup de gens dans la boutique, mais peu d'entre eux se déplaçaient entre les rayons. D'autre part, personne n'avait pénétré dans le magasin depuis que Jake et Sabrina y étaient entrés.

La crainte d'être pris au dépourvu le rendait peut-être paranoïaque. Il était très possible que Larry et son complice n'aient pas réussi à arriver aussi loin au nord.

Il fallait qu'il fasse comprendre à Sabrina que ce n'était pas la fierté qui l'empêchait d'accepter l'aide de Jerry.

Il lui tapota l'épaule. Elle leva vers lui ses yeux violets. Sa peau était claire, parsemée de taches de rousseur sur son petit nez droit. Jake eut envie de caresser le bleu que lui avait fait Larry, et une bouffée de rage pure le saisit à l'idée que ce dingue l'avait touchée. Il dut la réprimer pour continuer :

— Si j'étais à votre place, j'écouterais aussi mon oncle. Vous le connaissez depuis plus longtemps que moi. Mais vous devez me croire quand je dis que je sais ce que je fais.

Et que je ne commettrai plus d'erreurs.

— Il vaut mieux que personne ne sache ce que nous faisons. Je suis prêt à enfreindre la loi pour sauver votre famille, mais si votre oncle s'en mêle, il risque de se retrouver en prison. Je suis sûr que ce n'est pas ce que vous voulez.

— Ça fait du bien de voir un visage familier, c'est tout.

— Je comprends ce que vous ressentez.

Tout en parlant, il cherchait dans la foule une voix rauque et un visage imberbe et rondouillard.

Si seulement ce téléphone GPS sonnait, il pourrait tirer Sabrina à l'écart et l'embrasser à perdre haleine. Il devait être vraiment fatigué — comme le lui avait prouvé Jerry avec son direct — pour penser à l'embrasser au milieu de ce chaos.

— Vraiment ? Comment ?

— Hein ?

Il secoua la tête. Il avait perdu le fil de la conversation. A deux rayons de là, un homme venait de détourner le visage pour éviter son regard. Il était temps d'y aller.

— Allons payer ces trucs.

— Que se passe-t-il ?

Avant qu'elle puisse réagir, il l'enlaça avec fermeté, non sans céder à l'impulsion de passer un doigt sur sa joue tuméfiée. Puis, lui saisissant le menton pour l'empêcher de regarder autour d'elle, il se pencha à son oreille pour lui murmurer :

— Je crois que le type en veste et bonnet noirs nous suit. On va payer et sortir. Vous pouvez faire ça avec naturel ?

— Bien sûr.

— Bon. Je ne veux pas qu'il se doute de ce qui l'attend à la sortie.

— Il se rapproche, dit-elle, les lèvres à quelques centimètres des siennes.

S'ils n'avaient pas été au milieu de tous ces gens, avec des meurtriers à leurs trousses… il l'aurait embrassée sur-le-champ.

— Excusez-moi…

Jake pivota sur lui-même en protégeant Sabrina de son corps. L'homme était jeune, mais son visage était plus mince et plus crispé que celui du gamin qui lui avait tiré dessus.

— Quoi ? aboya Jake.

Gorgé d'adrénaline et d'humeurs sensuelles, son corps réagissait au quart de tour. Le jeune homme parut embarrassé.

— Désolé, vous m'avez fait peur.

— C'est moi qui suis désolé, mon vieux. J'ai déjà demandé

à tout le monde ici… J'essaie de trouver quelqu'un qui pourra m'emmener vers l'ouest, quand la tempête se calmera.

— Peux pas vous aider.

Sabrina tira la manche de Jake. Se ravisant, il pêcha quelques billets dans sa poche.

— Tenez, ça vous sera utile.

— Je ne demande pas la charité.

— On m'a dépanné autrefois. Faites la même chose quand vous en aurez l'occasion.

Le jeune homme sourit, prit l'argent et le remercia avant de s'éloigner. Jake l'entendit à peine. Le téléphone GPS vibrait.

— Craig.

Sabrina écoutait son côté de la conversation. Elle fut soulagée de constater que Jake gardait son calme pour déclarer à Larry le meurtrier qu'ils allaient rester à Wichita Falls.

L'échange se limita à deux ou trois phrases et tout ce temps Jake chercha des yeux un homme parlant au téléphone. C'est ce que Sabrina elle-même aurait fait, si elle avait pu voir par-dessus les rayons.

— Sortons d'ici, lui dit Jake, une fois la conversation terminée.

Il la guida vers la caisse en lui tenant le coude. Tandis que le caissier faisait le total des donuts, du lait et des chewing-gums, ils refermèrent leurs anoraks. Le temps qu'ils franchissent la porte du magasin, le cœur de Sabrina avait repris un rythme normal.

A l'extérieur, la situation ne s'était pas améliorée. Non seulement, il leur fallait escalader les congères, mais les rafales de vent les faisaient vaciller à chaque pas.

Enfin, ils rejoignirent le semi-remorque. Jerry avait tout préparé pour qu'ils puissent dormir, et il emmena les chiens à la voiture de Jake, pour monter la garde.

— J'ai dormi un peu partout ces derniers mois, déclara Sabrina. Mais je vous assure qu'aucun lit ne m'a paru aussi confortable que celui-ci.

Elle retira son anorak et ses chaussures, fermement décidée à se débarrasser aussi de son jean humide. Le confort passait incontestablement avant la pudeur.

— Un peu partout ? questionna Jake depuis le siège avant, où il retirait son bonnet et ses gants.

— Je dormais dans un lit différent tous les quatre ou cinq jours.

— Ou vous ne dormiez pas du tout, comme au restaurant.

— J'avais tellement envie de me glisser dans le vôtre, hier soir.

Elle réalisait trop tard ce qu'elle venait de dire.

— Je veux dire... pas avec vous, vous n'y étiez pas. C'était Dallas qui était couchée dessus et... c'est ce qui m'a donné envie de...

— J'ai compris, Sabrina.

Il sourit et se frotta la mâchoire en grattant sa barbe naissante.

— Vous croyez que Jerry va se débrouiller avec Dallas ? Elle a l'air de bien aimer Charlie.

Des doigts masculins grattant des poils masculins sur une mâchoire masculine... Sabrina se sentit fondre.

Il stoppa son mouvement et la regarda comme si elle était folle.

— Je suis désolée. Quoi ? Je dois être vraiment fatiguée.

— Nous le sommes tous les deux. Cette portière est-elle verrouillée ?

Il prenait son temps pour se déchausser.

Quant à Sabrina, elle était prête à retirer son jean et à poser la tête sur l'oreiller.

Une fois les yeux fermés, elle ne mettrait plus les pieds dans le plat, ou du moins ne trébucherait plus sur les mots.

Jake s'appuya contre la vitre et ferma les yeux. C'était le moment. Sabrina descendit sa braguette et se faufila hors de son jean. A présent, elle ne mouillerait pas le lit.

Se retournant pour passer entre les sièges, elle jeta un bref coup d'œil derrière elle.

Des yeux brûlants caressaient ses jambes, de ses chevilles à ses hanches, et retour. Elle sentit sa peau s'embraser.

— Je n'aurais pas dû faire ça.

— Non, fit Jake, en déglutissant visiblement.

Qu'est-ce qui la paralysait ?

Il lui lança un regard ardent, sans se donner la peine de dissimuler son expression.

Comment des yeux bruns pouvaient-ils être aussi passionnés ? Et comment sa peau, froide quelques instants auparavant, était-elle devenue brûlante alors qu'il ne l'avait pas touchée ?

— Bonne nuit.

Sa voix était grave et rauque. Et plus que tout, sexy.

— Bonne nuit, Jake.

Elle leva la jambe pour gagner le lit, mais des doigts encerclèrent sa hanche, stoppant son mouvement. L'ongle qu'elle avait admiré un instant plus tôt effleura sa jambe avec la douceur d'un papillon. C'était si léger qu'elle se demanda si elle l'avait imaginé.

Son cœur fit un bond, puis se remit à battre lourdement. Qu'allait-il se passer ? *Quelque chose* allait-il se passer ? Sa tête lui ordonnait de s'envelopper étroitement dans les couvertures et d'oublier la présence de Jake. Mais son corps réagissait avec violence à son contact.

C'était trop tôt. Alors pourquoi la touchait-il ? Lui demandait-il la permission ? S'interrogeait-il sur son envie ?

Elle voulait aussi la réponse à ces questions, car elle était tout aussi incapable de lui dire de s'arrêter que de faire comme si de rien n'était.

Elle connaissait à peine Jake. Mais elle en avait vécu davantage à ses côtés en un seul jour qu'elle n'en avait vécu ces deux dernières années.

Elle saisit la main posée sur sa hanche. Il ne la retira et elle ne la repoussa pas. Elle ferma les yeux, inspira profondément et laissa la chaleur de sa paume imprégner sa peau.

Puis elle emmêla ses doigts aux siens et l'attira avec elle sur la couchette, au-dessus des couvertures.

18

— Je ne crois pas que c'est à ça que pensait votre oncle, quand il parlait de prendre du repos.

A genoux, il lui sourit, lui donnant le temps de se raviser.

Le souvenir de leur premier baiser ne l'incitait pas à changer d'avis. Elle voulait profiter de la tempête, de cette pause dans leur périple fou.

— Chut ! Ne parlez pas. Ne pensez pas.

Lasse d'écouter la voix de la raison plutôt que celle du cœur, elle posa un doigt sur les lèvres de Jake et vit les flammes se rallumer dans ses yeux. Puis elle laissa descendre ses mains sur son torse, et les réchauffa sur ses abdominaux saillants.

Croisant les bras, Jake se débarrassa de son pull, qu'il fit voler par-dessus le siège avant.

— Il n'y a pas beaucoup de place ici.

— Je crois que ça nous suffira.

Sabrina tiraillait le T-shirt blanc de Jake, mais il prit le temps de détacher son holster pour le poser à côté de l'oreiller. Puis, changeant de position, il enfourcha Sabrina, retira son T-shirt et sa ceinture, et se mit en devoir de défaire son jean.

— Attendez.

Elle éloigna ses mains de sa fermeture Eclair.

— Il y a quelque chose que je meurs d'envie de faire.

Elle avait vu Jake se promener torse nu chez lui, et ce n'était pas la première fois qu'elle admirait ses abdominaux. Mais c'était la première fois qu'elle les touchait, et elle avait l'intention d'en profiter.

Elle ne fut pas déçue. Redessinant les creux et les courbes de son torse, elle absorba la chaleur de sa peau.

Jake aurait pu faire fondre des congères en se déshabillant. Il n'avait pas un gramme de graisse.

Elle aurait pu fermer les yeux et se contenter de sentir, laissant Jake entamer lui aussi son exploration.

Mais regarder ses yeux fermés, écouter le brusque chuintement entre ses dents serrées, faire courir ses doigts sur le bord de son jean… Cela rendait l'attente d'autant plus délicieuse.

Elle était ravie que le moteur du semi-remorque bourdonne en rythme avec son corps. Cette petite vibration couvrait ses frissons.

Il ne fallait pas que Jake se sente coupable et remette ce moment en question le lendemain. Il n'était pas en train de profiter de son émotion ou sa fatigue. Peu importait ce qui se passerait entre eux plus tard. Elle ne se faisait pas d'illusions.

Elle connaissait le danger de ne pas aimer quand on le pouvait. Et si elle allait en prison et n'avait plus jamais l'occasion d'aimer ? Et si quelque chose tournait mal et qu'elle mourrait ?

C'était elle qui devait décider ou non de faire l'amour, Jake avait déjà donné son consentement. Elle descendit sa braguette et repoussa son jean sur ses genoux, consciente de la puissance de son désir.

Appuyé sur ses coudes, Jake fit la démonstration de sa force en se débarrassant d'une jambe de pantalon, puis de l'autre. Il ne la toucha pas. Elle mourait d'envie d'arquer le dos et de le prendre par le cou pour l'attirer contre ses seins.

Après que le jean eut atterri aussi sur le siège avant, Jake se redressa, à califourchon sur elle. Son slip ne parvenait pas à cacher son désir. Un éclair de convoitise traversa le ventre de Sabrina, la rendant presque folle.

L'homme qui lui avait sauvé la vie s'allongea à côté d'elle et tira lentement l'édredon sous lequel elle se cachait.

Elle avait encore le choix entre aller de l'avant ou se blottir sous les couvertures. Elle les laissa glisser jusqu'à sa taille.

Du revers d'un doigt, Jake caressa son ventre, ses côtes, la courbe de sa poitrine. Elle songea qu'elle allait mourir sur-le-champ. Mais il dessina d'autres cercles sur son bras, le long de son cou… Partout, sauf là où elle voulait vraiment qu'il la touche.

— C'est ton tour d'ôter ton T-shirt, dit-il d'une voix lourde de désir. Tu veux que je t'aide ?

Etait-ce seulement de désir qu'il était question ? Non.

La veille, Jake aurait pu la séduire sous la douche ou la persuader de se coucher dans son lit. Mais il s'était lancé à l'assaut de routes verglacées et de vents violents pour lui permettre de sauver sa famille.

Même à présent, il ne faisait qu'effleurer sa peau et tirailler son T-shirt.

Cet humble Marine devenu inspecteur avait renoncé à tant de choses pour l'aider ! Peut-être l'avait-il menacée de l'envoyer en prison, mais il s'était débrouillé pour se procurer des vêtements à sa taille. Et à chaque étape, il était resté à l'écoute de son opinion.

Il était bien possible qu'elle soit amoureuse de ce type. Et ils ne s'étaient embrassés qu'une seule fois !

Rien de plus facile que d'y remédier. Elle posa les mains sur ses épaules et l'attira à elle.

Mais Jake avait sa propre idée. Il glissa un bras sous sa taille, l'obligeant à arquer le dos.

Un soupir échappa à Sabrina quand leurs hanches entrèrent enfin en contact. Mais ce n'était pas assez. Elle voulait le sentir sur elle, éprouver le poids de son corps. Elle s'empara des biceps tendus de Jake, et les écarta pour qu'il se laisse tomber sur elle.

Peine perdue. Il lui renversa la tête et lui caressa la mâchoire des lèvres. Puis il se rapprocha et ses baisers se firent plus pressants. Mais quand elle tourna la tête pour lui offrir ses lèvres, il passa à son bras. Il poursuivit son jeu dans son cou et en haut de ses seins.

Combien de temps croyait-il qu'elle pourrait supporter cette torture exquise ?

— Prête à enlever ton T-shirt ?

Le vêtement tomba sans qu'il cesse ses manœuvres. Il

construisait un feu de joie, et c'était elle le bois. Chacune de ses caresses ajoutait un peu de combustible. Elle était prête à s'enflammer à la moindre étincelle. Il lui effleura les seins presque avec négligence, alors qu'elle n'avait qu'une seule envie, qu'il les empoigne fermement.

Puis... Elle sentit un toucher timide sur son slip. Son cœur se mit à battre.

Quand ce n'étaient les mains de Jake qui l'effleuraient, la caressaient ou l'enveloppaient, c'étaient ses lèvres. Elle ne voulait pas être la seule à se consumer ainsi : elle s'aventura à le toucher aussi.

— Continue, murmura-t-il à son oreille.

Ses lèvres descendirent sur sa mâchoire et il enfouit la tête au creux de son épaule. Sabrina la prit entre ses mains et l'approcha de la sienne. La bouche de Jake enveloppa ses lèvres, et elle sentit son corps exploser. C'était bon, c'était intense — aussi parfait qu'elle s'y était attendue.

Depuis leur rencontre au restaurant, tous deux brûlaient de désir. Ce baiser était l'étincelle qui manquait au bûcher.

Aucune lenteur dans leur abandon. Des baisers déchaînés et des caresses exigeantes repoussèrent les couvertures sur leurs chevilles. Ils ne sentirent pas la froideur de l'air. Blottie dans la chaleur du corps de Jake, Sabrina n'avait qu'une envie, se coller contre sa peau brûlante et faire partie de lui pour toujours. Plus elle pensait à ça, plus elle avait chaud.

Il roula sur le côté et s'appuya sur un coude. Ses yeux s'étaient assombris et les rides étaient de retour entre ses yeux. Il se frotta légèrement le front.

— Tu recommences à réfléchir.

— J'ai l'impression d'avoir attendu une éternité pour te voir nue. Tu es tellement belle, Sabrina Watkins.

— Et ça t'inquiète ?

— J'ai du mal à croire que nous nous soyons rencontrés il y a à peine vingt-quatre heures.

Et que je devrais te remettre aux autorités.

— Ça fait une différence ? demanda-t-elle en laissant traîner un index en travers de sa poitrine, pour détourner le cours de ses pensées.

— Ça devrait, mais non.

Il enroula une mèche de cheveux autour de son petit doigt, et la laissa se dérouler près de son oreille. Il aurait pu passer des heures à se repaître de son corps.

— Je sais ce que tu veux dire, murmura-t-elle avant d'attirer sa bouche sur la sienne.

Il était prêt à embrasser bien plus que ses lèvres délicieuses. Mais avant de se laisser aller à la passion, il fallait qu'il prenne les préservatifs achetés au relais routier. Dès que Jerry leur avait suggéré de dormir, il s'était douté, ou avait espéré que ceci se produirait.

A contrecœur, il s'éloigna d'elle pour fouiller dans son jean. La neige tombait toujours et le vent secouait le véhicule. Pour la première fois, il remarqua que la couchette possédait des rideaux. Il alluma la petite lampe fixée à la paroi et tira les tentures.

Le papillon qui l'attendait sur le lit devait encore se dépouiller de son cocon. Ce délicat soutien-gorge ne venait pas de la liste fournie à MacMahan. C'était le sien, celui qu'elle portait quand ils s'étaient rencontrés.

Incroyable de penser que c'était la veille.

Encore plus incroyable de penser combien il désirait cette femme. Sans savoir pourquoi, il la voulait avec une force désespérée. Mais il était inutile de chercher à comprendre. Elle lui avait clairement montré qu'elle le voulait aussi.

Quand il revint, elle effleura son slip du dos de la main. Il se pressa sur ses doigts, avide de son contact. Il lui retourna la caresse et fut récompensé par un soupir et un frisson de Sabrina. Elle laissa courir ses mains sur son corps, et il fit de même. Puis il dessina légèrement le contour de son soutien-gorge, et elle fit entendre un son étranglé.

La regarder s'éveiller à la sensualité et jouir de ses explorations l'avaient amené à un niveau d'excitation tel qu'il n'en avait jamais connu. Il ne voulait pas précipiter les choses, mais ces échanges participaient incontestablement de la torture.

Le moment était venu de détacher le soutien-gorge et de découvrir plus de peau à embrasser. Il fit glisser les bretelles, libérant la paire de seins la plus parfaite qu'il ait jamais vue. Sa bouche suivit ses yeux qui la dévoraient déjà. Il pinça un téton entre ses lèvres, le faisant durcir, tandis que l'autre se réchauffait dans sa main.

Il glissa un doigt dans le tissu qui lui enserrait les hanches. Une petite secousse et, sans qu'il l'ait voulu, les coutures délicates du slip cédèrent. Sabrina pouffa et il sentit un sourire lui monter aux lèvres.

A mesure qu'il gagnait en audace, elle faisait de même. Elle lui rendait caresse pour caresse, baiser pour baiser, et son corps réagissait à l'égal du sien. Nul besoin de demander si elle était prête, quand elle tendit la main pour prendre un préservatif.

Sabrina le surprit en lui administrant de longues caresses avant de dérouler l'étui sur son membre. La température et la tension montaient, en lui comme en elle, si leurs respirations précipitées signifiaient quelque chose. Elle s'allongea sur le matelas, offerte, en attente.

Il ne pouvait plus attendre.

L'espace réduit où ils se trouvaient avait ses avantages. Ce n'était pas l'endroit le plus sexy du monde, pour faire l'amour, mais il s'en fichait. Il se souleva sur un bras, glissa l'autre sous ses reins et la pénétra. Les yeux de Sabrina se fermèrent et sa bouche s'ouvrit sur un long soupir, tandis qu'elle s'abandonnait toute à lui.

S'allonger près d'elle, explorer son corps… tout ça était bel et bon. Mais cela ne pouvait se comparer à ce qu'il ressentait maintenant. Il ne faisait plus qu'un avec elle, emporté vers un lieu où ils ne pouvaient se rendre qu'ensemble. Oui, c'était bien plus que bon…

Se laisser aller aurait été facile, mais il veilla à satisfaire Sabrina une fois, puis une deuxième fois. Il l'aima à longs coups de reins. Elle s'agrippa à ses épaules et vint à sa rencontre. Leur rythme accéléra, de même que leur souffle. Un instant plus tard, son corps se convulsa et elle cria. Il lui prit les mains et poursuivit ses mouvements.

C'était comme un doux cocon. Elle enroula ses jambes autour de lui et l'attira contre elle. Si le vent n'avait pas dissimulé le balancement du camion, personne n'aurait eu de doute sur ce qui se passait là-dedans. Dans cette petite couchette, ils étaient à l'abri du monde, blottis dans la douceur, l'odeur, le désir. Encore quelques coups de reins, et ils crièrent tous deux leur satisfaction.

Il roula sur le côté et l'attira contre lui. Il avait à peine repris son souffle, que l'odeur de son shampooing, dans les cheveux de Sabrina, le fit de nouveau durcir. Il voulait bien davantage qu'une matinée dans ses bras. Avant cela, il se demandait s'il n'était pas fou. Maintenant, il n'avait plus aucun doute.

Le premier moment de magie avait pris fin, et il attendit que la réalité fasse de nouveau irruption et que Sabrina se dégage. Mais elle ne bougea pas.

Quand sa respiration ralentit, elle lui fit face et approcha sa bouche de la sienne. Il l'embrassa avec un mélange de tendresse et de désir. Elle serra le poing sur sa poitrine, et s'endormit en moins de deux secondes.

Comment avait-il pu penser que faire l'amour diminuerait son besoin d'elle ? Une unique fois ne pourrait pas lui suffire. Cela ne lui suffisait déjà pas. Il faudrait qu'il y ait encore bien d'autres moments semblables. Du revers d'un doigt, il caressa doucement sa pommette bleuissante, là où elle avait été frappée par ses ravisseurs. Il effleura ses seins, et la sentit reprendre son souffle dans son léger sommeil. Sa main s'aventura plus bas, sur son ventre étroit.

— On devrait faire un petit somme, dit-elle dans un soupir de bien-être. Tu étais plutôt… fatigué avant notre petite gymnastique.

— J'étais fatigué avant que tu n'enlèves ton pantalon et que je voie ce petit slip de rien du tout.

Il repoussa une mèche de cheveux presque noirs derrière son oreille et se souvint de la boîte de teinture.

— J'imagine que je devrais savoir de quelle couleur sont tes cheveux, maintenant.

Il y avait moyen de satisfaire sa curiosité et d'entamer un autre *moment*.

— Je les ai teints plus foncés que… oh…

Ils pourraient bientôt dormir, mais d'abord, il devait vérifier.

19

Quelque chose venait de changer.

Jake s'éveilla dans l'obscurité, un corps chaud entre ses bras. *Ça*, c'était un changement. Il n'avait pas eu de femme dans son lit depuis son dernier séjour dans l'armée. Mais il y avait autre chose.

Sabrina et lui étaient couchés dans la couchette du semi-remorque de Jerry, derrière un épais rideau. La lumière s'infiltrait sous le tissu, plus vive qu'au lever du soleil.

La tempête faisant rage, ils avaient remis une grande partie de leurs vêtements. La douceur de la peau de Sabrina sous ses doigts lui manquait, comme lui manquaient ses ongles qui l'avaient légèrement égratigné.

Mais c'était tout de même bon d'être couché près d'elle. Elle lui correspondait. Il avait besoin de quelqu'un qui s'accorde à lui. Peut-être…

Ce « peut-être » tentateur oscilla devant lui, le défiant de s'en emparer. Mais ce genre de pensées était fait pour les gens avec un avenir, et ils n'en auraient pas s'il ne l'aidait pas à s'innocenter.

Et puis elle ne connaissait rien de son passé. Rien de ses cauchemars. Et il ignorait comment lui en parler.

A présent, il fallait qu'il se concentre sur ce qui avait changé.

Le moteur bourdonnait toujours. Le vent n'était plus aussi bruyant, les rafales semblaient s'être calmées. Les deux téléphones se mirent à vibrer près de sa tête. Il les avait posés à proximité, au cas où, mais ils étaient tout de même hors d'atteinte s'il ne déplaçait pas la marmotte qui dormait sur son épaule.

L'étroitesse de la couchette l'empêcha de l'embrasser sur les lèvres, comme il l'aurait voulu. Il se contenta de son front.

— Sabrina, c'est l'heure.

Il s'étira du mieux possible et tira le rideau pour laisser entrer un brillant soleil.

Plus de neige tombant à l'oblique. Et le vent n'avait pas seulement ralenti, il était tout à fait tombé.

— Ça va ? demanda Sabrina en se redressant sur un bras. Bon sang, c'est l'autoroute ? ! La tempête est finie ! Tu as raison, il faut y aller.

Tout était changé. Il aimait le changement. Il tâta le lit autour de sa tête, cherchant le téléphone le plus proche. Elle passa un bras sur lui et, dans ce mouvement, pressa ses seins contre lui, rallumant un désir que ne pouvait être satisfait… pour l'instant.

— Le voilà.

Elle lui tendit l'appareil.

— C'est Jerry.

Jake s'assit et plaqua le téléphone sur son oreille, soudain prêt à retourner sur le terrain.

— Oui ?

— Quelqu'un observe votre camionnette.

Jake mit le haut-parleur pour que Sabrina, qui cherchait leurs chaussures à l'avant, puisse entendre.

— Je ne suis pas dedans. Je promène les chiens entre la troisième et la quatrième rangée de camions. De combien de temps avez-vous besoin ?

— J'arrive tout de suite.

— Ce n'est pas prudent. Ils peuvent voir mon bahut d'ici. Je ne crois pas qu'ils sachent que vous êtes dedans. Mieux vaut continuer à le leur laisser croire. Commencez par éloigner Sabrina des vitres.

— Trois minutes.

Jack raccrocha et agrippa Sabrina sous les aisselles pour

la tirer dans la couchette, sans se soucier de son expression stupéfaite.

Elle s'adossa à la paroi opposée, et enfonça les pieds dans les bottes de caoutchouc qu'elle avait retrouvées.

— Qu'est-ce que tu vas faire ? Pourquoi trois minutes ?

— Je vais mettre mes chaussures et te dicter les règles.

Il enfila son pull noir. Il ferait une cible facile sur la neige, mais il n'avait rien d'autre.

— Quelles règles ?

Il laça rapidement ses chaussures en regardant Sabrina.

— Mon autorité ne va sans doute pas suffire, mais ton oncle et moi, nous voulons que tu restes ici, sans bouger.

— Mais je peux vous aider…

— Je préfère y aller seul. Je veux savoir si ce sont Larry et son acolyte qui surveillent la camionnette. Si oui, je m'en occuperai. Mais n'oublie pas que ton oncle est là, dehors. La dernière chose dont nous avons besoin, c'est de nous inquiéter pour toi.

— Je m'occupe de moi depuis le début de cette histoire…

— Et ça a failli très mal tourner. Si je dois penser à te protéger, ça me distraira. Souviens-toi que c'est après toi qu'ils en ont. Tu es la seule personne qui peut leur donner ce qu'ils veulent.

Il vit que ses paroles l'avaient irritée. Elle était assise en tailleur, les bras serrés autour d'elle. Il avait des excuses sur le bout de la langue, mais c'était la vérité. Sabrina était une distraction adorable, mais une distraction tout de même. Et il ne pouvait pas agir s'il était distrait.

— Ils t'ont tiré dessus.

Il s'approcha d'elle, tira le rideau afin que personne ne puisse les voir et l'embrassa comme il en avait eu envie en se réveillant. Il dut se refréner pour ne pas plonger de nouveau sous les couvertures avec elle, nu et oublieux du monde.

— Un joli coup, mais ce n'est qu'une éraflure. Ça ne me laissera même pas de cicatrice en souvenir.

Il posa le front contre le sien, tenté de l'embrasser encore. Mais il fallait qu'il rejoigne Jerry.

— Tu as d'autres souvenirs de ce genre ?

Des images du petit matin envahirent son esprit. Il n'oublierait pas de sitôt ce week-end d'aventures, mais il ne voulait pas penser aux cicatrices que lui avaient laissées les huit années précédentes. C'était une partie de lui qu'il était résolu à oublier.

Le passé était le passé. Il était un *ancien* Marine. C'était son *ancienne* vie. Les cicatrices étaient là, de vieilles blessures qui devaient guérir. C'était dangereux d'emprunter cette voie et dangereux d'embrasser encore Sabrina. Il fallait qu'il sorte observer les hommes qui croyaient l'observer.

— Il faut que j'y aille. Tu peux jeter un coup d'œil à l'homme appuyé sur le 4x4 ?

Il laça sa deuxième chaussure tandis qu'elle s'exécutait.

— Tu le reconnais ?

Sabrina secoua la tête.

— Jake…

— Il faut que tu me le promettes, chérie.

Ces yeux violets seraient sa damnation. S'ils laissaient échapper une seule larme, il allait… Il allait la menotter au volant, voilà ce qu'il ferait.

— Promets-le-moi.

— Je…

Sabrina leva les yeux au ciel.

— Je te le promets si tu promets de ne pas te faire « égratigner » encore.

— Je t'ai donné une fausse idée de mes capacités, chérie. Hier, j'ai eu un coup de malchance, mais je me débrouille mieux que ça d'habitude.

Il tira son arme de son holster et jeta l'étui sur le siège avant de vérifier ses munitions. Puis il se plia en deux, autant que possible, et passa sur le siège passager, où il composa le numéro de Jerry.

— Vous pouvez faire diversion pendant une minute ?

— *Oorah*, lança Jerry avant de raccrocher.

— Qu'est-ce que je fais, si les choses ne tournent pas comme prévu ? demanda-t-elle.

— Qui te dit que j'ai prévu quelque chose ?

Des voix s'élevèrent sur le parking. C'était le moment.

— Notre voyeur s'est éloigné ?

— On dirait.

Elle se pencha vers lui et l'embrassa sur la joue.

— Sérieusement, Jake, fais attention.

D'une certaine façon, ce geste lui parut plus sexy que tout ce qu'elle avait fait auparavant. Bon, peut-être pas tout.

Il se glissa par la portière et se laissa tomber sur le sol, où la neige n'était pas aussi haute que dans le fossé. Près des immeubles, les congères lui arrivaient à la tête.

Le blizzard avait cessé, mais il faudrait encore des heures pour dégager les routes. Marcher dans cette neige, c'était comme avancer dans l'eau à mi-cuisse. Super-exercice, mais épuisant.

Ce dont ils avaient besoin, c'était d'un hélicoptère. Onéreux, mais il ne voyait pas d'autre manière de semer les hommes qui les filaient et d'arriver à Amarillo le plus vite possible. Le temps manquait pour sauver la famille de Sabrina.

S'il n'était pas déjà trop tard.

Il ne pouvait bien sûr pas courir dans la neige, mais il se déplaça aussi rapidement que possible et s'abrita derrière un poteau pour jauger son adversaire.

Il aurait dû demander une tenue de camouflage à Mac, son anorak noir ne serait pas ressorti aussi clairement sur tout ce blanc.

Plus il s'approchait, plus l'homme lui paraissait familier. Bien sûr : c'était le jeune auto-stoppeur à qui il avait donné cent dollars dans la matinée. Le jeune homme s'efforçait de prendre l'air naturel, mais il était incontestablement en train de surveiller le véhicule.

Son téléphone vibra. C'était Jerry.

— On dirait une tique sur un chien blanc, dans cette neige. Vous reconnaissez ce type ?

— Ce n'est pas un de ceux qui nous ont attaqués au lac, mais il regarde ma voiture, c'est sûr.

— J'arrive.

Jake fit de nouveau un effort pour se concentrer. Il aimait beaucoup l'oncle de Sabrina. Et il aimait beaucoup Sabrina. Peut-être trop en si peu de temps. Bon sang, ils avaient déjà un chien. Il repoussa ces pensées et reporta son attention sur son environnement immédiat.

Il y avait davantage de poids lourds et de semis qu'il ne pouvait en compter. Garés parallèlement les uns aux autres, ils avaient tous le moteur en marche. S'il pouvait en escalader un, il pourrait inspecter la totalité du parking ainsi que le relais, de l'autre côté de la route.

Il se faufila entre la cabine et la remorque d'un camion et, avisant une bonne prise, se hissa à la force des bras. Arrivé sur le toit du véhicule, il se jeta à plat ventre. Apparemment, il n'était pas le seul à avoir eu cette idée. Un anorak noir était perché à cinq remorques de là.

Pas le temps d'avertir Jerry ou Sabrina de ses intentions — il voulait s'emparer de l'homme coûte que coûte. Il tira son arme. Une fois qu'il se mettrait à courir, il n'y aurait plus rien d'autre que l'adrénaline dans son système.

S'il pouvait le prendre vivant, tant mieux. Mais ce n'était pas sa priorité. Vu la position du type, il ne voyait sans doute pas Jerry. Ni Sabrina, assise du côté passager.

La surprise était son seul atout.

Jake rampa sur le ventre vers l'arrière du camion, en tenant son arme au-dessus de la neige. Il avait les mains gelées, mais il n'aurait pas pu presser la détente avec des gants. Il frotta ses doigts et souffla dessus, avant de se relever.

L'homme ne l'avait toujours pas vu, ni entendu. Il fallait en remercier les moteurs diesels, qui noyaient la plus grande partie du bruit.

Quelques inspirations et il prit son élan. Il fut reconnaissant à ses bottes militaires de freiner sa glissade sur le toit du camion suivant. L'espace entre les deux premiers camions n'était pas trop large. Le suivant non plus. Mais quand Jake atterrit sur le troisième, il vit l'homme rouler sur le dos, alerté par le bruit.

Encore un saut.

Des coups de feu. Il entendit une balle claquer sur le métal alors qu'il était en l'air. Il se jeta à plat ventre en atterrissant. Encore des coups de feu. Mais le type n'était pas bon tireur. Ce devait être celui qui l'avait raté au lac.

— Laisse tomber, petit. Tu ne sais pas qu'on ne peut pas aborder un Marine par le travers ?

Le jeune tomba à genoux, terrifié. Il ne portait pas de masque de ski. C'était bien l'acolyte de Larry, avec son menton imberbe.

Jake bondit et sauta sur le toit argenté avant qu'une autre balle ne l'effleure de trop près.

Seule la longueur du camion et un espace de trois mètres le séparaient de l'apprenti-meurtrier. Une fois arrêté, le gamin fournirait toutes les informations voulues sur le lieu de détention de la famille Watkins.

— Allez, petit. Tu sais que tu ne peux pas t'en sortir. Tout ce que t'as entendu dire sur les Marines… Imagine ça et rajoutes-en encore… c'est moi.

C'était une part de lui qu'il voulait enterrer, mais l'autre ne le savait pas. Le jeunot tremblait et ce n'était pas de froid.

— V-v-vous p-p-pouvez r-rien m-me f-f-faire. V-v-vous êtes f-f-flic, balbutia-t-il.

Jake se sentait presque désolé pour lui. Presque. Le gamin avait prêté main-forte à un meurtrier pour enlever Sabrina. Il ne connaissait pas encore les détails de ce qu'ils lui avaient fait, mais ces sales types ne méritaient aucune pitié.

Du calme. Essaie de ne pas le tuer.

— Tu m'as tiré dessus, tu es un tueur de flic. Tu sais ce qu'on leur fait, aux tueurs de flics ?

Il vit le visage du gamin pâlir.

— C'est ça, c'est la peine de mort.

— Y'n-n-nous pr-pren-dr-drons ja-m-mais.

Jake secoua la tête et sourit à dessein.

— Regarde autour de toi. Comment tu vas t'en sortir ?

Jake s'avança vers le bord du toit, simulant une confiance qu'il ne ressentait pas. Il n'avait pas bien vu l'arme dont se servait le gamin et n'avait aucune idée des munitions en sa possession.

Ils ne se trouvaient plus qu'à trois mètres l'un de l'autre, séparés par un vide de dix mètres de hauteur.

En dehors de ses yeux, le gamin ne remuait pas un cil. Il était nerveux, figé sur place.

Prends-le vivant, lui ordonna une voix.

Il va te tuer, hurla une autre.

L'arrêter n'allait pas être facile. Jake voulait avoir l'occasion de lui rendre la monnaie de sa pièce.

La remorque bougea juste au moment où il allait se mettre en mouvement. Il sentit une oscillation et vit la bouche du gamin esquisser un rictus.

Le jeune leva son arme. Sûr de lui.

Feu.

— Derrière toi, Craig, hurla Jerry, quelque part d'en bas.

Larry.

Le meurtrier se tenait au bout de la remorque, arme au poing, tenant Jake en joue.

20

Feu.

L'arme de Jake ne vacilla pas. Inutile de la braquer sur les deux hommes, c'était Larry la menace.

— Occupe-toi de la fille avant que quelqu'un arrive, ordonna Larry.

Jerry disparut derrière les poids lourds. Jake espérait qu'un de ses « potes » aurait l'idée d'appeler les flics. Sabrina ne le ferait pas, mais Jerry peut-être. Ils pourraient éloigner Sabrina, pour la soustraire aux interrogatoires.

— Le grand méchant M-marine s'est fait avoir..., ironisa le gamin en déglutissant visiblement.

Obéissant aux ordres, il se laissa tomber avec maladresse sur le toit orange du camion suivant et fila.

— On a un problème, mec, dit Larry. Tout ce qu'on veut, c'est la fille et l'argent.

Il me faut ce type vivant, pensa Jake.

Il se demanda pourquoi Larry lui parlait, lui un flic. Qu'espérait-il y gagner ?

— Alors peut-être que tu devrais presser la détente au lieu de faire joujou avec ton flingue. Ou alors, c'est moi qui tire et ça résout tous nos problèmes.

Larry haussa les épaules, s'efforçant de prendre un air de dur, comme dans les films.

Jake eut envie d'effacer ce sourire d'un coup de poing et de lui laisser une marque pire que sur la joue de Sabrina. De lui décrocher la mâchoire. Ensuite, il le mettrait au défi de prendre… n'importe quel air.

— Tu t'crois malin ? Si tu m'tires dessus, tu récupéreras jamais la famille de la fille. Aucun risque que mon frère les libère si tu fais pas c'que j'dis.

— Je sais. C'est pour ça que t'es pas encore mort. Accouche, Larry.

C'était tentant de presser la détente et de mettre un terme à l'arrogance suffisante de ce meurtrier patenté.

Mais le flic avait pris le dessus sur l'homme qui voulait tirer-d'abord-et-questionner-ensuite.

Vivant. Il me faut ce type vivant.

Pour le mettre en prison.

— Tu sais que j'ai ce que tu veux, alors tu vas pas tirer, dit Larry. Laisse tomber ton flingue.

Des aboiements familiers. Dallas et Charlie.

— Retiens-les ! Arrête !

Ce devait être le gamin.

— Je vais la tuer, vieux ! Je vais la tuer !

Larry jeta un coup d'œil en direction des cris. Jake vit le canon de son arme plonger légèrement. C'était assez : il pressa la détente une fraction de seconde avant Larry. Celui-ci le manqua et se jeta à plat ventre, évitant la balle.

Jake sauta sur le camion orange et freina des talons.

Vivant, il me faut ce type vivant.

S'il ne se l'était pas répété continuellement, il aurait vidé son chargeur.

Mais il ne tira pas. Sur sa droite, il saisit une brève image d'une silhouette aux longs cheveux noirs luttant dans la neige avec un homme en anorak noir.

Il revint à Larry, qui se relevait sur sa gauche.

Prenant son élan, Jake bondit sur le camion et se jeta sur le dos de Larry, envoyant valser leurs armes. L'impact les fit déraper.

Jake agrippa la veste de son adversaire et planta les talons dans la glace pour ralentir leur glissade. Sous son pied, une barre de renforcement leur évita un plongeon dans le vide.

Sans se préoccuper du risque de chute, Larry lui mit un bras autour de son cou et lui comprima la trachée-artère.

S'ils tombaient la tête la première, ils se tueraient, neige ou pas neige.

— Alors, poulet ? souffla le truand en crispant les mâchoires et en lui serrant le cou plus fort.

C'était l'impasse. Ils devaient rouler sur le flanc et se lâcher pour reprendre pied. Comment allait-il faire pour capturer ce dingue vivant ?

Le gamin sortit de derrière le semi-remorque, poussant Sabrina devant lui. Elle avait le bras tordu derrière le dos et un pistolet pointé sur la tempe.

Jerry était invisible.

— Lâche-le ou je la tue ! hurla le gamin. Mais le laisse pas tomber. J'veux dire…

Sabrina trébucha sur une congère et le gamin lui donna des coups de pied. Elle se roula en boule pour se protéger.

— J'arrêterai pas tant que tu le lâcheras pas !

— Ne la tue pas à coups de pied. Il a compris, dit Larry.

Son visage était assez proche pour que Jake puisse distinguer une lueur de triomphe dans ses yeux.

— On a besoin d'elle.

Le bras qui écrasait le larynx de Jake se desserra prudemment. Jake roula sur lui-même et recula, jusqu'à ce que tous deux puissent agripper le bord du camion.

Ils s'éloignèrent l'un de l'autre et se remirent debout. A l'instant où Jake se relevait, il vit le défi dans les yeux de Larry. Son adversaire venait de sortir un cran d'arrêt.

Jake ne s'inquiéta pas de cette nouvelle menace. Inutile de traiter ces hommes comme s'ils méritaient la pitié. Chaque coup qu'il leur infligerait serait loin de payer ce que Sabrina avait enduré.

Larry appuya sur le cran et la lame jaillit. Il plongea en avant.

L'entraînement militaire de Jake prit le dessus, et il se mit en mouvement. Une fois lancée, impossible d'arrêter la machine. Cette machine qu'il aurait voulu ne jamais réveiller.

21

Les coups de pied lui avaient mis les côtes en feu. Sabrina descendit discrètement la fermeture Eclair de son anorak et sortit l'un des revolvers qu'elle avait pris dans le sac de Jake.

Elle ne voyait pas les deux hommes sur le toit du camion, mais elle avait saisi le signal de son oncle.

Avec un peu de chance, Jake profiterait de cette diversion pour se sauver. Et la sauver.

Se dépliant avec précaution, elle roula en direction du camion. Dès que le salopard se pencha vers elle pour l'agripper, elle lui fourra le revolver sous le nez.

— Laisse tomber ton arme.

Elle avait parlé doucement afin qu'il soit le seul à l'entendre.

Quand il eut obéi, elle ramassa le revolver et l'empocha. Son oncle apparut derrière elle, avec un rouleau de ruban adhésif trouvé dans son tas de matériel pour la route.

Mais il n'allait pas assez vite. Le jeune se mit à courir en hurlant et en agitant les bras.

— Larry ! Larry !

— J'y vais. Cherche les armes. Les flics seront là dans une minute.

Jerry s'élança pour rattraper le gamin.

Trouver les armes : plus facile à dire qu'à faire. En se penchant, Sabrina sentit la douleur lui transpercer les côtes comme un pic à glace. Elle était presque désolée pour le gamin, mais ce sentiment lui passa quand elle serra les dents et reprit son souffle.

— Personne ne les trouvera avant la fonte des neiges, grommela-t-elle.

La remorque oscillait derrière elle. Jake se battait toujours avec Larry, comme son oncle l'avait prédit. Elle recula dans la neige qui lui montait jusqu'aux genoux, afin de les apercevoir sur le toit du camion. Une foule s'était rassemblée à l'extérieur du magasin, de l'autre côté de la route, et venait vers eux.

— Jake ! J'entends la police.

Une sirène hurlait au loin. Il n'était pas question de prendre le temps de convaincre la police que sa famille était en danger. Il fallait partir.

Elle leva les yeux juste à temps pour voir le pied de Jake s'abattre sur la poitrine de Larry et envoyer ce dernier voler par-dessus le rebord du camion.

Il atterrit sur le dos, sous un angle bizarre. Mais il fallait qu'il réponde à leurs questions !

— Sabrina, non !

Elle était déjà près du corps. Larry ouvrit les yeux, agrippa son bras et l'attira à lui. En un clin d'œil, elle sentit un couteau se poser sur sa gorge.

— On ne joue plus, princ…

Un coup de feu sonore le stoppa net.

Jake tira Sabrina en arrière. Il avait bondi si vite qu'elle ne l'avait pas vu. Il ouvrit la bouche, mais elle ne comprit pas ce qu'il disait dans le brouillard qui la cernait.

Larry avait les yeux encore ouverts et un trou dans la poitrine.

— Je vais vomir.

— Viens par là.

Jake l'entraîna vers une congère.

— Dès que les gens vont se reprendre, ils vont venir voir ce qui se passe. Où est Jerry ?

Malgré l'image qui venait de s'imprimer sur sa rétine et les objections de son estomac, Sabrina ne rendit pas ses biscuits.

— Il poursuit le gamin en direction de l'autoroute.

Elle fit un pas pour contourner Jake et se retrouva dans ses bras. La main douce qu'il posait sur sa nuque faisait un contraste frappant avec l'homme qu'elle avait vu se battre sur le camion. Du pouce, il traça des cercles apaisants sur son menton.

— Ça va, toi ?

Il lui renversa un peu la tête pour essuyer les gouttelettes de sang sur sa gorge.

— Je vais bien.

— Si on n'était pas pressé…

— Mais on est pressé. Où est mon oncle, où est le gamin ?

Envolée l'idée que le jeune avait suivi de mauvais conseils et succombé aux pressions. Ce serait à un jury d'en décider. Pour le moment, c'était lui qui détenait la clé du sauvetage de sa famille.

Ils se mirent en chemin, Jake lui tenant fermement le coude. Sabrina aurait voulu se rappeler ses mains le matin même — douces et aimantes. La fermeté de sa poigne était rassurante, mais c'était cette main qui avait pressé la détente, retardant d'autant l'échange de la rançon.

Ils firent un détour pour éviter la foule qui grossissait. Les voitures de police étaient déjà au relais. Sabrina se mit à courir lourdement derrière Jake, qui cherchait Jerry.

Soudain ils virent l'auto-stoppeur, qui s'efforçait d'attirer leur attention.

— Il va le tuer. Ils sont derrière les poubelles.

Des deux mains, il essayait de contenir les chiens.

— Restez ici, leur ordonna Jake à tous deux.

— C'est aussi mon combat, dit-elle dans son dos, en lui emboîtant le pas.

Jerry était par terre, et le gamin lui frappait le bras avec un tuyau. Jake attrapa le tuyau au vol et le jeta dans les sacs d'ordures qui débordaient des poubelles.

Le jeune homme tourna sa colère contre lui.

— J'y retournerai pas ! Y m'ont promis !

Il martela Jake de coups de poing, qui recula, l'éloignant ainsi de Jerry.

L'auto-stoppeur sur les talons, Sabrina se précipita vers son oncle.

— Ça va ?

Elle l'aida à s'asseoir et tendit l'oreille, non pour écouter ses explications, mais pour détecter le bruit d'une autre bagarre.

— Je crois que j'ai le bras cassé.

Jerry tenait son poignet gauche dans sa main énorme.

— Le garçon m'a pris par surprise, je me suis écroulé comme une masse.

— Vous pouvez rester avec lui ? demanda Sabrina à l'homme qui tenait les chiens.

Son oncle et elle l'avaient « engagé » pour s'en occuper, en lui promettant de l'emmener en Californie, quand ils auraient réussi à sauver Jake.

Dallas se dégagea des bras de l'homme et sauta sur Sabrina pour lui lécher les mains, heureuse de la voir.

Sabrina reposa la chienne et rendit la laisse au jeune homme.

— Je t'aime, Oncle Jerry.

Se relevant, elle courut dans la direction où Jake avait disparu, s'attendant à entendre des bruits de lutte. Mais le silence régnait. Elle se dissimula derrière un petit immeuble et attendit.

Elle aurait dû rester avec son oncle. Les choses s'étaient déroulées si vite. Sa première pensée avait été d'aider Jake. Mais que pouvait-elle faire ? Hurler à l'aide était la dernière chose à faire. La police était sur le parking. Parmi la foule, des gens avaient dû les voir s'éloigner en toute hâte du corps de Larry.

Son estomac se tordit au souvenir de la blessure et du sang dans la neige.

— Où est l'argent ?

Au début, elle crut que la question s'adressait à elle. Puis elle comprit que le garçon se trouvait derrière le coin du bâtiment.

— Je te l'ai dit, petit. A Amarillo. C'est tout ce que je sais, mentit Jake.

Si Sabrina se débrouillait pour remettre l'arme à Jake, il pourrait arrêter le gosse. Elle la tira de sa poche et s'agenouilla par terre.

— J'sais pas quoi faire. Où est Larry ?

— Tu veux que je t'amène le voir ?

Sabrina risqua un regard au coin du mur, et vit le jean de Jake à quelques centimètres. Elle aurait pu lui mettre le revolver entre les doigts. Mais il fit un pas en avant, ce qui le mit hors de portée.

Sabrina se releva et s'appuya contre le revêtement en stuc du bâtiment, tenant l'arme à deux mains, comme on le lui avait enseigné. On lui avait aussi appris à ne pas pointer une arme chargée sur quelqu'un, mais c'était une question de vie ou de mort. Elle allait ordonner au gosse de laisser tomber son couteau, Jake serait sauvé et ils apprendraient ce qui était arrivé à sa famille.

— Pas un geste ! dit-elle en fonçant de l'autre côté, l'arme pointée sur les deux hommes.

— Ahhh ! cria le jeune en se ruant sur Jake, couteau brandi.

— Recule, Sabrina !

La tactique défensive de Jake frôlait la perfection. Il contra l'élan du couteau en le balayant de l'avant-bras. Puis il saisit le poignet du gosse et lui imprima une secousse. Fermement plantés dans la neige, ses pieds ne bougèrent pas d'un centimètre, tandis qu'il relâchait l'épaule du gamin et s'emparait de son bras.

Celui-ci se jeta en avant, les yeux fous. Libérant son bras de la poigne de Jake, il se mit à lacérer sauvagement l'air de son couteau.

— Je vais la tuer. Je vais la tuer !

Jake gronda et bloqua l'arc de la lame. Sabrina réalisa soudain qu'elle braquait toujours le revolver sur eux. Elle le rempocha, sachant qu'elle ne tirerait pas. Elle ne pouvait prendre le risque de tuer l'unique piste menant à sa famille.

Jake esquivait facilement les assauts du jeune homme. Brandissant son couteau, le gamin s'efforçait de le contourner, sans cesser de crier :

— Je vais la tuer, je vais la tuer.

Toujours postée au coin du bâtiment, Sabrina était comme hypnotisée, incapable de bouger ou de crier. Son oncle apparut et, poignet brisé ou non, se jeta en avant.

Jake balaya encore une fois l'air du bras et le couteau disparut.

Il y eut un hurlement. Le gamin renversa la tête en arrière et tomba dans la neige.

Jake et Jerry s'approchèrent, examinèrent sa blessure et s'efforcèrent d'étancher son sang. Sabrina s'était précipitée pour prendre le visage du jeune homme entre ses mains. Son regard était flou. Abandonnant toute retenue, elle le secoua par le col.

— Pour qui travaillez-vous ? Où est ma famille ? Dites-le-moi !

Son oncle aurait pu mourir. Et si Jake était mort pour elle ?

— Vous aurez pas…

Il toussa et une bulle de sang noir sortit de son nez.

— Y m'ont promis…

Elle recula en titubant et heurta la masse solide du corps de Jake. Son oncle, les doigts sur le pouls du jeune homme, confirma ce que montraient à l'évidence les yeux vitreux et grands ouverts.

— Ils sont… morts ? Tous les deux ?

Sabrina se mit à parler à toute allure, incapable de retenir les questions qui lui remplissaient la tête.

— Ça va aller, dit Jake au-dessus d'elle, en la ramenant vers le camion.

— Tu ne vois pas qu'il est mort ? Il n'a pas dit où se trouvait ma famille ! Pour qui travaillait-il ? Pourquoi tu l'as tué ? Tu les as tués tous les deux ! C'est ta faute.

— Ma faute ? répliqua Jake en s'appuyant au camion, le souffle court. Bon sang, pourquoi ne l'ai-je pas interrogé ? Ah oui, parce qu'il frappait ton oncle avec un tuyau en acier ! Et qu'il voulait nous tuer à coups de couteau. J'ai sauvé ton oncle et je t'ai sauvée ! Ça aurait été inutile si tu étais restée dans le camion !

Sabrina savait qu'cllc avait tort, mais sa peur lui inspirait des mots durs.

— Et mes parents, et ma sœur ? Et si ces types devaient faire leur rapport à Griffin ? Que va-t-il se passer quand il apprendra que ses hommes sont morts ? Tous les médias vont en parler avant même qu'on arrive à Amarillo.

— Essaie de te calmer, Sabrina. Tu es en état de choc.

Jake attira son visage sur son épaule, étouffant le bruit de ses sanglots.

— On va trouver un moyen. Ne te décourage pas. Il faut partir tout de suite.

— Donnez-lui le chien noir, dit Jerry à l'auto-stoppeur. Sabrina, Jake et toi vous devez partir avant que la police n'arrive.

— Nous aussi, on s'en va ? questionna le jeune homme, en posant les chiens dans la neige.

— En temps et en heure, répondit Jerry.

— Vous devriez garder Dallas, lui dit Jake.

Sabrina secoua la tête.

— Elle est à moi. Tu ne peux pas la donner comme ça.

Le visage enfoui dans la fourrure du chien, elle se laissa pousser dans la camionnette. Tous ses espoirs s'étaient évanouis.

Jake démarra et fonça sur la route enneigée, laissant là les cadavres, la foule et les policiers perplexes, qui s'efforçaient de retracer le cours des événements.

— Je ne sais pas comment mon oncle va éviter la prison.

— Si tu étais restée dans le camion…

— Tu serais mort, riposta-t-elle vivement.

— Bon sang, Sabrina ! Tu m'avais promis d'y rester. Ne me reproche pas d'avoir dû réparer les dégâts.

— Tu t'attendais vraiment à ce que je reste assise sans rien faire ?

— Oui.

— Alors, je ne sais pas pourquoi tu continues à m'aider. C'est sans espoir.

— Nous ne sommes pas encore battus, Sabrina. J'ai déjà vécu des situations sans espoir, et ça ne ressemblait pas du tout à ça.

Sabrina déposa Dallas sur le siège arrière. Quels que soient les efforts de Jake pour l'encourager, elle ne pouvait se résoudre à le regarder. Oui, il lui avait sauvé la vie, mais à quel prix ?

— Ils sont morts, n'est-ce pas ? Ma famille. Ils sont tous morts, et c'est ma faute.

— Ne pense pas à ça. Griffin a besoin d'eux pour récupérer l'argent.

— C'est une longue route jusqu'à Amarillo. On ne peut pas y arriver en un claquement de doigts. Et ensuite, il faudra les trouver. Dans le meilleur des cas, il faut trois heures et demie pour arriver à Amarillo. Admets que c'est impossible.

— Je t'ai promis de les trouver avant qu'il ne leur arrive quelque chose, chérie. Il ne faut que deux heures en hélicoptère. Ils ne s'attendront pas à nous voir arriver. Nous aurons l'avantage de la surprise.

Une expression implacable passa sur ces traits qu'elle adorait, et qu'elle avait embrassés avec fureur à peine une heure auparavant. Ce n'était pas ce combattant féroce qu'elle aimait. Mais elle avait besoin de son instinct de tueur pour gagner cette bataille.

— Dis-moi ce que je dois faire.

Etait-elle encore capable de se battre ? Elle fuyait depuis si longtemps, terrifiée à l'idée d'échouer.

Toutes ces années passées à développer son affaire contre l'avis de sa famille et de ses amis ne représentaient-elles plus rien ? Savait-elle encore ce que lutter signifiait ?

22

A un moment quelconque de ses affrontements, Jake avait reçu un coup de couteau au flanc. Ce n'était pas une blessure très grave, mais elle saignait assez pour transpercer son pull. Sabrina lui avait reproché de la lui avoir cachée, mais en toute honnêteté il ne se rappelait pas quand c'était arrivé.

Aucun hélicoptère n'étant disponible, il avait fallu plus de temps que prévu pour trouver un petit avion et un pilote. Jake craignait de voir la police arriver à tout moment. Mais, cinq mille dollars plus tard, ils étaient enfin en route pour Amarillo.

Il aurait tout donné pour faire un somme. Sa mâchoire douloureuse lui rappelait la nécessité de rester alerte et vigilant. Mais l'expression de Sabrina était tout sauf paisible. Après avoir enlevé son T-shirt, il l'avait laissée lui laver les côtes et, à présent, patientait pendant qu'elle cherchait un antiseptique dans la trousse de premiers secours.

L'ambiance était toujours glaciale entre eux. Sabrina ne desserrait pas les dents et communiquait par gestes avec lui. Il n'aimait pas ça. Il aurait voulu la prendre dans ses bras et l'installer sur ses genoux. Il aurait voulu oublier les visages et les coups, et la convaincre que toutes ses actions ne visaient qu'à la garder en sécurité.

— Cet avion est plus confortable qu'un hélicoptère, remarqua-t-il, choisissant un sujet anodin. J'ai de la place pour m'étaler, au moins.

Il étendit ses longues jambes dans l'allée, au moment où Sabrina posait un genou à terre pour nettoyer sa blessure.

L'avion tangua et elle chancela. Jake tendit la main pour la retenir, mais elle s'écarta.

— Ça m'ennuie d'avoir dû utiliser une partie de l'argent pour louer cet avion.

— Nous n'avions pas le choix. C'était le seul appareil disponible et Ernie voulait trois mille dollars ne serait-ce que pour décoller.

Les doigts délicats de Sabrina étaient chauds et apaisants sur sa peau. Ça valait la peine de supporter la brûlure de l'alcool.

Elle reprit son équilibre et se laissa tomber sur son siège, tandis que l'avion prenait de la vitesse. Une image de ses cuisses nues et de son slip déchiré traversa l'esprit de Jake. Il aurait adoré poser de nouveau les mains sur ce soutien-gorge en dentelle noire.

— Je crois que tu as besoin de points de suture.

Gaze et ruban adhésif en main, Sabrina s'apprêtait à finir sa tâche, quand l'avion piqua du nez. Perdant l'équilibre, elle tomba tête la première sur le plancher de l'appareil.

Jake la prit par la taille pour la relever, oubliant qu'elle avait été frappée à coups de pied. Le pilote reprit le contrôle de l'avion avec force jurons et un « Désolé m'sieur-dame ».

Sabrina se dégagea de son étreinte en grimaçant.

— Tu as très mal ? lui demanda Jake.

Il n'était pas certain que son expression soit due à la douleur, cela ressemblait plutôt à du dégoût.

— Seulement quand j'appuie dessus.

— Ou quand quelqu'un met les mains sur toi.

Il jeta un coup d'œil à sa blessure.

— Inutile de recoudre. Déchire des bouts de ruban d'un centimètre.

Elle s'exécuta et il pinça les lèvres de sa plaie en serrant les dents.

— Pose… hum… les bouts de ruban en travers… Oui, comme ça… rapproche les bords. Et maintenant, la gaze. Super. Tu vois, pas besoin de points.

— Il faut quand même que tu voies un médecin.

— Mes vaccinations sont à jour.

Ce n'était pas son imagination : elle ne supportait pas de rester près de lui.

— Quand j'étais petit, on me soignait comme ça au lieu de m'emmener aux urgences.

— Tu plaisantes ?

Elle s'assit en prenant Dallas sur ses genoux.

— A quoi pensaient tes parents ?

— Ma grand-mère : c'était elle qui me gardait pendant l'été. Si on m'avait fait des points de suture, il aurait fallu que je reste à la maison. Alors elle me scotchait, j'allais jouer dehors et elle avait la paix.

— C'est grâce à ma grand-mère si j'ai démarré ma société. Je promenais et toilettais ses chiens. Après l'armée, mon oncle est revenu vivre chez elle, et ses chiens lui ont fait beaucoup de bien. Charlie l'a vraiment aidé à surmonter son stress post-traumatique. Plus tard, j'ai fait des gardes à domicile. Ma grand-mère m'a mise en contact avec des amis à elle à Amarillo. Ça me semblait tout naturel de développer mon activité plutôt que d'aller à l'université ou de travailler dans un café.

Jake cueillit une larme silencieuse sur sa pommette mais elle se déroba, et il vit l'irritation dans ses yeux violets.

— Ecoute, j'ai l'impression que tu ne veux pas que je te touche. Je croyais que nous étions devenus intimes, mais…

— C'était trop rapide. Ne le prends pas mal, Jake, mais je ne te connais pas du tout. Nous devrions reprendre un peu nos distances.

— Tu préfères feindre qu'il ne s'est rien passé ?

— J'aimerais bien pouvoir faire semblant que rien de tout ça n'est arrivé.

— Rien de tout ça ?

— Dois-je vraiment me rappeler les deux hommes qui ont été tués ?

Qu'il avait tués, plutôt.

— Je comprends.

— Je sais que tu as fait ce que tu croyais devoir faire.

Jake aurait tout donné pour quitter la pièce, mais il n'avait pas de parachute sous la main. Il était donc coincé à cinquante centimètres de la seule personne dont il était devenu proche depuis son retour, grâce à une chienne qui s'était introduite dans ses bonnes grâces en remorquant sa maîtresse après lui.

L'avion fit un piqué et Sabrina faillit faire tomber Dallas.

— Ouh là, petite !

La chienne gigota et bondit en aboyant, avant de finir sur un court gémissement. Elle escalada la poitrine de Jake pour lui lécher le menton.

— Ce chien va sauter partout pendant le trajet ? lança Ernie.

— J'aurais dû la laisser à mon oncle. Je n'ai pas réfléchi.

Mais Jake savait très bien pourquoi elle avait emmené la chienne : pour se réconforter.

— Tout ira bien. On demandera à Ernie de la garder contre paiement.

— Ou la confier à un autre auto-stoppeur. C'était tellement bizarre : Jerry lui a jeté un coup d'œil, lui a demandé ce qu'il regardait, et lui a dit : « Fiston, je t'emmène en Californie si tu me gardes ces chiens. »

— Tu es sortie du camion. Pourquoi ? Tu m'avais promis de ne pas le faire. Je savais que j'aurais dû te menotter.

— Je ne pouvais pas rester sans rien faire pendant que tu te battais pour moi en prenant tous les risques. Et puis je voulais t'aider à garder ta promesse de ne pas te faire tirer dessus.

Sabrina releva les cheveux de Jake au-dessus de son oreille, pour examiner l'éraflure causée par la balle de la veille.

Il recula la tête en évitant son contact, pourtant agréable.

— La distance, ça marche dans les deux sens.

En une fraction de seconde, le visage détendu de Sabrina prit un air « mais-qu'est-ce-que-je-fais ? ».

— Le jeune suivait Jerry. J'ai compris qu'il était en danger. Je ne pouvais pas rester à l'abri pendant que vous vous battiez tous les deux.

— C'est pourtant exactement ce que tu aurais dû faire.

— Notre intervention t'a permis de redescendre sain et sauf du toit du camion, argumenta-t-elle.

Votre intervention impliquait-il de tuer Larry ?

Informulée, la question resta suspendue entre eux. Les yeux de Sabrina firent des allers-retours inquiets, elle avait deviné ses pensées. Elle se mordit la lèvre et poussa un long soupir. Elle connaissait très bien la réponse à cette question : si elle n'avait pas été en danger, Jake n'aurait pas tiré.

Mais quoi qu'il se soit passé durant cette sinistre matinée, c'était terminé. Sabrina Watkins se servait de lui, tout comme son ex-femme l'avait fait. Le rôle de Jake se bornait à jouer les maris à distance ou les hommes de main.

Il ne voulait pas d'une relation durable. Bon sang, il ne voulait *aucune* relation. Alors quelle importance si celle-ci s'achevait avant même d'avoir commencé ? *Tu ne la connais que depuis deux jours.*

— Je peux tenir Dallas si tu veux te reposer.

Il caressa la chienne sur les genoux de Sabrina et lui frotta le ventre quand elle se mit sur le dos, pattes en l'air.

— Tout va bien pour elle. Tu as déjà compris que je ne suis pas partageuse. Et puis elle doit apprendre qui commande.

Jake ferma les yeux et se heurta à un regard fixe au fond de sa mémoire. Il avait vu trop de morts pour les compter. Mais il savait, il avait toujours su le nombre de gens qui avaient perdu la vie de son fait. Larry et le gamin étaient des meurtriers, mais leurs morts pesaient sur sa conscience.

Tu les as tués tous les deux. C'est ta faute.

Il sortit de sa somnolence, incapable d'oublier les paroles de Sabrina. Jerry et lui avaient essayé de venir en aide au gamin, mais il n'y avait plus rien à faire. Jake s'était lavé à grande eau avant de partir, sans pouvoir se débarrasser de tout ce sang.

Il avait les mains sales, le savon n'y pouvait rien. Sabrina, qui en était conscience, gardait ses distances. Elle avait posé le front contre le hublot, et le poids de sa tête sur son épaule lui manquait.

— J'aurais dû t'envoyer en prison. Tu aurais été davantage en sécurité.

Sanglée sur son siège, elle pivota pour lui faire face. Le petit avion luttait toujours contre le vent.

— Ces hommes seraient toujours en vie si tu l'avais fait. Peut-être n'aurais-tu pas dû t'en mêler du tout.

Croyait-elle que cela lui avait plu de prendre leurs vies ?

— Tu peux dire ce que tu veux… Mais sache que même si j'avais eu le choix, j'aurais pris les décisions que j'ai prises.

Elle eut l'air choqué, surprise qu'il défende ses actes. Certes, cela avait abouti à la mort de deux hommes et, sans doute, à une gigantesque chasse à l'homme à leur encontre, mais il parlait aussi de leur rencontre au restaurant, du vol du téléphone au commissariat et de leur intermède sexuel.

Jake plongea le regard dans ces splendides yeux améthyste et songea qu'il serait heureux s'il pouvait se réveiller auprès d'elle chaque matin. Pouvait-il forcer les événements, amener Sabrina à le comprendre et lui démontrer qu'il était davantage que le sauveur de sa famille ?

— Je comprends, Sabrina. Tout ce qui t'intéresse, c'est d'atteindre ton but. Ça m'est arrivé plus d'une fois dans ma vie, je ne t'en veux pas.

Il prit son sac d'équipement et jeta le portable de Larry sur le siège à côté de lui.

— On a l'argent et un téléphone pour les contacter. Tout ce qu'il nous faut, c'est une voiture et un rendez-vous pour procéder à l'échange.

— Et un énorme miracle.

— Les miracles, c'est pour les amateurs.

La machine était de retour.

— Je crois qu'on a un petit problème, m'sieur-dame.

Alors qu'ils entamaient la phase d'atterrissage, le pilote désigna la piste devant eux.

Imposant silence à Dallas d'un regard sévère et d'un

claquement de doigts, Sabrina se pencha devant Jake, occupé à vérifier son équipement.

Deux voitures de police patientaient en bordure de la zone dégagée par le chasse-neige pour les avions.

— Il fallait que tu le fasses !

Les yeux rivés sur le hublot, Sabrina hésitait entre fureur et désespoir.

— Je n'y suis pour rien. Réfléchis : je n'aurais pas quitté la scène d'un double homicide si j'avais eu l'intention d'appeler la police.

Il prit le revolver à sa ceinture et l'enferma dans son sac.

— Les policiers ne sont pas idiots, Sabrina. Additionne deux et deux, ça donne Amarillo. Pas besoin d'être sorcier pour faire le lien entre ma camionnette et l'aéroport d'ici.

Il avait raison. Sabrina faillit le reconnaître, mais se mordit la lèvre à la place. C'était fini. Ils ne pourraient jamais être ensemble, jamais.

Elle avait échoué à sauver sa famille.

Ernie freina avant de stopper l'appareil.

— La tour de contrôle nous demande d'ouvrir la porte, de jeter les armes dehors et de sortir un par un. Je suis censé sortir le premier et vous ouvrir à l'arrière.

Il leva les mains devant la vitre du cockpit, puis ouvrit la porte près de lui et sortit.

Sabrina défit sa ceinture, prit Dallas dans ses bras et l'embrassa entre les oreilles.

— Tu vas tellement me manquer, ma chérie.

— Tu la reverras.

— Je ne sais pas comment je pourrai survivre en prison sans animaux. J'ai toujours préféré les êtres à quatre pattes qu'à deux pattes.

S'ils ne pouvaient organiser l'échange… Il ne fallait pas qu'elle pense à sa famille, sinon elle allait piquer une crise avant même de poser le pied sur le tarmac.

— On va les persuader de nous aider. Il y a suffisamment

d'éléments qui prouvent ta bonne foi. Ils vont nous prêter main-forte. Fais-moi confiance, tout ira bien.

— Mais si ça ne marche pas, eh bien, merci quand même, Jake. Pour tout. Ma gratitude est bien peu de choses à côté de tout ce que tu as perdu.

La porte extérieure s'ouvrit. Sabrina s'apprêta à descendre de l'appareil. Jake lui prit le coude, malgré leur accord tacite.

— Tout n'est pas perdu. On peut encore libérer ta famille.

Sabrina franchit le seuil de l'avion, suivie de Dallas. Elle jeta un dernier regard à Jake, regrettant de l'avoir tenu à distance. Elle n'avait rien à lui reprocher, elle espérait qu'il le savait.

— Merci d'avoir essayé, mais il n'y a plus d'espoir.

Elle s'attendait à être plaquée à terre, fouillée et poussée dans une horrible petite salle d'interrogatoire. Elle espérait qu'elle n'allait pas se mettre à pleurer.

Ernie monta dans une voiture de police qui s'éloigna.

En laisse, Dallas décrivait des cercles dans la neige, cherchant un endroit où faire ses besoins.

Deux policiers les tenaient en joue.

Après un instant, Jake jeta son sac sur le sol et se plaça à côté de Sabrina, les bras repliés derrière la tête.

Dallas gémit. Elle n'aimait pas du tout la neige et voulait qu'on la prenne dans les bras. Elle était de plus en plus gâtée.

— Je peux la prendre ?

Un des policiers haussa les épaules.

— Je ne comprends pas. Qu'est-ce qui se passe ? demanda Jake.

— On nous a ordonné d'attendre.

Une voiture de police arriva, avec un visage familier à bord. D'un signe de la main, l'homme indiqua aux policiers de le suivre.

— Amenez-les à l'intérieur.

Les agents escortèrent Jake et Sabrina dans le hangar. L'agent Wilder prit la laisse des mains de Sabrina et la confia à l'homme qui venait de prendre le sac de Jake.

— Promène le chien, donne-lui de l'eau et attends dans la voiture, Powell.

Jake s'interposa entre Sabrina et le policier. Il était aussi désorienté qu'elle par cet accueil étrange.

— Quand j'ai entendu aux nouvelles qu'on avait retrouvé les empreintes de Sabrina Watkins sur une scène de crime, j'en ai recraché mon café.

— Tu connais cet homme, Sabrina ?

— Je connais mieux sa femme, mais oui. Je te présente Kyle Wilder. Je m'occupais de ses chiens quand sa femme l'obligeait à prendre des vacances.

— Inspecteur Craig ?

Kyle tendit la main. Jake ne la prit pas.

— Merci d'avoir ramené Sabrina saine et sauve. Un policier va vous escorter à Wichita Falls dès que les routes seront dégagées.

— Je ne comprends pas, dirent Jake et Sabrina à l'unisson.

— Vous avez laissé deux cadavres, et la police de Wichita veut que vous fassiez une déposition. De nombreux témoins ont certifié qu'il s'agissait de défense légitime. Ensuite, je crois que la police de Dallas veut éclaircir la confusion concernant votre suspension.

— Ça, j'ai compris, mais vous avez l'air de prendre la résurrection de Sabrina comme allant de soi. Vous allez l'arrêter ?

Kyle leva un sourcil en hochant la tête.

— En dehors d'un interrogatoire concernant l'homicide de Richardson, pourquoi voudrais-je l'arrêter ?

Quoi ?

— Si vous la laissez partir, elle mourra dès que vous aurez tourné le dos.

Jake se plaça de nouveau entre elle et le policier.

— C'est ça votre tactique ? C'est vous le flic qui avez échangé les empreintes dentaires ?

— Drôle que vous en parliez, Inspecteur Craig. Depuis l'incendie, je travaille avec des enquêteurs au sein d'un détachement spécial.

Il s'assit au bord d'une table, près du mur.

— Nous soupçonnons Griffin Tyler de racket et de blanchiment d'argent sale depuis un bout de temps, surtout depuis la mort suspecte de Sabrina. Nous avons aussi découvert que quelques agents de chez nous étaient un peu trop copains avec lui, et nous les tenons à l'œil. Si vous êtes prêts à témoigner, nous pourrons laisser tomber les charges contre vous.

— Vous vous trompez sur…

— Jake…

Sabrina lui tira la manche pour attirer son attention. Comme il refusait de détacher le regard de l'homme qu'il considérait comme une menace, elle fit un pas en avant.

— Je suis là et je suis tout à fait capable de parler pour moi. Je ne suis coupable de rien, en dehors du fait d'avoir pris la fuite.

— Vous êtes prête à témoigner ?

— Je suis prête à tout. Mais d'abord, je dois secourir ma famille. Griffin les a pris en otage, en échange de l'argent que j'avais pris en partant.

— Ça explique bien des choses.

Wilder s'adressa à Jake :

— Les routes ne vont pas être dégagées tout de suite. Je suppose que vous voulez régler ça au plus vite ?

Cette fois, ce fut Jake qui tendit la main au policier, et Kyle la serra.

— Où est votre détachement ? questionna Jake. Une fois que nous aurons passé l'appel, il faudra faire vite.

— Vous êtes devant. Les choses sont un peu différentes ici, Inspecteur.

Pivotant sur lui-même, Jake fourragea dans ses cheveux. Puis il croisa le regard de Sabrina et lui entoura les épaules de son bras.

— Tu me fais confiance ?

— Oui.

Et c'était vrai. S'ils avaient été seuls, elle lui aurait dit combien elle était désolée d'avoir pensé le pire de lui. Il s'était seulement défendu, et elle avec. N'importe qui aurait fait la même chose.

— Mon idée est simple. Les faire sortir du bois, les faire parler et découvrir pour qui ils travaillent, dit Jake au policier.

— Vous ne le savez pas ? demanda Kyle à Sabrina.

— Je ne savais pas…

— Elle ne…, commença Jake en même temps, mais la main de Sabrina sur son bras l'empêcha de poursuivre.

— J'ai réussi à leur échapper parce que je les ai entendus parler de l'incendie. Ensuite, j'ai essayé de démêler les tenants et les aboutissants de l'affaire. Je possède une liste de clients inexistants et d'animaux qui n'ont jamais été opérés. Je vous donnerai tout ça dès que ma famille sera hors de danger.

— Il faut que j'en réfère au commissariat pour obtenir l'équipement nécessaire pour ce que vous suggérez.

Le cœur de Sabrina se mit à tambouriner dans sa poitrine.

— Mais les policiers en cheville avec Griffin pourraient en entendre parler et l'avertir.

Jake posa le sac de sport contenant l'argent et les appareils électroniques sur un banc.

— Inutile, j'ai ce qu'il nous faut.

23

Ils avaient appelé les truands. La famille de Sabrina était toujours en vie.

Ils attendaient l'échange près d'un ranch abandonné, à vingt-cinq kilomètres au sud-ouest de la ville, par une nuit obscure. Pourquoi les criminels devaient-ils toujours agir dans le noir ? Et le lieu de rendez-vous aurait pu tout aussi bien être situé sur la lune, pour ce qui était du délai d'intervention.

Jake et Sabrina avaient passé l'après-midi au hangar de l'aéroport, mettant Wilder au courant et attendant ses hommes de confiance.

Jake n'enviait pas le rôle du policier dans le sauvetage. Wilder était dans la neige jusqu'à la taille, attendant le signal pour procéder aux arrestations.

— Tu avais raison de ne pas renoncer.

Sur le siège passager, Sabrina se cramponnait au sac d'argent comme à une bouée de sauvetage.

— Je sais que c'est un peu tard, mais je te suis reconnaissante de tout ce que tu as fait. Tout le monde serait mort si tu n'avais pas pris la décision de m'aider.

— Contente-toi de suivre le plan, cette fois-ci.

Il ne voulait pas baisser la garde.

— Si ce dingue n'avait pas insisté pour que ce soit toi qui apportes l'argent, tu ne serais pas là du tout.

— J'ai reconnu sa voix. C'est le type qui était avec Griffin à la clinique. Il veut toujours me tuer, dans mes cauchemars.

Jake avait eu sa part de cauchemars et il ne les souhaitait

pas à Sabrina. Sans réfléchir, il couvrit ses mains de la sienne. Il avait oublié leur accord.

— Je… Tout ira bien. Suis le plan : tu les rejoins et tu cours. Laisse-moi m'occuper du reste.

Il avait envie de la réconforter. Et bien plus que ça. Il voulait qu'elle devienne sa famille, qu'il devienne la sienne. Tout le truc.

Le téléphone du défunt Larry sonna.

— Oui ? répondit Sabrina, comme ils le lui avaient ordonné. Sur cette route ? D'accord.

Elle raccrocha.

— Il faut reculer jusqu'aux parcs d'engraissement, sortir de voiture et attendre.

— Vous avez entendu, Wilder ? demanda Jake dans l'émetteur radio qu'il partageait avec le policer.

Ils n'en avaient que deux. Quand Sabrina prendrait la fuite, il ne pourrait plus communiquer avec elle.

— Il va me falloir dix ou douze minutes, répondit Wilder.

— Compris.

Jake passa une vitesse et s'engagea sur la route enneigée.

— Souviens-toi : ne t'avance pas avant que ta famille le fasse. Laisse tomber le sac et mets-toi à couvert.

— J'ai compris.

— J'ai confiance en toi, Sabrina.

Il ne pouvait lui dire à quel point, car Wilder entendait tout ce qu'ils disaient. Il lui pressa de nouveau la main avant de s'arrêter et se garer.

Ils sortirent de voiture dans l'obscurité.

— Wilder ? murmura Jake en remuant à peine les lèvres.

— Cinq minutes au moins.

Trois personnes tournèrent le coin du bâtiment, toutes proches les unes des autres, comme si…

— Ils ne pourront pas courir. On leur a attaché les chevilles…

— Ils courront. On s'en tient au plan, dit Sabrina avec confiance.

— Bon. Le seul abri est le parc à bétail. Tu ne pourras pas les faire passer par-dessus la barrière, alors il faudra les ramener vers la voiture. Si quelque chose tourne mal, prends le chemin entre les enclos. Marche lentement pour l'instant. Tu courras plus tard. Tu as le couteau ?

Elle leva les yeux vers lui.

— J'y vais.

Il avait envie de hurler, mais il acquiesça. Elle avait déjà avancé d'un pas quand il pensa à l'embrasser. Où était la « machine » quand il en avait besoin ?

Sabrina avança lentement, en faisant crisser la neige sous ses bottes. Elle ralentit un peu, calculant qu'elle les rencontrerait à la hauteur du chemin entre les enclos. Le vent murmurait dans les fils électriques au-dessus de sa tête. Une autre tempête arrivait du sud. Elle sentit l'odeur du bétail sur sa gauche et entendit les bêtes se déplacer vers la clôture, où elles espéraient recevoir du fourrage.

— C'est bon !

Le cri venait de quelque part derrière les bâtiments. Une voix qu'elle n'oublierait jamais.

Ses parents et sa sœur cessèrent d'avancer. Elle s'arrêta aussi et laissa tomber le sac à ses pieds. Encore une minute et elle allait se trouver face à face avec son cauchemar.

— Ouvrez le sac !

Elle ouvrit la fermeture Eclair au moment où un projecteur s'allumait en haut d'un silo à grain. Elle laissa le sac dans la neige.

— Il y a la moitié de l'argent. Je veux ma famille.

— Vous étiez censée apporter la totalité.

— Et vous l'aurez si vous les relâchez.

— Sabrina Watkins…

La voix était toute proche, arrivant par le chemin sur lequel elle avait eu l'intention de fuir.

— Vous et votre petit copain, vous nous avez coûté beaucoup de temps et d'argent. Toute notre activité est… kaput.

Sabrina distingua le contour d'une arme, tandis qu'il approchait. Kyle leur avait dit que Larry avait un frère. Elle distinguait maintenant leur ressemblance, surtout dans l'expression mauvaise du regard.

— Le petit copain reste où il est, hurla l'homme. Bon, on va s'amuser un peu. Ramassez l'argent et avancez.

— Quoi ?

Ce n'était pas ce qui était prévu. Comment pourrait-elle évacuer sa famille si elle allait avec lui ? Mais Jake était là. Il pourrait s'occuper d'eux.

Agitant son arme dans tous les sens, l'homme martela le sol du pied.

— Assis ! hurla-t-il en la pointant sur sa famille.

Attachés comme ils l'étaient, ils se laissèrent tomber dans la neige boueuse.

— Vous voyez, dresseuse de chiens ? Moi aussi, je sais dresser. Ils obéissent ou mon associé leur tire dessus. Maintenant, ramassez l'argent et venez avec moi.

— Non ! C'est pas ce qui est convenu, hurla Jake. Le reste de l'argent est caché. On dira à Tyler où le trouver.

— Tyler est mort. Y pourra plus aller chercher quoi que ce soit.

Il agita la main au-dessus de son épaule en direction de Jake.

— J'ai l'impression que votre petit copain vous aime bien.

Trois coups de feu partirent.

— Salopard…

Jake plongea de l'autre côté de la Jeep.

— Ramassez l'argent, Sabrina.

— Vous laisserez ma famille tranquille ?

— Peut-être.

Il leva l'autre main en l'air. Ses parents tressaillirent et son père tenta faire écran de son corps à sa sœur.

— D'accord. Je peux vous mener jusqu'au reste de l'argent.

Tout ce qu'elle avait à faire, c'était de filer dans le parc à bétail. Ils ne pourraient pas tirer sur sa famille s'ils essayaient de lui tirer dessus. Elle ramassa le sac et le mit en bandoulière sur son épaule.

Leroy tendit la main pour lui saisir le bras. Elle l'évita et le devança de deux pas.

— Laissez-les marcher jusqu'à la Jeep.

— Bien sûr.

Elle les vit se relever, au moment où elle atteignait la clôture. Dieu merci, son père les pressait de se dépêcher. A distance de leur ravisseur, elle les regarda avancer.

Ils avaient presque atteint Jake, quand elle arriva au portail de l'enclos.

Cours !

Jake se tapait du poing sur la jambe. Il tira son couteau de sa botte, prêt à couper les liens des parents de Sabrina et à les mettre en sécurité. Puis il pointa la tête derrière le pare-chocs, essayant de repérer l'homme qui lui avait tiré dessus.

— Wilder, d'après l'angle des tirs, couvrez le toit du silo.

Sabrina avait atteint le portail. *Cours !*

— Je traverse l'enclos sud. Fichus congères.

— Je mets la famille dans la Jeep et je file derrière Sabrina.

— Reçu, répondit Wilder. Une camionnette arrive du nord.

— J'ai jamais cru que ce serait facile. Je m'occupe de la famille, vous vous occupez du tireur.

Couteau en main, Jake s'élança sur les trois mètres et quelques qui le séparaient encore de la famille. Des coups de fusil résonnèrent.

— Ou bien c'est un mauvais tireur ou…

— Sabrina s'est arrêtée. Elle est toujours près de lui…

Jake devait se concentrer sur un sauvetage à la fois. Evacuer la famille, ne penser à rien d'autre sous peine d'inutilité.

Une balle frappa la Jeep. Le tireur allait bientôt corriger sa visée.

— Prenez votre fille et courez aussi vite que possible. Je vais porter votre femme.

Pas le temps de vérifier si Watkins avait compris ou non. Ils se hâtèrent du mieux possible. Jake coupa leurs liens et souleva la mère de Sabrina dans ses bras, ravi de constater qu'elle avait la même taille que ses filles.

Il les mit en sûreté de l'autre côté de la Jeep avant de couper le reste des cordes.

Puis il sortit son sac d'équipement et poussa la sœur de Sabrina sur le siège arrière.

— Restez baissés. Conduisez et ne vous arrêtez pas. On vous retrouvera au commissariat. L'adresse est dans le GPS.

— Sabrina est-elle vraiment en vie ? demanda la mère de Sabrina. C'était vraiment elle ?

— Oui, madame. Désolé, pas le temps de vous expliquer.

— Merci, dit Watkins avant de faire reculer la Jeep.

Au même moment, la camionnette arriva à toute allure, en faisant rugir son moteur.

— C'est à vous, Wilder.

Jake prit son fusil et courut en direction de la clôture pour se mettre à couvert. Cela empêcherait peut-être le tireur de l'atteindre.

— Je crois que j'ai le tireur. Je vous ai averti de mon manque de précision.

— Je me charge de la camionnette, pour qu'ils ne puissent pas suivre la famille. Au pire, couvrez-moi.

Jake s'élança dans la direction dégagée par Wilder, tandis que la camionnette accélérait pour suivre la famille Watkins. Il plongea, retint son souffle et tira sur les pneus avant, jusqu'à ce qu'il entende une explosion. Le véhicule fit une embardée et fonça dans la clôture en fil barbelé.

— Vous voyez Sabrina ? hurla-t-il par-dessus la fusillade derrière lui.

— Négatif. Tiens, salopard…

Un coup de fusil, puis un autre. Une masse chuta en faisant résonner la paroi métallique du silo.

— C'est fait. Mon équipe est en place autour du périmètre. Ils ne peuvent pas sortir du parc.

Jake décida de laisser les hommes dans la camionnette. Inconscients ou morts, il s'en fichait. Wilder pourrait s'occuper d'eux.

— Je rejoins Sabrina.

24

— Taisez-vous et avancez.

— Dans quelle direction ? questionna Sabrina.

L'homme qui hantait ses rêves depuis six mois lui envoya une bourrade entre les omoplates et elle tomba.

Il agrippa son anorak en jurant et la remit sur pied.

— Tombe encore et je te fais sauter le caisson, vu ?

— Dites-moi par où aller, et je ne tomberai plus.

Cette fois, elle ne battrait pas en retraite. Elle avait certes peur, et elle ignorait comment sortir de cette mauvaise passe. Mais la police était tout près et ce monstre ne pourrait bientôt plus nuire à personne. Elle pouvait s'en sortir, il fallait juste réfléchir.

Dans la lueur jaune des lampes à mercure, ils suivaient le chemin servant à nourrir et charger le bétail. Les sillons tracés par les pneus des camions glissaient, faute de soleil pour faire fondre la neige.

Croyant qu'on allait les nourrir, les animaux se pressaient contre la clôture en mugissant.

— Entre dans l'enclos à gauche.

C'était l'occasion ou jamais. Tandis que son ravisseur escaladerait la clôture en acier, elle allait passer en dessous et gagner quelques précieuses secondes qui lui permettraient de disparaître au milieu du bétail.

Se faufilant entre les barres glacées, elle se fraya un chemin aussi vite que possible entre les animaux.

— Encore un geste et je jure que je te tire une balle dans la tête, cria l'homme perché sur la rangée supérieure.

Elle stoppa, environnée de vaches qui se pressaient contre elle. Même si l'homme la manquait en faisant feu, elle risquait de se faire écraser par les énormes bêtes.

Atterrissant dans l'enclos, il s'empressa de lui remettre son arme sur la tempe.

— T'as peut-être pas peur pour toi, mais pense à ta famille et à tes amis. Je vais leur couper la gorge quand je sortirai d'ici.

Il la gifla sur le crâne et se mit en devoir de repousser les vaches. Les animaux les cernaient de toute part, leur écrasant les orteils en beuglant. C'était dégoûtant d'avancer dans le fumier et la neige fondue, et ils étaient à la merci de la direction prise par le troupeau.

Puis la horde parut rebrousser chemin. Que… ?

Une ombre longue tomba sur l'enclos. Quelqu'un marchait en équilibre sur la clôture. Sabrina pointa le doigt dans la direction opposée :

— Par là…

Seules quelques vaches se tenaient entre eux et le champ suivant. Elle accéléra le pas, espérant que l'ombre allait se dépêcher.

S'il vous plaît, s'il vous plaît, faites que ce soit Jake.

— Qu'est-ce que tu regardes ?

Leroy se retourna. Elle en profita pour se mettre à courir. Toujours juché sur la clôture, Jake venait d'aborder l'enclos vers lequel ils se dirigeaient.

— Ne bouge plus, Leroy, et jette ton arme, cria-t-il.

Puis, sur un autre ton :

— Parc 77, silcncc.

L'homme allait-il comprendre que Jake indiquait leur position aux policiers ?

— Tu vas tirer ? Ta copine est à terre, Inspecteur. Effraie les vaches et elle mourra.

Il écrasa un pied sur le ventre de Sabrina, la plaquant dans la boue glaciale.

Inutile de s'essayer de se relever, Leroy pointait son arme sur elle. Les vaches étaient peu nombreuses, mais il avait raison. Si quelque chose les effrayait, Sabrina serait piétinée.

— A ton tour de lâcher ton arme !

— T'as nulle part où aller, mec. Cet endroit sera cerné par la police dans quelques minutes.

Le bétail avait remarqué Jake sur la clôture. Les animaux allaient rapidement se mettre à mugir. Elle tendit les muscles de son ventre sous la botte de Leroy, dans un effort désespéré pour se relever.

Que faire ? Elle ne voyait pas Jake et Leroy lui avait pris son couteau.

Que disait son prof d'autodéfense quand on était à terre ? Agripper les vêtements de l'adversaire pour le déséquilibrer. Se rejetant en arrière, elle tira sur la jambe du pantalon de Leroy. Dès qu'elle sentit la pression de son pied se relâcher, elle se contorsionna et roula sur elle-même en direction d'un animal.

— Je me suis dégagée, Jake !

Quelqu'un fit feu. Se mettant à quatre pattes, Sabrina se rapprocha des vaches qui s'égaillaient dans toutes les directions, effrayées par les coups de feu.

Puis elle grimpa sur la clôture et vit Jake envoyer deux directs à Leroy, qui tituba en arrière.

Mais Jake ne l'avait pas lâché et lui expédia un coup de poing dans le ventre.

Leroy s'effondra contre une grosse vache blanche. Le sourire mauvais qu'elle avait vu à la clinique rampa sur son visage. C'était une éternité auparavant, mais elle le reconnut immédiatement.

— Il a mon couteau !

C'était une répétition de la bagarre qui l'avait opposé au gamin dans la matinée. Jake contrait chacun des mouvements de la lame. Du sang coulait sur son bras, mais il ne ralentissait pas. Puis il refit le geste qui avait tué le jeune homme.

L'homme tomba sans un cri et ses yeux déments se refermèrent.

Jake s'écroula à genoux. Sabrina sauta de la barrière et courut vers lui.

— Oh mon Dieu, Jake, tu n'as rien ? dit-elle d'une voix effrayée.

Ils parvinrent à franchir la barrière à temps pour voir les voitures de police cahoter dans la neige fondue. Adossés à un abreuvoir, ils attendirent. Le bétail suivait la clôture derrière eux, réclamant bruyamment du fourrage. Les animaux ne semblaient pas affectés par la bagarre.

Contrairement à elle.

— Tu saignes. Est-ce que Kyle peut toujours t'entendre ?

— J'ai perdu l'oreillette au premier coup de poing. Elle doit être quelque part dans la boue.

Jake saisit les mains qu'elle avait posées sur ses bras.

— Seigneur ! J'ai cru que tu étais morte. J'ai cru qu'il t'avait tiré dessus.

Il lui prit le visage entre ses longs doigts, qu'elle recouvrit de ses propres mains.

— Je ne sais pas où tout ça mène, Sabrina, mais je ne veux pas que ça se termine.

— C'est de la folie, Jake. Nous nous sommes rencontrés hier matin seulement. Ce n'est pas parce que nous avons eu un intermède sexuel que tu dois t'engager.

— Vous quoi ? demanda Kyle Wilder qui venait d'approcher. Alliez-vous embrasser le témoin, Inspecteur Craig ?

Ils se séparèrent.

Un agent apporta une trousse de secours pour soigner le bras de Jake, et Kyle entraîna Sabrina sur le chemin.

— Ça va compliquer l'affaire si vous avez une liaison avec l'inspecteur.

— Nous nous connaissons à peine.

Elle n'y croyait pas elle-même. Il y avait bien quelque chose entre eux. Ou bien étaient-ce seulement des circonstances atténuantes ?

— Tant mieux, parce qu'une liaison avec une suspecte constituerait un mauvais point de plus dans son dossier.

Kyle avait baissé la voix pour que les autres ne l'entendent pas.

— C'est stupide de penser que nous avons une liaison. Je ne l'ai rencontré qu'hier.

Peu importait ce qu'elle ressentait. Après tout ce que Jake avait fait pour elle, elle ne voulait pas qu'il ait des ennuis pour l'avoir embrassée — ou avoir couché avec elle.

Kyle la guida vers une voiture sur le départ.

— Montez, Sabrina.

Devant son hésitation, il resserra la main sur son bras.

— Vous n'avez pas le choix.

— Pourquoi l'arrêtent-ils ? Vous avez dit…

Elle se dégagea et fit un pas en direction des agents qui escortaient Jake vers une autre voiture.

— On nous arrête tous les deux ?

Kyle lui prit de nouveau le bras et referma une menotte autour de son poignet.

— On m'a ordonné de vous mettre sous protection en dehors d'Amarillo. C'est vous qui allez conduire ces ordures devant un tribunal. Maintenant, montez en voiture.

Elle voulait expliquer à Jake ce qu'elle ressentait.

— Je ne peux pas lui parler une minute ?

— Vous devez faire des dépositions séparées. Je ne peux pas non plus vous permettre de voir vos parents.

— Je… Je ne comprends pas, Kyle.

Cette affaire de blanchiment a des proportions énormes. Ils sont en train de tout liquider. Mes hommes ont trouvé Griffin chez lui, une balle dans la tête. Ils essaient de vous tuer depuis six mois, vous croyez qu'ils vont cesser maintenant ?

— Et si je refuse ? Je veux dire, Jake a fait un boulot fantastique pour me protéger et…

— Sera-t-il capable de protéger votre famille ? Et s'il devait aller en prison pour le vol des pièces à conviction ?

— Si je vais avec vous, il sera innocenté ?

Kyle hocha la tête. Elle monta en voiture et il referma la portière.

La protection de la police lui faisait encore plus peur que

le couteau de Larry, qu'elle sentait encore sur son cou. Mais pourquoi ? Elle n'avait aucune raison de ne pas faire confiance à Kyle. Ce qui l'inquiétait, c'était de ne pas pouvoir voir sa famille.

Et de ne pas pouvoir dire à Jake combien il comptait pour elle.

Mais elle pourrait l'innocenter et s'assurer qu'il récupère son travail. C'était le moins qu'elle puisse faire pour le Marine qui l'avait défendue avec tant d'ardeur.

Assis à l'arrière de la voiture de patrouille, furieux, Jake ne put que regarder Kyle Wilder emmener Sabrina.

Puis un agent le conduisit au commissariat et le fit entrer dans une salle d'interrogatoire. Il aurait beaucoup d'explications à donner à son capitaine et à la police de Wichita Falls et, là tout de suite, à un représentant du détachement spécial tiré à quatre épingles.

Après s'être roulé dans le parc à bétail, Jake puait littéralement. Le seul morceau de tissu propre sur lui, c'était le bandage qu'on lui avait appliqué sur le bras.

— Inspecteur Craig, l'Etat du Texas souhaite vous remercier pour votre aide. Je vais prendre votre déposition et organiser votre retour à Dallas.

L'homme posa un bloc-notes et un stylo devant lui. Se redressant à demi, Jake jeta un regard appuyé au policier qui faisait tous ces efforts d'amabilité.

— Où est Sabrina Watkins ?

— Miss Watkins n'est plus à Amarillo. Elle a été placée sous protection.

Protection ?

— Quand pourrais-je la voir ?

Jake se rassit, contenant une fureur croissante.

— Je l'ignore. Et même si je le savais, je ne pourrais pas vous le dire, Inspecteur.

— Où est mon chien ?

— Pardon ?

Jake connaissait la chanson, il l'avait poussée lui-même bien trop souvent. La seule chose qui les intéressait, c'était qu'il fasse sa déposition aussi vite qu'il pouvait écrire. Il repoussa le bloc-notes.

— Quand nous avons atterri, Kyle Wilder a laissé mon chien Dallas à un agent. Il est peut-être à la fourrière maintenant, pour ce que j'en sais. Et ça ne va pas se passer comme ça. Je ferai une déposition quand vous aurez trouvé mon chien.

Le chien de Sabrina, qu'il garderait jusqu'à ce qu'elle revienne. Il croisa les bras derrière la tête. Le sparadrap tirait sur sa peau, mais il garda une mine impassible.

— Pas la peine de secouer la tête comme si je n'étais pas en position d'exiger. Trouvez-moi mon chien. Et apportez-moi un hamburger, je suis affamé.

L'agent ramassa le stylo et le papier et sortit. Dix minutes plus tard, Dallas franchit la porte d'un bond.

— La voilà, ma petite chérie.

Au moins l'une d'entre elles.

Quand le moment serait venu, il demanderait à voir Sabrina. Et si ce n'était pas possible, il était certain qu'en gardant le chien, il finirait par la revoir.

25

Sabrina était aussi agitée qu'une douzaine de chihuahuas, et cela n'avait plus rien à voir avec son témoignage au procès.

Affronter Jake après cinq longs mois lui paraissait plus difficile que de marcher sur une route enneigée un revolver pointé sur la tête.

Et puis, ce jour-là, elle savait que Jake viendrait à sa rescousse.

Aujourd'hui, elle ignorait comment il allait réagir en la voyant réapparaître sans tambour ni trompette.

Avec ces collines ondulantes en toile de fond, la maison ne ressemblait en rien au deux-pièces de Jake à Dallas.

— Voilà, c'est maison. Je vous attends, si vous voulez, dit M. Soku, le chauffeur, avec un fort accent japonais.

Elle avait eu tout le temps de lui faire part de ses craintes concernant sa visite à l'improviste.

— Finalement, j'ai changé d'avis. Vous pourriez faire demi…

Un aboiement familier l'arrêta. Dallas. Elle n'avait pas besoin de voir le chien pour savoir qui l'accueillait ainsi.

— Je vous appellerai quand je serai prête à partir. Ce sera peut-être dans cinq minutes.

— Je ne serai pas loin, Miss Sabrina. Bonne fortune à vous. Je vous souhaite chance et heureux commencement.

— Merci beaucoup, M. Soku.

Elle paya la course et descendit de voiture par la portière qu'il lui ouvrait. Puis, tandis qu'il repartait, elle s'immobilisa dans la rue déserte.

Dallas aboya derrière la clôture. Au coin de la rue, M. Soku klaxonna et, par la vitre entrouverte, lui fit signe d'avancer.

Elle avait peur. Et si Jake lui fermait sa porte ? Un véhicule tourna le coin de la rue et elle dut dégager le passage. Il n'y avait pas de trottoir, aussi elle gagna vivement l'allée qui menait à la véranda.

Une porte claqua. Elle voulut se retourner, mais elle ne put que fixer la sonnette avec une sensation de paralysie. Si elle tournait les talons, elle ne reviendrait pas.

Poule mouillée.

Elle pressa la sonnette et attendit. Il y eut des grattements, des aboiements et quelques gémissements derrière la porte.

— Je peux vous aider, Madame ? demanda une voix grave et sexy derrière elle.

Nom d'un chien, que cette voix lui avait manqué ! L'entendre de nouveau fit frémir ses entrailles de bonheur.

— Bonjour, Jake.

Main tendue, elle se retourna pour le saluer, espérant qu'il ne la renverrait pas. Pourrait-elle rattraper M. Soku en courant, dans cette robe moulante et ces hauts talons ? Les cinq minutes étaient-elles passées ?

Le Marine devenu inspecteur des Homicides, puis enquêteur d'Etat, déglutit et regarda autour de lui, comme s'il était gêné de la voir sur son perron.

— Je ne t'ai pas reconnue en blonde, dans cette… Quelle robe extraordinaire, Sabrina. Qu'est-ce que tu fais ici ?

— Je suis désolée. J'aurais dû t'appeler.

Elle redescendit une marche. Les petits cris derrière la porte et l'air de confusion de Jake lui brisaient le cœur.

Il tendit la main et la referma sur son bras nu. Il faisait une chaleur torride et quelques minutes au soleil avaient suffi à la faire transpirer. Mais le contact de Jake fit courir des flammes sur le moindre centimètre de sa peau.

— Attends. On m'a dit que tu venais voir Dallas.

Elle était venue de très loin pour voir *Jake*. Elle avait passé des mois à s'interroger et à débattre avec elle-même. Elle recula à l'ombre du porche et chercha ses yeux noirs.

— Tu as l'air en pleine forme, Jake.

Celui-ci ouvrit sa porte et ignora Dallas jusqu'à ce qu'elle s'assoie devant lui.

— Bonne chienne. Tu as faim ?

La chienne faisait deux fois la taille qu'elle avait cinq mois auparavant. Toute en pattes, elle bondit sur Sabrina, avant de suivre Jake en dérapant sur le parquet.

Persuadée d'avoir commis une erreur en venant, Sabrina resta dans le hall d'entrée, ne sachant que faire d'elle-même. Jake et elle n'avaient pas passé plus de deux jours ensemble. La vie de Jake avait suivi son cours, tandis que la sienne avait été mise entre parenthèses dans le programme de protection des témoins.

Jake passa la tête au coin du couloir.

— Tu viens ?

— Ta maison est très belle.

— J'ai fait une bonne affaire. Les propriétaires s'installaient dans une maison plus petite et ils ont laissé pas mal de meubles. Et puis Dallas avait besoin d'un jardin.

Il versa des croquettes dans une gamelle.

— Allez, ma jolie. Tu connais la chanson. Assise.

Le labrador obéit et balaya le sol de sa longue queue.

— Vous avez l'air de bien vous entendre. Je suis heureuse que tu l'aies gardée.

Le visage de Jake se plissa de perplexité.

— Tu croyais que j'allais l'abandonner ?

— Non.

Elle secoua la tête, priant pour qu'il lui offre une deuxième chance. Si elle ressortait en courant et qu'il lui ouvrait de nouveau la porte, peut-être pourrait-elle prononcer le discours qu'elle avait répété toute la matinée dans l'avion. Jake caressa Dallas et se redressa, obligeant Sabrina à se tordre le cou pour le regarder dans les yeux.

— J'avais oublié combien tu es grand. Tu as complètement récupéré ?

Elle pivota sur elle-même dans le mouvement tournant de sa robe. Elle ne reviendrait pas et elle ne le verrait plus jamais. C'était au-dessus de ses forces.

Elle ne se souvint de ses talons aiguilles qu'au moment où son pied cédait, et elle s'écroula dans les bras de Jake. Plus vif que l'éclair, il la déposa sur une chaise de cuisine.

Deux secondes plus tard, il lui faisait face en haussant un sourcil, de l'autre côté de la table.

Le soldat qui avait tout risqué pour elle et sa famille refit surface quand il jeta une enveloppe sur la table.

— J'ai reçu les papiers. Tu as entamé une procédure pour la garde partagée de Dallas ? Tu es venue me la reprendre ?

— Quoi ? Je n'ai pas… Je plaisantais, en disant ça. Je ne te la prendrai jamais, Jake, elle est à toi, maintenant.

Elle adorait la chienne qui avait provoqué leur rencontre, mais elle aimait plus encore Jake.

— Je n'ai jamais eu l'intention de te l'enlever. J'ai eu un entretien bizarre avec un avocat, mais je ne suis pas allée jusqu'au bout. Je voulais me servir de cette histoire pour briser la glace… pas pour bloquer la situation.

— Alors c'était une plaisanterie ?

— Ils n'auraient rien dû faire du tout.

— Alors c'est différent. Tu peux passer autant de temps que tu veux avec elle, tu sais. Chaque fois que tu viens.

Il fourra les mains dans ses poches en voûtant les épaules.

Sabrina se leva en chancelant sur ces stupides talons hauts. Elle s'en débarrassa d'un coup de pied et se pencha vers la chienne.

Dallas enfouit son museau dans sa main, en quête d'affection. Soudain, ce fut comme si elles n'avaient jamais été séparées.

Si seulement l'amour entre humains avait été aussi simple !

— En fait, je suis venue te dire que j'avais tort.

— A propos de quoi ?

Jake fourragea dans ses cheveux et se gratta le menton.

Sabrina agrippa le bord de la table, sachant ce qui allait suivre : une bouffée de nostalgie. Ce simple geste lui avait mis les jambes en coton.

— Zut, Jake. Pas la peine de tourner autour du pot. Je voulais te voir. Tu m'as manqué.

— Et Dallas aussi, ne l'oublie pas.

Il la taquinait. L'étincelle était de retour dans ses yeux.

— Vous m'avez manqué tous les deux. J'ai eu envie de t'appeler plus d'une fois, mais le procureur ne me laissait pas faire.

— Je ne savais pas s'il fallait te contacter. La dernière fois que nous nous sommes vus, tu as dit à Wilder que nous ne nous connaissions pas et que c'était stupide de penser que nous avions une liaison. Ce sont tes paroles, pas les miennes.

— J'ai dit ça pour que tu n'aies pas d'ennuis. Et j'avais tort de toute façon. Ces deux jours ensemble m'ont aidée à supporter les cinq derniers mois.

Les doigts de Jake essuyèrent une larme sur sa joue, et il la prit dans ses bras.

Ce geste lui donna des frissons et la réchauffa en même temps. Aucun homme ne lui avait jamais fait cet effet. Ses lèvres étaient toutes proches… alors elle l'embrassa. Sa bouche était fraîche et sentait le thé glacé et le citron. Jake la serra plus fort.

Dallas gémit et sauta sur eux. Ils s'interrompirent et se mirent à rire.

— Pas besoin d'être jalouse, ma jolie, dit Sabrina en caressant son poil noir et frisé.

— J'ai eu envie de faire ça dès que je t'ai vue dehors, dit Jake dans ses cheveux.

— Je croyais que tu ne me reconnaîtrais pas.

Il braqua ses yeux sombres sur les siens.

— Je te reconnaîtrai dans une foule à une centaine de mètres. Je n'arrivais pas à croire que tu étais enfin là.

Jake se débarrassa de sa veste et composa un numéro sur son portable.

— Il faut que j'envoie un SMS pour annuler un rendez-vous ce soir. Tu vois, une fille un peu piquée m'a conseillé de faire une thérapie.

— Pas du tout. J'ai seulement dit que Charlie avait aidé mon oncle à s'en sortir.

— Il ne m'a pas fallu longtemps pour comprendre le bien que me faisait Dallas. Maintenant, je fais du bénévolat dans une association qui aide les vétérans à choisir un animal domestique.

Il lui fit face en se passant les mains dans les cheveux. Un signe certain de nervosité chez lui. Elle le connaissait à peine et, en même temps, le connaissait si bien.

— Sabrina, le temps que nous avons passé ensemble…

Il lui prit la main et se mit à dessiner du pouce ces cercles concentriques qui la rendaient folle de désir.

— Ç'a été les meilleures heures de ma vie. Tu m'as manqué chaque minute, depuis.

Il lui prit le menton et lui adressa un sourire ravageur.

— Tu pleures de nouveau, et je ne suis pas encore arrivé au meilleur, murmura-t-il contre ses lèvres.

En effet, des larmes coulaient au coin de ses yeux.

— Le meilleur ?

— Je sais que c'est un peu tôt, et je te laisserai tout le temps dont tu as besoin. Mais j'ai complètement craqué quand tu es entrée dans ma vie. Et la séparation n'a réussi qu'à me convaincre que je t'aime.

Ses lèvres fondirent sur les siennes, les emprisonnant. Il l'enveloppa étroitement dans ses bras et la serra tendrement contre lui. Puis il taquina et dévora ses lèvres jusqu'à ce que Dallas leur saute de nouveau dessus.

— Aucun doute, c'était le meilleur.

Sabrina posa la joue contre la poitrine de Jake.

— C'est ce que je suis venue te dire. Je t'aime. Je croyais être dingue. Je n'arrêtais pas de me dire que ça ne pouvait pas être vrai, que c'était trop tôt, ou que c'était juste une de ces idylles-éclairs suscitées par les circonstances.

— Moi aussi.

Il la serra davantage et lui chatouilla le cou de son haleine.

— Je me disais que nous finirions par nous revoir. Mais la police nous a séparés à Amarillo et ensuite les autorités fédérales m'ont menacé pour que je ne compromette pas davantage l'affaire. Ils m'ont offert un poste à la Commission des Paris du Texas. Je ne pouvais pas refuser.

— J'avais tellement envie de t'appeler. Kyle Wilder m'a certifié qu'on me donnerait ton adresse après mon témoignage. Le procureur m'a placée dans un programme de protection. J'ai été enfermée dans une maison au milieu de nulle part. A côté, Amarillo faisait figure de métropole. J'ai eu beaucoup de temps pour penser. Mais mes sentiments pour toi n'ont pas changé.

— Le procureur ne cessait de répondre que je ne pouvais pas te voir. Et quand j'ai appelé ton oncle, le mois dernier…

— Tu as parlé à Jerry ?

— Oui, mais il n'en savait pas plus. Il m'a dit que la famille avait reçu une lettre de toi, mais qu'il ignorait où tu étais.

— Une lettre sans détails, c'est tout ce qu'ils m'ont permis.

— Je ne l'aurais pas cru si on m'avait dit que je craquerais aussi vite et aussi fort. Ou que tu me manquerais avant même qu'on se soit dit au revoir. Mais c'est ce qui s'est passé…

Sa voix s'éteignit tandis qu'il lui mordillait le cou.

— J'espère que tu vas rester quelque temps. Une semaine ou deux ? Je les ai avertis que je me mettrai en congé dès que je t'aurais retrouvée.

Ses lèvres brûlantes laissèrent une traînée incandescente sur sa peau. Sabrina recula la tête pour voir ses yeux refléter son propre désir.

— Et quant à ta demande de garde partagée…

Il s'interrompit pour l'embrasser et faire courir ses doigts sur sa peau nue.

— Si tu veux voir Dallas, tu dois nous supporter tous les deux, c'est à prendre ou à laisser. Viens vivre avec moi.

Il la souleva dans ses bras et la fit tourbillonner en riant.

— Ça me paraît une très bonne affaire.

Elle embrassa les sourcils qui lui avaient tant manqué.

— Rappelle-moi d'appeler M. Soku, à la compagnie de taxis. Il m'a souhaité bonne chance. Je veux lui dire que ça a marché.

HELENKAY DIMON

Protection inattendue

Traduction française de
EMMANUEL PLISSON

BLACK ROSE

HARLEQUIN

Titre original :
RUTHLESS

Ce roman a déjà été publié en 2014.

1

Kelsey Moore saisit un plateau de croissants et de pâtisseries à la crème et entreprit de compter combien il lui en restait avant le coup de feu de la fin de matinée. A 10 heures du matin, il était encore trop tôt pour sortir les sandwichs. Elle devait donc proposer le petit déjeuner pendant encore une heure. Ce serait difficile si une horde de touristes équipés de sacoches bananes et de T-shirts identiques débarquait.

Elle n'allait pourtant pas se plaindre. La saison touristique battait enfin son plein à Annapolis, Maryland, comme en témoignaient l'afflux de bus à étages et le cruel manque de places de stationnement dans les rues. Les touristes se pressaient pour visiter les boutiques de curiosités, découvrir l'Académie navale à quelques rues de là et flâner près des docks de la ville, que les riverains surnommaient « Port Moi-Je » pour souligner l'incroyable nombre de yachts de luxe qui y paradaient.

Son salon de thé, Café Porcelaine, occupait une place de choix sur la rue principale, à mi-chemin entre le port et la mairie. Elle aurait aimé pouvoir se vanter d'avoir eu du flair en achetant cette maison de ville étroite à un étage, mais cet honneur revenait en réalité à sa tante qui y avait tenu pendant des années un salon de thé doublé d'une mercerie.

Lorsqu'elle avait hérité de ce commerce, Kelsey s'était empressée d'abandonner la mercerie, car elle était tout bonnement incapable de recoudre un simple bouton, et bien plus encore de tricoter ou de broder. Elle avait préféré proposer un menu pour les déjeuners, exposer des artistes locaux sur les murs et décorer la pièce de bibliothèques et de nouvelles banquettes. Malgré la crise économique, sa boutique lui rapportait assez pour vivre et s'assurer une clientèle fidèle que ne séduisaient pas les grandes enseignes et les chaînes de fast-food. Pas vraiment de quoi devenir riche, mais suffisamment pour payer les factures… la plupart du temps.

A l'aide de ses pinces, elle arrangea dans la vitrine les deux derniers beignets et le reste des croissants au chocolat. Environ la moitié des tables étaient prises, la plupart par des clients plus occupés à tapoter sur leur ordinateur portable qu'à déguster quoi que ce soit. Néanmoins, on entendait çà et là des couverts s'entrechoquer, et le bourdonnement des conversations se mêlait à la musique des haut-parleurs.

Cette ambiance à la fois affairée et détendue lui convenait à merveille. Kelsey aimait être affairée, s'occuper des clients et rester concentrée en permanence. Après deux ans de pratique, elle savait comment garder un œil sur l'étudiant qui préparait les *lattes* — celui de cette année s'appelait Mike — et l'autre sur Lindy, la nouvelle lycéenne qui, à vrai dire, passait plus de temps à flirter en tirant sur l'ourlet de sa minijupe qu'à essuyer les tables.

Si Kelsey avait eu un troisième œil, elle l'aurait braqué sur la porte, car c'était le moment. Depuis deux semaines, c'était toujours à cette heure-ci qu'*il* arrivait.

Dès qu'il entrerait, il la chercherait du regard. Les coins de sa bouche se relèveraient avec ce sourire à vous couper le souffle et, dans le ventre de Kelsey, il y aurait ces papillons qui la faisaient se sentir plus jeune que Lindy, comme si elle avait quinze ans au lieu de vingt-six.

Le simple fait de penser à lui suffisait-il à le faire apparaître ? En tout cas, la clochette de l'entrée retentit à cet instant. Kelsey leva les yeux… et le découvrit, fidèle au poste. Il retenait la porte pour une famille qui sortait du salon. Avec son mètre quatre-vingts et ses larges épaules, il était du genre à faire se retourner les femmes sur son passage. Il avait les cheveux d'un blond cendré et ses yeux — Kelsey le savait pour les avoir observés à la dérobée lors de leurs précédentes rencontres — hésitaient entre le vert et le noisette.

Avec le jean délavé et le T-shirt gris moulant, elle pouvait imaginer sans peine à quoi ressemblait son torse, même sans l'avoir jamais vu. A vrai dire, elle laissait vagabonder son imagination peut-être un peu plus que de raison dans cette région de son anatomie…

De la tête, le nouveau venu salua la tablée de sexagénaires qui le dévisageaient ouvertement en gloussant ; mais il garda pour Kelsey le geste de la main et le sourire à tomber.

Elle agrippa le plateau un peu plus fort, de crainte de le laisser choir.

— Salut !

— Bonjour. Tout va bien ? demanda-t-il en se postant face à elle de l'autre côté du comptoir.

— Jusqu'ici, oui. Et vous ?

Le couple qui se tenait sur la gauche était en train de demander à Mike la composition exacte du caramel macchiato, ce qui laissait à Kelsey quelques instants de plus avec Paxton.

Paxton… C'était un prénom inhabituel, ce qui ajoutait encore à son charme. Quelques jours plus tôt, une file d'attente plus longue que la normale lui avait offert l'occasion de lui demander son nom. Le fait de diriger le magasin avait ses avantages…

— Je ne veux pas vous effrayer, mais j'ai vu arriver dans le coin une horde de touristes, et ils se dirigent droit vers ici.

Elle aimait bien bavarder avec lui de tout et de rien, mais pas au point d'en oublier les affaires.

— Espérons qu'ils auront soif !

— Dans ce cas, je suis bien content d'être arrivé ici tant qu'on peut encore s'asseoir.

Comme toujours, il s'appuya contre le comptoir.

Entre sa légère claudication et ses cheveux ras, il avait tout l'air d'un militaire, peut-être de retour d'une mission à l'étranger. Certes, le fait de vivre près d'une base navale pouvait pousser à ce genre de déductions ; mais Kelsey était confortée par la silhouette athlétique, les bras musclés et le tatouage en forme de lierre que l'on devinait sur son épaule, sous la manche du T-shirt. Militaire ou non, il dégageait quelque chose de dangereux — dangereux en tout cas selon le principe de Kelsey de ne pas mélanger travail et plaisir.

Elle tenta de trouver quelque chose d'intéressant à dire, mais rien ne lui vint. Un peu dépitée par son propre manque de repartie, elle posa un plateau devant elle.

— Je vous sers la même chose que d'habitude ?

Avec un geste en direction de la vitrine, il répondit :

— Oui, et ajoutez-y ce qui vous reste ou qui ne se vend pas ce matin.

Comme si elle n'avait pas déjà le béguin pour lui…

Elle se dirigea vers le percolateur pour préparer un café. Au même moment, la clochette de la porte retentit de nouveau. Kelsey jeta un coup d'œil derrière le comptoir et se rendit compte qu'elle allait devoir aller chercher de nouvelles tasses en plastique dans la réserve, car il n'en resterait plus qu'une lorsqu'elle aurait servi Paxton.

Un groupe d'adolescentes entra. Elles parlaient trop fort et n'avaient d'yeux que pour l'écran de leur téléphone portable. Kelsey leur lança un regard courroucé avant d'épier en douce les deux hommes qui venaient d'entrer à leur suite.

Costumes noirs, mines patibulaires. Ils la fixaient, elle. Elle les prit d'abord pour des politiciens, mais l'Assemblée générale du Maryland n'était pas en session actuellement. Ce qui laissait deux possibilités : ils étaient soit juristes, soit fonctionnaires du gouvernement. Que ce soit l'un ou l'autre, ils la dévisageaient avec une telle intensité qu'elle détourna le regard.

Devant elle, Paxton se racla la gorge.

— Tout va bien ?

Elle reporta les yeux sur lui. Tout comme sa voix devenue soudain rauque, son visage exprimait une sollicitude authentique. Kelsey se força à sourire, espérant paraître rayonnante.

— Absolument.

Elle referma la tasse de café au moyen d'un couvercle de plastique et se mit à chercher du sucre pour Paxton sans pouvoir s'empêcher de regarder à la dérobée les deux nouveaux venus. Elle tentait de ne pas se laisser inquiéter par le fait que les deux hommes en costume avançaient vers elle sans se parler et sans le moindre regard pour les menus au-dessus de sa tête.

Elle posa le plateau devant Paxton, avec un geste plus brusque qu'elle ne l'aurait voulu. Le choc du plastique contre la céramique attira l'attention de Mike et de Paxton en même temps. Avant qu'elle n'ait eu le temps de murmurer une excuse, Paxton avait posé la main sur la sienne — et sa chaleur se communiqua instantanément à elle.

— Vous devriez peut-être vous asseoir…

— Je vais bien.

Bien ? Non. Elle était inquiète. Les deux nouveaux venus n'avaient rien dit ou fait de réellement suspect, mais leur simple présence suffisait à la mettre mal à l'aise.

— Je peux vous accompagner dehors quelques instants.

— Je vous assure, tout va bien.

A vrai dire, elle voulait simplement que ces hommes s'en aillent, et la meilleure façon pour cela était de les servir. Ils se tenaient maintenant juste derrière Paxton, en partie masqués par ses larges épaules et, sans qu'elle puisse expliquer pourquoi, Kelsey aurait souhaité qu'ils s'éloignent également de lui.

Sans paraître convaincu, Paxton se redressa pour tirer son portefeuille de sa poche.

— Si vous en êtes certaine…

— Absolument. Et c'est la maison qui offre, aujourd'hui.

Elle poussa le plateau dans sa direction et s'adressa à ses deux visiteurs avant que Paxton n'ait eu le temps de lui répondre.

— Que puis-je pour vous, messieurs ?

L'espace d'un instant, ils demeurèrent muets. Finalement, le plus grand des deux, celui qui se tenait sur la gauche, daigna répondre.

— Euh… un café noir. A emporter.

— Chacun ?

Comme il semblait perplexe, elle reformula sa question :

— Vous voulez deux cafés noirs ?

Paxton ne bougea pas de devant le comptoir, et les hommes ne firent pas mine d'avancer. Ils ne le regardaient même pas. Lui, en revanche, les dévisageait du coin de l'œil, comme s'il tentait de graver leurs traits dans sa mémoire.

— Non. Un seul café, répondit le plus grand des deux visiteurs, laconique.

Inhabituel… mais pas inquiétant pour autant. C'est en tout cas ce que se dit Kelsey en se tournant vers le percolateur.

A l'endroit où quelques secondes plus tôt se trouvait le dernier gobelet, elle ne vit rien. Un coup d'œil vers Mike lui apprit pourquoi : il venait de servir un client.

Elle aurait pu lui demander d'aller en chercher d'autres dans la réserve, mais elle se sentait si oppressée qu'elle préféra s'en charger elle-même. Elle mourait d'envie de respirer un grand coup, et mieux valait le faire hors de la vue des clients. Elle leva un doigt en un geste d'excuse.

— Je reviens dans un instant.

Avant que les deux hommes n'aient eu le temps de protester, elle tourna les talons pour se diriger, de l'autre côté du comptoir, vers la porte étroite ornée du panneau « privé » qui donnait sur un petit couloir. Elle dépassa l'entrée de son bureau, puis celle de la réserve, pour se diriger droit vers la sortie de secours.

Elle dut s'y reprendre à deux fois pour faire jouer la barre de sécurité de la lourde porte métallique. Enfin, elle déboucha à l'air libre. La chaleur moite de la matinée lui fit l'effet d'être entrée dans un sèche-cheveux géant.

Les yeux fermés, elle se força à compter jusqu'à dix pour se calmer. Elle était trop émotive. C'était devenu une constante chez elle. Depuis que son frère avait cessé de communiquer avec elle, son esprit lui jouait des tours : elle s'effrayait d'un rien, et la moindre bizarrerie lui faisait peur. La nuit dernière, elle avait aperçu un homme sur le trottoir devant chez elle ; il était resté quelques instants immobile, et elle en avait immédiatement déduit qu'il la surveillait. Comme si sa vie était devenue un étrange film d'action.

Dix. Elle laissa s'échapper un profond soupir. Il était temps de retourner au travail.

D'autant plus qu'avec la porte ouverte, la climatisation devait tourner à plein régime, et sa facture risquait fort de s'en ressentir. Elle retourna dans le couloir et tira le lourd panneau métallique derrière elle. Celui-ci bougea avec un grincement sinistre. C'était la même chose tous les jours : la porte pesait une tonne, et la refermer était un vrai calvaire. Mais Kelsey n'avait pas le choix : si elle restait plus d'une minute loin du comptoir, Mike risquait fort de s'asseoir à une table pour jouer avec son ordinateur au lieu de travailler.

Cette idée la fit sourire. Par-dessus son épaule, elle jeta un regard vers la salle, à l'autre bout du couloir.

Un des deux hommes se tenait face à elle.

Son sourire disparut immédiatement. La haute silhouette de l'intrus s'interposait entre elle et le salon de thé, occupant tout l'espace de façon menaçante.

Abandonnant l'idée de refermer la porte de secours, elle se tourna vers l'indésirable pour lui lancer la première chose — la seule ! — qui lui vint à l'esprit :

— Vous n'avez pas le droit d'être ici.

En quelques pas, l'homme franchit la distance qui les séparait pour se planter devant elle, si près qu'il aurait pu la toucher. Néanmoins, il conserva les mains dans son dos.

— Nous allons sortir par la porte qui se trouve derrière vous.

Nous ? Aucune chance.

— Hors de question.

— Je ne plaisante pas.

Il laissa retomber les bras le long de son corps.

C'est alors qu'elle aperçut l'arme dans sa main. Instantanément, la peur la paralysa.

— Je vais hurler.

— Pour mettre en danger tous ceux qui se trouvent dans le salon de thé ? Je ne crois pas, non.

Retrouvant ses esprits, Kelsey fit volte-face pour se précipiter en direction de la porte de secours. Mais, au même moment, celle-ci s'ouvrit à la volée, et la silhouette massive du deuxième inconnu s'encadra sur le seuil. Elle allait laisser s'échapper le hurlement qui montait de sa poitrine quand l'homme derrière elle la saisit et plaqua une main sur sa bouche.

Elle rua et se débattit, lançant des coups de pied et des coups de coude en arrière dans l'espoir de se libérer de son emprise. L'homme la souleva sans ménagement pour la retenir contre lui.

— Un cri et nous tuons tout le monde dans la salle.

Son souffle chaud lui fouetta le visage, et un jet de bile âcre remonta dans la gorge de Kelsey. Son cerveau fonctionnait à toute allure, cherchant toutes les solutions qui s'offraient à elle pour sauver sa vie et celle de tous ceux qui se trouvaient dans le salon de thé.

Hurler ? S'enfuir ? Se battre ? Surtout, il ne fallait pas laisser ces deux hommes l'entraîner avec eux. C'était ce qu'elle avait appris lors des cours d'autodéfense que proposait le commissariat du quartier. Mais elle devait pourtant sortir de ce couloir menaçant.

Pour gagner un peu de temps, elle hocha la tête pour montrer qu'elle comprenait. Mais, au lieu de se relâcher, la prise de l'homme se fit plus étroite, et son bras noueux se resserra autour de son cou, menaçant de l'étouffer. Elle se mit à lui griffer l'avant-bras, dans une tentative futile de lui faire lâcher prise avant qu'elle ne puisse plus respirer.

L'autre individu, le plus grand, désigna la porte de secours :

— Sortons-la d'ici avant que le gamin ne se rende compte de son absence et ne se mette en tête de jouer les héros.

Mike.

Paxton.

Des images d'eux, puis de tous les innocents qui se trouvaient dans le salon de thé, lui vinrent à l'esprit. Les deux hommes se mirent en marche. Elle résista de son mieux, en traînant les pieds et en cherchant du bout des doigts sur le mur une prise où s'accrocher. Ses ongles grinçaient contre la vieille peinture, mais rien ne pouvait arrêter l'homme qui l'entraînait avec lui.

Elle inspira profondément pour rassembler ses forces avant de décocher un coup de pied féroce dans le tibia de son ravisseur. Avec satisfaction, elle sentit son talon cogner vicieusement contre l'os. Tout en jurant, l'homme s'immobilisa et la plaqua brutalement contre le mur.

Le visage de Kelsey percuta la cloison et elle entendit un craquement sinistre dans son nez. Une douleur insoutenable se répandit dans son crâne. Le monde se mit à tourner autour d'elle, et elle laissa échapper une plainte aiguë.

Elle devait respirer, sans quoi elle risquait de perdre connaissance. Elle s'arc-bouta pour libérer son visage, et se retrouva avec la joue collée contre le mur — ce qui s'avéra tout aussi atroce. La douleur était si intense qu'elle avait l'impression que son corps allait se disloquer, ou peut-être imploser.

Puis, d'un seul coup, la pression disparut. Le changement fut si soudain qu'elle en eut un étourdissement ; elle glissa sur le sol. Tandis qu'elle tombait, elle perçut du coin de l'œil un éclair gris.

Apparemment débarrassé de sa claudication, Paxton venait de s'encadrer dans la porte de secours. Il bougeait à la vitesse de l'éclair. Son corps était affûté comme une arme de précision. D'un coup de coude à la tempe, il envoya le plus petit des deux agresseurs cogner contre le mur. L'homme s'effondra comme une masse, sans un bruit.

Quelque chose passa en sifflant devant le visage de Kelsey. Tournant la tête, elle aperçut Paxton, bras tendu devant lui, une expression de fureur sur le visage. Il fixait le plus grand des deux hommes — qui à présent reculait en titubant. Juste avant qu'il ne tombe à genoux et ne lâche son revolver, elle vit une large tache pourpre se former au niveau de son estomac.

C'est seulement alors qu'elle aperçut le couteau qui pointait de son abdomen, avec un angle étrange. Soudain, l'homme s'affala par terre et ne bougea plus.

Tout s'était passé en un éclair, songea Kelsey, et avec moins de bruit que si elle avait déplacé des cartons. A moitié consciente, elle sentit peu à peu la tension diminuer autour d'elle. Des sons étouffés lui parvenaient. Il lui sembla que quelqu'un parlait.

Avec difficulté, elle pivota la tête en direction de Paxton. Elle le vit ramasser l'arme de son agresseur, la pointer sur sa tempe… avant de le frapper d'un coup de crosse.

Paxton parlait bel et bien, mais sans la regarder. Le cerveau de Kelsey semblait refuser de comprendre les mots qu'il disait. Enfin, il braqua les yeux sur elle, et le pli amer au coin de sa bouche disparut. Avec une grimace, il tomba à genoux à son côté.

— Tout va bien ? demanda-t-il, le visage tout près du sien.

Le calme dans sa voix la rasséréna un peu ; elle répondit par la vérité :

— Non.

Il parcourut son corps du regard.

— Vous êtes blessée ?

— Je ne crois pas, non.

Elle ferma les yeux pour empêcher la pièce de tourner autour d'elle ; mais, très vite, elle les rouvrit, soudain consciente de l'endroit où elle se trouvait. Elle voulut se redresser, espérant que ses jambes voudraient bien la soutenir.

— Mes employés, et les clients…

Avec délicatesse, Paxton posa la main sur son genou pour l'empêcher de bouger.

— Tout le monde va bien. En fait, ils ignorent même que quelque chose s'est produit ici.

Mais… le bruit ? Les claquements de porte ? Les cris et les gémissements ? Rien de tout cela ne cadrait avec la tranquille assurance de l'homme qui se tenait devant elle.

— Comment est-ce possible ?

— J'ai besoin d'une équipe et peut-être d'un médecin, annonça-t-il, comme à la cantonade.

Pourtant, il n'y avait personne autour d'eux. Paxton continua néanmoins à lancer des ordres — quelque chose au sujet des identités à vérifier et de la nécessité de surveiller l'entrée. C'est seulement alors que Kelsey parvint à se concentrer sur lui, sur ses larges épaules et son menton décidé. Ainsi, il savait lancer des couteaux. Et il tenait près de lui le revolver de l'agresseur, ainsi qu'une autre arme.

En l'espace de quelques instants, il était passé du statut de « type mignon et blessé » à celui de « féroce combattant ».

— Vous boitez vraiment ? demanda-t-elle tout à trac avant de se rendre compte de l'incongruité de sa question.

— Oui, répondit-il avant de porter la main à son oreille. Tout de suite, Joël.

— Joël ?

C'est seulement alors qu'elle aperçut le reflet argenté d'un microphone miniature. Il portait un émetteur et communiquait avec quelqu'un qui se trouvait hors du bâtiment.

Kelsey ferma les yeux tandis qu'une vague de nausée s'emparait d'elle. Ainsi, elle n'avait pas rêvé. Une fusillade venait de se dérouler autour d'elle. Ses pires craintes s'étaient révélées exactes.

Ce qui la laissait face à une vraie question.

Elle se força à rouvrir les yeux pour dévisager l'homme qui se tenait près d'elle.

— Qui êtes-vous vraiment ?

— Juste le type à qui vous servez le café.

Kelsey aurait haussé les épaules avec dédain si elle en avait trouvé la force.

— Je ne pense pas, non.

— Vous pouvez m'appeler Pax.

Il eut même le culot de lui sourire en se relevant.

Mais cette fois, ni le sourire ni l'étincelle dans ses yeux ne suffisaient à Kelsey.

— Je ne crois pas que vous soyez un simple client dans un salon de thé.

— C'est pourtant le cas. Même si je suis un peu plus que ça, dorénavant.

Une pointe d'appréhension s'empara d'elle.

— Quoi d'autre, alors ?

— Votre garde du corps attitré.

2

Entre le regard fixe de ses grands yeux marron et la grimace dure qui déformait sa bouche, Kelsey semblait sur le point de le frapper. Ou bien de hurler à pleins poumons. Deux options qui ne convenaient guère à Pax. Pas plus qu'il n'aurait souhaité la voir vomir — ce que suggérait la teinte verdâtre qu'avait prise son visage.

Il tendit la main pour l'aider à se relever, mais elle s'écarta de lui et se recroquevilla en position fœtale, cachant son visage derrière ses cheveux et se protégeant de ses bras. La manche de son chemisier était déchirée et ses longues jambes minces dépassaient de son short en jean, laissant voir une trace rouge au-dessus de son genou.

La voir ainsi blessée et terrifiée plongea Paxton dans une colère noire. Il se mit à rêver de vengeance, au point qu'il envisagea sérieusement de plonger de nouveau son couteau dans le ventre de l'assaillant.

Mais ses pulsions meurtrières attendraient. Il fallait d'abord qu'ils évacuent les lieux, ce qui exigeait qu'il parvienne à calmer un peu la jeune femme. Or réconforter les gens n'était pas son point fort, même s'il avait travaillé là-dessus depuis qu'il avait rejoint le groupe Corcoran.

Ses nouvelles missions avec l'équipe différaient de celles qu'il avait menées pour son ancien employeur, la DIA — Defense Intelligence Agency, l'agence de renseignements de la Défense. A l'époque, sa tâche était de découvrir les fuites militaires. Il avait eu à affronter son lot de situations dangereuses et de menaces.

S'il combattait encore les méchants dans sa nouvelle vie, il avait désormais pour mission de venir en aide aux victimes d'enlèvement — ou mieux encore à empêcher que ceux-ci ne se produisent. Même si, concernant Kelsey, il avait échoué sur ce dernier point.

— Kelsey ? Tout va bien se passer, assura-t-il.

Il tentait de conserver une voix grave et apaisante ; pourtant, il savait bien qu'elle n'était pas en état d'entendre ce qu'il lui disait.

L'air absent, elle fixa le corps inanimé avant de relever les yeux sur lui.

— Comment pouvez-vous dire ça ? Regardez autour de vous.

Il n'était pas certain de ce qu'il devait lui répondre, ni s'il devait lui révéler la véritable raison de sa présence dans le salon de thé tous les jours depuis plusieurs semaines. Il tenta donc de biaiser.

— Il faut avouer que cette attaque a été une vraie surprise.

La jeune femme secoua la tête, incrédule. Rejetant les cheveux en arrière, elle le défia ouvertement du regard.

— C'est tout ce que vous trouvez à me répondre ?

Et dire qu'il l'avait crue terrifiée ! En réalité, elle était furieuse. Elle poursuivit :

— Vous avez fait semblant d'être blessé…

— Je le suis réellement. Enfin, je l'étais.

— … et vous débarquez ici comme un chien dans un jeu de quilles…

— Disons simplement que je suis un client de votre salon de thé. Néanmoins, je pensais que j'avais réussi à dissimuler le fait que je boitais.

Mâchoire crispée, elle lança :

— Il y a une minute, vous vous battiez comme un beau diable. Arrêtez de me faire croire que vous êtes handicapé et dites-moi qui vous êtes réellement.

— Peut-être pourrions-nous nous mettre d'accord sur le fait que je suis en convalescence ?

Elle poussa un soupir résigné.

— Vous vous rendez compte que vous êtes très agaçant ?

Que lui répondre ?

— Mon frère vous dirait que c'est naturel chez moi.

Il espérait que le fait de conserver un ton badin lui permettrait d'oublier ce qui venait de se produire. Quelques instants plus tôt, il l'avait vue écrasée contre le mur par un agresseur. La débarrasser de celui-ci n'avait pas suffi à la calmer. Si seulement elle avait pleuré et gémi, il aurait pu la consoler. Ç'aurait été une réaction normale. Or ceci ne l'était pas. Elle était furieuse et très remontée. Il craignait même que, loin de s'apaiser, elle finisse par s'enfuir après lui avoir décoché un coup de genou mal placé.

La tension continuait à crépiter dans l'espace exigu. Paxton avait désarmé et poignardé son adversaire ; pourtant, il ne parvenait pas à baisser la garde. Pas tant que la femme devant lui irradiait d'énergie et semblait déterminée à remettre en question tout ce qu'il disait.

Elle ne cillait même pas.

— Parce que maintenant, vous avez un frère ?

— Techniquement, j'ai toujours eu un frère, d'autant qu'il est mon aîné.

Au même moment, la rumeur des conversations dans le salon de thé se fit plus forte, et quelqu'un frappa à la porte en demandant pourquoi l'accès à la réserve était fermé. Paxton tenta de conserver l'attention de la jeune femme.

— Il s'appelle Davis.

Elle eut un geste dédaigneux.

— Je ne comprends pas qui vous êtes ou ce qui se passe. Qui sont ces deux hommes, et pourquoi ont-ils tenté de m'enlever ?

Pax jeta un coup d'œil autour de lui. Il devait évacuer la jeune femme avant que les collègues des deux types ne s'inquiètent et ne viennent les chercher.

— Ce sont de bonnes questions.

— Vous ne voudriez pas y répondre, par hasard ?

— Une fois que nous serons loin d'ici.

Pax appuya sur l'émetteur-récepteur dissimulé dans son oreille.

— Ben ? Dépêche-toi de faire évacuer et fermer la boutique.

Tu n'as qu'à dire qu'il y a une fuite de gaz. Ensuite, convoque notre médecin. Nous avons deux blessés ici. J'ai besoin de toi immédiatement.

Il entendit un crissement — celui des tennis de Kelsey sur le sol de ciment, tandis qu'elle ramenait les jambes contre sa poitrine.

— Vous êtes sérieux ?

De quoi parlait-elle ?

— Je vous demande pardon ?

— Avec tout ce qui vient de se passer, vous décidez de vous la jouer façon film d'espionnage ?

Film d'espionnage. Il détestait ça : Hollywood caricaturait les agents du renseignement, comme s'ils se résumaient à des gadgets façon stylos explosifs et téléphones dissimulés dans des chaussures. Ridicule.

— Peut-être que vous regardez un peu trop la télévision…

Elle se redressa encore pour se pencher en avant, mains sur les hanches.

— D'accord. Vous êtes un bon Samaritain. Mais que diriez-vous d'appeler la police, maintenant ? Et de quel médecin parlez-vous ? Faites venir une ambulance, oui. J'ai des clients et des employés dans la pièce de devant, et je veux m'assurer qu'ils sont tous en bonne santé.

A en juger par son regard clair et sa voix décidée, elle avait recouvré ses forces, tant physiquement que moralement. Ce qui pouvait signifier des ennuis pour Paxton.

— Sans parler de ce qui s'est passé ici. Parce que celui-ci va bien finir par se réveiller, poursuivit-elle en désignant l'homme étendu près de la porte de secours. Et grâce à vos dons de lanceur de couteaux, celui-là est en train de perdre tout son sang.

Espérait-elle qu'il s'excuse ?

— Pas faux, répondit-il simplement.

— Il n'est pas mort, n'est-ce pas ?

— Malheureusement non. Il est simplement inconscient. Et il saigne.

Puis, lançant un coup d'œil en direction de l'autre assaillant :

— Celui-ci a de la chance de ne pas saigner. D'ailleurs, je me demande si je ne vais pas le poignarder à son tour, comme ça, pour le plaisir.

Elle avala sa salive et fit la grimace, comme si elle avait un très mauvais goût dans la bouche.

— Dans quelques secondes, je vais devoir me lever pour porter secours à celui qui saigne. Et l'idée de le toucher après ce qu'il m'a fait… eh bien, ça me donne envie de vomir. En même temps, je suis furieuse contre vous.

D'accord. Ainsi, elle était définitivement passée de la frayeur — qui n'avait duré que très peu de temps — à la colère. Cette découverte poussa Paxton à abandonner le ton badin. De toute façon, cela ne marchait pas avec elle.

Il leva la main dans un geste qui, il l'espérait, véhiculait une volonté de faire la paix, et peut-être d'abdiquer.

— Nous allons nous occuper de tout, mais pas de la façon dont vous le suggérez.

C'est alors qu'elle rapprocha les mains de son corps. C'était un mouvement à peine perceptible, et il faillit ne pas le voir, mais il était formé à détecter ce genre de signes. De toute évidence, elle allait tenter de s'enfuir. Il était prêt, certes, mais il aurait préféré qu'elle cesse de mettre en doute ce qu'il disait et qu'elle le laisse la conduire à la voiture en toute sécurité.

Evidemment, il ne méritait pas une telle confiance de sa part. Ils se connaissaient à peine. D'accord, ils avaient un peu flirté et elle lui avait offert quelques pâtisseries, mais ce n'était pas trois croissants qui allaient changer l'affaire. Il était là pour l'espionner, pour voir si son frère disparu tentait de la joindre.

Au départ, il ne devait s'agir que d'une simple mission de surveillance. A croire que tout un chacun dans le groupe Corcoran le considérait comme trop fragile depuis sa blessure. S'ils avaient pu se douter que la mission de routine allait se transformer en fusillade…

— N'y pensez même pas.

Elle lui lança un regard curieux, et il expliqua :

— Vos idées de fuite ? Laissez tomber. Vous ne vous débarrasserez pas de moi. Nous devons vous emmener à l'abri, dans un endroit sûr où nous pourrons parler de tout ça.

— *Nous ?* De qui s'agit-il ?

— Je pense qu'il parle de moi, fit Joël en apparaissant dans l'encadrement de la porte de derrière.

Enjambant le corps inanimé, il pénétra dans le couloir.

— La voiture attend, fit-il avec un geste du pouce par-dessus son épaule.

Une deuxième fois, Pax tendit la main pour aider la jeune femme à se relever.

— Allons, Kelsey.

Elle les dévisagea tour à tour avant de se recroqueviller de nouveau contre le mur.

— Hors de question.

— Ces messieurs pourraient ne pas être seuls, prévint Joël en désignant les deux silhouettes au sol.

Si Pax lui fut reconnaissant de son intervention, il aurait pu se passer de l'ironie.

— Il a raison, vous savez.

— Pourquoi vous ferais-je confiance ? Je ne vous connais pas. Et vous non plus, ajouta-t-elle à l'intention de Joël.

Là-dessus, elle prit une profonde inspiration, comme si elle allait se mettre à hurler. Une nouvelle fois, Pax se mit à genoux près d'elle — il dut se mordre les lèvres pour ne pas crier. Ignorant la douleur, il plaqua une main sur la bouche de la jeune femme, en priant pour qu'elle ne le morde pas.

— Ne faites pas ça.

Elle marmonna quelque chose, mais il ignora son intervention pour poursuivre :

— Je sais que vous avez envie d'appeler à l'aide, mais crier risque de faire venir d'autres agresseurs. Est-ce vraiment ce que vous voulez ?

Elle respira plusieurs fois avant de secouer la tête négativement.

Pax s'efforça d'inspirer lentement pour ne pas se laisser emporter par la colère. Quand on connaissait l'histoire familiale de la jeune femme, il n'y avait rien d'étonnant à ce qu'elle réagisse par la colère plutôt que par la peur. De sa mère décédée, il ne savait que des bribes glanées dans le dossier de son frère, mais l'histoire de son père, un célèbre repris de justice, était connue de tous. Quelques années plus tôt, son nom avait fait les gros titres des journaux à plusieurs reprises. Il avait dû se passer des choses terribles dans cette famille.

— Vous me voyez tous les jours, fit remarquer Pax en se redressant au prix d'un nouvel effort.

Encore quelques génuflexions de ce genre, et il s'écroulerait.

— Vous êtes un client comme les autres, c'est tout.

Joël pouffa.

— Aïe. Ça doit fait mal, non, Pax ?

— Tu ne m'aides pas, tu sais ? lui lança Pax dans un murmure.

La dernière chose dont il avait besoin, c'était qu'on lui rappelle à quel point il était attiré par Kelsey — et qu'en ce moment, ce béguin ne semblait absolument pas partagé. A en juger par le regard de la jeune femme, elle aurait sans doute préféré le voir mort.

— Joël, c'est ça ?

Elle se releva seule, en appuyant le dos contre le mur.

— Joël Kidd, pour vous servir, lança-t-il avec un sourire taquin.

— Appelez la police.

Le sourire s'évanouit.

— J'ai bien peur de…

— … ne pas pouvoir ? Oui, ça ne m'étonne pas.

Elle décolla son dos du mur et, à pas lents, se dirigea vers le bout du couloir.

— Paxton… ou quel que soit son vrai nom… a dit la même chose.

— Je m'appelle vraiment Paxton. Mais je préfère Pax.

Mais elle n'écoutait plus. Enjambant le corps ensanglanté de son agresseur, elle lança :

— Je vais aller dans la salle pour voir comment va Mike. Et il se peut que je crie.

Pax la saisit par le bras juste à temps ; il la tira violemment en arrière, la forçant à se retourner vers lui. Avec son mètre quatre-vingt-cinq, il la dépassait de quinze bons centimètres. Des années de football américain et les gènes d'un père qu'il n'avait pas connu l'avaient doté d'une carrure impressionnante.

Sa stature suffisait en général à intimider les gens, et il ne s'était jusque-là jamais privé d'en jouer. Il le ferait aussi pour elle, s'il fallait cela pour la sauver.

— Non.

Assez parlé. Il se dirigea vers la porte de derrière en l'entraînant avec lui.

— Vous plaisantez, j'espère ?

Il s'immobilisa, mais ne la lâcha pas.

— J'ai essayé la manière douce.

— Ah bon ? Quand ?

Au même moment, la voix de Joël s'éleva à quelques centimètres d'eux. A genoux sur le sol, il avait entrepris de fouiller les poches des deux individus inanimés.

— Pax ? Tu es certain que…

Le ton de sa voix reflétait une certaine inquiétude, mais Pax se remit en marche pour se diriger vers l'arrière d'un pas plus mesuré. Il s'arrêta à quelques centimètres de la porte.

— Nous allons sortir par là et monter dans le 4x4.

Il baissa la voix et se força à détendre sa mâchoire de peur qu'elle ne cède tant elle était tendue.

— Je veux vous sortir de là et vous emmener à l'abri. Mais que vous le vouliez ou non, Kelsey, il n'est pas question que nous restions ici. Je refuse d'en discuter.

Soudain, les muscles de la jeune femme se relâchèrent, et elle se laissa entraîner sans plus de résistance. Pax savait que c'était un très mauvais signe.

Cette femme connaissait les bases : *détendez-vous, et celui qui vous tient fera de même*. Pax le savait pour avoir lui-même enseigné l'autodéfense. Plus d'une fois, il avait conseillé à des groupes de femmes de ne jamais se laisser entraîner dans une voiture par un agresseur.

Mais il était déjà trop tard : elle s'était mise en action. Dans un sursaut d'énergie, elle se figea et dégagea son bras avec vivacité. Il tendit la main pour la rattraper, mais elle se glissa sous son bras et se précipita, tête en avant, vers la sortie.

Comment aurait-il pu la rattraper avec sa patte folle ? Par bonheur, elle s'empêtra dans les pieds du deuxième agresseur ; emportée par son élan, elle s'écroula à quelques mètres de là et alla cogner contre le mur du fond.

En quelques bonds, il la rejoignit avant qu'elle ne s'enfuie de nouveau.

— Du calme ! lança-t-il.

Il se plaça devant elle pour l'empêcher de partir. Au fond de lui-même, il se sentait mal à l'aise d'imiter ainsi l'attitude de l'homme qui l'avait agressée quelques instants plus tôt. Il prit garde de ne pas la serrer de trop.

Il devait pourtant se trouver trop près pour elle, car, à l'instant où leurs corps se touchèrent, elle rua, comme électrisée :

— Ça ne va pas recommencer !

Elle lança un coup de pied dans le vide et lui griffa la main. Secouant la tête comme une possédée, elle se mit à lutter contre lui avec l'énergie du désespoir.

Cette fois, il dut s'appuyer à elle de tout son poids pour ne pas la laisser s'échapper. Avec sa poitrine, il la plaqua contre le mur et la saisit par les poignets pour l'empêcher de le griffer. Leurs souffles courts se mêlaient l'un à l'autre tandis qu'ils luttaient ; le cœur de Pax battait dans sa poitrine, et il pouvait sentir, tout contre lui, les spasmes qui agitaient le buste de la jeune femme.

Elle tourna la tête pour regarder Joël. Pax avait fini par oublier complètement sa présence. Tu parles de renforts… il ne lui restait plus qu'à espérer que, de son côté, Ben s'en tirait mieux avec les clients du salon de thé.

— Vous n'allez pas m'aider ? demanda-t-elle à Joël.

— Si ça peut vous consoler, j'ai bien l'intention de raconter à tout le bureau comment vous avez failli vous débarrasser de Pax.

Ce dernier retint un juron. Comme si ses collègues ne le taquinaient pas assez au sujet de sa blessure à la cuisse !

— Ecoutez-moi, Kelsey…

— Pourquoi donc ?

Les mots restaient durs, même si sa voix n'était plus qu'un filet.

— Vous êtes en danger.

Contre le mur, elle détourna la tête, cessant de regarder Pax et Joël.

— Ça, c'est évident.

— Ce n'est pas moi, le danger !

— C'est vous qui avez lancé un couteau. C'est vous qui me retenez contre ma volonté. Et si vous voulez tout savoir, vous me faites mal, ajouta-t-elle non sans une certaine désinvolture.

Il se redressa et reprit son équilibre, prêt à s'écarter d'elle. Mais il se ravisa. En plus de son joli minois et de ses jambes interminables, elle était maligne et fine. Elle pouvait très bien être en train de le manipuler en jouant sur son sentiment de culpabilité pour s'enfuir.

Une dernière fois, il tenta la logique :

— Il y a des gens qui en ont après vous.

— Pourquoi ?

Pax jeta un coup d'œil à Joël. Celui-ci répondit à sa question muette par un mouvement de tête imperceptible. Les deux hommes étaient d'accord : ils en savaient trop peu sur Kelsey pour lui confier la vérité de but en blanc. Ils devaient d'abord lui soutirer des informations au sujet de son frère. Mais pas ici, et certainement pas maintenant.

Joël s'éclaircit la voix avant de lancer :

— C'est pour le savoir que nous sommes ici.

— Et si vous êtes là tous les deux, c'est que…

— Tous les trois, précisa Pax.

— Pardon ?

Pourquoi lui cacher la vérité ?

— Ben est devant le salon de thé.

— Comme c'est rassurant !

Elle se mit à se débattre et gigoter jusqu'à ce qu'il la laisse se retourner vers lui. Dans son regard, l'inquiétude le disputait à la colère.

— Vous comprenez pourquoi je doute, n'est-ce pas ? Vous arrivez juste à temps, et vous prétendez être les gentils…

Si Pax savait une chose, c'est qu'il n'aurait jamais utilisé ce terme.

— Oui, je comprends.

— Alors ?

Quelle intelligence ! Elle posait exactement les bonnes questions. L'instructeur en lui aurait accepté la jeune femme à tous les examens. Cependant, dans la vie réelle, son inquiétude constituait un danger. Et dans la mesure où elle était à présent face à lui, elle avait beau jeu d'utiliser sur lui la première des attaques qu'il apprenait aux femmes dans ses cours d'autodéfense. Or Pax n'avait nulle intention de se retrouver à genoux à pleurer de douleur.

Ce qui signifiait que cette conversation devait se terminer, et tout de suite.

— Finissons-en, d'accord ?

Il l'entendit hoqueter tandis qu'il se penchait en avant pour la soulever du sol et la charger sur son épaule comme un sac de pommes de terre.

— Allons-y.

Joël secoua la tête.

— Mon gars, je ne suis pas sûr que ce soit une bonne solution.

— C'est la seule que j'aie.

Furieuse, Kelsey se mit à se débattre et à jurer. Enfin, elle prit la peine de faire une phrase complète :

— Que faites-vous ?

— Puisque vous préférez la jouer à la dure, je fais comme vous voulez.

Et il se dirigea vers la porte.

Kelsey se mit à hurler.

La raison de Kelsey reprit le dessus et elle cessa de se débattre. En regardant en bas, elle vit le dos et le jean de Paxton, son postérieur et le sol qui défilait sous ses pieds. Etant donné qu'il l'avait jetée en travers de son épaule musclée, sans une once de graisse, et qu'il la tenait fermement, elle ne pouvait pas le frapper dans le dos de façon efficace. Rien de grave. Elle devait économiser son énergie pour trouver un plan qui lui permettrait de se libérer et de s'enfuir.

Kelsey devait également lutter contre la déception qui menaçait de la submerger. Le passé de héros de guerre blessé et toutes les histoires qu'elle s'était créées dans sa tête ne convenaient pas du tout à l'homme que Paxton était en réalité. En secret, elle l'avait jusque-là trouvé craquant et avait souvent — bien trop souvent — pensé à lui dans son lit le soir.

A présent, elle savait qu'elle s'était trompée. Elle avait affaire à quelqu'un d'autoritaire, de manipulateur et de menteur.

Paxton — ou Pax, ou quel que soit le nom qu'il veuille se donner — était armé, et il ne supportait pas qu'on le contrarie. Dire qu'elle l'avait trouvé mignon et qu'elle lui avait offert tous ces beignets gratuits… elle aurait dû exiger qu'il lui rende chaque grain de sucre, chaque calorie. Au moins aurait-il pu avoir la décence de prendre un peu de poids, car cela l'aurait ralenti en ce moment…

Malgré sa légère claudication — réelle ou feinte ? —, il descendit l'allée en faisant à peine crisser le gravier sous ses pas, comme s'il cherchait à garder sa présence secrète. Il continua ainsi lorsqu'ils arrivèrent tout près d'un 4x4 noir dont la porte arrière était ouverte.

Une fois à l'intérieur, elle serait prise au piège. Hors de question qu'elle se laisse ainsi embarquer par deux inconnus ! Elle avait suivi des cours d'autodéfense, et les avait pris au sérieux. A vrai dire, elle avait déjà subi une agression, des années plus tôt.

Elle refusait dorénavant d'être une victime.

Elle allait se monter rusée, choisir le bon moment pour s'enfuir en direction de la personne ou du téléphone le plus proche, en hurlant de toutes ses forces.

Se débattant sur l'épaule de Pax, elle aperçut Joël qui montait sur le siège arrière, côté passager. De toute évidence, il était chargé de la surveiller pendant le trajet, quelle que soit leur destination.

Elle eut à peine le temps d'apercevoir le pistolet qu'il tenait à la main ; tout se mit à tourner autour d'elle, et Pax, d'un mouvement d'épaules, la reposa au sol. Elle partit en arrière et ses fesses cognèrent contre la carrosserie.

Pax la tenait encore par le bras d'une main ferme.

— Fini les idioties, n'est-ce pas ?

Va te faire voir. Elle hocha pourtant la tête en tentant de prendre une expression obéissante et terrifiée — à vrai dire, elle savait qu'elle allait y arriver en dépit de ses qualités limitées de comédienne, car à en juger par le tintement dans ses oreilles et la façon dont son cœur cognait dans sa poitrine, elle n'était pas loin de la terreur pure.

Il inclina la tête pour la fixer droit dans les yeux.

— Kelsey ?

— D'accord. J'ai compris.

Il lui suffirait de se décaler d'un ou deux centimètres sur le côté, de piquer un sprint, et elle serait libre.

Paxton commença à la pousser vers l'intérieur. De seconde en seconde, le moment où elle allait se trouver entièrement à leur merci approchait.

Non. Pas question que cela arrive une deuxième fois. La première agression l'avait marquée à tout jamais et l'avait laissée bouleversée, l'empêchant de trouver le sommeil et d'avoir confiance en elle-même pendant des années. A dix-sept ans, elle s'était fait le serment que cela ne se reproduirait pas, et que la prochaine fois elle se battrait jusqu'au bout. Elle comptait bien tenir cette promesse.

Elle se tourna légèrement pour prendre appui sur sa jambe arrière, prête à bondir dans l'allée pour déboucher sur l'avenue. Soudain, elle s'élança… mais elle avait mal calculé son coup. Sa hanche cogna violemment contre l'angle de la portière.

Le coup fut si brutal que des étincelles se mirent à danser devant ses yeux. Tout d'abord, elle ne sentit rien ; puis la douleur parut exploser en elle, et elle crut qu'elle allait tomber. Elle ouvrit la bouche pour hurler, mais aucun son n'en sortit.

Paxton la saisit alors par la taille avec une grande délicatesse pour l'aider à rester debout. Son regard reflétait sa sollicitude.

— Tout va bien ?

— Ça fait mal, nom d'un…

— Je vous crois.

Du bout des doigts, il se mit à frotter doucement l'endroit du choc, sur le côté de sa jambe. Le contact apaisa suffisamment Kelsey pour que son cerveau se remette en marche. Elle se força à ne plus penser à la douleur et baissa la tête, comme pour regarder ses pieds. Par instinct, Paxton l'imita.

Alors, elle le repoussa de toutes ses forces et piqua un sprint. Derrière elle, elle entendit le juron qu'il poussait. Mais elle était déjà loin. Elle dévala l'allée à toute vitesse, cherchant du coin de l'œil un signe de vie ou un endroit pour se dissimuler. En même temps que le vent dans ses oreilles, elle entendait une cavalcade derrière elle, de plus en plus proche.

— Arrêtez, Kelsey !

La voix furieuse de Pax résonnait contre les briques autour d'eux.

Mais elle voyait la lumière au bout de l'allée et se dirigeait droit vers elle. Dix mètres plus loin, à mi-chemin entre le 4x4 et la liberté, une silhouette s'interposa. Elle ouvrit la bouche pour crier ; au même instant, elle entendit un crissement de gravier derrière elle et un bras musclé lui entoura la taille. L'odeur qu'elle associait à Pax — citron et pin — l'entoura.

Elle tenta d'abord de lui résister, jusqu'au moment où elle se rendit compte que la silhouette qui venait d'apparaître devant elle portait le même genre de costume noir que ses deux assaillants de tout à l'heure. Et que l'homme tenait une arme à la main.

— Couchez-vous !

Elle sentit d'abord la chaleur du corps de Paxton autour d'elle avant de comprendre ses mots.

Elle trébucha. Ses jambes s'emmêlèrent à celles de Pax. Le poids de l'homme et son élan l'entraînèrent en avant, et ils roulèrent tous les deux au sol. Pendant qu'ils tombaient, elle se prépara à la violence du choc de son visage contre le bitume de l’allée — pourvu que ses mains puissent amortir un peu la chute…

Quelqu’un criait. Elle, peut-être ? Elle n’aurait su le dire. Il lui sembla que le temps se figeait, que le sol montait vers elle comme au ralenti…

L’instant d’après, elle atterrit. Sur la poitrine de Pax. Il était parvenu à la retourner pendant qu’ils tombaient et à protéger son crâne entre ses mains.

Elle l’entendit pousser un grognement. C’était lui qui avait absorbé la plus grande partie du choc.

A peine étaient-ils au sol qu’il roula de nouveau, cette fois pour l’abriter sous lui. Dans un mouvement félin, il se redressa et tendit le bras devant lui. Une détonation, puis une autre. Une odeur de brûlé dans l’air. Au bout de l’allée, elle entendit quelqu’un crier.

Le bras de Pax retomba et tout son corps se détendit, pesant de tout son poids sur elle.

— Je l’ai eu, murmura-t-il.

Pour Kelsey, la scène avait duré des heures, mais elle n’avait pris sans doute que quelques secondes dans la réalité. Elle laissa retomber sa tête sur le sol. Dans le ciel, un petit nuage blanc voguait seul dans l’azur éclatant. Il fallut encore quelques secondes pour que sa respiration revienne à la normale et que son cœur cesse de battre à se rompre dans sa poitrine.

De nouveau, elle tourna la tête, et vit le 4x4. Joël était allongé sur le sol en position de tir, un revolver toujours pointé dans leur direction. Ce qui rappela l’autre homme à Kelsey. Elle regarda de l’autre côté, vers l’entrée de l’allée. Déjà, des curieux s’y pressaient. Au sol gisait un homme, un revolver tout près de lui.

Puis Pax se redressa au-dessus d’elle.

— Je n’avais pas le choix, lança-t-il avec un regard d’excuse.

Elle voulut lever la main pour lui caresser la joue, mais ses bras pesaient des tonnes.

— Vous l’avez tué…

Pax cilla comme si elle l’avait blessé.

— C’était lui ou vous.

Elle ne comprenait pas pourquoi il avait l'air si triste. Elle ignorait encore qui était vraiment cet homme et pourquoi il était apparu dans sa vie ; à présent, pourtant, elle ne doutait plus de sa sincérité quand il disait vouloir la protéger.

Peut-être était-ce dû à l'intuition, ou à l'adrénaline. Ou bien au fait d'avoir assisté à ce déchaînement de violence dans les rues si calmes d'Annapolis.

— D'accord, murmura-t-elle.

Paxton se rassit avant de l'aider à faire de même.

— C'est à cause de votre frère, expliqua-t-il, l'air concentré.

Elle s'était attendue à n'importe quelle explication à part celle-là.

— De quoi parlez-vous ?

— Votre frère s'est fâché avec les mauvaises personnes, et maintenant quelqu'un veut que vous le meniez à Sean.

Ces mots la laissèrent sans voix. Elle avait beau les assembler et se les répéter dans sa tête, elle ne parvenait pas à leur trouver un sens.

— Vous bavarderez plus tard. Maintenant, il vaut mieux filer d'ici.

Une ombre venait de s'étendre sur eux. C'était Joël, accroupi près d'eux, les mains sur les genoux. Sa voix tremblait un peu.

— Ben est en train de gérer la situation devant le magasin, mais la police ne va pas tarder et il vaudrait mieux qu'elle ne nous trouve pas.

Kelsey acquiesça — elle ne savait pas quoi répondre d'autre. Encore une fois, comme si souvent dans sa vie, tout dépendait des hommes autour d'elles. D'abord son père, et maintenant Sean. Leurs choix. Leurs actions.

En se relevant, Pax fit la grimace et s'étira la jambe. Puis il se baissa de nouveau pour l'aider à se relever. Lorsqu'elle se retrouva debout face à lui, les mains dans les siennes, un calme étrange s'empara d'elle. Ils n'étaient pas hors de danger et rien de ce qui s'était passé depuis l'entrée de Pax dans le salon de thé ce matin-là ne lui paraissait sensé ; pourtant, elle se sentit soudain en sécurité.

Il pressa doucement sa main.

— Plus de sprint, d'accord ?

— Je ne vous fais pas confiance, mais je ne suis pas idiote. Règle numéro un : toujours suivre l'homme qui vous sauve la vie.

— Exactement. Vous êtes maligne.

Pour autant, elle n'allait pas jouer les carpettes et obéir à ses ordres sans réfléchir.

— Mais je veux des réponses.

— Alors montez dans la voiture.

Les mains sur le rebord de la fenêtre de son bureau, Bryce Kingston regardait les files compactes de voitures avancer au pas sur la voie rapide, seize étages plus bas.

Ses doigts tapotèrent la vitre. Après avoir vérifié l'heure à sa montre, il laissa échapper un petit rire moqueur. Peu importait le moment de la journée, la proximité entre Tysons Corner, Virginie, et la capitale, Washington, impliquait des bouchons permanents. Il pouvait imaginer les conducteurs qui rôtissaient au soleil, dans la fournaise humide de l'été.

Avec ses baies vitrées, sa vue à couper le souffle et ses tapis épais, son bureau, niché en haut d'un gratte-ciel, donnait exactement l'image de lui qu'il recherchait. En bas, le hall de réception de granit et les écrans de vidéosurveillance, conçus par ses soins avec l'aide d'une équipe d'architectes de renom, créaient pour les visiteurs une impression de sécurité et de luxe. Certes, il n'avait pas de vue sur la mer ni une réelle proximité avec le Kennedy Center, mais il était très bien situé et à une distance raisonnable de l'aéroport.

Pour ses clients, tout cela constituait un avantage et, en tant que fondateur de Kingston Inc., Bryce n'en demandait pas plus. Une des branches de sa société fournissait des communications à très haut débit pour les services gouvernementaux, assurant la sécurité de leurs réseaux.

Cette branche-là était très profitable ; mais, il en était certain, la *nouvelle* branche de sa compagnie en assurerait la prospérité à l'avenir. Le secteur technologies de pointe s'occupait de surveillances électroniques top secret, et aidait les services de renseignements et l'armée à recueillir et à traiter les informations.

Pas mal pour un type qui, pendant des années, avait été le souffre-douleur du lycée parce qu'il passait son temps sur des ordinateurs…

Après quelques années de vaches maigres et d'inquiétude financière, l'avenir de la société était enfin assuré. Enfin… pas tout à fait. Il y avait le problème Sean Moore. Bryce n'aurait jamais soupçonné qu'un simple programmateur puisse se trouver au cœur de ce qui pouvait finir par causer un désastre financier pour sa société.

— Monsieur ?

Glenn Harber, l'assistant de Bryce, passa la tête par l'entrebâillement de la porte.

Bryce ne l'avait pas entendu frapper, mais il ne douta pas un instant que le jeune homme l'ait fait. Il n'était pas du genre à oublier la procédure. Grand et athlétique — membre d'un club d'aviron, il allait ramer deux fois par semaine à l'aube sur le Potomac —, Glenn connaissait les règles et les appliquait scrupuleusement. Il ne se permettait jamais d'envahir l'espace privé de son employeur sans sa permission.

Sorti quatre ans plus tôt d'une école de commerce, titulaire de deux maîtrises et d'autres titres académiques ronflants, Glenn avait largement prouvé son dévouement envers la société. Il arrivait tôt et partait tard. Souvent, c'était lui qui empruntait le jet de l'entreprise pour se rendre à des réunions de travail ou visiter des bases militaires pour des démonstrations. En ce moment précis néanmoins, on aurait dit que quelque chose lui restait en travers de la gorge.

— Entrez.

Bryce quitta la fenêtre pour prendre place dans son fauteuil trop rembourré, devant son bureau.

C'était sa femme qui avait choisi la décoration. Pour Bryce, les meubles de bois foncé, les photos de présidents et les drapeaux encadrés frôlaient l'excès. Il ne pensait pas devoir mettre à ce point en valeur son patriotisme — mais ce n'était pas l'avis de Sélène.

Sans doute fallait-il lire dans l'insistance de celle-ci une façon de lui rappeler à quel point l'entreprise lui était redevable, à elle et à l'argent de sa vieille famille du Sud. Ainsi, tout ce qu'elle faisait semblait destiné à rappeler son rôle, depuis le pensionnat privé des garçons jusqu'à leur demeure familiale, un hôtel particulier de trois étages près de Great Falls.

A vrai dire, Bryce n'appréciait guère la vie de famille. Il préférait de loin rester au bureau, à l'écart des bavardages de sa femme et des discussions incessantes sur des sujets aussi triviaux que le temps que les garçons passaient devant la télévision ou les « bonnes » activités à choisir pour eux.

Au bureau, oui, il se sentait bien… jusqu'à l'épisode Sean Moore.

Glenn s'approcha du bureau.

— Nous n'avons pas réussi à joindre la sœur de Sean à Annapolis. Elle ne se trouvait pas dans sa boutique.

Bryce vérifia de nouveau l'heure à sa montre, même s'il savait que c'était une précaution inutile.

— Pourtant, s'il y a un moment où elle devrait y être, c'est maintenant…

L'homme d'affaires en lui se révoltait à l'idée d'un propriétaire qui déserte son magasin à l'heure de pointe. A Annapolis, l'été rimait avec touristes et bénéfices. Cette femme tenait un petit commerce. C'était de la folie de quitter son salon de thé à un moment pareil.

Glenn hocha la tête.

— Je suis bien d'accord, monsieur.

Bryce se mit à faire tourner son stylo entre ses doigts.

— Alors expliquez-moi pourquoi sa boutique est fermée.

— La police était sur place. Elle protégeait les lieux.

Le stylo de Bryce s'immobilisa. C'était la réponse qu'il craignait le plus.

— Quelqu'un a appelé la police ?

— Oui, monsieur.

Comme s'il avait besoin qu'on se mêle de ses affaires...

— Alors débrouillez-vous pour savoir qui c'était. Et tant que vous y êtes, retrouvez cette femme.

Glenn avala sa salive avec difficulté.

— Très bien.

— Dès que nous l'aurons, nous trouverons son idiot de frère.

— Et ensuite ?

Bryce savait ce qui se produirait ensuite. Lui n'avait pas eu la chance de grandir dans un quartier de riches, entouré de nurses et promené dans des parcs. La chance ? A vrai dire, dans ce cas précis, ç'aurait été un inconvénient. Au contraire, les docks de Baltimore lui avaient appris la vie.

— Je m'occuperai personnellement de Sean Moore.

3

Au bout de quinze minutes de voiture, Pax fit demi-tour pour effectuer une boucle puis reprendre le même chemin. C'était un tour qu'il avait appris bien avant d'être adulte, à l'époque où il cherchait à échapper à son frère les jours où il avait fait le mur ou bu bien trop de bière pour son cerveau d'adolescent. C'est seulement après cette manœuvre que Pax, voyant la route libre dans son rétroviseur, se détendit enfin. Il laissa retomber ses épaules et ses mains relâchèrent leur étreinte d'acier sur le volant.

Il jeta un coup d'œil à Kelsey et Joël, sur la banquette arrière du 4x4. Ils étaient assis chacun de leur côté ; Kelsey se tenait tout contre la portière, la tête contre la vitre.

Bien qu'en général plutôt à l'aise avec le silence, Pax éprouva le besoin de dire quelque chose.

— J'espère que la prochaine partie de notre plan se déroulera mieux.

Joël sourit sans pour autant détourner les yeux de la route, qu'il surveillait avec attention

— Parce que nous avons un plan ?

— Ce n'est pas vraiment ce que j'ai envie d'entendre, grommela la jeune femme.

Pax freina pour emprunter l'allée qui menait à la propriété du groupe Corcoran. Les cahots du chemin, répercutés dans sa jambe, le firent grimacer de douleur.

A vrai dire, le trajet à travers les vieilles rues pavées, malgré leur aspect charmant et touristique, ne l'avait pas épargné, d'autant qu'à force de guetter les éventuels poursuivants, il avait sans doute roulé dans chacun des nids-de-poule entre le salon de thé de Kelsey et ici.

Soudain, Kelsey posa une main sur la vitre.

— Ça ressemble à une villa, pas à des bureaux.

Pax comprenait son étonnement. Après les bouleversements de la matinée, voilà qu'il l'emmenait dans le cœur historique d'Annapolis, dans une demeure entourée d'arbres centenaires. C'était une bâtisse de style fédéral, isolée dans un vaste parc, imposante avec ses trois étages élancés et son toit-terrasse qui couvrait près du tiers de sa largeur — un espace qu'ils n'utilisaient jamais, car il était trop exposé.

— Ne vous inquiétez pas, dit Joël. Les appartements sont à l'étage, les bureaux au rez-de-chaussée.

Pax préféra garder le silence. Il ne pensait plus qu'au moment où il pourrait avaler deux ou trois antalgiques — ou même un peu plus.

— Allons-y, grogna-t-il.

Il contourna le bâtiment avant de garer le 4x4 sous un vaste auvent. L'instant d'après, il ouvrit la porte à la volée et sortit en hâte, espérant qu'étendre sa jambe atténuerait la douleur qui tambourinait dans sa cuisse.

Malheureusement, les graviers blancs de l'allée entre l'auvent et la maison se révélèrent particulièrement traîtres, et il manqua perdre l'équilibre. S'il continuait comme ça, il allait devoir reprendre ses béquilles — qu'il s'était pourtant juré de jeter à la poubelle dès qu'il trouverait où Lara les avait cachées.

Lara Bart Weeks était depuis peu sa belle-sœur — et la meilleure chose qui soit arrivée à son grand frère Davis. Deux ans plus vieux que lui, celui-ci devait en ce moment profiter des derniers jours de sa lune de miel tandis que Pax était censé s'occuper de la situation dans le salon de thé.

A vrai dire, aucun des deux hommes n'avait pensé que les choses tourneraient aussi vite au vinaigre.

Tant que sa jambe n'était pas guérie, Pax aurait dû se cantonner à des tâches subalternes. Si leur patron l'avait laissé se charger de la surveillance du salon de thé, c'était seulement parce que Pax avait menacé de décharger son revolver sur les écrans de vidéosurveillance si on l'obligeait à passer ne serait-ce qu'une heure de plus assis devant eux. On lui avait donc permis de s'occuper d'une mission peu risquée : rester assis dans un salon de thé à manger des croissants.

En toute logique, c'était une mission de tout repos : personne ne s'attendait vraiment à ce que Sean cherche à joindre sa sœur. Rien dans leur relation passée n'indiquait qu'il se tournerait vers elle s'il avait des ennuis. Et c'était peu dire qu'il avait des ennuis en ce moment…

Ils avaient traversé la moitié de la pelouse lorsque Connor Bowen apparut sur le seuil de la maison pour se tenir sous le porche protégé du soleil. Il portait un pantalon noir et une chemise bleu marine ; bien que cette tenue soit fort peu adaptée à la chaleur estivale, il semblait parfaitement à son aise.

A vrai dire, Pax pouvait le comprendre. Après des années sur le terrain, dans des coins du monde qui restaient secrets, Connor ne rêvait sans doute de rien d'autre que d'un bureau climatisé.

— Si c'est comme ça que tu reposes ta jambe… lança-t-il en guise de salut.

Les bras croisés sur la poitrine, il toisait Pax. Il avait beau n'avoir que sept ans de plus que lui, il émanait de sa personne une autorité impressionnante. On sentait qu'il était le chef.

Sur la pelouse, Kelsey s'arrêta. Cessant de se mordiller les lèvres nerveusement, elle se tourna vers Paxton pour lui poser la main sur l'épaule.

— Vous êtes réellement blessé ?

A quelques pas d'eux, Connor leva un sourcil surpris.

— Vous pensiez qu'il jouait la comédie ?

Joël, lui, les dépassa avec un petit rire amusé.

— J'ai faim, donc je file dans la cuisine, lança-t-il.

— A ta guise, dit Connor.

Il lui céda le passage avant de reprendre sa place. Tout

dans sa silhouette et son attitude indiquait que toute personne désireuse d'entrer devrait d'abord en passer par lui.

Pax avait l'habitude des opérations secrètes. Il savait pourtant qu'ils n'allaient pas s'en tirer avec Kelsey en prétendant qu'ils étaient simplement des agents en civil qui s'étaient trouvés par hasard au bon endroit au bon moment.

Personne n'aurait gobé une telle histoire, et Kelsey semblait bien trop maligne pour y croire ne serait-ce qu'une seconde. Sachant également que son instinct de survie semblait extrêmement développé, Pax ne voyait pas comment gérer la situation en douceur.

En attendant, la jeune femme s'était plantée devant Connor, la main en visière au-dessus de ses yeux pour le détailler des pieds à la tête.

— Qui êtes-vous ? A moins que je ne sois pas censée savoir cela non plus ?

— J'en déduis que les choses ne se sont pas passées au mieux ce matin, répondit simplement Connor.

Pax dissimula un sourire. Connor savait exactement comment les événements s'étaient déroulés. Il était branché en permanence sur leurs communications ; c'était lui qui avait organisé en urgence le rapatriement de Kelsey, auquel il avait assisté via ses écrans de vidéosurveillance. Le temps qu'ils arrivent ici, il avait certainement passé quelques coups de fil à des gens haut placés pour que le nom de leur équipe n'apparaisse nulle part et pour que l'histoire de la fuite de gaz parvienne à la presse.

C'était son travail : il était l'homme de l'ombre, celui qui tirait les ficelles dans les coulisses.

— Je vous présente Connor Bowen, mon patron, dit Pax à Kelsey.

Il posa la main dans son dos pour l'inviter à entrer. Inutile, en effet, de rester ainsi à découvert, exposés aux regards indiscrets.

Mais la jeune femme ne bougea pas.

— Votre patron ? Dans quoi travaillez-vous exactement ? Savez-vous, tous les deux, que j'aimerais avoir des explications — n'importe lesquelles ?

Connor poussa la porte avant de lui faire signe d'entrer.

— Nous vous expliquerons tout ce que vous voulez une fois dedans.

Elle ne répondit rien, se contentant de chantonner. C'était un air à peine perceptible, qu'elle fredonnait sans doute inconsciemment chaque fois qu'elle réfléchissait intensément, mais Pax reconnut la mélodie : plus d'une fois, il l'avait entendue tandis que Kelsey servait des commandes complexes devant une file de clients. Lui-même fredonnait souvent ainsi, presque inconsciemment.

Il ignorait ce que cela signifiait chez la jeune femme ; pourtant, il éprouva soudain l'envie de l'apprendre — en particulier en passant du temps avec elle. Cette idée lui semblait très agréable.

L'espace d'une seconde, il resta là, immobile, hésitant à renouveler son invitation ou à lui donner un ordre — auquel elle n'aurait de toute façon pas obéi. Or il préférait éviter cela, tant à cause de la présence de Connor que pour ménager Kelsey. Au final, elle se remit en marche d'elle-même. Non sans hésitation, elle pénétra dans la maison, avant de tomber en arrêt devant l'écran sombre qui ornait l'entrée et semblait totalement anachronique dans cette demeure ancienne.

Un lecteur d'empreinte optique et digitale. Effectivement, ce n'était pas un matériel très répandu dans des bureaux. La jeune femme désigna l'objet avant de demander :

— Encore des secrets, je suppose ?

Décidément, elle avait l'œil.

— Vous finirez par vous y habituer.

— Je n'en suis pas sûre, non.

Kelsey examinait chaque détail comme pour les graver dans sa mémoire. Elle s'était attendue à un bureau ultramoderne débordant de gadgets électroniques dernier cri… et se retrouvait dans une cuisine ouverte avec un évier ancien. Aucune trace de nourriture sur les comptoirs, à l'exception de deux paquets de chips entamés.

La chose la plus étrange, c'était le nombre de cafetières. Même pas des cafetières de luxe : des cafetières tout à fait normales. Toutes les quatre. Ce qui la poussait à se demander combien de personnes travaillaient ici, s'il y avait des femmes parmi elles, et s'ils mangeaient parfois de façon normale. En tant que patronne d'un salon de thé, elle pensa qu'elle aurait pu leur vendre des boissons de meilleure qualité.

Une porte à double battant donnait sur un vaste espace qui avait dû être à la fois un salon et une salle à manger, mais qui était désormais aménagé en salle de travail, avec force bureaux et ordinateurs installés les uns à côté des autres. Le mur du fond était occupé par des casiers fermés ; au milieu de la pièce trônait une table de conférences.

Où qu'elle regarde, elle voyait des moniteurs de télévision, grands et petits. L'un d'eux semblait diffuser des images du trafic urbain, passant d'un carrefour à un autre. Un autre montrait une large porte d'entrée — sans doute celle de la maison.

De l'autre côté de la pièce, un autre affichait…

Kelsey se dirigea droit vers Joël qui, affalé dans un fauteuil et les pieds sur une table, se recoiffait distraitement, une tasse de café à la main. Par-dessus son épaule, elle regarda sur l'écran les silhouettes qui s'agitaient devant la façade familière du Café Porcelaine — l'endroit où elle travaillait et vivait, son lieu à elle.

Un couple s'était approché de la porte, avait tenté de l'ouvrir, et scrutait maintenant les horaires d'ouverture sur le panonceau. Un nœud se forma dans la gorge de Kelsey à l'idée que sa boutique était fermée en ce moment, avec tout le manque à gagner que cela représentait. Un poids lui tomba sur les épaules et elle eut besoin de s'asseoir.

Tout ce qu'elle possédait, tout ce qu'elle était, tournait autour de ce lieu, de cet immeuble ancien et un peu étrange. L'enseigne du salon était éteinte et quelque chose — peut-être une sorte de rideau, comprit-elle en se penchant pour mieux voir — recouvrait la vitrine.

Elle se retourna d'un bloc pour faire face à Pax.

— Etes-vous responsable de ceci ?

— C'est plutôt moi, en fait.

Connor venait d'apparaître, une cafetière pleine à la main.

Il la posa au milieu de la table, avec un plateau chargé de tasses propres.

Tout paraissait si calme… et c'était un mensonge.

— Où sont les autres ? demanda Pax en se laissant tomber sur une chaise avec un long soupir.

Il étendit sa jambe droite devant lui et entreprit de se masser la cuisse.

Kelsey n'était pas certaine de la nature de sa blessure, mais elle était à présent persuadée que celle-ci était réelle. Elle allait lui poser la question lorsqu'elle sentit un regard peser sur elle. Elle tourna la tête vers Connor qui lui adressa un signe quasi imperceptible de la tête, comme pour la dissuader.

— Eh bien, dit Connor en versant une tasse de café, Davis est encore en lune de miel, tu le sais. Le reste du groupe est en train de nettoyer nos traces à Catilina. Ben, lui, se rend à l'hôpital pour rendre visite à l'agresseur que tu as blessé. Je ne vais pas tarder à aller le rejoindre. On dirait que j'ai des explications à donner à un inspecteur de police très remonté.

Pax s'enfonça plus profondément dans son fauteuil.

— Je n'aimerais pas faire ton boulot, lança-t-il.

— Pareil pour moi, fit Joël en levant son mug.

Intérieurement, Kelsey tentait d'analyser toutes les informations qui lui parvenaient en même temps. D'abord, le fameux Connor, un homme brun de très haute taille, habillé de sombre, devait être le chef. Si ce n'était pas le cas, il en jouait bien le rôle, aidé en cela par son mètre quatre-vingt-dix ou quatre-vingt-quinze.

Le plus jeune des trois, Joël, avec ses cheveux noirs et sa barbe de trois jours, semblait maintenant rivé à son moniteur. Il y avait également quelque part un frère nommé Davis, actuellement en voyage, un certain Ben et un nombre indéterminé de gens qui se trouvaient pour l'heure en Californie.

Soudain, une vague de fatigue accabla Kelsey et elle eut un étourdissement. Elle dut se retenir au dossier de la chaise de Pax. Entre les événements de ces dernières heures et la confusion qui s'en était suivie, même quatre cafetières de café noir ne pourraient pas l'aider à tenir debout et à réfléchir correctement.

Comme s'il lisait dans ses pensées, Connor se versa une nouvelle tasse de café et l'avala d'un seul trait, noir et sans sucre.

— Je m'occupe de ça, puis nous déciderons de la marche à suivre, conclut-il.

Ces mots tirèrent Kelsey de l'état d'hébétude qui menaçait de la submerger. Elle se repassa mentalement les derniers échanges. Ces hommes se rendaient-ils seulement compte qu'ils parlaient de façon cryptique ?

— Et de quoi au juste comptez-vous vous occuper ?

Pour toute réponse, elle rencontra trois regards vides et le silence complet. Même Pax se retourna de manière presque comique vers elle ; personne ne parla. On entendait le tic-tac d'une horloge murale et des bruits étouffés provenant du casque que Joël avait posé autour de son cou.

Connor fut le premier à réagir. Il s'assit en face de Pax, de l'autre côté du bureau par rapport à Kelsey.

— De ce qui s'est passé à votre salon de thé.

— Tout le monde est indemne ? demanda Pax.

— Aucun innocent n'a été blessé.

De nouveau, les trois hommes se mirent à échanger des informations sur un autre sujet. C'était chaque fois la même chose : ils lui donnaient quelques miettes d'information, mais n'expliquaient rien et poursuivaient leur discussion. Jamais elle ne s'était rendu compte à quel point ce genre de comportement était agaçant.

L'estomac noué par l'anxiété, elle leva une main timide.

— Je vous demande pardon…

Connor lui adressa un sourire et un regard franc de ses yeux bleus — Pax utilisait aussi ce genre d'expression du visage, comme pour signifier « je vous écoute ». De toute évidence, quel que soit le groupe auquel appartenaient ces hommes, on leur avait fait un cours sur le sujet « comment apaiser une femme ».

— Vos clients et vos employés vont bien, dit Connor. Ils pensent que la fuite de gaz a été provoquée pour masquer une tentative de cambriolage, et que vous avez été légèrement commotionnée par celle-ci, mais que vous êtes en bonne santé.

Certes, Kelsey avait déjà entendu ce genre d'histoires à la rubrique faits divers des journaux télévisés ; mais il lui semblait ridicule qu'on puisse les raconter au sujet de sa propre vie. Tous ceux qui la connaissaient bien savaient qu'elle aurait gardé la boutique ouverte malgré un tel événement, ou au moins qu'elle aurait distribué dans la rue les pâtisseries qu'elle ne pouvait pas vendre. Cela dit, ils n'étaient pas nombreux à bien la connaître — pas avec les heures qu'elle passait à la boutique.

Mais elle ne se cachait plus dans sa maison. Plus maintenant. Pas intentionnellement en tout cas.

— Qui leur a raconté cette histoire ?

— Moi.

Kelsey s'était doutée que Connor répondrait à cette question.

— Parce que c'est votre travail ?

Pax posa une main apaisante sur le poing serré de Kelsey et l'attira vers son fauteuil.

— Avez-vous vu Sean ces dernières semaines ?

Elle retira sa main avec un mouvement brusque. Sous les regards perçants des trois hommes, elle se sentit vaciller, comme si le sol se dérobait soudain sous ses pieds. Inconsciemment, elle tentait de chasser toute référence à son frère. A vingt-trois ans — trois ans de moins qu'elle —, il avait semble-t-il passé sa vie à se fourrer dans les ennuis.

Elle avala sa salive avec difficulté avant de s'éclaircir la gorge ; pourtant, les mots ne venaient pas. Il lui fallut une bonne minute pour parvenir à prononcer une question.

— Vous avez déjà cité son nom. Que savez-vous exactement au sujet de Sean ?

Pax ne cilla pas ; il ne tenta même pas de paraître coupable ou inquiet. Il se contenta de se masser la jambe.

— Tout.

— Comment ?

Il répondit par un grognement peu poli.

— C'est sans importance.

Kelsey frappa du poing sur la table. Le regard de Pax se posa quelques secondes sur sa main avant de revenir sur son visage.

A vrai dire, la jeune femme n'avait pas cherché à les surprendre par ce geste : elle avait seulement besoin de s'appuyer à quelque chose.

— C'est important pour moi !

— Kelsey ?

C'était Connor qui l'interpellait ainsi, mais elle refusait de le regarder. Elle voulait que Pax lui avoue la vérité, qu'il lui dise ce qui se passait et qui il était vraiment.

— Non.

Un nouveau silence s'abattit sur la pièce. Cette fois, il lui sembla que même l'horloge de tout à l'heure s'était arrêtée.

Mais peu importe. Ainsi appuyée sur la table, elle pouvait rester des heures à attendre sa réponse. Et elle le ferait si c'était nécessaire.

Après quelques instants de tension, Pax poussa un soupir — ce genre de soupir qui signifie *Dieu comme les femmes sont épuisantes* chez les hommes qui se voient contraints de parler de quelque chose contre leur volonté.

— C'est dommage. Nous le retrouverons tôt ou tard, et le plus tôt sera le mieux. Pour vous.

Il ne comprenait donc rien.

— Non. Vous ne m'avez pas compris. Ça ne va pas se passer comme ça.

— Je vous demande pardon ? lança un Pax incrédule.

Où était passé le charmant client du salon de thé ? Disparu pour toujours, sans doute.

— Vous savez tout de moi, et apparemment de mon frère, et sans doute de tout un tas de gens dont je préfère ne rien savoir. Mais tant que vous ne m'aurez pas expliqué ce qui se passe réellement, et quel est votre rôle dans tout ça, je ne dirai pas un mot de plus.

— Il y a une limite à ce que nous pouvons vous révéler, lança Joël qui, de l'autre côté de la pièce, devait se sentir en relative sécurité.

Comme si elle allait tolérer ce genre d'excuses idiotes !

— Alors emmenez-moi à la police. Je suis sûre qu'ils

voudront m'interroger au sujet de ce prétendu cambriolage que vous avez inventé de toutes pièces.

Le visage de Pax vira au cramoisi et ses phalanges blanchirent sur les accoudoirs du fauteuil.

— Non. Cela ne les intéresse pas.

— Je ne comprends rien à ce que vous me dites.

Il ne bougea pas d'un pouce.

— Nous avons été chargés de vous surveiller.

— Chargés ? Par qui ?

Connor secoua la tête.

— Nous ne pouvons pas vous le dire, mais nous pouvons vous assurer que nous sommes du bon côté, et que nous ne sommes là que pour votre sécurité.

— Parce que si vous étiez du mauvais côté, vous me le diriez, peut-être ?

Joël se mit à rire.

— Nous ferions mieux de nous assurer qu'elle n'est pas blessée et de vérifier la blessure de Pax, non ? Sans compter que je mangerais bien un morceau, moi…

— Je n'ai pas besoin de…

Mais Kelsey n'eut pas le temps de finir de protester.

— Bonne idée, la coupa Pax en se relevant péniblement.

Mais les jambes lui manquèrent, et il faillit tomber. Par réflexe, Kelsey passa le bras autour de sa taille et le retint, au prix d'un violent effort qui lui valut immédiatement une contracture dans le dos. Pax posa les deux mains sur la table pour se raccrocher à quelque chose.

Kelsey leva la tête pour demander de l'aide à Connor. Dans ses yeux, elle lut bien plus que de l'inquiétude. Soudain, elle comprit que ces hommes n'étaient pas seulement des collègues de travail ; leur lien allait au-delà. Pourtant, elle leur en voulait de lui rendre les choses si difficiles. Ils attendaient d'elle une confiance aveugle, sans rien lui donner en retour.

Hum… ce n'était pas tout à fait vrai. Ils lui offraient leur protection. Même si elle ne savait toujours pas contre quoi ou qui.

Si Pax s'était relevé sans encombre, ou s'il était tout bonnement resté assis, elle aurait continué à s'opposer à lui. Mais au moment où Joël avait parlé de leurs blessures, elle avait eu l'impression que tout son corps se mettait à souffrir. Le pouvoir de la suggestion…

Mais le vrai problème était Pax.

Elle le détailla des pieds à la tête, remarquant au passage comment il mettait tout son poids sur sa jambe gauche, et la coupure sur sa joue. A en juger par la façon dont il contractait la mâchoire, il devait souffrir. Kelsey était peut-être bouleversée et furieuse, mais l'homme qui s'était précipité à son secours, lui avait épargné une chute dangereuse et était allé jusqu'à tuer pour elle — cet homme, maintenant, semblait à peine capable de tenir debout.

Ravalant ses questions, elle décida de l'aider avant tout. Elle ne le connaissait pas, mais elle lui était redevable.

Sans lâcher Pax, Kelsey se retourna vers Connor pour aller droit au but.

— Auriez-vous des habits de femme à me prêter ?

Elle vit sa main se crisper sur la table.

— Oui. Ceux de mon épouse.

Tiens donc. Elle ne s'était pas attendue à ce genre de révélations. Mais un coup d'œil à l'alliance de Connor lui apprit qu'il ne mentait pas.

— Où est-elle ?

— Elle n'est pas en ville.

Encore quelqu'un qui n'était pas là. On aurait dit que c'était une constante dans cette maison… ou ce bureau… ou quel que soit cet endroit.

— Très bien. Alors occupez-vous des blessures de Pax pendant que je me change. Ensuite, vous pourrez décider si oui ou non vous pensez que je mérite d'en savoir davantage, et vous me raconterez tout.

Pax eut un rire dédaigneux.

— Sûrement pas !

Elle n'avait même plus conscience qu'elle le retenait par la taille. Avant de le relâcher, elle le pressa légèrement contre elle, comme pour le rassurer.

— C'est la seule solution que j'accepterai.

Joël lança un coup d'œil à Connor.

— Je te l'avais dit.

Celui-ci hocha la tête.

— Tu avais raison.

Kelsey ne comprenait rien à leurs échanges laconiques.

— Mais de quoi parlez-vous ?

Avec un sourire éclatant, Joël se releva.

— Ne vous inquiétez pas. Je vais m'occuper de Pax.

— Vous vous y connaissez ?

Son sourire s'élargit encore.

— Oui, m'dame.

— Eh bien, moi, cet agenda ne me convient pas ! gronda Pax.

En voilà un qui joue les durs...

Cette fois, Connor se leva. Sa façon de se déplacer, avec assurance et aisance, sembla attirer tous les regards sur lui.

— A moi, il me convient très bien. La dame...

— Je m'appelle Kelsey, l'interrompit celle-ci.

— Kelsey a raison, reprit Connor après un hochement de tête. Pax va à l'infirmerie ; Kelsey se change et quelqu'un l'examine au cas où elle serait blessée. Nous nous retrouvons ici dans trente minutes. Ne discutez pas.

Décollant les mains de la table, Pax se redressa. De nouveau, sa large silhouette vacilla, mais il tint debout. Toutefois, il ne souriait pas ; il posa sur Kelsey un regard dur.

— Il y a quelque chose que vous devriez savoir.

— Quoi donc ?

— Nous contrôlons toutes les portes et les fenêtres. Il n'y a aucun moyen de vous échapper.

Vraiment, ce type ne comprenait rien. Kelsey avait totalement abandonné ce genre d'idées quand elle avait vu surgir un troisième homme dans la ruelle. Quand la fusillade avait éclaté.

— Pourquoi croyez-vous que je tenterais de fuir ?

— L'expérience...

4

Dan Breckman fit son apparition dans le bureau de Bryce peu après 15 heures. Un dossier sous le bras, il affichait une mine sévère. Rien de surprenant. A soixante ans, ce militaire en retraite se révélait être une vraie nuisance.

— Nous avons un problème.

Mentalement, Bryce tenta de calculer combien de fois par semaine Dan prononçait cette phrase en entrant dans son bureau. Quoi qu'il en soit, il n'avait pas de temps à perdre en ce moment.

— J'ai une conférence téléphonique dans quelques minutes.

— Je vous assure que cela requiert votre attention.

Tapotant nerveusement le clavier de son ordinateur avec son stylo, Bryce maudit une nouvelle fois sa décision d'engager Dan comme consultant. Avec ses connaissances techniques et son réseau de relations, l'homme apportait certes une légitimité considérable à leur toute nouvelle division spécialisée dans le renseignement — un atout nécessaire dans un secteur où la compétition était rude ; mais il se comportait avec bien trop d'autorité, comme s'il était le chef. Contrairement à ce que Bryce avait espéré, il s'avérait du genre à fourrer son nez partout plutôt qu'à rester tranquillement derrière son bureau en attendant son chèque de fin de mois.

Garde tes ennemis près de toi. Dans le cas de Dan, le proverbe était faux. Lui offrir un bureau ici avait été une véritable erreur. Non seulement il avait accès aux programmes informatiques et aux plans financiers, mais encore il tentait de s'immiscer dans les moindres aspects de chaque nouvelle opération, et même dans les questions personnelles, qui pourtant n'entraient pas dans sa définition de poste. Bryce avait beau s'y opposer, les employés parlaient entre eux et échangeaient des informations.

Et Dan commençait à poser des questions auxquelles Bryce ne tenait pas à répondre. Il ne suffirait pas d'ordonner à l'ancien militaire d'en rester là pour résoudre le problème Sean Moore.

Dan n'attendit même pas qu'il poursuive. D'un pas décidé, il s'approcha du bureau et lança :

— Sean Moore n'est pas venu travailler aujourd'hui. C'est le seizième jour ouvré de suite.

Bryce connaissait exactement ce chiffre. Il aurait même pu le convertir en minutes — il ressentait chaque seconde de cette absence comme si une horloge défilait dans sa tête.

Il se mit à tapoter son stylo plus rapidement.

— J'ai demandé aux ressources humaines d'utiliser tous nos moyens pour le retrouver. Apparemment, il a quitté la ville.

— A la lumière de son passé, je ne peux pas dire que cela soit une surprise pour moi. Mais je continue à me demander pourquoi il a été engagé et comment il s'est retrouvé dans mon équipe.

Chacun de ces reproches se gravait dans l'esprit de Bryce, augmentant encore sa colère. Ce n'était pas à lui de s'occuper du recrutement des employés de bas niveau, pas plus que de superviser les détails. Il avait bien trop de travail à diriger la société pour se permettre d'assister aux entretiens d'embauche de chaque secrétaire ou hôtesse d'accueil.

Dorénavant, ce serait Glenn qui se chargerait de cette tâche. Avec ses statistiques et ses modes de procédure, il parviendrait sans peine à éviter que ce genre de boulettes stupides ne se reproduise… sans quoi il perdrait son emploi.

Cela dit, Bryce n'avait aucune intention de donner d'autres responsabilités à Dan.

— Vous faites allusion au passé du *père* de Sean Moore. Le CV et les références de Sean étaient impeccables.

— Il a raté son dernier passage au détecteur de mensonge.

Bryce avait cherché à enterrer ce fait, mais Dan l'avait donc découvert. Mauvais signe. Bryce se promit à son tour de fouiller dans les dossiers de Dan, pour comprendre comment celui-ci avait pu apprendre cela aussi vite. Il en savait trop ; qui donc, dans l'entourage de Bryce, laissait ainsi fuiter les informations ?

— Je suis au courant de cette histoire de test. Sean est encore jeune. En tant que propriétaire de cette entreprise (il appuya sur le mot *propriétaire*), je suis immédiatement mis au courant de ce genre de choses. Lorsque nous retirons à un employé son accréditation de sécurité, et puisque cette accréditation est une condition suspensive, nous le licencions.

— Mais le jeune homme en question a mené des recherches préliminaires sur notre programme de reconnaissance de signal *avant* d'avoir obtenu son accréditation.

Encore une information dont Dan n'aurait pas dû disposer. Chaque mot qu'il prononçait le faisait se rapprocher du haut de la liste des problèmes urgents de Bryce.

— S'il le faut, je ferai appel au NCIS.

Bryce avait peut-être été un souffre-douleur toute sa jeunesse, mais ce temps était désormais révolu. Lâchant son stylo, qui tomba sur le bureau avec un claquement sec, il se leva pour s'étirer de toute sa taille. Dan avait beau avoir porté l'uniforme, Bryce possédait une véritable carapace, de celles que vous forgent des années de vie à la dure.

— Cette société a besoin de ma réputation pour lui ouvrir des portes au Pentagone, lança Dan.

Il déposa le dossier sur le bureau et se pencha en avant de façon quasi menaçante.

— Ce qui me donne certaines prérogatives, et en particulier celle de remettre en question vos choix de recrutement.

Sur la question des entrées au Pentagone, il n'avait pas tort. Bryce se promit donc de se mettre à chercher dès le lendemain un nouveau consultant qui puisse les lui offrir — quelqu'un qui se contenterait de toucher sa paie et d'inviter d'anciens collègues de travail à des dîners luxueux. Et qui, cerise sur le gâteau, saurait quand se taire.

— Ecoutez, Dan, je sais que vous avez l'habitude de vous trouver au sommet de la hiérarchie. Mais ce n'est plus le cas. Je n'ai pas à vous répondre et je n'apprécie pas votre intervention sur ce dossier.

Un silence tendu succéda à sa remarque. Au bout de quelques instants, les traits de Dan se décrispèrent légèrement.

— Très bien.

Là-dessus, il poussa le dossier sur le bureau en direction de Bryce. Celui-ci ne fit pas mine de le saisir. Il était très fort à ce petit jeu.

— Qu'est-ce que c'est, au juste ?

— Tous les renseignements que j'ai pu trouver sur Sean Moore et sa famille.

Un petit sourire flotta sur les lèvres de Dan. Il poursuivit :

— Vous n'êtes pas le seul à avoir des relations…

— Qu'insinuez-vous exactement ?

— Je veux seulement m'assurer que nous nous comprenons bien. Une enquête sur la société Kingston, et en particulier sur le fait qu'on ait pu laisser un employé non accrédité travailler sur un projet top secret, ferait tache. Cela pourrait remettre en question la position de l'entreprise vis-à-vis du gouvernement. C'est pour cela que je souhaite que vous me laissiez vous aider à résoudre ce problème. A vrai dire, j'insiste tout particulièrement dans ce sens.

Ce n'était pas une menace vaine. Il y avait des lois et des règlements draconiens à suivre pour une entreprise qui souhaitait signer un contrat avec le gouvernement. Pourtant, Bryce ne cilla pas.

— Je vous remercie de votre requête. Je vais la considérer avec attention.

Ce ne fut qu'au bout de plusieurs heures que Pax put enfin regagner le rez-de-chaussée. Il descendit les deux étages en s'agrippant comme un forcené à la rampe. Son pas était lourd et maladroit — mais au moins il pouvait marcher. Vingt minutes plus tôt, alors qu'il se tenait sous le jet de la douche brûlante, il n'était pas certain qu'il y parviendrait. Toutefois, il avait peu à peu retrouvé l'usage de ses membres, ce qui le soulageait énormément.

Il claudiqua jusqu'à la salle de travail, dédaignant les plateaux-repas dans la cuisine. Ses collègues et lui avaient décidé de commencer par manger un morceau. La conversation s'était résumée à quelques commentaires de Joël sur les films qu'il avait vus ; à vrai dire, ils étaient affamés. Pax ne craignait plus que Kelsey tente de s'échapper à la moindre occasion — pas tant à cause de sa promesse que parce qu'il la voyait souriante et détendue. Pas une seule fois son regard ne s'était dirigé vers une porte ou une fenêtre.

Après le déjeuner, il avait donc eu droit à une douche suivie d'une visite médicale, inutile selon lui. Toutefois, il devait reconnaître que le nouveau pansement autour de la blessure par balle de sa cuisse lui avait fait du bien, même si la douleur demeurait présente en arrière-plan — et qu'elle explosait chaque fois qu'il prenait franchement appui sur sa jambe. Marcher lui était difficile... mais pas impossible. Les médicaments l'avaient également beaucoup soulagé.

Cela dit, il comptait bien rester assis pendant les deux ou trois heures à venir. Il prit place dans le fauteuil le plus proche et se laissa aller contre le cuir confortable. Mais un coup d'œil autour de lui suffit à réveiller un signal d'alarme dans sa tête.

— Où est Kelsey ?

— Du calme, lança Joël, sortant de la cuisine avec du café tout frais. Elle est en haut.

— Très bien. Et je suis très calme, si tu veux savoir.

Sauf pour la décharge d'adrénaline qui venait d'accélérer d'un coup son rythme cardiaque. Pax ferma les yeux en espérant que cela l'apaiserait.

— C'est ça, oui.

En entendant la nuance moqueuse dans la voix de Joël, Pax rouvrit les yeux ; il lui lança un regard menaçant.

— Arrête un peu les insinuations, d'accord ?

— Elle te fait craquer, non ?

Craquer. Rêver. Fantasmer.

Elle lui faisait aussi oublier tout son entraînement militaire. Et perdre le contrôle. Rien que ça.

— Elle a déjà tenté de s'enfuir. Je vérifie, c'est tout.

— Ce qui nous mène à un autre sujet de conversation, poursuivit Joël d'une voix amusée.

Il s'installa confortablement face à lui, les pieds sur le bureau.

— J'ai l'impression qu'il est temps de réviser tes manières avec les dames. Tu as remarqué que, ces derniers temps, elles en sont presque à se jeter par la fenêtre pour ne pas avoir à se retrouver avec toi dans une voiture ?

— Je tentais d'assurer sa sécurité, voilà tout.

— Oui, j'avais remarqué…

— Il n'y a rien entre elle et moi. C'est purement professionnel.

Pax se répétait ces mots mentalement depuis des jours et des jours… et il ne parvenait toujours pas à y croire lui-même. Cela faisait déjà une semaine qu'il avait cessé de la surveiller pour l'admirer, purement et simplement.

Joël leva les yeux, faisant mine de compter mentalement.

— Treize mots… ça fait beaucoup pour un déni de réalité.

— J'ai un mot très court pour toi, si tu veux.

Cette fois, Joël se mit à rire ouvertement.

— Tu aggraves ton cas, non ?

Avec un soupir théâtral, Pax finit par céder.

— C'est bon. Dis ce que tu as à dire.

— Je vois comment tu la regardes.

La voix de Joël était plus basse, plus calme. Il ne riait plus.

Pax avait conscience d'être gaga devant Kelsey, mais il détestait que Joël ait remarqué cette faiblesse.

— Je ne la regarde que parce que je crains qu'elle cherche à s'enfuir, et que je doive lui courir après.

— Non. Ce n'est pas vrai.

Paxton choisit d'esquiver.

— Où est Connor ?

Joël tapota son mug du bout des doigts.

— D'accord. Donc, on change de sujet ?

— Exactement.

Le jeune homme se leva alors pour quitter la table de conférences et se diriger vers son propre bureau — celui qui croulait sous les écrans d'ordinateur et le matériel informatique.

— Connor est allé faire place nette du côté du salon de thé. Ensuite, il devait retrouver Ben pour voir s'ils pouvaient identifier vos assaillants. Celui que tu as poignardé est toujours dans les vapes à l'hôpital, mais il finira par se réveiller.

— J'espère bien.

— Ben monte la garde, juste au cas où.

Joël se mit à pianoter sur son ordinateur. Sur son écran, les vues du quartier historique prises par des caméras de surveillance se mirent à défiler.

— D'après toi, Kelsey peut-elle être mêlée aux manigances de son frère ?

Il avait posé la question avec un certain détachement. Belle façon de mettre les pieds dans le plat.

— Pardon ?

Joël haussa les épaules.

— Tu l'as dit toi-même : tu ne la connais pas. Tu l'as simplement surveillée. Elle pourrait être de mèche avec Sean.

— Impossible !

Paxton refusait même d'envisager cette hypothèse.

— Mes excuses, alors. On dirait que tu connais mieux cette femme que je ne le pensais.

Le problème, c'est que ce n'était pas le cas.

5

— On dirait que j'interromps quelque chose d'important, lança Kelsey d'une voix douce.

Pax sursauta. Dire qu'il avait espéré que son rythme cardiaque allait baisser. Tu parles ! La petite voix l'avait tellement surpris qu'il avait dû s'accrocher aux accoudoirs pour ne pas bondir.

Elle les avait surpris. Eux, des agents spéciaux surentraînés. Impossible qu'elle n'ait pas fait exprès. Alors, quelle information avait-elle tenté d'espionner ?

Sans parler de sa tenue. Un short de gym effiloché et un T-shirt blanc moulant. Elle sentait bon, un parfum fruité. Et elle devait avoir trouvé dans la douche un de ces produits féminins dont il ignorait à peu près tout, car sa peau resplendissait. Ses cheveux avaient commencé à onduler légèrement en séchant.

Pax aurait aimé trouver quelque part un seau d'eau glacé pour y plonger la tête. C'était plus qu'il ne pouvait en supporter.

— Vous n'interrompez rien d'important.

Elle posa sur lui un regard presque attendri, un de ceux que les femmes vous lancent lorsqu'elles savent qu'elles ont gagné.

— Oh que si. Vous souhaitez m'en dire davantage ?

— Rebonjour, Kelsey, fit Joël en se levant.

Il se racla la gorge pour se donner une contenance, mais ne parvint pas pour autant à masquer le rouge de ses joues.

— Comment vous sentez-vous à présent ?

— Bien essayé. C'est une jolie façon de m'envoyer sur les roses, avec votre sourire « spécial demoiselles », mais je préférerais que vous répondiez à ma question.

Elle aurait pu choisir n'importe quel siège — mais elle se dirigea sans hésiter vers celui qui se trouvait juste à côté de Pax.

— Allez-y. L'un ou l'autre, ça m'est égal.

D'après Pax, le compliment sur le sourire de Joël était de trop. Il s'apprêtait à le faire remarquer à voix haute, mais la présence de la jeune femme à son côté le laissa muet pendant quelques secondes.

Joël fit mine de chausser de nouveau son casque.

— Quand Connor reviendra, nous…

Elle soupira.

— Non.

Le jeune homme se figea.

— Pardon ?

Mentalement, Pax soupesait les risques. Il y avait un protocole pour ce genre de situations, mais ils avaient déjà enfreint les règles en l'emmenant ici. Fini les petits jeux. Si elle détenait des informations, il avait besoin de le connaître. Inutile de chercher à finasser avec elle.

— Sean a disparu avec des informations top secret.

La chaise de Joël retomba brutalement sur le parquet.

— Pax, que diable…

— Il vaut mieux qu'elle le sache. Elle n'acceptera pas qu'on lui dise de laisser tomber ou qu'on la fasse lanterner.

Pax avait déjà essayé : cela ne marchait pas. Kelsey n'était pas du genre à se contenter de platitudes ou de mensonges.

— Merci d'admettre que je ne suis pas idiote, murmura-t-elle à son intention, l'air bougon.

Pax ne prit même pas la peine de baisser la voix pour lui répondre.

— Croyez-moi, je préférerais que vous le soyez.

— Vous êtes charmant.

Dans la mesure où tel n'était pas son objectif en ce moment, il ne se formalisa pas de ce commentaire.

— Savez-vous en quoi consiste le travail de Sean à Kingston Inc. ?

— Nous ne sommes pas en très bons termes, vous savez.

A vrai dire, nous ne nous parlons pas. Mais vous devez le savoir, non ?

Inutile de le nier. Pax avait lu son dossier. Comme tous les autres.

— J'ai quelques informations sur votre passé, oui.

— Comme le fait que mon père vendait des polices d'assurance bidons à des gens et partait avec la caisse ? C'est une belle histoire de famille, non ? Mais Sean refuse de l'entendre. Il pense que c'est une erreur. Il ne veut pas entendre raison, ni examiner les preuves, qui pourtant ne manquent pas.

— Tout ça est paru dans les journaux, commenta Joël, revenu à son clavier d'ordinateur. L'affaire a fait grand bruit.

— Eh bien, la vivre de l'intérieur n'était pas exactement une partie de plaisir. Sean ne se souvient que de bribes. Il avait seulement treize ans, et sa mère n'a pas cessé de lui raconter que la famille Moore était calomniée par des jaloux. Quant à moi, j'étais la sale gamine issue d'un premier mariage regrettable, et je n'appartenais donc pas à son petit club de « nous-tous-contre-le-monde-entier ».

Pax était au courant de tous ces éléments et de la condamnation de leur père — qui n'avait effectué que deux ans de prison grâce à des preuves retrouvées « providentiellement » qui mettaient en cause son assistant. Celui-ci avait fini derrière les barreaux, et le père était retourné tranquillement chez sa riche héritière d'épouse, abandonnant Kelsey.

Tout cela lui était familier. Le chagrin, la douleur... Sa propre mère avait agi ainsi avec lui. Dans des circonstances différentes, certes, mais l'abandon restait l'abandon dans tous les cas.

— Je comprends.

— Ce n'est pas pour vous vexer, mais j'en doute, répondit-elle, pincée.

— De mauvais parents, je sais ce que c'est.

Il avait même réussi à y survivre, et cela seulement grâce à Davis. On les avait trimballés de famille d'accueil en famille d'accueil, de mobil-homes en cabanes à peine habitables, et Davis avait été celui qui rendait tout cela supportable.

A l'idée que Kelsey n'avait pas eu quelqu'un comme Davis pour l'aider, l'estomac de Pax se soulevait.

— Voilà qui me donne envie d'en savoir plus sur votre vie.

L'expression de dureté avait quitté son visage et son regard. C'était compréhensible, mais Pax n'avait nulle intention de déballer son histoire et ses sentiments dans la situation présente. Il avait fait une croix sur son passé et ne comptait pas rouvrir la blessure.

— Finissez d'abord votre histoire, voulez-vous ?

Pendant quelques secondes, elle se mordilla nerveusement la lèvre avant de reprendre :

— Sean voulait croire en l'innocence de notre père, mais je n'étais pas aussi naïve. Il recevait lui-même tous les chèques qui arrivaient au bureau. Jamais son assistant n'aurait pu le doubler. Mon père a menti. Il est allé en prison, mais il a eu de la chance et il en est sorti. Point final. Je n'ai aucune envie de parler davantage de lui.

Très bien. Elle s'était montrée franche ; à lui de faire de même.

Ignorant le mouvement de tête de Joël, Pax expliqua :

— Sean a trouvé un travail chez Kingston, une entreprise de communication qui cherche à travailler pour le gouvernement. Il occupait un poste d'analyste informatique… et il a disparu.

Voilà. C'était sorti. A en juger par les roulements d'yeux de Joël, et malgré les multiples sermons de Connor sur la confidentialité de leurs activités, Pax en avait révélé plus qu'il n'aurait dû. Cela devrait suffire à la jeune femme.

Pourtant, elle pencha la tête sur le côté — ses cheveux humides lui tombèrent sur l'épaule — pour le considérer d'un air suspicieux.

— Quelle est la partie que vous me cachez ?

Non, cela ne lui suffisait pas.

— Pardon ?

— Qu'est-ce qui vous fait croire qu'il vous cache quelque chose ? demanda Joël.

— Parce qu'il en déduit que Sean a fait quelque chose de mal au lieu de supposer qu'il est blessé, en vacances ou autre chose… à moins que vous ne sautiez aux conclusions du simple fait de son nom de famille ?

Ses yeux n'avaient pas quitté Pax, scrutant son visage comme pour y lire la vérité.

— Je me demande si vous ne condamnez pas Sean à cause des crimes de mon père.

— Je n'ai jamais dit ça.

Ce n'était pas du genre de Pax, pas du tout. Il agissait toujours en professionnel.

Du bout des doigts, elle se mit à dessiner un motif invisible sur le bureau.

— Vous ne seriez pas le premier à le faire.

— Et si vous arrêtiez un peu de me voir comme le méchant ?

Pax posa la main sur la sienne. Elle tenta de la retirer, mais il la retint.

— Je ne pense pas que vous soyez mêlée à tout ça. Et je ne pense pas non plus que votre frère soit blessé. Pas encore en tout cas. Mais, innocent ou non, ses actions le mettent gravement en danger.

Joël intervint :

— Les enregistrements informatiques — que Sean a tenté d'effacer sans savoir que sa tentative déclencherait un système d'alarme — montrent qu'il a téléchargé des documents confidentiels de la société avant de quitter les lieux. Le problème, c'est que l'armée considère que ces documents lui appartiennent, ce qui signifie que l'acte de Sean met en jeu la sécurité du pays.

Kelsey s'était mise à secouer la tête avant que Joël ait fini sa phrase.

— Impossible ! Sean est immature et il a commis des erreurs — croyez-moi, je sais de quoi je parle —, mais il ne trahirait jamais son pays !

— Je ne l'accuse pas de ça, répondit Joël. Je dis simplement que les caméras de surveillance montrent qu'il a agi seul, sans qu'on braque un revolver sur sa tempe pour l'obliger à le faire ; nous devons donc supposer qu'il avait une raison pour voler ce qu'il a volé. Et nous devons comprendre de quoi il s'agissait.

Kelsey resta un instant sans voix, le regard vide et l'air atterré. Enfin, elle reprit faiblement :

— Je ne peux pas croire que Sean ait fait ça. Pas tout seul…

— Il a vidé son compte en banque, fait fermer ses lignes électrique et téléphonique ; puis il est monté dans sa voiture et il a disparu. D'après vous, cela ressemble-t-il à un kidnapping ?

Elle cilla comme si on l'avait frappée.

— On dirait… on dirait que vous en savez long sur ce qui s'est passé. Qui êtes-vous, au juste, tous les deux ?

Cette fois, Pax laissa Kelsey retirer sa main.

— Nous sommes chargés de missions cruciales, mais qui restent dans l'ombre. Des missions de secours aux victimes d'enlèvement. Nos clients sont le gouvernement ou des entreprises privées.

— Vous plaisantez ?

— Une partie de nos activités consiste à proposer des formations et des mesures de sécurité pour éviter que les kidnappings ne se produisent. Mais cela ne suffit pas toujours, et nous avons donc parfois à intervenir sur des enlèvements. Vous n'imaginez pas le nombre de sociétés qui envoient des employés en mission dangereuse sans les préparer réellement.

Joël produisit un bruit étrange, clairement désapprobateur.

— Dis donc, Pax ! Tu ne crois pas que tu en as dit assez ?

Pax leva la main pour faire taire ses protestations. Sans quitter Kelsey des yeux, il poursuivit :

— Dans cette affaire, c'est le gouvernement qui nous emploie. Quelqu'un a signalé le comportement de Sean et sa disparition au ministère de la Défense. Aucune plainte officielle ne nous est parvenue de chez Kingston pour l'instant, mais nous sommes pourtant au courant de tout.

Elle sursauta.

— Que voulez-vous dire ?

Pax en avait déjà beaucoup révélé, et il n'avait pas l'intention de se mettre à enjoliver la réalité à ce point de la conversation. C'était une question de vie ou de mort. Il y aurait d'autres agresseurs, d'autres pièges, si le groupe Corcoran ne parvenait pas à résoudre l'affaire.

— Nous ignorons qui sont vos agresseurs et jusqu'où ils sont prêts à aller pour retrouver Sean. Voilà pourquoi je vous surveillais au Café Porcelaine.

— C'est sans doute également la raison pour laquelle ces hommes vous ont attaquée, ajouta Joël d'une voix résignée. Vous êtes pour eux un lien avec Sean. Ce qui implique d'ailleurs qu'il est sans doute toujours en vie. Et nous allons tout faire pour qu'il le reste, et vous du même coup.

— Et mon père ?

— Nos ordres sont de vous protéger et de rechercher Sean. C'est tout.

Pax supposait que le FBI gardait de toute façon le père de Kelsey sous surveillance, du fait de son passé criminel.

Pendant quelques instants, Kelsey resta silencieuse, les yeux dans le vague. Enfin, elle murmura :

— Vous pouvez comprendre que j'aie du mal à croire à toute cette histoire...

— Vraiment ? Regardez autour de vous.

Question histoires incroyables, Pax avait entendu — et connu — bien pire. Quelques mois plus tôt, il avait vu son bateau exploser dans la marina, parce que quelqu'un avait tenté d'assassiner Davis et Lara. Des drames de ce genre arrivaient tous les jours, même dans un lieu aussi idyllique qu'Annapolis.

— Je veux dire... avec ce que vous avez vécu, et en voyant cette pièce, vous doutez vraiment qu'un groupe comme le nôtre puisse exister ?

La jeune femme recula sa chaise et se redressa.

— Pourquoi ne pas m'avoir dit tout cela avant ?

— Nous ne sommes même pas censés vous en parler maintenant ! s'exclama Joël en pianotant rageusement.

— Que voulez-vous dire ?

Pax avait décidé qu'il réglerait ce problème plus tard. Tout son être lui criait de raconter toute la vérité à Kelsey. Peu importaient les conséquences, et ce que dirait Connor. Pax aimait son travail, en particulier parce qu'il impliquait bien moins de paperasse et de procédures que son emploi précédent à la DIA. Et dans ce cas précis, il avait besoin d'avoir les coudées franches.

— Nous ignorions ce que vous saviez au juste des activités de votre frère, expliqua-t-il.

— Ce qui veut dire que vous me soupçonniez d'être mêlée à ce qu'il a fait dans cette entreprise ?

Elle était brillante, il fallait en convenir — et Pax savait que cette intelligence la rendait très difficile à manipuler.

Et très difficile à quitter.

Il repoussa cette pensée.

— Au début, c'était une possibilité, oui.

— Et maintenant ?

— Je vous ai tout dit sur nous et sur cette affaire, non ? Cela devrait suffire à vous prouver que je vous fais entièrement confiance.

De nouveau, elle mordilla sa lèvre inférieure. Il craignit qu'à force, elle ne se mette à saigner. Il s'apprêtait à lui en faire la remarque lorsqu'elle lança :

— Nous devons retourner à la boutique. Dans mon appartement.

Pax retint un soupir. Il comprenait ce qu'elle ressentait. Perdre son bateau l'avait lui-même bouleversé. Celui-ci avait explosé, avec tous les biens qu'il possédait. Mais ces derniers ne comptaient pas pour lui. La perte était bien plus profonde, comme si le bateau avait été une partie de lui-même. Il avait passé tant de temps à l'astiquer, le réparer, le piloter… le fait de se trouver sur l'eau lui offrait un sentiment de liberté, un espace où il pouvait oublier un instant les dangers de son travail. En perdant ce bateau, il avait eu l'impression qu'il perdait cette liberté.

Pour Kelsey, la perte devait être plus grande encore. Il pouvait seulement imaginer ce que cela faisait de perdre à la fois sa maison et son travail. Elle devait sans doute bouillir intérieurement… mais pour l'instant, il n'y avait pas d'autre choix.

— Ecoutez, Kelsey. Je sais à quel point votre travail compte pour vous. Je vous ai vue à l'œuvre. Mais vous n'y seriez plus en sécurité pour l'instant.

— Je comprends, répondit-elle calmement.

Alors, pourquoi insistait-elle ?

— Donc, vous comprenez que nous ne pouvons pas y retourner. Profitez-en pour prendre un peu de repos ici.

— Vous vous méprenez. Je ne veux pas y rester. Mais nous devons récupérer le colis que Sean m'a envoyé.

Joël bondit de sa chaise pour se rapprocher d'eux.

— Pardon ?

Pax comprenait son émoi ; lui-même était passablement secoué par cette révélation.

— Impossible !

Une expression de méfiance se peignit sur les traits de la jeune femme.

— Pourquoi donc ?

— Pour rien, répondit automatiquement Pax.

Mais elle ne lâcha pas le morceau. Au contraire, elle fit face à Paxton, ignorant Joël.

— Pax ?

Par-dessus l'épaule de la jeune femme, il voyait Joël lui adresser des mimiques désespérées. *Ne fais pas ça* — tel était son message.

Mais Pax choisit d'ignorer sa suggestion et de continuer sur sa lancée. Après tout, au point où il en était…

— Nous surveillons votre courrier depuis le début. Quelques jours après la disparition de Sean.

Elle en resta bouche bée.

— Vous… avez… osé…

— Oui.

La jeune femme leva les yeux au ciel.

— Incroyable !

— Vous voulez dire *nécessaire*.

Joël poussa un juron et braqua sur lui un regard accusateur.

— Depuis quand es-tu devenu si bavard, Pax ?

Mais celui-ci tint tête.

— Tu n'imagines tout de même pas que nous aurions pu en tirer quoi que ce soit si nous ne lui disions pas la vérité ?

— Merci, Pax, fit Kelsey. Enfin, je crois…

Elle baissa les yeux quelques instants, comme si elle calculait la meilleure façon d'obtenir les réponses qu'elle voulait.

— Puisque vous avez choisi la franchise, je vais faire de même. Le colis est arrivé en même temps qu'une livraison, par un transporteur. Mais il ne portait pas d'étiquette. Sur le moment, j'ai trouvé ça étrange, mais j'ai pensé qu'il s'agissait simplement d'une erreur de manipulation.

Ainsi, il y avait un trou dans leur surveillance ? Pax n'arrivait pas à comprendre où. Connor, lui, le découvrirait.

— Qu'y avait-il dans ce colis ?

— Je l'ignore. Je ne l'ai pas ouvert.

— Vous n'étiez pas curieuse ? demanda Joël.

— Sean et moi, nous ne sommes pas proches. Il y a longtemps que j'ai décidé de ne plus me laisser embobiner par lui.

— Je ne comprends toujours pas.

Pax fut ravi que Joël exprime son propre sentiment à voix haute.

— Ce n'est pas la première fois qu'il m'envoie quelque chose. Jusque-là, c'était seulement dans le but de me faire culpabiliser — des nouvelles de la santé de mon père, ou des objets de notre enfance.

Pax commençait à réellement détester la famille de Kelsey. L'imaginer dans cette maison, avec sa mère décédée d'un cancer et son père qui se remariait presque aussitôt avec une femme plus jeune, le révoltait jusqu'au plus profond de son être. Il aurait aimé cogner sur quelque chose.

— Quel garçon charmant… ironisa-t-il.

— C'est vrai. Pas étonnant qu'il ait des ennuis, n'est-ce pas ?

Assez parlé de sa famille. Pax avait besoin qu'elle lui parle de nouveau du colis.

— Cette histoire de livraison par transporteur… ça s'est passé quand ?

— Maintenant que j'y réfléchis, ça s'est produit quelques jours avant votre première visite dans le salon de thé.

Joël hocha la tête.

— Voilà notre explication…

Sans tenir compte de son intervention, Kelsey s'adressa directement à Pax :

— Et avant que vous ne commenciez à donner des ordres et à vous faire mal en boitant, laissez-moi vous dire que je viens avec vous pour récupérer ce colis.

Avait-elle perdu la tête ?

— Non.

— C'est vous qui m'avez tirée de ma boutique. A présent, je reste avec vous. Sans compter, ajouta-t-elle en fixant sa jambe, que je cours sans doute plus vite que vous, en ce moment.

C'est seulement alors que Pax se rendit compte que, pendant tout le temps de cette discussion, il n'avait cessé de se masser inconsciemment la cuisse. Bravo pour le self-control !

— Vous me paraissez bien belliqueuse…

— Soit vous m'emmenez, soit je me mets à hurler jusqu'à ce que la police arrive.

— Je croyais que vous ne vouliez plus vous échapper ? répondit Pax, mal à l'aise.

— C'est vrai. Mais vous ne m'échapperez pas non plus.

A vrai dire, cette idée le séduisait plutôt.

Au pas de course, Sean traversa les parkings sombres qui peuplaient les dessous de la voie rapide de Whitehurst. Le fleuve Potomac se trouvait sur sa gauche, et il pouvait entendre de sa droite s'élever le bruit du trafic de Georgetown. Cela faisait si longtemps qu'il était en cavale qu'il n'y prêtait même plus attention.

L'humidité de l'air et la transpiration se mêlaient pour tremper son T-shirt, en particulier au niveau de son sac à dos. Mais Sean ne pensait qu'à une chose : à quel point il avait tout raté. Le fait de se retrouver dans les bas-fonds de Washington, à des kilomètres de la première bouche de métro, était par exemple une énorme erreur tactique. Tout ça parce qu'il avait voulu utiliser les ordinateurs de l'université George Washington pour tenter d'effacer ses traces.

Emprunter la carte d'accès d'un étudiant pour la copier avait été un jeu d'enfant. Ensuite, il s'était introduit dans le labo d'informatique où il avait attendu le soir, dissimulé dans un placard. Une fois seul, il avait tenté de lancer le programme qu'il avait mis au point pour pouvoir pénétrer à distance dans le système informatique de Kingston. Malheureusement, l'arrivée imprévue de deux ouvriers d'entretien — qui ressemblaient bien plus à des déménageurs qu'à des femmes de ménage — avait fait échouer ses plans.

Depuis cet épisode, il ne faisait que fuir et se cacher. A présent, la nuit tombait. L'obscurité lui permettrait certes de se dissimuler plus facilement, mais elle rendrait sa progression difficile.

Au lieu de se diriger vers le Dupont Circle comme il aurait dû logiquement le faire en sortant de l'université, il avait pris la direction de Georgetown. A présent, il était coincé. Kelsey ne répondait pas à ses appels téléphoniques, et il n'avait pas assez d'argent pour louer une voiture ou prendre un bus jusqu'à Annapolis.

Sous peine d'être repéré, il ne pouvait plus utiliser ses cartes bancaires, pas même dans un distributeur automatique ; et il avait dépensé pratiquement tout l'argent liquide qu'il avait retiré au début de sa cavale, des semaines plus tôt.

Ils étaient partout. Ils l'espionnaient. Ils le suivaient.

Mais il n'y avait qu'un seul endroit où il pouvait aller. Une seule personne en qui avoir confiance. Et certainement pas celui qui l'avait attiré dans ce guêpier avec ses belles promesses. Quelqu'un d'autre. Il lui faudrait dépenser tout l'argent qu'il lui restait pour s'y rendre, mais il n'avait pas le choix.

6

Malgré son insistance, Kelsey avait commencé à douter de sa décision d'accompagner Pax à la seconde même où elle l'avait suggérée. Et dire qu'il l'avait complimentée sur son courage… A présent, deux heures plus tard, alors que la nuit tombait, elle se retrouvait à surveiller son propre appartement.

Une soirée comme les autres…

Ils avançaient sur le trottoir, s'approchant de la vitrine du salon de thé comme deux promeneurs, mais aux aguets. Elle prit le bras de Pax. Si quelqu'un les espionnait, il y verrait sans doute un geste amoureux. A la vérité, elle voulait simplement le sentir près d'elle. Il avait démontré qu'il était le compagnon idéal lorsque les balles se mettaient à voler… Même si elle espérait que cela ne se reproduirait plus jamais.

Ils se trouvaient suffisamment loin du port de plaisance pour éviter la plupart des touristes et la foule des restaurants. Toutefois, il y avait du monde sur les trottoirs. Plusieurs personnes s'arrêtaient même devant la vitrine du salon de thé, à quelques dizaines de mètres d'eux, pour regarder avec curiosité.

La claudication de Paxton posait aussi un problème à Kelsey. Elle commençait à paniquer et à remettre en doute toutes ses décisions de la journée. Dire que c'était ce matin à peine que deux hommes l'avaient attaquée et que Pax était venu à sa rescousse…

Elle ne cessait de se retourner pour regarder derrière eux. Quel que soit le nombre d'heures écoulées depuis, ses nerfs semblaient ne pas vouloir se calmer. Elle ne rêvait que d'un endroit où elle aurait pu s'asseoir, fermer les yeux et cesser de craindre qu'on lui tire dessus.

Elle détestait cette nervosité, ce sentiment de panique permanente dans son ventre. Mais elle ne pouvait que s'en prendre à elle-même : en mentionnant l'existence du colis devant Joël et Pax, elle avait provoqué cette visite chez elle. Au début, cela lui avait paru une grande idée. A présent, l'obscurité et les recoins menaçants la faisaient douter.

Malgré la chaleur moite, elle se serra encore plus contre Pax et lui glissa à l'oreille :

— Aller récupérer ce colis était une très mauvaise idée. Je suis désolée d'en avoir parlé.

— Vous l'avez déjà dit.

Il posa une main rassurante sur sa hanche avant d'ajouter :

— Trois fois, en fait.

— Peut-être que la quatrième finira par vous convaincre.

Il lui offrit un de ses sourires charmants qui lui faisaient pétiller les yeux. Comme elle aimait ce regard ! Il était à la fois doux et sexy, et il apaisait une bonne partie de ses inquiétudes… tout en la laissant à moitié gaga.

Pax la dévisageait ouvertement et elle se sentit rougir.

— Qu'y a-t-il ? demanda-t-elle.

— Nous pouvons faire ça sans vous, juste Joël et moi. Vous pouvez attendre dans la voiture, ou même retourner à la maison. Connor sera là d'une minute à l'autre.

C'est à peine si elle comprit ce qu'il disait tant elle se délectait de sa voix profonde.

— Joël y est déjà. Il monitore les communications.

Pax lui caressa la joue.

— Je vois que vous avez déjà le vocabulaire de la maison…

— J'aimerais pouvoir m'en vanter, mais je répète seulement ce que Joël a dit.

Comme par hasard, la voix de celui-ci s'éleva à ce moment :

— Je suis dans votre oreille et j'entends tout ce que vous dites, alors restez calmes, vous deux. Ou pas, d'ailleurs. Je suis très ouvert, comme garçon, et ça ne me gêne pas d'écouter aux portes…

Instinctivement, elle porta la main à son oreille et regarda autour d'eux, craignant que quelqu'un d'autre ne puisse entendre la voix grave de Joël.

— Etrange, comme sensation…

Pax haussa les épaules.

— On s'y habitue.

— Tu n'as pas toujours dit ça, ironisa Joël dans l'écouteur. D'habitude, je t'entends jurer et te plaindre en permanence. Quand tu ne me dis pas de fermer ma…

Pax se racla la gorge.

— Correction. On s'habitue à ignorer Joël. C'était ce que je voulais dire.

Ils n'étaient plus qu'à un bâtiment de sa maison — cette maison qu'elle avait décorée avec amour, même si toutes ses économies y étaient passées. Pax ne ralentit pas l'allure. Le bruit régulier de ses semelles sur le trottoir avait pour Kelsey quelque chose de rassurant, qui dissipait un peu ses appréhensions.

C'est en se concentrant sur le son qu'elle remarqua quelque chose d'autre — en même temps qu'une certaine tension dans la mâchoire de Pax.

Elle caressa légèrement son dos musclé.

— Comment va votre jambe ?

Le reste de son sourire sexy disparut.

— Bien.

— A en juger par la façon dont vous serrez les dents, j'en doute.

Il lui prit la main.

— C'est parce que je dois répondre à cette question toutes les cinq minutes…

Depuis le matin, tant d'événements sur lesquels elle n'avait eu aucun contrôle avaient eu lieu qu'elle se sentait obligée d'insister.

— Et vous pensez que je vais cesser de vous la poser simplement parce que vous vous montrez odieux ?

— En fait, oui.

— Ça ne marchera pas.

— Vous ne seriez pas une version féminine de Joël, des fois ?

— Je ne suis pas certain qu'il dise cela comme un compliment, fit la voix de celui-ci dans l'oreillette.

Ils parvinrent devant la façade de sa maison, mais Pax ne s'arrêta pas, et l'entraîna fermement. Elle hésita un instant ; pourquoi continuer à marcher ?

— Je ne comprends pas.

— Continuez à marcher. Et regardez devant vous, ou bien tournez-vous vers moi comme si j'étais le plus beau mec du monde.

Ce qui n'était pas tout à fait faux, songea-t-elle, même s'il n'était pas d'une beauté classique. Non, il n'avait rien à voir avec les mannequins des magazines ou les jeunes cadres propres sur eux. Il émanait de lui un charme brut, viril et nonchalant. Sa démarche disait toute son assurance, même lorsqu'il boitait comme maintenant.

De toute évidence, c'était un homme protecteur, qui devait faire preuve d'une immense loyauté. Kelsey le connaissait à peine, et pourtant elle l'avait déjà compris.

Ils continuèrent à marcher en silence, environnés seulement du bruit de leurs pas et des rares voitures. Au moment où ils passaient devant la vitrine du salon de thé, Pax se mit à tousser et détourna la tête.

C'est seulement après qu'ils eurent dépassé l'immeuble suivant qu'il reprit la parole.

— Rien de suspect apparemment, même si on n'y voit rien à travers le papier que Connor a fait coller sur la vitrine.

Peut-être s'adressait-il à Joël ; toutefois, il sembla à Kelsey qu'il cherchait surtout à changer de sujet. Elle n'allait pas le laisser s'en tirer à si bon compte.

— Voudriez-vous me raconter comment c'est arrivé ? Votre jambe, je veux dire.

— Maintenant ? répondit-il, perplexe. Vous plaisantez ?

— Pas du tout.

Il leva les yeux au ciel, et elle lui pinça la hanche pour se venger — sans que ses doigts rencontrent le moindre pouce de graisse. Que du muscle…

Il grimaça.

— D'accord. Je vais vous le dire. On m'a tiré dessus.

C'était bien lui, de résumer cela en quelques mots…

— C'est tout ?

— Sur le moment, ça semblait plus grave.

— Avec une arme à feu ?

Il ralentit un peu.

— C'est en général comme ça qu'on se fait tirer dessus, oui.

— Vous êtes sérieux ?

— Complètement.

Ils se trouvaient devant le bâtiment suivant, et Pax l'entraîna contre la façade de brique avant de poser les mains de part et d'autre de son visage, comme pour l'embrasser.

— Cette histoire de se faire tirer dessus m'inquiète un peu.

Sans compter qu'elle ne cessait pas d'avaler sa salive et éprouvait des difficultés à respirer.

— Si ça peut vous rassurer, je me débrouille en général pour qu'on ne me tire pas dessus.

Bien sûr, il ne se penchait sur elle que pour rendre leur couple crédible à un éventuel observateur ; pourtant, la tête lui tournait, si bien qu'elle dut poser la main sur le torse de Pax, ce qui fit naître dans tout son corps une sensation de chaleur.

— A vrai dire, je ne me sens pas rassurée pour autant.

Elle s'apprêtait à poursuivre lorsqu'une voiture s'engagea dans la rue étroite à vive allure. Au passage, un jeune homme la siffla de façon peu flatteuse par la vitre ouverte. La voiture les dépassa, laissant des rires gras dans son sillage, avant de tourner au coin de la rue sur les chapeaux de roues.

Malgré le côté graveleux de ce qui venait de se produire, Kelsey se rendit compte qu'elle ne s'était jamais sentie aussi libre.

Pax la saisit par le menton pour l'obliger à le regarder.

— Kelsey… vous êtes en sécurité avec moi.

— Je le sais.

Il recula, surpris.

— Alors, pourquoi toutes ces questions ?

— Ce qui m'inquiète, c'est de savoir si vous souffrez. Je me dis que nous aurions dû attendre avant de venir. Vous auriez pu vous reposer.

— Ah…

— Quel sens de la repartie… vous devez être un vrai tombeur.

Au même instant, le sourire de Pax s'effaça et son expression se fit tendue.

— Attention. C'est parti.

Elle avait presque oublié la raison de leur expédition. Si Pax avait voulu lui faire des nœuds au cerveau, il avait réussi.

— Maintenant ?

La chaleur qui entourait Kelsey se dissipa tandis que Pax revenait en direction du salon de thé. Il ne la tenait plus que par le bout des doigts. A présent, il marchait sur la pointe des pieds et restait collé dans l'ombre du mur.

— Vu d'ici, ça semble tranquille, lança Joël dans le silence relatif.

Kelsey s'aperçut qu'elle avait oublié non seulement sa panique mais encore, plus grave, le fait que Joël assistait à toute leur conversation. Elle rougit si fort qu'elle devait briller dans le noir.

Malgré sa gêne, une idée lui vint :

— Où sont placées exactement les caméras qui surveillent ma maison et ma boutique ?

— Ne vous inquiétez pas, répondit Joël (on entendait en fond sonore ses doigts qui pianotaient sur son clavier). Nulle part d'intéressant.

Considérait-il vraiment cela comme une réponse satisfaisante ? C'était bien un homme…

— J'ai vraiment l'impression que vous devriez apprendre à réconforter les gens, l'un comme l'autre.

— Si j'ai le choix, je préférerais apprendre à me déplacer plus vite.

Les doigts de Pax se resserrèrent sur les siens et il l'entraîna dans la petite allée qui contournait son immeuble.

— Fonçons !

— Une seconde. J'ai l'impression qu'il y a quelqu'un de l'autre côté du bâtiment.

Pax et Kelsey s'immobilisèrent. Pendant quelques minutes, ils n'entendirent plus que la respiration de Joël et le bruit de ses doigts sur les touches. Puis :

— C'est confirmé. Il y a un homme appuyé contre le mur, près de la porte de derrière. Pas celle du magasin, celle qui donne sur l'escalier de l'appartement.

Pax se redressa. Son genou flancha, mais il reprit son équilibre.

— Un seul ? Tu en es sûr ?

— Est-ce Sean ? demanda Kelsey.

Son frère ne lui avait rendu visite qu'une seule fois, six mois plus tôt, mais il savait où elle habitait. Le fait que l'individu surveille la « bonne » porte suggérait une certaine connaissance des lieux.

— Seulement s'il a pris dix ans et quinze kilos de muscles, répondit Joël.

Pax jeta un coup d'œil à Kelsey par-dessus son épaule.

— D'accord. Je crois que je comprends votre remarque sur nos difficultés à rassurer.

— Vous voyez ? Je vous l'avais dit.

Avant de se rendre compte de son geste, elle appuya la tête contre son dos puissant. Le contact sensuel, le parfum de sa peau et la chaleur de son corps la réconfortèrent et lui donnèrent des forces. Elle ne savait pas qu'elle en manquait à ce point.

— Et maintenant ?

Pax haussa les épaules comme il le faisait quand la réponse lui semblait évidente.

— Je l'élimine.

— Pars du principe qu'il n'est pas seul ! fit la voix de Joël.

A peine Kelsey avait-elle entendu sa remarque que, déjà, Pax s'était mis en marche. Elle le rattrapa et posa la main sur son épaule.

— Un instant.

Il se retourna d'un bloc vers elle. Elle dut lâcher prise. Il lui prit la main et la posa contre sa poitrine.

— Ne bougez pas.

Avant qu'elle ait pu protester ou le retenir contre elle, il pivota de nouveau et s'enfonça dans l'allée sombre d'un pas furtif. Il semblait glisser sur le sol : il ne faisait aucun bruit malgré le gravier et les quelques canettes qui jonchaient le sol. Parvenu à l'extrémité de l'allée, il s'aplatit contre le mur de brique.

Le ciel était trop sombre pour qu'elle puisse discerner tous les détails, mais elle crut voir un revolver dans sa main. Une boule d'angoisse se mit à tournoyer à toute vitesse à l'intérieur d'elle, comme un flipper devenu fou.

Elle avança d'un pas pour reculer presque aussitôt. Le voir tourner le coin de l'allée en position de combat, arme tendue devant lui, lui fit comprendre à quel point le danger était réel. A cause d'elle. Non. A cause de Sean et de sa famille, et du nouveau désastre dans lequel ils venaient de se fourrer.

Pax était intervenu pour la sauver. D'accord, c'était son travail, mais cela ne voulait pas dire qu'elle ne lui était pas redevable.

Courbé en deux, il disparut derrière le mur du bâtiment. Elle entendit de cris et des grognements, puis ce qui ressemblait à des pas. Cela la poussa à s'élancer en avant.

A son tour, elle descendit l'allée. Celle-ci était suffisamment étroite pour qu'elle puisse toucher le mur des deux côtés. Elle était si inquiète qu'elle ne regardait pas où elle marchait, si bien qu'elle se tordit la cheville et s'écorcha une épaule contre les briques.

C'est seulement alors qu'elle prit conscience que Joël lui parlait à l'oreille.

— Arrêtez-vous, Kelsey. Tout de suite.

Mais elle ignora l'avertissement et tout ce qui n'était pas ce hurlement dans sa tête qui lui intimait de rejoindre Pax et de l'aider comme elle le pourrait.

Le bruit des coups de poing s'intensifia quand elle tourna le coin pour découvrir la scène. A quelques pas d'elle, les deux hommes étaient emmêlés sur le sol de ciment. Entièrement vêtu de noir, l'assaillant se tenait au-dessus de Pax. Dans la pénombre elle vit luire la sueur sur son front.

Ils se battaient furieusement. L'inconnu décocha à Pax un crochet vicieux à l'estomac. Celui-ci se plia en deux. Son agresseur en profita pour le saisir à la gorge et l'étrangler. Pax eut beau se débattre, l'autre allait l'étouffer.

Paniquée, Kelsey battit en retraite en direction d'un container à poubelles, à la recherche de n'importe quel objet qui pourrait lui servir d'arme. Dans son oreille, Joël s'égosillait, mais dans tout ce qu'il disait, elle ne comprenait que le mot *attendez* — la seule chose qu'elle ne pouvait pas se permettre de faire.

Au bout de quelques secondes de vaines recherches, elle fit demi-tour, déterminée à se lancer de toutes ses forces sur l'agresseur. Ce qui se produirait ensuite, elle l'ignorait ; mais au moins pourrait-elle lui offrir ainsi quelques précieuses secondes de répit. Elle se mit à courir en direction des deux hommes enchevêtrés. Soudain, elle vit Pax tourner la tête vers elle. Dans ses yeux, elle lut l'ordre de ne pas intervenir. Mais cette fois, c'était lui qui avait besoin d'elle.

Elle ne le laisserait pas tomber.

Au moment précis où elle allait plonger ou frapper l'inconnu, elle vit Pax se redresser avec vivacité et décocher un formidable coup de poing dans le visage de son agresseur. Celui-ci s'effondra comme une masse, retombant sur Pax.

La scène s'était déroulée en un éclair, et son esprit avait du mal à comprendre ce qu'elle voyait. Elle s'immobilisa, le souffle court. Elle avait cru que Pax était en danger de mort, alors que, d'un bout à l'autre, il n'avait fait que jouer avec son assaillant… en tout cas, elle le croyait.

La voix de Joël troua le silence :

— Que quelqu'un me parle. Tout de suite.

Pax repoussa le corps inerte de l'homme pour se dégager. Il se rassit et s'essuya la bouche d'un revers de la main. Il saignait.

— Il est K-O, expliqua-t-il en secouant la tête. Mais c'était trop facile.

— Effectivement, ça m'a paru rapide, déclara Joël.

Que se passait-il ?

— Vous êtes fous, tous les deux ? Ce type étranglait Pax.

— Vous étiez censée rester dans l'allée.

Il se releva lentement, gardant sa jambe droite repliée.

— Nous étions pourtant d'accord : je vous ai emmenée à condition que vous fassiez ce que je vous disais.

— J'ai cru que vous étiez en danger, lança-t-elle d'une voix sourde.

Mâchoire serrée, Pax enjamba le corps de l'inconnu.

— Et vous êtes venue me sauver ?

— Vous auriez préféré que je m'enfuie ?

De nouveau, une étincelle passa dans le regard de l'homme — mais c'était de la colère.

— Je préfère que vous restiez en vie.

— Les enfants, je crois que nous avons toujours un problème et un boulot à finir, dit Joël.

Pax venait de mettre hors d'état de nuire un type qui devait peser dix kilos de plus que lui ; pourtant, les deux hommes se conduisaient comme s'ils venaient de perdre une bataille. Kelsey ne comprendrait jamais les hommes.

— J'ai peur de demander ce que vous voulez dire.

— Il y a de fortes chances pour que ce monsieur ait un complice dans les environs. J'ai du mal à croire qu'il soit seul ; ce genre de types travaillent plutôt par paires.

Pax se pencha pour fouiller les poches de son agresseur, mais n'y trouva qu'un téléphone portable. Puis il tira de sa propre poche un collier de serrage en plastique souple.

— Que faites-vous ?

La question de Kelsey reflétait surtout sa surprise : peu de gens se promenaient avec ce genre d'accessoires dans la poche.

— Je vais m'assurer qu'il nous laisse tranquilles pendant quelques minutes.

Il fit pivoter le corps de l'homme et le redressa, un genou dans son dos, avant de lui ligoter les mains. Puis il le tira derrière le container à poubelles et glissa quelque chose dans sa bouche.

— Je monte, lança-t-il ensuite.

Elle était assez intelligente pour comprendre que c'était une mauvaise idée.

— Non, Pax. Pas sans Joël ou quelqu'un d'autre en renfort.

— Je sens comme un manque de confiance dans mes capacités, non ?

Un sourire goguenard apparut, bien vite remplacé par un regard déterminé.

Kelsey n'aima ni l'un ni l'autre. Ils signifiaient qu'il était prêt à se lancer tête la première dans les ennuis.

— Nous ferions mieux de déguerpir.

— C'est moi qui décide, répondit-il, laconique.

Elle entendit Joël pousser un soupir dans l'écouteur. Paxton ferma les yeux quelques instants. Quand il les rouvrit, il semblait plus calme. Il s'approcha d'elle pour lui murmurer :

— C'est mon travail, Kelsey.

— Et alors ?

— Laissez-moi vous protéger.

— C'est ce que je fais.

— Très bien, alors.

Avec un clin d'œil, il se dirigea vers la porte de derrière. Utilisant la clé qu'elle lui avait fournie, il l'ouvrit et disparut dans l'escalier.

Elle demeura stupéfaite.

— Est-il toujours aussi rapide ? demanda-t-elle enfin dans son micro.

— Vous auriez dû le voir avant sa blessure, répondit Joël.

— J'espère juste qu'il ne va pas se faire encore plus mal à la jambe.

Elle espérait qu'il répondrait à son tour — elle pouvait l'entendre quand il parlait à Joël —, mais il demeura silencieux. Peu à peu, l'inquiétude commença à croître dans le cœur de Kelsey.

Elle se mordit la lèvre, les yeux fixés sur la porte fermée. Elle se retenait à grand-peine de ne pas s'y précipiter pour s'assurer qu'il allait bien. Pour lui parler. Pour le voir.

— Tout ira bien, lui assura Joël comme s'il lisait dans ses pensées.

Elle aurait voulu qu'il continue à la rassurer… mais il se mit à cet instant précis à débiter un chapelet de jurons.

— Nous avons un nouveau problème, finit-il par lancer.

— J'avais compris, merci, répondit-elle.

Dans l'écouteur résonna soudain un signal sonore — trois longs bips.

— Qu'est-ce que c'est ? demanda Kelsey en tapotant l'émetteur.

— Un signal pour Pax, expliqua Joël, la voix inquiète. Kelsey, quelqu'un vient d'entrer dans l'allée. Il se dirige vers vous.

Son cœur se mit à battre si fort qu'elle avait du mal à entendre ce qu'il lui disait. Le murmure de la ville résonnait comme une menace. Elle se laissa aller contre le mur, cherchant à calmer son souffle.

— Ça pourrait être quelqu'un qui travaille ou habite dans cette rue, non ?

— J'ai passé son visage dans un programme de reconnaissance, et j'ai reçu une réponse négative.

Elle secoua la tête pour tenter de maîtriser la peur qui l'envahissait.

— Vous pouvez faire ça ? Même à des kilomètres de distance ?

— Kelsey, je veux que vous entriez dans l'immeuble, dit Joël.

— Et puis ?

Enfin, la voix de Pax résonna dans l'oreillette.

— Je descends. Vite, Kelsey. Entrez.

7

Pax se trouvait au milieu de l'escalier qui montait vers l'appartement de Kelsey lorsqu'il entendit l'avertissement de Joël. S'aidant de ses mains contre les murs de l'étroite cage d'escalier pour éviter de s'appuyer sur sa jambe, il fit volte-face pour dévaler l'escalier quatre à quatre.

Alors qu'il approchait de la porte d'entrée, celle-ci s'ouvrit pour laisser passer Kelsey. Elle leva sur lui des yeux hagards. Son visage était livide, presque aussi blanc que les murs de la cage d'escalier. Elle se mordait les lèvres et serrait les bras autour de sa taille, semblant flotter dans le T-shirt noir qu'elle avait enfilé avant de quitter les bureaux de l'équipe.

Il souhaita ne plus jamais voir une telle frayeur sur son visage.

En prenant soin de ne pas faire de bruit, il s'approcha pour s'immobiliser quelques marches au-dessus d'elle. Elle ne prononça pas un mot. C'était inutile. Son visage paniqué et les frissons qui l'agitaient en disaient assez long.

Sans réfléchir, il posa la main sur son bras. Ce simple contact fut pour lui comme une décharge électrique, et il resta comme sonné pendant quelques secondes. C'est seulement ensuite qu'il se rendit compte que la peau de la jeune femme était glacée, en dépit de la température estivale qui régnait.

Il baissa la tête et elle s'avança d'un pas. Les lèvres de Pax se posèrent sur son front, contre la douceur de sa chevelure. L'odeur de fraise lui parvint une seconde plus tard.

Sans bouger, Pax se mit à lui murmurer des mots apaisants. Peu lui importait qu'ils ne soient pas seuls.

— Tout va bien se passer. Je vais vous sortir d'ici.

Pour toute réponse, elle acquiesça doucement. Puis elle passa les bras autour de la taille de Pax et posa la tête sur son épaule.

Au contact de son corps, il se raidit. Il brûlait de connaître ce contact, et rêvait depuis des semaines de la sentir ainsi, tout près de lui… la réalité dépassait ses fantasmes.

Evidemment, ni le lieu ni l'endroit n'auraient pu être plus mal choisis. Mais il se laissa faire. L'espace d'un instant, il ferma les yeux et se laissa aller à la douce chaleur de cette étreinte. Ses épaules se détendirent… au contraire d'une autre partie de son corps.

Certes, il appréciait cette proximité, mais elle pouvait s'avérer pleine de risques. Il n'était pas de marbre. Cela faisait des semaines qu'il l'observait et rêvait d'elle la nuit. Il l'imaginait nue dans son lit. Si cette étreinte se prolongeait un peu trop, il risquait fort d'en arriver à un point où peu lui importait qui se trouvait derrière la porte ou qui pouvait les écouter.

Toutefois, il n'envisageait pas que leur première étreinte puisse se dérouler dans une cage d'escalier sombre, avec un rôdeur dans les parages. Il devait la lâcher. De toute façon, elle ne cherchait sans doute que du réconfort dans ses bras — une épaule pour s'appuyer, l'espace d'un instant. Hors de question qu'il se laisse emporter par ses fantasmes ou qu'il abuse de cet instant de faiblesse.

Mâchoire serrée, s'efforçant de ne plus penser à la douceur de sa peau et à la perfection de son corps, il s'écarta de la jeune femme. Dans ses yeux clairs, il lut quelque chose d'autre que la panique. De la détermination.

Brave petite.

— Nous allons monter dans votre appartement pour appeler du renfort.

Elle lui sourit faiblement.

— J'aime bien ce plan.

C'était drôle, car lui le trouvait très mauvais. Pourtant, il y avait une limite à ce qu'il pouvait lui imposer. Elle n'était pas un agent en opération et n'avait aucune formation sérieuse de combat. D'accord, elle avait dû suivre des cours d'autodéfense, mais cela ne signifiait pas pour autant qu'elle pouvait affronter un homme… ou échapper à une balle.

De la tête, il désigna l'escalier.

— Montez devant.

Il sentit ses mains se crisper contre sa poitrine.

— Pas sans vous.

Leur conversation ne dépassait pas le niveau du murmure.

— Je vous suivrai. Je veux simplement vérifier de nouveau le verrou de la porte.

— Pax…

— Vous pouvez continuer à me regarder pendant que vous montez.

Il la fit passer devant lui — une tâche peu aisée, car seul l'espace d'un cheveu les séparait.

— Quelqu'un bouge ! lança Joël.

Sa voix fit passer Pax d'un état de tension émotionnel à la tension professionnelle qui aurait dû rester sa seule préoccupation.

Pourtant, son intervention et son ironie ne changèrent pas réellement l'atmosphère. Au moment où le corps de Kelsey frotta contre celui de Pax, l'esprit de celui-ci s'enflamma.

Pour repousser toutes les idées trop masculines qui lui venaient, il s'efforça de compter jusqu'à vingt — ce qu'il répéta ensuite en espagnol, car cela ne marchait pas. Enfin, elle se trouva sur les marches au-dessus de lui, à distance suffisante pour qu'il puisse recommencer un peu à respirer.

Pax descendit les trois dernières marches de l'escalier pour se retrouver dans le minuscule sas qui donnait sur l'extérieur. Grâce aux informations que Kelsey lui avait fournies, il savait que la porte, sans poignée à l'extérieur, se fermait de l'intérieur par un verrou.

D'un geste lent et précis, pour éviter de faire du bruit, il referma celui-ci, cillant quand il entendit le léger déclic. Plus tard, il lui conseillerait un nouveau système de sécurité — avec des alarmes dans tous les sens et un système de surveillance directement relié à son bureau ; mais pour le moment, il voulait simplement s'assurer que la porte tiendrait.

Il regarda autour de lui à la recherche d'éléments pour renforcer celle-ci. Il aperçut une chaînette et un crochet. Cela ne retiendrait pas un intrus décidé plus de quelques secondes, mais il les accrocha tout de même.

Par-dessus son épaule, il regarda Kelsey, presque parvenue en haut de l'escalier. Elle montait le dos contre la rampe pour garder les yeux sur lui. Il lui adressa un signe de tête encourageant pour lui montrer qu'elle s'en tirait bien.

A vrai dire, à sa place, tous les civils qu'il connaissait — à l'exception de Lara, la femme de Davis — se seraient sans doute effondrés en larmes, incapables de réagir. Pas Kelsey. Elle rendait coup pour coup et ne s'enfuyait pas.

Comme si chaque seconde la rendait plus sexy à ses yeux.

Plongeant la main dans la poche de son pantalon, il en tira un nouveau lien en plastique. Il aurait voulu bloquer la porte avec une cale quelconque ; mais, n'en trouvant aucune, il ferait avec les moyens du bord pour renforcer l'efficacité du verrou.

— Comment ça se passe ?

A la question de Joël, Pax répondit par un grognement. D'abord, il ne savait quoi lui dire ; ensuite, mieux valait qu'il s'en tienne au minimum pour ne pas être entendu de l'homme qui se tenait quelque part derrière cette porte.

Sans toucher au verrou, il passa une extrémité du lien en plastique autour la poignée, puis à travers la fente de la boîte aux lettres murale. En grattant le plâtre autour de celle-ci, il parvint à glisser l'autre extrémité entre le mur et la porte de fer. Il ne lui restait plus qu'à refermer le lien en plastique et à serrer.

Voilà qui retarderait un éventuel assaillant plus sûrement que le verrou.

Il leva la tête pour apercevoir Kelsey qui, appuyée contre le mur, n'avait pas bougé. A la voir ainsi immobile, il faillit sourire. On aurait dit que la simple présence de Pax dans cette étroite cage d'escalier suffisait à inspirer à la jeune femme un sentiment de sécurité. Et effectivement, elle était maintenant en sécurité… à part peut-être du désir de Pax.

C'est en souriant encore qu'il entreprit de gravir l'escalier d'un pas que son entraînement lui permettait de conserver léger. Certes, la douleur dans sa cuisse le gênait pour plier le genou, mais rien ne l'arrêterait quand il s'agissait de la rejoindre.

Il s'arrêta quelques marches au-dessous d'elle.

— Entrons chez vous, d'accord ? Cela nous permettra de mettre un verrou de plus entre nous et le type dehors.

— Tout à fait.

Pax remit en place l'oreillette que les récents allers-retours dans l'escalier avaient délogée.

— Joël, dis à Connor que nous allons avoir besoin de renforts.

— C'est déjà fait.

Pax posa la main dans le dos de Kelsey pour la guider vers le haut de l'escalier. Sur le palier se trouvaient deux portes ; la jeune femme se dirigea vers celle qui portait un œilleton, tandis que Pax restait devant l'autre.

— Qu'est-ce que c'est ? demanda-t-il en la désignant du pouce.

— Le cumulus d'eau chaude.

A peine un placard, donc. Pax hocha la tête et se détourna… avant de regarder de nouveau dans cette direction. Les portes fermées le rendaient nerveux. Certes, ils avaient trouvé la porte de derrière fermée, sans signe d'effraction manifeste. Jusque-là, toute l'opération s'était bien déroulée — ou au moins mieux que la plupart des opérations, et en particulier la dernière, où il avait été blessé. Néanmoins, Joël n'avait pas de caméras derrière l'immeuble, et Pax avait appris à être extrêmement prudent.

Kelsey posa la main sur la poignée de la porte d'entrée.

— Je vous ai donné la clé, n'est-ce pas ?

Il glissa la main dans sa poche.

— Je m'en occupe.

Pourtant, il ne parvint pas à se déplacer, ni à regarder Kelsey dans les yeux. Une pulsation douloureuse venait de naître à la base de sa nuque pour se propager dans sa tête ; en quelques secondes, la vague sensation de malaise se transforma en un véritable hurlement à l'intérieur de son crâne.

Kelsey s'approcha de lui et lui posa la main sur le bras.

— Un problème ?

Il n'eut que le temps de secouer la tête ; comme il ouvrait la bouche pour répondre, la porte du placard s'ouvrit à la volée et le frappa de plein fouet à la tempe. Il entendit un craquement dans son cou et sa vision s'obscurcit ; un instant, il crut qu'il allait choir dans le gouffre sombre qui montait vers lui — mais le gémissement de surprise que poussa Kelsey le rappela à la réalité.

Elle ne pouvait pas crier. Il ne pouvait pas tirer. Pas sans attirer l'attention du type dehors.

A l'aveuglette, Pax frappa. Un craquement sec retentit. Son assaillant partit à reculons pour se cogner contre le cumulus. Le tintement du métal contre le métal apprit à Pax que l'homme portait une arme.

Il eut juste le temps de repousser Kelsey dans le coin opposé du palier de deux mètres sur deux avant de voir, du coin de l'œil, son agresseur bondir pour le frapper de nouveau. Il n'eut pas le temps de parer, et le coup à l'estomac le plia en deux.

— Que se passe-t-il ? cria Joël dans l'oreillette.

— Un invité !

Pax n'eut que le temps de grogner ce mot avant que l'intrus ne se jette de nouveau sur lui, tête baissée, et ne le cueille au niveau de la cage thoracique. Le peu d'air qui lui restait fut brutalement expulsé de ses poumons, et il lâcha son revolver. Sa jambe droite glissa et son pied rencontra le rebord de la première marche. Par réflexe, il se jeta dans la direction opposée pour éviter de tomber dans l'escalier. De la pointe de sa chaussure, il se mit à chercher son arme autour de lui, mais en vain. Où était-elle passée ?

Trop tard pour se poser la question. Ses poings entrèrent en action, martelant l'estomac de son agresseur. Mais celui-ci le tenait acculé contre le mur et l'empêchait de mettre tout son poids dans les coups.

Puis l'homme le lâcha et recula avant de se jeter de nouveau sur lui de tout son poids, collant son bras contre sa gorge pour l'étouffer.

Dans l'oreillette, Pax entendit Joël crier, mais il ne parvint pas à comprendre ce qu'il disait — quelque chose comme *calme* et *assure tes coups*. Mais Pax était trop occupé à respirer et à rester en vie pour analyser le message. Il devait trouver un moyen de s'en sortir, et très vite.

L'homme qui le retenait grimaça :

— J'en ai assez de ce petit jeu.

— Fichez le camp, alors.

— Je vais le faire. Avec la fille.

Pax vivant, cela n'arriverait pas.

Le type se pencha un peu plus vers Pax.

— Alors ? Rien à répondre à ça ?

Silencieusement, Pax remercia l'idiot qui venait de lui offrir une ouverture providentielle.

Il n'avait pas le choix. Il assena à l'homme un formidable coup de tête. Lorsque son crâne entra en contact avec le nez de l'homme, il entendit un double craquement et une vague de nausée le saisit.

Son assaillant porta la main à son visage en hurlant — hurlement que le poing de Pax contre sa mâchoire interrompit net. Quand il releva les yeux, Pax y lut une haine meurtrière.

Il n'avait que quelques secondes pour agir. Il secoua la tête pour se débarrasser du vertige qui s'était emparé de lui. Du regard, il se mit à chercher son arme par terre, mais ne la trouva pas. Comment était-ce possible ?

Pax releva la tête ; son agresseur braquait son pistolet sur lui. *Trop tard…*

Il eut à peine le temps de formuler cette pensée qu'il aperçut Kelsey, bras tendu, le revolver à la main. Comment l'avait-elle ramassé ? Et où avait-elle trouvé le courage d'intervenir ?

Sans une hésitation ni un regard vers lui, elle abattit la crosse de l'arme sur le crâne de l'agresseur. Une fois, deux fois, trois fois… la quatrième fut la bonne : les yeux de l'homme se révulsèrent, il lâcha son arme et s'effondra sur le palier. Mais sa chute ne s'arrêta pas là : son corps inanimé se mit à dévaler les marches, se cognant contre les murs avant de s'immobiliser tout en bas.

Pax s'avança pour observer la scène. Si l'immobilité de l'homme le rassura, il se rendit compte que sa jambe formait un angle étrange et que sa nuque était tordue de façon peu naturelle.

Un halètement furieux s'élevait dans la cage d'escalier. Il fallut quelques secondes à Pax pour se rendre compte que c'était sa propre respiration. Il dut appuyer son dos contre le mur, les mains sur les genoux, pour reprendre son souffle.

Il jeta un coup d'œil à Kelsey. Bouche bée, la jeune femme fixait la scène au bas de l'escalier.

Une seconde plus tard, la voix de Joël rompit l'étrange silence :

— Parlez-moi, l'un ou l'autre !

— Tout va bien.

Pax retira l'arme des mains de Kelsey. La jeune femme ne réagit pas, ce qui était un très mauvais signe.

Dévalant les marches quatre à quatre en s'appuyant sur la rampe pour soulager sa jambe, Pax se précipita au bas de l'escalier. Une rapide inspection lui confirma ce qu'il savait déjà.

— Le type est mort.

Sale histoire, mais c'était terminé. Pour le moment en tout cas.

— C'est elle qui a fait ça ? demanda Joël d'une voix ébahie.

Il n'y avait qu'une « elle » dans le coin… Pax reporta son regard sur Kelsey, qui le fixait avec une expression d'angoisse.

— Non, elle l'a juste assommé. C'est la chute dans l'escalier qui l'a tué.

— Si, c'est moi. Oh, mon Dieu. C'est moi qui l'ai tué.

Elle croisa les bras sur sa poitrine et se mit à balancer le buste d'avant en arrière.

En hâte, il remonta auprès d'elle.

— Vous avez mis fin à une agression. Vous ne l'avez pas tué. Ne culpabilisez pas.

La jeune femme hocha la tête, mais elle n'était de toute évidence pas convaincue. Son regard errait du mur au plafond, comme si elle voulait à tout prix éviter de voir Pax ou l'homme qui gisait au bas des marches.

Il lui prit le menton pour l'obliger à le regarder.

— C'est lui qui avait choisi de nous attendre en haut des marches. Ce n'est pas votre faute si sa chute a été mortelle.

Elle avala sa salive avec difficulté.

— J'ai juste fait ce qu'il me demandait.

Cette réponse surprit Pax.

— De qui parlez-vous ?

— Mais de moi ! répondit la voix de Joël, sarcastique. Tu n'as pas entendu mes instructions dans l'oreillette. Je m'en suis plutôt bien tiré, non ? Surtout quand on pense que je ne vous vois pas… et la demoiselle a été parfaite.

Les pensées de Pax s'éparpillèrent dans tous les sens. Ainsi, Kelsey l'avait sauvé. Il secoua la tête tandis que l'idée se gravait en lui.

— Kelsey ?

Il voulut lui saisir la main, mais elle s'était éloignée pour s'asseoir en haut de l'escalier.

— Je ne m'attendais pas à ça. Cela paraît si simple à la télévision. Et tout à l'heure, au bureau, cela semblait facile. Venir ici, récupérer le colis et partir…

Elle parlait lentement, comme si les mots avaient du mal à sortir.

— Mais dans la réalité…

— Je sais.

Du doigt, elle désigna le cadavre en bas de l'escalier.

— Ça arrive. Je ne m'attendais simplement pas à ce que ça ressemble à ça. Ni au fait de me sentir aussi vide à l'intérieur. Je sais que je n'avais pas le choix, mais…

Elle s'étrangla et Pax craignit un instant qu'elle ne vomisse.

— Je suis désolé que ça vous soit arrivé à vous.

— Je suis désolée tout court.

Dans le silence qui suivit, Pax passa en revue les diverses parties de son corps ; toutes, depuis son genou jusqu'à son crâne, en passant par tous ses muscles, étaient endolories et réclamaient du repos.

— Moi aussi, vous savez.

Kelsey leva ses mains devant ses yeux ; elles étaient agitées de violents tremblements.

— Oui… je crois que j'ai besoin de m'asseoir.

— Vous êtes déjà assise.

Prenant appui sur la rampe, il se laissa tomber plutôt qu'il ne s'assit à côté d'elle sur la marche.

— Vous allez bien ?

— Non.

Il lui prit les mains. Elles étaient glacées. Il se mit à les frotter doucement pour les réchauffer.

— Respirez.

— Comment fait-on déjà ?

— Ne parlez pas.

Il lui posa la main sur la cuisse et attendit qu'elle le regarde.

— Voilà. Vous vous en tirez très bien.

Elle fronça les sourcils.

— Comment pouvez-vous dire ça ?

— Parce que je le vois bien.

Elle était vraiment extraordinaire. Malgré le choc, elle tenait bon.

— Vous m'avez sauvé la vie. Vous avez foncé sans hésiter, sans vous inquiéter du danger que vous encouriez — d'ailleurs, je vous chapitrerai là-dessus dès que je me sentirai moins redevable envers vous ; mais je dois vous dire que peu de personnes me seraient ainsi venues en aide.

C'était un sentiment étrange, entre légèreté et ténèbres, comme si son cerveau ne parvenait plus à analyser tout ce qui se passait et que, malgré tout, il avait envie de sourire.

Davis lui avait sauvé la vie. C'était aussi le cas des hommes de son équipe et de certains anciens collègues de la DIA. Mais Kelsey… ce n'était pas pareil. Elle n'avait aucun lien avec lui et pourtant elle n'avait pas hésité. Elle s'était montrée héroïque. Et idiote.

Et il ne pourrait plus jamais la regarder de la même façon. Plus jamais se méfier d'elle.

— Je recommencerais s'il le fallait.

Elle lui serra la main si fort qu'elle faillit lui couper la circulation sanguine.

— Mais je dois vous avouer que j'ai cru mourir de terreur.

— Félicitations, vous êtes humaine.

Il ne dégagea pas sa main — il se serait laissé étrangler par elle s'il avait fallu cela pour l'aider à se rétablir.

Soudain, sans aucun signe avant-coureur, elle se mit à parler à toute vitesse, avec un débit haché, à peine compréhensible. Il dut se pencher pour saisir ce qu'elle disait.

— … et malgré tout, la peur, la douleur, la panique, la seule chose dont j'ai envie en ce moment, c'est de vous embrasser, ce qui est totalement hors de propos et que je ne devrais pas ressentir.

Il se redressa, ébahi. Il devait rêver, sûrement — elle disait ce qu'il brûlait de l'entendre dire depuis des jours.

— Pardon ?

— C'est fou, n'est-ce pas ?

Elle se mit à lui caresser la main avec son pouce.

— Nous ne nous connaissons que depuis ce matin, et pourtant je n'arrive pas à penser à quoi que ce soit d'autre.

— Cela fait davantage. Des semaines.

Il aurait pu lui dire le nombre exact de jours écoulés depuis leur première rencontre — car il avait vite commencé à compter les jours en fonction de son premier sourire, puis des occasions où elle lui parlait.

Il fallait qu'il se l'avoue : il était dingue d'elle.

Elle leva les yeux au ciel comme elle le faisait parfois sans que personne la voie dans le salon de thé devant des clients difficiles.

— D'accord, cela fait tout ce temps que je connais une version de vous. Quoique… je ne sais plus. J'ai l'impression que les deux aspects que vous m'avez montrés sont en train de se réunir. Je ne vous en veux plus d'avoir joué un gentil infirme.

— Techniquement, ma blessure est réelle.

Le simple fait d'en parler, d'ailleurs, lui envoya une décharge douloureuse dans la cuisse.

Mais ils avaient d'autres chats à fouetter. Le cœur de Pax s'était mis à battre la chamade à la seconde où la jeune femme avait prononcé le mot « embrasser ». Et la caresse sensuelle sur sa main ne faisait qu'augmenter son excitation. Entre le rythme effréné de son cœur et la raideur dans son pantalon, il ne devait pas rester une goutte de sang pour irriguer son cerveau.

— A propos de ce baiser…

— N'y pensez plus.

— Il faut avouer que votre idée tombe à un moment peu propice.

Elle acquiesça.

— Il y a des jours comme ça…

Sans blague.

— Mais à part ce détail technique, je vous suis sur ce projet.

Elle s'appuya contre lui et rapprocha son visage du sien.

— Vous en êtes sûr ? Parce que je crois que je deviens folle…

L'idée de l'embrasser, de connaître enfin le goût de sa bouche, éclipsait toutes les autres pensées de Pax.

— Cela devait arriver.

— Que je devienne folle ?

— Que nous nous embrassions. Nous nous tournons autour depuis le jour où je suis entré dans votre salon de thé.

— Comme c'est romantique…

Cette fois, elle sourit. Mais Pax n'oubliait pas la terreur qu'il avait lue sur ce visage quelques minutes plus tôt, et il savait qu'il devait rester calme. Il fallait qu'il reprenne le contrôle de lui-même et qu'il s'en tienne à ce pour quoi il était entraîné, quels que soient les étranges messages que lui envoyait son corps.

Il porta les mains de la jeune femme à sa bouche pour les embrasser délicatement.

— Pour être honnête, j'ai eu envie de vous jeter sur ce comptoir depuis le premier café que vous m'avez servi, mais ce n'était pas le bon moment. Pas plus que maintenant.

— Nous délirons, n’est-ce pas ? répondit-elle en laissant retomber ses épaules. C’est l’adrénaline. Ça va passer.

— Je ne compte pas le laisser passer, non.

— Vous embrassez tous ceux que vous protégez ?

Elle ne voyait pas les signaux qu’il lui envoyait, et se rangeait d’elle-même dans la catégorie des femmes que l’on peut oublier. Comme elle se trompait…

— Vous serez la première. Mais plus tard. Quand je pourrai vraiment me concentrer là-dessus.

Une toux forcée s’éleva dans l’oreillette.

— Je pourrais écouter à ce moment-là aussi ?

Pax faillit jurer, mais il ne pouvait s’en prendre qu’à lui-même.

— Joël, je te jure que…

— Allons, jeunes gens. Nous avons un travail à finir avant de faire la fête.

Kelsey porta la main à sa bouche et ses yeux s’écarquillèrent — pas de terreur cette fois, mais de confusion.

— J’avais complètement oublié qu’il était là !

Joël pouffa de rire.

— Ravi de vous l’entendre dire. Si vous saviez tout ce que j’apprends, ici…

Lâchant la main de la jeune femme et s’efforçant de retrouver toute sa concentration, Pax se prépara à reprendre le cours de l’opération. Après tout, ils risquaient leur vie pour récupérer ce colis…

— Que peux-tu me dire sur notre escorte dans la rue ?

— Il est toujours là. Il fait les cent pas dans l’allée, un peu plus bas.

— Qu’est-ce que ça signifie ? demanda-t-elle.

Elle entendit Joël pianoter sur ses touches avant de répondre :

— Je ne sais pas exactement, mais au plus vite vous en aurez terminé, au mieux nous nous porterons vous et moi.

Avec un soupir, elle se releva avant de tendre la main pour aider Pax à faire de même.

— Vous l’avez entendu. Nous avons un boulot à finir.

8

On frappa à la porte du bureau de Bryce. A cette heure de la soirée, la plupart des employés étaient rentrés chez eux et les équipes de ménage prenaient le relais. Son visiteur ne pouvait donc être qu'une seule personne. Au moins était-ce quelqu'un dont il pouvait supporter la présence plus de quelques minutes.

— Entrez, lança-t-il sans relever les yeux des écrans d'ordinateur où défilaient les programmes.

La porte s'entrouvrit et Glenn passa la tête par l'entrebâillement.

— Monsieur ? Avez-vous besoin de quoi que ce soit avant mon départ ?

L'homme était loyal à l'extrême. Deux heures plus tôt, il avait lancé qu'il partait pour un dîner ; mais il avait reposé son attaché-case lorsque Bryce avait annoncé qu'il restait au bureau pour poursuivre ses investigations sur le problème Sean Moore. Glenn avait alors marmonné quelque chose sur le fait qu'il pouvait annuler et il était resté dans les parages. Quelques minutes plus tard, un plateau-repas et plusieurs dossiers étaient apparus sur le bureau de Bryce. Il avait passé ces derniers au peigne fin, en particulier le rapport de Glenn sur Sean Moore, qui contenait une liste des endroits où le chercher.

Glenn avait fait du bon travail. Il restait quelques trous dans ses recherches, mais Bryce pouvait les remplir par lui-même. Il était capable d'aller plus loin que les conclusions du rapport sous ses yeux. Il pouvait désormais éliminer un certain nombre de cachettes possibles pour Sean, et il savait également que celui-ci disposait de peu de ressources.

Sean avait étudié dans des lycées prestigieux et passé la plus grande partie de sa vie dans la luxueuse demeure de son père, ce qui signifiait que ses ressources de survie étaient probablement assez limitées. Il ne possédait pas un réseau d'amis ni une source d'argent officieuse. Comme beaucoup de gens, il disposait d'un niveau moyen d'intelligence et de confort — et lorsque ce dernier en prenait un coup, c'était la première qui en souffrait.

Sean ferait une erreur. C'était seulement une question de temps. Bryce allait se contenter d'attendre et d'observer — un domaine où il était un expert. La surveillance électronique n'avait pas de secret pour lui. En réalité, Sean Moore n'avait guère de chances de lui échapper pour peu qu'il bouge d'un poil dans le secteur de Washington.

Pour s'en assurer encore davantage, Bryce avait décidé d'établir également une surveillance officieuse sur la famille de Sean, à savoir une demi-sœur en plus de son père tristement célèbre. Sean, toutefois, n'avait jusqu'ici joint aucun des deux par les canaux qu'espionnait Bryce. Il utilisait ses caméras de surveillance pour établir s'il avait pu en utiliser d'autres.

Ce qui lui avait permis de découvrir l'information la plus intéressante de la journée. Non qu'il ait encore pleinement élucidé celle-ci. Il lui restait encore bien des détails à vérifier.

Il contrôla de nouveau le programme lancé sur son écran principal ; des visages défilaient à toute allure tandis que l'ordinateur cherchait une concordance. Mais il pouvait exister un moyen plus simple, en demandant son aide à Glenn. Peut-être celui-ci avait-il vu quelque chose qui avait échappé à Bryce ; il passait en effet plus de temps que lui au contact des employés.

En réalité, Bryce mettait un point d'honneur à connaître de vue tous les employés de son entreprise. Certes, ce n'était pas lui qui les embauchait directement, mais, en se promenant dans les couloirs, il savait qui était à sa place et qui n'y était pas. Comme l'homme qu'il cherchait à identifier pouvait bien être lié de près ou de loin à Kingston ou à un des collaborateurs de l'entreprise — un livreur, un membre du personnel ou un employé de la concurrence —, Bryce risquait toutefois de rater ce lien.

Il se carra dans son fauteuil et désigna le grand moniteur installé sur une crédence perpendiculaire à son bureau.

— Avez-vous une idée de qui est cette personne ?

Glenn s'avança de quelques pas dans la pièce, sourcils froncés.

— Que regardez-vous ?

— Des images de surveillance.

La main de Glenn se crispa sur le bloc-notes qu'il tenait.

— De qui ?

— De citoyens anonymes.

— Je vous demande pardon, monsieur ?

Pourvu, songea Bryce, que Glenn ne s'avise pas de lui faire un sermon sur les innombrables lois sur la vie privée qui compliquaient les enquêtes les plus simples, mais rapportaient également à Bryce beaucoup d'argent quand il les déjouait… moyennant finances, bien sûr.

— Ces images proviennent d'une caméra placée devant le salon de thé dont la sœur de Sean est la gérante.

— La propriétaire, monsieur.

Ce commentaire retint l'attention de Bryce.

— Pardon ?

Les yeux toujours rivés sur l'écran, Glenn répéta :

— Elle est propriétaire de cet endroit.

— Je me fiche de savoir qui a signé le bail.

A vrai dire, le mépris de Bryce pour Sean déteignait sur les membres de sa famille. A ce qu'il pouvait en juger, aucun d'eux n'avait jamais réellement réussi, et Sean avait raté la seule chance qu'il avait eue de faire carrière.

— Ces images datent d'il y a un peu plus d'une demi-heure.

— Nous avons une caméra devant sa boutique ?

— Nous avons des caméras partout.

Ceci grâce à un système satellitaire, mais également aux caméras de la police et des entreprises privées. L'entreprise de Bryce avait obtenu toute une série de petits contrats de sécurité qui n'intéressaient pas leurs concurrents, car il avait compris instinctivement que cela lui servirait un jour. Là où il ne disposait pas de ses propres caméras, il pouvait en général avoir accès à celles des autres. Il s'était réservé un accès dérobé à tous les réseaux qu'il avait installés, et cette tactique s'avérait aujourd'hui payante.

Bryce fit défiler les bandes en arrière pour retrouver l'image qu'il cherchait. Glenn se laissa tomber dans le fauteuil en face de lui et étudia l'écran avec intérêt.

— J'ignorais complètement que…

— C'est le but du jeu.

Des silhouettes passèrent sur l'écran avant que n'apparaissent deux personnes qui, après avoir dépassé la vitrine du salon de thé, s'arrêtaient et faisaient demi-tour. A cet instant précis, on pouvait voir leur visage. Bryce appuya sur une touche pour agrandir l'image.

— Voilà. La femme est bien Kelsey Moore, ou en tout cas elle lui ressemble énormément. Qui est cet homme, d'après vous ?

— Je l'ignore.

— Attendez. Je peux vous aider.

En quelques clics, Bryce éclaircit le cliché et le redimensionna pour mettre en évidence le visage de l'homme.

— J'ai lancé le programme de reconnaissance faciale, mais cela n'a rien donné pour le moment.

— Je ne l'ai jamais vu.

— Réfléchissez. N'est-il jamais venu dans le bâtiment, que ce soit avec Sean ou un autre employé ?

Glenn plissa les yeux avant de répondre :

— Pas à ma connaissance. Quelle est votre théorie sur ce type ?

— Sean obéit à quelqu'un. Il n'est pas assez malin — ou assez idiot, suivant comment on le regarde — pour nous avoir subtilisé ces informations de lui-même. Il s'y connaît en ordinateurs, mais notre système de sécurité est très performant. Pourtant, il l'a contourné sans peine jusqu'au moment où il a raté son test au détecteur de mensonge. J'ai réussi à remonter la trace de ses effractions, mais sans ça, il aurait pu échapper à notre vigilance pendant un petit bout de temps.

Un fait qui continuait à exaspérer Bryce en permanence.

A cause de Sean et de sa trahison, il se retrouvait à être obligé de traiter avec des gens comme Dan. Sean le paierait, avec le reste, quand il lui aurait remis la main dessus.

— Et vous pensez donc que l'homme sur cet écran est celui qui a aidé Sean à voler les données ?

— Je pense que tout ce qui intéresse Sean, c'est un gros chèque, et ce type pourrait être celui qui les signe. Celui qui a monté cette opération voulait de l'argent, nos avancées techniques ou des mots de passe secrets… ou encore les trois à la fois.

— Mais pourquoi y mêler la sœur de Sean ?

Une question presque naïve pour quelqu'un comme Glenn !

— Pourquoi s'en priver ? Nous l'avons bien fait, nous…

— C'est vrai.

Le jeune homme se raidit.

— Je peux vérifier…

— C'est inutile.

Bryce voulait s'occuper seul de cette affaire. Il avait déjà trop délégué, et se trouvait maintenant face à un désastre personnel qui menaçait à tout moment de virer à la catastrophe. Quand il se serait débarrassé des employés qui l'avaient trahi, il imposerait de nouvelles règles de sécurité pour s'assurer qu'une telle faille ne puisse pas se reproduire.

— Nous allons laisser travailler les ordinateurs pendant quelques heures. Si ce programme ne marche pas, il se pourrait que je demande certaines faveurs pour avoir accès à un système plus élaboré.

— Vous parlez des logiciels de la NSA ou de la CIA ?

Bryce ferait tout ce qui était nécessaire pour assurer l'avenir de sa société. Il avait travaillé trop longtemps et trop dur pour prendre pied sur le marché. Il ne reculerait pas maintenant.

— Vous pouvez rentrer chez vous.

Glenn scruta tour à tour les écrans.

— Je préférerais rester, si vous n'y voyez pas d'inconvénient.

Bryce repense à Dan et à ses menaces. C'était le genre d'employés dont il se serait passé avec plaisir. Mais Glenn, lui, montrait chaque jour davantage ses capacités.

— Asseyez-vous.

Kelsey n'avait quitté son appartement que depuis douze heures, mais elle avait l'impression que cela faisait des mois. Au moment où elle ouvrit la porte, elle s'attendait presque à trouver une odeur de renfermé ou d'humidité ; mais tout était en ordre et sentait comme d'habitude.

En tout cas, ce qu'elle en voyait. Avec ménagement, Pax la poussa contre le mur du couloir et porta un doigt à ses lèvres — ces lèvres pulpeuses qu'elle avait failli embrasser quelques minutes plus tôt. Quelle idée idiote ! Cet homme était son garde du corps désigné, et en cet instant précis il s'avançait dans son appartement, revolver au poing, fouillant chaque recoin avec les précautions que lui avaient apprises des années d'entraînement.

La seule lumière dans le salon provenait d'une petite lampe posée sur une table basse. Kelsey la laissait allumée en permanence quand elle sortait. Par réflexe, la jeune femme leva la main pour allumer le plafonnier, mais un claquement de doigts impérieux de Pax, suivi d'un signe de dénégation, l'arrêta à temps.

A vrai dire, elle n'avait jamais aimé les hommes autoritaires. Pour elle, ce trait était en général caractéristique des sales types, ceux qui voulaient toujours que tout soit fait selon leur bon vouloir et piquaient des crises de colère — et parfois même plus — lorsque les choses ne se déroulaient pas comme ils l'avaient prévu. Mais n'était-ce pas un jugement trop général ?

Quand Pax voulait quelque chose, il n'avait de toute évidence aucune difficulté à le faire savoir, quitte à se montrer autoritaire. Elle aurait dû détester cela et rester sur ses gardes ; mais à vrai dire, cela la tranquillisait. Bien sûr, il arrivait qu'elle se rebiffe ou lève les yeux au ciel, mais elle savait qu'il acceptait ce genre de réactions.

Kelsey n'accordait pas facilement sa confiance et, étant donné la façon dont elle avait rencontré Pax, cela aurait dû être impossible en ce qui le concernait. Pourtant, c'était l'inverse qui se produisait.

Même lorsqu'elle ne comprenait pas la raison de ses actes. Comme maintenant. Il ouvrait les portes des placards et se penchait pour vérifier sous les meubles — des endroits qui devaient abriter de véritables troupeaux de moutons, car elle-même n'y regardait jamais.

Quand il pénétra dans la chambre à coucher, elle dut se retenir pour ne pas le suivre et vérifier qu'elle n'avait pas laissé traîner des sous-vêtements. Après tout, elle n'attendait pas de visite ce jour-là...

Une minute plus tard, il revint dans le salon. Il avait baissé son arme.

— Tout va bien. Nous sommes seuls.

Elle eut l'impression que son cœur s'affaissait dans sa poitrine.

— Vous pensiez que quelqu'un pouvait nous attendre ici ?

— Disons seulement que vu la journée que nous venons de passer, je n'ai pas envie de prendre de risques inutiles. Ce qui implique également que nous n'allons pas ouvrir la lumière pour ne pas attirer l'attention sur votre appartement.

Dans la mesure où Kelsey était une ménagère plutôt paresseuse — dans son appartement en tout cas —, ceci n'était pas pour lui déplaire. Elle se mit à essayer de voir l'appartement à travers les yeux de Pax. Etait-elle seule à trouver charmants le mur de briques apparentes et les plantes vertes luxuriantes près de la fenêtre ?

Elle avait toujours aimé l'agencement de son appartement, une vaste pièce à vivre avec seulement le canapé d'angle qu'elle avait acheté l'année précédente dans une brocante ; la cuisine ouverte se trouvait sur la droite, avec la chambre et une petite salle de bains à l'écart.

La surface ne dépassait pas la moitié du rez-de-chaussée des bureaux de Corcoran ; mais cet endroit coquet était entièrement à elle… et à la banque. Enfin, plutôt à la banque.

Pax regarda autour de lui.

— Le colis ?

Elle laissa tomber les clés sur la petite table à l'entrée.

— Dans la cuisine.

Il se retourna en direction du bar.

— Vous déjeunez en tête à tête avec un colis ? Est-ce un truc de femme dont on ne m'avait jamais parlé ?

— Je déjeune en tête à tête avec la télévision. Quand j'ai fini ma journée de travail, j'ai envie d'un bon film bien stupide.

Désignant l'écran plat sur le mur et le canapé, elle poursuivit :

— Et voilà le lieu du crime.

Sans prévenir, le sourire sexy refleurit sur la bouche de Pax.

— Malheureusement, je vous approuve. Je suis également coupable de manger devant ma télé.

Elle ne pouvait pas l'imaginer autrement qu'en action.

— Rien que vous et votre arme, c'est ça ? Sur votre sofa ?

— Je préférerais oublier le revolver. Et essayer votre canapé.

Elle mit cette allusion sur le compte des restes d'adrénaline dans leur système nerveux, et sur le fait qu'ils se trouvaient au beau milieu de son espace intime ; pourtant, elle dut résister à l'impulsion de se jeter sur Pax pour l'entraîner sur ledit canapé.

— Peut-être que je vous laisserai le faire un jour ou l'autre.

— Vous m'inviteriez ? Pour un petit déjeuner, par exemple ?

Il saisit le paquet. C'était un colis sans marque apparente, de ceux qu'on vend dans les bureaux de poste.

— Une fois que tout ceci sera terminé et que vous serez en sécurité, je vous promets que j'en serais ravi.

— Dites, je vous demande pardon, mais je suis toujours là, lança Joël, feignant l'ennui.

Pax cligna de l'œil en direction de Kelsey.

— Comme si nous allions t'oublier…

— Il y a une autre source d'inquiétude que moi, répondit Joël. Le type de l'allée se déplace.

Le sourire de Pax disparut aussi vite qu'il était venu.

— Décidément, on ne nous laissera pas cinq minutes de répit aujourd'hui…

— S'il est de mèche avec celui de l'escalier ou avec celui que tu as caché derrière une poubelle, il se peut qu'il commence à se poser des questions, dit Joël.

Pax prit le colis sous son bras.

— Il est loin ?

— Juste à la porte de derrière. Il n'arrête pas de tripoter la poignée.

Une bouffée d'espoir traversa Kelsey.

— Heureusement que Pax l'a trafiquée à sa manière !

— Ce n'est pas pour vous effrayer, mais s'il a envie d'entrer, il entrera. C'est ce que les sociétés de sécurité refusent toujours d'avouer, dit Pax.

Puis, apercevant le téléphone de Kelsey sur le bar :

— C'est le vôtre ?

Croyait-il donc qu'elle avait un petit ami et que c'était lui qui avait laissé ce téléphone ici ?

— Bien sûr.

— Utilise-t-il un mot de passe ?

Elle secoua la tête négativement. L'idée de protéger son portable ne lui était jamais venue. Elle l'oubliait chez elle la moitié du temps, ce qui expliquait pourquoi il se trouvait ici plutôt que dans son bureau ou une de ses poches — ce qui lui aurait d'ailleurs facilité la vie au cours des agressions qu'elle avait subies ce jour-là.

— En parlant de choix étranges en matière de sécurité, commenta Pax en appuyant sur les touches, je ne vois pas votre frère dans le répertoire.

Ces paroles eurent sur Kelsey l'effet d'un coup de massue ; elle ne sut que répondre.

— Que voulez-vous dire ?

Pax glissa le téléphone dans la poche de son jean. Sourcils froncés, il semblait ne pas lui prêter attention.

— Je n'en suis pas tout à fait sûr. Je pensais simplement

que votre frère vous appellerait. Je veux dire, sur combien de gens peut-il vraiment compter ?

Elle n'était pas convaincue que Sean la considère comme une de ceux-là, et pourtant…

— Vous vous souvenez, quand je vous ai dit que vous étiez exécrable dans l'art de rassurer les gens, Pax ? Eh bien, voilà un exemple typique.

Il releva la tête pour la fixer, sourcils froncés :

— Je pensais que vous apprécieriez mon honnêteté.

— Eteins le GPS de ce téléphone et prends-le avec toi, lança Joël dans l'oreillette.

— Déjà fait. J'ai fait la même chose sur celui de mon agresseur de tout à l'heure, répondit Pax calmement. Et maintenant, Joël, dis-moi : de combien de temps disposons-nous ?

— Quelques minutes tout au plus.

A toute vitesse, Kelsey tenta de penser à ce dont elle avait besoin. Des vêtements, des papiers d'identité… le peu de liquide qu'elle gardait avec son carnet de chèques… oh, et son carnet de chèques, donc. Non qu'elle ait grand-chose sur son compte.

— Je dois prendre un sac.

Pax lui lança un nouveau regard tandis qu'il vérifiait les abat-jour et un tableau suspendu au mur.

— Pas obligatoirement.

— Peut-être pas pour vous, mais…

Pax rajusta de nouveau son oreillette.

— Dans combien de temps Connor est-il censé arriver ?

— Cela ne va pas tarder. Il termine une conversation avec le coroner, et il devrait pouvoir nous rejoindre juste après.

Elle sentit son estomac se nouer — ou plutôt effectuer un saut périlleux complet.

— Je crois que je vais être malade.

Il s'approcha d'elle.

— Je vous ai fait une promesse, n'est-ce pas ?

— De prendre un petit déjeuner avec moi ?

— Oui, celle-là aussi, et je vous assure que je la tiendrai ; mais je parlais plutôt de l'autre. Celle de vous protéger.

Il lui prit le menton avant d'ajouter :

— Tout ira bien, je vous le jure.

Avant qu'elle n'ait eu le temps de répondre — ou même fermé les yeux dans l'attente du baiser qu'elle espérait tant —, Joël rompit le charme.

— Le type est en train de s'énerver sur la serrure. Je crois que vous allez avoir de la compagnie d'une seconde à l'autre.

Pax posa le colis sur le canapé avant de dégainer de nouveau son arme.

— C'est un malin, donc ?

Kelsey détestait la violence. Des années plus tôt, un employé bafoué par son père l'avait enlevée, elle, pour se venger et demander une rançon. Depuis cet épisode, elle avait refusé de regarder le moindre film à suspense ou policier. Cela réveillait trop de souvenirs en elle.

Evan Klinger n'avait pas mis à exécution ses menaces de mort, mais la peur était restée chevillée en elle. Elle pouvait encore sentir sa présence menaçante derrière lui et son haleine alcoolisée.

La police était intervenue à temps, et Kelsey avait vu la tête de Klinger exploser sous les tirs, « criblé de balles » selon les gros titres de la presse le lendemain. En fermant les yeux, Kelsey pouvait encore retrouver l'horreur de ces moments.

En dépit de ce qui s'était passé ce week-end-là, il y avait si longtemps — ou peut-être à cause de cela —, elle s'était imaginé qu'elle n'aurait jamais la force d'appuyer sur la détente d'une arme. Elle savait à présent que ce n'était pas vrai. Elle avait déjà utilisé la crosse d'un revolver, et n'aurait pas hésité en cet instant à se servir de l'autre extrémité de l'arme.

— Tuez-le si c'est nécessaire, lança-t-elle.

— J'aime bien son style… fit Joël, un sourire dans la voix.

— Restez ici, ordonna Pax.

Elle voulut protester, mais il lui coupa la parole.

— Je ne veux pas avoir à me demander où vous êtes si ça commence à tirer dans tous les coins. Compris ?

— Je pourrais dire la même chose.

L'idée qu'il puisse être blessé terrifiait la jeune femme. En pensant à sa jambe, un sentiment de culpabilité s'empara d'elle. Si elle était la cause d'une nouvelle blessure, s'il sacrifiait sa vie pour elle… Son esprit ne parvenait même pas à envisager cette possibilité.

Pax montra son arme.

— Vous oubliez que j'ai un avantage.

Elle pouvait penser à deux ou trois autres avantages qu'il possédait sur tous les hommes qu'elle avait connus.

— Vous voulez dire Joël-l'arme-secrète ?

Celui-ci rit :

— Merci de votre confiance.

Du doigt, Pax désigna la porte.

— Non, l'œilleton. Je peux le voir arriver.

— J'aimerais être aussi sûre que vous.

— Allez vous poster dans la chambre. Ecoutez ce que dit Joël et ne sortez pas avant que je vous en donne l'autorisation.

Elle voulut protester, mais il posa un doigt sur ses lèvres.

— J'ai besoin que vous restiez là-bas, à l'abri, où je puisse pratiquement vous voir. Toute autre solution me déconcentrerait et nous mettrait tous les deux en danger. Alors, je vous repose la question : avez-vous compris ?

Kelsey hocha la tête — elle avait peur que sa voix ne trahisse sa terreur.

Pendant une seconde, Pax lui caressa la lèvre du bout du pouce. Puis, avec un dernier sourire, il se tourna vers la porte tandis que Kelsey allait se réfugier près du mur qui séparait la chambre du reste de l'appartement. Elle l'entendait murmurer sans pouvoir discerner ses paroles. Sans qu'elle sache pourquoi, l'oreillette était devenue étrangement silencieuse.

Pax s'arrêta devant la porte.

— Joël ?

Seul un silence statique lui répondit. Pax jeta un coup d'œil interrogateur en direction de Kelsey et elle secoua la tête. Elle ne parvenait pas à lire ses émotions sur son visage — et la réciproque était probablement vraie.

Puis une expression de colère apparut sur ses traits. Du doigt, il lui montra la cuisine. Il semblait savoir quelque chose qu'elle ignorait, et elle obéit, se précipitant derrière le bar.

Là, elle vit Pax lui adresser un nouveau signe, paume de la main vers le bas. Se laisser tomber au sol… elle obéit en hâte.

Pax se tenait de côté par rapport à la porte ; de là où il était, il ne pouvait certainement pas regarder à travers l'œilleton, ni même ouvrir la porte. Pourquoi se plaçait-il ainsi ?

Il lui fit signe de rester au sol et de se couvrir la tête. Elle allait obéir lorsqu'il tendit la main pour faire tourner la poignée.

La porte s'ouvrit à la volée et claqua violemment contre le mur. La fusillade commença quasiment au même instant — cinq coups de feu rapprochés. Plâtre et échardes de bois se mirent à voler tandis que retentissait un bruit de verre brisé. Kelsey resta plaquée au sol, ne relevant la tête que pour voir Pax bondir en avant pour se positionner à son tour dans l'encadrement de la porte. Il y eut un unique coup de feu, suivi d'un bruit de coups de poing. Puis le silence.

Pax se précipita hors de l'appartement ; Kelsey entendit des pas dévaler sur le palier. Incapable d'attendre une seconde de plus, elle se releva pour voir ce qui se passait. Collée au mur, elle s'avança vers la porte. Là, elle découvrit Pax penché sur un corps inanimé. L'homme portait un trou sombre au front. Du sang avait giclé sur les murs.

Pax rangea son arme dans son étui avant de se remettre à fouiller les poches de son agresseur. Il en tira un téléphone portable, qu'il empocha. C'est seulement quand il eut terminé qu'il leva la tête pour la regarder.

— Vous allez bien ?

Il n'était même pas essoufflé.

— Vous l'avez eu.

— Nous avons eu de la chance qu'il tombe dans le panneau.

Puis, avec un regard vers le cadavre :

— Ne le regardez pas.

— Ça me paraît plutôt difficile…

Pax tapota l'émetteur dans son oreille et appela Joël, mais la ligne demeura silencieuse.

— C'était lui ou nous, Kelsey. Ces gens ne nous laissent pas le choix.

— Je m'en suis rendu compte.

Si ce quelqu'un lui avait annoncé qu'elle verrait ce jour-là presque davantage de cadavres que de croissants, elle se serait sans doute évanouie. Pourtant, avoir vécu ces événements — y avoir *survécu*, en réalité — lui conférait une sorte de force nouvelle, un caractère intrépide qu'elle se découvrait.

Décidément le résultat d'une poussée d'adrénaline.

Tandis que Pax agissait avec un détachement tout professionnel, presque effrayant, Kelsey s'efforça d'arranger toutes les pièces du puzzle dans sa tête.

— Vous vouliez qu'il tire le premier…

Pax se releva.

— Oui. Comme ça, je savais exactement où il se trouvait.

Elle l'observa un instant pour s'assurer qu'il n'avait pas été blessé. Son inspection terminée, elle se laissa aller contre le chambranle de la porte et observa son appartement. Il avait souffert…

Kelsey recensa un coussin du canapé éventré et des éclats de verre qui jonchaient le sol. Ils provenaient d'un cadre accroché au mur. Elle découvrit également un trou dans la porte de la chambre et un autre dans le mur de briques, près de la télévision. Son cocon, le seul endroit au monde où elle pouvait se reposer et s'abandonner en toute confiance, avait été violé. A cette idée, son estomac se contracta.

Mais ce n'était pas le moment de se laisser aller à ce genre de pensées.

— Je suis prête à partir.

L'instant d'après, Pax était à son côté, son visage tout proche du sien. Il lui prit la main et se pencha vers elle.

— Et ce baiser, alors ?

— J'ai peur d'avoir un peu envie de vomir…

Il recula d'un pas.

— Il attendra un peu, alors…

Il ne comprenait pas. Comment aurait-il pu ? Elle-même avait du mal à se formuler ses propres sentiments. Elle devait pourtant essayer.

— Il y a des gens qui comptent sur moi. J'ai une hypothèque sur cet appartement et un crédit à rembourser sur le salon de thé. Je ne peux pas fermer boutique, mais je ne peux pas non plus mettre mes clients en danger.

— Calmez-vous une seconde et écoutez-moi.

Il la prit par les hanches, fermement.

— D'abord, respirez un peu.

— Vous avez raison.

Elle avait beau acquiescer, c'était comme si elle ne se rappelait plus comment on faisait.

Il lui caressa le bras, posa la main sur sa joue. La douceur de ce contact et de sa voix fit peu à peu reculer la crise de panique qui menaçait de saisir Kelsey. Ses sentiments oscillaient entre la fureur contre son frère qui l'avait mise dans cette situation intenable et la nausée provoquée par l'odeur suffocante de la poudre et du sang.

Mais Pax était là, tout près d'elle, et lui parlait. C'était comme une bouée de sauvetage dans une tempête d'émotions. Elle s'y accrocha.

— Nous allons arranger ça, et vous pourrez rouvrir votre salon. Je vous achèterai assez de cafés pour compenser les deux ou trois jours de fermeture.

Il lui caressa la joue avec délicatesse. Ses mots faisaient reculer la terreur.

— Vous êtes gentil…

— Pas vraiment.

Le pouce de Pax s'attarda un instant sur ses lèvres.

— Je vous dis juste que tout va s'arranger.

Elle se laissa aller à la douceur de cette caresse.

— Comment le savez-vous ?

— Je le sais. Je vous le garantis.

— Et vous tenez toujours parole.

Ce n'était pas une question — elle connaissait déjà la réponse.

— Exactement.

— Peut-être que je vais vous accorder ce baiser, après tout…

Kelsey reconnut à peine sa propre voix dans ce murmure ; mais le battement de son cœur ne trompait pas. Elle leva la tête et…

En bas de l'escalier, la porte d'entrée s'ouvrit à la volée et un homme jaillit dans le hall.

Instantanément, Pax s'interposa entre Kelsey et l'escalier, arme dégainée, corps en tension. Pourtant, il se détendit tout aussi vite. Ses épaules se relâchèrent et il leva une main apaisante.

— Du calme ! C'est nous.

Kelsey sentit sa panique refluer, et elle regarda l'homme qui les tenait en joue, en bas de l'escalier. Connor. Il laissa retomber son bras, mais conserva son air tendu.

— Que s'est-il passé ici, nom d'un chien ?

Pax s'appuya contre la rampe et ramena Kelsey près de lui.

— Tu n'as pas entendu la fusillade ?

— J'ai perdu la communication. Il n'y avait plus rien dans mon oreillette jusqu'à maintenant.

Kelsey aurait pu dire la même chose.

Pax jura doucement.

— Bien joué, Joël !

— Ce n'était pas moi, répondit la voix de celui-ci, enfin de retour — accompagnée comme de juste du bruit de son clavier. Enfin, si, d'une certaine façon.

A son tour, Connor jura :

— Qu'est-ce que tu racontes ?

— Quelqu'un a piraté mon signal. Je l'ai coupé pour éviter qu'ils nous écoutent.

Kelsey ne comprenait pas grand-chose, sinon qu'il s'agissait encore de mauvaises nouvelles.

— Un instant…

Mais Joël l'interrompit avant qu'elle n'ait eu le temps de demander des précisions.

— Qui que ce soit, nous avons affaire à forte partie. Ils avaient bloqué tous les autres canaux. J'ai dû me servir d'une fréquence d'urgence pour continuer à vous écouter.

Pax en resta bouche bée.

— Et c'est maintenant que tu nous dis ça ?

— Si je vous en avais parlé avant, ça n'aurait pu que vous faire paniquer.

— Je ne suis pas sûre que votre réponse me rassure, grommela Kelsey.

Elle vit Connor approuver de la tête.

— Ce que je veux dire, c'est que nos invités mystère disposent du même genre d'équipement que nous.

Kelsey écarquilla les yeux de surprise, et Pax se tourna vers Connor.

— Je croyais que nous avions le meilleur matériel, digne des agences gouvernementales ?

Connor, lui, fixait Kelsey.

— On dirait bien que nous avons affaire à forte partie. Votre frère a dû s'attirer les foudres de quelqu'un de très haut placé.

— Nous le savions déjà, non ? répliqua Kelsey. Dans la mesure où vous-mêmes avez été engagés par le gouvernement… par qui exactement, d'ailleurs ?

— Je me demande comment vous avez appris tout ça, dit Connor. C'est le ministère de la Défense qui nous a chargés de cette mission.

C'est alors que Pax intervint :

— Et maintenant, nous savons pourquoi.

C'était peut-être son cas, mais pas celui de Kelsey.

— Ah bon ?

— Votre frère ne s'est pas contenté de voler des informations. Il est fort probable qu'il ait l'intention de les vendre, répondit Connor en rangeant son arme. Si c'est bien le cas, la partie va devenir encore plus dangereuse.

Kelsey aurait aimé se passer de cette conversation ; mais la fatigue menaçait de l'emporter, et elle devait savoir.

— Pourquoi ?

— Honnêtement ? lança Joël dans le silence qui s'était abattu soudain. Parce que les gens qui s'intéressent à Sean ne s'arrêteront pas avant de l'avoir éliminé.

9

Il était près de minuit. Bryce frotta ses yeux embrumés de fatigue pour lire le dernier rapport concernant Sean Moore. Pour quelqu'un d'aussi jeune, la pile d'informations était particulièrement épaisse. Pas étonnant qu'il ait fallu plus de temps que d'habitude pour que la sécurité de l'entreprise achève de vérifier les informations.

Le nombre de documents concernant Sean était sans doute dû au fait qu'il avait fréquenté trois universités, dont deux l'avaient mis à la porte, et que son père avait été un escroc notoire — ce père qui avait épousé deux femmes, aujourd'hui décédées, et leur avait fait un enfant à chacune.

Un sacré passé…

La mère de Sean était morte dans un accident de voiture quand il avait dix-neuf ans. Quant à sa sœur… à vrai dire, Bryce ne voyait pas comment elle s'intégrait au tableau. Dans le dossier, il n'avait pas même trouvé une photo de Sean avec elle. La mère de celle-ci avait été emportée par un cancer avant que le père ne refasse sa vie — et Sean était né de ce second mariage.

Rétrospectivement, embaucher ce dernier avait été une mauvaise idée ; pourtant, il avait montré des capacités mathématiques décrites à plusieurs endroits du dossier comme « très supérieures à la moyenne ». Le service des ressources humaines avait insisté pour qu'on l'intègre à la société car, en termes d'aptitudes, il était un candidat idéal.

Bryce avait approuvé son dossier à la hâte, car quelque

chose dans l'histoire de ce solitaire en quête d'une deuxième chance lui était familier. Pour lui, c'était une question de loyauté. Son oncle lui avait jadis offert une telle opportunité, et Bryce l'avait saisie. Malheureusement, l'histoire ne s'était pas répétée avec Sean.

Tant pis. Cela lui servirait de leçon.

Bryce leva la tête et massa sa nuque endolorie ; ses épaules et son dos étaient raides et engourdis, mais il ne pouvait pas se permettre de se reposer. Sean constituait un danger pour lui, et il devait le mettre hors d'état de nuire.

La situation actuelle mettait Dan en position de contrôle, ce qui rendait Bryce furieux. Il n'avait engagé l'ancien militaire que pour se servir de son réseau de relations au profit de Kingston ; il était inacceptable qu'il se mêle ainsi des affaires de la boîte.

Bryce secoua la tête. Du coin de l'œil, il aperçut une fenêtre allumée dans le couloir, la seule de l'étage. Glenn n'était pas rentré chez lui. Pourtant, il n'avait pas fait le moindre bruit depuis une bonne demi-heure. Peut-être s'était-il endormi ?

Le regard de Bryce se porta sur la cafetière vide avant de s'arrêter sur l'écran d'ordinateur. Les images avaient cessé de défiler, ce qui signifiait que le programme avait trouvé une correspondance.

Il se redressa et, dans un crissement de roulettes, avança son fauteuil pour lire les informations affichées. Si minces qu'elles soient.

Paxton Weeks. Et c'était tout. Un nom, une photo et, en gras, la mention « Confidentiel ».

Bryce se laissa retomber contre le dossier de son fauteuil. Il ne sentait plus rien que sa respiration haletante.

Certes, l'indication pouvait signifier bien des choses, mais elle suggérait que Sean Moore et sa sœur n'étaient pas des citoyens comme les autres. Qui que ce soit, ce Paxton Weeks avait des relations haut placées — et Sean également, par conséquence. En d'autres termes… ils étaient dangereux.

Des gens qui pouvaient couler Kingston sans laisser à Bryce la possibilité d'en sauver la moindre parcelle.

Le jeu venait de changer. Dan et Sean n'étaient plus les problèmes numéro un de Bryce. Dorénavant, cette place était occupée par ce Paxton Weeks.

Dans les locaux du groupe Corcoran, Pax était assis à la table de conférences. Il avait pris une douche et s'était changé avant d'avaler deux cafés. Non qu'il ait besoin de caféine : l'adrénaline courait dans ses veines. Avec les antalgiques. Il craignait, s'il prenait une pilule de plus, d'endommager gravement quelques milliers de neurones en même temps qu'il ferait taire la pulsation douloureuse dans sa jambe.

Cela dit, l'idée était presque tentante, tant la perspective de voir Kelsey en danger le mettait sur les nerfs. Même maintenant, dans le calme du bureau, il devait refréner son envie de la prendre par le bras et de l'emmener à l'abri loin, très loin de tout ça.

Assise en face de lui, elle pianotait nerveusement sur le colis qu'ils avaient récupéré chez elle. Démaquillée, ses cheveux mouillés tirés en arrière, elle paraissait nerveuse.

Et pourtant... sa simple tenue mettait Pax dans tous ses états. Le T-shirt à col en V qu'elle portait devait faire une taille de trop, et le haut de sa manche ne cessait de tomber pour révéler la fine bretelle du soutien-gorge. Même avec un vieux pantalon de survêtement de la marine, elle était terriblement sexy.

Cette femme lui coupait tous ses moyens. Il fallait qu'il se concentre ! Pour s'y efforcer, il regarda Connor. Leur chef faisait les cent pas derrière le fauteuil de Kelsey.

— Où est Ben ? demanda Pax.

Kelsey passa un ongle sur la fermeture du colis.

— Je commence à croire que ce garçon n'existe pas. Vous en avez déjà parlé, mais je ne l'ai jamais vu. Suis-je trop sceptique ?

Devant la plaisanterie, Pax sourit pour la première fois depuis des heures.

— Il adorera l'idée d'être un personnage de fiction.

— Au moins, elle pense à lui… lança Joël avant de se tourner vers son écran devant le regard furieux que lui lançait Pax.

— Ben est à l'hôpital, répondit Connor sans cesser de marcher de long en large sur le tapis, les yeux perdus dans sa tasse de café. Il a eu des problèmes.

Joël releva brusquement la tête.

— Pardon ? Que veux-tu dire ?

— Quelqu'un est venu pour achever le type que Pax a envoyé dans le coma. On peut raisonnablement supposer que ceux qui l'avaient envoyé pour s'en prendre à Kelsey ne veulent pas qu'il parle.

Pax hocha la tête.

— Ben s'en est aperçu à temps et a réussi à déjouer sa tentative, mais l'agresseur a pu s'enfuir. Apparemment, ajouta Connor avec un soupir, Ben a surtout cherché à protéger les innocents qui se trouvaient là.

— Il a eu raison.

Pax pouvait imaginer la scène. Ben, l'ancien agent du NCIS et le meilleur tireur de l'équipe, avait dû détester ne pas pouvoir exercer ses talents. Espérons qu'il se trouverait une jolie infirmière pour le consoler…

Kelsey fronça les sourcils.

— Ainsi, ceux qui en ont après Sean, quels qu'ils soient, s'en seraient pris à des gens à l'hôpital ? Quel genre de personnes mettent ainsi la vie d'innocents en danger ?

Pax haussa les épaules.

— Vous êtes vous-même innocente, et ils n'ont pas hésité à s'en prendre à vous…

— Disons que ce sont des gens que vous n'aimeriez pas rencontrer dans une rue sombre, lança Joël sur un ton presque badin.

En dépit de cette légèreté, Pax savait que la réalité était bien plus alarmante. Ce « genre de personnes » comme elle disait — des tueurs à gages et des mercenaires sans foi ni loi — grouillaient pour peu qu'on sache les chercher ; ils vendaient leurs services au plus offrant. C'était une façon peu reluisante, mais hélas lucrative, de gagner sa vie.

Il aurait préféré qu'elle se sente en sécurité, ne serait-ce que pour la voir desserrer les poings et la mâchoire, mais il dut la mettre en garde :

— Ces gens feraient n'importe quoi pour arriver à leurs fins.

— Quelles fins, exactement ? Je crains de ne pas le comprendre, dit-elle.

Connor posa la main sur le colis.

— Ceci nous en apprendra peut-être davantage sur la question…

Il était temps, effectivement. Ils avaient suffisamment remis l'ouverture du colis à plus tard, préférant prendre un quart d'heure pour faire un brin de toilette et se reposer. A présent, ils ne pouvaient plus attendre ; tout le café et tous les bavardages du monde ne pouvaient plus masquer leur impatience.

Pax rêvait d'ouvrir le colis ; mais c'était à Kelsey de le faire. Il lui fit signe.

— Allez-y, Kelsey…

Elle les regarda tour à tour avant d'acquiescer. Sans un mot, elle saisit le colis et le posa sur ses genoux pour déchirer posément la languette de fermeture.

Ce devait être une des différences fondamentales entre les hommes et les femmes. A sa place, Pax aurait mis le colis en pièces et répandu son contenu sur la table en quelques secondes…

Mais pas Kelsey. Elle l'ouvrit comme s'il s'agissait d'un cadeau précieux.

Malgré tout, elle en termina rapidement et inventoria à voix haute ce qu'elle venait de découvrir :

— Une clé USB, des feuilles de papier rédigées dans une sorte de code et des photocopies de documents.

Connor saisit la première pile.

— On dirait que ceci est un travail pour toi, Joël.

— Votre expert informatique temporaire est ravi de pouvoir vous rendre service, répondit celui-ci en faisant rouler son fauteuil vers la table.

Connor lui lança un regard agacé.

— Tu ne pourrais pas te lever, de temps en temps ?

— Ça me va comme ça.

Mais Kelsey s'était figée.

— Comment ça, « expert temporaire » ?

Joël prit une liasse des mains de Connor avant de répondre :

— Je remplace seulement le dingue des ordinateurs qui travaille ici en général tandis que celui-ci est en opération avec le reste de l'équipe à Catilina.

— C'est vrai ?

Sur ce, Kelsey se leva et plaqua la main sur les documents d'un air autoritaire, s'attirant une protestation indignée de la part de Joël.

— Messieurs, avant que vous ne partiez chacun dans votre coin ou que vous ne commenciez à vous parler dans votre jargon incompréhensible, je vais vous demander de me mettre au parfum. J'en ai assez de jouer les débutantes au milieu des pros. A partir de maintenant, je veux faire partie de l'équipe. Je suis comme vous, sauf que je ne sais pas tirer.

Connor leva un sourcil stupéfait.

— Je vous demande pardon ?

Il vit qu'elle se retenait de lever les yeux au ciel.

— Epargnez-moi le coup de la voix autoritaire, je vous prie. Dites-moi ce que c'est, conclut-elle en désignant les documents.

Pax ne chercha même pas à dissimuler son sourire. Les expressions sur le visage de Joël et de Connor le remplissaient de joie, surtout après une telle journée.

Ils n'étaient pas que partenaires et collègues : ils étaient également amis. Pour les avoir vus avec Lara, et pour connaître les rapports qu'entretenait auparavant Connor avec sa femme Jana, Pax était certain qu'ils appréciaient cette manifestation de caractère chez Kelsey.

Erica Dane avait intégré l'équipe près d'un an auparavant, et personne n'avait jamais trouvé à y redire — peut-être parce qu'elle visait aussi bien, sinon mieux, que Connor. Mais Erica se trouvait depuis un certain temps en mission à l'étranger ; Lara était en lune de miel avec Davis, et Jana avait disparu sans explication. En d'autres termes, ils avaient perdu l'habitude d'une présence féminine, et l'intervention de Kelsey avait pris Connor — et Joël dans une moindre mesure — par surprise.

Ce n'était pas tous les jours qu'une des cibles qu'ils protégeaient se mêlait des discussions tactiques. En général, elles ignoraient même qu'ils les surveillaient.

Le fait que Kelsey, qu'ils voyaient comme une victime potentielle, exige d'être mise au courant de leurs plans les déstabilisait. Elle ne se contentait pas de se laisser faire et d'attendre leur aide. Elle posait des questions.

Pour Pax, cela signifiait qu'ils avaient besoin de davantage de femmes dans l'équipe. Et il imaginait bien que cela commence par Kelsey — à condition évidemment qu'elle ne quitte pas l'espace des bureaux. Peut-être même demanderait-il à ce qu'on fasse surveiller celui-ci par des gardes armés. En cet instant, la demande ne lui paraissait pas déraisonnable : il refusait viscéralement qu'elle se retrouve de nouveau en danger.

Avant que les questions ne se mettent à fuser dans la pièce, Pax saisit le colis. Il n'était pas tout à fait vide : il en tira une dernière feuille de papier. La tentation de la lire était grande, mais il la fit glisser en direction de Kelsey.

— Tenez.

— Une carte ?

Elle la tourna quelques instants entre ses mains avant de la lire. Puis elle poussa un profond soupir.

— Cela ressemble bien à Sean : une lettre cryptique pour faire plus dramatique… Cela dit, je pense que c'est la première fois qu'il m'écrit, que ce soit une lettre, un e-mail ou même un Post-it.

— Que dit-il ? demanda Connor.

— Pas grand-chose. « Garde ça pour moi — je t'expliquerai. »

Elle tendit la note à Connor.

— Pas d'explication, donc…

Ce n'était pas ce qui agaçait Pax.

— Pas d'excuses non plus…

— Je n'en attendais pas…

Kelsey souriait, mais cela ne parvenait pas à faire oublier la note de tristesse dans sa voix.

Cela mit un terme à ce moment de délassement, le seul qu'ils aient pu avoir de la journée. Pax se leva et se mit à son tour à faire les cent pas.

— Nom d'un chien, quel est le problème de votre frère ? Il vous mêle à ses affaires, ou plutôt à son désastre, sans même vous prévenir ni s'excuser !

— Je pense qu'il s'en fiche.

— Nous n'étions pas…

— Proches. Oui, je l'ai compris la première fois que vous l'avez dit. C'est désormais gravé en lettres de feu dans mon esprit. Mais ce n'était pas la peine de le préciser, les actes de votre frère parlent pour lui.

Un sentiment de frustration agitait Pax. L'idée que la famille de la jeune femme puisse en toute désinvolture la précipiter dans les ennuis et la laisser s'en débrouiller le mettait réellement en rage.

Un chapelet de jurons lui échappa ; il lui fallut quelques minutes pour prendre conscience que, dans la pièce, les autres étaient désormais silencieux — et qu'ils avaient les yeux rivés sur lui.

— Quoi ?

— Y a-t-il autre chose que vous souhaitiez dire sur ma famille ? demanda-t-elle doucement.

Il connaissait cette expression : c'était celle d'une femme furieuse, sur le point d'exploser. Il fit machine arrière — la seule attitude censée devant une telle menace.

— Non.

Elle se leva, presque au ralenti, mais avec une intensité telle que son fauteuil manqua se renverser. Posant les poings sur le bureau, elle lança :

— Je sais que nous ne sommes pas parfaits. Nous sommes peut-être même un exemple type de famille dysfonctionnelle.

— Je ne me permettrais pas de juger ; mais je ne parlais pas de ça. Je parlais du comportement de Sean et…

Elle lui coupa la parole d'un geste impérieux de la main :
— Votre frère et vous, vous partagez tout ?
Pax n'était pas encore certain de la direction que prenait leur conversation, ni de la raison pour laquelle il l'avait mise en colère. Aussi alla-t-il au plus court :
— Pour l'essentiel, oui.
— Par exemple ?
Il se racla la gorge et lui indiqua la cuisine :
— Peut-être pourrions-nous en discuter ailleurs ?
Joël ne bougea pas, sinon pour s'enfoncer encore plus dans son fauteuil.
— Non, restons ici.
Elle avait lancé ces mots sans le quitter des yeux ; elle contourna le bureau pour venir se planter juste devant lui.
Il n'aimait pas déballer ses affaires privées en public, mais Connor savait presque tout sur lui, et Joël un peu. Ils n'entendraient rien de surprenant. Rien de très réjouissant non plus.
Pax croisa les bras sur sa poitrine et déclara :
— Notre histoire est plutôt banale, somme toute. Notre père est mort dans un accident de voiture. Maman a perdu les pédales après ça. On lui a retiré notre garde… et on nous a oubliés.
— Nous ? Vous faites allusion à ce frère que je n'ai pas vu ?
Pax sentit l'agacement de Kelsey dans son intervention, mais décida de ne pas en faire cas. Il préférait raconter son histoire en une seule fois.
— Oui, Davis. Il est plus âgé que moi. Il a pris les choses en main pour assurer notre sécurité. Je lui en suis redevable. Je le suis redevable de beaucoup de choses, en réalité, mais surtout de ceci.
— Ah oui ? Eh bien, tout le monde n'a pas eu la chance d'avoir ce genre de frère, voilà tout.
— Ce qui veut dire ?
Mais Pax connaissait la réponse. Ce qu'il avait appris par le biais des journaux et du dossier de la jeune femme le poussait à penser qu'elle faisait partie de la catégorie des « pauvres petites filles riches ».

Quoique ce terme s'avère injuste quand on connaissait Kelsey. Elle n'avait rien d'une enfant gâtée ; elle était perdue, certes, mais pas sans ressources. A vrai dire, elle s'était de toute évidence très bien tirée des failles de son éducation et de son enfance, pour devenir une jeune femme forte, déterminée, intelligente… et bien trop sexy pour le sang-froid de Pax.

Il devait exister une sorte de club officieux des enfants de mauvais parents — et le père de Kelsey répondait de toute évidence à cette définition. Un club entièrement composé de ces gens qui cherchaient toute leur vie un équilibre, ignorés par les autres, tentant à toutes forces d'en finir avec leur passé pour pouvoir vivre leur vie.

Pax voyait en Kelsey un compagnon de lutte, une femme qui avait dû faire ses preuves seule car personne n'était là pour la soutenir. Quelqu'un qui refusait d'être une victime. Il reconnaissait d'autant mieux ces symptômes qu'il les partageait.

— Ma mère est morte, et mon père s'est trouvé une nouvelle femme quasiment du jour au lendemain.

La phrase avait commencé lentement, mais son débit s'accélérait, comme une muraille qui s'effondrait. Elle parcourut la pièce du regard avant de braquer sur Pax des yeux assombris de chagrin.

— Une nouvelle femme pour qui je n'étais au début qu'un fardeau indésirable ; mais quand Sean est arrivé, elle s'est également rendu compte que mon existence le privait potentiellement de la moitié de son héritage. Du coup, elle m'a mise hors circuit en m'envoyant en pension et en limitant mes visites à la maison.

— Il y a un mot pour désigner ce genre de personnes, murmura Pax.

Il aurait voulu le hurler.

— Je n'en doute pas, répondit Kelsey d'une voix épuisée. Elle aurait voulu que je n'existe pas. Elle m'a volontairement chassée et oubliée.

Ce récit n'avait rien de vraiment surprenant, mais il expliquait en grande partie la détermination de Kelsey. Elle avait appris à se battre dès son enfance pour rester elle-même.

— Je suis désolé.

Les mots ne servaient à rien — il les avait entendus tant et tant de fois dans la bouche d'assistantes sociales pleines de bonnes intentions mais incompétentes — mais l'émotion qu'ils véhiculaient était authentique.

— Je n'ai jamais pu construire une relation avec Sean. Je n'étais pas dans les meilleurs termes avec mon père quand il s'est remarié, et la situation n'a fait qu'empirer.

— Ce n'est pas une grande perte, grommela Joël.

— Je ne figure pas dans son testament, ce que je considère comme un vrai bonheur. Car dans la famille Moore, l'argent est synonyme de destruction. Mon père et mon frère ne mentionnent jamais mon nom, ne parlent jamais de moi. Comme j'ai refusé de témoigner en sa faveur au procès, il ne m'invite même pas à Noël.

Connor fronça les sourcils.

— Pourtant, votre belle-mère est décédée…

— Je préférais l'appeler « la femme de mon père » pour souligner que nous n'avions aucun lien. Et elle est morte, effectivement. Un accident de voiture. On a dit qu'elle avait bu. J'ignore si c'est vrai, mais ça ne m'étonnerait pas. Mon père m'a demandé de ne pas venir aux funérailles, et j'ai obéi.

Encore un point qu'ils avaient en commun — des tragédies de la route. Pour Pax, l'accident avait changé sa vie ; pour Kelsey, il avait mis en lumière à quel point elle comptait peu pour son père.

Pax fut surpris devant l'intensité de son soudain désir de la toucher, de la rassurer. Il éprouvait une véritable compassion pour elle, pour l'enfant qu'elle avait été. Mais ce n'était ni l'endroit ni le moment.

Sans compter qu'il voulait encore souligner quelque chose, quelque chose qu'il voulait lui faire voir et comprendre même si elle aurait sans doute du mal à l'écouter après tout ce qui s'était produit ce jour-là.

— Vous venez en aide à Sean. Le lien existe — un lien peut-être fragile, que sa mère et votre père ont tenté de détruire. Pourtant, il est bien là.

Cette fois, et bien que sans grande énergie, elle leva les yeux au ciel.

— Je tâche de ne pas me faire tuer et je prie pour qu'il s'en sorte. Je ne pense pas que ça me vaille le titre de meilleure sœur de l'année.

Pourtant, elle n'était peut-être pas si seule au monde qu'elle le croyait, et Pax espérait qu'elle parviendrait à le comprendre un jour.

— Je trouve que vous vous en sortez très bien.

— Je trouve miraculeux de ne pas vomir toutes les deux minutes.

Cette remarque détendit l'atmosphère, brisant la chape de plomb qui s'était abattue sur eux.

— Je vous en félicite également !

Connor intervint :

— Ecoutez, je crois qu'il serait temps d'aller se reposer. Il est tard, et la journée a été rude pour tout le monde.

Sans lâcher la liasse de feuilles qu'il tenait à la main, il se mit à donner des ordres — mais sur le ton de la suggestion.

— Kelsey, il y a une sorte de chambre de bonne au troisième. On s'en sert de temps en temps. Les draps et les serviettes de toilette sont propres, et personne ne vous dérangera.

Joël se mit à rire.

— Pas si sûr…

Connor reposa brusquement son mug sur le bureau et darda sur Pax un regard menaçant.

— Elle a besoin de repos !

— Pourquoi me regardes-tu ?

Mais Pax connaissait la réponse à sa question.

Joël secoua la tête, l'air amusé.

— Il vaut mieux ne rien ajouter, je pense.

Un applaudissement retentit. Kelsey battit des mains quelques secondes avant de pousser un soupir qui disait *les hommes sont si prévisibles...* Ayant ainsi obtenu leur attention, elle lança :

— Avant que le débat ne tourne à la discussion de chambrée, je voudrais vous poser une question.

— Une seule ?

Le fait qu'elle parvenait à comprendre tout ce qui se passait malgré l'agitation et le danger qui l'entouraient ne laissait pas d'impressionner Pax. Comment faisait-elle ?

— Dans quel but mon frère aurait-il dérobé ces informations ? Je sais qu'il ne peut avoir que de mauvaises raisons, car je ne suis pas assez naïve pour croire qu'il a pu agir par patriotisme, ni pour quelque noble motif que ce soit. Mais j'aimerais saisir à quel point il est dans la panade.

Avec un soupir désabusé, elle poursuivit :

— Pensez-vous qu'il veuille les vendre à d'autres sociétés ? A des puissances étrangères ? Se rend-il coupable de trahison ? Quelles sont les possibilités, d'après vous ?

Pax s'appuya contre le bureau, car sa jambe lui faisait si mal qu'il ne parvenait plus à rester debout.

— En général, on trouve un nombre limité de motifs à ce genre de délits : la politique, la vengeance, le sexe ou l'argent.

— Je ne trouve pas trace d'une femme — ni d'un homme, d'ailleurs, si c'est son orientation — dans la vie de Sean, répondit Joël en parcourant les documents. A en juger par son dossier, ce n'est pas un activiste politique. Pour ce qui est de la vengeance, on lui a offert très rapidement un poste intéressant chez Kingston, aussi je ne vois aucune raison pour qu'il en veuille à l'entreprise... mais on ne sait jamais.

— Donc, c'est très probablement une question d'argent, conclut Kelsey. Il faut dire que mon demi-frère a été élevé comme le seul héritier de la fortune de mon père. Mais entre le procès, les plaintes encore en cours et le fait que la famille de sa mère ait bloqué les comptes de cette dernière, il ne doit pas rester grand-chose pour Sean.

— Ajoutez à cela le fait qu'il n'a pas vraiment appris à se

débrouiller par lui-même, et les risques qu'il ait agi par bêtise et cupidité augmentent considérablement, dit Pax.

Kelsey, elle, avait appris à s'en tirer toute seule. Il l'avait vue à l'œuvre et l'admirait pour cela. Cela dit, Sean n'était tout de même pas entièrement démuni ; le fait qu'il ait pu disparaître avec des documents secrets le prouvait.

— Il y a des gens — des pays — qui paieraient cher pour certaines informations.

Connor parlait maintenant d'une voix plus douce, comme s'il cherchait à ménager les sentiments de Kelsey.

— Vous comprenez ce que cela veut dire ?

Elle acquiesça.

— Que quelqu'un a donné à Sean accès à ces documents ?

— J'allais poser la question en ces termes, effectivement. Et à en juger par ce que je vois ici, ajouta Joël en désignant les documents devant lui, je n'en doute plus. Ce sont vraiment des informations capitales.

— La société Kingston tente en ce moment de prendre pied sur le marché du renseignement…

Ce qui, pour Pax, signifiait qu'elle cherchait les ennuis. D'après lui, ni le P-DG ni les actionnaires de Kingston ne comprenaient à quel point le ministère de la Défense pouvait se montrer intraitable. Sean jouait un jeu très dangereux, et même mortel.

— Le fondateur, Bryce Kingston, est considéré comme un innovateur très brillant. Il travaille sur ce qu'il nomme PRS, le programme de reconnaissance de signal. C'est en fait une façon d'écouter et de décoder les communications militaires ennemies, expliqua Connor.

— Parce que, bien entendu, vous êtes au courant de ce genre d'informations ultra-secrètes… laissa tomber Kelsey comme pour elle-même.

Pax choisit pourtant de lui répondre :

— Oui. Nous avons été avertis par quelqu'un au Pentagone qui s'inquiète de plus en plus de la sécurité interne chez Kingston.

Connor lui coupa la parole avant qu'il n'aille plus loin :

— Le plus important, c'est qu'avec ce programme de Kingston, les Etats-Unis pourraient non seulement espionner les mouvements des troupes militaires n'importe où dans le monde, mais encore écouter leurs moindres communications, comme s'ils se trouvaient assis dans leurs postes de commande. Pour l'instant, le programme est encore en phase de tests, mais ce serait, comment dire ?...

Joël claqua des doigts et conclut la phrase de façon lapidaire :

— Une nouvelle donne. Entièrement.

— A condition que cela fonctionne. Le gouvernement a alloué un budget impressionnant à Kingston pour développer ce programme. Même si les échos des premiers essais sont bons, il reste tout de même un grand pas à franchir avant de passer à un test en conditions réelles, dit Pax.

Kelsey se mordillait les lèvres, le visage décomposé par l'inquiétude.

— Si Sean a trouvé ce programme, ou une partie de celui-ci, et s'il a compris comment il fonctionnait... que se passera-t-il ?

Joël leva enfin les yeux.

— Il pourrait se faire un beau paquet d'argent. Suffisamment, par exemple, pour s'acheter une île et disparaître pour le restant de ses jours.

Mais Pax savait que ce n'était pas la vraie question, ni celle qui comptait pour Kelsey. Il devait être franc.

— Il pourrait surtout disparaître, purement et simplement. Jusqu'à ce qu'on retrouve son cadavre.

10

Sean descendit furtivement la longue allée qui menait au portail. En retrait par rapport à la route, la maison était entourée d'arbres qui la dissimulaient presque entièrement. Il avait grandi dans une demeure virginienne avec jardiniers, femmes de chambre et toute une équipe de domestiques à demeure. A l'époque, son père appartenait à des cercles prestigieux et fréquentait les stations de sports d'hiver les plus huppées. La vie de Sean était constituée d'une suite de rallyes mondains, de la fréquentation d'écoles privées et d'une maison secondaire en bord de mer.

C'était avant. Avant les accusations. Avant les disputes de plus en plus violentes entre ses parents. Avant que la police ne fasse irruption chez eux. A l'époque, l'argent coulait à flots ; puis il s'était tari. Plus d'une fois, sa mère avait annoncé qu'elle allait partir — mais elle était morte avant de mettre sa menace à exécution.

Et Kelsey avait refusé de revenir à la maison.

Les choses étaient censées être différentes aujourd'hui. Sean avait survécu à l'ennui des études ; son passage à la faculté de mathématiques lui avait même valu une certaine reconnaissance. Grâce à ses talents innés dans ce domaine, il avait réussi à transformer sa passion des jeux vidéo en un véritable gagne-pain.

Il avait désormais un travail et une vie à lui… ou du moins, cela avait été le cas jusqu'à récemment. Quelques semaines plus tôt, tout cela s'était écroulé. On l'avait chargé d'un projet top secret et soumis à des tests antidrogue inopinés et autres mesures de sécurité inutiles.

Le détecteur de mensonge était la pire d'entre elles. Attaché sur une chaise devant une machine, on le forçait à répondre à des questions idiotes. Ce n'était qu'une perte de temps. Il voulait qu'on le laisse travailler et refusait ces pitreries.

Un jour, au bureau, il avait pénétré dans le programme avant de quitter le système sans laisser de trace. Comme on le lui avait demandé. On lui avait promis que ce serait simple et qu'il passerait inaperçu. Il devait simplement télécharger le fichier et faire comme si de rien n'était.

Il avait obéi à ces instructions point par point et sans déclencher la moindre alarme. Du moins l'avait-il cru jusqu'au jour où il avait repéré qu'on le suivait dans la rue. En rentrant chez lui, il avait vu que son studio avait été visité et laissé sens dessus dessous. Les rares biens qui lui appartenaient, ceux qu'il avait pu sauver de son ancienne vie avec son père, avaient été vandalisés.

Sean s'était enfui sans demander son reste. Depuis ce jour, il était en cavale. Quasiment dépourvu d'argent et après avoir épuisé les rares cachettes qui s'offraient à lui, il ne pouvait qu'échouer ici en dernier recours. Etrange de constater que, quoi qu'il fasse pour s'échapper, il finissait toujours au même endroit.

Mais Bryce Kingston connaissait la vérité, et quelqu'un voulait la peau de Sean. Cette maison ne suffirait peut-être pas à le protéger.

Il lança son sac par-dessus la grille comme il l'avait fait des centaines de fois au cours de son enfance. A l'époque, tromper les mesures de sécurité avait été un jeu pour lui. Aujourd'hui, il n'avait pas le choix.

Il avait beau avoir passé l'essentiel de ses dernières années assis devant un ordinateur, il était plutôt en bonne forme physique. En s'aidant des montants métalliques, il se hissa au sommet de la grille, où il se maintint un instant en équilibre, ses tennis calées entre les barreaux. Puis il sauta.

L'air de la nuit siffla à ses oreilles. Mais il avait mal évalué la hauteur et, malgré la pelouse épaisse, l'atterrissage fut plus rude que prévu. Un craquement retentit dans sa cheville. Avec un cri de douleur, il s'effondra de tout son long, face contre terre, jurant dans l'obscurité. Comment allait-il s'en tirer à présent ?

Des projecteurs s'allumèrent et il se figea ; un ronronnement étrange s'éleva autour de lui. De quoi s'agissait-il ? Il voulut relever la tête, mais il entendit des pas derrière lui et sentit dans son dos le contact d'un objet dur, suffisamment brutal pour lui faire avaler de l'herbe et de la terre. Il se débattit néanmoins de son mieux pour se libérer et réussit à se tourner sur le côté... mais s'immobilisa de nouveau. Le déclic qui venait de résonner à son oreille lui était familier — il l'avait entendu dans bien assez de séries policières. Il comprit alors ce qu'était l'objet dur appuyé contre son crâne.

Après des semaines de cavale, ils l'avaient retrouvé.

— Ne bouge pas.

La voix était sévère... mais pas inconnue. Sean poussa un soupir de soulagement.

— Salut, papa.

Une main de fer se posa sur son épaule et le força à se retourner. Son père se tenait au-dessus de lui, menaçant malgré sa chemisette de golf et son pantalon de toile — tenue qu'il arborait en permanence depuis sa sortie de prison.

Il avait renoncé aux costumes de prix et aux montres en or et répétait à qui voulait l'entendre qu'il vivait désormais de façon fort modeste — ce qui signifiait qu'il se contentait de l'argent qui lui restait en banque, et tant pis pour ses avocats, qu'il n'avait jamais eu l'intention de payer.

Sanford Moore, Sandy pour les amis — mais aussi pour ses victimes et pour les journalistes qui l'invitaient encore sur les plateaux des talk-shows —, lança un regard furieux à son fils.

— Depuis quand pénètres-tu chez moi sans autorisation ?

Sean se demanda si, une fois dans sa vie, il serait bien accueilli dans sa propre maison.

— Il faut que je me cache.

— Tu entres par la porte principale ou tu n'entres pas

du tout. Et tu appelles avant. Tu es adulte, maintenant, alors comporte-toi comme tel.

Dans la mesure où les finances de la famille ne permettaient plus de payer des gardiens et une alarme ultrasophistiquée, Sean avait trouvé plus judicieux d'entrer à la sauvette, au cas où on l'aurait suivi jusqu'ici.

— Je ne voulais pas te mettre en danger.

— A quoi mon fusil me sert-il, d'après toi ?

— Je n'en ai pas la moindre idée. Depuis quand as-tu une arme ?

Et qui avait été assez fou pour la lui vendre ?

— Depuis que les gens viennent pleurer à la grille parce que je leur ai soi-disant fait perdre de l'argent.

Sean avait entendu ce genre de récriminations tous les jours pendant neuf ans ; il n'avait pas de temps à perdre maintenant.

— Je sais, papa.

— Donc, tu devrais savoir que c'est une très mauvaise idée de te faufiler ici dans le noir.

Puis, regardant autour de lui :

— Et où est ta voiture ? Je ne l'ai pas vue arriver.

Ce qui signifiait que les caméras de sécurité, elles, fonctionnaient encore. Sean pouvait imaginer son père surveillant en permanence ses écrans de sécurité. Son caractère paranoïaque avait dû prendre le dessus. A vrai dire, Sandy était fini professionnellement, et il ne lui restait plus que l'argent de son ex-femme — en tout cas, la partie de celui-ci que ses autres héritiers n'avaient pas trouvé le moyen de soustraire à sa rapacité — ainsi que les droits d'auteur du livre de confessions qu'il venait de publier. Et tout cet argent était convoité par les victimes de ses escroqueries qui attendaient encore d'être remboursées.

— Je suis venu en auto-stop.

Il avait dû changer deux fois de conducteur et le troisième l'avait déposé à un kilomètre de là, mais il était arrivé à bon port.

Son père serra les dents, visiblement peu impressionné.

— Tu as perdu la tête ?

Sean se posait parfois la même question.

— On me suivait.

— A cause de moi, alors.

Son père tendit la main pour l'aider à se relever ; il baissa le canon de l'arme sans toutefois reposer celle-ci.

— Non, c'est à cause de ce que j'ai fait, *moi*.

Sandy plissa les yeux avec dédain avant de faire demi-tour en direction de la maison. Au bout de quelques pas, il se retourna vers son fils et lui fit signe de le suivre.

— Et qu'as-tu fait, je te prie ?

En dépit de sa cheville douloureuse, Sean ramassa son sac et se précipita pour le rattraper.

— Rien.

— Allons donc.

Les deux hommes avancèrent à travers les branches touffues de ce qui avait été un parc parfaitement entretenu.

— J'ai pris certains documents à mon travail, et maintenant j'ai des ennuis.

Son père se retourna pour le dévisager.

— Quel genre de documents ?

Pas question pour Sean de divulguer toutes les informations dont il disposait. Kelsey l'avait traité de naïf lorsque, des années plus tôt, il avait cru les arguments de son père. Elle n'avait pas compris que, contrairement à elle, il comprenait parfaitement leur père, avec ses défauts.

Car Sean était suffisamment bon en calcul pour comprendre que, si le marché ne s'était pas effondré de façon inopinée, leur père aurait pu non seulement rembourser l'argent qui manquait, mais surtout faire gagner une fortune à ses clients. C'était un jeu, un jeu d'argent, et il avait gagné pendant des années jusqu'au jour où il avait perdu. Alors, tout s'était effondré.

Mais Sean avait également tiré des leçons des erreurs de Kelsey. Elle avait toujours abordé frontalement leur père. Sean, lui, préférait jouer les bons petits soldats et choisir ses batailles. Cette discussion n'en faisait pas partie.

— Des documents importants, qui concernent des programmes gouvernementaux.

— Tu as ces documents sur toi ?

A en juger par la façon dont se tenait Sandy, on aurait dit qu'il se retenait pour ne pas se jeter sur son fils et les lui arracher de force.

— Non. Je les ai envoyés à Kelsey.

A ces mots, son père se figea ; une expression de fureur se peignit sur ses traits.

— Comment as-tu pu faire ça ? aboya-t-il. Elle n'est pas de notre côté. Elle ne le sera jamais. La seule personne qui compte pour Kelsey, c'est elle-même.

Sean connaissait cette grimace et anticipait la crise de rage qui pouvait suivre. Il préférait l'éviter, et de loin.

— Je me suis dit que personne ne penserait à aller chercher de son côté. Il est de notoriété publique que nous sommes plutôt en froid.

— *En froid*, répéta Sandy avec mépris. Quel terme ridicule !

— Personne n'imaginerait que je lui confie quoi que ce soit, et elle se fiche éperdument de mon existence. Elle aura rangé le colis dans un coin et n'y pensera plus.

— Elle peut l'avoir jeté directement à la poubelle.

Sean en doutait. Pas un colis. Au pire, elle risquait de l'ouvrir, mais qu'y verrait-elle ? En tout cas, elle ne le jetterait pas.

Après tout, c'était exactement ainsi qu'elle s'était comportée avec ces fameux documents dont, des années plus tôt, son père lui avait demandé de se débarrasser — ces documents qui montraient comment il avait déposé d'importantes sommes sur des comptes dont il prétendait ne pas connaître l'existence. Au lieu de lui obéir, elle les avait conservés… et transmis au procureur.

Leur père ne lui pardonnerait jamais cette trahison ; mais pour Sean, cela signifiait aussi qu'il avait choisi la bonne personne pour conserver quelque chose.

— D'habitude, elle a plutôt tendance à garder ce qu'on lui donne. Surtout quand c'est important.

Sandy resta un instant silencieux et immobile. Le faisceau rouge du détecteur de mouvements passa sur lui comme sur une statue de granit. Enfin, il lâcha :

— C'est vrai.

— Seulement voilà : maintenant, j'ai besoin de ces papiers et des calculs qu'ils contiennent. Les rares fois où j'ai trouvé un téléphone pour l'appeler, elle n'a pas répondu.

Son père jura et se remit en marche vers la maison à grandes enjambées.

— Ça ne m'étonne pas.

— Je pourrais l'appeler de chez toi…

— Kelsey a beaucoup de choses à se faire pardonner, répondit Sandy avec un sourire froid. Il est peut-être temps qu'elle revienne ici pour accomplir son devoir.

Après avoir enfilé le pyjama court que Connor avait trouvé pour elle dans le placard de son épouse, Kelsey se laissa tomber en arrière sur le matelas moelleux et posa la tête sur la pile d'oreillers. Elle resta un instant à contempler les moulures du plafond en s'imaginant Pax dans sa propre chambre, au-dessus de la sienne. Elle guetta son pas, mais en vain.

Quand Connor lui avait parlé d'une « chambre de bonne », elle avait imaginé passer la nuit sur un mauvais lit dans une sorte de débarras. La perspective ne l'enchantait guère, mais à vrai dire elle aurait dormi sur le parquet tant elle était épuisée.

La journée avait été longue et mouvementée. Chaque fois qu'elle fermait les yeux, des images de cadavres lui apparaissaient. A vrai dire, c'était également le cas si elle gardait les yeux ouverts…

Toutefois, après une âpre discussion entre Connor et Pax, il avait été décidé qu'elle occuperait finalement la chambre d'amis du deuxième étage — celui où, elle le savait, vivait Pax, et qu'il lui abandonnait gracieusement pour s'installer dans la chambre de bonne du troisième. Il était là-haut, juste au-dessus… et un peu trop discret à son goût.

Le bout de son pied nu touchait encore le sol, et elle promena ses orteils sur le tapis soyeux. Entre le lit à baldaquin et les murs tendus de tissu bleu pâle, la chambre était si luxueuse qu'elle aurait pu figurer dans un magazine de décoration — un de ceux qu'elle adorait feuilleter. Sans doute était-elle due aux talents de la femme de Connor.

Pourtant, elle n'était pas chez elle, et elle ne parvenait pas à l'oublier. Car en dépit de sa petite taille et de ses meubles de seconde main, l'appartement était le sien ; c'était son lieu secret, son château fort, qu'elle avait gagné par son travail. Ne pas s'y trouver, ne plus pouvoir le protéger ni servir ses clients jour après jour, comme elle le faisait chaque jour depuis qu'elle avait repris le salon de thé, la rendait nerveuse.

Rien qu'à penser au manque à gagner, elle avait des fourmis dans les mains et les jambes. Tout cela était peut-être la faute de son frère, mais la banque qui détenait l'hypothèque s'en moquait. Comme tout le monde, probablement.

Elle tourna la tête pour regarder par la fenêtre. Les vitres semblaient normales, mais Kelsey était certaine qu'elles étaient renforcées par un revêtement magique à l'épreuve des balles. Qu'importe. La climatisation diffusait une brise agréable qui caressait son corps. De la fraîcheur, un lit confortable et la sécurité — elle avait tout ce qu'il fallait pour s'endormir.

Tout… sauf Pax.

C'est alors qu'on frappa très légèrement à la porte. Elle eut à peine le temps de répondre et de tourner la tête que, comme s'il avait entendu son appel silencieux, il se glissait dans sa chambre — si l'on pouvait utiliser ce terme malgré sa claudication. En tenue décontractée, avec son T-shirt de la marine, il ne lui avait jamais paru aussi beau. Des épaules larges, des bras musclés et ce visage… Elle ne put retenir un soupir de satisfaction.

Avec un sourire spontané, elle se redressa sur les coudes. Elle avait attendu sa visite. Comme la soirée avançait, tout le monde avait parlé d'aller se coucher, mais elle savait qu'il viendrait la voir. Ne serait-ce que parce qu'il avait protesté lorsque

Connor avait proposé d'installer Kelsey dans la chambre qui faisait face à la sienne…

Pax restait près de la porte, attentif à ne pas envahir son espace.

— Vous allez bien ?

— Je pensais que j'allais m'endormir comme une souche, mais non…

— L'adrénaline, expliqua-t-il. Elle met parfois du temps à disparaître. Il faut dire que vous en avez bavé aujourd'hui, entre les hommes qui vous ont agressée et moi qui vous ai bousculée plus d'une fois…

Elle lui avait pardonné. Depuis longtemps. La colère qu'elle avait ressentie ce matin-là contre lui avait disparu, pour laisser place au seul désir de sa présence.

— J'ai fini par m'habituer à ça. En tout cas, la partie qui vous concerne.

— Vraiment ?

— Vraiment.

Il referma la porte et s'avança dans la chambre ; au lieu de rester à quelques pas, comme un vrai garde du corps, il vint s'asseoir sur le lit à son côté.

Elle se retrouva instantanément collée à lui. La faute au poids de Pax et au matelas trop souple… mais en son for intérieur, Kelsey savait que c'était faux. Elle était exactement là où elle voulait être. Et elle le voulait, lui.

Avec précaution, elle passa la main sur son genou. Au moindre signe de souffrance, elle était prête à réveiller Joël pour exiger que Pax voie un médecin.

— Comment va votre jambe ?

— J'ai avalé tellement de médicaments que je ne sens plus rien.

Ceci expliquait son regard légèrement vitreux.

— On vous a vraiment tiré dessus ?

— Je peux vous montrer la blessure, répondit-il avec un haussement de sourcils et un ton de voix égrillard.

Mais cet effet comique était contredit par la douceur de sa

main sur celle de Kelsey. Il était si tendre, si gentil — si loin de l'homme qu'elle avait vu ce jour-là frapper et lancer des poignards…

— La balle arrivait, et c'était moi ou Lara, la femme de Davis. J'ai préféré que ce soit moi.

Le cœur de Kelsey chavira.

— Vous êtes un héros !

— Pas vraiment.

Elle était sûre que cette Lara était du même avis qu'elle. Et si ce n'était pas le cas, s'il s'agissait d'une ingrate, Kelsey se sentait prête à l'étrangler de ses mains.

— La blessure guérira-t-elle un jour ?

Il approcha son visage du sien, presque à le toucher.

— Les médecins et les kinés me donnent des réponses plutôt vagues. « Il faut voir », voilà ce qu'ils me disent. « Donner du temps au temps »… mais j'ai l'impression que ça fait des siècles. Je veux reprendre ma vie normale. J'en ai assez d'être en convalescence.

Comme il avait l'air d'y croire…

— Parce que selon vous, aujourd'hui était une journée de convalescence ?

— Tout à fait.

Les hommes ne cesseraient jamais de la fasciner. Même les meilleurs d'entre eux tenaient des propos étranges — et elle savait désormais que Pax faisait bel et bien partie des « meilleurs d'entre eux ».

— C'est intéressant.

— Quoi qu'il en soit, j'ai cru comprendre que ce ne serait jamais tout à fait la même chose.

Elle tenta d'imaginer ce qu'un homme comme lui devait ressentir à l'idée de se trouver, même en partie, handicapé. Son travail était de protéger les gens, et il l'adorait. Ne pas pouvoir le faire risquait de le briser.

— Ça vous ennuie ?

— Si ça m'ennuie ?

Pourquoi répéter sa question ?

— Est-ce que ça vous ennuie ? vous gêne ? vous met en colère ? Ou est-ce que vous vous en fichez ?

Il lui prit les mains pour les embrasser délicatement.

— Toutes les blessures sont mauvaises, mais il ne faut s'inquiéter que de celles qui sont mortelles.

— Sans blague ? C'est tellement…

Il sourit.

— Vrai ?

— Cliché.

Pax se mit à rire à gorge déployée.

— Si vous le dites ! Je ne vais pas contredire une femme qui a été agressée trois fois aujourd'hui.

Son rire, grave et franc, résonnait dans le corps de Kelsey. Y avait-il la moindre chose chez cet homme qu'elle n'aimait pas ? Elle n'en trouvait aucune. Son visage, son corps, ses yeux qui reflétaient la profondeur de ses émotions, sa voix… elle l'adorait.

Et dire qu'elle avait tout fait, pendant des mois, pour ne pas s'engager. Tous ces hommes qui lui tournaient autour et ne signifiaient rien pour elle… et voilà qu'elle rencontrait quelqu'un qui l'intriguait, la fascinait et l'excitait à la fois. Si seulement il n'avait pas été aussi intrépide et elle si peureuse !

Mais cela ne les empêchait pas de vivre quelque chose ensemble.

Elle posa la joue sur son épaule, inhalant le parfum de savon sur sa peau.

— Vous ai-je seulement remercié ?

Il haussa les épaules.

— Ce n'est pas nécessaire.

Elle savait qu'il dirait ça. Elle se laissa aller encore contre lui, contre cet endroit magique au creux de son épaule.

— Dis donc, Pax… si tu refuses mes compliments, ça ne va pas être facile de te séduire.

Il s'écarta légèrement pour la regarder. Son sourire était plus doux, plus sincère. Oh ! ces yeux…

— C'est ce qui est en train de se produire ?

Elle voulait dire oui. Elle voulait se laisser aller. Ce lit, cette chambre, la délicieuse tension entre eux… tout semblait les mener vers une conclusion évidente.

— Pas tout à fait. Je voulais simplement que tu m'embrasses, comme tu me l'as promis tout à l'heure, souffla-t-elle en plaçant sa bouche tout près de la sienne.

— Il suffit de demander, murmura-t-il — et son souffle caressa les lèvres de la jeune femme.

— Je suis trop timide…

Du bout des doigts, il se mit à lui caresser la bouche.

— Alors il faut que je te le dise. J'ai envie de t'embrasser à peu près à chaque instant. Chaque fois que je te vois, mon cerveau déraille. Pour ta protection, il vaudrait peut-être mieux que je m'éloigne un peu. Que je laisse Joël prendre ma place. Mais… la simple idée de quelqu'un d'autre près de toi me rend fou furieux.

— Tu as peur qu'un autre garde du corps me touche ? le taquina-t-elle en lui effleurant le menton du bout des doigts. Ne t'inquiète pas, je ne me laisserai pas faire.

— Et moi ?

— Toi… toi, tu peux me toucher autant que tu le veux.

Les mots coulaient dans sa voix comme une musique sensuelle.

Alors, leurs lèvres se rencontrèrent ; sa tête et son corps se mirent à pulser et un torrent de sensations — vertige, allégresse, envie — l'envahit. Elle voulait ses mains, elle voulait sentir sa peau, sa présence, l'attirer tout contre elle.

A l'effleurement suspendu des premières secondes succéda un baiser d'une intensité fulgurante. Le désir dévorant se communiqua de leur bouche à leurs mains explorant avec passion. Il la prit par la taille pour l'attirer tout contre lui.

Pax l'entourait, la submergeait, devenait tout son monde ; l'envie de son corps lui coupait le souffle — elle suffoquait, mais s'en moquait.

Elle sentit la douceur du matelas dans son dos et le torse ferme de Pax contre sa poitrine. Leur baiser faisait naître un incendie en elle. Elle lui laboura la peau de ses ongles tandis que, de l'autre main, elle empoignait sa chevelure pour qu'il l'embrasse plus fort encore, pour que sa langue pénètre plus loin dans sa bouche. Elle entendait, comme détachée, leur souffle rauque, leur respiration haletante. Le cœur de Kelsey battait à tout rompre.

Leur baiser dura une éternité… et pourtant, bien trop peu. Il s'écarta d'elle un instant pour reprendre sa respiration, et elle le poursuivit de sa bouche. Leurs mains se glissèrent sous leurs vêtements.

Elle était sur le point d'arracher sa chemise de nuit lorsqu'une porte claqua violemment dans le couloir.

Tous deux sursautèrent. Pax se rassit à la hâte, et elle s'écarta de lui, tentant de se rajuster tant bien que mal. La tension sexuelle entre eux était si forte, et venait de se briser si brutalement, qu'elle frissonna. La tête lui tournait.

— Qu'est-ce que c'était ? demanda-t-elle d'une voix tremblante.

Le lit craqua quand Pax se déplaça.

— Connor, je dirais…

Pourquoi cette colère soudaine dans sa voix ?

— Qu'y a-t-il ?

— Je crois que c'était un avertissement. Il me conseille de ne pas perdre la tête.

Elle se rassit près de lui et lui passa la main dans le dos. Le contact de ses muscles était délicieux. Elle le prit dans ses bras.

— Tu penses que cela le gêne que nous soyons ensemble ?

Pax lui caressa le bras.

— Seulement si cela nous met en danger.

— Mais je suis en sécurité avec toi, non ?

Il tourna le visage vers elle. Toute trace de colère avait disparu.

— Toujours.

— Alors, pourquoi…

— Et pour le prouver, je vais te laisser. En gentleman.

Il ponctua sa phrase par un baiser léger sur ses lèvres.

Ce n'était pas ce qu'elle attendait. Elle le voulait, lui !

— J'ai l'impression que nous ne nous sommes pas bien compris.

Il ouvrit la bouche à plusieurs reprises avant d'articuler :

— Pas du tout. Mais tu as besoin de repos.

Elle n'avait rien contre la galanterie, mais c'était un peu fort, non ?

— Vraiment ?

— Mais demain…

La promesse flotta un instant dans l'air. Il était sincère, elle pouvait le voir à ses yeux et à la douceur de son sourire.

— Quoi, demain ?

Sur un dernier baiser — un peu plus long cette fois, et presque provocant —, il se leva.

— Tu verras bien. A condition que tu dormes d'abord.

11

Pax se leva à 6 heures du matin précises. Il descendit au rez-de-chaussée. Le soleil brillait déjà par les fenêtres, jetant des reflets sur le parquet verni. Au pied de l'escalier, il obliqua à droite et franchit les portes coulissantes pour pénétrer dans ce qu'il appelait en lui-même le poste de commandement. Un téléviseur diffusait une chaîne d'informations, et un émetteur était branché en permanence sur la fréquence de la police.

Joël était déjà assis devant le mur d'ordinateurs, pianotant sur son clavier tout en regardant les informations défiler sous ses yeux. Une partie des feuilles venues du colis de Sean étaient posées à sa gauche ; d'autres jonchaient le sol à ses pieds.

Il avait les cheveux ébouriffés et les vêtements froissés. Avait-il seulement dormi ? Il était fort possible qu'il n'ait pas bougé de cette chaise depuis que Pax l'avait quitté, six heures plus tôt.

Il n'en allait pas de même pour Connor. Chemise impeccable, pantalon repassé, rasé de frais — comme toujours. Dormait-il jamais, même quelques minutes ? Tous les matins, il arrivait ainsi, frais et dispos, comme s'il pouvait d'une seconde à l'autre être appelé pour une réunion de crise au Pentagone. Ce qui arrivait parfois.

Un toast entre les dents, une tasse à la main, Connor ouvrit le journal qui se trouvait près de du bureau de Joël.

A en juger par le niveau de la cafetière, c'était sans doute son deuxième ou troisième mug de café. Il carburait à la caféine. Au vu de ses résultats avec le groupe Corcoran, Pax n'allait pas le lui reprocher.

— Tu as dormi ici ? demanda-t-il à Joël.

— Oui. Sur le canapé. C'était plus simple que de rentrer chez moi. Et toi, rétorqua celui-ci avec un regard appuyé, tu as dormi où ? A moins que je sois trop jeune pour le savoir ?

— Si tu as envie de te taire, n'hésite surtout pas.

— Donc, tu préfères laisser ça à mon imagination ? Pas de problème, ça marche.

Le manque de sommeil et l'absence prolongée d'éléments féminins avaient décidément le don de les faire régresser aux conversations d'adolescents. Heureusement que Kelsey n'était pas là pour entendre…

— J'ai dormi au troisième. Seul.

Connor émit un reniflement dédaigneux.

— Ce n'est pas faute d'avoir cherché d'autres solutions…

Pax ne se laissa pas faire.

— Ah oui, au fait : subtil, le coup de la porte qui claque. Timing parfait. Si un jour tu as des filles adolescentes, tu seras un père idéal.

— Je suis chez moi, lança Connor sans lever la tête.

Pourtant, il souriait.

— Et tu as une explication à ton comportement de père Fouettard ? J'apprécie que tu prennes soin de moi, mais tout de même…

— Ta vie sentimentale ne regarde que toi… tant qu'elle reste en dehors de ton travail.

Pax était à présent vraiment en colère.

— Ce qui est toujours resté le cas, non ?

— Jusqu'à maintenant, murmura Joël sans se retourner.

— Mais pour ta gouverne, je ne te surveille pas. Je surveillais Kelsey.

Connor souffla sur sa tasse de café avant d'en engloutir une bonne moitié d'un seul coup.

— D'ailleurs, elle dort encore ?

Pax se mit à penser à Kelsey dans son lit, à son corps sur le matelas, à sa nuisette… Aïe. Ce n'était pas le moment de laisser vagabonder son esprit dans cette direction. Pas pendant le travail. Pas en présence de ses amis.

Il saisit un mug propre.

— Je veux qu'elle prenne le plus de repos possible. Hier a été une journée difficile, même pour nous qui sommes entraînés. Nous sommes censés être habitués à ce genre de choses, mais pas elle. C'est un civil, et je ne veux pas l'oublier, même si du point de vue de la combativité, elle pourrait nous en remontrer.

Connor reposa le journal sur sa table et servit un café à Pax avant de remplir de nouveau sa tasse.

— Je te l'accorde.

— D'habitude, tu n'es pas si conciliant, remarqua Pax.

Il connaissait suffisamment Connor pour savoir que cela n'augurait rien de bon.

— Il est encore tôt, rétorqua sèchement l'autre avant de s'asseoir près de Joël.

Tous deux se trouvaient à une extrémité de la longue table, Pax à l'autre. Cette disposition lui rappelait les fois où, enfant, il avait été convoqué dans le bureau du directeur — l'époque où il trouvait excitant de tirer les sonnettes d'incendie. Heureusement, cela lui était passé en grandissant, sans quoi il serait probablement en prison à l'heure actuelle.

Connor se remit à feuilleter le journal avec une lenteur exaspérante. Sans lever la tête, il lança :

— Puisque tu es ici plutôt qu'au deuxième où de toute évidence tu préférerais être, et puisqu'il vaut mieux qu'on te trouve quelque chose à faire pour t'éviter de penser à la femme qui s'y trouve, autant que je te l'annonce : nous avons un nouveau problème.

Et c'est parti.

Joël fit pivoter sa chaise pour faire face à Pax, comme Connor.

— Un gros problème.

— Il faut vraiment que tu arrêtes les effets dramatiques, déclara simplement Pax.

Il regardait devant lui le plateau de croissants ; au fond, il avait très peu envie d'entendre la nouvelle.

— Désolé, mais je n'ai pas le choix, répondit Joël — sans paraître désolé le moins du monde.

Connor replia son journal avec des gestes toujours aussi lents. D'accord, songea Pax, de plus en plus agacé. S'ils voulaient son attention, c'était réussi. Abandonnant l'idée d'un croissant, il se redressa, mains croisées dans le dos, paré à recevoir la mauvaise nouvelle.

— Allez, dis-le-lui avant qu'il ne se mette à bouillir.

Connor reposa le mug gigantesque que lui avait offert Dana un jour par plaisanterie, et qu'il utilisait depuis en permanence. Joël lança une chemise cartonnée en direction de Pax ; elle glissa sur la table pour s'arrêter juste devant lui. De toute évidence, le plus jeune des trois hommes était ravi de sa précision.

— Quelqu'un a fouillé dans ton dossier personnel.

— Pardon ?

— Un inconnu a fait une recherche sur toi, ou en tout cas vérifié qui tu étais.

Joël posa un autre dossier devant Connor, qui ne l'ouvrit même pas.

Pour quelqu'un comme Pax, cette nouvelle était alarmante. Il n'utilisait plus de couverture comme à l'époque des Opérations spéciales ; depuis qu'il travaillait avec Connor, c'en était fini des fausses identités. Pourtant, son nouveau poste nécessitait une certaine confidentialité. On ne pouvait laisser n'importe qui savoir qui il était ni où il vivait — même si, depuis que son bateau avait explosé, il demeurait dans la chambre de bonne.

C'était la raison pour laquelle, dans sa dernière mission, le fait que l'on découvre son nom et l'endroit où il résidait s'était révélé désastreux. La taupe infiltrée au NCIS avait utilisé cette information pour faire sauter son bateau, manquant tuer Davis et Lara. Apprendre qu'il était de nouveau l'objet d'une semblable investigation le rendait furieux.

— Et voulez-vous me dire comment cela a pu se produire ? Ces informations sont censées être introuvables. Grâce à toi, conclut-il en fusillant Joël du regard.

— Je ne suis que remplaçant, répondit celui-ci. Mais je comprends que tu sois en colère.

— C'est une mauvaise nouvelle pour nous tous, Pax.

Connor ouvrit le dossier et le referma sans avoir lu un mot.

— Tous nos dossiers sont confidentiels. Même si quelqu'un est entré dans la base du ministère de la Défense, il n'a pas pu trouver davantage que ton nom.

Il y avait eu une époque où Pax ajoutait foi à ce type d'informations ; c'était encore le cas de Connor, mais Pax restait suspicieux.

— J'ai un bateau éparpillé façon puzzle et une balle dans la cuisse qui me disent le contraire.

Toute information, jusqu'à la plus anodine, nécessitait une accréditation au niveau Confidentiel Défense. Même dans ce cas, la personne qui la demandait devait justifier sa requête pour accéder au programme informatique. Sans compter que les dossiers des membres du groupe Corcoran étaient bien cachés. Aucune chance, donc, que quelqu'un les découvre par hasard. Mais Pax n'avait pas l'esprit tranquille pour autant : tout ne se déroulait pas toujours comme prévu…

Un peu refroidi, Joël considéra tour à tour Connor et Pax avant de poursuivre, bégayant légèrement :

— J'ai remonté la fuite. La personne en question a effectué une reconnaissance faciale avant de tomber sur ton dossier au ministère. Ce qui signifie qu'elle disposait d'un logiciel de très haut niveau.

Connor secoua la tête pensivement.

— Nous parlons donc de quelqu'un qui dispose à la fois d'un certain talent et d'autorisations de haut niveau. Qui peut entrer et sortir du système sans être repéré.

Pax s'apprêtait à poser un millier de questions sur leur sécurité et les risques qu'il courait maintenant que son identité était révélée. Mais Joël le prit de vitesse. D'une voix suffisamment forte pour les réduire au silence, il lança :

— Avant que vous ne paniquiez complètement — même si c'est sans doute un peu tard pour ça —, je dois vous annoncer que la personne en question a simplement trouvé ton dossier. Mais la sécurité a tenu. Elle n'a pas pu l'ouvrir. Tout a marché comme prévu.

Le nœud dans l'estomac de Pax ne se relâcha pas.

— Tu en es certain ?

— Il a été très discret, mais le ministère dispose d'un programme qui nous avertit discrètement dès que quelqu'un vient renifler un peu trop près de nos dossiers. C'est lui qui m'a prévenu. Rassure-toi, Pax, c'est simplement une alerte. Pas de quoi paniquer.

C'était la première fois que quelqu'un suggérait que Pax puisse paniquer — une insulte, pratiquement. La colère le gagna, mais il parvint à la repousser. C'était simplement une expression malheureuse, due au manque de sommeil de Joël. Sans compter sa propre blessure qui, refusant de guérir, le rendait si chatouilleux.

Il faut dire que les autres semblaient inquiets pour lui. S'il leur en était d'une certaine façon reconnaissant, il n'était pas du genre à se planquer en attendant d'avoir complètement récupéré — et il était temps que les autres le comprennent.

— Je trouve normal de m'inquiéter, vu que c'est mon dossier.

Connor leva une main pour empêcher Joël de répliquer.

— Je pense que ce que Joël essaie de dire, c'est que l'alerte a bien fonctionné. Il n'en reste pas moins que quelqu'un essayait d'en savoir plus sur toi, ce qui constitue un problème pour nous.

Et dire que Pax avait rêvé d'une mission tranquille… toutefois, il fallait admettre qu'avec l'équipe Corcoran, le mot *tranquille* n'existait pas.

— D'accord. Donc, quelqu'un a déclenché le programme d'alerte.

C'était la partie de son travail qu'il aimait le moins : l'espionnage permanent, le climat de méfiance, les vérifications interminables. Le fait que, le jour où il avait décidé d'entrer au service de son pays, il avait de fait renoncé à toute intimité.

— Exactement, admit Joël avant de saisir son clavier sans fil derrière lui.

Les réponses laconiques n'étaient pas son genre, surtout sur ce sujet, et Pax en déduisit que quelque chose clochait.

— Pouvons-nous remonter à la personne qui a lancé le programme de reconnaissance faciale ?

— Pas tout à fait.

Joël se mit à taper sur son clavier à toute vitesse, sans regarder Pax.

— Ce type sait se couvrir et effacer ses traces.

— Mais tu l'as trouvé. En tout cas, tu as détecté sa présence.

Cette fois, Joël le regarda avec un franc sourire.

— Oui, parce que je suis meilleur que lui. Je vais pouvoir remonter à quelqu'un — même si au fond, nous savons tous d'où tout ceci provient.

Connor hocha la tête.

— Le point de départ est le salon de thé. Tu y étais tous les jours… mais l'intrusion informatique s'est produite juste après que tu y es retourné avec Kelsey.

La surprise lui coupa le souffle.

— Tu ne veux pas dire que…

— … que la personne qui la file t'a vu et qu'elle a lancé une recherche sur toi ? Si, exactement, fit Connor.

— Qui que ce soit, il a dû voir que le dossier était confidentiel. Il faut dire que l'avertissement est assez clair, lança Joël en désignant un écran qui venait de s'allumer.

Les deux autres pivotèrent pour découvrir une photo de Pax barrée par la mention « Confidentiel » en noir et en gras.

— Pour peu que notre inconnu ne soit pas complètement idiot, il aura compris qu'il avait affaire à forte partie.

— Le ministère de la Défense a reçu l'alerte en même temps que nous, dit Connor.

— Ah bon ? Et depuis quand sommes-nous à ce point liés avec eux ?

Pax ignorait quand avaient été ajoutés tous ces niveaux de sécurité ; mais à vrai dire, il n'en était pas fâché.

Joël agita la main, évasif.

— C'était notre accord. Je voulais installer cette alerte, et le ministère a accepté à condition que je la généralise à tous leurs dossiers. Quand ils ont vu mon programme, ils ont utilisé le mot « piratage », mais vous savez comme ils aiment exagérer…

— Tu avais oublié de me parler de cette partie, fit Connor.

Joël haussa les épaules.

— Ce que je veux dire, c'est que notre contact au ministère va sans doute nous appeler d'ici un quart d'heure… et qu'il vaudrait mieux paraître surpris.

— Dites donc, c'est quoi ces têtes d'enterrement ? lança Kelsey d'une voix gaie en faisant irruption dans la pièce.

Elle portait la même nuisette, heureusement dissimulée sous un sweat-shirt informe.

Pax ressentit soudain le besoin de la prendre dans ses bras, de la remonter dans sa chambre et de reprendre la séance de la veille là où ils en étaient restés.

— Apparemment, quelqu'un dispose maintenant d'une photo de moi et fouille dans mes dossiers.

Elle s'appuya contre le chambranle de la porte.

— Et vous pensez que cela a un lien avec Sean ?

— Qu'en dites-vous ?

Elle secoua la tête et émit un petit reniflement de dédain — la panoplie complète qui signifiait « les hommes sont vraiment stupides » — avant de se rapprocher de Pax.

— Je n'aime pas énoncer les évidences, mais vous avez d'autres dossiers. Et sans doute pas mal d'ennemis…

Il porta la main à son cœur comme si elle venait de l'offenser gravement :

— Je suis blessé que vous puissiez penser ça !

— Oh, pardon. J'ai dû m'égarer.

— Vous devez tout de même admettre, Kelsey, que les éléments concordent étrangement, dit Connor.

Il fit un geste en direction de la cafetière ; elle hocha la tête, et il lui servit une tasse.

— Quoi qu'il en soit, Joël va continuer ses recherches, et nous en aurons le cœur net.

Elle prit le mug, les mains crispées.

— … mais en attendant, Sean est le suspect principal ?

— En tout cas, nous pensons que cette tentative est liée à son cas. Grâce à son entreprise, Kingston possède le matériel et les capacités pour ce genre d'effraction dans les bases de données confidentielles, poursuivit Joël en s'appuyant contre le dossier de son fauteuil. Il est même possible que le ministère le laisse entrer dans leur système. Après tout, il conçoit des programmes, et désormais dans le secteur de l'information… En théorie, il ne constitue pas un danger pour le ministère, et doit donc disposer de certaines autorisations.

— En théorie… répéta Pax.

Ces derniers mots le rappelèrent à la réalité. Plus question de la laisser se reposer tranquillement.

Le groupe Corcoran était toujours prêt à ce genre de menaces sur la confidentialité. Ils avaient des règles et des protocoles. La présence de Kelsey ne changeait rien à la mission fondamentale de Pax. Il devait avant tout assurer la sécurité — dans le cas présent, celle de la jeune femme.

— Tu as quelque chose à ajouter, ou bien tu répètes simplement ce que dit Joël par plaisir ? demanda-t-elle, légèrement moqueuse.

Il leva la main.

— Il ne constitue pas un danger en théorie. Mais nous ne connaissons pas la réalité.

Avec un soupir, elle se laissa tomber dans le fauteuil près du sien.

— Et tu penses que c'est mauvais pour moi ?

Ce n'était pas le mot qu'il aurait utilisé.

— *Mauvais ?*

— Ennuyeux, si tu préfères.

Il ne put s'empêcher de sourire.

— Petite maligne, va…

12

Ils passèrent toute la journée dans le quartier général du groupe Corcoran à examiner en détail le contenu du colis de Sean et à tenter de déchiffrer ce qui apparaissait comme un code sur les documents. Tandis que les hommes se penchaient sur ce dernier, Kelsey lisait tout ce qu'elle avait trouvé sur la société Kingston et son riche mais très discret propriétaire.

Elle leur posa toute une série de questions sur les affaires qu'avait déjà traitées l'équipe, mais ils ne répondirent qu'à trois d'entre elles — à vrai dire, elle fut même surprise d'en obtenir autant. Interroger les trois hommes lui permettait surtout de ne pas penser à son manque à gagner et à l'inventaire qui moisissait dans le salon.

Sans parler de ce baiser. Dont elle rêvait encore.

Mais leur conversation lui permit également d'observer de près le fonctionnement de leur équipe et leur façon de résoudre les problèmes. C'était des as de la gâchette, certes, mais ils se révélaient aussi particulièrement intelligents. Dans le cas de Pax, elle trouvait cela plus que sexy.

Assise près d'eux, elle pouvait se permettre de se laisser aller, les yeux fermés, en écoutant leurs voix et les saillies qu'ils se lançaient. Leur présence était apaisante. Le fameux Ben, dont elle avait tant entendu parler, appela même pour une visioconférence. Elle put vérifier qu'il avait un visage et qu'il existait bel et bien.

Même si, au fond, seul le visage de Pax comptait pour elle. Elle le regardait travailler ; quand il se concentrait, le sérieux et l'intensité de son expression étaient tout simplement à tomber. A un moment, elle murmura même son prénom, simplement pour qu'il tourne les yeux vers elle. Il lui sourit l'espace d'une seconde…

Ultra-sexy.

En dépit de ses angoisses sur le sort de son salon de thé, la journée se passa plutôt bien : personne ne lui tira dessus, elle ne tomba pas dans l'escalier… étonnant de constater comment douze heures de terreur pure pouvaient vous faire changer de point de vue sur ce qu'était une bonne journée. Dorénavant, elle apprécierait les petites choses. Dans l'après-midi, elle eut un creux — et ce fut pour elle une véritable fête de s'accorder un café et un croissant.

Mais le soir était venu. Et tout avait changé.

Malgré la température, elle frissonna dans la nuit sombre et humide. Le bois du ponton craquait sous leurs pas. Ils se trouvaient dans une marina à quelques centaines de mètres du port de plaisance. Une brise annonciatrice de tempête faisait s'entrechoquer les mâts des bateaux.

L'eau clapotait contre les coques et le métal de l'embarcadère. Presque tous les emplacements étaient occupés par des bateaux aux noms fantaisistes.

Kelsey avait oublié de mentionner sa terreur de l'eau à Pax. Bien que vivant dans une ville navale, elle avait juré un jour de ne jamais mettre les pieds sur ce qui ressemblait de près ou de loin à un bateau. Elle se tenait à l'écart de l'océan, de la baie de Chesapeake toute proche et des étangs. Enfin, jusqu'à ce que Pax l'entraîne ici.

Il continuait à avancer de sa démarche énergique, à peine ralentie par sa claudication. Elle doutait que quiconque ne le connaissant pas aurait pu se douter qu'il était blessé.

Faisant de son mieux pour oublier à quel point elle avait du mal à respirer, elle lança :

— Une question…

— Je t'en prie.

Elle glissa sa main dans la sienne, et son cœur manqua un temps.

— Que faisons-nous ici ?

— Le protocole dit que…

— Si l'un de vous est l'objet d'une filature ou d'une surveillance électronique, il doit se séparer des autres pour évaluer le danger. Ainsi, l'équipe n'est pas mise en danger.

Les mots s'étaient gravés dans sa mémoire.

— Ça, je l'ai compris cet après-midi. On ne peut pas dire que Connor soit trop subtil quand il répète les règles du manuel. Quel perroquet…

Le rire chaud de Pax résonna dans la nuit.

— Le fait de toujours répéter fait partie de notre entraînement. C'est ce qui nous rend bons. Sans ça, nous risquerions d'être blessés.

— Effrayant…

— Ses sermons sont peut-être ennuyeux, mais ils sont efficaces — ne serait-ce que parce qu'on y obéit pour ne plus avoir à les entendre.

— Je ne te demanderai pas où Connor a appris tout cela, parce que je sais que tu ne me répondras pas.

Dans le lointain, elle entendit des rires et des conversations joyeuses qui l'apaisèrent un peu. S'avançant sur le ponton, elle aperçut un grand bateau dont les deux ponts étaient illuminés. Plusieurs groupes de personnes s'y déplaçaient. A cette distance, elle ne pouvait distinguer que leurs silhouettes, mais ils avaient l'air de bien s'amuser.

— Effectivement, je ne te dirai rien sur Connor, parce que je ne sais pas grand-chose sur lui moi-même. Ce n'est pas quelqu'un de très expansif, et surtout pas par rapport à son passé. C'est aussi ce qui fait qu'il est aussi bon dans son métier, dit Pax.

— Ça, et avoir toujours besoin d'en savoir davantage. Comme vous tous…

Son calme momentané vola en éclats quand elle entendit un bruit de clapotis. Elle se jeta en arrière, scrutant l'eau devant eux.

— Qu'y a-t-il ?

Une peur complètement irrationnelle des gros poissons.

— Rien du tout.

— Vraiment ?

Quelque chose émergea à la surface des vagues avant de disparaître de nouveau. Elle garda les yeux rivés sur cet endroit, attendant que cela se reproduise.

— J'en reviens à ma première question. Que faisons-nous dans cette marina ?

— Nous devons déménager tant que cette histoire de reconnaissance faciale n'a pas été tirée au clair.

— Je pensais que nous irions dans un hôtel, protesta-t-elle en se souvenant de leur conversation de l'après-midi.

Ils avaient parlé d'un « endroit sûr ». Pax lui avait demandé de préparer quelques affaires — elle avait dû emprunter quelques effets de la femme de Connor. Ceux-ci se trouvaient à présent dans le sac accroché au bras de Pax.

— Nous allons nous installer sur un bateau. Pas le mien, parce qu'il a été détruit par une explosion. De toute façon, il n'était pas ancré ici. Quoi qu'il en soit, cette couverture-là ne fonctionne plus.

Il avait beau lui donner des explications détaillées, la seule réaction de Kelsey restait *pas question*.

Elle s'arrêta sous un lampadaire, si brusquement que Pax, qui continuait à marcher, faillit lui démettre l'épaule avant de se rendre compte qu'elle n'avançait plus.

Il se retourna vers elle, une main déjà sur la crosse de son revolver, scrutant les alentours avec une expression farouche.

— Que se passe-t-il ?

Une corne de brume résonna dans le lointain, en accord avec l'humeur sinistre de Kelsey.

— Nous avons un problème.

D'un geste, il laissa tomber le sac sur le ponton et dégaina son arme, scrutant la pénombre autour d'eux.

— Qu'as-tu vu ?

Une nouvelle vague passa et la créature réapparut, restant

quelques instants à la surface avant de disparaître de nouveau. Une main glacée s'empara du cœur de Kelsey.

— Ça, c'était quoi ?

Il baissa le canon de son arme.

— Une minute. Est-ce que tu… As-tu vu quelqu'un, oui ou non ?

— Je suis sérieuse. Juste ici.

Elle désigna du doigt l'endroit précis où était apparue la tête monstrueuse — en espérant que celle-ci ressortirait, sans quoi Pax la prendrait pour une folle…

— C'est seulement l'eau, Kelsey. L'obscurité te joue des tours, mais ce n'est rien d'autre que la houle qui se lève.

— Je te parle de cette chose qui n'arrête pas de sortir la tête…

Elle s'aventura d'un pas de plus en direction du bord du ponton, mais s'immobilisa bien vite.

— Pour moi, c'est une créature marine genre requin ou un cousin éloigné du monstre du loch Ness.

Il rengaina son arme dans son holster d'épaule.

— D'accord. Raconte-moi ce qui se passe vraiment ici.

Comme si elle allait raconter ses petites frayeurs à ce dur à cuire ! En parler les aurait fait paraître plus ridicules encore ; aussi s'efforça-t-elle de juguler la terreur qui hurlait en elle pour le contourner.

— Je faisais juste une remarque. Continuons à marcher, d'accord ?

Il la rattrapa par le bras.

— Euh… Kelsey ?

Elle tenta de se dégager, mais il tint bon et ne bougea pas. A en juger par son expression, il n'en avait pas l'intention.

Parfait. Il ne lui restait plus qu'à subir l'humiliation.

— L'eau me rend folle.

— Comment ça ?

— Elle me terrifie. Elle me donne envie de m'enfuir à toutes jambes.

— D'accord.

Les réverbères du ponton jetaient des ombres étranges, mais elle put lire la stupéfaction sur son visage.

— Nous parlons de l'eau en général, ou bien…

— L'odeur salée, comme des poissons morts. Le mouvement. La peur de me noyer. Tout ça ensemble… je dois me retenir de ne pas vomir.

— D'accord.

— Je pense que c'est tout cet espace ouvert, et l'absence de contrôle que ça implique pour moi, mais je n'en suis pas complètement sûre. Je n'ai jamais pris le temps d'explorer ma phobie plus avant. Fuir l'eau me paraît plus simple.

Elle se sentait sur le point de fondre en sanglots. Or, à moins que Pax ne dispose de gènes qui manquaient à la plupart des mâles, il ne supporterait pas ça.

— Tu as réellement peur de l'eau ? demanda-t-il.

Les mots étaient bien faibles en comparaison de la terreur qu'elle ressentait. Mais elle refusait d'y penser. Si seulement elle avait eu le droit de porter un fusil anti-requins…

— Réellement. Parce que je suis une femme intelligente. L'océan est immense, et je suis toute petite. Ce n'est pas difficile à comprendre.

— Désolé de ne pas t'avoir posé la question avant.

Il se passa la main dans les cheveux, embarrassé.

— Honnêtement, je n'y avais même pas pensé.

— Parce que tu n'as peur de rien.

Il poussa un soupir et ramassa le sac qu'il lança sur son épaule.

— C'est faux.

Voire.

Elle se rapprocha de lui. Quitte à tomber à l'eau, elle voulait que ce soit avec lui. Au moins, elle pourrait quitter ce monde sur un dernier baiser.

— Lara a le mal de mer. Je sais donc que tout le monde n'est pas fait pour vivre sur un bateau. Je me disais seulement qu'avec ton éducation…

Il se mordit la lèvre avec une expression désolée.

— Je me suis trompé, c'est tout.

— Mon *éducation* ? Mais de quoi parles-tu ?

— Ton père parrainait une équipe de régate. Il a possédé plusieurs voiliers.

Elle parvenait parfois pendant plusieurs secondes d'affilée à oublier qu'il savait tout d'elle et de son enfance compliquée. Mais c'était le cas.

Pourtant, certaines choses n'apparaissaient pas sur les dossiers du gouvernement.

— Ma phobie a été une source d'amusement sans fin pour mon père.

— Je vois, répondit Pax, impassible.

Son expression était indéchiffrable. Elle jeta un coup d'œil en direction du yacht où se déroulait la fête pour s'assurer que celle-ci continuait avant de reprendre :

— Que veux-tu dire ?

— Cette histoire d'eau… ça a un lien avec ton père. Je crois que je comprends.

Mais elle refusait qu'il réduise sa phobie à un rapport conflictuel avec son père.

— Non. Ça a un lien avec la peur de mourir.

Il hocha la tête.

— Pas de problème.

Sans qu'elle sache pourquoi, cette neutralité dans sa réponse déclencha sa fureur. Un nouveau frisson la secoua — de colère, et non plus de peur.

— Pas besoin de me dire ça !

Il ne répondit rien et demeura immobile un long moment. Seul le bruit du vent et des vagues s'élevait. Finalement, il fit demi-tour pour faire face au quai avec ses petits magasins.

— Viens. Nous allons nous trouver une autre planque.

Elle s'était énervée contre lui, avait failli lui hurler dessus… et il l'acceptait. Il était si patient, si calme — il acceptait sa folie.

Son indignation la quitta tout entière, et ses épaules s'affaissèrent.

— C'est tout ?

Pax eut un air surpris.

— Pourquoi ? Tu pensais que j'allais te jeter à l'eau pour te regarder te débattre ?

Eh bien…

— Tu n'aurais pas été le premier.

Il jura à mi-voix.

— Tu sais quoi ? J'ai maintenant envie de frapper tous les membres de ta famille.

Chez Kelsey, la colère s'était transformée en quelque chose d'autre — un sentiment de soulagement, de joie, presque d'excitation.

— C'est gentil de dire ça…

Il la regarda avec l'air de celui qui ne comprendrait jamais les femmes.

— J'aime l'eau. J'aime les bateaux.

C'était dit de façon neutre, comme s'il lisait un texte. Cette déclaration ne la surprenait pas : en trente-six heures, elle l'avait entendu parler une bonne centaine de fois de son bateau détruit. Elle avait également appris que Lara et Davies s'y étaient réfugiés jusqu'à ce que quelqu'un le truffe d'explosifs.

— J'avais compris. Tu es même un dingue de l'océan, non ?

— Mais ton confort m'est plus important qu'un bateau ou que la mer. Je veux que tu te sentes en sécurité, et si ce n'est pas possible ici, alors nous irons ailleurs.

C'était tout. Ni sermon ni scène. Il avait parlé avec calme, en soutenant son regard.

Pour la première fois depuis qu'ils étaient descendus de voiture sur le quai, les mains de Kelsey cessèrent de trembler. Elle avait redouté un désastre ; son cœur se mit à battre plus vite, car les mots de Pax et son soutien transformaient son angoisse en véritable joie.

— Je crois que c'est la chose la plus romantique que j'aie jamais entendue.

Il lui offrit un sourire presque timide.

— Je fais de mon mieux…

Et c'était plus qu'elle n'en avait jamais attendu d'un homme.

— Tu abandonnerais la voile pour moi ?

Il pencha la tête sur le côté et la fixa sans ciller.

— On dirait bien que tu envisages de ne pas disparaître de ma vie quand nous aurons retrouvé Sean et que tu auras repris ton travail…

Elle avait dit les mots et ne pouvait les reprendre. Maligne ou pas, elle venait de lui faire clairement comprendre que leur liaison n'était pas un simple effet secondaire des bouffées d'adrénaline. Elle avait très envie de continuer à le voir… sur la terre ferme.

— Il faut croire que j'ai du mal à me débarrasser de toi. Ton côté magnétique…

— Tu peux compter là-dessus, ma belle.

Il lui prit la main et ils se rapprochèrent l'un de l'autre. Soudain, il s'immobilisa.

— Ne bouge plus.

Son murmure parut terriblement inquiétant à Kelsey. Elle regarda autour d'elle. Des bateaux de part et d'autre du ponton, le quai au loin avec ses quelques bâtiments et le parking…

— Qu'y a-t-il ?

Elle n'était pas certaine de vouloir entendre la réponse.

Il l'entraîna avec lui dans l'ombre d'un petit yacht fin et racé.

— Deux hommes. En costume noir.

Cette idée était si terrifiante qu'elle s'efforça d'oublier à quel point ils étaient près de l'eau. La pointe des chaussures de Pax dépassait déjà du ponton.

Quoi qu'il arrive, elle ne supporterait pas une nouvelle fusillade.

— Non…

— Reste calme.

Il passa un bras autour de sa taille et l'attira tout contre lui.

— J'ai besoin que tu me fasses confiance.

Le vent faisait bouger les réverbères du ponton. Elle prit cela pour un mauvais signe.

— Je te fais confiance.

Elle agrippa un filin pour ne pas risquer de tomber — ce qui manqua néanmoins se produire quand il fit glisser le sac de son bras pour le lancer en souplesse sur la proue du bateau qui leur servait d'écran. L'avant du bateau se rapprocha, causant de petites vagues, avant de s'écarter de nouveau.

Certaines personnes trouvaient peut-être cela apaisant. Pas elle.

— Nous n'allons pas monter sur ce bateau.

La gorge lui brûlait tant elle se retenait de ne pas hurler ces mots.

— Les deux hommes se rapprochent. Ils sont en train de patrouiller le ponton juste après celui-ci. Ce qui veut dire qu'à moins de faire demi-tour, ils seront là dans quelques minutes.

— Peut-être que ce n'est pas nous qu'ils cherchent…

— Des hommes en costume noir, la nuit dans une marina ? La coïncidence me paraît bien trop grosse.

Elle se mit à trembler de tous ses membres.

— Je n'y arriverai pas.

Elle ne pourrait pas bouger — la terreur la paralysait et elle avait du mal à respirer.

— Je ne te laisserai pas tomber dans l'eau.

— Pax, je…

— Je te le promets. Je te tiendrai et je te protégerai, mais nous devons nous cacher, et nous pouvons utiliser le bruit et le mouvement du bateau pour nous dissimuler.

Cela paraissait si logique. Pour certaines personnes, sauter d'un avion pouvait sembler logique. Pas pour elle.

Il attendait sa décision, mal à l'aise.

— Prête ?

— Non.

Elle n'avait jamais donné son accord à ce plan stupide. Sans compter que ses jambes refusaient de bouger.

Rien de tout cela n'arrêta Pax. Sans un mot, il la fit avancer, la main posée dans son dos. Il ne la pressa pas, ne la bouscula pas, mais il parvint à lui faire enjamber le bastingage.

Au contact de celui-ci, ses mains se glacèrent. Claquant des dents, elle parvint à passer une jambe, puis une autre, en dépit des vagues de terreur qui l'agitaient. Elle s'efforçait de regarder droit devant elle, pour ne voir que le bateau et le ciel. Enfin, elle fut à bord.

Il la rejoignit la seconde suivante. Sans savoir où aller, elle rampait à l'aveuglette, s'écorchant les genoux sur le pont, et il se coucha sur elle pour l'en empêcher. Ils restèrent ainsi enlacés pendant de longues secondes. Alors, elle entendit les pas qui approchaient. Deux hommes parlaient. La brise emportait avec elle le sens de leur conversation.

Pax la serra contre elle et la fit glisser en direction de la banquette sur le pont, derrière laquelle il se dissimula. De nouveau, il se coucha sur elle. La chaleur de sa peau et son poids la faisaient transpirer, tout comme le sol de fibres de verre sous sa joue.

Elle ferma les yeux, tentant de lutter contre une nouvelle vague de terreur ; mais sans point à fixer, le tangage lui donna le mal de mer. Dire qu'elle n'était même pas dans l'eau… Elle n'en détestait que plus l'océan.

— Il n'y a rien ici, lança l'un des deux hommes d'une voix profonde.

Il était tout proche d'eux, sur le ponton.

Elle retint son souffle pour ne pas trahir leur position. Plaquée au sol, elle tentait d'épier leur conversation — que tout cela, au moins, serve à quelque chose. La moindre information pouvait lui sauver la vie.

— On doit retourner faire notre rapport, dit une autre voix.

Les bruits parvenaient de partout. L'eau, le vent, les hommes — tout devenait si oppressant qu'elle dut se mordre les lèvres pour ne pas hurler.

Il lui sembla que des heures s'écoulaient avant que les pas ne s'éloignent et que le calme de la nuit ne revienne. Elle ne bougea pas, mais Pax roula sur le côté, la débarrassant de son poids. Elle put respirer plus librement, en dépit de l'odeur de l'air qu'elle détestait.

— Attends-moi ici, souffla Pax à son oreille dans un murmure à peine perceptible.

Elle resta collée au sol, mais tourna la tête légèrement pour le voir.

Au lieu de sauter sur le ponton ou de se redresser, il se glissa sur le banc du poste de pilotage. Ses mouvements étaient d'une souplesse remarquable, comme si sa jambe ne le gênait pas. Leur sac était toujours sur le pont du bateau ; Pax s'accroupit pour regarder en direction du rivage.

Il tapota légèrement son oreille avant de lancer, toujours à mi-voix :

— A présent, vous pouvez écouter. J'ai besoin d'yeux par ici. Nous n'étions pas seuls, et je dois savoir combien d'autres indésirables se trouvent dans les parages.

Kelsey savait que ces mots s'adressaient à Joël et Connor, à l'autre bout de la ligne. Ils pourraient s'occuper de leur sécurité. Elle appréciait qu'ils soient là pour les soutenir, mais cela ne changeait pas grand-chose à leur situation. Elle ne rêvait que d'une chose : quitter ce bateau. Des fourmillements lui parcouraient la peau.

— Allons-y, lança Pax en lui faisant signe de se lever.

Elle n'hésita pas.

— Il doit y avoir un hôtel dans le coin. Loin du rivage si possible.

Tous les muscles de son corps lui hurlaient de se mettre à courir à toutes jambes en direction du quai, mais elle résista. Voir les bateaux tanguer à côté d'elle et cogner contre les amarres n'apaiserait pas sa peur ni son mal de mer.

Pax porta la main à la poche de son pantalon.

— Mon téléphone !

Oh non ! Non et non !

— Il ne faut pas qu'on puisse le retrouver là où vous êtes. Je peux l'éteindre et l'effacer à distance, mais mieux vaut ne pas courir ce risque, lança Joël dans l'oreillette. Si ces types fouillent le coin en se fondant sur le fait que tu possédais un bateau, on ne peut pas se permettre de leur laisser une confirmation, sans quoi ils ne te lâcheront pas.

Elle détestait quand Joël se montrait logique.

Avant que son réflexe de fuite ne l'emporte, elle se laissa retomber sur le sol et Pax la rejoignit. La lumière du ponton n'éclairait pas le poste de pilotage ; ce qui avait été un atout pour qu'ils se dissimulent était un inconvénient quand il s'agissait de trouver quelque chose. Ils durent fouiller à l'aveuglette pendant de longues minutes. Les doigts de Kelsey rencontrèrent des cordages et des ustensiles qu'elle ne reconnut pas.

— Je l'ai, souffla enfin Pax.

A peine eut-il prononcé ces mots qu'elle bondit. Elle avait déjà enjambé le bastingage — malgré la terreur qui lui nouait les entrailles — lorsque Joël reprit la parole :

— Ils reviennent !

Pax regarda Kelsey, médusé.

— Pardon ?

— Ils se dirigent droit sur votre ponton, dit Connor. Fichez le camp.

Pax repoussa Kelsey dans le fond du bateau, dans la pénombre entourée d'eau, si brusquement qu'elle heurta le siège de pilotage. Une douleur fulgurante lui traversa la cuisse, et l'espace d'un instant sa vision s'obscurcit. Elle sentit qu'elle tombait… mais Pax la retint au dernier moment de ses bras puissants. Il se courba avec elle et, en dépit de la position inconfortable, la maintint contre lui dans l'obscurité. Les pas et les voix s'approchaient.

— J'ai vu un truc dans ce coin, dit celui qui avait la voix la plus grave. C'était là, je te jure.

— Tu aurais dû m'en parler tout de suite.

Elle ignorait de quoi ils parlaient, mais ils se rapprochaient. C'est seulement alors qu'elle se souvint du sac. Elle laissa retomber la tête. Ils arrivaient.

Un vertige la prit. Pax était accroupi dans l'ombre du poste de pilotage et la protégeait de son corps. Mais si les hommes montaient sur le bateau, leur cachette ne tiendrait pas plus de quelques secondes.

Les voix devenaient de plus en plus fortes. Pax la relâcha un instant pour adopter une position d'attaque. Kelsey, elle, se déplaça le plus discrètement possible pour le laisser faire. Mais ils ne s'étaient pas concertés et, soudain, l'épaule de Pax heurta celle de Kelsey, qui perdit l'équilibre. Elle recula de quelques pas, et ses jambes se prirent dans le bastingage. Elle bascula.

Ce qu'elle avait tant redouté allait se produire. Avec un cri silencieux, elle battit des mains, tentant de se raccrocher à n'importe quoi pour éviter de tomber dans l'eau ; mais ses mains ne rencontrèrent que le vide. Elle se raidit, prête au contact terrifiant de l'eau…

Qui n'arriva pas. Son corps s'immobilisa, suspendu en l'air ; ses pieds touchèrent la surface de l'eau. Elle ouvrit les yeux pour découvrir le visage de Pax au-dessus d'elle — c'était la seule chose qu'elle pouvait voir. Il la regardait, penché par-dessus bord. Il l'avait rattrapée au dernier moment, et la retenait au-dessus de l'eau à bout de bras.

— Je te tiens, murmura-t-il.

Il avait tenu promesse. Il l'avait sauvée de la chute et, en dépit des deux rôdeurs, la retenait fermement. Autant de choses qui, même prises individuellement, auraient fait renoncer la plupart des hommes.

Elle sentit ses muscles et ses doigts sur sa taille comme des filins d'acier ; il avait la mâchoire crispée et ses mains tremblaient, mais il ne lâchait pas prise. Un embrun vint les frapper et il la serra plus fort encore.

Les deux hommes étaient arrivés devant le bateau, et parlaient du sac. Kelsey se creusa les méninges pour savoir si quelque chose dans son contenu pouvait trahir son identité. Connor avait beaucoup insisté pour que ce ne soit pas le cas… mais elle avait trouvé qu'il exagérait. Ce qui aurait été le cas si, comme elle l'avait cru, Pax et elle s'étaient rendus dans un hôtel quelconque. Au lieu de cela, elle qui avait toute sa vie évité l'océan se retrouvait suspendue au-dessus des eaux ténébreuses.

Elle entendait des bruits étouffés près du bateau, mais ne vit aucune lumière. Les hommes poussaient des jurons étouffés, en contraste avec le silence total de Pax. A se demander s'il respirait…

De nouveaux pas, puis un choc sourd.

— Il n'y a rien d'intéressant. Laisse-le ici, dit l'homme à la voix grave.

Il fallut une longue minute avant que leurs pas ne s'éloignent. Pendant tout ce temps, Pax la retint. Elle tenta d'épier la conversation des deux hommes, mais n'entendit que le vent dans les filins et les craquements des coques.

— Je crois que c'est fini, dit-elle.

Il acquiesça, mais ne bougea pas.

— Joël ? demanda-t-il.

— Oui, tout est calme.

Serrant la mâchoire, Pax la souleva alors, centimètre par centimètre, jusqu'à ce qu'elle puisse s'accrocher au bastingage et se rétablir par ses propres moyens. Leurs jambes s'emmêlèrent, et ils roulèrent ensemble sur le pont ; elle se retrouva à califourchon sur lui.

Cette fois, elle ne résista pas à l'envie de lui caresser la joue.

— Un vrai haltérophile ! Tu as fait ça pour m'impressionner ?

— Non, pour m'amuser.

— Pour t'amuser, vraiment ? Et quel moment était le plus drôle ? Quand ils ont failli nous découvrir, ou quand j'ai manqué t'arracher le bras ?

Il se rassit en gardant les mains sur le dos de Kelsey.

— Les deux. Mais maintenant, il est temps de nous trouver un endroit où dormir cette nuit.

Elle le chevauchait et, à vrai dire, n'aurait pas donné sa place pour un empire ; pourtant, elle savait qu'elle allait s'enfuir à toutes jambes s'il ne lui donnait pas la réponse qu'elle attendait.

— Où ? Je t'en prie, pas sur un bateau.

— J'ai quelque chose de bien mieux en tête. J'aurais dû y penser avant et éviter ce détour par la marina, mais ça te plaira, crois-moi.

Il fallait que ce soit un hôtel — sans quoi, elle le tuerait.

— Je te suis…

13

Il était près de minuit lorsque Bryce sortit enfin de son bureau d'un pas lourd. Il venait d'achever son rapport sur les premiers stades de test du programme, qu'il devait communiquer à huis clos à une sous-commission spéciale du Sénat. Il n'avait pas le choix. On lui avait demandé — ou plus exactement ordonné — de le faire.

Il s'arrêta devant le bureau de Glenn pour observer les papiers laissés en désordre. C'était inhabituel pour son assistant, d'habitude toujours rangé. Ses clés se trouvaient sur le bureau et son veston plié sur le dossier de la chaise. Il était dans les parages, mais où ?

Bryce faillit s'éloigner, mais s'immobilisa soudain et regarda de nouveau les papiers. Tout le bureau le savait : Glenn était méticuleux à l'extrême, d'autant plus que Bryce comptait sur lui pour savoir où se trouvaient toutes les informations dont il pouvait avoir besoin. Autant dire que cette pagaille était étrange.

En tant que directeur, Bryce avait le droit de savoir tout ce qui se passait dans son entreprise. Cette règle était clairement stipulée dans le règlement intérieur. Elle ne connaissait pas d'exception.

Au lieu d'attendre pour demander la permission, il s'avança donc dans le bureau et saisit les documents coincés sous le clavier. Il lut le nom sur la couverture de la chemise. Kelsey Moore. Ainsi, Glenn continuait à travailler sur la sœur…

Une fois de plus, il dépassait les attentes de Bryce. Jusqu'à présent, ils avaient échoué à localiser la jeune femme, mais

Bryce sentait qu'elle était la clé de l'énigme. Il voulait la voir au plus vite, et Glenn s'était rangé à son avis.

En parcourant le dossier, Bryce jura doucement. Il avait sous-estimé la jeune femme. Elle avait quitté la ville au bon moment et disparu des écrans radars, sans doute grâce à celui qui l'aidait. Bryce craignait encore que l'utilisation du programme de reconnaissance faciale n'ait alerté celui-ci. Peut-être remontait-il à son tour la fuite jusqu'à Kingston ? Cette inquiétude tourmentait Bryce ; il en avait mal dormi la nuit précédente.

Après tout, ce fameux Weeks était peut-être seulement le petit ami de la fille... sauf que le manque d'informations à son sujet était suspect. C'était typique : quand on fouillait dans certains dossiers du gouvernement, il arrivait que le FBI ou une autre agence vienne soudain frapper à votre porte pour vous poser des questions.

Bryce avait déjà réfléchi à des excuses, à un alibi ; mais jusqu'ici, il n'avait pas eu à s'en servir. S'était-il trompé sur le compte de Paxton Weeks ?

Ces questions le ramenèrent au dossier de Kelsey Moore.

Au même moment, Glenn apparut dans la pièce, une canette de soda à la main. Le bureau était ouvert, seulement délimité par quatre écrans d'ordinateur et des dossiers. Glenn n'était pas du genre à s'encombrer de gadgets ou d'objets personnels, et Bryce l'admirait pour cela. Cela permettait de rester concentré en permanence.

Glenn passa près de Bryce pour regagner son fauteuil.

— Monsieur ?

— Vous devriez rentrer chez vous. Vous ne me servirez à rien si vous passez une nouvelle nuit blanche.

Glenn tapota son clavier et des lignes de code apparurent sur l'écran d'ordinateur.

— J'ai conçu un algorithme pour déterminer où se trouvait Kelsey.

Bryce connaissait la réponse à cette question sans avoir besoin d'un programme d'ordinateur.

— Nous le saurons dès que nous aurons mis la main sur

Paxton Weeks. Et si vous voulez mon avis, Sean Moore ne sera pas loin. Tout se tient.

— J'ai une liste de possibilités.

Bryce prit le papier qu'il lui tendait et le parcourut.

— La plupart de ces endroits ne sont pas en ville.

— Comme vous l'avez dit, elle n'a pas beaucoup d'amis.

Il rendit la feuille à Glenn.

— La réponse se trouve à la dernière ligne. Elle est à Annapolis.

— Comment le savez-vous ?

C'était pour cela qu'il était le chef. Jamais des gens comme Dan ne pourraient le lui enlever.

— Je le sais, c'est tout.

Elle détestait l'eau.

Pax éteignit l'interrupteur et descendit le couloir du deuxième étage du domicile de son frère. Située dans la partie historique d'Annapolis, à quelques kilomètres des locaux de Corcoran, cette coquette maison de ville avait été le refuge de Davis quand Lara s'était éloignée. Désormais, elle était leur lieu de vie.

Pax avait passé de nombreuses soirées dans la maison, pour y dîner et même y dormir quand il n'avait pas envie de rentrer dormir dans la chambre de bonne du bureau. Ce qui arrivait souvent ; de fait, il était toujours le bienvenu chez Lara et Davis, qui lui avaient même proposé d'emménager chez eux le temps qu'il ait résolu sa situation après l'explosion de son bateau. Mais il ne voulait pas les déranger : les deux tourtereaux venaient à peine de se retrouver.

Toutefois, Davis, en grand frère attentionné, s'était débrouillé pour que Pax ait une clé et qu'il connaisse les codes de sécurité. La maison appartenait à toute une série de sociétés écrans qui en mettaient les occupants à l'abri des curieux.

Certes, des individus mal intentionnés, à la recherche de Lara, avaient réussi à la retrouver à une occasion ; mais c'était du passé désormais. Connor avait veillé à ce que ce problème de sécurité soit résolu pour que Davis n'ait pas à quitter la maison qu'il aimait tant.

La couverture tiendrait, Pax en était certain. Personne ne pouvait le relier à cette maison. Il restait vigilant, mais ne montait pas la garde avec son arme à la fenêtre. Ici, il pouvait enfin se détendre.

En arrivant, il s'était débarrassé de la crasse et de la tension accumulées sur les docks avant de faire son rapport à Connor. La révélation de la phobie de Kelsey, néanmoins, continuait à le perturber. Lui détestait les foules et les embouteillages, et naviguer lui rendait sa liberté.

Elle détestait l'eau.

Il fit jouer son épaule endolorie en se répétant la phrase pour voir s'il parvenait à mieux l'accepter.

Pas vraiment.

Cette peur allait se révéler un obstacle. Il ne pouvait ignorer les tremblements dans sa voix ou la façon dont, lorsqu'elle s'était approchée du rebord du ponton, ses mouvements étaient devenus maladroits et saccadés. S'il ne s'était agi que de la protéger, puis de la ramener à son salon de thé une fois la mission terminée, cela n'aurait posé aucun problème. Mais il avait déjà décidé que leur histoire irait plus loin.

Au bout du couloir, il s'arrêta d'un bloc devant la porte de la chambre d'amis. Commode, lit… et Kelsey. Il l'avait pourtant installée dans la chambre de Davis et Lara, après avoir changé les draps et rangé les affaires de celui-ci — en particulier sa montre de rechange sur la table de chevet et le caleçon négligemment jeté sur une chaise.

Elle avait traversé le couloir en silence pour venir l'attendre ici. Pas de doute : cette femme s'y entendait pour mettre les nerfs d'un homme à rude épreuve.

— Tout va bien ?

Sa propre voix semblait étouffée et gênée à ses oreilles.

Elle s'assit sur le lit, appuyée sur ses bras.

— Parfaitement, merci.

Et que dire de sa tenue ? Elle ôta à Pax le peu d'esprit qui lui restait. Un bustier léger aux bretelles fines et un bas qui s'arrêtait à mi-cuisse, dans un tissu soyeux aux motifs de fleurs. Il y avait une certaine innocence dans celles-ci, mais le regard de Pax ne cessait de dériver vers le décolleté plongeant qui encadrait la naissance des seins — seins qui s'ébattaient en toute liberté, sans soutien-gorge. Il ignorait où elle avait trouvé cet ensemble, mais le désir de le déchirer de ses mains le brûlait.

C'est à partir de ce moment que son cerveau menaça de laisser le contrôle à son entrejambe. Le fait de se retrouver seul avec elle était déjà assez difficile. Tout au long de sa douche froide, il s'était imaginé qu'elle laissait tomber sa serviette de bain pour venir se lover contre lui entre les draps propres du grand lit. La voir assise sur le lit à quelques centimètres de lui lui mettait l'esprit en feu.

— Je pensais que tu dormais dans l'autre chambre, dit-il.

Il passa un marché avec son bas-ventre : pas touche à la femme. Juste un baiser, et puis au lit.

Avec un sourire, elle croisa les jambes.

— Non.

— Non ?

Il avala sa salive à grand-peine. Elle se montrait ouvertement séductrice.

Elle secoua la tête et tapota le lit à côté d'elle.

— Viens t'asseoir.

Elle… le… tuait.

— Je ne suis pas sûr que ce soit une bonne idée.

Kelsey pencha la tête et ses cheveux retombèrent en cascade sur son épaule, fins et soyeux dans la lumière. Elle était si sexy. Il allait la…

— Tu as trop mal à la jambe ?

Pourquoi tout le monde lui parlait-il de sa jambe ?

— Non.

C'était vrai… enfin, jusqu'au moment où elle en avait parlé. La seule mention de la blessure semblait réveiller une douleur lancinante depuis son genou jusqu'à son ventre — une zone déjà passablement mise sous pression du fait de la présence de la jeune femme.

— Et ton bras, comment va-t-il ? demanda-t-elle.

— Mon quoi ?

— Tu m'as tenue longtemps, sur le bateau.

Il sentit son épaule se bloquer à ce moment-là.

— Pas de problème. Tu n'es pas lourde.

Intérieurement, Pax poussa un grognement. Quel manque de tact ! Ce n'était pas le genre de phrases qui plaisaient aux femmes.

— Tu es trop mignon…

Ah bon ? Peut-être s'était-il trompé sur ce point.

Elle parcourut la chambre du regard et ses yeux s'arrêtèrent sur la photographie de Pax avec son frère et Lara.

— Tu ne m'as pas dit à qui appartenait cette maison.

Il était pratiquement certain du contraire, mais ce bavardage lui convenait tout à fait, dans la mesure où il laissait un peu de temps à son cerveau surchauffé pour se remettre en marche.

— Elle est à Davis et Lara.

— Et qui est la vieille dame qui t'a salué, dans l'immeuble voisin ? Ça m'a surprise. Surtout à minuit…

Pax savait que la dame serait là. Elle épiait la maison de Davis à distance, persuadé qu'il était une sorte d'agent secret… ce qu'il avait été, d'ailleurs.

— Mme Winston ? C'est une voisine adorable… bien qu'un peu curieuse. Davis s'occupe d'elle et réciproquement.

Comment diable en étaient-ils venus à parler de la voisine ? Pax l'ignorait. D'autant plus que Kelsey avait tiré les draps et allumé la lampe de chevet, qui répandait une lumière douce dans la chambre. Elle était assise, là, devant lui…

— Et cette Mme Winston est toujours à sa fenêtre ?

— C'est une longue histoire, mais elle a aidé Davis à se débarrasser des hommes qui suivaient Lara.

Kelsey balançait son pied avec nonchalance.

Pax s'appuya contre le chambranle de la porte. Pour rien au monde il n'avancerait d'un pas de plus.

— Ne vous laissez pas tromper par ses cheveux blancs et sa silhouette frêle. Elle est très forte, et d'une loyauté à toute épreuve envers Davis.

Elle devait le comprendre, elle qui savait toujours accueillir ses clients avec le sourire — ce sourire qui avait charmé Pax dès le premier regard. Avec son tablier bleu et ses manières douces, qui aurait pu croire qu'elle était en réalité plus forte que lui ?

Elle fit glisser ses mains vers l'oreiller et s'allongea un peu plus.

— Tu viens au lit ?

Il préféra ignorer le ton de sa voix, ainsi que la façon dont elle bougeait, souple et sensuelle.

— Kelsey, si j'entre dans ce lit, nous n'aurons pas une minute de sommeil avant l'aube.

Elle leva un sourcil provocant.

— Et alors ?

— Tu as besoin de sommeil. Moi aussi, d'ailleurs, ajouta-t-il avec un juron.

Il s'efforça de ne pas penser à la boîte de préservatifs qu'il avait glissée dans le tiroir de la table de nuit juste avant sa douche — simple précaution, avait-il pensé.

A vrai dire, au moment de partir des locaux de Corcoran, il les avait dissimulés dans le sac à dos, d'où il les avait retirés quelques minutes plus tôt avant de le rendre à Kelsey. Il ne voulait pas qu'elle les trouve ; elle penserait qu'il était présomptueux… ou cavaleur.

S'il avait pris les préservatifs, c'était uniquement parce qu'à ce moment-là, elle était terrifiée et qu'il avait pensé qu'il se retrouverait peut-être à devoir s'occuper d'elle pour la détendre et lui faire oublier ses peurs. Mais l'épisode de la phobie de l'eau était passé par là, et il s'était rendu compte que ce n'était pas le moment. Elle avait eu une journée trop rude.

— C'est vraiment ce que tu veux ?

Elle décroisa ses jambes avant de les replier sous elle avec grâce et de s'allonger sur le côté, tête appuyée sur la main.

— Tu préfères que j'aille dormir dans l'autre chambre et que je te laisse seul ?

Elle le tuait. Mais à quoi bon mentir ?

— Non.

Elle eut ce sourire des femmes qui viennent de remporter une joute amoureuse.

— Alors, viens au lit.

Il pesa le pour et le contre, tentant d'évaluer la situation tandis que les arguments de Connor résonnaient dans sa mémoire. Cela ne prit pas deux secondes — son corps s'était mis en marche de lui-même pour la rejoindre sur le lit. Après cela, il ne parvint qu'à imaginer la douceur de sa peau.

Il s'arrêta devant le lit et, du bout des doigts, lui caressa la cuisse jusqu'à l'ourlet de la nuisette.

— Tu es si belle. J'ai envie de toi depuis le premier jour.

— J'avais une queue-de-cheval et mal aux pieds à force de servir les gens.

Elle lui prit la main et la fit remonter jusqu'à sa hanche.

— Moi, je me souviens du premier jour où je t'ai vu. Tu étais si sexy avec ton jean et ta barbe de trois jours…

Comment résister à un compliment ? Il sentit fondre ses résistances.

— Sexy ? Vraiment ?

— Tu n'es pas naïf à ce point, tout de même ?

Elle fit glisser sa main sur son ventre, sous la nuisette.

— Tu as un miroir, chez toi, non ?

Pax ne se préoccupait pas vraiment de son apparence. Mais de celle de Kelsey, si.

Il s'assit près d'elle, et elle s'écarta pour lui laisser une place.

Par où commencer ? Il aurait voulu toucher chaque parcelle de son corps, chaque centimètre de sa peau. Il se contenta d'approcher sa bouche de la sienne pour l'embrasser.

Les lèvres de la jeune femme s'entrouvrirent et elle posa la main sur sa cuisse. Il se pressa contre elle pour lui faire sentir le désir qui, depuis le matin, la poussait vers elle. Il y eut comme un éclair entre eux. Le cœur de Pax battait la chamade. Le baiser lui enflamma les sens, le corps tout entier. Comment avait-il pu attendre si longtemps avant de la toucher ?

Mais il en voulait davantage. Sa bouche descendit vers le cou de la jeune femme, se délectant de son odeur et du sucré de sa peau. Sous la nuisette, sa main remontait doucement depuis le ventre vers la naissance des seins ; il les prit et les caressa avec une infinie délicatesse.

Il devait les voir. D'un geste souple, il lui ôta le haut de la nuisette, puis se mit à effleurer la pointe des seins du bout des doigts en cercles concentriques. Le feu du désir s'éveilla en lui ; elle se laissa tomber sur le lit, cambrée et offerte, l'attirant contre elle. Des doigts et de la bouche, Pax parcourut son buste, sans cesser de s'émerveiller de la façon dont son corps réagissait à ses caresses.

Leur étreinte se fit plus puissante encore. Il se glissa sur elle en prenant soin de ne pas l'écraser sous son poids. Appuyé sur ses coudes, il put admirer son visage tout à loisir, la façon dont elle rougissait légèrement quand il glissa la main sous l'élastique du panty. Il ne s'arrêta pas avant de sentir la douce moiteur de son sexe.

Pendant qu'il la caressait, il tendit la main vers le tiroir de la commode ; maladroitement, à l'aveuglette, il tenta de l'ouvrir. En désespoir de cause, il finit par arracher le tiroir, qui tomba au sol avec fracas. Mais qu'importe ? Il avait récupéré le précieux paquet.

Kelsey le couvrait de baisers, parcourant son cou et sa nuque. Elle fit remonter son T-shirt et le lui ôta avant de l'envoyer rouler en boule dans un coin de la pièce. Au contact de sa peau, le désir de Pax devint incandescent. Il brûlait de la pénétrer… mais il devait attendre. Il fallait que ce soit bon pour elle.

Il l'embrassa sur le buste et le ventre, dirigeant ses baisers vers son intimité douce et brûlante. Mais elle avait d'autres idées. Les doigts de Kelsey trouvèrent la fermeture Eclair de son jean ; en un instant, elle le lui retira avant de l'envoyer suivre le même chemin que le T-shirt.

Jusque-là comprimée dans le pantalon, son érection se déploya fièrement, et la jeune femme l'empoigna. Toutes les pensées sensées désertèrent alors le cerveau de Pax. Il n'avait plus qu'une idée : la déshabiller et la posséder dans ces draps. Dormir ? Ils y penseraient plus tard. Il la désirait de tout son corps.

Il l'embrassa de nouveau. Au même moment, il sentit glisser le préservatif qu'il tenait toujours à la main. Avant qu'il n'ait eu le temps de lever les yeux pour savoir ce qui se passait, il l'entendit déchirer l'emballage. L'instant d'après, elle déroula le préservatif sur lui.

Son cerveau lui hurla de ralentir pour savourer chaque instant, mais il avait déjà passé le point de non-retour. Sa langue contre la sienne et sa main qui allait et venait sur son érection le rendaient fou. Son instinct animal reprit le dessus.

Il la caressa ; elle écarta les jambes pour l'accueillir et le fit basculer sur lui. Il se glissa en elle et se mit à bouger lentement, puis de plus en plus vite.

— Plus fort, gémit-elle avant de lui mordre l'oreille.

Il oublia tout à part son souffle haletant et sa peau contre la sienne. Le sang battait à ses tempes.

Excitation et désir tourbillonnaient en lui, de plus en plus fort. Des lumières explosèrent dans son cerveau juste avant que la tête de Kelsey retombe sur le matelas. Abandonnée et vibrante, elle était plus que jamais désirable.

A cet instant, Pax comprit qu'il avait trouvé avec elle quelque chose qui allait bien au-delà d'une histoire d'un soir.

14

Le lendemain après-midi, Joël s'arrêta de pianoter sur son clavier pour lever les bras en signe de triomphe.

— Il est bon, mais je suis meilleur ! s'exclama-t-il.

Connor se pencha par-dessus l'épaule de Kelsey pour déposer sur la table un plateau-repas chargé de sandwichs.

— Nous nous réjouirions sans doute davantage si on savait de quoi tu parles.

— Et de qui, ajouta la jeune femme.

Comme c'était la troisième fois en une heure que Joël s'autocongratulait, et qu'elle en ignorait toujours la raison, elle ne s'en préoccupait pas. A la place, elle choisit son sandwich, délaissant le thon au profit de la dinde. Patron ou pas, Connor savait où commander des sandwichs délicieux.

Joël fit tourner sa chaise pour leur faire face, regardant tour à tour Kelsey et Pax qui était assis de l'autre côté de la table de conférences.

— J'ai réussi à remonter la piste de celui qui a fouillé le dossier de Pax. Comme nous le pensions, un programme de reconnaissance faciale a pénétré le serveur informatique du ministère de la Défense. Il m'a fallu vingt heures de travail non-stop, mais j'ai relié les pointillés.

Le sourire de Joël montrait toute sa fierté, et elle s'en voulut presque de poser une question aussi simple.

— Mais comment ?

Il leva une main dédaigneuse.

— Secret professionnel.

Kelsey leva les yeux au ciel : elle aurait parié qu'il répondrait ça. Pax lui-même pouffa de rire devant cette réponse — mais pas leur patron à tous les deux.

— Je ne veux pas le savoir, dit Connor en prenant place à côté de Kelsey, son éternelle tasse de café à la main. Dis-moi tout, en détail.

— Laissons les détails pour plus tard. Je me suis connecté à la base de données du FBI pour…

Connor poussa un grognement :

— Pardon. Oublie ce que j'ai dit, je ne veux rien savoir. Si tu sautes cette partie, je pourrai toujours arguer de mon ignorance lorsque je serai convoqué par le FBI. Parce que je crains fort que ça ne se produise…

Pax, qui était resté silencieux depuis leur retour au QG de Corcoran une heure plus tôt, se pencha en avant.

— Alors, quel était l'objet de cette joie soudaine ?

— Bryce Kingston. Pour être plus précis, ou moins précis suivant comment tu le regardes, le bureau de Kingston. La requête illégale concernant Pax provient de là-bas. J'en étais presque sûr, mais maintenant j'en ai la preuve.

On aurait dit un gamin qui venait de gagner une course au trésor.

— Ce qui signifie qu'il m'a vue avec Pax, devant ma boutique.

Elle s'attendait à cette révélation, mais l'idée qu'on puisse épier ses moindres faits et gestes la mettait hors d'elle.

— Parviendrais-tu à tracer l'ordinateur ou le poste de travail précis ? Je veux bien mettre Kingston devant ses responsabilités, mais ça peut être un subalterne… dont il se débarrassera si besoin.

Connor prit un sandwich et le posa devant lui sur une serviette en papier, mais il n'y toucha pas.

— Personne n'est assez bon pour faire ça, répondit Joël.

Elle regarda Pax — et le surprit en train de la regarder aussi. Elle ne put s'empêcher de sourire béatement. De toute façon, elle n'aurait pu dissimuler le rouge qui lui montait aux joues… Pour se donner une contenance, elle porta son mug à ses lèvres, avant de s'apercevoir qu'il était vide. Pourvu que Connor ne remarque pas son embarras…

Mais il lui était difficile de rester assise sans rien laisser paraître après la nuit passée avec Pax. Leur étreinte de la nuit avait dépassé toutes ses attentes et ses rêves les plus fous. Elle ne pouvait plus faire comme s'il n'était qu'un client sexy parmi d'autres.

Un lien s'était créé entre eux, fort et sensuel. Il l'apaisait malgré sa panique en même temps qu'il lui mettait les sens en feu. Il avait passé la nuit à la caresser.

Après l'amour, ils s'étaient endormis dans les bras l'un de l'autre. Toute la nuit, elle avait senti ses mains, son souffle, sa présence. Au matin, la passion s'était rallumée.

Elle lui avait été reconnaissante de s'installer de l'autre côté de la table, car elle était devenue si sensible à son contact qu'une trop grande proximité aurait pu lui faire perdre la tête, au point qu'elle se serait peut-être jetée sur lui devant tout le monde pour l'embrasser à pleine bouche. Or ce genre d'événement ne serait sans doute pas du goût de Connor… Mais elle avait tout de même un mal fou à ne pas le dévorer des yeux.

— Alors, petit génie, que conclus-tu de tout ça ? demanda Pax.

— Si Kingston t'espionne, cela veut sans doute dire qu'il est celui qui a envoyé des hommes après Kelsey et toi.

C'était logique… mais elle avait du mal à avaler cela.

— Mais c'est un homme d'affaires !

Connor secoua la tête.

— Votre commentaire est un peu naïf.

Elle ne s'en offusqua pas — elle pouvait voir à son regard qu'il ne la critiquait pas, mais énonçait simplement un fait.

— Pensez-vous vraiment qu'il me tuerait pour conserver des informations que je ne comprends même pas ? Si Joël avait raison, ce Kingston n'aurait-il pas été dissuadé d'agir quand il s'est rendu compte que le dossier de Pax figurait dans la base de données du ministère ? Cela constituerait pourtant un risque de s'en prendre à lui !

Pax hocha la tête.

— Merci…

— Potentiellement, avec ce projet, Bryce Kingston peut gagner plusieurs millions en quelques mois, dit Connor.

D'accord, c'était une somme faramineuse — et le jeu en valait peut-être la chandelle. Elle savait, par son père, ce que certains hommes pouvaient faire pour de l'argent — se marier, abandonner leurs enfants, enfreindre la loi, faire porter le chapeau à d'anciens amis, mentir au sujet de tout.

La liste était longue.

— J'admets que c'est beaucoup.

Joël se mit à jouer avec un stylo.

— J'ai l'impression que Sean s'est infiltré dans le système de sécurité de l'entreprise pour voler des données. Ce qui, pour Kingston, pourrait signifier la fin de tous ses espoirs. Le gouvernement n'accepterait jamais de passer un contrat avec une société à qui il arrive ce genre de déconvenues.

Il y avait donc un moyen qui pouvait les sauver… en tout cas l'espérait-elle. Peut-être pouvaient-ils réparer les dégâts avant que la situation ne dégénère complètement.

Auparavant, elle aurait peut-être dit que Sean n'avait qu'à se débrouiller ; mais elle avait changé, et interviendrait si elle le pouvait. Les liens du sang l'y obligeaient. Plus encore, elle aurait voulu instaurer entre elle et son frère le même type de confiance qui existait entre Pax et Davis — même si c'était sans doute impossible.

— Mais le gouvernement veut ce programme.

Ce n'était pas une question — simplement la conclusion de ce qu'avait dit Connor un peu plus tôt.

— Parfois, dans ce genre d'affaires, une autre compagnie dévoile soudain qu'elle a mené des recherches très similaires au bon moment. Alors, le gouvernement choisit celle-ci.

En d'autres termes, les choses étaient mal engagées. Ils n'avaient aucune façon de faire pression.

— Alors quoi ?

— Alors, nous allons rendre visite à M. Kingston.

Pax se leva de son fauteuil avec détermination… pour se figer quand Connor reprit la parole.

— Pas toi. Ni elle, dit-il en désignant Kelsey du doigt.

Celle-ci accueillit l'idée avec un certain soulagement, mais Pax se pencha sur la table pour assener :

— Je dois interroger ce Kingston.

— Il fouille déjà dans ton dossier. Nous n'allons pas en plus lui faciliter la tâche !

Les poings sur les hanches, Pax lança :

— Je vais lui faire comprendre que je n'ai pas peur de lui et qu'il n'a pas intérêt à venir me chercher.

— Il le comprendra, je t'assure.

La voix de Connor restait calme, mais la détermination brûlait dans son regard.

Kelsey suivait leur débat avec attention. Joël n'intervenait pas, mais à en juger par la façon dont il était assis sur le rebord de sa chaise, il était tout aussi passionné qu'elle par ce qui se déroulait sous ses yeux. Résistant à l'envie de se cacher sous la table, elle écouta Pax défendre son droit à se jeter dans la gueule du loup. Dire que c'était pour sa famille, pour elle, qu'il voulait mettre sa propre vie en péril !

— Je veux y aller ! insista-t-il en tapant du poing sur la table.

Bien sûr. Il ne supportait pas l'inaction. Il suffisait de mentionner sa blessure pour voir un tic nerveux agiter son visage. Inutile de tenter de le dissuader : cela ne ferait que renforcer sa détermination.

Que pouvait-elle faire ? Pas grand-chose. Elle aurait bien aimé se cacher dans un coin sombre ; mais quand il s'agissait de Pax, elle était prête à le défendre bec et ongles, contre n'importe qui. D'accord, c'était un agent surentraîné qui aurait pu battre à peu près n'importe qui, mais elle interviendrait tout de même.

— Kelsey et toi, vous devez vous cacher pour que personne ne puisse vous trouver. Provoquer Kingston n'est pas la bonne solution.

Avec un regard sévère, Connor ajouta :

— Sans compter que cela met en danger l'équipe tout entière.

Ça, c'était envoyé ! Voilà un argument que Pax ne pouvait pas discuter.

Joël continuait de jouer avec son stylo sur un rythme frénétique.

— Ce n'est pas que je veuille défier l'autorité de Connor ou risquer les foudres de Kelsey, mais je pense que Pax devrait y aller.

— Pourquoi ?

— La présence de Pax pourrait déstabiliser Kingston. C'est notre seule chance, d'ailleurs. Le prendre par surprise et voir sa réaction. Si nous impliquons le ministère dans tout ceci, il se dépêchera de colmater les brèches et nous ne saurons jamais qui en veut à Kelsey et à Pax.

— C'est risqué, effectivement, grommela Pax.

Pax claqua des doigts et désigna Joël.

— C'est exactement ce que je voulais dire.

Mauvais signe, songea Kelsey. Pax avait maintenant un allié. Ligués contre Connor, ils le feraient céder rapidement. Car l'homme était décidé, mais pas idiot. Si Pax acceptait de prendre tous les risques dans le but de clore l'affaire, Connor l'accepterait. Ce qui la laissait comme seule opposante.

Sans compter qu'elle n'avait pas envie de contredire Pax.

Ni qu'on la laisse de côté.

Elle poussa un soupir pour signifier à Pax qu'elle n'appréciait pas le tour que prenait la conversation.

— Tu ne vas pas renoncer, n'est-ce pas ?

— Si je puis me permettre, ce n'est pas lui qui décide, lança Connor.

Mais elle connaissait Pax. Il agirait comme il l'avait décidé. Ce qui signifiait qu'elle n'avait plus qu'à oublier la boule d'anxiété dans son ventre pour se rallier à ses côtés.

— Je suis d'accord avec Joël, lança-t-elle, non sans regret.

— Vraiment ? demandèrent Joël et Connor à l'unisson.

Pax réagit moins vite, avec une certaine dose d'incrédulité et de méfiance.

— Tu es d'accord ?

Ravalant ses craintes et ses doutes, elle se lança :

— Tous les trois, vous êtes ensemble en permanence ; vous ne vous rendez pas compte à quel point vous êtes intimidants. Je pense que si Pax ici présent se montre menaçant…

Celui-ci se racla la gorge :

— Et je compte bien le faire !

— … cela fera son effet.

Un silence suivit ses paroles. Joël souriait, mais Pax semblait tendu. Quant à Connor, c'était difficile à dire. Bien carré dans son fauteuil, il scrutait Kelsey d'un air dubitatif. Au bout de quelques secondes, il s'essuya machinalement les coins de la bouche, fixant le vide ; puis son regard bleu acier revint sur la jeune femme et il laissa simplement tomber :

— D'accord.

De nouveau, Pax se racla la gorge, et tous le regardèrent.

— Parfait. Mais elle reste ici.

— Non, répondit posément Connor.

Il n'ajouta rien. C'était comme s'il venait de poser une grenade dégoupillée sur le bureau.

Les yeux de Pax reflétèrent un mélange d'inquiétude et de ce qui ressemblait à de la culpabilité.

— Connor, attends un peu…

Mais Connor était déjà passé au point suivant. Elle entendait quasiment tourner les rouages de sa pensée ; quand il la regarda de nouveau de ses yeux perçants, elle recula sur son siège, presque inquiète.

— Vous venez tous les deux. Nous cherchons à porter un coup fatal. Nous informons Bryce qu'il y a une faille dans sa sécurité et que nous sommes au courant.

Il tourna la tête en direction de Pax.

— Vous voir ensemble devrait le déstabiliser, ou au moins le forcer à tenter une diversion. Alors, nous le tenons.

Kelsey n'était pas tout à fait sûre d'avoir gagné. Car si les choses s'étaient vraiment déroulées comme elle le voulait, elle serait en ce moment précis en train de quitter la pièce avec Pax… en direction de leur lit. Pourquoi Connor avait-il accepté si vite ?

— C'est votre décision ? A cause de ce que je viens de dire ?

Il haussa les épaules.

— Nous allons tenter le coup. Vos arguments et ceux de Joël étaient valables. On fonce, on fait peur à Bryce et on voit ce qui se passe.

— Nous devons discuter des détails et en particulier du rôle de Kelsey, lança Pax d'un ton furieux. Qui ne devrait en avoir aucun.

Aucun doute : il n'appréciait pas le nouveau plan de Connor, et allait tenter de le convaincre d'en changer.

Quitte à employer des coups bas, elle ferait le nécessaire pour qu'il n'y parvienne pas. Elle serait à son côté quand ils affronteraient le fameux Kingston. Il fallait une démonstration de force, et elle voulait y participer. Tout pour en finir, le plus vite possible !

— Je pense que Connor a pris sa décision et qu'il n'y a pas à y revenir, lança Joël en retournant vers son ordinateur. Je m'occupe de la logistique.

— J'espère seulement que je ne me trompe pas, murmura Connor comme pour lui-même.

Elle ne l'entendit que parce qu'elle était à quelques pas de lui. Elle avala sa salive avec difficulté.

— Nous l'espérons tous.

Sean coupa la communication et reposa le portable de son père sur le comptoir de la cuisine. Le bruit mat se répercuta dans la pièce vide. Il se souvint de l'époque où la cuisine avait été redécorée par sa mère, avec ses grands placards sombres construits sur mesure et la dalle de granit qui servait de plan de travail — et qui, avait répété maintes fois son père, coûtait plus cher que l'inscription à une faculté prestigieuse.

La cuisine était d'un luxe rare — et tant pis si personne n'y cuisinait jamais. Plus maintenant. La bonne ne préparait que quelques repas par semaine, car la famille avait toujours préféré les restaurants et les clubs — la sortie préférée de sa mère.

A présent, son père ne quittait plus que rarement la petite maison censée abriter les gardiens de la propriété. Quand il ne s'y trouvait pas, il occupait la chambre de maître qui s'étendait sur la moitié du deuxième étage, plus vaste à elle seule que la plupart des maisons moyennes.

C'est ce moment que choisit Sandy pour faire son entrée, accompagné par le bruit irrégulier de ses chaussures de golf sur le carrelage — il essayait sans doute de ne pas glisser — et par celui des glaçons dans le verre qu'il tenait. Il était passé au bourbon dès la fin du repas.

— Qu'a-t-elle dit ?

— Je n'ai pas pu la joindre.

Ce qui le rendait nerveux. Kelsey tenait une boutique, et elle s'y trouvait toujours — en tout cas, c'était ce qu'elle lui avait déclaré la dernière fois qu'ils avaient parlé. Il cherchait du travail et voulait en discuter avec elle. Elle n'avait pas le temps.

— Essaie encore, lança son père en levant la carafe de cristal qu'il tenait dans l'autre main. J'écoute la conversation.

Voilà qui ne faciliterait pas les choses, au contraire. Sean le savait : mieux valait que leur père reste à l'écart, au risque d'aggraver les choses.

— Elle ne répond pas.

Son père reposa brutalement la carafe sur le comptoir avant d'abattre sa main sur le granit noir.

— Nous devons attirer son attention.

Le « nous » fit frémir Sean. Si son père s'en mêlait…

— Je ne suis pas sûr que ce soit la bonne façon d'agir. La meilleure solution serait peut-être de parler à Kingston ou à quelqu'un du FBI, pour m'expliquer.

Son père se raidit et lui jeta un regard sévère par-dessus ses lunettes.

— Tu vas t'en tenir au plan et livrer la marchandise. Ensuite, tu pourras aller où bon te semble.

— Ce n'est pas aussi simple…

— C'est la raison pour laquelle je t'aide.

Le vieil homme contourna le comptoir pour se planter devant Sean.

— Dis à ta sœur que tu as des problèmes et qu'elle doit venir avec le colis. Immédiatement.

— Et pourquoi obéirait-elle ?

— Elle est faible. Un de ses nombreux défauts.

— Mais quelqu'un pourrait la suivre, objecta Sean, mal à l'aise.

Il se jucha sur un des hauts tabourets du bar — une façon comme une autre de mettre de la distance entre lui et la fureur qui émanait de son père.

Une expression indéchiffrable se peignit sur les traits de celui-ci.

— Ce n'est pas ton problème.

Il avait tort. Cela, Sean l'avait compris pendant ses semaines de cavale. Tout ce qui arrivait maintenant était une conséquence de ses décisions et de ses actions. Il avait envoyé le colis à sa sœur parce que ses soi-disant amis étaient plus intéressés par la marque de leur voiture que par les problèmes de Sean. En réalité, elle était la seule personne en qui il ait confiance. Il avait fini par le comprendre, à sa grande surprise. Ils ne se parlaient que rarement et ne se voyaient plus depuis des années, mais il savait qu'il pouvait s'appuyer sur elle.

Son père continuait à le fixer, l'air impénétrable.

— Nous avons besoin de ces documents.

Cette fois, Sean ne put se retenir de poser la question :

— Nous ?

— Oui, mon fils.

Son père se mit à marteler le granit pour souligner ses propos :

— Au moment où tu as franchi la grille de cette propriété, ton problème est devenu le mien. Donc, je vais le résoudre.

— Je suis capable de le faire seul.

— Si c'était vrai, tu m'aurais envoyé tes documents au lieu de les faire parvenir à ta dinde de sœur. Maintenant, il va falloir la convaincre de nous les rendre, et tu la connais : elle n'est pas facile à manipuler. Il faudra peut-être utiliser des moyens qui ne te plairont pas.

Ces mots ricochèrent dans la tête de Sean avec la violence d'une balle.

— Les documents sont en sécurité avec elle.

— La sécurité n'est pas le problème.

— Ah bon ? Et quel est le problème ?

De toute évidence, son père avait sa propre idée là-dessus. Comme pour le lui prouver, il saisit Sean par le col de sa chemise et se mit à le secouer, lui crachant à l'oreille :

— Notre problème est de gagner de l'argent !

— Qu'est-ce que tu racontes ?

— J'essaie de te mettre un peu de plomb dans la tête !

Là-dessus, son père le lâcha pour refaire le tour du comptoir. D'un tiroir, il sortit un objet compact, qu'il posa sur le granit avec un claquement métallique.

Sean secoua la tête, abasourdi. Canon, crosse… un revolver ! Il quitta son tabouret en hâte pour s'écarter de la cuisine.

— Qu'est-ce que tu fais avec ça ?

— C'est mon assurance.

— Quel genre d'assurance ?

Son père fronça les sourcils avec surprise, comme si la réponse était évidente.

— Celle d'avoir ce que je veux.

Tout un chacun s'accordait à reconnaître que Sandy Moore était un caractère difficile. Ses amis prétendaient que c'était davantage sa personnalité que ses malversations qui lui avait valu un procès. Il était devenu une cible à cause de sa façon de traiter les gens, qui lui avait valu de nombreux ennemis. Avec son ego, il concentrait toutes les animosités sur lui, et ne cherchait pas à s'en défendre.

Sean avait voulu croire à ces explications. Il avait préféré ne pas écouter ce que disait Kelsey sur les chèques dissimulés dans le tiroir du bureau et sur la façon dont leur père contrôlait les rentrées d'argent en véritable despote. A vrai dire, Sean avait considéré que tous ces arguments venaient de la jalousie de son aînée, parce qu'elle ne réussissait pas aussi bien que lui.

Mais une arme, et des menaces qui paraissaient réelles… cela allait plus loin. Bien trop loin, pour être précis. Il n'y avait pas que la question de l'argent : son père semblait déterminé à user, voire abuser, de la violence.

Pas pour les protéger. Seulement pour lui-même, pour « avoir ce qu'il voulait », comme il disait. Quitte à mettre en danger sa propre progéniture.

Arme à feu, menaces, mépris évident pour Kelsey… pour la première fois de sa vie, Sean scruta attentivement le visage de son père. La lueur de folie qui brillait dans ses yeux le convainquit qu'il avait passé le point de non-retour.

Et maintenant, au lieu d'un chéquier et de comptes en banque qui ne lui appartenaient pas, il avait un revolver.

Sean lança un coup d'œil à celui-ci. Avait-il une chance de s'en emparer ? Mais son père ne le lâchait pas.

— Papa, je crois que nous devrions…

— La seule chose que nous devons faire, Sean, c'est gagner de l'argent. Si tu n'es pas avec moi…

Ses jointures blanchirent sur l'arme.

— Si tu n'es pas avec moi, alors nous allons avoir un problème. Compris ?

Hélas oui ! Sean était si tendu qu'il sentait monter une migraine ; tout était clair, trop clair pour lui. Il savait où tout cela allait les mener. Des désirs irrationnels avaient remplacé le sens des affaires de son père. A présent, tout n'était pour lui qu'une affaire de revanche, et de reprendre ce qu'il pensait être son dû. Il avait fini par croire à ses propres mensonges, par se convaincre qu'il avait été une victime dans une affaire montée de toutes pièces par la justice et les médias.

Une chose était sûre : pour trouver de l'aide, Sean s'était adressé à la pire personne qu'il pouvait choisir. Et maintenant, Kelsey allait en payer le prix.

15

L'appel arriva le vendredi matin. Bryce était assis dans un minuscule bureau sans fenêtre situé dans un immeuble banal près de la Severn, dans la banlieue d'Annapolis. Il avait été convoqué pour une réunion d'urgence au sujet de son bébé, le programme de reconnaissance de signal. L'officier chargé des contrats avait mentionné des questions de sécurité en provenance du Pentagone. Bryce avait passé la matinée à se préparer à l'interrogatoire.

Cela devait avoir trait à Sean Moore. Depuis quelque temps, tout tournait autour de Moore et de sa défection.

Tout ce fiasco mettait Bryce dans la ligne de mire des militaires qu'il tentait de conquérir depuis plus de deux ans. Il était devenu une cible.

Et dire qu'il avait cru que Dan leur faciliterait la tâche ! Mais ce qu'ignorait l'officier à la retraite, c'est que Bryce s'était fabriqué une ligne de défense ; dorénavant, un certain nombre d'indices convaincants tendaient à prouver que le responsable direct de Sean Moore avait été Dan lui-même.

Cette idée ne suffisait toutefois pas à détendre Bryce, qui marchait de long en large dans la pièce exiguë et étouffante, seulement meublée d'un bureau métallique et d'une chaise bon marché. Glenn, lui, avait été invité à rester dans le couloir. Pourquoi avoir voulu les séparer ? Bryce n'en finissait pas de se poser la question.

Les généraux et autres huiles de l'armée étaient réunis pour une présentation quelconque, qui n'avait rien à voir avec Bryce ou sa société. Il ne pouvait qu'attendre patiemment qu'ils en aient terminé.

Il bouillait d'impatience lorsqu'on frappa discrètement à la porte. Glenn passa la tête par l'entrebâillement, pâle sous son hâle habituel.

Son apparition surprit Bryce.

— Que faites-vous ici ?

— Vous avez des visiteurs inattendus.

Les yeux de Glenn étaient exorbités et, sur la porte, ses jointures avaient blanchi. Il n'était pourtant pas du genre émotif ; au cours des réunions, il s'adressait aux personnes importantes avec un calme parfait. Mais aujourd'hui, il semblait sur le point de craquer. Sans compter que ce qu'il lui annonçait n'avait aucun sens.

— Des visiteurs ? Mais je ne suis pas chez moi, ici. Vous voulez parler des gens de la réunion ?

— Non. D'autres personnes. Elles insistent pour vous voir.

Bryce n'était pas d'humeur à jouer aux devinettes. Il commençait à en avoir plus qu'assez de toutes ces manigances. Il méritait le respect, et n'allait pas se laisser traiter comme le tout-venant.

— Dites à la sécurité de ne pas les laisser entrer. Si quelqu'un veut me voir, il peut prendre rendez-vous à mon bureau, comme tout le monde.

— Ils sont déjà dans le couloir, monsieur.

Bryce repensa aux scanners et aux détecteurs de métaux à l'entrée de l'immeuble ; il fallait une bonne demi-heure pour les franchir. Et encore : par la suite, Bryce n'avait eu le droit que de se déplacer sous bonne escorte, et dans des parties strictement délimitées de l'immeuble — à savoir un long couloir blanc aux portes fermées.

— Comment est-ce possible ?

La porte du bureau s'ouvrit en grand et un homme entra. Brun, grand et musclé, il approchait la quarantaine. Bryce était certain de ne jamais l'avoir rencontré. Il retiendrait son visage, mais quelque chose lui soufflait qu'il ne parviendrait jamais à mettre un nom dessus.

Ce qui ne signifiait pas qu'il allait se laisser impressionner.

— Que voulez-vous ?

L'homme franchit le seuil et s'arrêta. Ses épaules masquaient Glenn et tout ce qui se trouvait derrière lui.

— Vous voir.

Là-dessus, il se tut, comme si cette phrase expliquait tout.

— Qui êtes-vous ? demanda Bryce.

En même temps, il parcourait l'homme du regard. Sa façon de se tenir évoquait un ancien militaire. Il était armé, Bryce en était certain.

— Mon nom n'a pas d'importance, et je ne vous le donnerai pas de toute façon.

L'homme se redressa encore, jambes solidement campées et mains dans le dos.

— Vous posez la mauvaise question. Ce qui devrait vous importer, c'est ce que je veux, pas qui je suis.

Bryce se pencha pour tenter d'apercevoir Glenn. Il ne put croiser le regard de celui-ci, qui fixait quelque chose dans le couloir. Peu importe de qui ou de quoi il s'agissait. L'important était d'agir au plus vite. Ils avaient besoin de renforts.

— Appelez la sécurité !

Glenn marmonna quelque chose avant de lancer :

— Monsieur, je crois que…

L'inconnu leva la main.

— Une minute, Glenn, je vous prie.

Bryce s'efforça de garder son calme.

— Vous avez raison, restez là. La police vous trouvera plus facilement. Cela dit, je pense que, quoi que vous vouliez, vous ne l'obtiendrez pas de cette façon.

— Je peux peut-être vous aider à mieux comprendre, lança un autre homme en bousculant Glenn pour entrer dans la pièce.

Cette fois, Bryce ne lui demanda pas son identité. Cela faisait plusieurs jours qu'il voyait son visage sur son écran d'ordinateur et se reprochait d'avoir déclenché une alarme en fouillant dans son dossier. Paxton Weeks. L'homme qu'il avait tant cherché. Et qui était potentiellement dangereux.

Un espace exigu. Des hommes entraînés et qui bénéficiaient de la protection du gouvernement. Quel genre de réunion était-ce réellement ? Soudain, Bryce se mit à redouter de ne pas y survivre.

Avec une véritable bravoure, Glenn s'interposa entre lui et les deux hommes.

— Monsieur, que voulez-vous que je fasse ?

Bryce commençait à comprendre à qui il avait affaire. Appeler la sécurité était donc inutile. On les avait laissés passer, certainement sans encombre, et il ne suffirait pas de crier pour les faire partir.

— Vous pouvez partir, Glenn.

— C'est ça. Au revoir, Glenn, fit une voix féminine derrière Weeks.

Une jeune femme apparut derrière Pax et vint se planter devant Bryce.

— Je pense que vous savez qui je suis.

Kelsey Moore.

Après des jours de traque inutile, voilà qu'elle se jetait dans la gueule du loup. Bryce résista à l'envie de s'emparer d'elle. Les deux gardes du corps l'auraient probablement tué sur place.

— De quoi s'agit-il ?

Paxton se déplaça légèrement, mais avec précision, pour être prêt à protéger Kelsey. Son attitude était claire : il punirait toute agressivité envers la jeune femme.

— Nous savons que vous avez fouillé dans mon dossier, lança Weeks. Grossière erreur, d'ailleurs.

Bryce comprit enfin à quoi rimait cette rencontre. Rien à voir avec Sean — seulement avec sa requête. Mais il ne pouvait cependant pas avouer.

— Je ne sais pas de quoi vous parlez.

— Le logiciel de reconnaissance faciale. Au fait, je me suis laissé dire que la NSA était plutôt furieuse de cette intrusion.

La boule d'anxiété qui s'était formée dans le ventre de Bryce grossissait chaque seconde, et remontait vers sa gorge.

— Je fabrique des programmes de ce genre. Ce n'est pas un secret.

Paxton continua à le questionner :

— Et les hommes que vous avez envoyés chez Kelsey, qu'avez-vous à en dire ?

Bryce était sur le point d'étouffer.

— J'ai l'impression que vous ne maîtrisez plus votre paranoïa.

— Nous vous laissons une chance de vous en tirer, lança l'inconnu sans bouger d'un pouce.

— Qui êtes-vous, déjà ?

De toute évidence, l'homme tenait les commandes — et il était tout disposé à laisser Weeks le harceler de questions.

— Vous n'avez toujours pas besoin de le savoir.

Paxton passa de l'autre côté du bureau, où il appuya les deux poings. Ce mouvement le rapprocha beaucoup trop de Bryce au goût de celui-ci. Weeks n'avait visiblement pas besoin d'arme. A en juger par sa musculature et la fureur dans son regard, il était du genre à frapper d'abord et à poser les questions ensuite.

— Vous avez commis une erreur, lança-t-il d'une voix qui vibrait d'une rage contenue.

Des erreurs, Bryce en avait commis beaucoup trop pour pouvoir les compter. Toutes ses vieilles angoisses lui revenaient. Il avait bâti de ses mains une société qui pouvait s'enorgueillir de centaines d'employés et d'une réussite exceptionnelle… mais rien de ceci ne compterait si Weeks décidait de se mettre à jouer des poings.

Néanmoins, Bryce tenta de faire face courageusement. Croisant les bras sur sa poitrine, il lança :

— Veuillez expliquer vos accusations.

— Vous avez voulu reprendre ce que Sean Moore vous avait volé. C'est compréhensible, mais vous êtes allé trop loin. Vous avez fait intrusion dans l'intimité de Kelsey, vous l'avez mise en danger et continué de la harceler même après que nous avons mis votre première tentative en échec.

Paxton secoua la tête.

— Et je ne peux pas tolérer ça.

C'était la deuxième fois qu'il faisait allusion à des violences.

— Je ne sais pas de quoi vous parlez quand vous mentionnez un danger.

Cette fois, Bryce ne mentait pas. La surveillance, Sean, il comprenait. Mais cette histoire d'agresseurs ne cadrait pas. Si quelqu'un s'en était pris physiquement à Sean et à sa sœur, ce n'était pas Bryce. Du coup… qui d'autre était dans la partie ?

Soudain, Paxton tendit le bras par-dessus le bureau et le saisit par le col de sa chemise, le secouant et lui serrant le cou.

— J'en ai assez de vos salades !

Bryce lutta pour se dégager de sa prise, mais en vain. Il se mit alors à se débattre pour que sa cravate ne lui coupe pas la respiration.

— Vous ne pouvez pas…

— Je vous assure que je peux.

Les mains toujours sur sa cravate, cherchant de l'air, Bryce chercha du regard de l'aide autour de lui. L'autre homme présent dans la pièce arborait une mine impassible. Kelsey se mordait les lèvres. Elle ! Elle était son issue. Une femme, avec un travail subalterne… elle n'allait pas laisser cette brute le tuer.

— Mademoiselle !

Elle secoua la tête.

— Vous avez vandalisé mon local et obligé à fermer mon salon de thé. N'attendez aucune aide de ma part.

Paxton continuait à secouer Bryce, qui se mit à tousser.

Enfin, l'homme silencieux parla :

— M. Kingston ne peut pas nous aider s'il est mort.

La sensation d'étranglement disparut enfin, et Paxton repoussa Bryce sur la chaise, si violemment que celle-ci percuta le mur.

— Vous êtes fou ou quoi ? s'écria Bryce.

— Parlez.

Trois paires d'yeux furieux le fixaient. Ils en savaient trop… et pourtant ils ne savaient rien. Il lui restait une alternative : nier tout en bloc, ou tenter de se blanchir des accusations infondées.

— Sean m'a volé des informations capitales. Je me suis lancé à sa recherche, ce qui m'a mené aux membres de sa famille. Mon enquêteur s'est rendu dans le salon de thé de Mlle Moore, mais il n'a pas pu y entrer à cause d'une fuite de gaz. Fin de l'histoire.

— Pourquoi avez-vous envoyé des tueurs à mes trousses ? demanda Kelsey d'une voix tremblante.

C'était la troisième fois qu'ils faisaient référence à la violence physique, et Bryce ne comprenait toujours pas.

— Racontez-moi ce qui s'est passé.

— Vous prétendez que ce n'est pas vous ? lança le chef, suspicieux.

— J'ai piraté des caméras de surveillance. Cela, je l'admets. Le reste n'a rien à voir avec moi.

— Qui d'autre est impliqué dans ce projet et dans le problème avec Sean ?

— Dan Breckman, mon assistant. La personne qui a fait passer Sean au détecteur de mensonge.

La liste était courte, mais Dan en occupait la tête. Pour la première fois, Bryce se demanda si Dan l'avait trahi depuis le début.

— Si vous me demandez combien de personnes sont au courant du programme sur lequel travaillait Sean, je pourrais vous en citer un certain nombre qui pouvaient y avoir accès ou le connaître. Les autres employés d'une part, les militaires pour qui nous travaillons, des gens du Pentagone qui nous ont appuyés et un certain nombre de concurrents qui apprécient peu que j'aie décroché le marché.

Paxton et Kelsey échangèrent un regard.

Le chef brisa le silence.

— Mais vous avez seulement piraté quelques caméras…

Le cœur de Bryce se mit à battre plus vite. Il eut soudain l'impression qu'une mauvaise réponse pouvait lui coûter la vie.

— C'est ça.

L'homme haussa les épaules.

— Nous verrons ce qu'en penseront les enquêteurs.

Bryce eut l'impression que son sang se figeait. Il se redressa, jambes flageolantes :

— Je vous demande pardon ?

— En ce moment même, des policiers fouillent votre bureau et vos ordinateurs.

Ce fut comme si tout le poids des dernières semaines s'abattait soudain sur ses épaules.

— Vous n'avez pas le droit de…

Le chef sortit son téléphone portable et y jeta un coup d'œil.

— Ce n'est pas nous.

— Apparemment, vous avez froissé quelques personnes au Pentagone, expliqua Pax avec un sourire mauvais. Au fait, ils souhaitent que vous ne bougiez pas d'ici. Ils auront des questions à vous poser.

Là-dessus, ils se dirigèrent vers la porte, bousculant Glenn au passage.

— Attendez. Où allez-vous ?

— Un problème ?

C'était la voix de Dan.

Lui ici ? Ce fut un tel choc pour Bryce que sa tête se mit à tourner. Il se passait quelque chose. Quelque chose d'énorme, qu'il ne contrôlait pas, et dont Dan était le centre. Il aurait voulu plonger sur lui et l'étrangler. L'ancien militaire avait bien raison de se cacher derrière Paxton Weeks.

— Que faites-vous ici ? lança Bryce en dépit du vertige qui l'avait pris.

— On m'a demandé de venir.

— Apparemment, c'est le dernier salon où l'on cause, lâcha Paxton avant de quitter les lieux en emmenant Dan.

— Et bonne journée, lança le chef par-dessus son épaule.

Sur le seuil, il s'arrêta pour ajouter :

— Nous reparlerons de tout ça très bientôt…

Pax conduisait lentement sur l'allée qui menait aux entrepôts. Des bâtiments beiges anonymes la bordaient. Ils ne croisaient que de rares voitures ; ils se trouvaient au milieu d'une zone artisanale plutôt clairsemée, qui avait été discrètement évacuée en perspective de leur rencontre avec Bryce.

Il avait fallu déployer pas mal d'efforts pour convaincre toutes les personnes concernées, dont beaucoup travaillaient pour le Pentagone, de venir. Leur annoncer que leur cher programme était en danger avait toutefois constitué un atout ; le fait que ce soit Connor qui s'en charge avait achevé la besogne.

Celui-ci était assis à l'arrière, à côté de Kelsey. Elle se mordait les lèvres tandis qu'il scrutait les alentours avec attention à travers les vitres.

Pour la centième fois peut-être, Pax leva la tête pour regarder dans le rétroviseur. Une berline bleue venait d'apparaître entre deux garages. Pendant quelques minutes, elle les suivit, tournant aux mêmes endroits que Pax.

Pour être certain qu'il ne se trompait pas, celui-ci bifurqua brusquement pour emprunter une allée étroite entre des quais de chargement où étaient stationnés des poids lourds. La seconde suivante, la berline les suivit.

Bingo.

— Nous avons de la compagnie.

Si Pax était ravi de cette nouvelle et du plan qui venait de lui venir à l'esprit, il enrageait que Kelsey se trouve dans la voiture avec eux. Il aurait préféré la savoir en sécurité chez lui… même s'il n'avait pas de véritable « chez-lui » en ce moment.

— Pas trop tôt, marmonna Joël.

Kelsey se tourna vers lui, s'arrachant à la contemplation des bâtiments mornes à l'extérieur.

— Pourquoi ? C'est une bonne chose ?

Pax lui jeta un coup d'œil, impressionné qu'elle ne craque pas nerveusement, ce à quoi on aurait pu s'attendre de la part d'une civile. Au lieu de ça, elle restait presque calme ; seule la façon dont elle tordait ton T-shirt entre deux doigts trahissait sa nervosité.

— Nous allons arrêter la voiture qui nous suit pour savoir qui l'envoie.

Le regard de Kelsey croisa le sien dans le rétroviseur ; elle fronça les sourcils.

— Pourquoi ? N'est-il pas évident que c'est Kingston ?

Connor émit un bruit dubitatif.

— Il est trop malin pour nous faire filer en ce moment. Après cette réunion, il saura que nous sommes après lui. En ce moment même, il doit être en train de subir un interrogatoire serré. Sans compter qu'il se trouve toujours dans la pièce où nous l'avons laissé et qu'on a dû lui confisquer son téléphone portable et tout ce qu'il avait. Je ne vois pas comment il aurait pu envoyer quelqu'un à nos trousses.

L'explication était convaincante… mais Pax trouva que Connor parlait trop, comme s'il cachait quelque chose.

— Quoi qu'il en soit, il est trop occupé à tenter de s'en sortir pour…

— Regarde la route, lança Connor en frappant le siège du plat de la main. Tourne là.

Dans un nuage de poussière, la voiture quitta l'allée goudronnée pour s'engager dans une ruelle plus étroite. Plus ils s'enfonçaient dans cette zone, plus elle semblait anonyme. Ils auraient aussi bien pu se trouver en Arizona ou en Alaska.

— On dirait que cet endroit est abandonné, fit Kelsey en tournant la tête.

— C'est le cas, répondit Connor avant de tapoter son oreillette. Joël, tu es sur le coup ?

— Je vous suis.

Pour Pax, l'adrénaline de la poursuite céda la place à une autre sensation — la peur panique que la jeune femme soit blessée. Il dut cligner des yeux à plusieurs reprises pour retrouver sa concentration. Il en aurait besoin. Le fait de la voir assise sur la banquette arrière, regardant autour d'elle comme une touriste dans un voyage organisé, n'était pas pour le rassurer.

De nouveau, il capta son regard dans le rétroviseur.

— Allonge-toi par terre et ne te relève pas avant que je te le dise.

L'inquiétude rendait sa voix bourrue, mais il ne s'excusa pas. Elle devait comprendre que la situation était grave et qu'elle devait s'occuper avant tout de sa sécurité.

Elle hocha la tête.

— D'accord.

Il commençait à la connaître suffisamment pour ne pas se contenter de cette réponse laconique.

— Non. Je sais que tu n'as pas l'intention de m'obéir. Dis-moi que tu feras ce que je dis.

Elle serra la mâchoire.

— Très bien.

Le rire de Joël résonna dans l'oreillette.

— Je ne suis pas convaincu que ce soit une meilleure réponse…

— Tourne à droite et ralentis, aboya Connor en dégainant son revolver. Combien sont-ils ?

Pax regarda de nouveau dans le rétroviseur, les yeux plissés pour se protéger du soleil.

— Je n'en vois qu'un seul.

— Préparez-vous.

Connor saisit la poignée de la portière et Kelsey s'allongea sur le sol.

Pax obliqua brusquement sur la droite et écrasa la pédale de frein. Dans un hurlement de pneus, la voiture se mit à déraper, fonçant dangereusement vers une série de poubelles métalliques.

Pourtant, la collision n'eut pas lieu. Leur véhicule s'immobilisa juste avant, dans un nuage de poussière.

La voiture qui les suivait n'eut pas autant de chance ; un pneu arrière explosa et le conducteur perdit le contrôle. Elle finit sa course contre un container de plastique, pas suffisamment fort toutefois pour que l'airbag se déclenche.

Mais avant même qu'elle ne s'arrête, Pax et Connor avaient bondi hors de la voiture, arme au poing ; face à eux, le conducteur fit rugir le moteur, mains sur le volant, tentant de passer la marche arrière pour s'enfuir.

Il n'irait nulle part. Derrière lui surgit la voiture de Joël — c'était lui qui avait tiré sur le pneu.

— Descendez de cette voiture, les mains sur la tête ! cria Connor.

L'homme regarda autour de lui, l'air surpris, comme s'il venait juste de se rendre compte de sa situation.

Avec un dernier regard pour s'assurer que Kelsey ne s'était pas redressée, Pax s'approcha de la berline bleue et ouvrit la portière du conducteur.

L'homme leva les mains comme on le lui avait ordonné.

— Dites donc ! J'allais juste au travail !

— Tu parles…

Pax saisit l'homme par le collet et l'extirpa de son siège pour le coller contre sa voiture et entreprendre de le fouiller. Connor le couvrait. Il trouva l'arme dans la première poche.

— Vous comptiez tirer sur quelqu'un, aujourd'hui ?

— J'ai un permis pour cette arme !

Connor eut un sourire méprisant.

— Ne gâchez pas votre salive. Vous aurez tout le temps du monde pour vous expliquer.

La portière de leur voiture s'ouvrit et Kelsey en descendit.

— Tout va bien ?

Pax poussa un juron sonore :

— Retourne dans la voiture !

— D'accord, mais je veux rentrer chez moi.

Il était bien d'accord.

16

Plusieurs heures s'étaient écoulées depuis la scène avec Bryce Kingston et l'épisode de la voiture. Connor, en compagnie d'hommes venus d'agences gouvernementales dont Kelsey ignorait jusque-là l'existence, interrogeait Bryce et le conducteur de la voiture. Kelsey, elle, avait pris une douche et avalé un repas… avant de retourner se doucher. Sans qu'elle sache pourquoi, et en dépit de la température estivale, elle ne parvenait pas à se réchauffer. Elle ne cessait de frissonner et devait se retenir pour ne pas claquer des dents. Quelle idiote elle faisait !

Heureusement, la présence de Pax l'apaisait. Vêtue d'épaisses chaussettes de sport, elle faisait les cent pas sur le parquet — activité qui la détendait également.

Pax passa la tête par la porte de la chambre.

— Tu as trouvé un sweat-shirt ?

Il lui avait suggéré d'entrer dans la chambre de Davis et Lara pour y choisir des vêtements. Elle n'avait pas encore osé ouvrir le moindre tiroir.

— Je ne suis pas très à l'aise à l'idée de fouiller dans les sous-vêtements de ta belle-sœur.

Il s'appuya contre le chambranle.

— Je préfère que ce soit toi que moi…

— Je te comprends.

Elle ouvrit donc le tiroir du haut et y découvrit des piles de sous-vêtements soyeux. Effectivement, il aurait été étrange que Pax y fouille à sa place… Elle écarta les dessous sexy pour tenter de découvrir des choses moins raffinées, mais en vain. Elle referma le tiroir et ouvrit le suivant.

— Tu t'en es très bien tirée, aujourd'hui, lança Pax, un sourire dans la voix.

Sa voix rauque et chaude l'envoûtait, mais elle préférait lui avouer la vérité.

— J'ai eu le cœur au bord des lèvres toute la matinée.

Il se mit à rire.

— Je pense que c'est normal.

Elle cessa de fouiller parmi les shorts et les T-shirts pour le regarder en face.

— Tu as déjà vomi, toi ?

— Seulement quand j'étais malade.

— Quelle chochotte !

Au même moment, elle sentit quelque chose entailler son doigt. Elle poussa un petit cri et retira la main du tiroir. Du sang perlait à son index.

L'instant d'après, il était à côté d'elle ; il lui prit la main et se mit à étudier la coupure avec attention.

— Que s'est-il passé ?

— J'ai été attaquée par une enveloppe.

— Pardon ?

Elle tira une pile de lettres du tiroir.

— Tiens, regarde.

Il se pencha par-dessus son épaule.

— Etrange. Pourquoi Lara les garde-t-elle ici ?

Ah, les hommes… Kelsey se retint de lever les yeux au ciel.

— C'est plus logique que dans la cuisine, non ?

— Peut-être.

Elle déchiffra rapidement le nom du destinataire avant de remettre les enveloppes dans le tiroir.

— De toute façon, ces lettres ne lui appartiennent pas. Elles sont adressées à Davis, par quelqu'un qui s'appelle Connie.

Pax se raidit subitement, d'un seul bloc.

— Pardon ?

— Connie…

— Laisse-moi voir, lança-t-il.

Il se pencha et reprit la pile de lettres.

— Quel est le problème ?

— C'est ma mère.

Pardon ? Cela ne cadrait pas avec ce qu'il lui avait dit sur elle. Elle lui avait donné naissance puis était tombée en dépression et l'avait abandonné. Elle était morte peu après sans avoir jamais reparlé à ses fils.

— Vraiment ?

Une à une, il lut les adresses sur les enveloppes closes.

— Je ne comprends pas, ajouta Kelsey.

Il secoua la tête, l'air soudain distant.

— Elle ne nous a jamais contactés. Elle nous a abandonnés sans un mot.

Mais les enveloppes qu'il tenait à la main suggéraient le contraire.

— On dirait qu'elle a pourtant écrit à David, mais qu'il n'a pas ouvert ses lettres. Et c'est Lara qui les garde, pour une raison ou une autre.

Pax se laissa tomber sur le coin du lit, fixant les lettres d'un regard vide, comme si elles ouvraient une fenêtre sur un monde lointain.

Elle s'assit près de lui et lui caressa la cuisse.

— Tout va bien ?

— Non. Davis ne m'en a jamais parlé. Correction : il m'a menti. Il m'a assuré que ma mère n'avait jamais donné de nouvelles.

Kelsey repensa à son père et à tous les problèmes que Pax et elle avaient connus dans leur enfance avec leurs parents dysfonctionnels.

— Davis a sans doute pensé que c'était mieux pour toi. Il ne voulait pas que tu souffres. Vous deviez continuer à vivre, et ces lettres ne pouvaient que vous retenir.

Elle espérait ne pas se tromper. En quoi lire les excuses que sa mère avait pu inventer pour son comportement aurait-il pu lui être bénéfique ? Il avait dépassé cela. Il était parti et s'était coupé des horreurs qu'il avait vécues. En dépit de l'abandon, il s'était forgé sa propre vie.

En regard de ce qu'il avait vécu, sa force et sa dignité étaient admirables. Il s'était construit sur elles, et c'était ce qui attirait Kelsey en lui, presque malgré elle.

Elle ne pouvait pas s'empêcher de l'aimer. En pensant à sa mère qui l'avait abandonné, elle ressentait une véritable haine.

Pax faisait tourner le paquet de lettres entre ses mains.

— Ce n'était pas à lui de décider.

Les deux frères allaient devoir s'expliquer à ce sujet, et la discussion menaçait d'être orageuse, mais c'était à Davis de prendre l'initiative.

— Je te comprends, mais à en juger par les dates, ces lettres remontent à ton adolescence. Je pense qu'il voulait te protéger.

Il la fixa d'un œil noir.

— Tu es de son côté, maintenant ?

— Je ne le connais même pas.

La conversation venait de prendre un tour étrange, mais elle tenta de poursuivre :

— Je dis seulement que c'est du passé. Il faudra que vous en parliez ensemble, évidemment… mais cela ne change rien à la personne que tu es devenue. Quoi qu'il se soit passé, tu t'en es sorti.

— Je le croyais aussi.

Là-dessus, il se leva et se dirigea vers la porte.

— Pax ?

Il s'arrêta, mais ne se retourna pas.

— J'ai besoin de sortir un peu.

— Nous ne sommes pas en sécurité.

Elle ne faisait que répéter les avertissements de Connor.

— J'ai besoin de prendre l'air.

Là-dessus, il partit. Elle l'entendit dévaler l'escalier quatre à quatre en dépit de sa blessure.

— Attends, Pax !

Elle voulut lui courir après, mais le temps qu'elle arrive sur le palier, la porte d'entrée claquait déjà derrière lui.

Elle descendit dans le salon vide, abasourdie par cette métamorphose.

Kelsey demeura un instant les bras ballants, ignorant quoi faire. C'est alors qu'elle entendit une sonnerie étouffée. Jetant un coup d'œil autour d'elle, elle aperçut le portable de Pax sur la table basse près du canapé. Mais ce n'était pas lui qui sonnait.

En se guidant au son, elle finit par découvrir le sac à dos sous une autre table. Elle ouvrit la poche pour en extirper un portable.

Le sien. Elle avait oublié que Pax le lui avait pris, dans son appartement. La sonnerie s'arrêta avant qu'elle n'ait eu le temps de répondre. Allumant l'écran, elle découvrit qu'elle avait reçu treize appels du même numéro. Celui de son père. Elle vérifia ses SMS.

Le plus récent avait été envoyé dix minutes plus tôt. Par son frère.

Viens tout de suite.

Pendant quelques secondes, elle débattit mentalement. Devait-elle obéir ? Elle tenta de le rappeler, mais le téléphone sonna dans le vide. Ils n'avaient jamais été proches… mais cela ne signifiait pas qu'elle pouvait l'abandonner.

Que faire ? Elle sortit dans la rue et, pendant un quart d'heure, se mit à la recherche de Pax, mais en vain. Or il n'avait pas pris son portable…

Finalement, elle se décida. Elle saisit ses clés et envoya un message à Joël en sortant.

Avec un peu de chance, Pax la rejoindrait très vite.

Pax comprit que quelque chose n'allait pas à la minute où il entra dans la maison de Davis. La lumière était allumée, mais la pièce était plongée dans le silence. Il appela… mais pas de réponse.

Il était arrivé quelque chose — et c'était sa faute. A la vue des lettres, son esprit avait chaviré… et il s'en était pris à elle.

Mais elle devait être là. Elle savait à quel point il était dangereux de rester dans la rue. Nom d'un chien, elle l'avait elle-même mis en garde quand il était sorti !

Pourvu qu'elle soit dans la chambre. Si elle était en colère, il se ferait pardonner, mais… Il grimpa l'escalier quatre à quatre, et ouvrit les portes l'une après l'autre, allant jusqu'à fouiller dans les armoires.

A présent, il criait son nom.

La peur et la colère se mêlaient en lui. Il n'entendait plus que le sang qui battait contre ses tempes. Soudain, son téléphone, sur la table du canapé, se mit à sonner. Il se précipita pour le décrocher.

— Que se passe-t-il ?

La question le figea.

— Que veux-tu dire ?

— Kelsey a envoyé un texto qui parle d'un problème, et…

Pax lui coupa la parole :

— Où est-elle ?

Il y eut un silence, puis Joël répondit :

— Elle devrait être avec toi. Attends ! Ta voiture se déplace.

— Piste-la.

— Que vas-tu faire ?

Pax n'eut même pas à réfléchir à la réponse. Il était déjà en train de fouiller dans le tiroir de la cuisine.

— Je vais emprunter la voiture de Davis et je vais l'arrêter.

Joël se racla la gorge.

— La suivre, tu veux dire ?

— Non. La stopper.

17

Kelsey gravit d'un pas hésitant les marches du perron de l'imposante demeure de son père. Maison froide, stérile, Kelsey n'y avait jamais vraiment été chez elle. Elle y avait vécu à l'époque où elle était étudiante, quasiment ignorée par les autres occupants de la maison.

Elle préférait son nid douillet et l'homme qui lui avait laissé quatre messages incendiaires au cours de son trajet vers la Virginie. Mais si Pax s'était montré furieux au début, il avait fini par la supplier de faire demi-tour.

En secret, elle espérait que cela signifiait vraiment quelque chose. Il tenait donc un peu à elle ? Car elle était tombée follement amoureuse de lui. Elle qui avait jusque-là douté de l'existence de l'amour rêvait maintenant comme une midinette. De Pax.

Mais elle ne pouvait pas s'arrêter maintenant. Pas quand Sean était en danger.

Pax avait raison à ce sujet aussi. Elle rêvait d'établir un véritable lien avec Sean. Ils n'avaient jamais parlé de leur enfance ni passé du temps ensemble pour le plaisir ; mais il comptait pour elle bien plus que ne le signifiait la carte de vœux qu'ils s'envoyaient chaque année par habitude. En tout cas, c'était ce qu'elle ressentait à présent.

La porte s'ouvrit à la volée au moment où elle atteignait le seuil. Son père se dressait devant elle, échevelé, une lueur de démence dans le regard. Elle ne l'avait jamais vu dans cet état. En général, il était l'incarnation de la maîtrise de soi. C'était un de ses atouts. Il avait toujours réussi à faire croire qu'il maîtrisait tout, y compris aux gens qu'il avait plumés.

— Il était temps ! brailla-t-il.

Elle n'entrerait pas. Pas sans Pax. Elle avait déjà dû se forcer à conduire jusqu'ici.

— Où est Sean ? demanda-t-elle.

— Dedans, répondit son père avec un signe de tête.

La tension entre eux était palpable.

— Dis-lui de sortir.

— Il est en train de manger.

Elle se souvint de la panique dans la voix de son frère sur les messages qu'il lui avait laissés. L'idée que Sean puisse être en ce moment même en train de dîner tranquillement ne cadrait pas. Elle cria :

— Sean ! Je suis là !

— Arrête ce vacarme !

Elle s'aperçut alors que son père tenait une main dans son dos. La manche de sa chemisette de golf était déchirée et il y avait quelque chose sur son pantalon — une tache sombre.

Les pires explications lui vinrent à l'esprit.

— Qu'as-tu fait ?

— J'en ai marre de tout ça ! gronda son père.

On aurait dit une bête sauvage. Sauvage… et malade.

Avec une rapidité à laquelle elle ne s'attendait pas, il la saisit par le bras. Ses doigts se plantèrent dans sa chair avec férocité et il l'entraîna vers la maison, soufflant par le nez comme un taureau furieux.

Elle se débattit et lui martela la poitrine de coups de poing. Au passage, elle s'agrippa au montant de la porte. Rassemblant son énergie, elle se planta sur ses jambes et refusa d'avancer.

C'est alors qu'elle vit l'arme. Il la pointait droit sur sa tête.

Si quelqu'un méritait le titre de père de l'année, c'était lui…

Une nausée la prit. Et dire que quelques heures plus tôt, elle avait expliqué à Pax à quel point les liens familiaux étaient importants… et elle débarquait ici pour découvrir que son père ajoutait un sens de la loyauté délirant à une absence totale de conscience. Tu parles d'une famille !

— Tu as deux secondes pour entrer dans la maison.

Elle ravala la bile qui lui montait à la gorge et, d'un mouvement d'épaule, lui fit lâcher prise. La tête haute, elle pénétra d'elle-même dans le vestibule — un lieu qui lui rappelait les pires moments de sa vie.

Kelsey tourna en direction du bureau de son père pour découvrir Sean ligoté dans un fauteuil. Sa tête dodelinait et du sang coulait au coin de sa bouche.

Elle tomba à genoux devant lui, tentant de lui faire reprendre connaissance. La peur l'envahissait, et elle tentait de ne pas céder à la panique.

— Sean ! Non ! Que lui as-tu fait ?

— Il n'a rien.

Elle se retourna pour faire face à son père. Il marchait de long en large, vérifiant le canon de son arme comme si de rien n'était.

— Quel est ton problème ?

— Ton frère a piqué sa petite crise de nerfs. C'est la faute de sa mère. Elle l'a toujours traité comme un bébé.

Avec un soupir désespéré, Kelsey s'appuya contre le bureau pour ne pas tomber.

— Toi ? C'est toi qui es à l'origine de cette affaire avec Kingston ?

Il retourna à son bureau pour prendre place dans son gigantesque fauteuil.

— Je n'ai rien à voir là-dedans. J'essaie simplement de tirer Sean du guêpier où il s'est fourré.

Elle comprenait tout à présent. Sean avait pris une décision, puis il s'était confié à son père. Celui-ci, comme à son habitude, n'avait pensé qu'au profit, et tout s'était enchaîné.

— C'est toi qui lui as demandé de voler des documents ? Il pourrait être arrêté !

— Ferme-la. Il a inventé ça tout seul.

Il s'appuya contre le dossier avant de poursuivre :

— J'ai dû intervenir parce qu'il n'avait pas les tripes de mener cette affaire à son terme. Mais puisqu'il a commis le délit, pourquoi ne pas en tirer bénéfice ? Je peux arranger ça, à condition que tu aies apporté le colis qu'il t'a envoyé.

Voilà qui était typique de son père et de ses combines. Dès qu'il voyait une opportunité de faire de l'argent, il sautait dessus.

Elle regarda l'arme qu'il avait posée devant lui sur le bureau et jaugea la distance qui la séparait d'elle… et le risque qu'il lui tire dessus.

Il se mit à rire avec le mépris qu'il lui avait montré toute sa vie.

— N'y pense même pas.

— Elle ne le fera pas, mais je le ferai.

La voix d'homme provenait du couloir.

Kelsey avait à peine évalué la situation dans le bureau qu'une nouvelle menace venait d'apparaître. Elle connaissait cet homme, mais, après la terreur qu'elle subissait depuis des jours, c'était comme si son cerveau refusait de fonctionner. Il se tenait dans l'encadrement de la porte, une arme à la main. Kelsey retint son souffle.

Son père saisit le revolver sur la table et le braqua sur le nouveau venu.

— Qui êtes-vous ? lança-t-il, soupçonneux.

— Je suis désolé, mais vous me gênez, répondit l'autre.

Là-dessus, sans la moindre hésitation, il fit feu.

Une tache rouge fleurit instantanément au niveau de l'épaule du père de Kelsey, et il laissa tomber son arme.

— Comment osez-vous ?

Elle réagit d'instinct, sans réfléchir — et bondit vers l'arme de son père. Mais l'étranger avait anticipé son mouvement et il la plaqua au sol, plantant un genou dans son dos.

— Tss, tss. Mauvaise idée.

Kelsey tourna la tête sur le côté. Elle ne pouvait pas regarder vers le haut, mais la pression dans son dos diminua quelque peu. Lentement, pour ne pas le provoquer, elle se dégagea et se rassit.

— Je vous en prie. Laissez-nous partir.

— Je ne crois pas que ce soit possible. Vous voyez, c'est à votre tour, maintenant.

Les pièces du puzzle se mirent enfin en place dans sa tête. Elle reconnut l'expression de son visage et sut quand elle l'avait vu.

— Vous êtes le type du bureau. L'assistant de Bryce Kingston.

— Glenn, oui. Et merci d'être passée me voir aujourd'hui. Ça m'a permis de vous retrouver et de vous suivre, en particulier après que vous vous êtes débarrassé de la voiture qui servait de leurre.

Il se pencha et, passant une main sous son aisselle, la força à se relever.

A quel point était-elle en danger ? Son ventre était noué et la tête lui tournait. Elle devait fuir ou se battre.

— Je ne comprends pas.

— C'est moi qui ai payé votre petit frère pour qu'il détourne les informations. Ça aurait dû être simple pour quelqu'un comme lui. Il n'avait qu'à les prendre, me les donner… et se faire pincer quand les concurrents de Kingston m'auraient payé. Oui, ça aurait dû marcher… mais il a eu une crise de culpabilité et a voulu arrêter. Ce qui, pour les personnes qui nous emploient, n'est pas du tout une option.

Le père de Kelsey gémit. Une pointe de pitié lui perça le cœur.

— Laissez-moi voir comment il va.

Du canon de son arme, Sean désigna la forme inanimée de son frère.

— Je préférerais que vous détachiez votre frère. Il est temps qu'il joue enfin son rôle dans tout ceci.

— Et si je refuse ?

— Je vous tuerai en premier.

Pax entendit la menace, et il dut se forcer à rester immobile. Il s'était assuré que Joël et Connor entendent la conversation via son micro pour qu'ils puissent l'enregistrer tandis qu'ils fonçaient vers la demeure des Moore en Virginie. Ils devaient savoir à quoi s'attendre en arrivant. Que la vérité soit faite.

A son arrivée devant la propriété, le premier réflexe de Pax avait été de foncer dans le tas pour tirer Kelsey des griffes de son père. Par bonheur, au dernier moment, il avait aperçu la voiture postée devant la maison. Il s'était garé un peu plus loin puis, en se dissimulant dans la végétation luxuriante, il s'était approché du perron avant d'y pénétrer en catimini. Depuis le hall, il avait entendu toute la conversation.

Glenn Harber.

Un assistant. Que personne jusque-là n'avait soupçonné. Ils surveillaient Bryce, et celui-ci s'était rendu coupable de tant d'effractions (les ennuis légaux qui l'attendaient allaient être particulièrement salés !) qu'ils avaient manqué la réponse évidente. L'homme qui avait accès au système autant, sinon plus, que son patron.

Connor leur avait déjà annoncé ce qu'il avait appris à l'entrepôt. Dan était leur taupe. Travaillant pour le Pentagone, c'était lui qui avait demandé qu'on fasse appel au groupe Corcoran pour protéger Kelsey. Bryce, qui croyait tout contrôler, n'avait en fait aucune idée de ce qui se tramait autour de lui.

Mais que Glenn soit mêlé à tout ça restait une surprise.

Pax aurait voulu faire irruption dans la pièce, mais Connor ne cessait de lui parler dans l'oreillette, le guidant pour qu'il garde le contrôle de la situation. Pax sortit de sa poche une caméra microscopique, montée sur un fil flexible qu'il tordit avant de le faire avancer dans la pièce.

Sur le petit écran qui y était relié, il vit Kelsey dénouer les liens de son frère. Celui-ci reprenait peu à peu connaissance. Mais Glenn restait vigilant. Le dos tourné à Pax, il surveillait leurs mouvements.

Pax disposait d'une fenêtre de tir, mais Glenn, même touché, pouvait tirer par réflexe, peut-être sur Kelsey. Pax ne prendrait pas ce risque.

— Levez-vous.

Glenn fit signe à Kelsey de remettre Sean sur ses pieds.

— Elle n'a rien à voir avec ça, protesta ce dernier, plié en deux par la douleur.

Il parvint toutefois à s'interposer entre Glenn et Kelsey.

Pax détestait ce garçon et avait bien l'intention, une fois

l'affaire terminée, de lui passer un savon ; mais, pour ce geste, il se promit de ne pas le frapper.

Glenn dit quelque chose, que Pax ne comprit pas car Connor venait de lui annoncer sa position dans l'oreillette. Il était encore à dix minutes de là. Ce qui signifiait que c'était à Pax d'intervenir.

— Puisqu'elle est ici, je pense qu'elle sait quelque chose.

Glenn se déplaça pour faire de nouveau face à Kelsey avant de ramasser le revolver de son père.

— Avez-vous les documents volés, mademoiselle Moore ?

Elle secoua la tête.

— Non. Je les ai donnés à la police.

Glenn se mit à rire.

— Permettez-moi d'en douter. Vous n'auriez pas si facilement mis la liberté de votre frère en jeu.

Depuis sa position, Pax pouvait voir Kelsey, dont les mains s'étaient mises à chercher quelque chose à tâtons derrière elle, sur le bureau. Un tel comportement risquait de pousser Glenn à tirer.

Celui-ci avança d'un pas dans sa direction et Pax se mit en action. Il avait l'avantage de la surprise et comptait en profiter. De tout son poids, il se jeta sur Glenn.

Plus mince et moins athlétique, le jeune homme percuta la bibliothèque. Pourtant, il ne lâcha pas son arme, qu'il pointa vers Kelsey.

Avec sa blessure, Pax ne pouvait pas bouger aussi librement qu'il l'aurait voulu. Il tenta de se lancer en avant pour faire un rempart de son corps à la jeune femme. Mais elle le repoussa, comme pour le sauver, lui.

Un coup de feu partit et la pièce bascula dans le chaos. Le père de Kelsey cria et son frère se précipita en avant. Déséquilibré, Pax partit la tête la première.

Par bonheur, il se rattrapa tant bien que mal et se précipita de nouveau sur Glenn. Tant pis s'il prenait une balle dans la poitrine, pourvu que Kelsey ne soit pas blessée. Quand il percuta le jeune homme, il l'entendit se vider de son souffle. Ensemble, ils roulèrent au sol.

Glenn leva un bras, mais Pax fut le plus rapide. Il avait l'avantage du poids et de la taille, sans compter ses années d'entraînement. Il n'attendit pas : se juchant sur la poitrine de Glenn, il lui martela le visage à coups de poing jusqu'à ce que le sang jaillisse de son nez. Ses yeux se révulsèrent. Pax lui confisqua son arme avant même qu'elle ne tombe sur le sol.

Dans l'oreillette, Connor hurlait.

— Clair ! annonça Pax pour résumer la situation.

Ses seules pensées allaient à Kelsey. L'écho de la détonation résonnait encore à ses oreilles, et il craignait plus que tout qu'elle n'ait été touchée. Pourvu qu'elle n'ait rien ! Il n'osait pas se retourner de crainte de ce qu'il allait découvrir.

Quand enfin il regarda vers elle, il la découvrit agenouillée, tenant la tête de Sean.

Pax se releva avant qu'elle ait eu le temps de dire un mot.

— Es-tu blessée ?

Des larmes coulaient sur ses joues.

— Sean… répondit-elle dans un sanglot.

Pax baissa les yeux. Du sang. Un visage livide. Le gamin avait pris une balle dans le ventre. A priori, pas une blessure mortelle, mais il devait être hospitalisé d'urgence, tout comme le père, qui s'était évanoui dans son fauteuil.

— Connor, nous avons besoin d'ambulances pour Moore père et fils. Maintenant.

— Et Kelsey ?

— Elle est saine et sauve.

Néanmoins, Pax n'en revenait pas. De nouveau, il regarda le jeune homme.

— Tu as pris une balle pour elle.

Sean ferma les yeux et sa respiration se fit plus difficile. Néanmoins, il parvint à répondre :

— Elle tentait de vous protéger, alors je l'ai protégée, elle. J'aurais dû le faire depuis longtemps.

Ce fut la goutte d'eau qui fit déborder le vase. Une vague

de fureur s'empara de Pax. Fureur contre lui-même. Toutes les mauvaises décisions qu'il avait prises, la façon dont il avait entraîné Kelsey avec lui…

Pax se tourna vers la jeune femme ; la grimace de douleur sur sa bouche et le sang de Sean qui maculait sa chemise ne firent qu'amplifier encore sa colère.

— Mais à quoi pensais-tu ?

Elle redressa la tête, choquée.

— J'essayais de t'aider !

Le fait qu'elle soit sur la défensive le rendit encore plus agressif.

— Tu as failli te faire tuer.

Alors, elle eut le culot de lui caresser la joue. Etait-ce un petit sourire qu'il voyait sur ses lèvres ?

— Je vais bien.

— Je suis furieux !

Elle plissa les yeux et laissa retomber sa main.

— Je le vois, oui.

Une partie de lui ne rêvait que de la prendre dans ses bras, mais il ne pouvait s'empêcher de crier. Les mots sortaient de sa bouche sans qu'il puisse les arrêter.

— Je t'avais dit de rester à la maison !

Le visage de Kelsey se ferma.

— Je n'avais pas le choix. Et ne me crie pas dessus.

Pax se releva. Il dut faire les cent pas pour dissiper l'énergie qui courait dans ses veines avant de lui dire quelque chose de blessant. Le fait que Connor et Joël lui hurlent des avertissements à l'oreille ne l'aidait pas vraiment.

Il ne voulait pas se montrer compréhensif, pas faire preuve de tact. Mais il devait trouver un moyen de canaliser toute la rage née de ces dernières heures, depuis la découverte des lettres.

Sean prit la main de sa sœur.

— Qui est ce type ?

Elle regarda Pax avant de baisser de nouveau les yeux sur lui.

— Mon petit ami.
Une quinte de toux le plia en deux.
— Tu en es sûre ?
Cette fois, elle ne prit même pas la peine de relever la tête.
— Pas tant que ça…

18

Kelsey astiquait le comptoir avec tant d'énergie qu'elle en avait mal au coude. Elle continua en dépit des regards surpris de Mike et de la grimace dédaigneuse de Lindy.

Après quelques jours d'absence et un grand nettoyage, elle était ravie de retrouver le salon de thé. Elle avait l'impression d'avoir déjà servi plus d'une centaine de cafés. En tout cas, les conversations avec les habitués n'en finissaient pas. Elle répondait aux mêmes questions sans se lasser. Pourquoi avait-elle fermé sans avertissement ? Le magasin resterait-il ouvert dorénavant ?

La réponse à cette dernière question était oui — ne serait-ce que parce qu'elle n'avait rien d'autre à faire. Le travail lui permettait de ne pas penser à Pax. Dès qu'elle s'arrêtait, son image lui revenait à l'esprit et une sensation de vide apparaissait dans son ventre. Penser à lui, c'était le regretter — comme un coup de poignard dans son cœur.

Quatre jours sans lui. Quatre jours à lever la tête chaque fois que tintait la clochette de l'entrée.

La dernière fois qu'il lui avait parlé, c'était avec colère. Elle entendait encore ses mots. Il lui avait fait un sermon sur la sécurité et l'avait embrassée sur le front comme une enfant avant de la laisser partir. C'était insultant et blessant. Elle aurait voulu le frapper. Il devait s'excuser pour que leur relation reparte du bon pied.

A force de frotter, son dos et sa nuque étaient courbaturés ; elle se redressa un instant pour observer l'intérieur du salon de thé. Sept tables étaient déjà occupées, et les cadres avec leur costume et leur ordinateur portable assiégeaient Mike pour obtenir un café avant d'envahir les banquettes. Il était un peu plus de 10 heures, et tout était en ordre.

Tout, sauf le tremblement de ses mains et le poids dans son estomac.

Elle fourra son chiffon dans la poche de son jean avant de lancer un coup d'œil à Mike.

— Je vais derrière pour une seconde.

Derrière. Elle détestait désormais cette partie du salon. Ses agresseurs, envoyés par cet idiot de Glenn, en étaient la cause.

En enrôlant son frère dans sa combine, celui-ci avait déclenché une série d'événements qui l'avaient mise en danger. Il lui avait volé son sentiment de sécurité.

A présent, et par sa faute, elle vérifiait trois fois les serrures ainsi que le système d'alarme haute technologie que Connor lui avait conseillé et qu'une de ses équipes était venue installer spécialement. Une *autre* équipe avait été chargée de réparer les dégâts de son appartement et de la cage d'escalier.

Au moins, quelqu'un de Corcoran s'occupait d'elle. Quel dommage que ce ne soit pas le bon…

Elle franchit la porte battante des bureaux et s'arrêta sur place. La porte claqua, mais elle n'en avait cure. Tout ce qui comptait, c'était l'homme qui se tenait en face d'elle.

Elle eut beau cligner des yeux à plusieurs reprises, il ne disparut pas.

— Pax ?

Il se tenait au milieu du couloir, les mains dans les poches de son jean, vêtu d'un polo qui lui moulait le torse.

— Tu as utilisé le même code pour la porte de derrière que celui que tu avais dans le vieux système. Tu devrais le changer.

Elle vit rouge. Il lui avait manqué. Elle avait tenté de ne pas penser à lui. Et voilà qu'il se comportait en chargé de la sécurité plutôt que comme l'homme qui lui devait une vraie explication.

— Tu es censé entrer par la porte de devant.

— J'ai voulu éviter la cohue.

Sans qu'elle sache pourquoi, son ton détaché et sa posture décontractée l'agacèrent encore plus.

— Tu n'as rien à faire ici. Passe dans la salle.

Elle se dirigea vers la porte de son bureau, mais ne réussit pas à tourner le bouton tant ses mains tremblaient. Les larmes brouillaient sa vue. Impossible d'effectuer sa grande sortie…

— Kelsey.

A tâtons, elle ouvrit la porte et se faufila dans son bureau.

— Fiche le camp.

— Arrête.

Il se glissa derrière elle, son corps contre le sien.

Ce fut comme si sa chaleur se communiquait aux membres glacés de Kelsey. Son odeur l'enveloppa. Encore un peu de cette proximité et son cœur allait exploser. Mais elle refusait de céder.

Il devait partir. Après tout ce qu'ils avaient vécu et la façon dont il l'avait traitée, hors de question qu'elle se laisse aller devant lui.

Pax posa les mains sur le mur de part et d'autre de son visage. Lorsque ses lèvres s'aventurèrent sur ses cheveux, un frisson la parcourut.

— Tu dois partir.

— Pas tant que nous n'aurons pas parlé.

Elle ignora les murmures de la foule de l'autre côté de la porte ; rassemblant son énergie, elle se retourna pour le repousser. Mais il ne bougea pas.

— Parce que tu veux parler, maintenant ? Tu as disparu…

— C'est faux.

— … tu as disparu et tu n'as plus donné de nouvelles, et tu voudrais que je t'écoute ? C'est non, désolée. Mon père m'a déjà suffisamment traitée comme ça. Je n'ai pas besoin que tu prennes le relais.

— Je t'en prie, ne me compare pas à lui. Quand je l'ai vu pointer une arme sur toi, j'ai… je ne l'ai pas supporté.

Si seulement la voix de Pax n'avait pas été aussi suppliante, si son visage n'avait pas été si triste, elle aurait pu ne pas céder. Mais l'expression de sa bouche lui fit perdre le contrôle.

Elle avait passé les nuits dernières seule et incapable de dormir. En se regardant dans son miroir ce matin-là, elle s'était fait peur. La douleur qu'elle lisait dans les yeux de Pax lui était familière.

— Où étais-tu ?

Les mots étaient sortis sans qu'elle puisse les retenir. Elle aurait voulu le repousser, lui dire qu'il ne comptait pas pour elle… mais c'était faux.

Il baissa la tête, presque jusqu'à toucher son visage.

— Je suis allé à Hawaii. Aller-retour sans dormir.

Elle releva la tête si avec vivacité. Elle avait escompté bien des réponses, mais pas celle-ci.

— Pardon ?

— Je devais voir Davis au sujet de ces lettres. Je voulais qu'il s'explique.

Il posa la main sur la naissance de son cou et se mit à la caresser avec délicatesse.

Ce contact lui mit les nerfs en feu. Si même son corps la trahissait…

— Mais il est en lune de miel !

— Crois-le ou non, il l'a plutôt bien pris. Mieux que les nouvelles concernant l'opération et Kingston, en fait. De toute évidence, il aurait préféré que je reste en convalescence.

Elle n'avait jamais rencontré Davis, et pourtant elle l'appréciait déjà. Apparemment, c'était celui qui, dans la famille Weeks, avait hérité du bon sens.

— Il n'est pas le seul à le penser.

Pax ne souriait pas. Il gardait la bouche pincée et les traits tirés.

— Je voulais regarder le passé en face pour pouvoir le laisser partir. En finir une bonne fois pour toutes.

Elle lui avait dit une phrase semblable quelques jours plus tôt, et il l'avait ignorée.

— As-tu obtenu ce que tu voulais ?

— En partie.

Du bout des doigts, il lui caressait lentement la peau.

— Tu comprends, j'ai haï ma mère pendant si longtemps… Enfin, c'était le sentiment qui dominait. Au fond de moi, je crois que je voulais avoir de ses nouvelles, au moins une fois. Savoir si nous avions compté pour elle. Si elle regrettait de nous avoir abandonnés.

Le cœur de Kelsey se déchira. Elle plaignait l'enfant blessé et l'homme tourmenté qu'il était devenu.

— Tu es humain, Pax.

— Je suppose.

— Et les lettres contiennent-elles une réponse ?

Elle posa la question en s'exhortant intérieurement à ne pas se laisser emporter par ses espoirs. Même s'il avait trouvé ce qu'il cherchait, cela ne signifiait pas que leur histoire pourrait continuer.

— Je ne sais pas, dans la mesure où je ne les ai pas lues. Pas plus que Davis. Et Lara est si furieuse, elle a tellement envie de botter les fesses de feu ma mère, qu'elle n'ose pas les ouvrir elle non plus. Davis dit que c'est mieux comme ça. Il les garde, mais ne les lis pas. Sa façon de surmonter le passé a été de décider que le contenu des lettres n'avait aucune importance.

Toute son enfance, Kelsey avait souffert du mépris de son père. Une partie d'elle-même pensait qu'il aurait mieux valu ne pas le connaître. Pax avait surmonté ses traumatismes d'enfance pour devenir une personne équilibrée. Sa mère méritait-elle vraiment qu'il écoute ce qu'elle avait à lui dire par-delà la mort ?

— Es-tu d'accord avec la théorie de Davis ?

— J'y réfléchis encore, mais j'ai déjà fait ce qui comptait le plus pour moi en parlant avec lui. J'ai compris ce qu'il avait fait, et pourquoi.

Pax lui prit le visage entre ses mains.

— J'ai cessé d'être en colère contre ce qui s'est passé.

— Je suis heureuse pour toi.

Elle saisit ses avant-bras et les serra avec force, comme traversée par un éclair. Elle eut l'impression que les bruits du salon de thé et les craquements de la vieille maison disparaissaient autour d'elle comme par magie.

— C'est grâce à toi, Kelsey. Tout ce qui m'arrive de bien, tout ce qui est beau. C'est toi. Corcoran et toi.

Elle avait le souffle court et les jambes flageolantes.

— Je n'ai pas…

— Quand un homme rencontre la femme avec laquelle il veut construire son futur, il apprend à oublier son passé.

Il scruta son visage, passant de ses lèvres à ses yeux dans un silence tendu.

— Dis quelque chose…

Des torrents de joie bouillonnaient en elle, mais elle voulait les repousser. Ne pas se laisser emporter. Après ces quelques jours de doute, elle savait à quelle douleur elle s'exposait.

— J'ai trop peur.

— Alors, je vais continuer.

Ses yeux étincelaient.

— Kelsey Moore, tu comptes énormément pour moi. Et très bientôt, je te dirai même que je t'aime. Parce que c'est bien ça — de l'amour. Même si ne nous connaissons que depuis quelques jours. Notre relation a commencé sur les chapeaux de roues, et je n'ai aucune envie de ralentir.

Elle se figea. Elle n'entendait plus que sa voix douce et chaude et les battements de son propre cœur.

— De l'amour, hein ?

— Je ne veux pas te faire peur.

Elle ferma les yeux et se laissa emporter par le mélange de soulagement et d'excitation qui montait en elle. Son cœur chantait.

Kelsey se pressa contre lui, entourant ses biceps de ses mains.

— J'ai peur de te perdre. Mais t'aimer… ça, c'est facile.

— De l'amour, hein ? répéta-t-il, taquin.

Il la mettait au défi. Elle ne se déroba pas.

— Ça y ressemble, oui.

Pax posa son front contre le sien et ses mains plongèrent dans sa chevelure.

— Je t'en prie, pardonne-moi de m'être enfui. Je n'ai pas osé t'appeler pendant mon voyage. Je ne pouvais pas entendre ta voix, car je savais que je ne pourrais pas résister au besoin de venir te retrouver. J'étais agité par la colère et la confusion au sujet de la mort de ma mère et de Davis, et il fallait que je règle cela avant de te revoir. Je suis là… même s'il me reste beaucoup de choses à comprendre.

L'explication était aussi simple que belle ; le chagrin de Kelsey fondit comme neige au soleil. Elle lui prit le visage entre ses mains et le força à la regarder.

— Tu ne peux pas y arriver seul.

— Je n'en ai pas l'intention.

Il posa les lèvres sur les siennes avec tendresse et confiance.

Elle voulait plus encore.

— Je suis sérieuse, Pax. La prochaine fois, que ce soit personnel ou professionnel, je veux que tu me tiennes au courant. Ne me repousse pas. Et tu as intérêt à ne pas sauter dans un avion pour t'enfuir.

La main posée sur la sienne, il soutint son regard.

— Ces quatre jours sans toi m'ont paru une éternité.

Cette fois, elle ne put retenir un sourire.

— C'est mieux…

— Tu veux me voir te supplier à genoux ? Parce que je n'en ai pas peur.

Elle se jeta à son cou.

— Je veux que tu montes cet escalier avec moi et que tu me parles de tous tes sentiments et de ton amour ; puis ce sera à moi de te dire que je t'aime…

Alors, elle l'embrassa. Ce ne fut pas un baiser rapide, ni doux — mais long, profond et sauvage, pour lui montrer tous les tourments qu'elle avait endurés pendant son absence et le supplier de ne plus jamais recommencer.

Quand ils s'arrêtèrent enfin pour respirer, elle découvrit sur la bouche de Pax son fameux petit sourire.

— Eh bien, mademoiselle Moore, ne seriez-vous pas en train de tenter de me séduire au beau milieu de la matinée ?

— Vous préféreriez un beignet ?

Elle lui aurait offert la lune.

Bientôt, quand la fièvre des retrouvailles se serait dissipée, elle lui offrirait un endroit où vivre. Avec elle.

— Tu sais, j'ai craqué au moment où j'ai vu cette expression de tristesse dans tes yeux... et que tu m'as proposé de supplier à genoux.

Un peu avant, en réalité, mais il comprendrait.

Oh que oui, il la comprenait — elle s'en rendit compte quand il la souleva entre ses bras. De ses jambes, elle lui ceintura les hanches.

— Ah, vraiment ? Ça a marché, alors ? demanda-t-il.

A vrai dire, tout en lui la faisait craquer.

— Absolument.

Il la reposa au sol avant de lui adresser un clin d'œil.

— Alors, allons servir quelques cafés, veux-tu ?

— Je crois que je viens de te proposer quelque chose d'autre...

— Oh ! nous y arriverons, ne t'inquiète pas. Mais en attendant, tu as un commerce à tenir. Je comprends ça. Je peux même t'aider...

— Tu veux travailler ici aujourd'hui ?

Un instant, elle l'imagina avec un tablier, et elle éclata de rire.

— En fait, je vais te regarder travailler tout en fantasmant sur ce qui se passera ensuite. C'est mon côté multitâches.

Elle l'embrassa une dernière fois avant de se diriger vers la salle. Au bout de deux pas, elle se retourna pour lui sourire.

— Alors, prêt ?

— Pour toi ? Absolument.

Retrouvez prochainement,
dans votre collection

BLACK ROSE

Retour à Black Creek, d'Amanda Stevens - N°702

LES MYSTÈRES DU PASSÉ – 1/2

Pour Thea Lamb, agent du FBI, revenir à Black Creek ressemble à un cauchemar. D'abord parce que l'enlèvement de Kylie, la fillette de quatre ans qu'elle est chargée de retrouver ressemble à une autre disparition : celle de sa sœur jumelle, kidnappée vingt-huit ans plus tôt et jamais retrouvée… Ensuite parce que l'agent avec qui elle va devoir enquêter n'est autre que Jake Stillwell, son ex qu'elle aime encore…

La crainte sur ton visage, de Lisa Childs

Intraitable, distante. Et incroyablement sexy… Pour Landon Myers, chargé de protéger la procureure Jocelyn Gerber, la mission s'avère difficile. D'autant qu'elle refuse d'avoir un garde du corps. Jusqu'au jour où les menaces de mort de l'homme qu'elle doit faire condamner se précisent. Derrière la façade rigide de Jocelyn apparaît alors le visage d'une femme fragile et terrifiée…

La prochaine cible, de Nichole Severn - N°703

Figée par l'effroi, Remi Barton fixe les photos de vidéosurveillance, trouvées chez la dernière victime du tueur qu'elle traque depuis des mois. Sur tous les clichés, on la voit : preuve qu'il la surveille dans l'ombre. Près d'elle, Dylan Cove, son adjoint – son ex avec qui elle coopère en dépit des tensions –, tente de la rassurer. En vain, car elle sait, au plus profond d'elle-même, qu'elle est la prochaine cible du tueur…

Le trésor du ranch Cardwell, de B.J. Daniels

Au fond d'un puits, le corps d'un homme a été retrouvé… Convaincu qu'il s'agit d'un meurtre et chargé d'enquêter sur ce « cold case » vieux de trente ans, le détective Waco Johnson se rend au ranch Cardwell où vit la dernière épouse de la victime. Là, on l'informe qu'elle s'est enfuie en apprenant la macabre découverte. Mais Ella, sa fille née d'un second mariage, est prête à tout pour la retrouver et percer les secrets de son passé…

Retrouvez prochainement,
dans votre collection

BLACK ROSE

Étroite protection, de Carla Cassidy - N°706

Kate en a l'intime conviction : son père n'est pas mort dans un accident, il a été assassiné. Pourquoi, sinon, chercherait-on à la faire taire ? Gagnée par une peur irrépressible, et révoltée par l'attitude de la police qui refuse de la croire, elle se résout à demander son aide à Zack West, un détective privé réputé qu'elle connaît depuis l'enfance – et qu'elle déteste...

Pour sauver celle que j'aime encore, d'HelenKay Dimon

Avec hésitation, Connor ouvre l'étrange paquet qu'un inconnu vient de lui livrer. Un anneau d'or s'en échappe et se met à tourner sur lui-même. Connor sent alors son cœur manquer un battement : cette alliance, c'est celle de Jana, sa femme dont il vit séparé depuis des mois, et qui vient d'être enlevée par des hommes sans scrupule...